Fjodor Dostojewski
Aufzeichnungen aus einem Totenhaus

Das Tote Haus

FJODOR DOSTOJEWSKI

Aufzeichnungen aus einem Totenhaus

Mit Federzeichnungen von PAUL HOLZ

Fourier Verlag
Wiesbaden

Titel der Originalausgabe: Записки из мертвого дома
Aus dem Russischen von Dieter Pommerenke
Mit einem Essay von Andrej Bitow und
Nachbemerkungen zu den Illustrationen von Angelika Förster

Fourier Verlag GmbH, Wiesbaden
Lizenzausgabe mit freundlicher Genehmigung des
Buchverlages Der Morgen, Berlin, DDR, ISBN 3-371-00073-7
Printed in the German Democratic Republic
Druckerei: Druckhaus Aufwärts, Leipzig
ISBN 3-925037-16-0

ERSTER TEIL

Einleitung

In den weit entfernten Gebieten Sibiriens stößt man mitten in den Steppen, Bergen oder undurchdringlichen Wäldern zuweilen auf Städtchen mit ein-, höchstens zweitausend Einwohnern; sie sind ganz aus Holz und unansehnlich, haben zwei Kirchen – die eine im Ort, die andere auf dem Friedhof – und gleichen eher einem stattlichen Dorf bei Moskau als einer Stadt. Gewöhnlich sind sie mehr als ausreichend mit Kreisrichtern, Assessoren und sonstigen Subalternbeamten versehen. Überhaupt ist in Sibirien der Dienst trotz der Kälte außerordentlich angenehm. Die Menschen, die dort leben, sind schlicht und allem Liberalen abhold, die Sitten alt, fest verwurzelt und durch Jahrhunderte geheiligt. Die Beamten, die zu Recht die Rolle eines sibirischen Adels spielen, sind entweder Einheimische, angestammte Sibirier, oder aus Rußland, zum größten Teil aus den Hauptstädten, zugezogen, angelockt durch die Höhe des ohne Abzüge ausgezahlten Gehalts, die doppelt erstatteten Fahrgelder und die vielversprechenden Zukunftsaussichten. Von ihnen bleiben jene, die den Sinn des Lebens begriffen haben, fast immer in Sibirien und schlagen dort mit Freuden Wurzeln. Später tragen sie dann reiche, köstliche Frucht. Die anderen aber, Windbeutel und solche, die den Sinn des Lebens nicht begriffen haben, bekommen Sibirien rasch satt und fragen sich verdrossen, was sie eigentlich wollen. Voller Ungeduld leisten sie ihre vorgeschriebene Dienstzeit von drei Jahren ab, bemühen sich danach sofort um ihre Versetzung und kehren in ihre Heimat zurück, wo sie über Sibirien schimpfen und spotten. Jedoch zu Unrecht – nicht nur in dienstlicher, sondern auch in manch anderer Hinsicht kann man sich in Sibirien durchaus wohl fühlen. Das Klima ist ausgezeichnet; es gibt viele bemerkenswert reiche und gastfreundliche Kaufleute und eine Menge ziemlich vermögender Nichtrussen. Die jungen Damen sehen blühend aus wie Rosen und sind tugendsam in höchstem Grade. Das Federwild flattert auf den Straßen umher und fliegt dem Jäger von selbst vor die Flinte. Sekt wird ungewöhnlich viel getrunken. Der Kaviar ist auserlesen. In manchen Gegenden wird das Fünfzehnfache geerntet. Überhaupt ist es ein gesegneter Boden. Man muß ihn nur zu nutzen wissen. Und in Sibirien weiß man ihn zu nutzen.

In einem dieser heiteren, selbstzufriedenen Städtchen mit seinen höchst liebenswerten Einwohnern, deren Andenken ich unauslöschlich im Herzen bewahren werde, bin ich Alexander Petrowitsch Gorjantschikow begegnet, einem aus Rußland stammenden adligen Gutsbesitzer, der wegen Mordes an seiner Frau zu Katorga und Verbannung der zweiten Kategorie verurteilt worden war und nun, nach Ablauf der vom Gericht über ihn verhängten zehn Jahre Katorga, den Rest seines Lebens still und friedlich als Strafansiedler in dem Städtchen K. verbrachte. Er war eigentlich in einem benachbarten Amtsbezirk registriert, wohnte jedoch in der Stadt, weil er hier die Möglichkeit hatte, sich durch Privatstunden für Kinder wenigstens annähernd den Lebensunterhalt zu verdienen. In den sibirischen Städten findet man häufig Lehrer aus den Reihen der Strafansiedler; und man verachtet sie keineswegs. Erteilen sie doch vorwiegend Unterricht in der für unser Dasein so notwendigen französischen Sprache, von der man ohne sie in den entfernten Gebieten Sibiriens keine Ahnung hätte. Zum erstenmal begegnete ich Alexander Petrowitsch im Hause Iwan Iwanytsch Gwosdikows, eines verdienten, gastfreundlichen Beamten alten Schlages, der fünf Töchter in unterschiedlichem Alter hatte, die zu den schönsten Hoffnungen berechtigten. Viermal wöchentlich, für dreißig Silberkopeken je Stunde erteilte Alexander Petrowitsch ihnen Unterricht. Sein Äußeres erweckte mein Interesse. Er war auffallend blaß und mager, noch nicht alt, etwa fünfunddreißig, klein und schwächlich. Er kleidete sich immer recht proper, nach europäischer Art. Richtete man das Wort an ihn, so sah er einen ungewöhnlich ernst und aufmerksam an, lauschte allem, was man sagte, mit korrekter Höflichkeit, als denke er gründlich darüber nach, als hätte man ihm mit seiner Frage eine Aufgabe gestellt oder wollte ihm ein Geheimnis entlocken, und antwortete schließlich klar und kurz, wog dabei jedoch jedes Wort so gründlich ab, daß einem plötzlich unbehaglich wurde und man zu guter Letzt selber froh war, wenn das Gespräch ein Ende nahm. Ich habe mich gleich damals bei Iwan Iwanytsch über Gorjantschikow erkundigt und erfahren, er führe ein moralisch einwandfreies Leben; andernfalls hätte er, Iwan Iwanytsch, ihn auch nicht für seine Töchter engagiert. Er sei jedoch schrecklich menschenscheu und verberge seine Gefühle vor jedermann; zwar sei er sehr gebildet und lese viel, rede aber recht wenig, und überhaupt komme man ziemlich schwer mit ihm ins Gespräch. Manche behaupteten, er sei ernstlich verrückt, meinten jedoch, das sei im Grunde gar nicht so schlimm und viele angesehene Bürger der Stadt seien durchaus bereit, Alexander Petrowitsch auf jede Art und Weise freundlich zu begegnen; ja, er könne sich sogar nützlich machen, indem er Bittschriften und dergleichen mehr abfasse. Man vermutete, er habe in Rußland eine ansehnliche Verwandtschaft, vielleicht sogar recht honorige Leute, wußte jedoch, daß er gleich nach seiner Verbannung rigoros alle Beziehungen zu ihnen abgebrochen hatte – mit einem Wort: er schadete sich selbst. Außerdem kannten bei uns alle seine Geschichte und wußten, daß er seine Frau bereits im ersten Jahr der Ehe aus Eifersucht getötet und sich dann selbst angezeigt hatte (weshalb seine Strafe auch viel milder ausgefallen war). Solche Verbrechen werden immer als ein Unglück angesehen und rufen Bedauern hervor. Trotz alledem sonderte sich dieser merkwürdige Kauz beharrlich von allen ab und ging nur unter Menschen, um Stunden zu geben.

Anfangs schenkte ich ihm kaum Beachtung, doch allmählich, ich weiß selber nicht, warum, begann er mich zu interessieren. Er hatte etwas Rätselhaftes an sich. Mit ihm ins Gespräch zu kommen war völlig unmöglich. Gewiß, meine Fragen beantwortete er stets und sogar mit einer Miene, als halte er das für seine höchste Pflicht; doch nach seinen Antworten verging mir die Lust, ihm weitere Fragen zu stellen, zumal nach solchen Gesprächen sein Gesicht immer einen müden, leidenden Zug bekam. Ich erinnere mich, wie ich eines schönen Sommerabends mit ihm von Iwan Iwanytsch heimkehrte. Plötzlich verfiel ich auf die Idee, ihn auf eine Zigarettenlänge zu mir einzuladen. Ich vermag das Erschrecken nicht zu beschreiben, das sich auf seinem Gesicht malte; er war völlig verdattert, stammelte etwas und stürzte, nachdem er mir noch einen bitterbösen Blick zugeworfen hatte, in die entgegengesetzte Richtung davon. Ich wußte nicht, was ich davon halten sollte. Seither hatte ich das Gefühl, daß er mich, sooft wir uns trafen, mit einer gewissen Angst ansah. Aber es ließ mir keine Ruhe; irgend etwas zog mich zu ihm hin, und so suchte ich ihn einen Monat später ohne äußeren Anlaß zu Hause auf. Natürlich, das war dumm und aufdringlich von mir. Er logierte ganz am Rande der Stadt bei einer hochbetagten Kleinbürgerin und deren schwindsüchtiger Tochter, die ein uneheliches Kind hatte, ein hübsches, munteres Mädchen von etwa zehn Jahren. In dem Augenblick, da ich bei Alexander Petrowitsch eintrat, unterrichtete er sie gerade im Lesen. Mein Erscheinen verwirrte ihn dermaßen, als hätte ich ihn bei einem Verbrechen ertappt. Er verlor völlig die Fassung, sprang vom Stuhl und starrte mich mit weit aufgerissenen Augen an. Endlich setzten wir uns; aufmerksam verfolgte er jeden meiner Blicke, als argwöhnte er, sie hätten alle einen besonderen, geheimen Sinn. Sein Mißtrauen, schien mir, grenzte bereits an Wahnwitz. Haßerfüllt sah er mich an, als wollte er fragen: Wann gehst du endlich wieder? Ich versuchte mit ihm über unser Städtchen zu sprechen, über die letzten Neuigkeiten; er aber hüllte sich in Schweigen und lächelte nur grimmig; wie sich herausstellte, hatte er nicht nur von den gewöhnlichsten stadtbekannten Neuigkeiten keine Ahnung, sie interessierten ihn nicht einmal. Dann brachte ich das Gespräch auf unsere Gegend und ihre Bedürfnisse; stumm hörte er mir zu und sah mich so merkwürdig an, daß es mir zu guter Letzt peinlich wurde. Übrigens hätte ich ihn beinahe mit neuen Büchern und Zeitschriften aus der Reserve gelockt, die ich bei mir trug; ich hatte sie gerade von der Post geholt und bot sie ihm, noch unaufgeschnitten, zum Lesen an. Er warf einen begehrlichen Blick darauf, besann sich jedoch sogleich und schlug, Zeitmangel vorschützend, mein Angebot aus. Schließlich verabschiedete ich mich von ihm, und als ich ging, war mir, als würde ich von einer unerträglichen Last befreit. Ich schämte mich, und es kam mir überaus dumm vor, mich jemandem aufgedrängt zu haben, dessen wichtigstes Anliegen es ja gerade war, sich nach Möglichkeit vor der Welt zu verbergen. Aber es war nun einmal geschehen. Ich erinnere mich, fast keine Bücher bei ihm gesehen zu haben; also sagte man ihm zu Unrecht nach, er lese viel. Als ich jedoch ein paarmal spät in der Nacht an seinen Fenstern vorüberfuhr, bemerkte ich Licht. Was mochte er tun, wenn er bis zum Morgengrauen aufsaß? Ob er schrieb? Und wenn, was wohl?

Gewisse Umstände hielten mich ein gutes Vierteljahr von unserem Städtchen fern. Als ich im Winter nach Hause zurückkehrte, erfuhr ich, daß Alexander Petrowitsch bereits im Herbst gestorben war, völlig vereinsamt und ohne auch nur ein einziges Mal einen Arzt gerufen zu haben. Im Städtchen hatte man ihn schon beinahe vergessen. Seine Wohnung stand leer. Ich machte mich sofort mit der Wirtin des Verstorbenen bekannt, um von ihr zu erfahren, womit sich ihr Mieter besonders beschäftigt und ob er nicht etwas geschrieben hatte. Für ein Zwanzigkopekenstück brachte sie mir einen ganzen Korb voll Papier, das der Verstorbene hinterlassen hatte. Die Alte gestand, zwei Hefte bereits verbraucht zu haben. Sie war ein mürrisches, wortkarges Weib, aus dem man nur mühsam etwas Vernünftiges herausbekam. Über ihren Mieter konnte sie mir nichts Neues von Wichtigkeit sagen. Nach ihren Worten hatte er fast nie etwas getan. Er habe monatelang weder ein Buch aufgeschlagen noch die Feder in die Hand genommen; dafür sei er ganze Nächte hindurch im Zimmer auf und ab gewandert und habe fortwährend über etwas nachgedacht, zuweilen auch mit sich selber geredet; Katja, ihre kleine Enkelin, habe er sehr gern gehabt und sie oft gestreichelt, besonders nachdem er erfahren habe, daß sie Katja heiße, und am Katharinentag habe er jedesmal für jemand eine Seelenmesse lesen lassen. Besuch habe er nicht leiden können, und außer Haus sei er nur gegangen, um Kindern Unterricht zu erteilen. Selbst sie, die Alte, habe er scheel angesehen, wenn sie einmal in der Woche gekommen sei, um wenigstens etwas in seinem Zimmer aufzuräumen, und fast nie in all den drei Jahren habe er auch nur ein einziges Wort mit ihr geredet. Ich fragte Katja, ob sie sich noch an ihren Lehrer erinnere. Sie sah mich stumm an, dann drehte sie sich zur Wand und fing an zu weinen. Also hatte dieser Mann zumindest in einem Menschen Zuneigung erwecken können.

Ich nahm den ganzen Papierkram mit und sichtete ihn an einem Tag. Dreiviertel davon waren wertlose, leere Fetzen oder Schönschreibübungen seiner Schüler. Ein Heft jedoch war ziemlich umfangreich und mit kleinen Buchstaben beschrieben, aber nicht bis zum Ende; vielleicht hatte es der Verfasser beiseite gelegt und dann vergessen. Es handelte sich um eine wenn auch unzusammenhängende Schilderung der zehn Jahre Katorga, die Alexander Petrowitsch abgebüßt hatte. Stellenweise war diese Schilderung unterbrochen durch eine andere Erzählung, durch merkwürdige, schreckliche Erinnerungen, ungeordnet und hastig niedergeschrieben, wie unter einem gewissen Zwang. Ich habe diese Bruchstücke mehrmals gelesen und bin beinahe überzeugt, daß sie im Wahnsinn niedergeschrieben wurden. Dennoch scheinen mir diese Aufzeichnungen eines Katorga-Sträflings – »Szenen aus einem Totenhaus«, wie er sie selber an einer Stelle seines Manuskripts nennt – nicht ganz uninteressant zu sein. Diese mir völlig neue, bisher unbekannte Welt, die Absonderlichkeit mancher Tatsachen sowie einige ungewöhnliche Bemerkungen über jene verlorenen Menschen haben mich fasziniert, und ich habe etliches mit großem Interesse gelesen. Ich kann mich natürlich auch irren. Als Kostprobe habe ich zunächst einmal zwei, drei Kapitel ausgewählt – mag der Leser selber urteilen.

1 *Das Totenhaus*

Unser Gefängnis lag am Rande der Festung, dicht am Festungswall. Spähte man zuweilen durch eine Ritze im Zaun auf Gottes freie Natur, ob es dort nicht wenigstens was zu sehen gab, so erblickte man nur ein Stückchen Himmel, den hohen, mit Unkraut bewachsenen Erdwall und die Tag und Nacht darauf patrouillierenden Posten; und unwillkürlich kam einem dann der Gedanke, daß man selbst nach vielen Jahren noch genauso an den Zaun treten und durch eine Ritze spähen und dann senselben Wall, genau solche Posten und dasselbe kleine Stückchen Himmel erblicken würde, nicht von dem Himmel über dem Gefängnis, sondern von dem anderen, fernen, freien Himmel. Man stelle sich einen großen Hof von etwa zweihundert Schritt Länge und hundertfünfzig Schritt Breite vor, in Form eines unregelmäßigen Sechsecks, rings umgeben von einem hohen Palisadenzaun, das heißt einem Zaun aus langen Pfählen (Pfosten), die, mit den Kanten fest aneinandergefügt, tief in den Boden eingegraben, durch Querleisten miteinander verbunden und oben angespitzt sind – das war die äußere Einfriedung des Gefängnisses. An einer Seite dieser Einfriedung hatte man ein festes Tor eingebaut, das stets geschlossen und Tag und Nacht von Posten bewacht war; es wurde nur auf Befehl geöffnet, um die Sträflinge zur Arbeit hinauszulassen. Hinter diesem Tor lag die helle, freie Welt, lebten ganz gewöhnliche Menschen. Doch diesseits der Einfriedung stellte man sich jene Welt als ein unerreichbares Märchenland vor. Hier hatte man seine eigene, besondere Welt, die nichts anderem glich, seine eigenen, besonderen Gesetze, seine eigene Kleidung, seine eigenen Sitten und Gebräuche und bei lebendigem Leibe ein Totenhaus, hier gab es ein Leben wie sonst nirgends und Menschen besonderer Art. Eben dieses besondere Fleckchen Erde beabsichtige ich zu schildern.

Tritt man durchs Tor, so erblickt man innerhalb der Einfriedung mehrere Gebäude. Zu beiden Seiten des weiten Innenhofes ziehen sich zwei langgestreckte eingeschossige Blockhäuser hin. Das sind die Unterkünfte. Dort wohnen, nach Kategorien untergebracht, die Gefangenen. Am anderen Ende des Hofes steht noch genau so ein Blockhaus: die in zwei Bereiche unterteilte Küche. In einem weiteren Gebäude sind unter einem Dach Keller, Lagerräume und Schuppen untergebracht. Die Mitte des Hofes ist leer und bildet einen ziemlich großen ebenen Platz. Dort treten die Sträflinge morgens, mittags und abends zum Appell an, manchmal auch noch öfter, je nachdem wie mißtrauisch die Wachhabenden sind und wie schnell sie zählen können. Zwischen den Gebäuden und dem Zaun ist ringsum noch ein recht großer freier Raum. Dort, hinter den Gebäuden, wandern manche Sträflinge, vornehmlich die ungeselligen und mürrischen, in ihrer Freizeit gern auf und ab und hängen, den Blicken der anderen entzogen, ihren Gedanken nach. Wenn ich ihnen während solcher Spaziergänge begegnete, betrachtete ich oft aufmerksam ihre finsteren, gebrandmarkten Gesichter und suchte zu erraten, woran sie dachten. Da war ein Verbannter, dessen Lieblingsbeschäftigung darin bestand, in der Freizeit die Pfähle zu zählen. Es waren rund anderthalbtausend, und er hatte sie sich alle nach Zahl und Aussehen gemerkt. Jeder Pfahl bedeutete für ihn einen Tag; täglich zog er einen Pfahl ab und konnte auf diese Weise an den übriggebliebenen Pfählen anschaulich erkennen, wieviel Tage er noch bis zum Ende seiner Zwangsarbeit im Gefängnis würde zubringen müssen. Er freute sich jedesmal aufrichtig, wenn er wieder eine Seite des Sechsecks geschafft hatte. Noch viele Jahre des Wartens standen ihm bevor; aber im Gefängnis war ja Zeit genug, sich in Geduld zu üben. Ich beobachtete einmal, wie ein Sträfling, der zwanzig Jahre in der Katorga zugebracht hatte und endlich in die Freiheit zurückkehrte, sich von seinen Kameraden verabschiedete. Darunter waren Männer, die sich noch erinnerten, wie er ins Gefängnis gekommen war: jung und unbekümmert, ohne über sein Verbrechen und seine Strafe nachzudenken. Jetzt schied er als grauhaariger Mann mit düsterem, schwermütigem Gesicht. Stumm machte er die Runde durch unsere sechs Unterkünfte. In jeder betete er nach dem Eintreten vor dem Heiligenbild, verneigte sich dann tief vor den Kameraden und bat sie, ihn in guter Erinnerung zu behalten. Ich entsinne mich auch, wie eines Tages ein Sträfling, ehedem ein wohlhabender sibirischer Bauer, gegen Abend zum Tor gerufen wurde. Ein halbes Jahr zuvor hatte er die Nachricht erhalten, seine frühere Frau habe sich wieder verheiratet, und das hatte ihn sehr traurig gestimmt. Jetzt war sie persönlich hergereist, ließ ihn herausrufen und überreichte ihm ein Geschenk. Sie unterhielten sich ein paar Minuten, fingen beide an zu weinen und nahmen für immer voneinander Abschied. Ich sah sein Gesicht, als er in die Unterkunft zurückkehrte. – Jawohl, an diesem Ort konnte man wahrhaftig Geduld lernen!

Wenn es dunkel wurde, führte man uns allesamt in die Unterkünfte, wo wir die ganze Nacht eingesperrt blieben. Mir fiel es immer schwer, vom Hof in unsere Unterkunft zurückzukehren. Das war ein langer, niedriger, stickiger, nur schwach von Talgkerzen erhellter Raum, in dem es ekelhaft muffig roch. Es ist mir heute ein Rätsel, wie ich es zehn Jahre lang darin ausgehalten habe. Von der Pritsche standen mir drei Bretter zu – das war mein ganzer Schlafplatz. Auf dieser Pritsche lagen allein in unserem Raum dreißig Mann. Im Winter wurden wir schon früh eingeschlossen; dann dauerte es etwa vier Stunden, bis alle eingeschlafen waren. Vorher aber: Lärm, Geschrei, Gelächter, Fluchen, Kettengeklirr, Qualm und Ruß, rasierte Köpfe, gebrandmarkte Gesichter, zerlumpte Kleidung – nichts als Schimpf und Entehrung ... ja, der Mensch ist zäh! Der Mensch ist ein Wesen, das sich an alles gewöhnt; und ich glaube, das ist die beste Definition für ihn.

In unserem Gefängnis waren insgesamt rund zweihundertundfünfzig Mann untergebracht – eine Anzahl, die fast immer konstant blieb. Die einen kamen, andere hatten ihre Zeit abgebüßt und gingen, wieder andere starben. Und was für ein Volk da nicht alles war! Ich glaube, jedes Gouvernement, jeder Landstrich Rußlands war vertreten. Auch eine Menge Nichtrussen befanden sich darunter, ja sogar Angehörige kaukasischer Bergvölker. Sie wurden nach der Schwere der Verbrechen eingeteilt und demzufolge nach der Anzahl der dafür zudiktierten Jahre. Vermutlich gab es kein Verbrechen, das dort nicht durch jemand vertreten gewesen wäre. Den Hauptanteil der Gefängnisinsassen stellten die Zivilzwangsarbeiter (die *Zuviel*zwangsarbeiter, wie die Sträflinge es naiv aussprachen). Diese Verbrecher waren aller staatsbürgerlichen Rechte beraubt, von der Gesellschaft ausgestoßen, ihre Gesichter für immer gebrandmarkt zum Zeichen ewiger Rechtlosigkeit. Man hatte sie für acht bis zehn Jahre zur Zwangsarbeit hergeschickt, danach wurden sie als Strafansiedler in irgendeinen der Amtsbezirke Sibiriens deportiert. Ferner gab es Verbrecher aus dem Soldatenstand; sie waren, wie allgemein in den russischen Strafkompanien, nicht ihrer staatsbürgerlichen Rechte beraubt und wurden nur für eine kurze Strafzeit hergeschickt und danach wieder dorthin zurückgebracht, woher sie gekommen waren: zu den Soldaten, in die sibirischen Linienbataillone. Viele von ihnen kamen meist umgehend wegen eines neuerlichen schweren Vergehens ins Gefängnis zurück, nun jedoch nicht auf kurze Zeit, sondern für zwanzig Jahre. Sie wurden die »Rückkehrer« genannt. Aber auch die »Rückkehrer« waren noch längst nicht aller staatsbürgerlichen Rechte beraubt. Schließlich gab es noch eine andere Kategorie von Schwerstverbrechern, die vorwiegend aus Soldaten bestand und ziemlich zahlreich war. Sie wurde »Sonderabteilung« genannt. Aus ganz Rußland schickte man diese Verbrecher hierher. Sie selber hielten sich für Lebenslängliche und kannten die Dauer ihrer Zwangsarbeit nicht. Nach dem Gesetz hatten sie das doppelte oder gar das dreifache Arbeitspensum zu leisten. Im Gefängnis verblieben sie nur bis zur Einführung der schwersten Katorga-Arbeit in Sibirien. »Ihr seid bloß auf Zeit hier, wir aber müssen längelang durch die Katorga«, pflegten sie zu den anderen Häftlingen zu sagen. Wie ich später gehört habe, ist diese Kategorie abgeschafft worden. Außerdem ist in unserer Festung auch das Zivilreglement abgeschafft und eine allgemeine Strafkompanie aufgestellt worden. Selbstverständlich wurde zugleich auch die Leitung ausgewechselt. Ich schildere folglich die alte Zeit, längst vergangene Dinge.

All das liegt weit zurück und kommt mir jetzt wie ein Traum vor. Ich erinnere mich noch, wie ich das Gefängnis betrat. Es war an einem Abend im Dezember. Es dunkelte schon; die Gefangenen kehrten von der Arbeit zurück und machten sich zum Appell fertig. Ein schnauzbärtiger Unteroffizier öffnete mir schließlich die Tür zu diesem merkwürdigen Haus, in dem ich so viele Jahre zubringen und so vieles durchmachen sollte, von dem ich, hätte ich es nicht wirklich selber erlebt, nie auch nur eine annähernde Vorstellung bekommen hätte. Zum Beispiel hätte ich mir beim besten Willen nicht vorstellen können, wie schrecklich und qualvoll es ist, während der ganzen zehnjährigen Katorga kein einziges Mal, keinen einzigen Augenblick allein zu sein. Bei der Arbeit stets unter Bewachung, in den Unterkünften mit zweihundert Kameraden zusammen und nicht einmal, nicht ein einziges Mal allein! Aber auch daran mußte ich mich gewöhnen.

Es gab dort Gelegenheits- und Berufsmörder, Straßenräuber und Bandenanführer. Es gab kleine Gauner und Landstreicher, die sich als »Kiessammler« oder in der »Türbearbeitungsbranche« betätigt hatten. Und es gab auch solche, bei denen man sich nur schwer vorstellen konnte, weshalb sie wohl dorthin gekommen waren. Jeder hatte indessen seine Geschichte, wirr und quälend wie der Katzenjammer nach einem tiefen Rausch. Grundsätzlich redeten sie wenig über ihre Vergangenheit; sie sprachen nicht gern davon und bemühten sich offensichtlich, nicht an frühere Zeiten zu denken. Ich habe sogar Mörder gekannt, die sich niemals Gedanken machten und so guter Dinge waren, daß man hätte wetten können, ihnen habe niemals das Gewissen geschlagen. Aber es gab auch welche mit finsteren Gesichtern, die fast

Und nahmen für immer
von einander Abschied.

»Sie unterhielten sich ein paar Minuten, fingen beide an zu weinen und nahmen für immer voneinander Abschied.« S. 14

immer schwiegen. Überhaupt erzählte nur selten jemand aus seinem Leben, und Neugier war auch nicht beliebt, war gewissermaßen nicht Sitte, nicht üblich. Es sei denn, hin und wieder kam jemand aus Langerweile ins Erzählen und ein anderer hörte ihm dann unbewegt und finster zu. Niemand vermochte dort einen anderen zu beeindrucken. »Uns macht keiner ein X für ein U vor!« sagten sie oft mit einer sonderbaren Selbstzufriedenheit. Ich erinnere mich, daß einmal ein Mörder im Rausch – in der Katorga konnte man sich gelegentlich betrinken – zu erzählen anfing, wie er einen fünfjährigen Jungen umgebracht hatte; wie er ihn zuerst mit einem Spielzeug an sich gelockt, dann in einen leeren Schuppen geführt und dort ermordet hatte. Die ganze Unterkunft, die bisher über seine Späße gelacht hatte, schrie wie ein Mann auf, und der Raubmörder sah sich genötigt zu verstummen; aber nicht vor Empörung schrie man, sondern weil über *so was* nicht gesprochen werden *durfte*, weil von *so was* zu reden nicht üblich war. Im übrigen möchte ich bemerken, daß diesen Menschen tatsächlich niemand ein X für ein U vormachen konnte, und zwar nicht nur im übertragenen, sondern sogar auch im wörtlichen Sinne. Bestimmt mehr als die Hälfte von ihnen konnte lesen und schreiben. An welchem anderen Ort, an dem russisches Volk in Massen versammelt ist, könnte man wohl zweihundertundfünfzig Menschen absondern, von denen die Hälfte lesen und schreiben kann?! Später habe ich einmal gehört, daß jemand aus solchen Fakten die Schlußfolgerung gezogen hat, Bildung verderbe das Volk. Das ist ein Irrtum; das hat ganz andere Ursachen. Allerdings kann man auch nicht abstreiten, daß die Bildung beim Volk Selbstvertrauen entwickelt. Aber das ist ja durchaus kein Fehler. Alle Kategorien unterschieden sich durch ihre Kleidung: Bei den einen war die eine Hälfte der Jacke dunkelbraun, die andere grau und desgleichen bei den Hosen das eine Bein grau, das andere dunkelbraun. Einmal, während wir arbeiteten, näherte sich uns eine junge Kringelverkäuferin, sie musterte mich lange und fing dann plötzlich an zu lachen. »Pfui, wie häßlich!« rief sie. »Der graue Stoff hat nicht gereicht und der schwarze auch nicht!« Es gab auch Jacken, bei denen nur die Ärmel aus dunkelbraunem Tuch waren. Die zur Hälfte geschorenen Köpfe waren ebenfalls unterschiedlich rasiert: die einen längs, die anderen quer.

Schon auf den ersten Blick konnte man an dieser eigenartigen Sippschaft eine frappierende Gemeinsamkeit feststellen; selbst die markantesten und originellsten Persönlichkeiten, die über die anderen unwillkürlich eine gewisse Macht ausübten, waren bemüht, sich dem allgemeinen Ton des Gefängnisses anzupassen. Im großen und ganzen, möchte ich sagen, waren all diese Menschen – mit Ausnahme einiger weniger unverwüstlich heiterer Gemüter, die deswegen mit allgemeiner Verachtung gestraft wurden – mürrisch, neidisch, schrecklich eitel, großsprecherisch, empfindlich und in höchstem Grade auf Äußerlichkeiten bedacht. Die Fähigkeit, sich durch nichts imponieren zu lassen, galt als größte Tugend. Alle waren ganz versessen darauf, nach außen hin Eindruck zu machen. Aber nicht selten verwandelte sich die hochmütigste Miene im Nu in eine zutiefst bedrückte. Es gab einige wahrhaft starke Persönlichkeiten; sie waren schlicht und geradezu. Doch merkwürdig: Unter diesen wahrhaft starken Persönlichkeiten waren etliche ausgesprochen, ja geradezu krankhaft eitel. Überhaupt standen Eitelkeit und Äußerlichkeiten an erster Stelle. Die meisten Sträflinge waren verkommen und furchtbar gemein. Klatsch und üble Nachrede waren an der Tagesordnung – es war teuflisch, eine wahre Hölle. Doch gegen die internen Satzungen und herkömmlichen Gepflogenheiten des Gefängnisses wagte sich niemand aufzulehnen; ihnen fügten sich alle. Wohl gab es höchst ausgeprägte Charaktere, die sich nur schwer und mit großer Selbstüberwindung fügten, aber sie fügten sich. Ins Gefängnis kamen auch solche, die sich schon in der Freiheit über alles hinweggesetzt und kein Maß gekannt hatten, so daß sie schließlich auch ihre Verbrechen gleichsam nicht mehr aus eigenem Antrieb begingen, sondern in einer Art Fieberwahn oder Rausch, ohne selber zu wissen, warum; oft aus aufgestachelter Eitelkeit. Doch bei uns wurden sie sogleich in ihre Schranken gewiesen, obwohl manche vor ihrer Einlieferung ins Gefängnis der Schrecken ganzer Dörfer und Städte gewesen waren. Ein solcher Neuankömmling merkte bald, wenn er sich umsah, daß er hier an der falschen Adresse war und niemandem mehr imponieren konnte, und so fand er sich allmählich damit ab und paßte sich rasch den allgemeinen Gepflogenheiten an. Sie beruhten äußerlich auf einer besonderen persönlichen Würde, von der fast jeder Insasse des Gefängnisses durchdrungen war. So als stellte die Bezeichnung Katorga-Sträfling eine Rangstufe dar, noch dazu eine ehrenvolle. Von Scham und Reue keine Spur! Allerdings gab es auch eine Art von äußerlicher, sozusagen offizieller Demut, eine gewisse stille Neigung zum Moralisieren. »Für uns gibt's keine Hoffnung mehr«, sagten sie. »Wir sind in der Freiheit nicht zurechtgekommen; nun heißt's: Marsch durch die grüne Gasse und die Reihen visitiert!« – »Hast Vater und Mutter nicht gehorcht; jetzt gehorch dem Kalbfell!« – »Wolltest mit Gold nicht sticken; jetzt mußt du Steine picken.« All das wurde oft gesagt – als moralische Belehrung oder als gewöhnliche sprichwörtliche Redensart –, doch nie ernst gemeint. Es waren nichts als leere Worte. Kaum einer unter ihnen war sich seines Unrechts bewußt. Hätte einmal ein Nichtsträfling versucht, einem der Sträflinge sein Verbrechen vorzuhalten und ihn zu beschimpfen (obwohl es im übrigen nicht russische Art ist, einem Verbrecher Vorhaltungen zu machen), das Schimpfen und Fluchen hätte kein Ende genommen. Und was waren sie alle für Meister darin! Sie fluchten mit wahrer Raffinesse und Kunstfertigkeit. Das Fluchen war bei ihnen zu einer Wissenschaft erhoben; sie suchten weniger durch ein beleidigendes Wort als vielmehr durch beleidigenden Sinn, Geist, Gedanken den Sieg davonzutragen – und das war raffinierter und boshafter. Bei ihren dauernden Streitereien vervollkommneten sie sich immer weiter in dieser Wissenschaft. Diese Menschen arbeiteten nur unter Zwang; infolgedessen waren sie faul, und infolgedessen verkamen sie; wenn einer nicht vorher schon verkommen war, in der Katorga verkam er bestimmt. Sie alle waren nicht freiwillig hier; sie alle waren einander fremd.

»Drei Paar Bastschuhe mußte der Teufel durchwetzen, ehe er uns auf einen Haufen zusammengebracht hat!« sagten sie von sich. Und so spielten Klatsch, Intrige, Verleumdung, Neid, weibisches Gezänk und Bosheit in diesem Höllendasein ständig eine große Rolle. Kein altes Weib konnte so weibisch sein wie manche dieser Banditen und Mörder. Ich wiederhole: Auch unter ihnen gab es starke Charaktere, die ihr Leben lang gewohnt waren, sich durchzusetzen und zu befehlen, stahlharte und furchtlose Kerle. Sie genossen unwillkürlich eine gewisse Achtung; und auch sie gaben sich, obwohl sie meist sehr auf ihren Ruf bedacht waren, im allgemeinen Mühe, die anderen nicht zu belästigen, sie ließen sich nicht auf läppische Zänkereien ein, legten eine außergewöhnliche Würde an den Tag, verhielten sich vernünftig und gehorchten der Obrigkeit fast immer – nicht etwa aus Überzeugung, nicht aus Pflichtgefühl, sondern einfach so, wie auf Vereinbarung, im Bewußtsein des beiderseitigen Vorteils. Übrigens behandelte man sie gleichfalls mit Vorsicht. Ich weiß noch, wie einmal einer dieser Sträflinge, ein energischer und furchtloser Mann, der bei der Obrigkeit für seine Neigung zur Brutalität bekannt war, wegen eines Vergehens zur Bestrafung geholt wurde. Es war an einem Sommertag, während der arbeitsfreien Zeit. Der nächste, unmittelbare Chef des Gefängnisses, ein Stabsoffizier, hatte sich persönlich in die direkt neben unserem Tor befindliche Wache begeben, um der Züchtigung beizuwohnen. Dieser Major war so etwas wie ein Monster für die Sträflinge; er hatte sie so weit gebracht, daß sie vor ihm zitterten. Er war unsinnig streng, »hackte auf den Menschen herum«, wie die Sträflinge sich ausdrückten. Am meisten fürchteten sie seine durchdringenden Luchsaugen, denen nichts entging. Er schien zu sehen, ohne hinzuschauen. Wenn er das Gefängnis betrat, wußte er bereits, was am anderen Ende geschah. Den »Achtäugigen« nannten ihn die Sträflinge. Seine Methode war jedoch falsch. Durch sein rigoroses und gehässiges Vorgehen erbitterte er die ohnehin schon erbitterten Menschen nur noch mehr, und wäre nicht sein Vorgesetzter, der Kommandant, gewesen, ein anständiger, vernünftig denkender Mann, der die unsinnigen Exzesse des Majors zuweilen milderte, so hätte dieser durch sein Regime großen Schaden angerichtet. Es ist mir unbegreiflich, wie es mit ihm ein glimpfliches Ende nehmen konnte: Er ist später heil und gesund in den Ruhestand getreten, hat, nebenbei gesagt, allerdings auch einmal vor Gericht gestanden.

Der Sträfling erbleichte, als er gerufen wurde. Für gewöhnlich legte er sich schweigend und entschlossen zum Auspeitschen hin, ließ die Züchtigung stumm über sich ergehen und stand danach auf, als wäre nichts geschehen, nahm das ihm widerfahrene Mißgeschick mit stoischer Gelassenheit hin. Übrigens verfuhr man mit ihm stets recht glimpflich. Doch diesmal fühlte er sich aus irgendeinem Grunde im Recht. Er erbleichte und ließ, von seiner Eskorte unbemerkt, ein scharfes englisches Schustermesser in seinem Ärmel verschwinden. Messer und alle sonstigen spitzen Werkzeuge waren im Gefängnis streng verboten. Häufig wurden ganz überraschend gründliche Durchsuchungen vorgenommen, und die Strafen waren grausam; aber da es schwer ist, bei einem Dieb etwas zu finden, was er eigens versteckt hat, und weil Messer und Werkzeuge im Gefängnis ständig gebraucht wurden, hatten die Durchsuchungen kaum einen Erfolg. Und nahm man den Sträflingen die Messer weg, so besorgten sie sich gleich wieder neue. Die ganze Katorga stürzte an den Zaun und starrte mit stokkendem Herzen durch die Ritzen. Alle wußten, daß Petrow sich diesmal nicht auspeitschen lassen wollte und daß für den Major das letzte Stündlein geschlagen hatte. Doch gerade im entscheidenden Augenblick stieg unser Major wieder in seine Kutsche und fuhr davon, nachdem er einen anderen Offizier mit der Vollstrekkung beauftragt hatte. »Gott selbst hat ihn gerettet!« sagten die Sträflinge hinterher. Was aber Petrow betraf, so ließ er die Züchtigung seelenruhig über sich ergehen. Mit der Abfahrt des Majors war sein Zorn verraucht. Ein Sträfling ist bis zu einem gewissen Grade willfährig und fügsam; aber es gibt eine Grenze, die man nicht überschreiten darf. Übrigens, nichts ist oft interessanter als so ein eigenartiger Ausbruch von Empörung und Widersetzlichkeit. Häufig läßt sich der Mensch jahrelang alles gefallen, duckt sich, erträgt die grausamsten Strafen, auf einmal aber explodiert er bei einer Kleinigkeit, einer Lappalie, fast wegen nichts. Nach Ansicht mancher könnte man ihn sogar als verrückt bezeichnen; und das tut man dann ja auch.

Ich habe bereits gesagt, daß ich die ganze Zeit über bei diesen Menschen nicht das geringste Anzeichen von Reue, nicht das geringste Bedrücktsein ob ihres Verbrechens bemerkt habe und daß ein großer Teil von ihnen sich für völlig unschuldig hält. Das ist eine Tatsache. Natürlich sind vielfach Eitelkeit, schlechte Vorbilder, Verwegenheit oder falsche Scham die Ursache dafür. Andererseits, wer kann behaupten, er habe diese verlorenen Seelen bis auf den Grund ausgelotet und das vor der ganzen Welt darin Verborgene gelesen! Aber im Laufe so vieler Jahre hätte es doch möglich sein müssen, wenigstens etwas zu bemerken, zu erhaschen, wenigstens eine Besonderheit in diesen Seelen wahrzunehmen, die von innerlichem Kummer und von Leiden gezeugt hätte. Doch dem war nicht so, ganz und gar nicht. Ja, ein Verbrechen läßt sich, scheint's, nicht von einem gegebenen, fertigen Standpunkt aus beurteilen, und seine Philosophie ist etwas komplizierter, als man gemeinhin annimmt. Die Gefängnisse und das System der Zwangsarbeit bessern den Verbrecher natürlich nicht; sie bestrafen ihn nur und sichern die Gesellschaft vor seinen weiteren Anschlägen auf ihren Frieden. Bei dem Verbrecher aber entwickeln Gefängnis und verschärfte Zwangsarbeit nur Haß, Begierde nach verbotenen Genüssen und einen schrecklichen Leichtsinn. Ich bin fest überzeugt, daß auch das vielgepriesene Zellensystem nur scheinbare, trügerische, äußerliche Erfolge zeitigt. Es saugt dem Menschen das Mark aus, stumpft seine Seele ab, macht sie schlaff, verängstigt sie und präsentiert dann die psychisch ausgedörrte Mumie, den Halbirren als Beispiel von Besserung und Reue. Natürlich ist der gegen die Gesellschaft rebellierende Verbrecher von Haß gegen diese erfüllt und erachtet sich fast immer für unschuldig, sie hingegen für schuldig. Außerdem ist er von ihr bereits bestraft worden und hält sich dadurch fast schon für geläutert und quitt mit ihr. Unter diesen Gesichtspunkten könnte man letzten Endes zu dem Urteil gelangen, der Verbrecher sei beinahe zu rechtfertigen. Doch ungeachtet aller möglichen Gesichtspunkte wird wohl jeder zustimmen, daß es Verbrechen gibt, die immer und überall, nach allen erdenklichen Gesetzen, seit die Welt besteht, als unbestreitbare Verbrechen gelten, und sie werden als solche gelten, solange der Mensch ein Mensch bleibt. Im Gefängnis aber hörte ich, wie von den furchtbarsten, widernatürlichsten Taten, von den abscheulichsten Morden mit dem unbändigsten, dem kindlich unbefangensten Lachen erzählt wurde. Vor allem ein Vatermörder geht mir nicht aus dem Sinn. Er war von Adel, hatte gedient und war für seinen sechzigjährigen Vater so etwas wie ein verlorener Sohn gewesen. Er hatte einen äußerst liederlichen Lebenswandel geführt und sich in Schulden gestürzt. Daraufhin beschnitt ihm der Vater die Mittel und redete ihm ins Gewissen; der Vater aber besaß ein Haus und eine Landwirtschaft und galt als wohlhabend, und der Sohn ermordete ihn aus Gier nach der Erbschaft. Erst einen Monat später wurde das Verbrechen entdeckt. Der Mörder selbst hatte bei der Polizei Anzeige erstattet, sein Vater sei spurlos verschwunden. Den ganzen Monat hindurch gab er sich dann den schlimmsten Ausschweifungen hin. Schließlich fand die Polizei die Leiche, als er einmal abwesend war. Den Hof durchzog in seiner ganzen Länge ein Abwassergraben, der mit Brettern abgedeckt war. In diesem Graben lag die Leiche. Sie war angekleidet und gewaschen, der abgetrennte graue Kopf war wieder an den Rumpf angesetzt, und unter den Kopf hatte der Mörder ein Kissen gelegt. Obwohl er nicht gestand, wurden ihm Adelprädikat und Rang aberkannt, und man verurteilte ihn zu Verbannung und zwanzig Jahren Zwangsarbeit. Während der ganzen Zeit, die ich mit ihm zusammen lebte, war er bei vortrefflichster, heiterster Laune. Er war ein exzentrischer, leichtsinniger, höchst unvernünftiger Mensch, doch beileibe kein

Für gewöhnlich legte er
sich schweigsam und
entschlossen auf die
Prügelbank

»Für gewöhnlich legte er sich schweigsam und entschlossen auf die Prügelbank.« (Übersetzung nach Scholz) S. 22

Dummkopf. Nie habe ich an ihm besondere Grausamkeit feststellen können. Die anderen Sträflinge verachteten ihn, nicht wegen seines Verbrechens, über das niemand ein Wort verlor, sondern wegen seines albernen Gebarens, weil er sich nicht zu benehmen wußte. Im Gespräch erinnerte er sich manchmal an seinen Vater. Als er mir einmal von der gesunden Konstitution erzählte, die in seiner Familie erblich sei, fügte er noch hinzu: »*Mein Vater* zum Beispiel, der hat bis an sein Lebensende nie über eine Krankheit geklagt.« Eine so brutale Gefühllosigkeit ist selbstverständlich unmöglich. Sie ist ein Phänomen; hier liegt ein Konstitutionsfehler vor, eine der Wissenschaft noch unbekannte körperliche und moralische Entartung, und nicht einfach nur ein Verbrechen. Ich glaubte natürlich nicht an dieses Verbrechen. Doch Leute aus seiner Stadt, die über alle Einzelheiten seiner Geschichte informiert sein mußten, haben mir seinen ganzen Fall erzählt. Die Fakten waren so offenkundig, daß man unmöglich daran zweifeln konnte.

Eines Nachts hatten Sträflinge gehört, wie er im Schlaf rief: »Halt ihn, halt ihn! Hau ihm den Kopf ab, den Kopf, den Kopf!«

Fast alle Sträflinge sprachen und phantasierten im Schlaf. Flüche, Gaunerausdrücke wie Messer, Beil kamen ihnen dabei am häufigsten über die Lippen. »Wir sind Geprügelte«, meinten sie, »und unsere Seele ist arg geschunden; darum schreien wir im Schlaf.«

Die staatliche Fronarbeit in der Katorga war keine bloße Beschäftigung, sondern Zwang; der Sträfling erledigte sein Arbeitspensum recht und schlecht oder riß die vorgeschriebenen Stunden ab und kehrte dann ins Gefängnis zurück. Diese Arbeit war verhaßt. Ohne eine persönliche Nebenbeschäftigung, der man sich mit Leib und Seele hingeben konnte, hätte es niemand in dem Gefängnis ausgehalten. Und auf welche Weise sonst hätten all diese reifen Menschen, die ein vollwertiges Leben geführt hatten und auch weiter führen wollten, aber gewaltsam hier zusammengepfercht, gewaltsam aus der Gesellschaft und aus ihrem normalen Dasein herausgerissen waren, normal und korrekt, nach eigenem Wunsch und Willen hier zusammen leben können? Allein schon durch das Nichtstun hätten sich verbrecherische Eigenschaften bei ihnen herausgebildet, von denen sie bis dahin keine Vorstellung hatten. Ohne Arbeit und ohne normales, rechtmäßiges Eigentum kann der Mensch nicht leben, verkommt er, wird er zum Tier. Und so hatte denn ein jeder im Gefängnis auf Grund dieses natürlichen Bedürfnisses und des Selbsterhaltungstriebes sein Handwerk und seine Beschäftigung. Die langen Sommertage waren fast ganz von der Zwangsarbeit ausgefüllt; in der kurzen Nacht blieb kaum Zeit, sich auszuschlafen. Im Winter jedoch mußten die Sträflinge laut Reglement bereits bei Einbruch der Dunkelheit im Gefängnis eingeschlossen werden. Was wollten sie nun in den langen, trostlosen Stunden solch eines Winterabends tun? Und so verwandelte sich fast jede Unterkunft trotz Verbot in eine riesige Werkstatt. Zu arbeiten, sich zu beschäftigen war an und für sich nicht verboten; wohl aber war es streng untersagt, Werkzeug bei sich im Gefängnis zu haben; ohne Werkzeug aber ging es nun mal nicht. Es wurde jdoch ganz leise gearbeitet, und die Gefängnisleitung scheint so manches Mal ein Auge zugedrückt zu haben. Viele der Sträflinge kamen ins Gefängnis, ohne irgend etwas zu können, lernten jedoch von anderen und kehrten dann als tüchtige Handwerker in die Freiheit zurück. Da gab es Schuhmacher, Schneider, Tischler, Schlosser, Schnitzer und Vergolder. Issai Bumstein, ein Jude, war Juwelier und zugleich Wucherer. Alles arbeitete nebenbei und suchte sich ein paar Kopeken zu verdienen. Die Arbeitsaufträge kamen aus der Stadt. Geld ist geprägte Freiheit und hat deshalb für jemand, der seiner Freiheit völlig beraubt ist, den zehnfachen Wert. Wenn es nur bei ihm in der Tasche klimpert, ist er schon halb getröstet, selbst wenn er es nicht ausgeben kann. Aber Geld kann man immer und überall ausgeben, um so mehr als verbotene Früchte doppelt süß schmecken. Sogar Branntwein konnte man in der Katorga bekommen. Pfeifen waren strengstens verboten, dennoch rauchten alle Pfeife. Geld und Tabak bewahrten vor Skorbut und anderen Krankheiten. Die Nebenbeschäftigung aber bewahrte vor dem Verbrechen. Ohne Nebenbeschäftigung hätten die Sträflinge sich gegenseitig aufgefressen wie Spinnen in einem Glas. Trotzdem waren solche Arbeit und solches Geld verboten. Nicht selten wurden nachts überraschende Durchsuchungen vorgenommen und alles Verbotene konfisziert. Und wie gut das Geld auch versteckt war, die Schnüffler fanden es hin und wieder doch. Dies war mit ein Grund, weshalb es nicht lange aufgehoben, sondern möglichst bald vertrunken wurde; und deswegen war im Gefängnis auch Branntwein zu haben. Nach jeder Durchsuchung wurden die Schuldigen, abgesehen davon, daß man ihnen ihre gesamte Habe wegnahm, gewöhnlich auch noch empfindlich bestraft. Aber nach jeder Durchsuchung wurde das Fehlende prompt wieder ergänzt, wurden unverzüglich neue Sachen angeschafft, und alles nahm seinen alten Gang. Der Gefängnisleitung war das bekannt, und die Sträflinge murrten nicht über die Bestrafung, obwohl dieses Leben dem der an den Hängen des Vesuv Siedelnden glich.

Wer sich auf kein Handwerk verstand, der ging einem anderen Gewerbe nach. Und da gab es recht originelle Tätigkeiten. Manche betrieben zum Beispiel ausschließlich Zwischenhandel, und zuweilen wurden Gegenstände verkauft, bei denen jemand außerhalb der Gefängnismauern nie auf die Idee gekommen wäre, sie zu kaufen oder zu verkaufen, ja sie überhaupt für Gegenstände zu halten. Aber die Katorga war sehr arm und überaus geschäftstüchtig. Auch der letzte Plunder hatte noch seinen Wert und fand Verwendung. Infolge der Armut hatte auch das Geld im Gefängnis einen ganz anderen Wert als in der Freiheit. Eine große und schwierige Arbeit wurde mit ein paar Groschen bezahlt. Manche trieben mit Erfolg Wucher. Ein Sträfling, der sein Geld durchgebracht hatte oder sonst irgendwie in Not war, trug seine letzten Sachen zum Wucherer und bekam von ihm dafür ein paar Kupferstücke zu enormen Zinsen. Löste er die Sachen nicht zur festgesetzten Frist ein, so wurden sie ohne Erbarmen unverzüglich verkauft. Der Wucher blühte dermaßen, daß sogar ausgegebenes Anstaltseigentum wie Wäsche oder Schuhwerk verpfändet wurde – Gegenstände, die jeder Sträfling allzeit brauchte. Aber bei solchen Verpfändungen nahmen die Dinge gelegentlich auch eine andere, übrigens nicht ganz überraschende Wendung: Der Verpfänder begab sich, nachdem er das Geld erhalten hatte, ohne weitere Erörterung schnurstracks zum ranghöchsten Unteroffizier als der nächsten Amtsperson des Gefängnisses und meldete ihm die Verpfändung der Anstaltsgegenstände; daraufhin wurden sie dem Wucherer sofort wieder abgenommen, sogar ohne der vorgesetzten Dienststelle davon Mitteilung zu machen. Interessanterweise ging es dabei meist ohne Streit ab; stumm und finster rückte der Wucherer die betreffenden Sachen heraus, er schien selber damit gerechnet zu haben, daß es so kommen würde. Vielleicht gestand er sich insgeheim ein, daß er an Stelle des Verpfänders genauso gehandelt hätte. Und wenn er zuweilen hinterher schimpfte, tat er es ohne jeden Groll, nur so, anstandshalber.

Überhaupt bestahlen sie einander, wo sie nur konnten. Fast

jeder hatte einen eigenen Koffer mit Schloß zur Aufbewahrung der Anstaltssachen; das war erlaubt. Aber die Koffer nützten nichts. Ich glaube, jeder kann sich ausmalen, was für meisterhafte Diebe es dort gab. Mir stahl ein Sträfling – er war mir aufrichtig zugetan, das kann ich wohl ohne jede Übertreibung sagen – meine Bibel, das einzige Buch, das man in der Katorga besitzen durfte. Noch am selben Tag beichtete er es mir, nicht etwa aus Reue, sondern aus Mitleid, weil ich so lange danach suchte. Einige Sträflinge handelten auch mit Branntwein, und sie wurden rasch reich dabei. Von diesem Handel wird irgendwann noch die Rede sein; er ist beachtlich. Im Gefängnis saßen viele wegen Schmuggels, und so nimmt es nicht wunder, daß trotz aller Beaufsichtigung und Durchsuchungen dennoch Branntwein ins Gefängnis gelangte. Nebenbei bemerkt ist der Schmuggel seinem Wesen nach ein besonderes Verbrechen. Ist es zum Beispiel vorstellbar, daß Geld und Gewinn für manchen Schmuggler nur eine untergeordnete Rolle spielen, erst an zweiter Stelle stehen? Dabei ist das gar nicht selten der Fall. Der Schmuggler betreibt sein Gewerbe aus Leidenschaft, aus einem inneren Drang heraus. Es liegt für ihn ein Stück Poesie darin. Er riskiert alles, begibt sich in schreckliche Gefahr, ist listenreich und erfinderisch, zieht sich immer wieder aus der Schlinge; bisweilen handelt er sogar in einer Art Inspiration. Diese Leidenschaft ist ebenso stark wie das Kartenspiel. Ich habe im Gefängnis einen Sträfling gekannt, äußerlich ein Koloß, aber so sanft, still und friedfertig, daß man sich gar nicht denken konnte, warum er sich dort befand. Er war dermaßen gutmütig und verträglich, daß er während seines ganzen Gefängnisaufenthaltes nie mit jemandem in Streit geriet. Er stammte jedoch von der Westgrenze, war wegen Schmuggels hergeschickt worden und konnte natürlich nicht davon lassen; und so begann er heimlich Branntwein hereinzuschaffen. Wie oft wurde er dafür bestraft, und was für eine Angst hatte er vor den Auspeitschungen! Dabei verschaffte ihm der Branntweinschmuggel nur äußerst spärliche Einkünfte. Reich wurde vom Branntwein einzig und allein der Unternehmer. Der komische Kauz aber liebte seine Kunst um ihrer selbst willen. Er war weinerlich wie ein Weib, und wie oft hat er nach einer Bestrafung gelobt und geschworen, nie wieder zu schmuggeln! Mannhaft bezwang er sich manchmal einen ganzen Monat lang, aber am Ende hielt er es doch nicht mehr aus. Dank solchen Individuen wurde der Branntwein im Gefängnis nie rar.

Schließlich gab es da noch eine Einnahmequelle, die die Sträflinge zwar nicht reich machte, aber beständig floß und sich wohltuend auswirkte: die Almosen. Die Oberschicht unserer Gesellschaft macht sich keine Vorstellung, wie die Kaufleute, die Kleinbürger und das einfache Volk für die »Unglücklichen« sorgen. Almosen werden beinahe ununterbrochen gespendet; sie bestehen fast ausschließlich aus Brot, Semmeln und Kringeln, seltener aus Geld. Ohne diese Almosen hätten es die Sträflinge vielerorts allzu schwer, namentlich diejenigen, die noch nicht gezüchtigt sind und die weitaus strenger behandelt werden als diejenigen, die bereits die Züchtigung hinter sich haben. Die Almosen werden von den Sträflingen christlich untereinander aufgeteilt. Wenn es nicht für alle reicht, werden die Kringel in lauter gleiche Teile zerschnitten, mitunter sogar in sechs, und jeder bekommt unbedingt ein Stück. Ich weiß noch, wie ich zum erstenmal ein Geldstück als Almosen erhielt. Es war bald nach meiner Einlieferung ins Gefängnis. Allein, nur mit einem Begleitsoldaten, kehrte ich von der Vormittagsarbeit zurück. Da kam mir eine Mutter mit ihrer Tochter entgegen, einem Mädchen von etwa zehn Jahren, allerliebst wie ein kleiner Engel. Ich hatte die beiden schon einmal gesehen. Die Mutter war eine Soldatenwitwe. Ihr Mann, ein junger Soldat, der seine Züchtigung noch vor sich gehabt hatte, war im Gefängnislazarett gestorben, zu derselben Zeit, da auch ich dort krank lag. Frau und Tochter waren gekommen, von ihm Abschied zu nehmen; beide hatten bitterlich geweint. Als mich das Mädchen jetzt erblickte, wurde es rot und flüsterte der Mutter etwas zu. Die blieb sogleich stehen, kramte aus ihrem Bündel eine Viertelkopeke hervor und gab sie dem Mädchen. Es rannte hinter mir her. »Hier, Unglücklicher, nimm dies Kopekchen um Christi willen!« rief es, vor mir her laufend, und drückte mir die Münze in die Hand. Ich nahm das »Kopekchen«, und höchst zufrieden kehrte das Mädchen zu seiner Mutter zurück. Dieses »Kopekchen« habe ich noch lange aufbewahrt.

2 *Die ersten Eindrücke*

Der erste Monat und überhaupt der Beginn meines Sträflingsdaseins stehen mir noch heute lebendig vor Augen. Die folgenden Gefängnisjahre sind mir dagegen viel undeutlicher in Erinnerung.

Manche sind so gut wie ganz aus meinem Gedächtnis entschwunden, sind miteinander verschmolzen und haben nur einen ganz allgemeinen Eindruck hinterlassen: einen quälend-monotonen und bedrückenden.

Alles jedoch, was ich in den ersten Tagen der Katorga erduldet habe, steht mir jetzt vor Augen, als hätte es sich gestern zugetragen. Und anders kann es auch gar nicht sein.

Ich erinnere mich deutlich, daß ich bei den ersten Schritten in diesem Dasein sehr verwundert war, scheinbar nichts besonders Erstaunliches, Ungewöhnliches oder, richtiger gesagt, Überraschendes darin zu finden. Alles schien so zu sein, wie ich es mir ausgemalt hatte, als ich mir auf dem Marsch nach Sibirien vorzustellen versuchte, was mich erwartete. Aber schon bald ließ mich eine Unmenge der merkwürdigsten Überraschungen und ungeheuerlichsten Tatsachen auf Schritt und Tritt stutzen. Und erst später, nachdem ich bereits ziemlich lange im Gefängnis gelebt hatte, begriff ich in vollem Umfang das Ungewöhnliche und Überraschende dieser Existenz und wunderte mich immer mehr darüber. Ich gestehe, daß mich diese Verwunderung die ganze Katorga hindurch begleitet hat; ich habe mich nie mit diesem Dasein abfinden können.

Mein erster Eindruck vom Gefängnis war an und für sich höchst abstoßend; doch merkwürdig: trotzdem schien mir das Leben hier viel leichter zu sein, als ich es mir unterwegs vorgestellt hatte. Die Sträflinge spazierten, obwohl gefesselt, ungehindert im Gefängnis umher, zankten sich, sangen Lieder, befaßten sich mit Nebenarbeiten, rauchten Pfeife, tranken sogar Branntwein (wenn auch nur einige wenige), und manche spielten nachts eifrig Karten. Die Arbeit selbst kam mir zum Beispiel gar nicht so schwer, so *katorgamäßig* vor, und erst eine ganze Weile später ging mir auf, daß das Bedrückende, Katorgamäßige dieser Arbeit nicht so sehr in ihrer Schwere und Endlosigkeit liegt als vielmehr darin, daß sie *aufgenötigt*, unfreiwillig, mit dem Knüppel erzwungen ist. Der Bauer arbeitet in der Freiheit möglicherweise unvergleichlich mehr, manchmal sogar auch nachts, vor allem im Sommer; aber er arbeitet für sich, für einen vernünftigen Zweck, und ihm ist bedeutend leichter zumute als dem Sträfling bei seiner aufgezwungenen, für ihn völlig nutzlosen Arbeit. Ich habe mir einmal überlegt: Wollte man jemand völlig zermalmen und vernichten, ihn auf das schrecklichste bestrafen, so sehr, daß selbst der gräßlichste Mörder vor dieser Strafe zittern und Angst bekommen würde, so brauchte man seiner Arbeit nur den Charakter absoluter, vollkommener Nutz- und Sinnlosigkeit zu geben. Wenn die jetzige Zwangsarbeit für den Sträfling auch uninteressant und langweilig ist, so ist sie doch an sich, als Arbeit, sinnvoll: Der Sträfling stellt Ziegel her, gräbt den Boden um, verrichtet Putzarbeiten, baut. Solche Arbeit hat ihren Sinn und Zweck. Mitunter findet der Sträfling sogar Gefallen an ihr, sucht er geschickter, flinker und besser zu arbeiten. Zwänge man ihn jedoch beispielsweise, Wasser aus einem Zuber in einen anderen zu füllen und von dem wieder zurück in den ersten oder Sand zu zerstampfen oder einen Haufen Erde von einer Stelle zu einer anderen zu schleppen und dann wieder zurück – ich glaube, er würde sich nach wenigen Tagen aufhängen oder tausend Verbrechen begehen, um sich wenigstens durch den Tod von dieser Erniedrigung, Schmach und Qual zu erlösen. Selbstverständlich liefe eine derartige Strafe auf Folter, auf pure Rache hinaus und wäre sinnlos, weil sie keinen vernünftigen Zweck erfüllte. Da aber bis zu einem gewissen Grade dieses Folternde, Sinnlose, Erniedrigende und Schmachvolle unausbleiblich jeglicher Zwangsarbeit anhaftet, ist die Arbeit in der Katorga auch unvergleichlich qualvoller als jede in der Freiheit, eben weil sie aufgezwungen ist.

Ich kam übrigens im Winter, im Dezember, in das Gefängnis und hatte noch keine Vorstellung von der Sommerarbeit, die fünfmal so schwer war. Im Winter aber gab es in unserer Festung im allgemeinen nur wenig Arbeit. Die Sträflinge marschierten zum Irtysch, um dort dem Staat gehörende alte Lastkähne abzuwracken, oder arbeiteten in Werkstätten, schaufelten vor den öffentlichen Gebäuden den von Stürmen angewehten Schnee weg oder brannten und zerstampften Gips, und anderes mehr. So ein Wintertag war kurz, die Arbeit bald beendet, und wir kehrten allesamt früh ins Gefängnis zurück, wo es so gut wie nichts zu tun gab, wenn man nicht eine eigene Beschäftigung fand. Mit Nebenarbeit aber befaßte sich vielleicht nur ein Drittel der Sträflinge; die übrigen faulenzten, trieben sich ziellos in den verschiedenen Unterkünften des Gefängnisses herum, stritten miteinander, intrigierten, randalierten oder betranken sich, sobald sie ein bißchen Geld in den Fingern hatten; in den Nächten verspielten sie beim Kartenspiel ihr letztes Hemd – und das alles aus Langerweile, Faulheit und Mangel an Beschäftigung. Später begriff ich, daß es außer dem Verlust der Freiheit und außer der Zwangsarbeit noch etwas Qualvolles im Katorga-Dasein gab, was beinahe noch schlimmer war als alles andere: *das zwangsweise Zusammenleben.* Wohngemeinschaft gibt es natürlich auch anderswo; doch ins Gefängnis kommen Menschen, mit denen nicht jeder gern zusammen leben möchte, und ich bin überzeugt, jeder der Sträflinge empfand das als qualvoll, wenn auch natürlich meist nur unbewußt.

Auch die Verpflegung erschien mir durchaus hinreichend. Andere Sträflinge versicherten, in den Strafkompanien des europäischen Rußlands sei sie nicht so gut. Darüber maße ich mir kein Urteil an; ich bin nicht dort gewesen. Außerdem hatten viele die Möglichkeit, sich selber zu verpflegen. Rindfleisch kostete bei uns zwei Kopeken das Pfund, im Sommer drei. Aber eigene Verpflegung leisteten sich nur diejenigen, die ständige Einnahmen hatten; die Mehrzahl in der Katorga aß die Anstaltskost. Wenn die Sträflinge ihre Verpflegung lobten, so meinten sie damit übrigens nur das Brot und hoben insbesondere dankbar hervor, daß bei uns das Brot an alle gemeinsam und nicht nach Gewicht an jeden einzelnen ausgegeben wurde. Vor letzterem hatten sie Angst, denn bei einer Ausgabe nach Gewicht wäre ein Drittel von ihnen nicht satt geworden, in der Tischgemeinschaft aber reichte es für alle. Unser Brot war besonders schmackhaft und genoß in der ganzen Stadt einen guten Ruf. Man schrieb das der gelungenen Konstruktion der Gefängnis-Backöfen zu. Die Kohlsuppe hingegen war nicht gerade appetitlich. Sie wurde in einem großen Kessel gekocht, mit ein wenig Grütze vermischt, und war, namentlich an den Werktagen, wässerig und fade. Mich schockierte die große Menge von Küchenschaben darin. Die anderen Sträflinge aber schenkten dem keinerlei Beachtung.

In den ersten drei Tagen brauchte ich noch nicht zu arbeiten; so verfuhr man mit allen Neuankömmlingen – sie sollten sich erst einmal von dem Marsch erholen. Doch gleich am nächsten Tag wurde ich zum Gefängnis hinausgeführt, um anders eingeschmiedet zu werden. Meine Fußfesseln waren nicht vorschriftsmäßig, sondern bestanden aus Ringen, von den Sträflingen »Leiseklirrer« genannt. Sie wurden über den Hosen getragen. Die vorschriftsmäßigen Gefängnisfesseln hingegen, die auch für die Arbeit geeignet waren, bestanden nicht aus Ringen, sondern aus vier fast fingerdicken Eisenstäben, die durch drei Ringe miteinander verbunden waren. Sie mußten unter den Hosen getragen werden. An dem mittleren Ring war ein Riemen angebracht, der mit dem anderen Ende an dem unmittelbar auf dem Hemd getragenen Leibriemen befestigt war.

Ich erinnere mich noch an meinen ersten Morgen in der Unterkunft. In der Wache am Gefängnistor wurde Reveille getrommelt, und zehn Minuten später schloß der Wachunteroffizier die Unterkunft auf. Die Sträflinge erwachten. Beim trüben Schein einer Sechstelpfund-Talgkerze erhoben sie sich, vor Kälte zitternd, von ihren Pritschen. Die meisten waren vor Schlaftrunkenheit noch schweigsam und mürrisch. Sie gähnten, reckten sich und runzelten ihre gebrandmarkten Stirnen. Manche bekreuzigten sich, andere fingen schon an, sich zu streiten. Die Luft war entsetzlich stickig und verbraucht. Sobald die Tür geöffnet wurde, drang die frische Winterluft herein und zog in Form von Dunstschwaden durch die Unterkunft. Die Sträflinge drängten sich an den Wassereimern; der Reihe nach ergriffen sie die Schöpfkelle, nahmen Wasser in den Mund, spuckten es in die Hände und wuschen sich Gesicht und Finger damit. Das Wasser wurde schon am Abend vom Paraschnik hereingebracht. In jeder Unterkunft gab es laut Reglement einen von der Gemeinschaft gewählten Sträfling für die Aufwartung. Er wurde Paraschnik genannt und ging nicht mit zur Arbeit. Seine Tätigkeit bestand darin, für Sauberkeit in der Unterkunft zu sorgen, die Pritschen und den Fußboden zu scheuern und aufzuwischen, den Nachtkübel hereinzuholen und hinauszuschaffen und zwei Eimer frisches Wasser bereitzustellen – morgens zum Waschen und tagsüber zum Trinken. Um die einzige Schöpfkelle, die vorhanden war, entbrannte sofort ein Streit.

»Was drängst du dich vor, Gebrandmarkter!« knurrte ein finster blickender, langer, hagerer Sträfling mit brünettem Teint und merkwürdigen Höckern auf dem rasierten Schädel und knuffte einen Dicken, Untersetzten mit heiterem gerötetem Gesicht. »Bleibe gefälligst an deinem Platz!«

»Was schreist du so! Für eine Bleibe muß man bei uns bezahlen. Verzieh du dich doch! Schmeißt sich hier in Positur wie ein Denkmal! Dabei hat er kein bißchen was Bonforzionöses an sich, Jungs.«

Das Bonforzionös verfehlte seine Wirkung nicht: viele lachten. Das hatte der lustige Dicke auch nur gewollt, der in der Unterkunft offenbar freiwillig so etwas wie den Possenreißer spielte. Der Lange blickte ihn mit abgrundtiefer Verachtung an.

»So ein Hornochse!« konstatierte er. »Hat sich am Gefängnisbrot dick gefressen! Ich freu mich schon auf die zwölf Ferkel, die er nach den Fasten für die erste Fleischmahlzeit werfen wird.«

Nun wurde der Dicke doch böse.

»Und was bist du für ein Tier?« schrie er plötzlich und lief rot an.

»Eben ein Tier!«

»Was für eines?«

»So eines.«

»Aber was für eines?«

»Kurzum so eines.«

»Ja, aber was denn für eines?«

Die beiden durchbohrten einander mit Blicken. Die Fäuste geballt, als wollte er im nächsten Moment auf den anderen losgehen, wartete der Dicke auf Antwort. Ich glaubte tatsächlich, es würde eine Schlägerei geben. Für mich war das alles neu, und ich sah interessiert zu. Doch später merkte ich, daß derartige Szenen völlig harmlos waren und wie in einer Komödie nur zum allgemeinen Gaudium dargeboten wurden; zu einer Schlägerei kam es fast nie. Das Ganze war recht bezeichnend und charakterisiert die Gepflogenheiten im Gefängnis.

Der Lange stand ruhig und erhaben da. Er spürte, daß alle auf ihn blickten und gespannt waren, ob er sich mit seiner Antwort blamieren würde oder nicht, daß es galt, sich zu behaupten und zu beweisen, daß er tatsächlich ein Tier sei, und anzugeben, was für eines. Mit unsäglicher Verachtung musterte er seinen Widersacher aus den Augenwinkeln, bemüht, ihn zwecks noch größerer Demütigung über die Schulter hinweg von oben herab anzusehen, als betrachtete er ihn wie einen winzigen Käfer, und sagte langsam und vernehmlich: »Ein großes!«

Was soviel hieß wie, er sei eine große Persönlichkeit. Eine laute Lachsalve belohnte die Schlagfertigkeit des Sträflings.

»Ein Halunke bist du, aber kein großes Tier!« brüllte der Dicke, der sich auf der ganzen Linie geschlagen fühlte, in höchster Wut.

Doch kaum nahm der Streit ernstere Formen an, wies man die beiden Kämpen sogleich in die Schranken.

»Was soll der Krach!« schrie die ganze Unterkunft auf sie ein.

»Prügelt euch lieber, statt euch anzubrüllen!« rief jemand aus einer Ecke.

»Die und sich prügeln!« ertönte es als Antwort. »Das Volk hier ist forsch, hitzig – unser sieben fürchten nicht mal einen.«

»Die beiden sind grad die Richtigen! Der eine ist wegen 'nem Pfund Brot ins Gefängnis gewandert, und der andre ist 'ne Kopekenhure; hat nur mal eben bei 'ner Schickse dicke Milch geschleckt und dafür die Knute geschmeckt.«

»Na, na, na! Schluß jetzt!« rief der Invalide, der als Ordnungshüter mit in der Unterkunft wohnte und deshalb in einer Ecke auf einer Einzelpritsche schlief.

»Wasser, Kinder! Der Nievalide Petrowitsch ist aufgewacht. Für den Nievaliden Petrowitsch, unseren lieben Bruder!«

»Bruder! Wieso bin ich dein Bruder? Haben noch keinen Rubel zusammen vertrunken – aber Bruder!« brummte der Invalide und zwängte sich in seinen Mantel.

Man machte sich zum Appell fertig; es begann zu tagen; in der Küche war es brechend voll, kaum durchzukommen. Die Sträflinge drängten sich in ihren Pelzjoppen und zweifarbigen Mützen vor dem Brot, das ihnen einer der Köche aufschnitt. Die Köche wurden von der Tischgemeinschaft gewählt, für jede Küche zwei. Sie hatten auch das Küchenmesser zum Brot- und Fleischschneiden in Verwahrung, ein einziges für die ganze Küche.

In allen Ecken und an den Tischen hatten Sträflinge Platz genommen, in Pelzjoppe, Mütze und gegürtet, bereit, sofort zur Arbeit auszurücken. Manche hatten Holzsatten mit Kwaß vor sich stehen. Dahinein brockten sie das Brot und löffelten es dann aus. Der Lärm war unerträglich; doch in den Ecken unterhielten sich einige ruhig und vernünftig.

»Gesegnete Mahlzeit, Antonytsch! Grüß dich, alter Knabe!« sagte ein junger Sträfling zu einem zahnlosen Griesgram und setzte sich zu ihm.

»Grüß dich, wenn's dir ernst ist«, antwortete der, ohne aufzublicken, und mühte sich weiter ab, das Brot mit seinen zahnlosen Kiefern zu mummeln.

»Ich hab schon gedacht, Antonytsch, du lebst nicht mehr, wahrhaftig!«

»I wo! Stirb du nur zuerst; ich folg später nach ...«

Ich ließ mich in ihrer Nähe nieder. Rechts von mir unterhielten sich zwei gesetzte Sträflinge, die offensichtlich bemüht waren, sich voreinander nichts zu vergeben.

»Mir klaut bestimmt keiner was«, sagte der eine. »Eher befürcht ich, mein Lieber, daß ich selber was klaue.«

»Nun, auch an mir soll sich ja keiner vergreifen; er würde sich die Finger verbrennen.«

»Wer kann sich an dir schon die Finger verbrennen! Bist auch nur ein Sträfling; ein anderer Titel steht uns nicht zu ... Sie wird dich ausnehmen und nicht mal Dankeschön sagen. Da bin auch ich mein bißchen Geld losgeworden, mein Bester. Neulich kam sie von sich aus. Aber wohin mit ihr? Hab bei Henker-Fedka nachgefragt; der hat in der Vorstadt noch ein Haus, das hat er vom grindigen Solomonka, dem Juden, gekauft, selbigem, der sich dann aufgehängt hat ...«

»Kenn ich. Der war vor drei Jahren bei uns Schnapshändler und hieß mit Spitznamen Spelunken-Grischka. Kenn ich.«

»Kennst du nicht; der Spelunken-Grischka ist 'n andrer.«

»Von wegen 'n andrer! Keine Ahnung hast du! Ich bring dir so viele Zwischenhändler ...«

»Du und bringen! Wo kommst du schon her! Und wer bin ich!«

»Wer du bist? Hab dir oft genug das Fell gegerbt, das ist nicht geprotzt, und da fragst du noch, wer du bist!«

»Du und mir das Fell gegerbt! Wer mich verprügeln will, muß noch geboren werden; und wer mich verprügelt hat, liegt schon unter der Erde.«

»Du Pest von Bendery!«

»Am Milzbrand sollst du krepieren!«

»Ein Türkensäbel soll dich treffen!«

Und schon war die schönste Schimpferei im Gange.

»Na, na, na! Die geraten ja mächtig in Rage!« ertönte es ringsum. »Seid in der Freiheit nicht zurechtgekommen; nun freut euch, daß ihr hier euer Brot habt ...«

Man beschwichtigte sie sogleich. Sich zu beschimpfen, mit der Zunge »Hiebe auszuteilen« war erlaubt. Teilweise war es sogar ein Gaudium für alle. Aber Handgreiflichkeiten ließ man selten zu, und nur in Ausnahmefällen prügelten sich die Kontrahenten. Schlägereien mußten dem Major gemeldet werden; es gab eine Untersuchung, der Major erschien persönlich – kurzum, alle hatten Unannehmlichkeiten, und so ließen sie es gar nicht erst zu Schlägereien kommen. Und auch die Kontrahenten selbst beschimpften sich mehr zum Zeitvertreib, als Stilübung. Nicht selten machten sie sich nur was vor, begannen sie furchtbar erregt und wütend, so daß man meinte, gleich würden sie sich aufeinander stürzen; doch nichts geschah – sie steigerten sich bis zu einem gewissen Punkt und trennten sich dann. Anfangs wunderte mich das sehr. Ich habe hier absichtlich ein ganz gewöhnliches Katorga-Gespräch als Beispiel angeführt. Zuerst vermochte ich mir einfach nicht vorzustellen, wie man sich zum Vergnügen beschimpfen und darin einen Zeitvertreib, eine prächtige Übung, eine Annehmlichkeit sehen kann. Übrigens darf man dabei auch die Eitelkeit nicht außer acht lassen; stand doch ein schimpfgewandter Dialektiker in hohem Ansehen. Nur daß man ihm nicht applaudierte wie einem Schauspieler.

Bereits am Abend des vorhergehenden Tages hatte ich bemerkt, daß man mich scheel ansah.

Ich hatte schon etliche finstere Blicke aufgefangen. Andere Sträflinge hingegen strichen um mich herum, in der Annahme, ich hätte Geld. Sie versuchten sich sogleich lieb Kind zu machen: Sie zeigten mir, wie ich die neuen Fesseln tragen müsse, und besorgten mir, natürlich gegen Geld, einen kleinen verschließbaren Koffer, in dem ich die mir bereits ausgehändigten Anstaltssachen und das bißchen Wäsche verwahren konnte, die ich ins Gefängnis mitgebracht hatte. Doch gleich am nächsten Tag stahlen sie mir meine Wäsche und vertranken sie. Einer von ihnen erwies sich in der Folge als überaus anhänglich, obschon er nicht aufhörte, mich bei jeder sich bietenden Gelegenheit zu bestehlen. Er tat das ohne alle Scham, beinahe unbewußt, gleichsam als Pflichtübung, und man konnte ihm beim besten Willen nicht gram sein.

Unter anderem belehrten sie mich, ich müsse meinen eigenen Tee haben; auch wäre es nicht schlecht, wenn ich mir einen Teekessel anschaffte. Fürs erste besorgten sie mir einen fremden zur zeitweiligen Benutzung und empfahlen mir einen Koch, der mir für dreißig Kopeken im Monat zubereiten würde, was mein Herz begehre, wenn ich gesondert zu essen und mir Verpflegung zu kaufen wünschte. Selbstverständlich borgten sie sich Geld von mir, und allein schon am ersten Tag kam jeder von ihnen mindestens dreimal, mich anzupumpen.

Ehemalige Adlige werden in der Katorga im allgemeinen scheel und mißgünstig angesehen.

Obwohl sie aller ihrer Standesrechte beraubt und den übrigen

Sträflingen völlig gleichgestellt sind, erkennen diese sie niemals als ihre Kameraden an. Das geschieht nicht einmal aus einem bewußten Vorurteil heraus, sondern einfach so, ganz spontan und unbewußt. Sie sahen in uns offensichtlich immer noch die Adligen, ungeachtet dessen, daß sie uns gern mit unserem Abstieg hänselten.

»Nichts da, jetzt ist's aus und vorbei! Einst sah man Pjotr stolz durch Moskau gehen, jetzt muß der Pjotr Seile drehen!« Und dergleichen Liebenswürdigkeiten mehr.

Mit Vergnügen beobachteten sie unsere Leiden, die wir wiederum vor ihnen zu verbergen suchten. Besonders schimpften sie anfangs bei der Arbeit über uns, weil wir nicht so viel Kraft hatten wie sie und keine vollwertige Hilfe für sie waren. Nichts ist schwerer, als das Vertrauen des einfachen Volkes (vor allem dieser Art Volk) zu gewinnen und sich seine Liebe zu verdienen.

In der Katorga gab es etliche Adlige. Erstens fünf Polen, auf die ich später noch einmal zu sprechen komme. Sie waren bei den übrigen Sträflingen furchtbar unbeliebt, mehr noch als die verbannten russischen Adligen. Die Polen – ich rede hier nur von den politischen Verbrechern – waren ihnen gegenüber ausgesucht, ja geradezu beleidigend höflich, äußerst reserviert und vermochten ihren Widerwillen gegen sie nicht zu verhehlen. Die Sträflinge merkten das sehr wohl und zahlten es ihnen gewöhnlich mit gleicher Münze heim.

Fast zwei Jahre meines Gefängnisaufenthaltes benötigte ich, um die Zuneigung einiger Sträflinge zu erwerben. Schließlich jedoch genoß ich die Sympathie der meisten von ihnen, hielten sie mich für einen »guten« Menschen.

An russischen Adligen waren außer mir noch vier da. Einer von ihnen, eine gemeine, widerwärtige Kreatur, war schrecklich verkommen, ein berufsmäßiger Spitzel und Denunziant. Ich hatte schon vor meiner Ankunft im Gefängnis von ihm gehört und brach gleich in den ersten Tagen alle Beziehungen zu ihm ab. Der zweite war jener Vatermörder, von dem ich bereits in meinen Aufzeichnungen gesprochen habe. Der dritte war Akim Akimytsch. Selten habe ich so einen komischen Kauz wie ihn gesehen. Er hat sich meinem Gedächtnis fest eingeprägt. Er war lang und hager, wenig intelligent und schrecklich ungebildet, ein großer Moralprediger und akkurat wie ein Deutscher. Die anderen Sträflinge machten sich über ihn lustig; manche jedoch fürchteten sich

»Dieser Major war so etwas wie ein Monster für die Sträflinge; er hatte sie so weit gebracht, daß sie vor ihm zitterten.« S. 22

wegen seines nörglerischen, anmaßenden und rechthaberischen Wesens sogar davor, sich mit ihm abzugeben. Vom ersten Augenblick an hatte er sich bei ihnen angebiedert, sich mit ihnen gestritten und sogar geprügelt. Dabei war er grundanständig. Bemerkte er eine Ungerechtigkeit, mischte er sich sofort ein, selbst wenn es ihn gar nichts anging. Er war in höchstem Grade naiv; schimpfte er zum Beispiel mit anderen Sträflingen, so hielt er ihnen mitunter vor, daß sie Diebe waren, und versuchte sie ernstlich zu überreden, nicht mehr zu stehlen. Er hatte im Kaukasus als Fähnrich gedient. Gleich am ersten Tag freundeten wir uns miteinander an, und er erzählte mir sofort seinen Fall. Er hatte als Unteroffizier in einem Infanterieregiment im Kaukasus angefangen und lange schweren Dienst geleistet, war endlich zum Offizier befördert und zum Kommandanten einer Festung ernannt worden. Ein botmäßiger kleiner Fürst in der Nachbarschaft unternahm eines Nachts einen Überfall auf seine Festung und setzte sie in Brand; der Überfall mißlang. Akim Akimytsch griff zu einer List: Er tat, als wisse er nicht, wer der Übeltäter sei und schob die Schuld auf feindliche Stämme. Einen Monat darauf aber lud er den Fürsten in aller Freundschaft zu sich ein. Der kam auch, nichts Böses ahnend. Akim Akimytsch ließ seine Mannschaft antreten. Dann überführte er den Fürsten vor allen, machte ihm Vorwürfe und hielt ihm vor Augen, wie schändlich es sei, Festungen anzuzünden. Anschließend belehrte er ihn gründlichst darüber, wie er als botmäßiger Fürst sich in Zukunft zu verhalten habe, und schoß ihn am Ende nieder. Seinen Vorgesetzten erstattete er unverzüglich mit allen Einzelheiten davon Meldung. Daraufhin machte man ihm den Prozeß und verurteilte ihn zum Tode, milderte die Strafe jedoch und verbannte ihn für zwölf Jahre nach Sibirien, zu Katorga zweiter Kategorie, in Festungen. Er war sich vollauf bewußt, falsch gehandelt zu haben, und verriet mir, er sei sich auch schon vor der Erschießung des Fürsten darüber klar gewesen, habe gewußt, daß Botmäßige nach Recht und Gesetz abzuurteilen seien. Doch dessenungeachtet schien er seine Schuld nicht so recht einzusehen.

»Aber ich bitte Sie! Er hatte doch meine Festung in Brand gesteckt! Sollte ich ihm dafür vielleicht noch Dankeschön sagen?« antwortete er mir auf meine Einwendungen.

Obwohl sich die Sträflinge über Akim Akimytschs Einfalt amüsierten, achteten sie ihn wegen seiner Gewissenhaftigkeit und Geschicklichkeit.

Gab es doch kein Handwerk, auf das sich Akim Akimytsch nicht verstand. Er war Tischler, Schuhmacher, Maler, Vergolder und Schlosser, und all das hatte er erst in der Katorga gelernt. Alles eignete er sich autodidaktisch an: Er brauchte nur einmal zuzuschauen, und schon konnte er es. Er verfertigte auch allerlei Kästchen, Körbe, Laternen und Kinderspielsachen und verkaufte sie in der Stadt. Auf diese Weise hatte er immer etwas Geld, und dafür schaffte er sich dann stracks zusätzliche Wäsche, ein weicheres Kopfkissen, eine zusammenlegbare Matratze an. Er war in derselben Unterkunft untergebracht wie ich und erwies mir in den ersten Tagen der Katorga viele gute Dienste.

Bevor die Sträflinge aus dem Gefängnis zur Arbeit ausrückten, traten sie in zwei Reihen vor dem Wachgebäude an; vor und hinter ihnen nahmen die Begleitmannschaften mit geladenem Gewehr Aufstellung. Es erschienen ein Pionieroffizier, ein Unteroffizier und einige Pioniere von niedrigem Rang, die die Arbeiten zu beaufsichtigen hatten. Der Unteroffizier ließ die Sträflinge durchzählen und schickte sie gruppenweise dorthin, wo Arbeitskräfte benötigt wurden.

Mit anderen zusammen wurde ich in die Pionierwerkstätten gebracht. Das war ein niedriges Steingebäude auf einem großen Hof, auf dem in Mengen verschiedenes Material lagerte. Dort befanden sich eine Schmiede, eine Schlosserei, eine Tischlerei, eine Malerwerkstatt und anderes mehr. Akim Akimytsch mußte ebenfalls dorthin; er arbeitete in der Malerwerkstatt, kochte Firnis, mischte Farben und strich Tische und andere Möbel nußbaumartig an.

Während ich darauf wartete, daß mir andere Fesseln angeschmiedet wurden, kam ich mit Akim Akimytsch ins Gespräch, über meine ersten Eindrücke im Gefängnis.

»Ja, mein Lieber, den Adligen sind sie nicht grün«, bemerkte er, »vor allem den Politischen nicht; sie freuen sich, wenn sie denen das Leben schwer machen können. Und das ist auch kein Wunder. Erstens seid ihr ein anderer Menschenschlag als sie, und zweitens haben sie alle vorher entweder einem Gutsbesitzer gehört oder sind Soldaten gewesen. Urteilen Sie selbst, ob sie euch da lieben können! Unser Leben hier, kann ich Ihnen sagen, ist nicht leicht. Aber in den russischen Strafkompanien ist es noch schwerer. Wir haben hier welche von dort, die können unser Gefängnis gar nicht genug loben, als wären sie aus der Hölle ins

Paradies gekommen. Nicht die Arbeit ist das Schlimme. Dort in der ersten Kategorie, so sagen sie, ist die Leitung nicht rein militärisch; zumindest verfährt sie anders als bei uns. Dort, so sagen sie, kann der Verbannte sein eigenes Quartier haben. Ich bin da nicht gewesen, aber so erzählen sie's. Der Kopf wird ihnen nicht rasiert, und sie gehen nicht in Anstaltskleidung; wiewohl es, nebenbei gesagt, auch sein Gutes hat, daß man bei uns uniformiert und rasiert ist; 's liegt mehr Ordnung drin und ist auch fürs Auge angenehmer. Denen allerdings gefällt's nicht. Sehen sie doch, was das für ein Pack ist! Der eine ist ein Kantonist, der andere ein Tscherkesse, der dritte ein Raskolnik, der vierte ein rechtgläubiges Bäuerlein, das seine Familie, die lieben Kinder in der Heimat zurückgelassen hat, der fünfte ein Jude, der sechste ein Zigeuner, der siebte ich weiß nicht was, und sie alle müssen um jeden Preis zusammen leben, sich miteinander vertragen, aus einer Schüssel essen, auf einer Pritsche schlafen. Und was ist das schon für eine Freiheit: Einen Extrahappen kann man nur heimlich futtern, jeden Groschen muß man im Stiefel verstecken, und immer und überall nur das Gefängnis! Da kommt man unwillkürlich auf dumme Gedanken.«

Aber das wußte ich alles schon. Mir lag besonders daran, Näheres über unseren Major zu erfahren. Akim Akimytsch machte aus seinem Herzen keine Mördergrube, und ich weiß noch, daß mein Eindruck nicht gerade der beste war.

Doch noch zwei Jahre sollte ich unter der Fuchtel dieses Mannes leben. Alles, was mir Akim Akimytsch über ihn erzählt hatte, erwies sich als reine Wahrheit, nur mit dem Unterschied: der Eindruck der Wirklichkeit ist stets noch stärker als der vom bloßen Hörensagen. Furchtbar war dieser Mensch vor allem deshalb, weil er als fast unumschränkter Gebieter über zweihundert Seelen herrschte. An und für sich war er nur ein zügelloser und böser Mensch, nichts weiter. Die Sträflinge betrachtete er als seine natürlichen Feinde, und das war sein erster und hauptsächlicher Fehler. Er besaß tatsächlich einige Fähigkeiten; aber alles, selbst das Gute, äußerte sich bei ihm in entstellter Form. Unbeherrscht und böse, wie er war, kam er manchmal sogar nachts ins Gefängnis gestürmt, und wenn er feststellte, daß einer der Sträflinge auf der linken Seite oder auf dem Rücken schlief, bestrafte er ihn am nächsten Morgen. »Schlaf gefälligst auf der rechten Seite, wie ich es befohlen habe«, herrschte er ihn an. Im Gefängnis haßte und fürchtete man ihn wie die Pest. Sein Gesicht sah puterrot und grimmig aus. Wie alle wußten, hatte Fedka, sein Bursche, ihn ganz in der Hand. Über alles liebte er Tresorka, seinen Pudel, und als der eines Tages krank wurde, verlor er vor Kummer fast den Verstand. Wie man sich erzählte, beweinte er ihn wie einen leiblichen Sohn. Den Tierarzt jagte er davon und hätte sich seiner Gewohnheit nach fast noch mit ihm geprügelt. Als er von Fedka hörte, im Gefängnis gebe es einen Sträfling, der Veterinär-Autodidakt sei und große Heilerfolge habe, ließ er ihn unverzüglich holen.

»Hilf dem Tier, und ich belohne dich fürstlich! Kuriere Tresorka!« rief er dem Sträfling entgegen.

Der, ein sibirischer Bauer, klug und gewitzt, war tatsächlich ein recht tüchtiger Veterinär, aber eben auch ein echtes Bäuerlein.

»Ich guck mir Tresorka an«, erzählte er später den anderen Sträflingen; übrigens erst lange nach seiner Visite beim Major, als bereits Gras über die ganze Geschichte gewachsen war, »und was sehe ich: Der Hund liegt auf einem weichen Kissen auf dem Sofa. Und da stell ich doch fest, er hat eine Entzündung, man brauchte ihn bloß zur Ader lassen, dann würde er wieder gesund. Das ist die reine Wahrheit! Bei mir aber denk ich: Und was ist, wenn ich ihn nicht kuriere, wenn er krepiert? Nein, Euer Hochwohlgeboren, sag ich, man hat mich zu spät geholt. Ja, gestern oder vorgestern um diese Zeit, da hätt ich den Hund noch kuriert; aber jetzt kann ich ihn auch nicht mehr retten.«

Und so starb denn Tresorka.

Man erzählte mir auch ausführlich, wie einmal jemand unseren Major umbringen wollte. Da gab es einen Sträfling, der bereits seit Jahren in unserem Gefängnis lebte und sich durch demütiges Verhalten auszeichnete. Auffallend war auch, daß er fast nie mit jemand sprach. Und so herrschte die Meinung, er sei nicht ganz richtig im Kopf. Er konnte lesen und schreiben und las in seinem letzten Lebensjahr ständig in der Bibel, Tag und Nacht. Mitten in der Nacht, wenn alles schlief, stand er auf, zündete sich ein wächsernes Kirchenlicht an, kletterte auf den Ofen, schlug das Buch auf und las bis zum Morgen. Eines Tages ging er zum Unteroffizier und erklärte ihm, er wolle nicht zur Arbeit gehen. Das wurde dem Major gemeldet. Der schäumte vor Wut und kam sofort persönlich angeprescht. Der Sträfling stürzte sich mit einem bereitgehaltenen Ziegelstein auf ihn, verfehlte ihn jedoch. Er wurde ergriffen, verurteilt und bestraft. Das alles ging ganz schnell. Drei Tage danach starb er im Lazarett. Auf dem Sterbebett erklärte er, er sei niemandem böse, er habe nur leiden wollen. Er gehörte übrigens keiner schismatischen Sekte an. Im Gefängnis erinnerte man sich seiner voller Achtung.

Endlich wurden mir die neuen Fesseln angeschmiedet. Unterdessen hatten sich in der Werkstatt nacheinander einige Kringelverkäuferinnen eingefunden. Manche von ihnen waren noch kleine Mädchen. Bis sie erwachsen wurden, kamen sie gewöhnlich mit Kringeln, die ihre Mütter gebacken hatten, und verkauften sie. Waren sie dann erwachsen, kamen sie weiterhin, nun aber ohne Kringel: das war fast schon so gang und gäbe. Es waren jedoch auch Ältere darunter. Ein Kringel kostete zwei Kopeken, und fast alle Sträflinge kauften welche.

Ein Sträfling fiel mir auf, ein rotwangiger, aber schon grauhaariger Tischler, der mit den Kringelverkäuferinnen schäkerte. Bevor sie kamen, schlang er sich noch schnell ein Tuch aus leuchtendrotem Kattun um den Hals. Eine über und über pockennarbige, stramme junge Frau stellte ihre Mulde auf seine Hobelbank. Zwischen ihnen entspann sich ein Gespräch.

»Warum sind Sie denn gestern nicht gekommen?« erkundigte sich der Sträfling mit selbstgefälligem Lächeln.

»Von wegen! Ich war da, aber von Ihnen keine Spur«, entgegnete die kecke junge Frau.

»Wir wurden gebraucht; sonst wären wir bestimmt zur Stelle gewesen. Aber vorgestern sind alle von Ihnen zu mir gekommen.«

»Wer denn alles?«

»Marjaschka war da, Chawroschka war da, Tschekunda war da, die Zweigroschenmamsell war da ...«

»Was hat das zu bedeuten?« fragte ich Akim Akimytsch. »Ist denn so was möglich?«

»Das kommt schon vor«, antwortete er und schlug sittsam die Augen nieder, denn er war ein überaus keuscher Mensch.

Natürlich kam so etwas vor, aber nur sehr selten und unter den größten Schwierigkeiten. Zum Beispiel gab es überhaupt mehr Liebhaber des Alkohols als solcher Dinge, ungeachtet der natürlichen Drangsale dieses aufgezwungenen Daseins. An Frauen war schwer heranzukommen. Man mußte Zeit und Ort richtig wählen, sich einig werden, ein Rendezvous verabreden, einen einsamen Platz finden, was besonders schwierig war, sich die Begleitsoldaten geneigt machen, was noch schwieriger war, und, relativ gesehen, eine Unmenge Geld ausgeben. Dessenungeachtet hatte ich später wiederholt Gelegenheit, Zeuge von Liebesszenen zu sein. Ich weiß noch, wie wir uns einmal im Sommer zu dritt in einem Schuppen am Ufer des Irtysch aufhielten und einen Brennofen heizten. Die Begleitsoldaten waren gutmütige Burschen. Nach einer Weile fanden sich zwei »Souffleusen« ein, wie die Sträflinge jene Frauen zu nennen pflegten.

»Wo haben Sie sich denn so lange rumgetrieben? Bei den Swerkows, nicht wahr?« empfing sie der Sträfling, zu dem sie kamen und der schon lange auf sie gewartet hatte.

»Ich und mich herumgetrieben? Die Elster vorhin hat länger auf ihrem Pfahl gehockt als ich bei denen«, erwiderte unbekümmert die eine, ein junges Mädchen.

Sie war jene Tschekunda und das schmutzigste Mädchen von der Welt. Mit ihr war die Zweigroschenmamsell gekommen. Ihr Aussehen spottete jeder Beschreibung.

»Auch Sie hab ich lange nicht gesehen«, fuhr der Schürzenjäger, sich an die Zweigroschenmamsell wendend, fort. »Ich glaub, Sie sind schlanker geworden?«

»Kann schon sein. Vorher war ich ganz schön mollig; aber jetzt bin ich schlank wie eine Gerte.«

»Halten Sie's immer noch mit den Herrn Soldaten?«

»Nein, da haben uns böse Zungen bei Ihnen verleumdet. Aber was ist schon dabei! Lieber eine Rippe hergeben, als ohne Soldatenliebe leben!«

»Lassen Sie die Soldaten laufen und lieben Sie uns; wir haben Geld ...«

Zur Vervollständigung des Bildes stelle man sich diesen Herzensbrecher einmal vor: mit rasiertem Kopf, gefesselt, in Sträflingskleidung und unter Bewachung!

Ich verabschiedete mich von Akim Akimytsch, und als ich erfuhr, ich dürfe ins Gefängnis zurück, begab ich mich in Begleitung eines Wachsoldaten dorthin. Die Sträflinge fanden sich bereits wieder ein. Als erste kehrten diejenigen von der Arbeit zurück, denen man ein bestimmtes Pensum vorgegeben hatte. Das einzige Mittel, einen Sträfling zu fleißiger Arbeit zu zwingen, ist, ihm ein bestimmtes Pensum aufzuerlegen. Mitunter ist es sehr groß, dennoch wird es doppelt so schnell erledigt, als wenn man den Sträfling zwänge, bis zum Mittagssignal zu arbeiten. War das

Pensum geschafft, ging der Sträfling ungehindert heim; niemand hielt ihn mehr zurück.

Zu Mittag gegessen wurde nicht gemeinsam, sondern wie es sich gerade ergab, wie die Sträflinge kamen; die Küche hätte sie auch gar nicht alle zugleich gefaßt. Ich probierte die Kohlsuppe, bekam sie jedoch, da ich sie noch nicht gewohnt war, nicht herunter und brühte mir Tee auf. Zusammen mit einem Kameraden, der ebenso wie ich Adliger war, setzte ich mich ans Ende eines Tisches.

Sträflinge kamen und gingen. Es war übrigens reichlich Platz, da sich noch nicht alle eingefunden hatten. Eine Gruppe von fünf Mann saß für sich an einem großen Tisch. Der Koch füllte ihnen die Kohlsuppe in zwei Schüsseln und stellte ihnen eine ganze Tonbratpfanne mit gebratenem Fisch hin. Sie feierten irgend etwas und verzehrten ihr eigenes Essen. Uns bedachten sie mit scheelen Blicken. Da kam ein Pole herein und setzte sich neben uns.

»Ich war nicht da, aber ich weiß alles!« rief mit lauter Stimme ein hochgewachsener Sträfling beim Betreten der Küche und ließ seinen Blick über die Anwesenden schweifen. Er war um die Fünfzig, hager, aber muskulös. Seine Miene war pfiffig und vergnügt zugleich. Besonders fiel seine herabhängende dicke Unterlippe auf, durch die sein Gesicht überaus komisch wirkte.

»Na, gut geschlafen? Wo bleibt eure Begrüßung? Unseren Kurskern eine gesegnete Mahlzeit!« fügte er hinzu und setzte sich zu den ihr eigenes Essen Verzehrenden. »Heißt euren Gast willkommen!«

»Aber wir sind gar keine Kursker, mein Lieber!«

»Dann eben unseren Tambowern?«

»Auch keine Tambower. Bei uns, mein Lieber, gibt's für dich nichts zu holen. Troll dich zu einem reichen Kumpel und bitt den.«

»In meinem Bauch, Freunde, geben sich heut Iwan Zieher und Marja Knurre ein Stelldichein. Wo ist er denn zu finden, der reiche Kumpel?«

»Der Gasin ist reich; zu dem geh nur.«

»Gasin, Freunde, praßt heute, der besäuft sich. Seinen ganzen Zaster versäuft er.«

»Zwanzig Rubel besitzt er«, bemerkte ein anderer. »Es lohnt sich, Freunde, Branntweinhändler zu sein!«

»Ihr ladet mich also nicht ein? Na, dann löffeln wir eben Anstaltssuppe.«

»Geh doch und bitt um Tee! Die Herrschaften da trinken welchen.«

»Was für Herrschaften? Hier gibt's keine Herrschaften. 's sind jetzt genau solche wie wir«, brummte finster ein in der Ecke sitzender Sträfling, der bisher noch kein Wort gesprochen hatte.

»Würd schon ganz gerne Tee trinken, aber es ist mir peinlich, drum zu bitten – wir haben auch unsren Stolz!« versetzte der Sträfling mit der dicken Lippe und blickte uns treuherzig an.

»Wenn Sie wollen, schenk ich Ihnen welchen ein«, sagte ich, ihn einladend. »Möchten Sie?«

»Ob ich möchte? Wie sollt ich nicht!« Er kam zu uns an den Tisch.

»Sieh einer an! Zu Haus hat er mit dem Bastschuh Kohlsuppe gefressen, hier aber ist er auf Tee versessen. Hat Appetit auf herrschaftliche Getränke«, brummte wiederum der finster blickende Sträfling.

»Trinkt denn hier sonst niemand Tee?« fragte ich ihn. Doch er würdigte mich keiner Antwort.

»Da bringen sie Kringel! Dann spendieren Sie mir mal auch einen Kringel!«

Die Kringel wurden hereingebracht. Ein junger Sträfling trug ein ganzes Bündel davon und verkaufte sie innerhalb des Gefängnisses. Die Kringelverkäuferin überließ ihm jeden zehnten kostenlos; und auf diesen Kringel spekulierte er schon.

»Kringel! Kringel!« rief er beim Betreten der Küche. »Moskauer, noch ganz heiß! Würd sie gern selber essen, aber ich brauch Geld. Na, Jungs, ein Kringel ist noch übrig. Wer hat eine Mutter gehabt?«

Dieser Hinweis auf die Mutterliebe brachte alle zum Schmunzeln, und man nahm ihm etliche Kringel ab.

»Na, Freunde«, fuhr er fort, »der Gasin läßt sich ja heute vollaufen; das nimmt kein gutes Ende! Du meine Güte! Eine schlechte Zeit hat er sich ausgesucht! Jeden Moment kann der Achtäugige hier aufkreuzen!«

»Dann verstecken sie ihn. Ist er schon völlig betrunken?«

»I wo! Er ist wütend und randaliert.«

»Na, dann will er wohl noch unsere Fäuste zu spüren kriegen.«

»Von wem ist denn die Rede?« fragte ich den neben mir sitzenden Polen.

»Von Gasin, einem Sträfling. Er handelt hier mit Branntwein.

Sobald er Geld verdient hat, vertrinkt er es. Er ist brutal und böse; das heißt, nüchtern ist er friedlich. Betrinkt er sich jedoch, so gerät er außer sich und geht mit dem Messer auf andre los. Dann bringen sie ihn zur Räson.«

»Wie denn?«

»Ein Dutzend Sträflinge stürzen sich auf ihn und dreschen auf ihn ein, bis er besinnungslos ist, das heißt, sie schlagen ihn halbtot. Dann legen sie ihn auf eine Pritsche und decken ihn mit einer Pelzjoppe zu.«

»Aber dabei könnten sie ihn doch leicht totschlagen!«

»Einen andern ja, aber den nicht. Der ist furchtbar stark, stärker als alle hier im Gefängnis, und von höchst kräftiger Konstitution. Am nächsten Morgen steht er dann gesund und munter wieder auf.«

»Sagen Sie bitte«, fragte ich den Polen weiter, »die da verzehren doch auch ihr eigenes Essen, und ich trinke bloß Tee. Und trotzdem sehen sie mich an, als neideten sie mir den Tee. Wie kommt das?«

»Das ist nicht wegen des Tees«, erwiderte der Pole. »Die sind Ihnen nicht grün, weil Sie nicht ihresgleichen, sondern ein adliger sind. Viele von ihnen möchten am liebsten mit Ihnen anbändeln. Sie würden Sie gar zu gerne beleidigen und demütigen. Sie werden hier noch viel Unangenehmes erleben. Es ist hier für uns alle schrecklich schwer. Wir haben es in jeder Beziehung am schwersten. Es erfordert viel Gleichmut, sich daran zu gewöhnen. Wegen des Tees und der Extraverpflegung werden Sie noch öfter Unannehmlichkeiten haben und beschimpft werden, obwohl hier sehr viele recht häufig extra essen und manche ständig Tee trinken. Die dürfen das, aber Sie nicht.«

Nach diesen Worten stand er vom Tisch auf und ging davon. Schon wenige Minuten später traf ein, was er prophezeit hatte.

3 *Die ersten Eindrücke*

Kaum war M-cki (der Pole, der mit mir gesprochen hatte) hinausgegangen, als Gasin, völlig betrunken, in die Küche gestürzt kam.

Ein betrunkener Sträfling, am hellichten Tag, noch dazu einem Werktag, an dem alle zur Arbeit zu gehen hatten, und trotz des strengen Majors, der jeden Augenblick im Gefängnis auftauchen konnte, trotz des Unteroffiziers, der die Aufsicht über die Sträflinge hatte und sich ständig innerhalb des Gefängnisses befand, trotz der Wachposten, trotz der Invaliden, mit einem Wort, trotz all dieser Widrigkeiten, das warf alle Vorstellungen, die ich mir bisher vom Sträflingsdasein gemacht hatte, über den Haufen. Und ich mußte noch ziemlich lange im Gefängnis leben, bis ich mir all die Fakten erklären konnte, die mir in den ersten Tagen der Katorga so rätselhaft waren.

Ich sagte ja bereits, daß die Sträflinge immer noch eine Nebenarbeit hatten und diese Nebenarbeit ein natürliches Bedürfnis in ihrem Dasein war; ferner, daß der Sträfling außerdem das Geld leidenschaftlich liebte und über alles schätzte, beinahe ebenso hoch wie die Freiheit, und daß er sich schon getröstet fühlte, wenn es in seiner Tasche klimperte. Dagegen schien er traurig und niedergeschlagen, unruhig und verzagt, wenn er keines hatte, und war dann zum Stehlen und allen möglichen anderen Dingen bereit, nur um es sich zu beschaffen. Aber obwohl das Geld im Gefängnis solch eine Kostbarkeit war, blieb es nie lange in den Händen des Glücklichen, der es besaß. Denn erstens war es schwierig, es so aufzubewahren, daß es einem nicht gestohlen oder abgenommen wurde. Wenn es der Major bei den überraschenden Durchsuchungen entdeckte, konfiszierte er es auf der Stelle. Mag sein, er verwendete es zur Aufbesserung der Sträflingsverpflegung; jedenfalls wurde es bei ihm abgeliefert. Meistens jedoch wurde es gestohlen; man konnte niemandem trauen. Später fand sich bei uns doch eine Möglichkeit, Geld ganz sicher aufzubewahren. Man gab es einem Altgläubigen, der aus einer der Gemeinden ehemaliger Wetkaer im Starodubje zu uns gekommen war. Ich kann nicht umhin, ein paar Worte über ihn zu sagen, auch wenn ich dadurch vom Thema abschweife.

Er war ein Mann um die Sechzig, klein und grauhaarig. Vom ersten Augenblick an hatte er einen starken Eindruck auf mich gemacht. Er war so ganz anders als die übrigen Sträflinge: In seinem Blick lag etwas so Ruhiges und Sanftes, daß ich ihm, wie ich mich erinnere, stets mit besonderem Vergnügen in die klaren hellen Augen sah, die strahlenförmig von Fältchen umgeben waren. Ich unterhielt mich oft mit ihm; nur selten in meinem Leben bin ich einem so grundehrlichen und gutherzigen Menschen begegnet. Er war wegen eines überaus ernsten Verbrechens dorthin geschickt worden. Von den Starodubjer Altgläubigen hatte sich ein

Teil bekehren lassen. Die Regierung unterstützte sie sehr und unternahm alle Anstrengungen, weitere Nonkonformisten zu bekehren. Gemeinsam mit anderen Fanatikern beschloß der Alte, »für den Glauben einzutreten«, wie er sich ausdrückte. Als man eine Kirche für die Eingläubigen zu bauen begann, steckten sie sie in Brand. Als einer der Rädelsführer wurde der Alte zu Verbannung und Zwangsarbeit verurteilt. Er war ein wohlhabender, Handel treibender Kleinbürger gewesen und hatte Frau und Kinder daheim zurückgelassen, war jedoch unbeugsam in die Verbannung gegangen, weil er in seiner Verblendung »für den Glauben zu leiden« vermeinte. Hätten Sie eine Zeitlang mit ihm zusammen gelebt, so hätten Sie sich unwillkürlich gefragt: Wie kann dieser demütige Mann, der sanft wie ein Kind ist, ein Aufrührer sein? Wiederholt knüpfte ich ein Gespräch »über den Glauben« mit ihm an. Er gab keine seiner Überzeugungen auf; niemals war etwas von Groll und Haß in seinen Entgegnungen zu spüren. Und doch hatte er eine Kirche zerstört und leugnete es auch gar nicht. Auf Grund seiner Überzeugungen schien er seine Tat und die »Leiden«, die er dafür auf sich genommen hatte, für etwas Rühmliches zu halten. Aber wie sehr ich auch darauf achtete, wie gründlich ich ihn auch studierte, niemals bemerkte ich an ihm die leiseste Spur von Eitelkeit oder Stolz. Wir hatten auch andere Altgläubige bei uns im Gefängnis, größtenteils Sibirier. Das waren hochgebildete Leute, pfiffige Bauern, ausgesprochene Bibelkundige und Buchstabengelehrte und auf ihre Weise große Dialektiker; ein hochmütiges, eingebildetes, hinterhältiges und in höchstem Grade unverträgliches Volk. Ein ganz anderer Mensch war dagegen der Alte. Obwohl vielleicht noch bibelkundiger als jene, ging er jedem Meinungstreit aus dem Wege. Seinem Wesen nach war er überaus mitteilsam. Er war heiter und lachte oft – nicht derb und zynisch wie die anderen Sträflinge, sondern ruhig und verhalten, viel kindliche Unbefangenheit lag in diesem Lachen, und das paßte irgendwie gut zu seinen grauen Haaren. Vielleicht irre ich mich, aber ich glaube, daß man am Lachen einen Menschen erkennen kann und, wenn einem bei der ersten Begegnung das Lachen eines völlig Unbekannten sympathisch ist, getrost behaupten darf, der Betreffende sei ein guter Mensch. Im ganzen Gefängnis hatte sich der Alte allgemeine Achtung erworben, brüstete sich jedoch in keiner Weise damit. Die Sträflinge nannten ihn »Opa« und kränkten ihn niemals. In gewisser Beziehung konnte ich verstehen, welchen Einfluß er auf seine Glaubensgenossen gehabt hatte. Doch trotz der äußerlichen Standhaftigkeit, mit der er die Katorga ertrug, nagte ein tiefer, unheilbarer Kummer an ihm, den er vor jedermann zu verbergen trachtete. Ich war in derselben Unterkunft wie er untergebracht. Eines Nachts zwischen zwei und drei wurde ich wach und vernahm leises, unterdrücktes Weinen. Der Alte saß auf dem Ofen – demselben, auf dem vor ihm immer jener Sträfling die ganze Nacht hindurch gelesen und gebetet hatte, der den Major hatte umbringen wollen – und betete nach seinem handschriftlichen Buch. Dabei weinte er, und ich hörte, wie er von Zeit zu Zeit sagte: »O Herr, verlaß mich nicht! Stärke mich, o Herr! Meine kleinen Kinderchen, meine lieben Kinderchen, wir werden uns niemals wiedersehen!« Ich kann gar nicht sagen, wie traurig mich das stimmte. Diesem alten Mann also gaben nach und nach fast alle Sträflinge ihr Geld zur Aufbewahrung. Nahezu alle in der Katorga waren Diebe; doch nun auf einmal gelangten alle, Gott weiß warum, zu der Überzeugung, der Alte könne unmöglich stehlen. Sie wußten, er versteckte das ihm anvertraute Geld an einem so geheimen Ort, daß es niemand finden konnte. Später hat er mir und einigen Polen sein Geheimnis verraten. In einem Pfahl war ein Astknorren, der scheinbar fest mit dem übrigen Holz verwachsen war. Aber er ließ sich herausnehmen und gab den Weg zu einer großen Höhlung im Holz frei. Dort versteckte »Opa« das Geld und setzte dann den Knorren so wieder ein, daß er nie jemand auffiel.

Aber ich bin vom Thema abgewichen. Ich war dabei, zu erklären, weshalb sich das Geld nicht lange in der Tasche eines Sträflings hielt. Abgesehen von der Mühe, darauf aufzupassen, herrschte im Gefängnis eine solche Trostlosigkeit, war der Sträfling seiner Natur nach ein so nach Freiheit dürstendes und schließlich auf Grund seiner sozialen Stellung ein so leichtsinniges und zuchtloses Wesen, daß es ihn natürlich reizte, einmal »richtig auf die Pauke zu hauen« und sein ganzes Kapital zu verprassen, mit Trara und Musik, um wenigstens für einen Augenblick seinen Kummer zu vergessen. Es war geradezu grotesk, mit anzusehen, wie so mancher von ihnen oft monatelang arbeitete, ohne den Kopf zu heben, nur um an einem einzigen Tag seinen ganzen Verdienst bis auf die letzte Kopeke zu verjubeln und dann wieder monatelang bis zum nächsten Gelage zu schuften. Viele von ihnen legten sich mit Vorliebe neue Kleidung zu, und zwar

»Seine Aufgabe bestand darin, seinem betrunkenen Auftraggeber unablässig von einer Unterkunft zur anderen zu folgen und nach Kräften auf der Geige zu fiedeln.« S. 57

unbedingt Zivilsachen, schwarze Hosen beliebiger Art, Überzieher oder Kaftane. Gern getragen wurden auch Kattunhemden und Gürtel mit Messingblechverschlüssen. An Feiertagen putzten sie sich heraus und machten dann die Runde durch sämtliche Unterkünfte, um sich aller Welt zu zeigen. Die Selbstzufriedenheit so eines Gutgekleideten wirkte schon geradezu kindisch; überhaupt waren die Sträflinge in vielen Dingen die reinsten Kinder. Allerdings büßte der Besitzer all diese schönen Sachen bald wieder ein, versetzte sie manchmal noch am selben Abend oder verschleuderte sie zu einem Spottpreis. So ein Gelage ging etappenweise vonstatten. Für gewöhnlich wurde es auf einen Feiertag oder auf den Namenstag des Feiernden gelegt. Der stand schon früh am Morgen auf, stellte eine Kerze vor das Heiligenbild und betete; dann putzte er sich heraus und bestellte sich ein Mittagessen. Rindfleisch und Fisch wurden gekauft und sibirische Pelmeni zubereitet. Er schlug sich den Wanst voll wie ein Ochse, fast immer allein; nur selten wurden Kameraden eingeladen, an dem Mahl teilzunehmen. Nun kam auch Branntwein auf den Tisch; der Feiernde trank, bis er voll war wie eine Haubitze, und schwankte und stolperte dann durch die Unterkünfte, bemüht, allen zu zeigen, daß er betrunken war, daß er »praßte«, und um sich damit allgemeine Achtung zu erwerben. Das russische Volk bringt Betrunkenen immer eine gewisse Sympathie entgegen; im Gefängnis aber erwies man einem solchen Zecher sogar Respekt. Eine Gefängniszecherei hatte etwas Aristokratisches. In Stimmung gekommen, engagierte der Sträfling unbedingt einen Musiker. Es gab einen Polen im Gefängnis, einen Deserteur, einen ganz widerlichen Kerl, der jedoch Geige spielen konnte und sein Instrument – seinen einzigen Besitz – bei sich hatte. Ein Handwerk hatte er nicht erlernt, und so verdiente er sich dadurch etwas, daß er sich von den Feiernden engagieren ließ, ihnen lustige Tanzweisen vorzuspielen. Seine Aufgabe bestand darin, seinem betrunkenen Auftraggeber unablässig von einer Unterkunft zur anderen zu folgen und nach Kräften auf der Geige zu fiedeln. Oft verriet sein Gesicht Langeweile und Überdruß. Doch der Zuruf: »Spiel, hast ja Geld dafür gekriegt!« nötigte ihn, immer weiter zu fiedeln. Ein zechender Sträfling konnte sich fest darauf verlassen, daß die anderen, wenn er völlig betrunken war, auf ihn aufpassen, ihn rechtzeitig schlafen legen und beim Auftauchen von Aufsehern jederzeit verstekken würden, und das alles völlig uneigennützig. Der Unteroffizier und die Invaliden wiederum, die der Ordnung halber im Gefängnis wohnten, konnten ebenfalls beruhigt sein, denn der Betrunkene würde ihnen keine Scherereien machen. Die ganze Unterkunft hatte ein Auge auf ihn, und sollte er randalieren oder aufsässig werden, so würde man ihn sofort zur Räson bringen, ihn sogar kurzerhand binden. Und deshalb drückte das untere Gefängnispersonal in Fällen von Trunkenheit auch beide Augen zu. Wußte es doch ganz genau, ließe man keinen Branntwein zu, so würde das schlimme Folgen haben. Woher aber beschaffte man sich den Branntwein?

Der wurde im Gefängnis bei einem der sogenannten »Zelowalniki« gekauft. Es gab immer mehrere, und sie betrieben ihren Handel ständig und mit Erfolg, obschon im allgemeinen selten getrunken und »gepraßt« wurde, weil so eine Zecherei ziemlich viel kostete und die Sträflinge nur schwer zu Geld kamen. Die Art und Weise, wie solch ein Handel begonnen wurde, sich entwickelte und endete, war recht originell. Nehmen wir an, ein Sträfling hat kein Handwerk gelernt und keine Lust zu arbeiten (solche gab's), will jedoch zu Geld kommen, und das recht schnell, weil er ein ungeduldiger Mensch ist. Er besitzt etwas Kapital für den Anfang, und so beschließt er, mit Branntwein zu handeln – ein kühnes Unterfangen, das große Risikobereitschaft voraussetzt. Kann man doch mit dem eigenen Rücken dafür büßen und auf einen Schlag Ware und Kapital verlieren. Aber der Branntweinhändler läßt es darauf ankommen. Da er nur über wenig Geld verfügt, schmuggelt er den Branntwein das erste Mal selber ins Gefängnis und verkauft ihn natürlich ziemlich gewinnbringend. Er wiederholt den Versuch ein zweites und drittes Mal, und wenn er vom Aufsichtspersonal nicht geschnappt wird, blüht sein Handel rasch auf. Nun stellt er sein Geschäft auf eine breitere Grundlage: Er wird zum Unternehmer, zum Kapitalisten, hält sich Agenten und Gehilfen, riskiert weit weniger und verdient mehr und mehr. Die Gehilfen sind es, die sich statt seiner in Gefahr begeben.

Im Gefängnis gibt es immer eine Menge Leute, die ihr ganzes Geld durchgebracht, die alles bis auf die letzte Kopeke verspielt und verpraßt haben, Menschen ohne Handwerk, armselig und zerlumpt, aber bis zu einem gewissen Grade mit Mut und Entschlossenheit ausgestattet. Diesen Leuten ist als einziges Kapital ihr Rücken verblieben; er kann noch zu etwas dienen, und eben dieses letzte Kapital beschließt der abgebrannte Prasser arbeiten zu lassen. Er geht zu einem Unternehmer und verdingt sich bei ihm dazu, Branntwein ins Gefängnis zu schmuggeln. Ein reicher Branntweinhändler hat mehrere solcher Hilfskräfte. Irgendwo außerhalb des Gefängnisses gibt es wiederum jemand – einen Soldaten, einen Kleinbürger, mitunter sogar eine Dirne –, der für das Geld des Unternehmers und gegen eine bestimmte, verhältnismäßig hohe Provision in einer Schenke Branntwein kauft und an einem einsamen Ort, wohin die Sträflinge zur Arbeit kommen, versteckt. Fast immer prüft der Lieferant zunächst einmal die Qualität des Branntweins und ersetzt das Getrunkene erbarmungslos durch Wasser; braucht ihn ja nicht zu nehmen, der Sträfling darf nicht allzu wählerisch sein; es ist schon viel wert, daß er sein Geld nicht ganz einbüßt und überhaupt Branntwein bekommt, mag er sein, wie er will. Bei diesem Lieferanten tauchen auch die ihm vorher schon vom Branntweinhändler im Gefängnis angekündigten Schmuggler auf und bringen Rinderdärme mit. Diese Därme werden zunächst durchgespült und dann mit Wasser gefüllt; auf diese Weise bewahren sie ihre ursprüngliche Feuchtigkeit und Elastizität, so daß sie danach für den Branntweintransport geeignet sind. Hat der Sträfling die Därme mit Branntwein gefüllt, wickelt er sie sich um den Leib, nach Möglichkeit an den verborgensten Stellen. Selbstverständlich beweist er dabei die ganze Geschicklichkeit und diebische Schläue eines Schmugglers. Ein gut Teil seiner Ehre steht für ihn auf dem Spiel: muß er doch die Begleitsoldaten und die Wachposten hinters Licht führen. Und er führt sie hinters Licht; bei einem gerissenen Ganoven hat der Begleitsoldat, oft nur ein junger Rekrut, stets das Nachsehen. Selbstverständlich wird der Begleitsoldat vorher aufmerksam beobachtet; außerdem werden Zeit und Ort der Arbeit berücksichtigt. Ist der Sträfling zum Beispiel ein Ofensetzer, so klettert er auf den Ofen. Wer kann schon sehen, was er da macht! Selbst der Begleitsoldat folgt ihm nicht dorthin. Kurz vor dem Gefängnis nimmt der Sträfling für alle Fälle ein Geldstück – fünfzehn oder zwanzig Kopeken in Silber – in die Hand und wartet am Tor auf den Gefreiten. Jeden von der Arbeit zurückkommenden Sträfling mustert der wachhabende Gefreite von allen Seiten und tastet ihn ab, bevor er ihm das Gefängnistor öffnet. Der Branntweinschmuggler hofft für gewöhnlich, daß er sich genieren wird, ihn an gewissen Stellen allzu genau zu betasten. Doch manchmal ist ein Gefreiter so gewitzt, daß er auch bis zu jenen Stellen vordringt und den Branntwein fühlt. Dann bleibt nur noch das letzte Mittel: Stumm und so, daß es der Begleitsoldat nicht sieht, drückt der Schmuggler dem Gefreiten das bereitgehaltene Geldstück in die Hand. In der Regel gelangt er dank dieser Manipulation mitsamt dem Branntwein ungeschoren ins Gefängnis. Doch mitunter versagt dieser Trick auch, und dann muß der Sträfling mit seinem letzten Kapital, das heißt mit dem Rücken, dafür geradestehen. Der Vorfall wird dem Major gemeldet, das »Kapital« ausgepeitscht, und zwar gehörig, und der Branntwein konfisziert. Der Schmuggler aber nimmt alles auf sich, er verrät den Unternehmer nicht, doch wohlgemerkt nicht aus Abscheu vor einer Denunziation, sondern einzig und allein, weil das von Nachteil für ihn wäre. Er würde trotzdem ausgepeitscht, und der einzige Trost wäre nur, daß diese Strafe sie beide träfe; aber er ist nun mal auf den Unternehmer angewiesen, wenngleich er nach Brauch und vorheriger Absprache für den zerpeitschten Rücken vom Unternehmer nicht eine Kopeke erhält. Was aber das Denunzieren ganz allgemein betrifft, so ist es normalerweise gang und gäbe. Ein Denunziant wird im Gefängnis keineswegs verachtet; Empörung über ihn ist einfach undenkbar. Man meidet ihn nicht etwa, sondern hält sogar Freundschaft mit ihm, und wollte im Gefängnis jemand den Sträflingen das Schändliche einer Denunziation vor Augen führen, so würden sie ihn überhaupt nicht verstehen. Jener verkommene, widerwärtige adlige Sträfling, zu dem ich alle Beziehungen abgebrochen hatte, war mit Fedka, dem Burschen des Majors, befreundet und betätigte sich für ihn als Spitzel, und der wiederum hinterbrachte alles, was er von ihm über die Sträflinge erfuhr, dem Major. Jeder von uns wußte das, und dennoch kam es nie jemand in den Sinn, den Halunken zu bestrafen oder ihm auch nur Vorwürfe zu machen.

Aber ich bin abgeschweift. Natürlich kommt es auch vor, daß der Branntwein wohlbehalten hineingelangt. Dann nimmt der Unternehmer die eingeschmuggelten Därme in Empfang, bezahlt und fängt an zu kalkulieren. Dabei stellt sich heraus, daß die Ware ihn bereits sehr viel kostet, und deshalb gießt er um des größeren Profits willen beim Umfüllen nochmals Wasser zu, beinahe die Hälfte, und nachdem er so alle Vorbereitungen getroffen hat, wartet er auf einen Käufer. Gleich am nächsten Feiertag, manchmal auch an einem Werktag, findet sich einer ein; es ist ein Sträfling, der monatelang wie ein Ochse geschuftet und jede Kopeke gespart hat, um alles an dem schon im voraus dafür bestimmten Tag zu vertrinken. Von diesem Tag hat der arme Kuli schon lange geträumt, sowohl des Nachts als auch am Tage, während der Arbeit, und die Vorfreude hat ihn in dem öden Einerlei des Gefängnisdaseins aufrechterhalten. Endlich zeigt sich im Osten das Morgenrot des Freudentages; das Geld ist zusammengespart, ist weder konfisziert noch gestohlen worden, und nun trägt er es zum Branntweinhändler. Der gibt ihm zunächst möglichst reinen Branntwein, das heißt solchen, der nur zweimal gepanscht ist; doch nach jedem Schluck aus der Flasche wird das Getrunkene sofort wieder durch Wasser ersetzt. Für einen Becher Branntwein wird fünf- bis sechsmal mehr bezahlt als in der Schenke. Man kann sich vorstellen, wieviel solcher Becher man trinken und wieviel Geld man dafür bezahlen muß, um betrunken zu werden. Doch durch die bisherige Enthaltsamkeit des Trinkens entwöhnt, bekommt der Stäfling ziemlich schnell einen Rausch, aber gewöhnlich trinkt er weiter, bis er kein Geld mehr hat. Dann müssen die Neuanschaffungen herhalten – der Branntweinhändler ist zugleich auch Pfandleiher. Zuerst wandern die neuangeschafften Zivilsachen zu ihm, dann kommt der alte Plunder an die Reihe, und zu guter Letzt müssen auch die Anstaltssachen dran glauben. Hat der Saufbruder alles bis auf den letzten Fetzen vertrunken, so legt er sich schlafen. Wenn er dann am nächsten Tag mit dem unvermeidlichen Brummschädel aufwacht, bittet er den Branntweinhändler vergebens um einen Schluck Branntwein gegen den Katzenjammer. Traurig erträgt er sein Ungemach, geht noch am selbigen Tag wieder an die Arbeit, schuftet erneut monatelang, ohne aufzublicken, und denkt dabei an den glücklichen Tag des Prassens zurück, der nunmehr unwiederbringlich in den Schoß der Ewigkeit versunken ist, faßt ganz allmählich wieder Mut und beginnt von einem nächsten derartigen Tag zu träumen, der zwar noch in weiter Ferne liegt, aber irgendwann einmal anbricht.

Was den Branntweinhändler betrifft, so beschafft er sich, wenn er schließlich eine immense Summe an Rubeln – einige Zehner – mit seinem Handel verdient hat, zum letztenmal Branntwein, verdünnt ihn jedoch nicht mehr mit Wasser, denn dieser ist für ihn selbst bestimmt. Genug damit gehandelt! Jetzt ist es an der Zeit, auch mal selber ein bißchen zu feiern! Das Gelage beginnt: Trinken, Essen und Musik. Die Mittel sind beträchtlich, und so wird auch das untere Gefängnispersonal bewirtet. Solch ein Gelage zieht sich mitunter mehrere Tage hin. Der bereitgestellte Branntwein ist natürlich bald getrunken; nun geht der wackere Zecher zu anderen Branntweinhändlern, die schon auf ihn warten, und trinkt so lange, bis er alles restlos vertrunken hat. Wie sehr die anderen Sträflinge den Zechenden auch behüten, gelegentlich kommt es doch vor, daß die höhere Obrigkeit, der Major oder der wachhabende Offizier, ihn entdeckt. Dann wird er in die Wache gebracht, seines Kapitals beraubt, sofern man welches bei ihm findet, und zum Schluß noch ausgepeitscht. Sich schüttelnd, kehrt er ins Gefängnis zurück und nimmt wenige Tage später seinen Branntweinhandel wieder auf. Einige dieser Lebemänner, selbstverständlich nur besonders wohlhabende, sehnen sich auch nach dem schönen Geschlecht. Für viel Geld können sie sich manchmal, von ihrem Begleitsoldaten eskortiert, statt zur Arbeit heimlich aus der Festung in die Vorstadt begeben. Dort wird in einem abgelegenen Häuschen irgendwo am äußersten Ende der Stadt ein großes Gelage veranstaltet, das eine beträchtliche Summe verschlingt. Für Geld wird auch ein Sträfling nicht verschmäht. Den Begleitsoldaten aber wählt man vorher mit Sachkenntnis aus. Gewöhnlich sind solche Begleitsoldaten selber künftige Katorga-Kandidaten. Mit Geld kann man jedoch alles erreichen, und so bleiben derartige Ausflüge fast immer unentdeckt. Ich muß hinzufügen, daß sie nur sehr selten unternommen werden; man braucht viel Geld dafür, und daher nehmen die Liebhaber des schönen Geschlechts zu anderen, absolut ungefährlichen Mitteln Zuflucht.

Bereits in den ersten Tagen meines Katorga-Daseins weckte ein junger Sträfling, ein bildhübscher Bursche, mein besonderes Interesse. Er hieß Sirotkin und war in vieler Hinsicht ein recht rätselhaftes Individuum. Vor allem sein schönes Gesicht beeindruckte mich; er war nicht älter als dreiundzwanzig und gehörte zur Sonderabteilung, das heißt zu den »Unbefristeten«, und zählte folglich zu den schlimmsten militärischen Verbrechern. Er war still und bescheiden, redete wenig und lachte nur selten. Seine Augen waren hellblau, die Gesichtszüge regelmäßig, der Teint zart und rein und das Haar mittelblond. Selbst der halbrasierte Kopf entstellte ihn nur wenig – so ein gutaussehender Bursche war er. Ein Handwerk hatte er nicht gelernt, doch Geld verdiente er hin und wieder, wenn auch nicht viel. Er war auffallend träge und verlottert. Staffierte ihn jedoch jemand anders aus, gar mit einem roten Hemd, so freute er sich offensichtlich über die Neuerwerbung und stolzierte durch die Unterkünfte, um sich zu zeigen. Sirotkin trank nicht, spielte nicht Karten und stritt sich fast nie mit jemand. Die Hände in den Taschen, spazierte er manchmal still und gedankenverloren hinter den Unterkünften auf und ab. Worüber er nachdenken mochte, konnte man sich nur schwer vorstellen. Rief man ihn aus Neugierde an und fragte ihn etwas, so antwortete er prompt und sogar respektvoll, gar nicht wie ein Sträfling, aber immer kurz und einsilbig; dabei sah er einen an wie ein zehnjähriges Kind. Hatte er Geld, so kaufte er sich nicht etwa notwendige Dinge, ließ er nicht seine Joppe ausbessern, legte er sich nicht neue Stiefel zu, sondern kaufte sich einen Kringel oder einen Pfefferkuchen und aß ihn – als wäre er erst sieben Jahre alt. »Du bist schon einer, Sirotkin!« sagten die anderen manchmal zu ihm. »Du Waise von Kasan!« Während der Freizeit streifte er gewöhnlich durch die anderen Unterkünfte; fast ein jeder ging einer Nebenbeschäftigung nach, nur er hatte nichts zu tun. Sagte man etwas zu ihm, meist spöttisch (man machte sich oft ein bißchen über ihn und seinesgleichen lustig), so drehte er sich um, ohne ein Wort zu sagen, und begab sich in die nächste Unterkunft; mitunter, wenn sie ihn allzu sehr verspotteten, errötete er. Was mag diesen stillen und harmlosen Menschen in die Katorga gebracht haben? dachte ich oft. Einmal lag ich im Lazarett, im Sträflingstrakt. Sirotkin, der gleichfalls krank war, lag neben mir. Eines Abends kamen wir ins Gespräch; unvermutet taute er auf und erzählte mir unter anderem, wie man ihn zu den Soldaten geholt, wie seine Mutter beim Abschied um ihn geweint und wie unglücklich er sich bei den Rekruten gefühlt habe. Er fügte noch hinzu, er habe das Rekrutenleben absolut nicht ertragen können, weil dort alle so böse und hart und die Offiziere fast ständig unzufrieden mit ihm gewesen seien.

»Wie ging es denn aus?« fragte ich. »Weshalb bist du hier? Noch dazu in der Sonderabteilung! Ach, Sirotkin, Sirotkin!«

»Nun ja, Alexander Petrowitsch, ich bin nur ein Jahr beim Bataillon gewesen. Und hierher bin ich gekommen, weil ich Grigori Petrowitsch, meinen Kompanieführer, umgebracht habe.«

»Hab schon davon gehört, Sirotkin, aber ich kann's nicht glauben. Du und jemanden umbringen?«

»Es ist aber nun mal passiert, Alexander Petrowitsch. Mir war ja damals so schwer ums Herz!«

»Aber wie ertragen es denn die anderen Rekruten? Gewiß, zu Anfang ist es schwer, aber dann gewöhnt man sich daran, und eh man sich's versieht, ist ein strammer Soldat aus einem geworden. Dich hat deine Mutter bestimmt sehr verhätschelt, dich bis zum achtzehnten Jahr mit Pfefferkuchen und Milch gepäppelt.«

»Meine Mama hat mich allerdings sehr liebgehabt. Als ich zu den Rekruten kam, mußte sie sich hinterher ins Bett legen und ist, so heißt's, nicht wieder aufgestanden. Mächtig weh ums Herz war mir am Ende in der Rekrutenzeit. Mein Kompaniechef konnte mich nicht leiden, für alles bestrafte er mich – weshalb bloß? Ich gehorch doch allen, leb nach der Vorschrift; Schnaps trink ich nicht, schlag auch sonst nicht über die Stränge. Und es ist doch schlimm, Alexander Petrowitsch, wenn einer über die Stränge schlägt. Rundum sind alle so hartherzig; nirgendwo kann man sich ausweinen. Da geht man dann manchmal irgendwohin um die Ecke und weint dort. Einmal hab ich Wache gestanden. Es war schon Nacht. Ich war als Posten auf der Hauptwache, beim Gewehrständer eingeteilt. Wind ging – es war Herbst –, und finster war's, daß man die Hand nicht vor Augen sehen konnte. Da hat mich auf einmal das heulende Elend gepackt. Ich hab das Gewehr auf die Erde gestellt, das Bajonett abgenommen und es beiseite gelegt; dann hab ich den rechten Stiefel ausgezogen, die Gewehrmündung auf meine Brust gerichtet, mich dagegen gestemmt und mit dem großen Zeh den Abzug betätigt. Aber siehe da: ein Versager! Ich hab das Gewehr untersucht, das Zündloch gesäubert, neues Pulver aufgeschüttet, den Feuerstein abgeklopft und meine Brust noch mal an die Mündung gedrückt. Doch was war das? Das Pulver flammte auf, aber wieder kein Schuß. Was hat das zu bedeuten? hab ich bei mir gedacht. Ich hab den Stiefel wieder angezogen und das Bajonett aufgepflanzt und bin dann schweigend auf und ab gegangen. Und da hab ich mich zu der Tat entschlossen. Mag werden, was da will – bloß kein Rekrut mehr sein! Eine halbe Stunde drauf kommt der Kompaniechef; er machte die Hauptrunde. Er gleich auf mich los: ›Steht man so auf Posten?‹ Da hab ich das Gewehr genommen und ihm das Bajonett bis an die Mündung in den Leib gerannt. Viertausend hab ich durchgemacht, und dann ab nach hier in die Sonderabteilung.«

Er log nicht. Weshalb hätte man ihn auch sonst in die Sonderabteilung geschickt! Gewöhnliche Verbrechen wurden weitaus milder bestraft. Übrigens war Sirotkin der einzige unter seines-

»Manchmal glaubte ich eine Riesenspinne in Menschengröße vor mir zu haben. Er war ein Tatar, ungeheuer stark, stärker als alle anderen im Gefängnis, überdurchschnittlich groß, von herkulischem Körperbau, und hatte einen verhältnismäßig großen, häßlichen Kopf ...« S. 67

gleichen, der so gut aussah. Was die anderen seiner Sorte betraf, von denen wir alles in allem an die fünfzehn hatten, so boten sie einen geradezu grotesken Anblick: Nur zwei bis drei Gesichter waren noch erträglich; die übrigen aber machten alle einen schlafmützigen, abstoßenden, schlampigen Eindruck, manche waren sogar schon grauhaarig. Wenn es die Umstände gestatten, komme ich irgendwann noch einmal ausführlicher auf diese Gruppe zu sprechen. Sirotkin aber stand häufig in näheren Beziehungen zu ebenjenem Gasin, von dem ich am Anfang des Kapitels erzählt habe, er sei betrunken in die Küche gekommen, was meine ursprünglichen Vorstellungen vom Gefängnisdasein über den Haufen geworfen habe.

Dieser Gasin war ein abscheuliches Individuum, das auf alle unheimlich und grauenhaft wirkte. Ich hatte immer das Gefühl, es könne nichts Schrecklicheres und Ungeheuerlicheres geben als ihn. In Tobolsk habe ich den durch seine Missetaten berüchtigten Banditen Kamenew gesehen; auch Sokolow, den Deserteur und entsetzlichen Mörder, habe ich später erlebt, als er seine Züchtigung noch vor sich hatte. Doch keiner von beiden hat mich so abgestoßen wie Gasin. Manchmal glaubte ich eine Riesenspinne in Menschengröße vor mir zu haben. Er war ein Tatar, ungeheuer stark, stärker als alle anderen im Gefängnis, überdurchschnittlich groß, von herkulischem Körperbau, und hatte einen unverhältnismäßig großen, häßlichen Kopf; er ging vornübergebeugt und schaute finster drein. Im Gefängnis liefen merkwürdige Gerüchte über ihn um: Man wußte, er war Soldat gewesen; ich weiß nicht, ob es stimmt, aber die Sträflinge erzählten sich, er sei aus Nertschinsk desertiert, bereits mehrmals nach Sibirien verbannt gewesen und mehrmals entflohen, habe wiederholt seinen Namen gewechselt und sei schließlich in unser Gefängnis, in die Sonderabteilung gekommen. Ferner erzählte man sich, er habe früher mit Vorliebe kleine Kinder umgebracht, aus reiner Wollust. Er habe das betreffende Kind an irgendeinen geeigneten Ort geführt, es zuerst geängstigt und gequält und es dann, nach dem er sich zur Genüge an dem Entsetzen und dem Zittern seines armen kleinen Opfers geweidet hatte, seelenruhig und mit Genuß abgeschlachtet. Vielleicht haben sie sich das auch alles nur aus den Fingern gesogen, auf Grund des unheimlichen Gesamteindrucks, den Gasin auf jedermann machte, aber irgendwie paßten diese Unterstellungen zu ihm, klangen sie glaubwürdig. Im Gefängnis indessen benahm er sich, wenn er nicht betrunken war, normalerweise recht vernünftig. Er war immer still, verdarb es sich mit niemand und ging jedem Streit aus dem Wege, aber gleichsam aus Verachtung für die anderen, als dünkte er sich etwas Besseres. Er redete sehr wenig und benahm sich gewissermaßen absichtlich zurückhaltend. Seine Bewegungen waren ruhig, gemessen und selbstsicher. Man sah es ihm an den Augen an, daß er recht klug und mit allen Wassern gewaschen war; aber sein Gesichtsausdruck und sein Lächeln hatten stets etwas Hochmütig-Spöttisches und Verächtliches. Er handelte mit Branntwein und war im Gefängnis einer der Vermögendsten dieser Branche. Doch ein paarmal im Jahr überkam ihn selber das Verlangen, sich zu betrinken, und dann offenbarte sich die ganze Brutalität seines Wesens. Sobald ihm der Alkohol zu Kopfe stieg, fing er an die anderen durch wohlberechnete, äußerst boshafte Sticheleien zu reizen, die er sich vermutlich schon lange vorher zurechtgelegt hatte. War er schließlich völlig berauscht, so geriet er in schreckliche Wut, griff sich ein Messer und ging damit auf die anderen los. Die Sträflinge, die seine furchtbare Kraft kannten, stoben auseinander und brachten sich in Sicherheit, fiel er doch über jeden her, der ihm in den Weg kam. Aber schon bald fanden sie ein Mittel, mit ihm fertig zu werden. Ein Dutzend Männer aus seiner Unterkunft stürzten sich plötzlich alle zugleich auf ihn und droschen auf ihn ein. Man kann sich unmöglich etwas Grausameres vorstellen als diese Prügelei: Auf die Brust schlugen sie ihn, in die Herz- und die Magengrube, in den Unterleib; lange hagelte es Schläge, und sie ließen erst von ihm ab, wenn er völlig die Besinnung verloren hatte und wie tot dalag. Einen anderen hätten sie sich nicht so zu schlagen getraut, denn das hätte den Tod für ihn bedeutet; aber nicht für Gasin. Hierauf wickelten sie ihn, den völlig Bewußtlosen, in seine Pelzjoppe und brachten ihn auf die Pritsche. »Der kommt schon wieder auf die Beine!« sagten sie. Und wirklich, am nächsten Morgen stand er, fast völlig wieder bei Kräften, auf und ging stumm und finster zur Arbeit. Jedesmal, wenn Gasin sich sinnlos betrank, war allen im Gefängnis klar, daß der Tag für ihn unweigerlich mit Schlägen enden würde. Auch er selber wußte das, und trotzdem betrank er sich. So ging das etliche Jahre. Schließlich aber merkte man, daß auch Gasins körperliche Widerstandskraft allmählich nachließ. Er begann über allerlei Schmerzen zu klagen, magerte sichtlich ab und mußte immer häufiger ins Lazarett.

»Nun hat's ihn doch erwischt!« sagten die Sträflinge von ihm.

In die Küche kam er in Begleitung jenes widerwärtigen Polen mit der Geige, den die Zechenden des größeren Vergnügens halber zu engagieren pflegten, blieb mitten im Raum stehen und musterte der Reihe nach schweigend die Anwesenden. Alle verstummten. Als sein Blick schließlich auch auf mich und meinen Kameraden fiel, betrachtete er uns kalt und höhnisch, lächelte selbstzufrieden, schien sich etwas zu überlegen und trat dann, stark schwankend, an unseren Tisch.

»Gestatten Sie die Frage«, begann er (er sprach russisch). »Von welchen Einkünften belieben Sie hier Tee zu trinken?«

Ich wechselte einen stummen Blick mit meinem Kameraden, denn ich merkte, es war das beste, zu schweigen, ihm nicht zu antworten. Würde er doch beim geringsten Widerspruch in Wut geraten.

»Sie haben also Geld?« setzte er das Verhör fort. »Sie haben also eine Menge Geld, hä? Sind Sie etwa darum in die Katorga gekommen, um hier zusammen Tee zu trinken? Sind Sie zum Teetrinken hergekommen? So reden Sie doch schon, zum Donnerwetter noch mal!«

Als er jedoch merkte, daß wir entschlossen waren, zu schweigen und ihn nicht zu beachten, lief er dunkelrot an und zitterte vor Wut. Ganz in seiner Nähe stand in der Ecke eine große Mulde (Trog), in die immer das gesamte für das Mittag- oder Abendessen der Sträflinge aufgeschnittene Brot gelegt wurde. Sie war so groß, daß das Brot für das halbe Gefängnis darin Platz hatte. Jetzt stand sie leer da. Er packte sie mit beiden Händen und schwang sie über unseren Köpfen. Noch ein wenig, und er würde uns die Schädel damit zerschmettern. Obgleich bei einem Mord oder Mordversuch dem ganzen Gefängnis die größten Unannehmlichkeiten drohten – Ermittlungen, Durchsuchungen, verschärfte Maßnahmen – und die Sträflinge daher gemeinhin alles daransetzten, es gar nicht erst zu derartigen Exzessen kommen zu lassen, dessenungeachtet also verhielten sich jetzt alle still und warteten ab. Kein einziges Wort zu unserer Verteidigung! Kein einziger Zuruf an Gasin – so stark war der Haß uns gegenüber! Sie schienen sich geradezu an unserer heiklen Situation zu weiden. Aber es ging noch einmal gut aus: Als er eben im Begriff stand, die Mulde auf uns niedersausen zu lassen, rief jemand vom Flur her: »Gasin, sie haben den Schnaps geklaut!«

Krachend ließ er die Mulde fallen und stürzte wie ein Besessener zur Küche hinaus.

»Na, die können Gott danken!« meinten die Sträflinge. Und das sagten sie auch noch lange danach.

Ich habe nie in Erfahrung bringen können, ob die Meldung vom Diebstahl des Branntweins stimmte oder gerade noch rechtzeitig zu unserer Rettung erfunden wurde.

Am Abend, es war schon dunkel, wanderte ich, bevor die Unterkünfte abgeschlossen wurden, nahe dem Palisadenzaun auf und ab, und ein tiefe Traurigkeit befiel mich, wie ich sie später während meines ganzen Gefängnisdaseins nie mehr empfunden habe. Der erste Tag der Gefangenschaft ist stets schwer zu ertragen, wo es auch immer sei, ob im Gefängnis, in einer Kasematte oder in der Katorga. Am meisten jedoch, erinnere ich mich, beschäftigte mich ein Gedanke, der mich fortan während meines Gefängnisdaseins verfolgte und für mich ein zum Teil unlösbares Problem darstellte, das ich auch heute noch nicht zu lösen vermag: die ungleiche Bestrafung für gleiche Vergehen. Ein Verbrechen läßt sich fürwahr nicht mit einem anderen vergleichen, auch nicht annähernd. Ein Beispiel: Da sind zwei Menschen, die beide jemand ermordet haben. Alle Umstände der beiden Taten werden abgewogen; und für die eine wie für die andere ergeht fast das gleiche Urteil. Dabei halte man sich einmal vor Augen, welch ein Unterschied zwischen den Verbrechen besteht! Der eine zum Beispiel hat den Betreffenden einfach so, für nichts, für eine Zwiebel umgebracht; er ist auf die Landstraße hinausgegangen und hat einen vorüberkommenden Bauern getötet, der aber hatte nichts weiter als eine Zwiebel bei sich. »Weißt du, Vater, du hast mich auf Raub ausgeschickt – da hab ich einen Bauern abgemurkst, aber nichts weiter als eine Zwiebel bei ihm gefunden.« – »Du Dummkopf! Eine Zwiebel, das ist doch bloß eine Kopeke! Hundert Menschen – hundert Zwiebeln, das macht erst einen Rubel!« (Eine Gefängnisanekdote.) Ein anderer aber hat getötet, um die Ehre seiner Braut, seiner Schwester oder seiner Tochter gegen einen lüsternen tyrannischen Herrn zu verteidigen. Der eine hat, ständig auf der Flucht und von einem ganzen Schwarm von Geheimpolizisten bedrängt, getötet, um Freiheit und Leben zu retten, nicht selten dem Hundertode nahe; ein anderer aber hat kleine Kinder ermordet, weil es ihm Wollust bereitete, zu morden, ihr warmes Blut an den Händen zu spüren und sich an ihrer Angst, an ihrem letzten taubengleichen Zittern unter seinem Messer zu ergötzen. Und was geschieht? Einer wie der andere kommen sie in dieselbe Katorga. Gewiß, die Dauer der verhängten Strafen wird zuweilen variiert. Aber von diesen Varianten gibt es verhältnismäßig wenig; Varianten bei ein und demselben Verbrechen hingegen zahllose. Wie der Charakter, so die Variante. Aber nehmen wir an, es wäre unmöglich, dieses Mißverhältnis zu beseitigen, es auszugleichen, es wäre gewissermaßen eine unlösbare Aufgabe, eine Quadratur des Kreises, nehmen wir das ruhig einmal an. Doch selbst wenn diese Ungleichheit nicht existierte, sollte man eine andere beachten: die Folgen der Strafe. Da ist jemand, der in der Katorga allmählich dahinschwindet, wie eine Kerze; und da ist ein anderer, der vor seiner Einlieferung in die Katorga nicht einmal gewußt hat, daß es auf der Welt ein so flottes Leben, einen so sympathischen Klub verwegener Kumpane gibt. Jawohl, auch solche Menschen kommen ins Gefängnis. Da ist zum Beispiel ein gebildeter Mann mit Gewissen, Bewußtsein und Herz. Allein schon der Kummer bereitet ihm größere Qualen als alle Strafen. Unerbittlicher und gnadenloser als das strengste Gesetz verurteilt er sich selbst für sein Verbrechen. Ein anderer neben ihm aber denkt während der ganzen Katorga auch nicht ein einziges Mal an das von ihm begangene Verbrechen. Ja, er hält sich sogar für unschuldig. Und es gibt auch solche, die vorsätzlich Verbrechen begehen, nur um in die Katorga zu kommen und dadurch ihrem unvergleichlich härteren Katorga-Dasein in der Freiheit zu entrinnen. Dort hat so einer in der tiefsten Erniedrigung gelebt, sich niemals satt gegessen und vom Morgen bis in die Nacht für seinen Brotherrn geschuftet. In der Katorga aber ist die Arbeit leichter als daheim, und es gibt Brot zur Genüge, noch dazu solches, wie er es vorher nie gesehen hat. An Festtagen gibt es Rindfleisch; und dann bekommt man noch Almosen und hat die Möglichkeit, sich ein paar Kopeken zu verdienen. Und die Gesellschaft? Ein gewitztes und durchtriebenes, erfahrenes Volk. Und mit respektvollem Erstaunen blickt er auf seine Kameraden; solche Menschen hat er noch nie gesehen; er hält sie für die erlesenste Gesellschaft, die es auf der Welt nur geben kann. Empfinden diese beiden die Strafe wirklich gleich stark? Übrigens, wozu sich mit unlösbaren Fragen beschäftigen! Die Trommel ertönt – Zeit, die Unterkunft aufzusuchen.

4 *Die ersten Eindrücke*

Der letzte Appell begann. Danach wurden die Unterkünfte abgeschlossen, jede mit einem besonderen Schloß, und die Sträflinge blieben bis Tagesanbruch eingesperrt!

Der Appell wurde von einem Unteroffizier und zwei Soldaten durchgeführt. Mitunter mußten die Sträflinge hierzu auf dem Hof antreten, und dann erschien der Wachoffizier. Doch meistens spielte sich diese Zeremonie drinnen ab, kontrollierte man in den einzelnen Unterkünften. So auch jetzt. Die Kontrollierenden irrten sich oft, verzählten sich, gingen weg und kehrten wieder zurück. Endlich hatten die armen Wachsoldaten die gewünschte Anzahl gezählt und schlossen ab. Bis zu dreißig Sträflinge waren in einer Unterkunft untergebracht, sie lagen ziemlich dicht gedrängt auf der Pritsche. Zum Schlafen war es noch zu früh. Und so mußte sich jeder, ganz offensichtlich, mit etwas beschäftigen.

Vom Aufsichtspersonal blieb nur der von mir bereits erwähnte Invalide in der Unterkunft. In jeder Unterkunft gab es auch noch einen Ältesten aus den Reihen der Sträflinge, den der Platzmajor höchstselbst ernannte, natürlich auf Grund seiner guten Führung. Sehr oft kam es vor, daß auch Älteste bei ernsthaftem Unfug erwischt wurden; dann peitschte man sie aus, degradierte sie auf der Stelle und ersetzte sie durch jemand anders. In unserer Unterkunft war Akim Akimytsch Ältester, und zu meiner Verwunderung brüllte er die anderen Sträflinge nicht selten an. Die antworteten darauf gewöhnlich mit boshaften Bemerkungen. Der Invalide war klüger als er und mischte sich in nichts ein, und wenn er gelegentlich doch den Mund auftat, so nur anstandshalber, zur Beruhigung seines Gewissens. Er hockte stumm auf seiner Pritsche und flickte seine Stiefel. Die Sträflinge schenkten ihm so gut wie keine Beachtung.

An diesem ersten Tag meines Katorga-Daseins machte ich eine Beobachtung, von deren Richtigkeit ich mich in der Folge überzeugen konnte. Nämlich alle Nichtsträflinge, um wen es sich auch immer handelte, angefangen bei denen, die unmittelbar mit den Sträflingen Kontakt hatten wie die Begleit- und Wachsoldaten, bis hin zu all denen, die entfernt etwas mit der Katorga zu tun hatten, sahen die Sträflinge gewissermaßen übertrieben. Sie schienen ständig in der Besorgnis zu leben, so ein Sträfling könnte sich im nächsten Augenblick mit dem Messer auf einen von ihnen stürzen. Doch was am bemerkenswertesten war: Die Sträflinge wußten, daß man sie fürchtete, und das verlieh ihnen offenbar eine gewisse Forsche. Indessen, die beste Aufsichtsperson für die Sträflinge ist immer derjenige, der keine Angst vor ihnen hat. Und überhaupt, es ist den Sträflingen, selbst bei aller Forsche, viel lieber, man hat Vertrauen zu ihnen. Dadurch kann man sie sogar für sich gewinnen. Während meines Gefängnisaufenthaltes ist es, wenn auch äußerst selten, vorgekommen, daß jemand von der Leitung das Gefängnis ohne Eskorte besuchte. Man muß gesehen haben, welch starken Eindruck das auf die Sträflinge machte, und zwar im guten Sinne. Solch ein furchtloser Besucher flößte immer Achtung ein, und wäre wirklich mal etwas Schlimmes passiert, so auf keinen Fall in seiner Gegenwart. Wo immer es Sträflinge gibt, erwecken sie Furcht, und ich weiß beim besten Willen nicht, warum eigentlich. Eine gewisse Berechtigung hat das natürlich, wenn man von der äußeren Erscheinung des Sträflings ausgeht, die ihn als Gewalttäter abstempelt. Außerdem spürt jeder, der in die Nähe der Katorga kommt, daß sich diese Anhäufung von Menschen dort nicht aus eigenem Wunsch und Willen zusammengefunden hat und daß man, ungeachtet aller Maßnahmen, aus einem lebendigen Menschen keinen lebenden Leichnam machen kann; der Mensch kann seine Gefühle nicht unterdrükken, seinen Durst nach Rache und Leben, seine Leidenschaften und das Bedürfnis, sie zu befriedigen. Aber dennoch bin ich fest davon überzeugt, daß kein Grund besteht, sich vor Sträflingen zu fürchten. Man fällt nicht so leicht und so schnell mit dem Messer über einen anderen her. Kurz und gut, wenn die Gefahr auch vorhanden ist, wenn es auch hin und wieder geschieht, so kann man doch aus der Seltenheit solcher unglückseligen Vorfälle ohne weiteres schließen, daß die Gefahr nur verschwindend klein ist. Selbstverständlich spreche ich jetzt nur von den Sträflingen, die die Züchtigung bereits hinter sich haben und von denen viele sogar froh sind, endlich im Gefängnis zu sein (so schön ist das neue Leben manchmal für sie!), darum neigen sie auch dazu, ruhig und in Frieden zu leben, und lassen darüber hinaus auch nicht zu, daß die wirklich Unruhigen unter ihnen allzu großen Unfug anstellen. Jeder Sträfling, mag er auch noch so unerschrocken und verwegen sein, respektiert die Gemeinschaft in der Katorga. Bei einem Sträfling, der seine Züchtigung noch vor sich hat, sieht das allerdings anders aus. Der ist tatsächlich fähig, ohne jede Veranlassung über irgend jemand herzufallen, nur weil er zum Beispiel am nächsten Tag der Züchtigung unterzogen werden soll, die, wenn ein neues Verfahren eingeleitet wird, dann hinausgeschoben werden muß. Hier ist ein Motiv, ein Ziel für einen Überfall gegeben, nämlich »sein Schicksal zu verändern«, und zwar so schnell wie möglich und um jeden Preis. Ich kenne sogar einen psychologisch merkwürdigen Fall dieser Art.

Bei uns im Gefängnis, in der militärischen Abteilung, saß ein Sträfling, ein Soldat, der, ohne seiner staatsbürgerlichen Rechte verlustig gegangen zu sein, vom Gericht zu rund zwei Jahren Katorga verurteilt worden war, ein schrecklicher Angeber und großer Feigling. Im allgemeinen sind Angeberei und Feigheit beim russischen Soldaten äußerst selten anzutreffen. Unser Soldat ist immer so beschäftigt, daß er, selbst wenn er wollte, gar keine Zeit zum Angeben hat. Ist einer aber nun mal ein Angeber, dann fast immer auch ein Taugenichts und Feigling. Dutow – so hieß der Sträfling – hatte schließlich seine kurze Strafe verbüßt und wurde wieder zu einem Linienbataillon entlassen. Da aber alle Leute seines Schlages, die man zur Besserung ins Gefängnis steckt, dort endgültig verdorben werden, ist das Ende vom Lied gewöhnlich, daß sie, kaum zwei, drei Wochen in Freiheit, erneut straffällig werden und wieder in die Katorga wandern, aber diesmal nicht bloß für zwei oder drei Jahre, sondern in die Kategorie der »Rückkehrer«, für fünfzehn oder zwanzig Jahre. So geschah es auch in diesem Falle. Knapp drei Wochen nach seiner Entlassung aus dem Gefängnis beging Dutow einen Einbruchsdiebstahl; obendrein wurde er noch unverschämt und randalierte. Er wurde vor Gericht gestellt und zu strenger Strafe verurteilt. Da er aber als höchst erbärmlicher Feigling die bevorstehende Züchtigung geradezu irrsinnig fürchtete, stürzte er sich einen Tag, bevor er durch die Gasse geschickt werden sollte, mit einem Messer auf den den Gefangenenraum betretenden Wachoffizier. Natürlich wußte er ganz genau, daß sich dadurch sein Strafmaß beträchtlich erhöhen und die Dauer der Zwangsarbeit verlängern würde. Aber er wollte damit eben nur erreichen, daß der schreckliche Augenblick der Züchtigung wenigstens um einige Tage oder auch bloß um einige Stunden hinausgeschoben wurde. Ja, so feige war er, daß er den Offizier mit dem Messer nicht einmal verwundete, sondern alles nur pro forma tat, einzig und allein, damit ein neues Verbrechen vorlag, für das abermals über ihn Gericht gehalten werden mußte. – Der Augenblick vor der Züchtigung ist für den Verurteilten natürlich schrecklich, und ich habe im Laufe der Jahre Gelegenheit genug gehabt, Abzustrafende kurz vor dem für sie so schicksalsschweren Tag zu sehen. Gewöhnlich begegnete ich den Sträflingen, die ihre Züchtigung noch vor sich hatten, im Lazarett, im Sträflingstrakt, wenn ich dort, was ziemlich häufig war, krank lag. Wie alle Sträflinge, in ganz Rußland wissen, haben die Ärzte das meiste Mitleid mit ihnen. Sie machen niemals einen Unterschied zwischen den Sträflingen und der übrigen Bevölkerung, wie das fast alle Außenstehenden unwillkürlich tun, ausgenommen das einfache Volk. Das wirft dem Sträfling sein Verbrechen niemals vor, wie entsetzlich es auch sein mag, und verzeiht ihm alles um der Strafe willen, die er erleidet, und überhaupt seines Unglücks wegen. Nicht umsonst bezeichnet das einfache russische Volk ein Verbrechen als Unglück und die Verbrecher als Unglückliche. Das ist eine höchst bedeutungsvolle Bezeichnung. Sie sagt eine Menge aus, um so mehr, als sie sich unbewußt, instinktiv herausgebildet hat. Die Ärzte aber sind in vielen Fällen eine echte Zuflucht für die Sträflinge, besonders für die, die ihre Züchtigung noch vor sich haben und strenger gehalten werden als die, die sie bereits hinter sich haben. Und da geht nun so ein Verurteilter, nachdem er sich den wahrscheinlichen Termin des für ihn so schrecklichen Tages ausgerechnet hat, oft nur mit dem einen Wunsch ins Lazarett, den schweren Augenblick wenigstens ein bißchen hinauszuschieben. Wenn er dann wieder entlassen wird, mit der fast sicheren Gewißheit, daß der unheilvolle Termin schon am nächsten Tag sein wird, befindet er sich meist in schrecklicher Erregung. Mancher sucht aus Stolz seine Gefühle zu verbergen, doch seine auffallend zur Schau getragene Unbekümmertheit vermag die Kameraden nicht zu täuschen. Allen ist klar, wie es um ihn steht, und sie schweigen ihm zuliebe. Ich habe einen Sträfling gekannt, einen jungen Soldaten, einen Mörder, der zur vollen Anzahl von Stockhieben verurteilt war. Er hatte solche Angst, daß er sich am Tage vor der Züchtigung dazu entschloß, einen Viertelschtof Branntwein zu trinken, in den er Schnupftabak geschüttet hatte. Nebenbei bemerkt, ist einer, der vor seiner Züchtigung steht, immer im Besitz von Branntwein. Der wird schon lange vor dem Termin hereingeschmuggelt und für viel Geld erworben; eher verzichtet der Verurteilte ein halbes Jahr lang auf das Notwendigste, aber die für einen Viertelschtof Branntwein notwendige Summe spart er sich zusammen, um ihn eine Viertelstunde vor der Züchtigung zu trinken. Herrscht doch unter den Sträflingen allgemein die Überzeugung, ein Betrunkener spüre die Peitsche oder den Stock nicht so sehr. Aber ich bin von meiner Geschichte abgekommen. Der arme Junge wurde, nachdem er sein Viertelschtof Branntwein getrunken hatte, tatsächlich auf der Stelle krank; er erbrach Blut und wurde fast bewußtlos ins Lazarett geschafft. Dieses Erbrechen griff seine Brust dermaßen an, daß bei ihm schon nach wenigen Tagen die Symptome einer echten Schwindsucht festgestellt wurden, an der er ein halbes Jahr später starb. Die Ärzte, die ihn auf Schwindsucht behandelten, wußten ja nicht, wo sie herrührte.

Aber wenn ich von der häufig anzutreffenden Feigheit der Verbrecher vor jeder Züchtigung spreche, muß ich auch erwähnen, daß im Gegensatz dazu manche von ihnen den Beobachter durch außergewöhnliche Furchtlosigkeit in Erstaunen versetzen. Ich erinnere mich da etlicher Beispiele von Unerschrockenheit, die schon an Gefühllosigkeit grenzte, und diese Beispiele waren durchaus keine Seltenheit. Insbesondere entsinne ich mich einer Begegnung mit einem schrecklichen Verbrecher. An einem Sommertag verbreitete sich im Sträflingstrakt das Gerücht, am Abend werde der berüchtigte Bandit Orlow, ein Deserteur, abgestraft und anschließend ins Lazarett gebracht. Während die kranken Sträflinge auf Orlow warteten, meinten sie, er werde bestimmt sehr hart gezüchtigt werden. Alle befanden sich in einer gewissen Aufregung, und ich muß gestehen, auch ich sah dem Erscheinen des berüchtigten Banditen mit der größten Neugier entgegen. Schon lange hatte ich Wunderdinge über ihn gehört. Er war ein Verbrecher, wie es nur wenige gibt, einer, der Greise wie Kinder kaltblütig abschlachtete – ein Mann mit eisernem Willen und stolzem Bewußtsein seiner Kraft. Er hatte eine Menge Morde eingestanden und war zu Spießrutenlaufen verurteilt wurden. Am Abend brachte man ihn. Im Krankensaal wurde es bereits dunkel, und man zündete die Kerzen an. Orlow war fast ohne Besinnung und furchtbar blaß; sein dichtes pechschwarzes Haar klebte völlig zerzaust am Kopf. Der Rücken war geschwollen und blutigblau. Die ganze Nacht hindurch pflegten ihn die Sträflinge, sie wechselten die kalten Umschläge, drehten ihn von einer Seite auf die andere und verabreichten ihm Medikamente, sorgten für ihn wie für einen leiblichen Verwandten oder einen Wohltäter. Am nächsten Tag hatte er sich wieder völlig erholt und wanderte ein paarmal im Saal auf und ab! Das wunderte mich sehr; war er doch mehr als schwach und zerschunden ins Lazarett gebracht worden. Er hatte die volle Hälfte der ihm zudiktierten Gesamtzahl von Stockhieben auf einmal bewältigt. Der Arzt hatte die Züchtigung erst abbrechen lassen, als er merkte, daß eine Fortsetzung der Prozedur unweigerlich den Tod des Verbrechers zur Folge haben würde. Zudem war Orlow klein und von schwacher Konstitution und überdies durch die lange Untersuchungshaft ausgezehrt. Wer jemals Gelegenheit gehabt hat, noch nicht gezüchtigte Sträflinge zu sehen, dem werden sich ihre ausgemergelten, hohlwangigen, bleichen Gesichter und die fiebrigen Blicke für lange Zeit fest eingeprägt haben. Dessenungeachtet kam Orlow rasch wieder zu Kräften. Offenbar half der Natur dabei die ihm innewohnende Energie. Er war in der Tat kein gewöhnlicher Mensch. Aus Neugier schloß ich nähere Bekanntschaft mit ihm und studierte ihn eine ganze Woche lang. Ich kann mit Fug und Recht behaupten, nie im Leben einem Menschen mit stärkerem, unbeugsamerem Charakter begegnet zu sein. In Tobolsk hatte ich schon einmal eine Berühmtheit gleichen Kalibers gesehen, einen ehemaligen Banditen. Der war nichts als eine wilde Bestie, wenn man neben ihm stand und noch nicht wußte, um wen es sich handelte, spürte man schon instinktiv die Nähe eines furchterregenden Individuums. Bei ihm hatte mich seine geistige Stumpfheit erschreckt. Das Fleisch hatte dermaßen die Oberhand über seine Seele gewonnen, daß man seinem Gesicht auf den ersten Blick ansah: hier ist nur noch wilde Gier nach leiblichen Genüssen, nach Wollust, nach Befriedigung der Sinne. Ich bin überzeugt, daß Korenew – so hieß jener Bandit – vor einer Züchtigung die Fassung verloren und sogar vor Angst gezittert hätte, obwohl er imstande war zu morden, ohne auch nur mit der Wimper zu zucken. Das genaue Gegenteil von ihm war Orlow. Er verkörperte den vollendeten Sieg über das Fleisch. Man sah ihm an, daß seine Selbstbeherrschung grenzenlos war, daß er für alle Qualen und Strafen nur Verachtung übrig hatte und nichts auf der Welt fürchtete. Allein unbegrenzte Energie, Tatendrang, Rachedurst und leidenschaftliche Zielstrebigkeit waren bei ihm festzustellen. Indessen befremdete mich sein merkwürdiger Hochmut. Alles betrachtete er gewissermaßen mit unwahrscheinlichem Abstand, aber beileibe nicht so, als trage er die Nase absichtlich hoch, sondern gleichsam von Natur aus. Ich glaube, es gab niemand, der ihn durch bloße Autorität hätte beeinflussen können. Er nahm alles überraschend gelassen, als gäbe es nichts auf der Welt, das ihn in Erstaunen versetzen könnte. Und obschon er genau wußte, daß die anderen Sträflinge voller Respekt zu ihm aufsahen, gab er nicht im geringsten vor ihnen an. Dabei sind Eitelkeit und Dünkel fast ausnahmslos allen Sträflingen eigen. Er war ganz und gar nicht dumm und irgendwie ungewöhnlich offenherzig, wenn auch keineswegs geschwätzig. Auf meine Fragen antwortete er mir unverblümt, er warte nur auf seine Genesung, um dann möglichst bald den Rest der Strafe über sich ergehen zu lassen, und er habe anfangs, vor der Züchtigung, befürchtet, er werde sie nicht überstehen. »Aber nun«, fügte er augenzwinkernd hinzu, »ist die Sache ausgestanden. Ich bring noch die restlichen Hiebe hinter mich, und dann schickt man mich gleich mit dem nächsten Transport nach Nertschinsk; unterwegs aber hau ich ab! Da können Sie Gift drauf nehmen! Wenn bloß der Rücken recht schnell heilt!« Und die ganzen fünf Tage fieberte er dem Zeitpunkt entgegen, da er würde um seine Entlassung bitten können. Während dieser Zeit war er mitunter recht lustig und vergnügt. Ich versuchte mit ihm über seine Erlebnisse zu sprechen. Er runzelte ob dieser Ausfragerei ein wenig die Stirn, antwortete jedoch stets freimütig. Als er aber merkte, daß ich an sein Gewissen zu rühren und wenigstens eine Spur von Reue darin zu wecken suchte, sah er mich so verächtlich und hochmütig an, als wäre ich in seinen Augen auf einmal ein dummer, kleiner Junge, mit dem man nicht so reden kann wie mit einem Erwachsenen. Im nächsten Augenblick brach er in ein gutmütiges Lachen aus, ohne jede Ironie, und ich bin überzeugt, daß er, nachdem er wieder allein war, bei der Erinnerung an meine Worte vielleicht noch mehrmals vor sich hin gelacht hat. Schließlich entließ man ihn mit noch nicht ganz wieder verheiltem Rücken; ich wurde gleichzeitig entlassen, und es traf sich, daß wir zusammen aus dem Lazarett zurückkehrten – ich ins Gefängnis und er in die daneben gelegene Wache, wo man ihn auch vorher untergebracht hatte. Beim Abschied drückte er mir die Hand, ein Zeichen großen Vertrauens seinerseits. Ich glaube, er tat das, weil er mit sich und dem Augenblick sehr zufrieden war. Im Grunde genommen mußte er mich verachten und in mir unstreitig ein fügsames, schwaches, erbärmliches und in jeder Beziehung weit unter ihm stehendes Individuum sehen. Schon am nächsten Tag wurde er zur zweiten Züchtigung hinausgeführt.

Wenn unsere Unterkunft abgeschlossen wurde, nahm sie plötzlich ein besonderes Aussehen an, das einer richtigen Wohnung, eines trauten Heimes. Erst jetzt lernte ich die Sträflinge, meine Kameraden, so kennen, wie sie unter sich waren. Am Tage konnten die Unteroffiziere, die Wachsoldaten und überhaupt das Aufsichtspersonal jeden Augenblick im Gefängnis auftauchen, und deshalb verhielten sich auch alle seine Insassen anders, als könnten sie keine rechte Ruhe finden, als erwarteten sie jeden Moment etwas, sie waren in einer gewissen Erregung. War die Unterkunft jedoch abgeschlossen, begab sich jeder sofort ruhig auf seinen Platz, und fast alle beschäftigten sich mit irgendeiner Nebenarbeit. In der Unterkunft wurde es auf einmal hell. Jeder hatte seine eigene Kerze und seinen Leuchter, meistens einen hölzernen. Der eine ging daran, Stiefel abzusteppen, der andere, ein Kleidungsstück zu nähen. Die muffige Luft wurde von Stunde zu Stunde stickiger. Ein Häuflein Müßiggänger hockte in einem Winkel um einen ausgebreiteten Teppich und spielte Karten. Beinahe in jeder Unterkuft gab es einen Sträfling, der einen schäbigen Teppich, rund eine Elle lang und breit, sowie eine Kerze und unglaublich schmuddelige, speckige Karten besaß. Das alles zusammen nannte sich Maidan. Sein Inhaber bekam von den Spielern ein Entgelt, etwa fünfzehn Kopeken pro Nacht; das war sein Gewerbe. Gewöhnlich wurde »Drei Blatt«, »Gorka« und ähnliches mehr gespielt. Alles Glücksspiele. Jeder Spieler schüttete einen Haufen Kupfermünzen vor sich hin – alles, was er in der Tasche hatte – und erhob sich erst wieder aus der Hocke, wenn er alles restlos verspielt oder seine Kameraden ausgenommen hatte. Das Spiel endete spät in der Nacht, und manchmal dauerte es gar bis zum Morgengrauen, bis zu dem Augenblick, da die Unterkunft wieder aufgeschlossen wurde. In unserem Raum wie auch in allen anderen des Gefängnisses gab es ständig Habenichtse, Penner, die alles verspielt und vertrunken hatten oder die einfach so, von Natur aus Habenichtse waren. Ich sage »von Natur aus« und betone das ganz besonders. In der Tat, es gibt überall in unserem Volk, ganz gleich in welcher Situation, unter welchen Umständen – und das wird auch in Zukunft so bleiben –, immer etliche merkwürdige Typen, friedfertig und oft durchaus nicht arbeitsscheu, denen es jedoch vom Schicksal vorherbestimmt zu sein scheint, für alle

Zeiten Habenichtse zu bleiben. Sie sind stets nur arme Schlucker, sehen ewig verschlampt aus, wirken ständig verschüchtert und niedergeschlagen und dienen anderen zeitlebens als Handlanger und Laufburschen, gewöhnlich irgendwelchen Müßiggängern oder plötzlich reich gewordenen Emporkömmlingen. Jeder Neubeginn, jede Initiative sind für sie gleichbedeutend mit Verdruß und Belastung. Sie scheinen dazu geboren, nichts selber anzupakken, sondern nach anderer Leute Pfeife zu tanzen; ihre Bestimmung ist, ausschließlich fremde Aufträge auszuführen. Hinzu kommt, daß keine noch so vorteilhaften Umstände oder Veränderungen ihnen zu Reichtum verhelfen; sie bleiben immer Habenichtse. Ich habe festgestellt, daß es solche Typen nicht nur unter dem einfachen Volk gibt, sondern in allen Gesellschaftsschichten, Ständen, Parteien, Zeitschriften und Vereinigungen. So auch in jeder Unterkunft und jedem Gefängnis, und kaum war ein Maidan eingerichtet, stellte sich auch schon prompt einer von ihnen für Hilfsdienste zur Verfügung. Und alle diese Maidane konnten auch gar nicht ohne so eine Hilfskraft auskommen. Sie wurde gewöhnlich von allen Spielern gemeinsam für die ganze Nacht gemietet, für fünf Kopeken in Silber, und ihre Hauptaufgabe war, die ganze Nacht Posten zu stehen. Meistens brachten sie sechs bis sieben Stunden lang frierend im Dunkeln auf dem Flur zu, bei dreißig Grad Kälte, und horchten auf jedes Poltern, jedes Klirren, jeden Schritt auf dem Hof. Der Platzmajor oder die Wachen tauchten manchmal noch ziemlich spät in der Nacht im Gefängnis auf, kamen auf leisen Sohlen und ertappten die Spieler und die Arbeitenden, nachdem sie bereits vom Hof aus die vielen Lichter gesehen hatten. Wenn auf einmal das Türschloß vom Flur zum Hof rasselte, war es jedenfalls schon zu spät, sich zu verstecken, die Lichter zu löschen und sich auf die Pritschen zu legen. Weil es jedoch dem, der Wache gestanden hatte, danach seitens des Maidans recht übel erging, kamen solche Pannen nur äußerst selten vor. Fünf Kopeken sind natürlich nur eine lächerlich geringe Bezahlung, selbst für ein Gefängnis; aber mich hat im Gefängnis schon immer die Härte und Erbarmungslosigkeit der Auftraggeber betroffen gemacht, in diesen wie in allen anderen Fällen. »Hast das Geld genommen; nun tu auch was dafür!« Das war ein Argument, das keinen Einwand zuließ. Für die paar Kopeken, die der Auftraggeber zahlte, verlangte er alles, was er verlangen konnte, wenn möglich, noch mehr, und bildete sich dann noch

Endlich kamen
zwei Souffleusen
Dostojewski

»Nach einer Weile fanden sich zwei ›Souffleusen‹ ein, wie die Sträflinge jene Frauen zu nennen pflegten.« S. 48

ein, seinem Mietling eine Wohltat zu erweisen. Ein Zecher, der, wenn er betrunken war, nur so mit dem Geld um sich warf, suchte seinen Handlanger unweigerlich zu übervorteilen, und das konnte ich nicht nur im Gefängnis und nicht nur beim Maidan beobachten.

Wie bereits gesagt, gingen in der Unterkunft fast alle noch irgendeiner Nebenbeschäftigung nach; außer den Spielern gab es vielleicht noch fünf Müßiggänger; sie legten sich immer gleich schlafen. Mein Platz auf der Pritsche war unmittelbar an der Tür, auf der anderen Seite der Pritsche, Kopf an Kopf mit mir, hatte Akim Akimytsch seinen Platz. Er arbeitete bis zehn oder elf, und zwar klebte er einen bunten chinesischen Lampion, der in der Stadt für ziemlich gute Bezahlung bei ihm bestellt worden war. In der Anfertigung solcher Lampions war er ein Meister; er arbeitete systematisch und ohne Unterbrechung, und wenn er mit der Arbeit fertig war, räumte er sorgfältig auf, breitete seine Matratze aus, sprach sein Gebet und legte sich brav und sittsam schlafen. Tugendhaftigkeit und Ordnung arteten bei ihm augenscheinlich schon in kleinlichste Pedanterie aus; offenbar hielt er sich, so wie alle stupiden und beschränkten Menschen, für wer weiß wie gescheit. Er mißfiel mir gleich vom ersten Tag an, obwohl ich, wie ich mich erinnere, an diesem ersten Tag viel über ihn nachdachte und mich vor allem darüber wunderte, daß solch eine Persönlichkeit sich, statt es im Leben zu etwas zu bringen, in der Katorga befand. Später wird noch wiederholt von Akim Akimytsch zu sprechen sein.

Doch jetzt will ich in aller Kürze die Insassen unserer Unterkunft beschreiben. Sollte ich doch viele Jahre dort zubringen, und sie alle würden von nun an meine Mitbewohner und Kameraden sein. Verständlich, daß ich sie mit großer Neugier betrachtete. Links von mir auf der Pritsche hatte eine Gruppe kaukasischer Bergbewohner ihre Lagerstatt, sie waren vor allem wegen Raubes hierhergeschickt worden, und zwar für unterschiedliche Dauer. Es waren zwei Lesginer, ein Tschetschenze und drei dagestanische Tataren. Der Tschetschenze war ein mürrisches, finsteres Individuum, das fast mit niemand sprach und ständig haßerfüllt, mißtrauisch oder mit einem giftigen, hämischen Lächeln um sich schaute. Einer der Lesginer war bereits ein alter Mann mit langer, schmaler Hakennase, allem Anschein nach ein verwegener Räuber. Dafür machte Nurra, der andere, gleich von ersten Tag an einen höchst erfreulichen und sympathischen Eindruck auf mich. Er war noch ziemlich jung, nicht sehr groß, ein Herkules von Statur, hellblond und hatte leuchtend blaue Augen, eine Stupsnase, das Gesicht einer Finnin und krumme Beine vom vielen Reiten früher. Sein Körper war zerhauen und von Bajonett- und Schußwunden bedeckt. Im Kaukasus war er zwar botmäßig gewesen, heimlich jedoch dauernd zu den unbotmäßigen Bergbewohnern geritten und hatte gemeinsam mit ihnen von dort aus Überfälle auf die Russen verübt. In der Katorga hatten ihn alle gern. Er war stets guter Dinge und freundlich zu jedermann, arbeitete, ohne zu murren, war ruhig und ausgeglichen, obwohl ihn die Gemeinheit und der Unflat des Sträflingsdaseins oft anwiderten und er sich aufs äußerste über jeden Fall von Diebstahl, Betrug, Trunkenheit und über alles empörte, was unrecht war; Streit fing er deshalb allerdings nicht an, sondern er wandte sich nur entrüstet ab. Er selbst hat während seiner ganzen Katorga nichts gestohlen und keine einzige böse Tat begangen. War er doch außergewöhnlich fromm. Seine Gebete verrichtete er gewissenhaft; in der Fastenzeit vor mohammedanischen Festen fastete er wie ein Fanatiker und brachte ganze Nächte im Gebet zu. Alle konnten ihn gut leiden und glaubten an seine Rechtschaffenheit. »Nurra ist ein Löwe«, sagten die Sträflinge; und »der Löwe« wurde er denn auch genannt. Er war fest davon überzeugt, daß man ihn nach Ablauf seiner Katorga nach Hause in den Kaukasus zurückschicken werde, und lebte nur von dieser Hoffnung. Ich glaube, er wäre gestorben, hätte man sie ihm geraubt. Gleich an meinem ersten Tag im Gefängnis fiel er mir auf. Sein gutes, sympathisches Gesicht inmitten der bösen, mürrischen oder spöttischen Mienen der übrigen Sträflinge war einfach nicht zu übersehen. Während der ersten halben Stunde nach meiner Ankunft in der Katorga klopfte er mir im Vorbeigehen auf die Schulter und blickte mich gutmütig lachend an. Ich verstand zuerst nicht, was das bedeuten sollte. Sprach er doch sehr schlecht Russisch. Bald darauf trat er erneut auf mich zu und schlug mir abermals mit einem Lächeln freundschaftlich auf die Schulter. Danach wieder und wieder, und so ging das drei Tage lang weiter. Damit wollte er, wie ich vermutete und hinterher bestätigt bekam, zum Ausdruck bringen, daß ich ihm leid tat und er fühlte, wie schwer es mir fiel, mich mit dem Gefängnis abzufinden, wollte er mir seine Freundschaft beweisen, mir Mut machen und mich seines Beistandes versichern. Guter, einfältiger Nurra!

Dagestanische Tataren waren drei da, allesamt leibliche Brüder. Zwei von ihnen waren schon älter, doch der dritte, Alej, zählte kaum zweiundzwanzig und sah noch jünger aus. Auf der Pritsche hatte er neben mir seinen Platz. Sein schönes, offenes, kluges und gleichzeitig gutmütig-naives Gesicht nahm mich vom ersten Augenblick an für ihn ein, und ich war von Herzen froh, daß mir das Schicksal ihn und nicht einen anderen als Nachbarn beschert hatte. Sein ganzes Wesen drückte sich in diesem hübschen, ja man kann schon sagen, schönen Gesicht aus. Sein Lächeln war so vertrauensvoll, so kindlich unbefangen und die großen schwarzen Augen blickten so sanft und freundlich, daß ich in meiner Trostlosigkeit und meinem Kummer immer, wenn ich ihn ansah, eine besondere Freude und sogar eine gewisse Erleichterung empfand. Ich sage das ohne jede Übertreibung. In der Heimat hatte sein ältester Bruder (ältere Brüder hatte er fünf; zwei von ihnen waren in irgendeine Fabrik gekommen) ihn eines Tages geheißen, seinen Säbel zu nehmen und sein Pferd zu besteigen, um sie bei einem Unternehmen zu begleiten. Die Achtung vor den Älteren ist in den Sippen der Bergbewohner so groß, daß der junge Bursche nicht nur nicht wagte, sondern nicht einmal auf den Gedanken kam, zu fragen, wohin es gehen sollte. Jene aber hielten es nicht für nötig, ihm das mitzuteilen. Sie ritten allesamt auf Raub aus, wollten auf der Landstraße einem reichen armenischen Kaufmann auflauern und ihn ausplündern. So geschah es denn auch: Sie machten die Begleitmannschaft nieder, schnitten dem Armenier die Kehle durch und raubten seine Ware. Doch man kam ihnen auf die Spur; alle sechs wurden ergriffen, vor Gericht gestellt, überführt, ausgepeitscht und zur Zwangsarbeit nach Sibirien verbannt. Die einzige Gnade, die das Gericht Alej gegenüber walten ließ, war eine Herabsetzung der Strafdauer: Er wurde nur zu vier Jahren verurteilt. Seine Brüder liebten ihn sehr, mit einer mehr väterlichen als brüderlichen Liebe. Er war ihnen ein Trost in ihrer Verbannung. Sie, die gewöhnlich mürrisch und finster dreinschauten, lächelten stets bei seinem Anblick, und wenn sie das Wort an ihn richteten (sie redeten jedoch nur sehr selten mit ihm, als hielten sie ihn immer noch für einen Jungen, mit dem man über ernste Dinge nicht sprechen kann), glätteten sich ihre gefurchten Stirnen, und ich erriet, daß sie sich mit ihm über etwas Spaßiges, beinahe Kindliches unterhielten; wenigstens wechselten sie immer Blicke miteinander und schmunzelten wohlwollend, wenn sie sich gelegentlich seine Antwort anhörten. Er selbst aber wagte fast nie, das Wort an sie zu richten – so weit ging sein Respekt vor ihnen. Man kann sich nur schwer vorstellen, wie dieser junge Mensch imstande war, sich während seiner ganzen Katorga ein so weiches Herz zu bewahren, eine so strikte Rechtschaffenheit, ein so offenherziges und sympathisches Wesen zu entwickeln, nicht zu verrohen und moralisch zu verkommen. Er war übrigens ein starker, beständiger Charakter, trotz aller scheinbaren Weichheit. Ich habe ihn in der Folgezeit gründlich kennengelernt. Er war keusch wie eine züchtige Jungfrau, und wenn jemand im Gefängnis unanständig, zynisch, gemein, ungerecht oder gewalttätig war, dann loderte das Feuer der Empörung in seinen schönen Augen auf, die dadurch noch schöner wirkten. Zank und Streit aber ging er aus dem Wege, obwohl er durchaus keiner von denen war, die man ungestraft beleidigt, er vermochte sehr wohl für sich einzustehen. Doch er geriet sich nie mit jemand in die Haare; alle hatten ihn gern und behandelten ihn freundlich. Anfangs war er nur höflich zu mir. Doch allmählich kam ich mit ihm ins Gespräch; er hatte in wenigen Monaten sehr gut Russisch sprechen gelernt, was seine Brüder während ihrer ganzen Katorga nicht fertigbrachten. Er schien mir ein recht aufgeweckter Bursche zu sein, überaus bescheiden und feinfühlig und sogar sehr verständig. Kurzum, ich möchte bereits an dieser Stelle erklären, daß ich Alej für einen ziemlich außergewöhnlichen Menschen halte und an die Begegnung mit ihm als an eine der schönsten in meinem Leben zurückdenke. Es gibt Charaktere, die von Natur aus so vortrefflich, so gottbegnadet sind, daß allein schon der Gedanke, sie könnten sich eines Tages zum Schlechten verändern, unmöglich erscheint. Um sie macht man sich niemals Sorgen. Auch heute bin ich Alejs wegen völlig beruhigt. Wo mag er jetzt sein?

Einmal, es war schon lange nach meiner Ankunft in Gefängnis, lag ich auf der Pritsche und hing trübseligen Gedanken nach. Alej, der sonst immer noch fleißig arbeitete, war diesmal müßig, obwohl es noch zu früh zum Schlafen war. Aber sie hatten zu dieser Zeit gerade ein mohammedanisches Fest und arbeiteten nicht. Die Hände unter dem Kopf verschränkt, lag er da und hing ebenfalls seinen Gedanken nach.

»Na, bist wohl jetzt recht traurig?« fragte er mich auf einmal.

Ich sah ihn neugierig an; fand ich doch diese rasche, unvermittelte Frage des sonst immer so vorsichtigen, feinfühligen Alej, der so viel Herzensbildung besaß, irgendwie merkwürdig. Aber als ich ihn aufmerksamer anblickte, entdeckte ich in seinem Gesicht so viel Traurigkeit, so viel kummervolle Erinnerung, daß mir sogleich der Gedanke kam, ihm selber müsse in diesem Moment wohl ziemlich traurig zumute sein. Ich äußerte meinen Verdacht. Er seufzte und lächelte schmerzlich. Ich mochte sein Lächeln gern; es war immer so innig und herzlich. Außerdem ließ er dabei zwei Reihen perlengleicher Zähne sehen, um die ihn die schönste Frau der Welt beneidet hätte.

»Na, Alej, du hast eben bestimmt daran gedacht, wie dieses Fest bei euch in Dagestan gefeiert wird? Dort ist es sicherlich schön?«

»O ja«, antwortete er verzückt, und seine Augen leuchteten. »Aber woher weiß du, daß ich daran gedacht habe?«

»Das liegt doch nahe! Nun, ist es dort schöner als hier?«

»Oh, warum sagst du das!«

»Was müssen da jetzt für Blumen bei euch blühen, welch ein Paradies muß das sein!«

»Aach, schweig lieber!« Er war heftig bewegt.

»Sag, Alej, hattest du eine Schwester?«

»Gewiß, aber warum fragst du?«

»Sie muß wunderschön sein, wenn sie dir ähnlich sieht.«

»Was heißt: mir ähnlich! Sie ist so schön, daß es in ganz Dagestan keine Schönere gibt. Ach, wie wunderschön ist meine Schwester! So was hast du noch nicht gesehen. Auch meine Mutter war sehr schön.«

»Hat dich deine Mutter sehr liebgehabt?«

»Ach, was fragst du! Vor Kummer um mich ist sie jetzt bestimmt schon tot. Ich war ihr Lieblingssohn. Sie hat mich mehr als meine Schwester, mehr als alle anderen geliebt. Heute nacht ist sie im Traum zu mir gekommen und hat um mich geweint.«

Er verstummte und sprach an diesem Abend kein Wort mehr. Doch seitdem suchte er bei jeder Gelegenheit mit mir zu reden, obschon er aus Ehrerbietung, die er, Gott weiß warum, für mich hegte, nie als erster das Wort an mich richtete. Dafür freute er sich um so mehr, wenn ich ihn ansprach. Ich fragte ihn über den Kaukasus und sein früheres Leben aus. Seine Brüder verwehrten ihm nicht, sich mit mir zu unterhalten, ja es war ihnen sogar ganz recht. Als sie merkten, daß ich Alej immer mehr ins Herz schloß, behandelten sie mich ebenfalls viel freundlicher.

Alej half mir bei der Arbeit, erwies mir auch in der Unterkunft, soweit er konnte, allerlei Dienste, und man sah ihm an, daß es ihm Freude machte, mir wenigstens etwas mein Los zu erleichtern und mir gefällig zu sein, und in diesem Bemühen, mir gefällig zu sein, lag nicht die geringste Selbsterniedrigung, kein Trachten nach irgendeinem Vorteil, sondern es beruhte auf einem warmen, freundschaftlichen Gefühl, das er auch gar nicht mehr vor mir verbarg. Unter anderem besaß er viele handwerkliche Fähigkeiten. Er hatte gelernt, akkurat Wäsche zu nähen und Stiefel anzufertigen, und später eignete er sich auch, so gut er konnte, das Tischlerhandwerk an. Seine Brüder lobten ihn und waren auf ihn stolz.

»Hör mal, Alej«, sagte ich eines Tages zu ihm, »warum lernst du nicht Russisch lesen und schreiben? Weißt du nicht, wie sehr dir das später hier in Sibirien zustatten kommen kann?«

»Ich möchte ja gerne. Aber bei wem soll ich's lernen?«

»Hier gibt's viele, die lesen und schreiben können. Aber wenn du willst, bring ich's dir bei.«

»Ach, tu das bitte!« Er richtete sich sogar auf der Pritsche auf und sah mich, die Hände gefaltet, flehentlich an.

Gleich am nächsten Abend machten wir uns an die Arbeit. Ich besaß eine russische Übersetzung des Neuen Testaments, ein Buch, das im Gefängnis nicht verboten war. Ohne Fibel, allein nach diesem Buch, lernte Alej in wenigen Wochen ausgezeichnet lesen. Nach knapp einem Vierteljahr beherrschte er die Schriftsprache schon vollkommen. Er lernte begeistert, mit wahrem Feuereifer.

Einmal las ich mit ihm die ganze Bergpredigt. Dabei bemerkte ich, daß er manche Stellen mit besonderem Gefühl zu sprechen schien.

Ich fragte ihn, ob ihm gefalle, was er da gelesen habe.

Er warf mir einen raschen Blick zu und errötete.

»O ja!« antwortete er. »Ja, Isa ist ein heiliger Prophet, Isa hat gesagt das Wort Gottes. Wie schön!«

»Was gefällt dir denn am meisten?«

»Wo er sagt: Vergib, liebe, tu nicht Böses und liebe deine Feinde. Ach, wie schön er spricht!«

Er wandte sich seinen Brüdern zu, die unser Gespräch mit anhörten, und erklärte ihnen temperamentvoll etwas. Sie redeten lange und ernst miteinander und nickten zustimmend. Dann wandten sie sich mit einem gewichtig-wohlwollenden, das heißt einem echt muselmanischen Lächeln (das ich so liebe, eben wegen seiner Gewichtigkeit) an mich und bestätigten, daß Isa ein Prophet Gottes gewesen sei und große Wunder vollbracht habe. So habe er aus Lehm einen Vogel geformt, ihn angehaucht, und da sei der Vogel davongeflogen. Das stehe auch bei ihnen in den Büchern geschrieben. Indem sie das sagten, waren sie fest davon überzeugt, mir eine große Freude zu bereiten, wenn sie Jesus lobten, und Alej war überglücklich, daß seine Brüder sich entschlossen hatten, mir diese Freude zu bereiten.

Auch mit dem Schreibunterricht waren wir außerordentlich erfolgreich. Alej besorgte sich Papier (er ließ nicht zu, daß ich für mein Geld welches kaufte), Federn und Tinte, und nach knapp zwei Monaten hatte er vortrefflich schreiben gelernt. Das versetzte sogar seine Brüder in Erstaunen. Ihr Stolz und ihre Zufriedenheit kannten keine Grenzen. Sie wußten gar nicht, wie sie mir danken sollten. Ergab es sich bei der Arbeit, daß wir zusammen eingesetzt wurden, so wetteiferten sie, mir zu helfen, und schätzten sich glücklich, wenn sie es konnten. Von Alej will ich erst gar nicht reden. Er liebte mich vielleicht ebensosehr, wie er seine Brüder liebte. Nie werde ich vergessen, wie er aus dem Gefängnis fortging. Er führte mich hinter die Holzbaracke, fiel mir dort um den Hals und brach in Tränen aus. Noch nie zuvor hatte er mich geküßt und noch nie geweint. »Du hast so viel für mich getan«, sagte er, »so viel, wie mein Vater und meine Mutter nicht hätten für mich tun können: Du hast einen Menschen aus mir gemacht. Gott wird es dir vergelten, und ich werde dich niemals vergessen.«

Wo nur, wo mag mein lieber, herzensguter Alej jetzt sein?

Außer den Tscherkessen befand sich in unseren Unterkünften noch ein erkleckliches Häuflein Polen, die eine streng abgesonderte Gemeinschaft bildeten und fast überhaupt nicht mit den übrigen Sträflingen verkehrten. Wie ich bereits sagte, waren sie wegen ihrer Exklusivität und ihres Hasses auf die russischen Sträflinge ihrerseits bei allen verhaßt. Es waren kranke, geschundene Kreaturen, sechs an der Zahl. Einige von ihnen waren gebildete Leute, über die ich mich später noch ausführlicher auslassen werde. Von ihnen bekam ich in den letzten Jahren meines Katorga-Daseins hin und wieder einige Bücher. Das erste Buch, das ich wieder las, machte auf mich einen starken, einen merkwürdigen, einen außergewöhnlichen Eindruck. Auf diese Eindrücke will ich irgendwann gesondert eingehen. Für mich sind sie mehr als interessant, aber ich bin überzeugt, sie werden vielen völlig unbegreiflich sein. Wenn man so etwas nicht selbst erlebt hat, kann man über manche Dinge nicht urteilen. Ich will nur so viel sagen, daß psychische Entbehrungen schwerer zu ertragen sind als alle körperlichen Qualen. Der Mann aus dem Volk, der in die Katorga kommt, gerät wiederum unter seinesgleichen, ja vielleicht sogar in gebildetere Gesellschaft. Natürlich hat er viel verloren: seine Heimat, seine Familie, alles; aber sein Milieu bleibt das gleiche. Der Gebildete hingegen, der doch nach dem Gesetz die gleiche Strafe erleiden soll wie der Mann aus dem Volk, verliert oft unvergleichlich mehr als dieser. Er muß all seine inneren Bedürfnisse, all seine bisherigen Gewohnheiten unterdrücken und in ein für ihn unbefriedigendes Milieu überwechseln, muß sich daran gewöhnen, eine andere Luft zu atmen. Er ist ein Fisch, der aus dem Wasser aufs Trockene gezogen wurde. Und oft verwandelt sich die nach dem Buchstaben des Gesetzes für alle gleiche Strafe für ihn in eine zehnmal qualvollere. Das ist die Wahrheit – selbst wenn es nur um die materiellen Gewohnheiten ginge, die er aufgeben muß.

Doch die Polen stellten eine besondere, in sich geschlossene Gruppe dar. Sie waren sechs, und sie hielten fest zusammen. Von allen Sträflingen unserer Unterkunft mochten sie nur einen Juden gern, und vielleicht auch nur, weil er sie amüsierte. Unser kleiner Jude war indessen bei den anderen Sträflingen ebenfalls beliebt, wenn sie auch alle ohne Ausnahme über ihn lachten. Er war der einzige unter uns, und selbst ich kann jetzt nicht an ihn zurückdenken, ohne zu lachen. Jedesmal, wenn ich ihn ansah, kam mir der Jude Jankel aus Gogols »Taras Bulba« in den Sinn, der, nachdem er sich ausgezogen hatte, um sich zur Nacht mit seiner Jüdin in eine Art Schrank zu begeben, sogleich außerordentliche Ähnlichkeit mit einem Hähnchen bekam. Issai Fomitsch, unser kleiner Jude, glich einem gerupften Hähnchen wie ein Wassertropfen dem anderen. Er war nicht mehr jung, so um die Fünfzig herum, klein und schwächlich, pfiffig und zugleich ausgesprochen dumm. Er war frech, anmaßend und zugleich furchtbar feige. Er war über und über von kleinen Runzeln bedeckt, und auf Stirn und Wangen hatte er Brandmale, die ihm auf dem Schafott aufgedrückt worden waren. Es ist mir heute noch unverständlich, wie er die sechzig Peitschenhiebe hat aushalten können. Zu uns war er wegen Mordes gekommen. Er hatte ein Rezept bei sich versteckt, das ihm andere Juden gleich nach der Prozedur auf dem Schafott von einem Arzt besorgt hatten. Nach diesem Rezept ließ sich eine Salbe herstellen, durch die in knapp vierzehn Tagen seine Brandmale weggehen sollten. Im Gefängnis wagte er diese Salbe nicht anzuwenden, und so wartete er auf das Ende seiner zwölf Jahre Katorga; würde er dann zur Zwangsansiedlung entlassen werden, wollte er sich auf jeden Fall des Rezepts bedienen. »Sonst kann ich nicht cheiraten«, sagte er einmal zu mir, »und cheiraten will ich unbedingt.« Wir beide waren gute Freunde. Er war immer bester Laune. Hatte er doch ein leichtes Leben in der Katorga: Von Beruf Goldschmied, war er mit Aufträgen aus der Stadt, wo es keinen Goldschmied gab, überhäuft und deshalb von schweren Arbeiten befreit. Selbstverständlich betrieb er gleichzeitig auch noch einen Geldverleih und versorgte die ganze Katorga gegen Zinsen und Pfänder mit Geld. Er war schon vor mir gekommen, und einer der Polen hat mir einmal ausführlich seine Ankunft geschildert. Das ist eine höchst komische Geschichte, die ich später erzählen will; von Issai Fomitsch wird noch wiederholt die Rede sein.

Das übrige Volk in unserer Unterkunft bestand aus vier Altgläubigen, bibelkundigen alten Männern, zu denen auch der Alte aus einer der Gemeinden im Starodubje gehörte, aus zwei, drei Ukrainern, finsteren Burschen, aus einem blutjungen Sträfling mit schmalem Gesichtchen und schmalem Näschen, der, knapp dreiundzwanzig Jahre alt, schon acht Menschen auf dem Gewissen hatte, aus einem Häuflein von Falschmünzern, von denen einer der Spaßmacher unserer Unterkunft war, und schließlich noch aus etlichen finsteren und mürrischen Individuen, kahlgeschoren und entstellt, schweigsam und neidisch, die mißtrauisch und voller Haß um sich blickten und vorzuhaben schienen, noch viele Jahre, während ihrer ganzen Katorga, so finster dreinzuschauen, zu schweigen und zu hassen. All das zeichnete sich nur vage vor mir ab an diesem ersten, trostlosen Abend meines neuen Lebens, inmitten von Qualm und Ruß, von Geschimpfe und unbeschreiblichem Zynismus, in stickiger Luft und beim Klirren der Fesseln, inmitten von Flüchen und schamlosem Gelächter. Ich legte mich auf die nackte Pritsche, schob mir meine Kleidung unter den Kopf – ein Kissen besaß ich noch nicht – und deckte mich mit meinem Pelzmantel zu; ich konnte jedoch lange nicht einschlafen, obwohl ich von all den ungeheuerlichen und überraschenden Eindrücken dieses ersten Tages ganz mitgenommen und wie zerschlagen war. Aber mein neues Leben fing ja gerade erst an. Vieles sollte mich noch erwarten, woran ich nie und nimmer gedacht, was ich nicht einmal geahnt hätte.

5 *Der erste Monat*

Drei Tage nach meiner Ankunft im Gefängnis bekam ich Anweisung, zur Arbeit zu gehen. Dieser erste Arbeitstag bleibt mir unvergeßlich, obwohl mir in seinem Verlauf nichts Außergewöhnliches widerfahren ist, zumindest nicht, wenn man meine ohnehin außergewöhnliche Situation in Betracht zieht. Aber dies war ebenfalls einer der ersten Eindrücke, und ich nahm immer noch alles begierig in mich auf. Während der ganzen ersten drei Tage war ich sehr niedergeschlagen. Dies ist nun das Ende meiner Wanderschaft – ich bin im Gefängnis! wiederholte ich unaufhörlich. Dies ist nun mein Hafen für viele lange Jahre, mein Obdach, das ich mit solchem Mißtrauen, mit einem so schmerzlichen Gefühl betrete! Doch wer weiß! Vielleicht werde ich es noch bedauern, wenn ich es nach vielen Jahren wieder verlassen muß! fügte ich nicht ohne eine Spur jenes Sarkasmus hinzu, der bisweilen so weit geht, daß man absichtlich in der eigenen Wunde wühlt, als wolle man sich an seinen Schmerzen weiden, als wäre es wahrhaftig ein Genuß, sich der ganzen Größe seines Unglücks bewußt zu sein. Der Gedanke, ich könnte einst mit Bedauern von diesem Obdach scheiden, ließ mich schaudern; spürte ich doch damals schon, wie ungeheuer anpassungsfähig der Mensch ist. Aber das lag noch in weiter Ferne; einstweilen war alles um mich herum feindselig und – schrecklich; das heißt nicht alles, aber natürlich kam es mir so vor. Die unverhüllte Neugier, mit der mich meine neuen Sträflingskameraden musterten, ihre abweisende, schroffe Art gegenüber dem adligen Neuling, der da plötzlich in ihrer Kumpanei aufgetaucht war, eine Schroffheit, die manchmal schon fast in Haß ausartete – all das quälte mich dermaßen, daß ich selber wünschte, möglichst bald zu arbeiten, um nur ja so schnell wie möglich, mit einem Schlage, mein ganzes Elend zu erkennen und zu ermessen, um so zu leben wie sie alle, um möglichst bald mit allen auf der gleichen Stufe zu stehen. Selbstverständlich habe ich damals vieles nicht bemerkt und durchschaut, obwohl ich es unmittelbar vor Augen hatte: Unter all dem Feindseligen entdeckte ich noch nicht das Erfreuliche. Indessen machten mir einige freundliche und gute Menschen, denen ich sogar schon in diesen drei Tagen begegnete, fürs erste doch erheblich Mut. Am freundlichsten und wohlwollendsten war Akim Akimytsch zu mir. Unter den finsteren und haßerfüllten Gesichtern der übrigen Sträflinge mußten mir die wenigen guten und fröhlichen ja auffallen. Es gibt überall schlechte Menschen, aber unter den schlechten auch gute, tröstete ich mich flugs. Wer weiß: Diese Menschen sind vielleicht gar nicht so sehr viel schlechter als *die übrigen*, die dort, außerhalb des Gefängnisses *geblieben* sind! So dachte ich und schüttelte selber den Kopf über meinen Gedanken. Mein Gott, wenn ich damals geahnt hätte, wie richtig auch dieser Gedanke war!

Da war zum Beispiel jemand, den ich erst nach vielen, vielen Jahren richtig kennenlernte; dabei war er fast während meiner ganzen Katorga mit mir zusammen und lebte ständig in meiner Nähe. Es handelte sich um den Sträfling Suschilow. Als ich eben auf die Sträflinge zu sprechen kam, die *nicht schlechter* waren als andere, mußte ich sofort an ihn denken. Er pflegte mich zu bedienen. Ich hatte aber auch noch einen anderen Bediensteten. Gleich zu Anfang, in den ersten Tagen, hatte Akim Akimytsch mir einen Sträfling namens Ossip empfohlen und versichert, er werde mir für dreißig Kopeken monatlich jeden Tag ein Sonderessen kochen, wenn mir die Anstaltskost so zuwider sei und ich die Mittel besitze, mir eigene Verpflegung zu beschaffen. Ossip war einer der vier Köche, die von den Sträflingen für unsere beiden Küchen gewählt worden waren; nebenbei bemerkt, stand es ganz in deren Belieben, die Wahl anzunehmen oder nicht, und wenn sie sie annahmen, konnten sie gleich am nächsten Tag ihr Amt wieder niederlegen. Die Köche gingen nicht mit zur Arbeit, ihre Aufgabe bestand darin, Brot zu backen und Kohlsuppe zu kochen. Bei uns wurden sie nicht als Koch, sondern als Küchenfee (also als Femininum) bezeichnet, jedoch nicht aus Geringschätzung, um so weniger, als für die Küche gescheite und nach Möglichkeit ehrliche Leute gewählt wurden, sondern nur so aus Gutmütigkeit, im Scherz, und unsere Köche nahmen das auch nicht weiter übel. Ossip wurde fast immer gewählt, war beinahe mehrere Jahre hintereinander ständig Küchenfee und legte sein Amt nur manchmal für einige Zeit nieder, wenn es ihm zu langweilig wurde und ihn zugleich die Lust überkam, Branntwein zu schmuggeln. Er war ein Mensch von seltener Ehrlichkeit und Sanftmut, obschon er wegen Schmuggels saß. Es handelte sich um ebenjenen Schmuggler, jenen hochgewachsenen, gesunden jungen Burschen, den ich bereits erwähnt habe; er hatte vor allem Angst, besonders vor Rutenhieben, war friedfertig, demütig und freundlich zu allen, stritt *niemals* mit jemand, konnte jedoch, trotz all seiner Feigheit, aus Leidenschaft fürs Schmuggeln nicht anders, er mußte von Zeit zu Zeit Branntwein herbeischaffen. Ebenso wie die anderen Köche handelte auch er mit Branntwein, allerdings nicht in dem Maße wie zum Beispiel Gasin, weil er nicht den Mut hatte, viel zu riskieren. Mit diesem Ossip habe ich mich immer sehr gut verstanden. Und was die Mittel für eigene Beköstigung betraf, so benötigte man recht wenig dafür. Ich irre mich nicht, wenn ich behaupte, daß ich monatlich nur einen Silberrubel für meine Beköstigung ausgegeben habe, selbstverständlich ausgenommen das Brot, das ja vom Staat geliefert wurde, und hin und wieder, wenn ich allzu hungrig war, etwas Kohlsuppe, ungeachtet meiner Abneigung dagegen, die übrigens später fast ganz schwand. Gewöhnlich kaufte ich mir ein Stück Rindfleisch, ein Pfund pro Tag. Im Winter kostete das Rindfleisch bei uns zwei Kopeken. Es vom Markt holen ging einer der Invaliden, von denen in jeder Unterkunft einer war, um für Ordnung zu sorgen; sie hatten es freiwillig übernommen, täglich zum Markt zu gehen, um für die Sträflinge einzukaufen, und verlangten fast keine Bezahlung dafür, höchstens irgendwelche Kleinigkeiten. Um der eigenen Ruhe willen taten sie das, denn sonst hätten sie im Gefängnis nichts zu lachen gehabt. Und so schmuggelten sie Tabak, Ziegeltee, Rindfleisch, Kringel und dergleichen mehr herein, ausgenommen Branntwein. Um den bat man sie auch gar nicht, obschon man sie zuweilen damit traktierte. Ossip briet mir mein Stück Rindfleisch jahrelang immer auf die gleiche Weise. Doch wie es gebraten war, das ist eine andere Frage; aber darauf kam es auch gar nicht an. Bemerkenswert ist, daß ich mit Ossip etliche Jahre kaum ein paar Worte gewechselt habe. Ich habe oft versucht ein Gespräch mit ihm anzuknüpfen, aber er war irgendwie nicht imstande, sich mit jemand zu unterhalten; entweder lächelte er nur, oder er antwortete mit *ja* oder *nein* – das war alles. Selbst der Anblick, den dieser Herkules im siebenten Jahr bot, war merkwürdig.

Doch neben Ossip zählte auch Suschilow zu denen, die mir halfen. Ich hatte ihn nie dazu aufgefordert und mich nicht um ihn bemüht. Von selber war er auf mich gestoßen und hatte sich mir zugeteilt; ich erinnere mich nicht einmal, wann und wie das geschah. Er begann für mich zu waschen. Hinter den Unterkünften war für diesen Zweck eigens eine große Senkgrube angelegt worden. Darüber wurde in anstaltseigenen Trögen die Sträflingswäsche gewaschen. Außerdem dachte sich Suschilow noch tausenderlei Pflichten aus, um mir gefällig zu sein: Er setzte meinen Teekessel auf, lief, die verschiedensten Aufträge auszuführen, machte dieses und jenes für mich ausfindig, brachte meine Joppe zum Ausbessern, wichste mir etwa viermal im Monat die Stiefel, und das alles tat er eifrig und geschäftig, als ob er Gott weiß was zu erledigen hätte; mit einem Wort, er verband sein Schicksal voll und ganz mit meinem und machte alle meine Angelegenheiten zu seinen eigenen. Niemals sagte er zum Beispiel: »Sie haben soundso viel Hemden« oder »Ihre Joppe ist zerrissen«, sondern immer: »*Wir* haben soundso viel Hemden« oder »*Unsere* Joppe ist zerrissen«. Er suchte mir jeden Wunsch von den Augen abzulesen und schien das für den Hauptzweck seines Daseins zu halten. Auf ein Handwerk oder, wie es die Sträflinge nennen, eine Hantierung verstand er sich nicht und verdiente sich anscheinend nur bei mir ein bißchen Geld. Ich zahlte ihm, soviel ich konnte, das heißt nur ein paar Kopeken, und er war immer widerspruchslos zufrieden. Er mußte einfach jemand dienen und schien mich vor allem deshalb gewählt zu haben, weil ich freundlicher war als die anderen und ehrlicher im Bezahlen. Er gehörte zu denen, die nie auf einen grünen Zweig, geschweige denn zu Reichtümern kommen und die bei uns als Maidanwächter genommen wurden, dabei Nächte hindurch im Frost auf dem Flur standen, um auf jedes Geräusch im Hof zu horchen, das eventuell den Platzmajor ankündigte, dafür nur fünf Kopeken in Silber für fast die ganze Nacht bekamen, bei Unaufmerksamkeit jedoch alles verloren und mit ihrem Rücken dafür büßten. Von ihnen habe ich ja bereits gesprochen. Typisch für diese Menschen ist, daß sie sich immer und überall vor beinahe jedem demütigen und bei gemeinschaftlichen Unternehmungen nicht einmal eine zweit-, sondern nur eine drittrangige Rolle spielen. Das liegt schon so in ihrer Natur. Suschilow war ein ganz armseliger Bursche, unterwürfig und demütig, wie ein geprügelter Hund, obwohl ihn keiner von uns verprügelte; aber er war schon von Natur aus so. Mir tat er immer leid. Nicht einmal ansehen konnte ich ihn, ohne Mitleid zu verspüren; warum eigentlich, das hätte ich selbst nicht sagen können. Auch mit ihm war kein Gespräch möglich; er war ebenfalls unfähig, sich zu unterhalten, und man merkte, daß es ihn große Mühe kostete, er lebte erst wieder auf, wenn man ihm, um das Gespräch zu beenden, etwas zu tun gab oder ihn bat, schnell mal etwas zu holen. Schließlich gelangte ich sogar zu der Überzeugung, ihm eine Freude damit zu bereiten. Er war weder groß noch klein, weder gutaussehend noch häßlich, weder dumm noch klug, weder jung noch alt, leicht pokkennarbig und teilweise hellblond. Genaueres ließ sich eigentlich nie über ihn sagen. Nur das eine: Wie mir schien und soweit ich vermuten konnte, gehörte er zu derselben Zunft wie Sirotkin, und zwar einzig und allein wegen seiner Schüchternheit und Unterwürfigkeit. Die anderen Sträflinge machten sich zuweilen über ihn lustig, vor allem, weil er unterwegs, auf dem Marsch seiner Sträflingskolonne nach Sibirien *getauscht* hatte, und zwar für ein rotes Hemd und einen Silberrubel. Eben dieser läppische Preis, für den er sich verkauft hatte, war es, weshalb die anderen über ihn lachten. »Tauschen« bedeutet, mit jemand anders den Namen und infolgedessen auch das Schicksal zu tauschen. Wie absurd einem das auch erscheinen mag, es ist tatsächlich vorgekommen und war zu meiner Zeit, durch Tradition geheiligt und in bestimmten Formen festgelegt, unter den Sträflingen, die nach Sibirien deportiert wurden, noch gang und gäbe. Anfangs wollte ich es einfach nicht glauben, mußte es, durch den Augenschein belehrt, schließlich aber doch.

Es ging folgendermaßen vor sich. Da wird zum Beispiel eine Kolonne Sträflinge nach Sibirien geschafft. Darunter sind alle möglichen: solche, die in die Katorga, solche, die in eine Fabrik kommen, und solche, die zwangsangesiedelt werden; und sie alle marschieren zusammen. Irgendwo unterwegs, sagen wir im Gouvernement Perm, wünscht einer der Verbannten mit einem anderen zu tauschen. Irgendein Michailow zum Beispiel, ein Mörder oder wegen eines anderen Kapitalverbrechens Verurteilter, findet es unvorteilhaft, auf viele Jahre in die Katorga zu wandern. Nehmen wir an, er ist ein ganz geriebener Bursche, der seine Sache versteht. Er sucht sich aus derselben Kolonne einen aus, der möglichst einfältig, schüchtern und unterwürfig und zu einer verhältnismäßig geringen Strafe verurteilt ist: entweder zu wenigen

Jahren Fabrikarbeit oder zu Zwangsansiedlung oder sogar zu Katorga, aber für kürzere Zeit. Schließlich findet er einen Suschilow. Der war Hofknecht und wird lediglich zur Zwangsansiedlung verschickt. Er ist schon anderthalbtausend Werst marschiert, selbstverständlich ohne eine Kopeke, weil ein Suschilow niemals Geld haben kann; müde und erschöpft wankt er dahin, lebt nur von der staatlichen Verpflegung, ohne auch nur gelegentlich mal etwas Besseres zwischen die Zähne zu bekommen, trägt nur die Gefangenenkluft und steht jedermann für ein paar armselige Kupfermünzen zu Diensten. Michailow knüpft mit Suschilow ein Gespräch an, kommt ihm menschlich näher, schließt sogar Freundschaft mit ihm, und zu guter Letzt traktiert er ihn an irgendeinem Etappenort mit Branntwein. Endlich schlägt er ihm vor, ob er nicht mit ihm tauschen wolle. »Ich«, so sagt er, »bin Michailow, so und so; ich komme in die Katorga, das heißt nicht in die Katorga, sondern in so eine ›Sonderabteilung‹. Das ist zwar auch eine Art Katorga, aber eine besondere, also eine bessere.« Von der »Sonderabteilung« wußten zur Zeit ihrer Existenz nicht einmal alle vorgesetzten Behörden, selbst in Petersburg zum Beispiel. Handelte es sich doch um ein so abseitiges, besonderes Winkelchen in einem der Winkel Sibiriens und um ein so schwach belegtes (zu meiner Zeit gab es dort kaum siebzig Leute), daß es schwer war, der Angelegenheit überhaupt auf die Spur zu kommen. Ich bin später Männern begegnet, die in Sibirien dem Staat gedient, Land und Leute gekannt und dennoch zum erstenmal durch mich von der Existenz der »Sonderabteilung« erfahren haben. Im Gesetzbuch stehen darüber knapp sechs Zeilen: »In dem und dem Gefängnis wird bis zur Einführung verschärfter Zwangsarbeit in Sibirien eine Sonderabteilung für Schwerstverbrecher eingerichtet.« Sogar die Sträflinge in dieser »Abteilung« wußten nicht, ob sie für immer oder nur befristet existierte. Ein Termin war nicht festgelegt; es hieß: »bis zur Einführung verschärfter Zwangsarbeit«, das war alles; also »längelang durch die Katorga«. Was Wunder, daß weder Suschilow noch sonst jemand aus der Kolonne darüber Bescheid wußte, der verbannte Michailow nicht ausgenommen, der sich einen Begriff von der Sonderabteilung höchstens auf Grund seines Verbrechens machen konnte, das ja recht schwer war und wofür er bereits drei- oder viertausend weghatte. Folglich würde man ihn nicht gerade an einen angenehmen Ort schicken. Suschilow aber marschierte seiner Zwangsansiedlung entgegen. Was war da wohl besser? »Willst du nicht mit mir tauschen?« Suschilow ist angetrunken, er hat ein einfältiges Gemüt, er ist von Dankbarkeit für Michailow erfüllt, der ihn so freundlich behandelt, und so bringt er es nicht fertig, nein zu sagen. Zudem hat er bereits in seiner Kolonne gehört, daß man tauschen kann, daß andere es auch tun und daß demnach nichts Ungewöhnliches und Unerhörtes dabei ist. Sie einigen sich. Unter Ausnutzung der außergewöhnlichen Einfalt Suschilows kauft ihm der gewissenlose Michailow seinen Namen für ein rotes Hemd und einen Rubel in Silber ab, die er ihm auf der Stelle vor Zeugen übergibt. Am nächsten Tag ist Suschilow wieder nüchtern, doch er wird von neuem traktiert; auch kann er jetzt schlecht zurücktreten, denn der erhaltene Rubel ist bereits vertrunken und das rote Hemd wenig später ebenfalls. Wenn man nicht mehr will, muß man das Geld zurückgeben. Aber woher soll Suschilow einen ganzen Rubel in Silber nehmen? Gibt er ihn aber nicht zurück, so zwingt ihn die Gemeinschaft dazu; in solchen Dingen ist sie sehr streng. Und außerdem, wenn jemand etwas versprochen hat, muß er es auch halten, auch darauf besteht die Gemeinschaft. Sonst drangsaliert sie ihn. Entweder verprügelt man ihn, oder man schlägt ihn einfach tot, zumindest droht man ihm damit.

In der Tat, übte die Gemeinschaft in solchem Falle auch nur ein einziges Mal Nachsicht, so wäre es mit der Gewohnheit des Namenstausches aus und vorbei. Wenn man ohne weiteres sein Versprechen zurücknehmen und den abgeschlossenen Handel für null und nichtig erklären könnte, nachdem man das Geld bereits empfangen hat, wer würde dann noch zu seinem Wort stehen? Kurzum, hier geht es um das Interesse der Gemeinschaft, der Allgemeinheit, und deshalb verfährt auch die Kolonne in solchem Falle sehr streng. Schließlich erkennt Suschilow, daß ihm alles Bitten nicht mehr hilft, und so ergibt er sich endgültig in sein Schicksal. Die ganze Kolonne wird davon in Kenntnis gesetzt; na, und falls nötig, werden alle, auf die es ankommt, ebenfalls beschenkt und traktiert. Denen ist es natürlich ganz gleich, ob Michailow oder Suschilow in der Hölle landet – sie haben ihren Branntwein weg, sie sind traktiert worden; folglich werden sie auch den Mund halten. Gleich am nächsten Etappenort erfolgt zum Beispiel ein namentlicher Appell; nach einer Weile wird auch Michailow aufgerufen. »Hier!« antwortet Suschilow. »Suschilow!« – »Hier!« schreit Michailow. Und weiter geht's. Niemand

»Lieber eine Rippe hergeben, als ohne Soldatenliebe leben.« S. 48

verliert mehr ein Wort darüber. In Tobolsk werden die Verbannten auseinandersortiert. Michailow kommt in eine Ansiedlung, und Suschilow wird unter verstärkter Eskorte in die Sonderabteilung gebracht. Von nun an ist kein Protest mehr möglich. Und wie wollte man es auch beweisen? Wie viele Jahre würde sich solch ein Fall hinziehen? Was würde noch darauf folgen? Und schließlich, wo würde man Zeugen finden? Selbst wenn man welche hätte, würden sie ja doch leugnen. So bleibt es denn dabei, daß Suschilow für einen Rubel in Silber und ein rotes Hemd in der »Sonderabteilung« gelandet ist.

Die Sträflinge machten sich über Suschilow lustig, nicht weil er getauscht hatte (wenngleich sie diejenigen, die eine leichtere Arbeit gegen eine schwerere eingetauscht hatten, grundsätzlich verachteten, so wie alle hereingefallenen Dummköpfe), sondern weil er nur ein rotes Hemd und einen Rubel in Silber genommen hatte – eine gar zu lächerliche Bezahlung. Gewöhnlich tauscht man für beträchtliche Summen, wiederum relativ gesehen. Sogar bis zu dreißig, vierzig Rubel werden dafür genommen. Suschilow jedoch war so unterwürfig, charakterschwach und für alle anderen so erbärmlich, daß es sich eigentlich nicht gehört hätte, sich über ihn lustig zu machen.

Ich lebte schon lange mit Suschilow zusammen, schon mehrere Jahre. Allmählich war er überaus anhänglich geworden; das konnte mir nicht entgehen, und so gewöhnte auch ich mich sehr an ihn. Eines Tages jedoch – ich werde mir das nie verzeihen – führte er etwas, worum ich ihn bat, nicht aus, hatte dabei aber eben erst Geld von mir erhalten, und da besaß ich die Grausamkeit, ihm zu sagen: »Sieh einer an, Suschilow, das Geld nehmen Sie, aber die Arbeit erledigen Sie nicht!« Ohne etwas darauf zu erwidern, eilte Suschilow, meinen Auftrag auszuführen, war aber seitdem traurig. Zwei Tage vergingen. Das kann doch nicht von meiner Bemerkung sein! dachte ich. Wie ich wußte, forderte ein Sträfling namens Anton Wassiljew hartnäckig von ihm die Begleichung einer Schuld von wenigen Kopeken. Bestimmt hatte er kein Geld und scheute sich, mich darum zu bitten. Am dritten Tag sagte ich zu ihm: »Ich habe das Gefühl, Suschilow, Sie möchten mich um Geld bitten, für Anton Wassiljew. Hier, nehmen Sie.« Ich saß auf meiner Pritsche, und Suschilow stand vor mir. Daß ich ihm von mir aus Geld anbot, mich von selbst seiner schwierigen Lage erinnert hatte, beeindruckte ihn offenbar sehr, um so mehr, als er in der letzten Zeit seiner Meinung nach schon allzu viel von mir erhalten und daher nicht mehr zu hoffen gewagt hatte, ich würde ihm noch etwas geben. Er sah das Geld an, dann mich, drehte sich auf einmal um und ging hinaus. Das alles erstaunte mich sehr. Ich folgte ihm und fand ihn hinter den Unterkünften. Er stand am Palisadenzaun, hatte die Stirn dagegengepreßt und stützte sich dabei mit einem Unterarm ab. »Was haben Sie, Suschilow?« fragte ich ihn. Er sah mich nicht an, und zu meiner größten Verwunderung bemerkte ich, daß er den Tränen nahe war. »Alexander Petrowitsch ... Sie glauben ...«, begann er mit stockender Stimme und meinem Blick ausweichend, »daß ich Ihnen ... wegen dem Geld ... aber ich ... ich ... aach!« Er wandte sein Gesicht wieder dem Zaun zu, so abrupt, daß er sogar mit der Stirn dagegenstieß, und schluchzte herzzerreißend. Es war das erste Mal, daß ich in der Katorga jemand weinen sah. Nur schwer vermochte ich ihn zu trösten, und obwohl er mir seitdem, wenn überhaupt möglich, noch eifriger diente, und »auf mich achtgab«, spürte ich doch an einigen, kaum wahrnehmbaren Anzeichen, daß sein Herz mir diesen Vorwurf nie verzeihen konnte. Dabei machten sich andere sogar über ihn lustig, zogen ihn bei jeder sich bietenden Gelegenheit auf und beschimpften ihn manchmal unflätig, und trotzdem lebte er mir ihnen auf gutem, freundschaftlichem Fuße und nahm ihnen nie etwas übel. Ja, es ist oft sehr schwer, aus einem anderen Menschen klug zu werden, selbst nach langer Bekanntschaft.

Darum konnte mir mein erster Eindruck von der Katorga auch noch kein wahres Bild vermitteln, so wie es sich mir später bot. Und eben darum habe ich auch gesagt, daß mir, obwohl ich alles mit so begieriger, gesteigerter Aufmerksamkeit betrachtete, dennoch viel von dem entging, was unmittelbar vor meiner Nase geschah. Natürlich beeindruckten mich anfangs die ins Auge fallenden rohen Erscheinungen, aber auch sie wurden vielleicht nicht richtig von mir wahrgenommen und hinterließen in meiner Seele nur das quälende Gefühl hoffnungsloser Traurigkeit. Sehr viel trug dazu meine Begegnung mit A. bei, einem Sträfling, der kurze Zeit vor mir in das Gefängnis eingeliefert worden war und während der ersten Tage meines Katorga-Aufenthalts besonders bedrückende Empfindungen bei mir hervorrief. Ich hatte übrigens schon vor meiner Ankunft im Gefängnis erfahren, daß ich A. dort antreffen würde. Er hat mir diese erste, schwere Zeit zusätzlich vergällt und meine Seelenqualen noch verstärkt. Ich kann ihn nicht mit Stillschweigen übergehen.

Er ist eines der abstoßendsten Beispiele dafür, wie tief ein Mensch sinken und verkommen kann und bis zu welchem Grade er jedes sittliche Gefühl in sich abzutöten vermag, mühelos und ohne Skrupel. A. war jener junge Adlige, den ich bereits kurz erwähnt, von dem ich gesagt habe, daß er unserem Platzmajor alles hinterbrachte, was im Gefängnis geschah, und daß er mit dessen Burschen, Fedka, befreundet war. Hier kurz seine Geschichte: Ohne abgeschlossene Ausbildung und nachdem er sich in Moskau mit seinen Verwandten überworfen hatte, die über seinen lasterhaften Lebenswandel entsetzt waren, kam er nach Petersburg, dort entschloß er sich, um sich Geld zu verschaffen, zu einer gemeinen Denunziation, das heißt, er entschloß sich, zehn Menschen zu verkaufen, um seine unstillbare Begierde nach den gröbsten, ausschweifendsten Genüssen rasch befriedigen zu können, auf die er, durch Petersburg mit seinen Konditoreien und Mestschanskajas verführt, dermaßen versessen war, daß er sich, obwohl keineswegs dumm, auf etwas so Törichtes und Sinnloses einließ. Er wurde schnell entlarvt, hatte er doch Unschuldige denunziert und andere betrogen; dafür wurde er auf zehn Jahre nach Sibirien verschickt, in unser Gefängnis. Er war noch sehr jung, das Leben hatte für ihn gerade erst angefangen. Man sollte meinen, diese schreckliche Wende in seinem Schicksal hätte ihn betroffen machen und zu einem Aufbegehren, zu einer Wandlung seines Charakters führen müssen. Doch er nahm sein neues Schicksal ohne die geringste Betroffenheit, ja sogar ohne jeden Widerwillen auf sich, lehnte sich innerlich nicht dagegen auf und fürchtete sich vor nichts anderem als vor der Notwendigkeit, arbeiten und sich von den Konditoreien und den drei Mestschanskajas trennen zu müssen. Ja, er meinte sogar, daß er Sträfling geworden sei, habe ihm nur die Hände für noch größere Gemeinheiten und Niederträchtigkeiten frei gemacht. »Ein Sträfling ist und bleibt ein Sträfling; ist man ein Sträfling, kann man also auch gemein handeln und braucht sich nicht zu schämen.« Das waren buchstäblich seine Worte. Ich erinnere mich an diese widerliche Kreatur wie an ein Phänomen. Jahrelang habe ich unter Mördern, Wüstlingen und berüchtigten Verbrechern gelebt, aber nie zuvor, das kann ich mit Fug und Recht behaupten, bin ich einem so vollendeten sittlichen Verfall, einer so ausgesprochenen moralischen Verkommenheit und einer so frechen unverhohlenen Verruchtheit begegnet wie bei A. Wir hatten einen Vatermörder von Adel –

ich habe ihn bereits erwähnt; aber auf Grund vieler Eigenschaften und Tatsachen gewann ich die Überzeugung, daß selbst er unvergleichlich anständiger und menschlicher war als A. In meinen Augen war A. während der ganzen Zeit meines Gefängnisdaseins nichts weiter als ein Stück Fleisch mit Zähnen, einem Magen und einer unstillbaren Begierde nach den rohesten, tierischsten leiblichen Genüssen, und um sich auch nur den geringsten und ausgefallensten dieser Genüsse verschaffen zu können, war er imstande, kaltblütigst zu morden, abzuschlachten, kurz, er war zu allem fähig, Hauptsache, es blieben keine Spuren zurück. Ich übertreibe nicht; ich habe A. gründlich kennengelernt. Er war ein Beispiel dafür, wie weit es mit einem Menschen kommen kann, wenn er innerlich durch keine Norm, kein Gefühl für Rechtlichkeit gezügelt wird. Und wie es mich anwiderte, sein ewiges spöttisches Grinsen zu sehen! Er war ein Scheusal, ein moralischer Quasimodo. Hinzu kommt noch, daß er klug und erfinderisch war, gut aussah und sogar eine gewisse Bildung und einige Fähigkeiten besaß. Nein, lieber eine Feuersbrunst, lieber Pest und Hungersnot als die Gesellschaft eines solchen Menschen! Wie ich bereits gesagt habe, herrschte im Gefängnis eine solche Verkommenheit, daß Schnüffelei und Denunziation nur so blühten und die Sträflinge sich nicht im mindesten darüber empörten. Im Gegenteil, mit A. standen sie alle auf recht gutem Fuße und behandelten ihn bedeutend freundlicher als uns. Die Gunst, in der er bei unserem dem Trunk verfallenen Major stand, verlieh ihm in ihren Augen Ansehen und Gewicht. Übrigens hatte er dem Major gegenüber behauptet, er könne Porträts malen (den Sträflingen hatte er erzählt, er sei Gardeoberleutnant gewesen), daraufhin hatte dieser verfügt, er solle zur Arbeit zu ihm ins Haus geschickt werden, natürlich um ihn zu porträtieren. Dort freundete sich A. auch mit dem Burschen Fedka an, der sehr großen Einfluß auf seinen Herrn und infolgedessen auf alle und alles im Gefängnis hatte. A. bespitzelte uns auf Verlangen des Majors, der ihm, wenn er betrunken war, Ohrfeigen verabreichte und ihn einen Spitzel und Denunzianten schimpfte. Es geschah gar nicht selten, daß der Major gleich nach solchen Ausfällen auf einem Stuhl Platz nahm und A. befahl, an dem Porträt weiterzumalen. Unser Major schien tatsächlich zu glauben, A. sei ein bedeutender Künstler, beinahe ein Brüllow, von dem auch er schon gehört hatte; trotzdem hielt er sich für berechtigt, ihn zu ohrfeigen, weil, so sagte er, »du jetzt, wenn auch immer noch ein

Künstler, doch zugleich ein Sträfling bist, und wärst du auch ein Über-Brüllow, so bin ich dennoch dein Gebieter und mache deshalb mit dir, was ich will«. Unter anderem zwang er A., ihm die Stiefel auszuziehen und alle möglichen Gefäße aus dem Schlafzimmer zu tragen, aber trotzdem hielt er lange an dem Wahn fest, A. sei ein großer Künstler. Das Porträtieren zog sich endlos hin, fast ein Jahr. Schließlich kam dem Major der Verdacht, er werde hinters Licht geführt, und als er sich endgültig davon überzeugt hatte, daß das Porträt nicht seiner Vollendung entgegenging, sondern ihm vielmehr mit jedem Tag immer unähnlicher wurde, packte ihn die Wut, er prügelte den Künstler windelweich und schickte ihn zur Strafe zu schwerer körperlicher Arbeit ins Gefängnis zurück. A. war darob offensichtlich sehr geknickt, fiel es ihm doch schwer, auf das Müßiggängerdasein, die guten Bissen von der Tafel des Majors, seinen Freund Fedka und all die Genüsse zu verzichten, die sie gemeinsam in der Küche des Majors ausgetüftelt hatten. Aber wenigstens hörte der Major, nachdem er A. rausgeschmissen hatte, auf, den Sträfling M. zu schikanieren, den A. ständig bei ihm angeschwärzt hatte, und zwar aus folgendem Grund: Zu der Zeit, als A. in das Gefängnis eingeliefert wurde, war M. recht einsam und vergrämt; mit den übrigen Sträflingen verband ihn nichts, er betrachtete sie mit Abscheu und Ekel, bemerkte nichts oder übersah alles an ihnen, was ihn hätte versöhnlich stimmen können, und freundete sich nicht mit ihnen an. Die vergalten ihm das mit dem gleichen Haß. Überhaupt war die Lage solcher Menschen wie M. im Gefängnis schrecklich. Das Vergehen, weshalb A. ins Gefängnis gekommen war, kannte M. nicht. A. redete ihm vielmehr, sobald er merkte, mit wem er es zu tun hatte, flugs ein, er sei für etwas dem Denunzieren ganz Entgegengesetzes verbannt worden, beinahe für das gleiche wie er, M. Der war hocherfreut über den Leidensgefährten und Freund. Er nahm sich seiner an, tröstete ihn während der ersten Katorga-Tage, in der Annahme, der andere leide gewiß sehr, schenkte ihm sein letztes Geld, gab ihm zu essen und teilte mit ihm die notwendigsten Dinge. Doch A. haßte ihn von Anfang an, eben weil er so anständig war und weil er mit solchem Abscheu auf jede Gemeinheit blickte, eben weil er so ganz anders war als er selbst, und alles, was M. ihm in früheren Gesprächen über das Gefängnis und den Major mitgeteilt hatte, all das hinterbrachte A. bei der nächsten Gelegenheit eilends dem Major. Der wurde furchtbar wütend und begann M. zu schikanieren, und wäre der Kommandant nicht gewesen, so hätte er ihn völlig zugrunde gerichtet. A. aber war nicht einmal verlegen, als M. später von seiner Gemeinheit erfuhr, sondern suchte sogar absichtlich mit ihm zusammenzutreffen und blickte ihn dann spöttisch an. Das bereitete ihm offenbar noch Vergnügen. M. selbst hat mich mehrmals darauf aufmerksam gemacht. Jene gemeine Kreatur ist später mit einem anderen Sträfling und einem Begleitsoldaten geflohen, aber von dieser Flucht wird an anderer Stelle die Rede sein. Ganz zu Anfang suchte er sich auch bei mir einzuschmeicheln, weil er dachte, ich hätte noch nichts von seinem Vorleben gehört. Ich wiederhole, er vergällte mir die ersten Tage meines Katorga-Daseins und vergrößerte meine Hoffnungslosigkeit. War ich doch entsetzt ob der furchtbaren Gemeinheit und Niedertracht, in die ich hineingeraten war, die mich nun umgab. Ich nahm an, alles sei hier so niederträchtig und gemein. Aber das war eine Täuschung – ich hatte von A. auf alle geschlossen.

An diesen drei Tagen wanderte ich voller Hoffnungslosigkeit im Gefängnis umher oder lag auf meiner Pritsche; ich gab einem zuverlässigen Sträfling, auf den mich Akim Akimytsch hingewiesen hatte, die mir zugeteilte Anstaltsleinwand, damit er mir Hemden daraus nähte, selbstverständlich gegen Bezahlung (nur wenige Kopeken je Hemd), und schaffte mir auf hartnäckiges Anraten Akim Akimytschs eine zusammenlegbare Matratze (in Leinwand eingenähter Filz), so dünn wie eine Plinse, und ein mit Wolle gestopftes Kopfkissen an, das mir, weil ich es nicht gewohnt war, furchtbar hart vorkam. Akim Akimytsch bemühte sich sehr, mir all diese Dinge zu besorgen und legte auch selber mit Hand an, indem er mir eine Bettdecke aus Fetzen alten Anstaltstuches nähte, die von abgetragenen Hosen und Joppen stammten, die ich anderen Sträflingen abgekauft hatte. Die ausgedienten Anstaltssachen verblieben dem Sträfling als Eigentum und wurden sofort innerhalb des Gefängnisses verkauft; wie abgetragen solch ein Stück auch sein mochte, man konnte doch immer hoffen, es zu irgendeinem Preis noch loszuwerden. Über all das wunderte ich mich anfangs sehr. Es war überhaupt meine erste unmittelbare Berührung mit dem Volk. Auf einmal zählte ich selber zu diesem niederen Volk, war ich genau so ein Sträfling geworden wie sie. Ihre Verhaltensweisen, Begriffe, Meinungen und Gewohnheiten wurden gewissermaßen auch die meinigen, zumindest der Form, dem

Gesetz nach, wenngleich ich sie im Grunde genommen nicht teilte. Ich war erstaunt und betroffen, als hätte ich vorher nichts davon gehört oder auch nur geahnt, während ich sehr wohl davon gehört und es gewußt hatte. Aber die Wirklichkeit ruft stets einen ganz anderen Eindruck hervor als bloßes Hören und Wissen. Hätte ich zum Beispiel jemals vorher vermuten können, daß solche Dinge, solche alten Lumpen noch als Wertgegenstände betrachtet wurden? Und nun ließ ich mir aus solchen alten Lumpen eine Bettdecke nähen! Man kann sich nur schwer vorstellen, von welcher Qualität das Tuch war, das für die Bekleidung der Sträflinge geliefert wurde. Auf den ersten Blick glich es tatsächlich dickem Soldatentuch; doch kaum war es eine Weile getragen, verwandelte es sich in eine Art Netz und riß in empörender Weise. Die Tuchkleidung war allerdings nur für ein Jahr berechnet, aber selbst so lange hielt sie kaum. Der Sträfling arbeitet, trägt Lasten auf dem Rücken; seine Kleidung wetzt ab und reißt bald. Die Pelzjoppen hingegen wurden für drei Jahre ausgegeben und dienten gewöhnlich in dieser Zeit als Kleidungsstück und Bettdecke oder Unterlage. Aber Pelzjoppen sind auch haltbar, obwohl es nichts Seltenes war, daß man jemand gegen Ende des dritten Jahres, also der Abtragefrist, mit einer Pelzjoppe sah, die mit einfacher Leinwand geflickt war. Trotzdem wurden selbst sehr abgetragene Pelzjoppen nach Ablauf der für sie festgelegten Nutzungsdauer noch für etwa vierzig Silberkopeken verkauft. Einige etwas besser erhaltene jedoch handelte man mit sechzig oder gar siebzig Silberkopeken, das war in der Katorga sehr viel Geld.

Und Geld, das habe ich bereits erwähnt, war im Gefängnis von enormer Bedeutung, stellte eine große Macht dar. Man kann wohl mit Recht behaupten, daß ein Sträfling, der in der Katorga auch nur ein bißchen Geld besaß, zehnmal weniger auszustehen hatte als einer, der überhaupt keines besaß, obwohl letzterer vom Staat ebenfalls mit allem versorgt wurde. Wozu also braucht ein Sträfling überhaupt Geld? schien unsere Obrigkeit zu denken. Ich wiederhole nochmals: Wären die Sträflinge jener Möglichkeit beraubt gewesen, eigenes Geld zu besitzen, so hätten sie entweder den Verstand verloren oder wären gestorben wie die Fliegen (ungeachtet, daß sie doch mit allem versorgt waren) oder hätten am Ende unerhörte Missetaten begangen, die einen aus Schwermut, die anderen, um möglichst bald gerichtet und ausgelöscht zu werden oder einfach um »ihr Schicksal zu verändern« (Terminus technicus). Wenn jedoch ein Sträfling, der sich beinahe mit blutigem Schweiß ein paar Kopeken verdient oder, um sie sich zu verschaffen, zu ungewöhnlichen, oft mit Diebstahl oder Betrug verbundenen Mitteln greift, sie andererseits ohne jede Vernunft und mit kindischem Leichtsinn wieder zum Fenster hinauswirft, so beweist das beileibe nicht, er wüßte Geld nicht zu schätzen, obwohl es auf den ersten Blick so aussieht. Auf Geld ist der Sträfling geradezu krankhaft versessen, bis zum Wahnsinn, und wenn er beim Zechen tatsächlich damit um sich wirft, als wären es Holzspäne, so tut er das für etwas, das ihm noch mehr bedeutet als Geld. Was aber bedeutet dem Sträfling noch mehr als Geld? Die Freiheit oder zumindest so etwas wie ein Traum von Freiheit. Und die Sträflinge sind große Träumer. Dazu werde ich später noch einiges sagen, doch bei der Gelegenheit fällt mir ein: Man sollte es kaum glauben, aber ich bin Leuten begegnet, die für *zwanzig* Jahre verbannt waren und die mir allen Ernstes zum Beispiel folgendes gesagt haben: »Wart nur, mit Gottes Hilfe reiß ich meine Zeit ab, und dann ...« Das Wort Sträfling bezeichnet im Grunde ein Wesen ohne eigenen Willen; gibt er aber Geld aus, so handelt er schon wieder nach *eigenem Willen*. Trotz aller Brandmale, Fesseln und der verhaßten Palisaden des Gefängnisses, die ihm den Blick auf Gottes freie Natur verwehren und ihn wie ein Tier in einem Käfig eingesperrt halten, kann er sich Branntwein, das heißt einen streng verbotenen Genuß verschaffen, eine Frau gebrauchen und manchmal – wenn auch nicht immer – sogar seine nächsten Vorgesetzten, die Invaliden und selbst den Unteroffizier, bestechen, so daß sie ein Auge zudrücken, wenn er gegen Gesetz und Disziplin verstößt; ja er kann sogar obendrein noch damit prahlen, und das tut ein Sträfling mit Vorliebe, bedeutet es doch, *wenigstens zeitweilig* den Kameraden vorzugaukeln und sogar sich selbst einzureden, er besitze sehr viel mehr eigenen Willen und Macht, als es den Anschein hat, kurzum er kann sich amüsieren, randalieren, jemand anders zutiefst demütigen und ihm beweisen, daß er das alles *vermag*, daß das alles in »unserer Macht steht«, das heißt sich einreden, woran solch ein armer Teufel nicht einmal denken darf. Das kann, nebenbei gesagt, auch der Grund sein, weshalb bei Sträflingen selbst in nüchternem Zustand eine allgemeine Neigung zum Wichtigtun, zum Prahlen, zu einem lächerlichen und höchst naiven Herausstreichen der eigenen Person zu beobachten ist, wenn es auch nur auf Einbildung

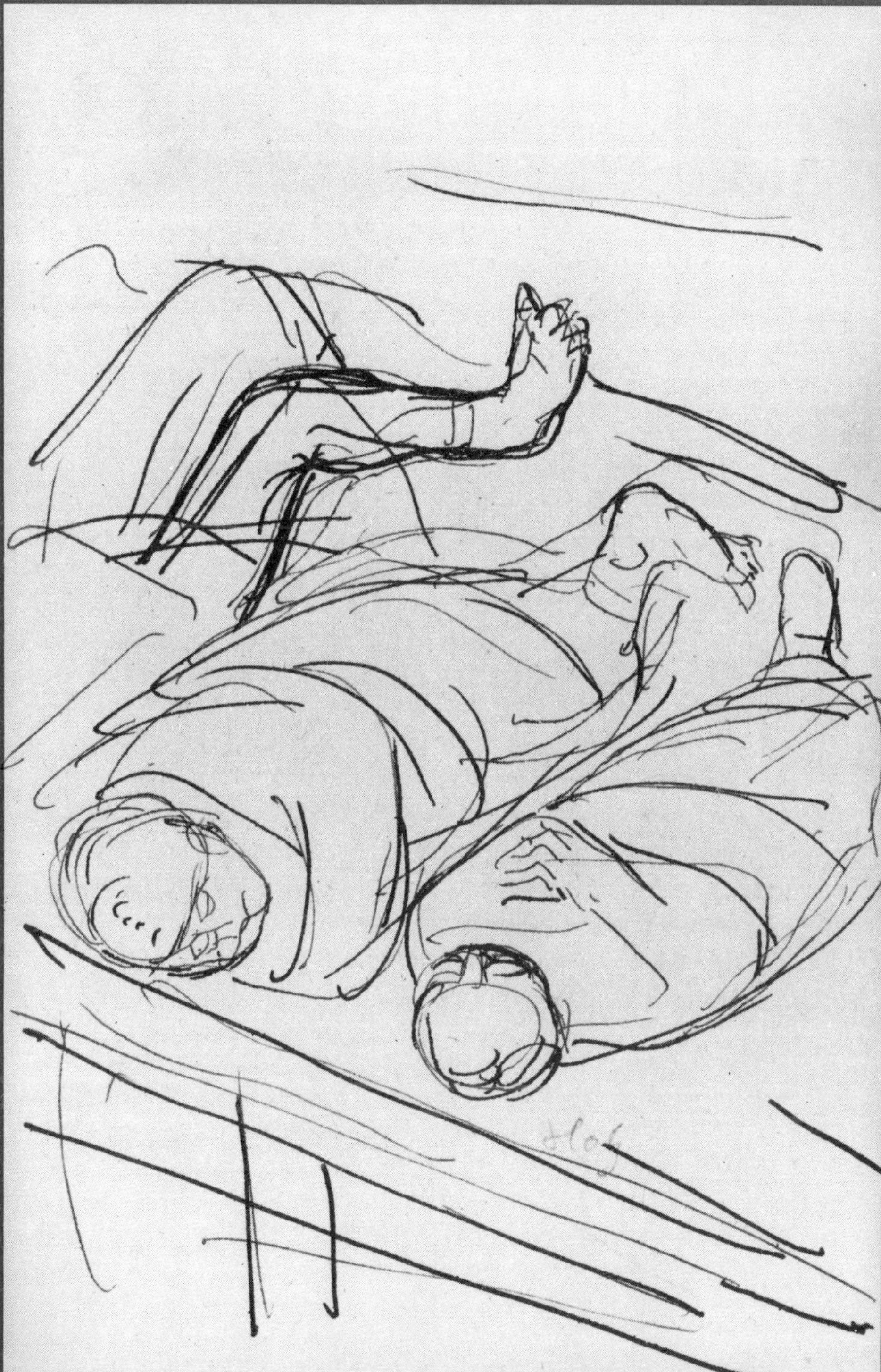

»Auf dieser Pritsche lagen allein in unserem Raum dreißig Mann.« S. 15

beruht. Schließlich ist diese ganze Zecherei mit einer gewissen Gefahr verbunden; also hat das alles wenigstens einen Anschein von Leben, wenigstens einen entfernten Anschein von Freiheit. Und was gibt man nicht hin für die Freiheit! Welcher Millionär würde, schnürte man ihm die Kehle mit einer Schlinge zu, nicht alle seine Millionen für einen einzigen Atemzug hingeben!

Da wundern sich die Vorgesetzten manchmal, daß ein Sträfling, der jahrelang ein friedliches, musterhaftes Leben geführt und den man für sein löbliches Betragen sogar zum Unteraufseher gemacht hat, plötzlich ganz ohne jeden Grund, als wäre der Teufel in ihn gefahren, außer Rand und Band gerät, Unfug treibt, randaliert und sich mitunter gar auf ein kriminelles Vergehen einläßt: auf eine offene Respektlosigkeit gegenüber höheren Vorgesetzten, einen Mord, eine Vergewaltigung oder anderes mehr. Sie sehen ihn an und wundern sich. Dabei ist vielleicht der einzige Grund für diesen plötzlichen Ausbruch bei einem Menschen, von dem das am allerwenigsten zu erwarten war, ein verzweifeltes, krampfartiges Sichoffenbaren der Persönlichkeit, eine instinktive Sehnsucht nach dem eigenen Ich, vielleicht tritt da unvermutet der Wunsch zutage, sich selbst, seine gedemütigte Persönlichkeit zur Geltung zu bringen, und artet in Wut, Raserei, Wahnsinn, in einen Anfall, in Krämpfe aus. So schlägt vielleicht ein lebendig Begrabener, der in seinem Sarg erwacht, gegen den Deckel und müht sich, ihn aufzusprengen, obwohl ihm sein Verstand natürlich sagen müßte, daß all seine Anstrengungen vergeblich bleiben. Aber das ist es ja gerade, daß es hierbei gar nicht auf den Verstand ankommt; handelt es sich hier doch um Konvulsionen. Berücksichtigen wir ferner, daß fast jede willkürliche Offenbarung der Persönlichkeit beim Sträfling als Verbrechen angesehen wird; in diesem Falle aber ist es ihm natürlich völlig gleich, ob die Offenbarung groß oder klein ausfällt. Wenn schon zechen, dann auch richtig, wenn schon etwas riskieren, dann auch alles, sogar einen Mord. Er braucht ja nur anzufangen; ist er dann erst mal betrunken, gibt es kein Halten mehr. Deshalb wäre es in jeder Beziehung das beste, es gar nicht erst so weit kommen zu lassen. Für alle wäre es dann weniger aufregend.

Ja, aber wie das anstellen.

6 *Der erste Monat*

Bei meiner Einlieferung ins Gefängnis besaß ich etwas Geld; offen hatte ich nur wenig bei mir, aus Angst, man könnte es mir wegnehmen, doch für alle Fälle hatte ich einige Rubel versteckt, das heißt in den Einband des Neuen Testaments eingeklebt, das man mit ins Gefängnis nehmen durfte. Dieses Buch samt dem darin eingeklebten Geld bekam ich bereits in Tobolsk geschenkt von Menschen, die ebenfalls in der Verbannung litten, und das schon seit Jahrzehnten, und die bereits seit langem in jedem Unglücklichen einen Bruder zu sehen gewohnt waren. Es gibt in Sibirien einige wenige – und sie sterben wohl nie aus –, die es sich anscheinend zu ihrer Lebensaufgabe gemacht haben, sich brüderlich um die »Unglücklichen« zu sorgen und völlig uneigennützig und fromm, wie für leibliche Kinder, Mitleid und Anteilnahme zu empfinden. Ich kann nicht umhin, mich hier ganz kurz einer Begegnung zu erinnern. In der Stadt, in der sich unser Gefängnis befand, lebte eine Dame namens Nastassja Iwanowna, eine Witwe. Selbstverständlich war es uns während unseres Gefängnisaufenthalts unmöglich, sie persönlich kennenzulernen. Offenbar sah sie den Sinn ihres Lebens darin, den Verbannten zu helfen; doch mehr als für alle anderen sorgte sie für uns. Sei es, daß in ihrer Familie ein ähnliches Unglück vorgekommen war, sei es, daß jemand, der ihrem Herzen besonders nahestand, eines ebensolchen Verbrechens wegen litt, jedenfalls schien sie es für ein besonderes Glück zu erachten, alles nur mögliche für uns zu tun. Viel war das freilich nicht, denn sie war sehr arm. Aber wir, die wir im Gefängnis saßen, spürten, daß wir dort draußen eine absolut treue Freundin hatten. Unter anderem teilte sie uns oft Neuigkeiten mit, nach denen wir geradezu lechzten. Als ich aus dem Gefängnis entlassen und in eine andere Stadt geschickt wurde, fand ich Gelegenheit, sie aufzusuchen und persönlich kennenzulernen. Sie wohnte irgendwo in der Vorstadt bei einem nahen Verwandten. Sie war weder alt noch jung, weder hübsch noch häßlich; man konnte nicht einmal feststellen, ob sie klug war oder gebildet. Das einzige, was man auf Schritt und Tritt an ihr bemerkte, war eine grenzenlose Güte, der unbezwingliche Wunsch, jemandem gefällig zu sein, sein Los zu erleichtern, ihm unbedingt eine Wohltat zu erweisen. Das alles verriet ihr ruhiger, gütiger Blick. Zusammen mit einem meiner Gefängniskameraden verbrachte ich fast den ganzen Abend bei ihr. Sie schaute uns immerfort an, lachte, wenn wir lachten, und beeilte sich, uns beizupflichten, was immer wir auch sagen mochten; eifrig bewirtete sie uns, so gut sie konnte. Es wurde Tee gereicht, ein Imbiß und Süßigkeiten, und hätte sie Tausende besessen, sie hätte sich, glaube ich, nur deshalb darüber gefreut, weil sie dann uns und unseren im Gefängnis zurückgebliebenen Kameraden die Lage noch mehr hätte erleichtern können. Beim Abschied überreichte sie jedem von uns zum Andenken ein Zigarettenetui. Diese Etuis hatte sie eigenhändig für uns aus Pappe gefertigt (weiß der Himmel, wie) und sie dann mit farbigem Papier beklebt, mit dem gleichen, in das die Kurze Arithmetik für die unteren Klassen eingebunden ist (vielleicht war auch tatsächlich ein Arithmetikbuch dazu verwendet worden). Rundherum aber waren die beiden Etuis zur Verzierung mit einer schmalen Borte aus Goldpapier beklebt, das sie wohl eigens in einem Laden gekauft hatte. »Sie rauchen doch Papirossy; da können Sie sie vielleicht gebrauchen«, sagte sie, sich wegen ihres Geschenks schüchtern bei uns entschuldigend. Manche behaupten (ich habe das gehört und gelesen), die größte Nächstenliebe sei zugleich auch der größte Egoismus. Worin hier der Egoismus bestanden haben soll, kann ich beim besten Willen nicht begreifen.

Wenn ich auch bei meiner Einlieferung ins Gefängnis beileibe nicht viel Geld besaß, mochte ich mich damals, weiß der Himmel, doch nicht ernstlich über jene Sträflinge ärgern, die gleich in den ersten Stunden meines Gefängnisdaseins, nachdem sie mich bereits einmal betrogen hatten, mit der größten Naivität ein zweites, drittes, ja sogar fünftes Mal zu mir kamen, um Geld zu borgen. Aber eines muß ich offen gestehen: Mächtig wurmte mich, daß dieses Volk mit seinen naiven Tricks mich, wie ich meinte, für einen ausgemachten Trottel und Dummkopf halten und über mich lachen mußte, eben weil ich ihm auch zum fünftenmal Geld gab. Mußten sie sich doch unweigerlich einbilden, ich sei auf ihren Betrug und ihre Tricks hereingefallen; hätte ich sie hingegen abschlägig beschieden und zum Teufel gejagt, so hätten sie, davon bin ich überzeugt, bedeutend mehr Achtung vor mir gehabt. Doch wie sehr ich mich auch ärgerte, abschlagen konnte ich es ihnen dennoch nicht. Geärgert aber habe ich mich deswegen, weil ich mir in diesen ersten Tagen ernsthaft und gründlich Gedanken darüber machte, wie ich mich im Gefängnis verhalten oder, besser gesagt, auf welchen Fuß ich mich mit den anderen Sträflingen stellen sollte. Ich spürte und begriff, dieses ganze Milieu war für mich absolut neu, ich tappte völlig im dunkeln, und das konnte nicht all die Jahre so bleiben. Ich mußte bestimmte Anstalten treffen. Natürlich beschloß ich, vor allem immer offen und ehrlich zu handeln, so wie es mir ein inneres Gefühl und mein Gewissen geboten. Aber ich wußte auch, daß dies nur ein schöner Vorsatz war und die Praxis ganz anders aussehen würde, als ich erwartete.

Und daher quälte mich trotz aller kleinlichen Sorge, wie ich mich in der Unterkunft einrichten sollte – ich habe schon davon gesprochen, Akim Akimytsch hatte sie hauptsächlich in mir geweckt –, und trotz aller Ablenkung, die mir die kleine Sorge bot, immer mehr eine schreckliche, verzehrende Schwermut. Ein Totenhaus! sagte ich manchmal im stillen zu mir, wenn ich in der Dämmerung von der kleinen Vortreppe unserer Unterkunft aus die Sträflinge beobachtete, die sich bereits von der Arbeit eingefunden hatten und langsam über den Platz des Gefängnishofes schlenderten, aus den Unterkünften in die Küchen und zurück. Ich betrachtete sie aufmerksam und suchte an ihren Gesichtern und Bewegungen zu erkennen, was für Menschen sie waren und was für einen Charakter sie hatten. Sie aber schlenderten teils mit gerunzelter Stirn, teils übertrieben vergnügt an mir vorüber – diese beiden Typen trifft man am häufigsten an, sie sind beinahe charakteristisch für die Katorga –, schimpften oder unterhielten sich einfach miteinander, oder aber sie spazierten allein umher, in Gedanken versunken, wie es schien, still und ruhig, manche mit müdem, apathischem Gesicht, andere – selbst hier! – mit einer Miene hochmütiger Überlegenheit, die Mütze keck aufs Ohr geschoben und die Pelzjoppe lose um die Schultern geworfen, mit pfiffig-verwegenem Blick und herausfordernd spöttischem Lächeln. All das ist jetzt mein Milieu, meine Welt, dachte ich bei mir, mit der ich leben muß, ob ich will oder nicht. Ich versuchte Akim Akimytsch, mit dem ich gern Tee trank, um nicht allein zu sein, über sie auszufragen. Nebenbei gesagt, bildete Tee in dieser ersten Zeit fast meine einzige Nahrung. Tee lehnte Akim Akimytsch niemals ab; persönlich stellte er unseren lächerlichen kleinen selbstgebastelten Blechsamowar auf, den mir M. zur zeitweiligen Benutzung überlassen hatte. Akim Akimytsch trank für gewöhnlich nur ein Glas (er besaß auch Gläser). Er leerte es schweigend und mit Anstand, gab es mir dankend zurück und ging sogleich wieder daran, an meiner Bettdecke zu arbeiten. Das jedoch, was ich unbedingt erfahren wollte, konnte er mir nicht sagen, ja er begriff nicht einmal, weshalb ich mich so eingehend für die Charaktere der Sträflinge in unserer nächsten Umgebung interessierte, und hörte mir sogar mit dem Anflug eines pfiffigen Lächelns zu, das ich noch deutlich in Erinnerung habe. Nein, ich sehe schon, ich muß es selber herausfinden, statt andere zu fragen! dachte ich bei mir.

Am vierten Tag traten, genauso wie an jenem Tag, da mir andere Fesseln angeschmiedet wurden, die Sträflinge morgens auf dem Platz vor der Wache am Gefängnistor in zwei Reihen an. Ihnen gegenüber und hinter ihnen stand je eine Reihe Soldaten mit geladenem Gewehr und aufgepflanztem Bajonett. Der Soldat ist berechtigt, auf einen Sträfling zu schießen, wenn der zu fliehen versucht; doch andererseits muß er sich auch für seinen Schuß verantworten, falls er ihn ohne Notwendigkeit abgegeben hat. Das gleiche gilt aber auch für den Fall eines offenen Aufruhrs der Sträflinge. Aber wem käme es in den Sinn, vor aller Augen zu fliehen! Es erschienen ein Pionieroffizier und ein Ingenieur sowie Pionierunteroffiziere und Soldaten, die die auszuführenden Arbeiten zu beaufsichtigen hatten. Namen wurden aufgerufen, und der Teil der Sträflinge, der sich in die Schneiderwerkstätten begab, brach zuerst auf; sie hatten nichts mit den Pionieren zu tun, denn sie arbeiteten eigens für das Gefängnis, für das sie die Kleidung nähten. Dann machten sich die nächsten auf den Weg, zu den übrigen Werkstätten, und schließlich rückte der Rest zu den gewöhnlichen körperlichen Arbeiten ab. Mit etwa zwanzig anderen Sträflingen zusammen auch ich. Außerhalb der Festung lagen auf dem zugefrorenen Fluß zwei staatliche Lastkähne, die nicht mehr fahrtüchtig waren und deshalb abgewrackt werden sollten, damit wenigstens das alte Holz nicht verkam. Übrigens war dieses alte Material, glaube ich, nicht mehr viel wert, so gut wie nichts, denn Brennholz konnte man in der Stadt spottbillig kaufen, und ringsumher gab es eine Menge Wald. Die Sträflinge wurden eigentlich nur deshalb hingeschickt, damit sie nicht untätig dasaßen, was ihnen auch völlig klar war. An solch eine Arbeit gingen sie stets träge und lustlos; etwas ganz anderes war es, wenn es sich um eine vernünftige, wichtige Arbeit handelte, und vor allem, wenn sie sich ein bestimmtes Pensum erbitten konnten. Dann schienen sie wie beflügelt, und obwohl sie keinerlei Vorteil davon hatten, strengten sie sich, wie ich selbst gesehen habe, nach Kräften an, um es so schnell und so gut wie möglich zu schaffen; sogar ihr Ehrgeiz wurde dadurch geweckt. Bei dieser Arbeit aber, die mehr pro forma als aus Notwendigkeit geleistet wurde, war es schwierig, sich ein bestimmtes Pensum zu erbitten; bis zum Trommelrühren, das die Sträflinge um elf Uhr vormittags heimrief, mußte gearbeitet werden. Es war ein warmer, nebliger Tag; der Schnee taute fast. Unter leisem Geklirr rückte unser Trupp zum Flußufer aus, denn obwohl die Ketten unter der Kleidung verborgen waren, gaben sie dennoch bei jedem Schritt ein helles, durchdringendes metallisches Geräusch von sich. Zwei, drei Mann trennten sich von uns, das erforderliche Werkzeug aus dem Zeughaus zu holen. Ich ging mit den übrigen weiter und lebte sogar auf; konnte ich es doch kaum noch erwarten, zu sehen und zu erfahren, was für eine Arbeit, welche Art Zwangsarbeit das war und wie ich mich bei der ersten körperlichen Arbeit in meinem Leben anstellen würde.

Ich erinnere mich an alles, bis auf die kleinste Einzelheit. Unterwegs begegnete uns ein Kleinbürger mit Bärtchen, er blieb stehen und griff mit der Hand in die Tasche. Sofort löste sich ein Sträfling aus unserem Trupp, zog die Mütze, nahm das Almosen – fünf Kopeken – in Empfang und kehrte flugs zu uns zurück. Der Kleinbürger bekreuzigte sich und setzte seinen Weg fort. Diese fünf Kopeken gaben wir noch am selben Vormittag für Kringel aus, die zu gleichen Teilen unter unseren Trupp aufgeteilt wurden.

Von diesem Sträflingstrupp waren etliche wie gewöhnlich mürrisch und wortkarg, andere gleichgültig und träge, und wieder andere schwatzten lustlos miteinander. Einer aber war kreuzfidel und ausgelassen, sang und versuchte während des Marsches sogar zu tanzen, wobei seine Fesseln bei jedem Sprung klirrten. Es war jener kleine, stämmige Sträfling, der sich an meinem ersten Morgen im Gefängnis während des Waschens mit einem anderen am Wassereimer gestritten hatte, weil der unsinnigerweise von sich zu behaupten wagte, er sei ein großes Tier. Skuratow hieß dieser vergnügte Bursche. Schließlich stimmte er noch ein verwegenes Lied an, dessen Kehrreim ich in Erinnerung behalten habe:

> Man hat mir ein Weib gefreit,
> Als ich in der Mühle war …

Es fehlte nur die Balalaika.

Seine höchst ausgelassene Stimmung erregte natürlich sofort das Mißfallen einiger aus unserem Trupp, sie wurde beinahe schon als Beleidigung empfunden.

»So ein Geheule!« sagte vorwurfsvoll einer der Sträflinge, den die Sache übrigens gar nichts anging.

»Der Wolf kennt nur ein Lied, und das hast du übernommen, du Tulaer«, bemerkte ein anderer mit ukrainischer Aussprache, einer von den Mißmutigen.

»Na schön, bin ich eben Tulaer«, entgegnete Skuratow prompt, »aber ihr in eurem Poltawa seid schon lange an euren Mehlklößen erstickt!«

»Halt's Maul! Und was hast du gegessen? Hast die Kohlsuppe mit dem Bastschuh gelöffelt!«

»Und jetzt füttert ihn der Teufel mit Kanonenkugeln«, fügte ein dritter hinzu.

»Ich bin tatsächlich ein verwöhnter Mensch, Freunde«, erwiderte Skuratow mit einem leichten Seufzer, als bedauerte er das, und wandte sich dabei nicht an einen einzelnen, sondern an alle zusammen. »Von Kindesbeinen an bin ich mit Backpflaumen und zanfrösischem Weißbrot aufgeäppelt worden (soll heißen: aufgepäppelt. Skuratow sprach die Wörter absichtlich falsch aus). Meine lieben Brüder haben auch jetzt noch einen eigenen Laden in Moskau; auf dem Leermarkt handeln sie mit Wind und werden reich dabei.«

»Und womit hast du gehandelt?«

»Auch wir haben die verschiedensten Qualitäten entwickelt. Damals, Freunde, kriegte ich auch die ersten zweihundert ...«

»Etwa Rubel?« fiel ihm ein Neugieriger ins Wort, der sogar zusammengezuckt war, als er von so viel Geld hörte.

»Nein, mein Lieber, nicht Rubel, sondern Stockhiebe. Ach, Luka, Luka!«

»Für andere bin ich Luka, für dich aber Luka Kusmitsch«, versetzte der kleine, schmächtige, spitznasige Sträfling unwillig.

»Na schön: Luka Kusmitsch, zum Teufel noch mal! Von mir aus!«

»Für andere bin ich Luka Kusmitsch, für dich aber Gevatter.«

»Na schön. Der Teufel soll dich holen samt deinem Gevatter! Schade um jedes Wort! Dabei wollte ich grade so schön loslegen! So kam's also, Freunde, daß ich in Moskau nicht lange Geld machen konnte. Zu guter Letzt verabreichten sie mir dort noch fünfzehn Knutenhiebe und schickten mich dann los. Und da bin ich ...«

»Weswegen haben sie dich losgeschickt?« unterbrach ihn jemand, der seiner Erzählung angelegentlich zugehört hatte.

»Geh nicht in Quarantäne, trink nicht aus dem Faß, schwatz kein dummes Zeug! Darum ist's mir nicht gelungen, Freunde, in Moskau wirklich reich zu werden. Und reich sein, das wollt ich doch schrecklich gern. So gern wollte ich das, daß ich gar nicht weiß, wie ich's sagen soll.«

Viele lachten. Skuratow war offenbar einer von den freiwilligen Spaßvögeln oder vielmehr Possenreißern, die es sich gleichsam zur Pflicht gemacht haben, ihre mürrischen Kameraden aufzuheitern, und dafür natürlich nichts weiter als Schimpfworte ernten. Er gehörte zu einem besonderen, bemerkenswerten Typ, über den ich vielleicht später noch einmal sprechen muß.

»Dich könnte man jetzt statt einem Zobel totschlagen«, bemerkte Luka Kusmitsch. »Seht nur, schon allein die Klamotten würden an die hundert Rubel bringen.«

Skuratow hatte eine völlig abgetragene, schon ganz brüchige Pelzjoppe an, die überall mit Flicken besetzt war. Recht gleichmütig, aber aufmerksam beäugte er Luka von oben bis unten.

»Dafür ist der Kopf viel wert, Freunde, der Kopf!« versetzte er. »Als ich von Moskau Abschied nahm, war's mir ein Trost, daß mein Kopf mitkam. Leb wohl, Moskau! Hab Dank für Bad und Hitze! Habt mir prächtig das Fell gegerbt! Die Pelzjoppe brauchst du ja nicht anzugucken, mein Lieber ...«

»Aber deinen Kopf, wie?«

»Der Kopf ist auch nicht seiner, sondern ein Almosen«, mischte sich Luka wiederum ein. »Den haben sie ihm in Tjumen um Christi willen geschenkt, als er mit seinem Trupp durchzog.«

»Sag mal, Skuratow, hast doch sicherlich ein Handwerk gelernt?«

»Von wegen ein Handwerk! Blindenführer war er, hat blinde Bettler geführt und ihnen Kopeken geklaut«, bemerkte einer von den Mürrischen. »Das ist sein Handwerk.«

»Ich hab mich tatsächlich mal am Stiefelmachen versucht«, antwortete, die bissige Bemerkung überhörend, Skuratow. »Nur ein einziges Paar hab ich zustande gebracht.«

»Na, und bist du's losgeworden?«

»Ja, da ist mal einer aufgekreuzt, der hat offenbar Gott nicht gefürchtet und Vater und Mutter nicht geehrt. Den hat der Herrgott gestraft – der hat sie gekauft.«

Alle um Skuratow herum schüttelten sich nur so vor Lachen.

»Und später hab ich noch mal gearbeitet, schon hier«, fuhr Skuratow todernst fort. »Für Stepan Fjodorytsch Pomorzew, den Oberleutnant, hab ich Schuhkappen aufgesetzt.«

»Na, und war er zufrieden?«

»Nein, Freunde, unzufrieden. Auf tausend Jahre hat er mich verflucht und mich noch mit dem Knie in den Hintern gestoßen. Eine Stinkwut hatte der. Ach, hat mich mein Leben, das schwere, betrogen!

Kurz darauf kehrte nach Haus
Akulinas Mann zurück ...«

begann er plötzlich von neuem zu singen und stampfte dazu hüpfend mit den Füßen auf.

»Sieh einer das Scheusal an!« knurrte der neben mir gehende Ukrainer und warf ihm einen grimmig-verächtlichen Seitenblick zu.

»Ein unnützer Mensch!« bemerkte ein anderer in entschiedenem, ernstem Ton.

Mir war völlig unverständlich, weshalb sie sich über Skuratow so ärgerten und warum man überhaupt allen heiteren Menschen, wie ich das in diesen ersten Tagen bereits festgestellt hatte, mit einer gewissen Verachtung begegnete. Den Groll des Ukrainers und der anderen führte ich auf persönliche Anzüglichkeiten zurück. Doch das war gar nicht der Grund; der Groll rührte vielmehr daher, daß Skuratow keine Selbstbeherrschung besaß, daß er nicht die gekünstelte persönliche ernste Würde zur Schau trug, mit der die ganze Katorga bis zur Pedanterie verseucht war – kurz und gut, daß er, wie sie es ausdrückten, ein »unnützer« Mensch war. Jedoch nicht über alle Spaßvögel ereiferten sie sich, nicht alle behandelten sie so geringschätzig wie Skuratow und andere seinesgleichen. Je nachdem, wie der Betreffende es sich gefallen ließ. Ein gutmütiger Mensch war, auch ohne daß er Späße machte, von Anfang an Demütigungen ausgesetzt. Das verwunderte mich sehr. Aber auch unter den Spaßvögeln gab es welche, die es verstanden und denen es Vergnügen bereitete, grob darauf zu antworten, die sich von niemandem unterkriegen ließen; denen zollte man notgedrungen Respekt. In ebendiesem Trupp befand sich ein hochgewachsener, ansehnlicher junger Mann mit einer großen Warze auf der Wange und einem urkomischen Ausdruck in dem ansonsten recht hübschen, aufgeweckten Gesicht, er war einer von diesen Scharfzüngigen, im Grunde genommen aber ein recht fröhlicher und herzensguter Mensch, doch von dieser Seite lernte ich ihn erst später kennen. Er wurde »Pionier« genannt, weil er früher einmal bei den Pionieren gedient hatte; jetzt steckte er in der Sonderabteilung. Von ihm wird noch die Rede sein.

Übrigens waren nicht alle »Ernsten« so unbeherrscht wie der sich über Fröhlichkeit empörende Ukrainer. In der Katorga gab es etliche, die danach strebten, die ersten zu sein, alles mögliche zu wissen, sich als geschickt zu erweisen, Charakter und Verstand an den Tag zu legen. Viele von ihnen waren tatsächlich kluge Leute mit Charakter und erreichten wirklich, wonach sie strebten, das heißt eine Vorrangstellung und bedeutenden moralischen Einfluß auf ihre Kameraden. Untereinander waren sich diese klugen Köpfe oft spinnefeind, und jeder von ihnen hatte viele, die ihn haßten. Den übrigen Sträflingen begegneten sie mit Würde und sogar mit Herablassung, sie brachen keinen unnützen Streit vom Zaun, bei der Obrigkeit waren sie gut angeschrieben, während der Arbeit waren sie gleichsam die Initiatoren, und keiner von ihnen hätte zum Beispiel wegen des Liedes genörgelt – das war einfach unter ihrer Würde. Mir gegenüber benahmen sie sich alle bemerkenswert höflich, während meiner ganzen Katorga, aber nicht sehr gesprächig – vermutlich ebenfalls der Würde wegen. Auch über sie wird noch ausführlich zu berichten sein.

Wir kamen zum Ufer. Unten, im Fluß, lag der im Eis eingefrorene alte Lastkahn, der abgewrackt werden sollte. Auf der anderen Seite des Flusses schimmerte bläulich die Steppe; ein düsterer, öder Anblick. Ich erwartete, daß alle sogleich an die Arbeit gehen würden, doch sie dachten gar nicht daran. Manche setzten sich auf die am Ufer herumliegenden Balken; fast alle zogen Beutel mit einheimischem Tabak aus den Stiefelschäften, der auf dem Markt als Blattware zu drei Kopeken das Pfund verkauft wurde, sowie kurze Weidenholzrohre mit selbstverfertigten kleinen Pfeifenköpfen aus Holz. Die Pfeifen wurden angezündet, die Begleitsoldaten bildeten einen Kordon um uns und bewachten uns mit höchst gelangweilter Miene.

»Wem ist bloß eingefallen, den Kahn abzuwracken!« brummelte jemand vor sich hin. »Braucht der vielleicht Späne!«

»Einem, der vor uns keine Angst hat, dem ist das eingefallen«, bemerkte ein anderer.

»Wo das Bauernpack wohl hinpilgert?« fragte nach einer Weile der erste wieder, der von der Antwort auf seine vorherige Frage natürlich keine Notiz genommen hatte, und zeigte auf eine Schar von Bauern, die sich in der Ferne im Gänsemarsch durch den noch unberührten Schnee vorwärtsarbeiteten. Träge drehten alle den Kopf in jene Richtung und begannen vor Langeweile über die Bauern zu spotten. Einer der Bauern, der letzte, bewegte sich auffallend komisch, er spreizte die Arme ab und hatte den von einer hohen, kegelförmigen Bauernmütze bedeckten Kopf zur Seite geneigt. Deutlich und kompakt hob sich seine Gestalt vom weißen Schnee ab.

»Ei schau her, der Gevatter Petrowitsch, hat der sich aber angepummelt!« bemerkte einer, die Redeweise der Bauern nachäffend. Erstaunlich ist, daß die Sträflinge im allgemeinen die Bauern ein bißchen von oben herab ansehen, obwohl die Hälfte von ihnen selber Bauern gewesen sind.

»Kinder, der Hinterste läuft, als ob er Rettiche pflanzt!«

»Das is 'n Grübler; der hat viel Zaster«, meinte ein dritter.

Alle lachten, aber träge, gleichsam wider Willen. Unterdessen hatte sich eine Kringelverkäuferin eingefunden, eine schlagfertige, kecke junge Frau.

Bei ihr wurden für den geschenkten Fünfer Kringel gekauft und auf der Stelle gleichmäßig aufgeteilt.

Ein junger Bursche, der im Gefängnis mit Kringeln handelte, nahm ihr etwa zwei Dutzend ab und feilschte hitzig, um drei Kringel gratis dabei herauszuschlagen statt zwei, wie es sonst üblich war. Doch die Kringelverkäuferin ließ sich nicht darauf ein.

»Na, und was andres krieg ich auch nicht?«

»Was denn noch?«

»Was die Mäuse nicht fressen.«

»Die Pest soll dich holen!« juchzte die junge Frau und lachte.

Endlich erschien auch der Arbeitsaufseher, ein Unteroffizier, mit einem Stock in der Hand.

»He, ihr! Was sitzt ihr hier rum? An die Arbeit!«

»Nun ja, Iwan Matwejitsch, geben Sie uns ein Pensum«, sagte, sich langsam erhebend, einer der »Wortführer«.

»Warum habt ihr vorhin beim Appell nicht drum gebeten? Nehmt den Kahn auseinander – da hast du euer Pensum!«

Endlich standen sie schwerfällig auf und trotteten zum Fluß hinunter. Sogleich taten sich in der Menge auch die »Organisatoren« hervor, zumindest mit Worten. Wie sich herausstellte, durfte der Kahn nicht sinnlos zerhackt werden, sondern die Balken sollten nach Möglichkeit unversehrt bleiben, vor allem die querliegenden Kniehölzer, die der Länge nach mit Holznägeln am Boden des Kahns befestigt waren – eine langwierige, eintönige Arbeit.

»Als allererstes müßten wir wohl den Balken hier wegschleppen. Packt doch mal mit an, Jungs!« meinte einer, der weder Organisator noch Wortführer war, sondern ein ganz gewöhnlicher Arbeiter, ein schweigsamer, stiller Bursche, der bisher noch kein Wort gesagt hatte; er bückte sich, umfaßte den dicken Balken mit beiden Händen und wartete, daß man ihm half. Doch niemand packte mit an.

»Ja, du wirst ihn auch grade heben! Du hebst ihn nicht, und auch dein Großvater, der Bär, wenn er kommt, auch der hebt ihn nicht«, brummte jemand.

»Nun ja, Brüder, wie denn sonst anfangen? Dann weiß ich auch nicht«, sagte der Vorwitzige verdattert, ließ den Balken los und richtete sich wieder auf.

»Alle Arbeit schaffst du doch nicht – was reißt du dich so drum?«

»Soll er drei Hühnern Futter geben, verrechnet er sich; will aber der erste sein, der Schreihals!«

»Aber Brüder, ich hab doch gar nichts ...«, suchte sich der Verdatterte herauszureden. »Ich wollte doch bloß ...«

»Wollt wohl in Schonbezüge gesteckt werden, was? Oder soll ich euch für den Winter einpökeln?« brüllte der Aufseher und schaute verständnislos auf die zwanzigköpfige Menge, die nicht wußte, wie sie die Arbeit anpacken sollte. »Los, anfangen! Aber 'n bißchen fix!«

»Fixer als fix geht nicht, Iwan Matwejitsch.«

»Du tust doch sowieso nichts. He, Saweljew! Quassel Petrowitsch! Dich mein ich. Was stehst du da und hältst Maulaffen feil! An die Arbeit!«

»Soll ich vielleicht allein rackern?«

»Geben Sie uns doch ein Pensum, Iwan Matwejitsch!«

»Es gibt kein Pensum, und damit basta! Wrackt den Kahn ab, und ihr könnt nach Hause gehen. Los, anfangen!«

Schließlich machten sie sich ans Werk, aber träge, lustlos und ungeschickt. Es verdroß einen geradezu, diese stattliche Schar kräftiger Arbeiter zu sehen, die offenbar absolut nicht wußten, wie sie die Aufgabe anpacken sollten. Kaum gingen sie daran, das erste, kleinste Knieholz herauszulösen, als es auch schon zerbrach, »ganz von allein«, wie man dem Aufseher entschuldigend meldete. So konnte man folglich nicht weiterarbeiten, man mußte es irgendwie anders anpacken. Nun gab es unter den Sträflingen lange Erörterungen darüber, wie sie es anders anpacken, was sie tun sollten. Natürlich arteten die Erörterungen allmählich in Beschimpfungen aus, und es drohte noch schlimmer zu kommen. Wieder brüllte der Aufseher die Sträflinge an und fuchtelte mit seinem Stock herum, doch auch das nächste Knieholz zerbrach. Schließlich stellte sich heraus, daß zuwenig Äxte da waren und auch noch ein anderes Werkzeug fehlte. Sogleich wurden zwei junge Burschen unter Bewachung zur Festung zurückgeschickt, das Werkzeug zu holen; alle anderen aber machten es sich derweil in aller Seelenruhe auf dem Kahn bequem, kramten ihre Pfeifen hervor und begannen wieder zu schmauchen.

Schließlich spuckte der Aufseher aus.

»Na, ihr habt die Arbeit auch nicht erfunden! Ach, was seid ihr doch für ein Volk!« brummte er ärgerlich, machte eine wegwerfende Handbewegung und begab sich stockschwingend zur Festung.

Eine Stunde später erschien ein Ingenieur. Nachdem er die Sträflinge ruhig angehört hatte, erklärte er, er gebe ihnen als Pensum, noch vier Kniehölzer auszubauen, aber so, daß sie nicht zerbrächen, sondern heil blieben, und außerdem befahl er ihnen noch, einen beträchtlichen Teil des Kahns abzuwracken, danach konnten sie dann heimgehen. Es war ein großes Pensum, aber mein Gott, wie sie nun ans Werk gingen! Wo war die Trägheit geblieben, wo die Ratlosigkeit! Die Äxte pochten, die Holznägel wurden herausgedreht. Die übrigen schoben dicke Stangen unter die Kniehölzer, zwanzig Arme stemmten sich dagegen und brachen sie mit meisterlicher Gewandtheit heraus, so daß sie zu meinem Erstaunen jetzt unversehrt blieben. Die Arbeit flutschte nur so. Auf einmal waren alle merklich klüger geworden. Keine überflüssigen Worte mehr, kein Geschimpfe, jeder wußte, was er zu sagen und zu tun, wohin er sich zu stellen und welchen Rat er zu geben hatte. Genau eine halbe Stunde vor dem Trommelrühren war das aufgetragene Pensum geschafft, und die Sträflinge kehrten heim, müde, aber überaus zufrieden, obwohl sie alles in allem nicht mehr als eine halbe Stunde gegenüber der festgesetzten Zeit gewonnen hatten. Doch was meine Person betraf, so fiel mir eine Besonderheit auf: Wo immer ich mich während der Arbeit hinwandte, um mit Hand anzulegen, über all war ich im Wege, störte ich, jagte man mich fast schimpfend davon.

Irgend so ein zerlumpter Kerl von der übelsten Sorte, der selber ein ganz schlechter Arbeiter war und den anderen Sträflingen gegenüber, die flinker und gescheiter waren als er, nicht zu mucksen wagte, auch der hielt sich für berechtigt, mich unter dem Vorwand, ich stehe ihm im Wege, anzuschreien und wegzujagen, wenn ich mich neben ihn stellte. Zu guter Letzt sagte einer von den Flinken grob und unverblümt zu mir: »Was krauchen Sie hier rum? Hauen Sie ab! Wozu sich aufdrängen, wenn man nicht gebraucht wird!«

»Der steckt ja mit im Sack!« frotzelte ein anderer weiter.

»Nimm lieber 'ne Sammelbüchse«, riet mir ein dritter, »und geh für 'n steinernes Haus und 'nen beinernen Graus sammeln; hier gibt's für dich nichts zu tun.«

Mir blieb nicht weiter übrig, als dabeizustehen; aber dabeizustehen ist irgendwie peinlich, wenn alle anderen arbeiten. Als ich mich jedoch wirklich entfernte und ans andere Ende des Lastkahns stellte, schrien sie sofort: »Schöne Arbeiter haben sie uns da zugeteilt! Was fängt man mit denen an? Rein gar nichts.«

Das Ganze war selbstverständlich Absicht, weil es allen Genugtuung bereitete. Es galt, sich über einen ehemaligen Adligen lustig zu machen, und da freuten sie sich natürlich über die Gelegenheit.

Jetzt ist mir klar, weshalb, wie ich bereits früher gesagt habe, die erste Frage, die ich mir bei der Einlieferung ins Gefängnis stellte, lautete: Wie muß ich mich benehmen, wie soll ich mich vor diesen Menschen geben? Ich ahnte, daß ich mit ihnen noch häufig solche Zusammenstöße haben würde wie jetzt bei der Arbeit. Aber allen Zusammenstößen zum Trotz war ich entschlossen, mein Auftreten, das ich mir zu dieser Zeit schon ziemlich genau überlegt hatte, nicht zu ändern; ich wußte, daß es richtig war. Ich hatte mir vorgenommen, mich möglichst ungezwungen und selbstbewußt zu benehmen, mich nicht sonderlich um ihre Freundschaft zu bemühen, aber sie auch nicht zurückzustoßen, sollten sie selber eine Annäherung wünschen; mich keineswegs vor ihren Drohungen und ihrem Haß zu fürchten und nach Mög-

»Die Gefangenen erwachten ... Die meisten waren schweigsam, mürrisch und verschlafen. Sie gähnten, streckten sich und runzelten die gebrandmarkte Stirn.« (Übersetzung nach Scholz) S. 35

lichkeit so zu tun, als bemerkte ich dergleichen nicht; mich ihnen in gewissen Punkten ja nicht anzunähern und etlichen ihrer Sitten und Gewohnheiten gegenüber keine Nachsicht walten zu lassen; mit einem Wort, mich nicht bei ihnen anzubiedern. War mir doch von vornherein klar, daß sie mich sofort dafür verachten würden. Denn nach ihren Vorstellungen (das erfuhr ich später zuverlässig) hätte ich dessenungeachtet auf meine adlige Herkunft Wert legen und sie ihnen gegenüber sogar betonen müssen, das heißt, ich hätte den Verwöhnten spielen, launisch sein, mich vor ihnen ekeln, bei jedem Schritt schnaufen und mich um die Arbeit drükken müssen. Das nämlich verstanden sie unter einem Adligen. Natürlich hätten sie mich deswegen geschmäht, aber mich im stillen doch geachtet. Diese Rolle sagte mir indes nicht zu: ich war niemals ein ihren Vorstellungen entsprechender Adliger gewesen; dafür gelobte ich mir, weder meine Bildung noch meine Denkart durch irgendein Zugeständnis vor ihnen herabzusetzen. Hätte ich ihnen zu Gefallen angefangen, mich bei ihnen einzuschmeicheln, ihnen nach dem Munde zu reden, mich mit ihnen gemein zu machen und mich um ihrer Gunst willen auf ihre mannigfaltigen »Qualitäten« einzulassen, so hätten sie sofort vermutet, ich täte das aus Angst und Feigheit, und mich dafür verachtet. A. war da kein Beispiel; er ging beim Major ein und aus, und sie hatten Angst vor ihm. Andererseits verspürte ich auch keine Lust, mich durch kalte, unverbindliche Höflichkeit von ihnen abzukapseln, wie es die Polen taten. Ich erkannte sehr wohl, daß sie mich verachteten, weil ich arbeiten wollte wie sie, nicht den Verwöhnten spielte und nicht launisch war; und wenn ich auch mit Bestimmtheit wußte, sie würden später genötigt sein, ihre Meinung über mich zu ändern, verdroß mich der Gedanke doch sehr, daß sie jetzt scheinbar ein Recht hatten, mich zu verachten, weil sie glaubten, ich wolle mich durch die Arbeit bei ihnen anbiedern.

Als ich am Abend nach Beendigung der Nachmittagsarbeit müde und zerschlagen ins Gefängnis zurückkehrte, überkam mich wieder eine schreckliche Traurigkeit. Wieviel Tausende solcher Tage liegen noch vor dir! dachte ich bei mir. Alle ganz genauso, einer wie der andere! Schweigend wanderte ich, während es bereits dunkelte, einmal hinter den Unterkünften am Zaun entlang, und auf einmal sah ich unseren Scharik schnurstracks auf mich zugerannt kommen. Scharik war unser Gefängnishund, so wie es Kompanie-, Batterie- und Schwadronshunde gibt. Seit undenklichen Zeiten lebte er im Gefängnis, gehörte niemandem, hielt alle für seine Herren und nährte sich von Küchenabfällen. Es war ein ziemlich großes Tier, schwarz mit weißen Flecken, eine Promenadenmischung, noch nicht sehr alt, mit klugen Augen und buschigem Schwanz. Noch nie hatte ihn jemand getätschelt, noch nie ihm jemand irgendwelche Beachtung geschenkt. Gleich vom ersten Tage an hatte ich ihn gestreichelt und ihm mit der Hand Brot gereicht. Wenn ich ihn streichelte, stand er ganz still, schaute mich zärtlich an und wedelte zum Zeichen seines Wohlbehagens sacht mit dem Schwanz. Er war jetzt, weil er mich lange nicht gesehen hatte – mich, den ersten seit Jahren, dem es eingefallen war, ihn zu streicheln –, umhergelaufen und hatte mich unter den anderen gesucht, und nun, da er mich hinter den Unterkünften gefunden hatte, jagte er winselnd auf mich zu. Ich weiß nicht mehr, was in mir vorging; ich stürzte zu ihm, küßte und umarmte ihn. Er legte mir die Vorderpfoten auf die Schultern und leckte mir das Gesicht. Das ist ein Freund, den mir das Schicksal sendet! dachte ich. Und jedesmal, wenn ich fortan in dieser ersten, schweren und düsteren Zeit von der Arbeit zurückkehrte, eilte ich, noch ehe ich irgendwo hineinging, mit dem vor mir herspringenden und vor Freude winselnden Scharik hinter die Unterkünfte, umfaßte seinen Kopf und küßte ihn noch und noch, und ein süßes, aber zugleich auch quälend bitteres Gefühl erfüllte mein Herz. Ich weiß noch, mir bereitete der Gedanke sogar Vergnügen – als wollte ich mich an der eigenen Qual weiden –, daß mir jetzt auf der ganzen Welt nur noch ein Wesen geblieben war, das mich liebte und an mir hing, mein Freund, mein einziger Freund, mein treuer Hund Scharik.

7 *Neue Bekanntschaften · Petrow*

Doch die Zeit verging, und ich lebte mich allmählich ein. Mit jedem Tag bedrückten mich die alltäglichen Erscheinungen meines neuen Daseins weniger. Die Geschehnisse, das Milieu, die Menschen – all das wurde meinen Augen vertraut. Mich mit diesem Dasein abzufinden war unmöglich, aber es als vollendete Tatsache anzuerkennen war schon lange nötig. Alles Unbegreifliche verschloß ich in meinem Herzen, so tief ich nur konnte. Ich wanderte nicht mehr wie ein Verlorener im Gefängnis umher und ließ mir meine Hoffnungslosigkeit nicht anmerken. Die unverhüllt neugierigen Blicke der übrigen Sträflinge hefteten sich auch nicht mehr so oft auf mich, beobachteten mich nicht mehr mit so absichtlicher Dreistigkeit. Ich wurde ihnen augenscheinlich vertraut, worüber ich recht froh war. Im Gefängnis bewegte ich mich bereits wie einst bei mir zu Hause, ich kannte meinen Platz auf der Pritsche und hatte mich offensichtlich sogar an solche Dinge gewöhnt, von denen ich es im Leben nicht für möglich gehalten hätte. Regelmäßig jede Woche ging ich, mir den halben Kopf rasieren zu lassen. Jeden Sonnabend nach der Arbeit wurden wir zu diesem Zweck der Reihe nach in die Wache beordert (wer nicht rasiert war, wurde dafür verantwortlich gemacht), und dort seiften die Bataillonsbarbiere unsere Köpfe mit kaltem Seifenschaum ein und schabten mit ihren mehr als stumpfen Rasiermessern erbarmungslos so darauf herum, daß es mich bei der Erinnerung an diese Tortur selbst heute noch eiskalt überläuft. Bald fand sich jedoch ein Mittel dagegen: Akim Akimytsch machte mich auf einen Sträfling aus der militärischen Abteilung aufmerksam, der für eine Kopeke mit seinem eigenen Messer jeden rasierte, der es wünschte, und ein Gewerbe daraus machte. Um den Anstaltsbarbieren zu entgehen, kamen viele der Sträflinge zu ihm, und dabei waren sie doch wahrhaftig nicht zimperlich. Unser Sträflingsbarbier wurde »Major« genannt – warum, weiß ich nicht, und wodurch er an einen Major hätte erinnern können, vermag ich gleichfalls nicht zu sagen. Jetzt, da ich dieses schreibe, steht mir jener »Major« wieder deutlich vor Augen: ein großer, hagerer, wortkarger junger Bursche, recht einfältig, immer in sein Geschäft vertieft und unweigerlich den Streichriemen in der Hand, auf dem er stets und ständig sein äußerst scharfes Rasiermesser abzog. Er schien ganz in dieser Tätigkeit aufzugehen und faßte sie offenbar als seinen Lebenszweck auf. In der Tat war er höchst zufrieden, wenn sein Messer gut war und jemand kam, sich rasieren zu lassen. Sein Seifenschaum war warm, seine Hand leicht und seine Rasur weich wie Samt. Er genoß offensichtlich seine Kunst und war stolz auf sie; achtlos nahm er die verdiente Kopeke entgegen, als ginge es ihm tatsächlich nur um die Kunst und nicht um die Kopeke. Übel erging es A. bei unserem Platzmajor, als er einmal bei einer Denunziation den Namen unseres Gefängnisbarbiers erwähnte und ihn unvorsichtigerweise »Major« nannte. Der Platzmajor bekam einen Wutanfall und war tödlich beleidigt. »Ja weißt du denn überhaupt, du Halunke, was ein Major ist?!« brüllte er mit Schaum vor dem Mund, während er auf seine Weise mit A. abrechnete. »Begreifst du nun, was ein Major ist? Da ist irgend so ein Halunke von Sträfling, und den wagt er Major zu nennen, in meinem Beisein, mir ins Gesicht!« Nur A. vermochte es mit solch einem Menschen auszuhalten.

Vom ersten Tag meines Gefängnisdaseins an träumte ich von der Freiheit. Das Ende meiner Gefangenschaft zu berechnen, und zwar in tausenderlei Arten und Vergleichen, wurde zu meiner Lieblingsbeschäftigung. Ich konnte sogar an nichts anderes mehr denken, und ich bin überzeugt, daß es jedem so ergeht, der für eine gewisse Zeit seiner Freiheit beraubt ist. Ich weiß nicht, ob die anderen Sträflinge ebenso dachten und rechneten wie ich, aber die erstaunliche Leichtfertigkeit ihrer Hoffnungen hatte mich von Anfang an befremdet. Die Hoffnung eines gefangenen, seiner Freiheit beraubten Menschen ist eine ganz andere als die eines in normalen Verhältnissen lebenden. Auch der freie Mensch hofft natürlich (zum Beispiel auf einen Wandel in seinem Schicksal oder auf die Ausführung eines Vorhabens), aber er lebt, er handelt; das wirkliche Leben zieht ihn immer wieder in seinen Strudel hinein. Anders der Gefangene. Gewiß, auch hier ist Leben – das eines Gefangenen, eines Sträflings; aber wer der Sträfling auch sein mag und für welche Zeit er auch verbannt wurde, beim besten Willen, instinktiv kann er sein Los nicht als etwas zu Bejahendes, Endgültiges, als einen Teil des wirklichen Lebens ansehen. Jeder Sträfling hat das Gefühl, nicht *bei sich zu Hause*, sondern gleichsam nur zu Besuch zu sein. Auf zwanzig Jahre blickt er wie auf zwei, und er ist fest davon überzeugt, auch mit fünfundfünfzig Jahren, bei der Entlassung aus dem Gefängnis, noch genauso ein strammer Kerl zu sein wie jetzt mit fünfunddreißig. Wir werden das Leben noch genießen! denkt er bei sich und verscheucht eigensinnig alle Zweifel und sonstigen mißlichen Gedanken. Selbst die unbefristet Verbannten der Sonderabteilung, selbst die hofften manchmal, daß eines Tages die Verfügung aus Petersburg kommen würde: »Nach Nertschinsk in die Erzgruben überstellen und Haftzeiten festlegen.« Das wäre dann herrlich: Erstens ist man nach Nertschinsk fast ein halbes Jahr unterwegs, und in einer Kolonne zu marschieren ist im Vergleich zum Gefängnis viel besser. Dann reißt man in Nertschinsk seine Zeit ab, und danach ... Auch mancher Graukopf rechnet noch so!

In Tobolsk habe ich an die Wand Geschmiedete gesehen. An einer Kette von etwa einem Sashen Länge sitzt so einer, gleich neben sich die Pritsche. Angeschmiedet ist er wegen irgend etwas außergewöhnlich Schrecklichem, das er erst in Sibirien begangen hat. Fünf Jahre, auch zehn Jahre sitzen sie. Meist sind es Raubmörder. Nur einen habe ich darunter gesehen, der von Stande zu sein schien; er hatte einmal irgendwo ein Amt bekleidet. Ganz sanft sprach er, mit einem süßlichen Lächeln, und lispelte. Er zeigte uns seine Kette und machte vor, wie man es anstellen muß, um möglichst bequem auf der Pritsche zu liegen. Mußte das ein sonderbarer Vogel sein! Überhaupt verhalten sie sich alle ruhig und scheinen zufrieden zu sein; indessen hat jeder von ihnen den sehnlichen Wunsch, seine Zeit möglichst schnell abzusitzen. Wozu? fragt man sich. Nun dazu: Er kommt dann aus dem stickigen, muffigen Raum mit dem niedrigen Ziegelgewölbe heraus und kann sich auf dem Hof des Gefängnisses ergehen und – und das ist schon alles. Aus dem Gefängnis läßt man ihn niemals mehr heraus. Wie er selbst weiß, bleiben Losgeschmiedete für immer, bis an ihr Lebensende, im Gefängnis und in Fesseln. Und obwohl er das weiß, möchte er seine Kettenzeit sehr gern möglichst bald hinter sich haben. Könnte er ohne diesen Wunsch wohl fünf oder sechs Jahre angeschmiedet sitzen, ohne vorher zu sterben oder den Verstand zu verlieren? Würde so mancher überhaupt erst seine Strafe antreten?

Ich fühlte, daß die Arbeit mich retten, daß sie meine Gesundheit, meinen Körper stärken konnte. Waren die ständige innerliche Unruhe, die nervliche Überreizung und die stickige Luft der Unterkunft doch dazu angetan, mich völlig zugrunde zu richten. So oft wie möglich an der Luft sein, dich jeden Tag müde arbeiten, dich daran gewöhnen, schwere Lasten zu tragen, das ist das einzige, was dir jetzt helfen kann, dachte ich bei mir. Dann wirst du widerstandsfähiger und kommst gesund, frisch und kräftig wieder heraus und nicht als alter Mann. Und ich habe mich nicht geirrt: Die Arbeit und die Bewegung haben mir sehr gut getan. Mit Schrecken beobachtete ich an einem meiner Kameraden – einem Adligen –, wie er im Gefängnis einer Kerze gleich verlosch. Er war zur selben Zeit mit mir eingeliefert worden, noch jung, gutaussehend und voller Schwung, und verließ uns als halbes Wrack, mit grauen Haren, sich kaum noch auf den Beinen haltend und kurzatmig. Nein, sagte ich mir bei seinem Anblick, ich will leben, und ich werde leben. Anfangs jedoch hatte ich von den übrigen Sträflingen wegen meiner Arbeitslust allerhand zu leiden, und sie straften mich noch lange mit Verachtung und höhnischen Bemerkungen. Aber ich scherte mich um niemand und machte mich immer wieder unverdrossen auf den Weg, zum Beispiel zum Brennen und Zerkleinern von Alabaster, einer der ersten Tätigkeiten, die ich kennenlernte. Das war keine schwere Arbeit. Die technische Leitung war, wenn möglich, bereit, den Adligen die Arbeit zu erleichtern, was übrigens durchaus keine Nachsicht, sondern nur recht und billig war. Wäre es doch absurd gewesen, von jemandem, der bloß halb so kräftig ist und niemals körperlich gearbeitet hat, das gleiche Pensum zu verlangen, das man laut Verfügung einem richtigen Arbeiter auferlegte. Aber diese »Verwöhnung« wurde uns nicht immer zuteil, und gewissermaßen sogar nur heimlich, denn von außen wurde streng darüber gewacht. Ziemlich oft mußten wir auch schwere Arbeit verrichten, die uns Adlige natürlich doppelt so stark belastete wie die übrigen Arbeiter. Für den Alabaster stellte man gewöhnlich drei, vier Mann ab, Alte oder Schwächliche, darunter natürlich auch wir. Außerdem teilte man uns noch einen richtigen Arbeiter zu, der etwas von der Sache verstand. Gewöhnlich kam immer ein und derselbe mit, jahrelang ein gewisser Almasow, ein schon etwas älterer, brünetter, hagerer Mensch, finster, verschlossen und mürrisch. Er verachtete uns tief. Übrigens war er recht wortkarg, so sehr, daß es ihm sogar zuviel war, uns anzuknurren. Der Schuppen, in dem der Alabaster gebrannt und zerkleinert wurde, stand gleichfalls an dem öden Steilufer des Flusses. Im Winter, besonders an düsteren Tagen, boten der Fluß und das ferne gegenüberliegende Ufer einen trostlosen Anblick. Diese karge, menschenleere Landschaft hatte etwas Schwermütiges, Herzbeklemmendes. Doch fast noch bedrückender war es, wenn auf der unendlichen weißen Schneedekke die Sonne blendend gleißte; am liebsten wäre man davongeflogen irgendwohin in diese Steppe, die am anderen Ufer begann und sich als ein einziges weißes Tuch anderthalbtausend Werst gen Süden erstreckte. Almasow machte sich gewöhnlich schweigend und finster an die Arbeit; wir schämten uns gewissermaßen, weil wir ihm nicht richtig helfen konnten, er aber suchte absichtlich allein zurechtzukommen, verlangte absichtlich keinerlei Hilfe von uns, anscheinend, damit wir uns ganz in seiner Schuld fühlten und unsere eigene Nutzlosigkeit bedauerten. Allerdings war nur der Ofen zu heizen, um darin den Alabaster zu brennen, den wir ihm heranschleppten. Am nächsten Tag, wenn der Alabaster genügend gebrannt war, wurde er wieder aus dem Ofen geholt. Jeder von uns nahm dann einen schweren Holzhammer, packte sich eine Kiste voll Alabaster und ging daran, ihn zu zerschlagen. Das war eine höchst angenehme Arbeit. Der spröde Alabaster verwandelte sich rasch in glitzernden weißen Staub; so bequem, so leicht ließ er sich zerkleinern. Wir schwangen die schweren Hämmer und erzeugten ein solches Geprassel, daß wir selber unser Vergnügen daran hatten. Am Ende waren wir rechtschaffen müde, aber zugleich war uns auch leichter ums Herz; unsere Wangen hatten sich gerötet, und das Blut zirkulierte schneller. Dann sah uns auch Almasow nachsichtiger an, so wie man kleine Kinder ansieht. Leutselig schmauchte er sein Pfeifchen, konnte aber dennoch nicht anders als brummen, wenn er mal etwas sagen mußte. Übrigens benahm er sich auch allen anderen gegenüber so, im Grunde aber schien er ein guter Kerl zu sein.

Eine andere Arbeit, zu der ich geschickt wurde, bestand darin, in der Werkstatt das Rad an der Drechselbank zu drehen. Das Rad war groß und schwer, und es zu drehen kostete nicht geringe Anstrengung, namentlich wenn der Drechsler – ein Militärhandwerker – so etwas wie Säulen für ein Treppengeländer oder die Beine eines großen Tisches für ein Dienstmobiliar eines Beamten anfertigte, wozu fast ein Baumstamm benötigt wurde. Ein einzelner schaffte es in solchem Falle nicht, und so wurden gewöhnlich zwei zum Drehen beordert: ich und noch ein Adliger namens B. Diese Arbeit blieb jahrelang uns vorbehalten, sooft es etwas zu drechseln gab. B. war ein schwächlicher, kränklicher Mensch, noch jung zwar, hatte aber ein Brustleiden. Ins Gefängnis war er ein Jahr vor mir eingeliefert worden, zusammen mit zwei seiner Kameraden: einem alten Mann, der während der ganzen Zeit seines Gefängnisaufenthaltes Tag und Nacht zu Gott betete – was ihm die Hochachtung seiner Mitgefangenen eintrug – und der zu meiner Zeit starb, und einem anderen, noch sehr jungen, aber unverbrauchten, rotwangigen, kräftigen und beherzten Burschen, der während des Marsches den jeweils schon nach einer halben Etappe erschöpften B. getragen hatte, und das siebenhundert Werst hintereinander. Ihre Freundschaft hätte man einmal erleben müssen! B. war ein hochherziger Mensch von ausgezeichneter Bildung und edlem Charakter, der sich jedoch durch die Krankheit sehr verändert hatte und reizbar geworden war. Zu zweit wurden wir mit dem Rad fertig, und es machte uns beiden sogar Spaß. Diese Arbeit hielt mich tüchtig in Bewegung.

Besonders gern schaufelte ich auch Schnee. Das geschah gewöhnlich nach Schneestürmen und kam im Winter recht häufig vor. Nach einem Tag Schneesturm war so manches Haus bis zur Hälfte der Fenster eingeschneit, einige waren sogar fast zugeweht. Wenn dann der Schneesturm aufgehört hatte und die Sonne wieder hervorkam, wurden wir in großen Gruppen, ja manchmal auch allesamt losgeschickt, die öffentlichen Gebäude freizuschaufeln. Jeder bekam eine Schaufel, alle zusammen erhielten ein bestimmtes Pensum, das mitunter so groß war, daß man sich verwundert fragte, wie das wohl zu schaffen wäre, und dann gingen alle gemeinsam ans Werk. Der frisch gefallene, lockere, nur schwach überfrorene Schnee ließ sich leicht in großen Batzen mit der Schaufel losstechen und wurde, sich noch in der Luft in glitzernden Staub verwandelnd, nach allen Seiten fortgeschleudert. Die Schaufel bohrte sich nur so in die im Sonnenschein gleißende weiße Masse. Fast immer waren die Sträflinge mit Freude bei dieser Arbeit. Die frische Winterluft und die Bewegung beflügelten sie. Allen wurde froher zumute; man hörte Gelächter, Zurufe und Witze. Eine Schneeballschlacht entbrannte, natürlich nicht ohne daß gleich darauf die Vernünftigen und über Lachen und Fröhlichkeit Empörten sich ereiferten, und gewöhnlich endete der allgemeine Enthusiasmus mit Geschimpfe.

Ganz allmählich vergrößerte sich auch mein Bekanntenkreis. Allerdings war ich nicht selbst darauf aus, Bekanntschaften zu machen; war ich doch noch immer unruhig, düster gestimmt und mißtrauisch. Meine Bekanntschaften ergaben sich ganz von selbst. Als einer der ersten besuchte mich der Sträfling Petrow. Ich sage *besuchte* und lege besonderen Nachdruck auf dieses Wort. Petrow gehörte zur Sonderabteilung und war von meiner Unterkunft am weitesten entfernt untergebracht. Berührungspunkte bestanden allem Anschein nach zwischen uns nicht; und auch Gemeinsamkeiten gab es keine und konnte es auch gar keine geben. Indessen schien es Petrow in der ersten Zeit für seine Pflicht zu halten, fast jeden Tag zu mir zu kommen oder mich nach Feierabend anzusprechen, wenn ich, möglichst fern von allen Blicken, hinter dem Blockhaus auf und ab ging. Anfangs war mir das unangenehm. Aber er brachte es bald fertig, daß mich seine Besuche sogar aufheiterten, obwohl er wahrhaftig nicht sehr mitteilsam und gesprächig war. Er war klein und stämmig, gewandt und quirlig, hatte ein blasses, aber recht sympathisches Gesicht, breite Backenknochen, einen furchtlosen Blick und lückenlose weiße Mäusezähne, und ständig hatte er eine Prise zerriebenen Tabak hinter der Unterlippe. Sich Tabak hinter die Lippe zu streuen war bei vielen Sträflingen gang und gäbe. Petrow sah jünger aus: In Wirklichkeit um die Vierzig, schätzte man ihn höchstens auf dreißig. Mit mir unterhielt er sich stets recht ungezwungen, verkehrte er ganz auf gleichem Fuß, das heißt, er benahm sich überaus anständig und taktvoll. Merkte er zum Beispiel, daß ich gern allein sein wollte, so verließ er mich gleich wieder, nachdem er ein paar Worte mit mir gewechselt hatte, und bedankte sich jedesmal für meine Aufmerksamkeit, was er natürlich bei niemandem sonst in der Katorga tat. Interessant ist, daß diese Beziehungen zwischen uns nicht nur während der ersten Tage bestanden, sondern jahrelang andauerten und sich fast niemals enger gestalteten, obschon er mir tatsächlich sehr zugetan war. Selbst heute vermag ich nicht zu sagen, was er eigentlich von mir gewollt hat und weshalb er jeden Tag zu mir kam. Wenn er mich in der Folgezeit auch gelegentlich bestohlen hat, so ist das gewissermaßen nur »unbeabsichtigt« geschehen; um Geld hat er mich fast niemals gebeten, folglich ist er auch nicht des Geldes oder irgendeines Vorteils wegen gekommen.

Ich weiß auch nicht, warum, aber ich hatte immer das Gefühl, er wohne überhaupt nicht mit mir zusammen im Gefängnis, sondern irgendwo weit weg in einem anderen Gebäude, in der Stadt und besuche das Gefängnis nur beiläufig, um Neuigkeiten zu erfahren, mich zu treffen und zu sehen, wie wir alle lebten. Er war stets in Eile, als hätte er irgendwo jemand verlassen, der nun auf ihn wartete, oder als hätte er irgendwo noch etwas zu Ende zu führen. Dabei wirkte er aber wiederum nicht sehr geschäftig. Auch sein Blick war merkwürdig: durchdringend und mit einem Anflug von Frechheit und Ironie; aber er schaute gewissermaßen in die Ferne, durch die Dinge hindurch, als versuchte er hinter dem Gegenstand, den er dicht vor sich hatte, einen anderen, entfernteren zu erkennen. Darum machte er einen zerstreuten Eindruck. Manchmal gab ich acht, wohin er ging und wo man wohl so sehr auf ihn wartete. Doch von mir begab er sich flugs in eine andere Unterkunft oder in die Küche, setzte sich dort zu irgendwelchen Leuten, die sich unterhielten, hörte aufmerksam zu, mischte sich wohl auch selbst in das Gespräch und sogar recht hitzig, brach dann jedoch plötzlich ab und hüllte sich in Schweigen. Aber ob er nun redete oder stumm dasaß, stets sah es so aus, als sei er nur so, auf einen Sprung gekommen, als habe er noch zu tun und werde erwartet. Am merkwürdigsten dabei war, daß er niemals etwas zu tun hatte; er verbrachte seine Zeit in völligem Müßiggang – abgesehen natürlich von der Zwangsarbeit. Er verstand sich auf keinerlei Handwerk, und über Geld verfügte er fast niemals. Aber er machte sich auch nicht viel aus Geld. Und worüber unterhielt er sich mit mir? Seine Gespräche waren ebenso sonderbar wie er selbst. Sah er mich zum Beispiel hinter den Unterkünften allein umherspazieren, so steuerte er mit einer jähen Wendung auf mich zu. Er ging immer schnell, vollführte immer jähe Wendungen. Im Schritt kam er auf mich zu, aber es sah so aus, als ob er liefe.

»Guten Tag!«

»Guten Tag!«

»Stör ich Sie auch nicht?«

»Nein.«

»Ich wollte Sie was wegen Napoleon fragen. Er ist doch verwandt mit dem, der im Jahr zwölf hier war?« (Petrow war ein Kantonist und konnte lesen und schreiben.)

»Ja.«

»Was für 'n Präsident ist er eigentlich?«

Er fragte immer kurz und abrupt, als müsse er etwas so schnell wie möglich erfahren. Als erkundigte er sich nach etwas sehr Wichtigem, das nicht den geringsten Aufschub dulde.

Ich erklärte ihm, was für ein Präsident jener war, und fügte hinzu, daß er vielleicht bald ebenfalls Kaiser sein werde.

»Wie denn das?«

Auch das setzte ich ihm auseinander, so gut ich konnte. Petrow hörte aufmerksam zu und neigte sogar sein Ohr in meine Richtung; er verstand alles und begriff schnell.

»Hm. Und was ich Sie noch fragen wollte, Alexander Petrowitsch: Stimmt es eigentlich, daß es Affen gibt, bei denen die Arme bis an die Fersen reichen und die so groß sind wie der größte Mensch?«

»Ja, solche gibt's.«

»Was sind das denn für welche?«

Auch darüber erzählte ich ihm, was ich wußte.

»Und wo leben die?«

»In heißen Ländern. Auf der Insel Sumatra gibt es welche.«

»Das ist in Amerika, nicht wahr? Wie es heißt, sollen die Menschen da mit dem Kopf nach unten rumlaufen?«

»Nicht mit dem Kopf nach unten, Sie meinen die Antipoden.«

Ich erklärte ihm, was Amerika ist, und, so gut ich konnte, auch, was Antipoden sind. Er hörte so aufmerksam zu, als wäre er eigens nur wegen der Antipoden zu mir gekommen.

»Aha! Im vorigen Jahr hab ich mal was über eine Gräfin Lavallière gelesen; von Adjutant Arefjew hab ich das Buch mitgebracht. Ist das alles wahr, oder ist es bloß so – erfunden? Dumas hat's geschrieben.«

»Natürlich ist es bloß erfunden.«

»Na dann, leben Sie wohl! Verbindlichsten Dank!«

Und damit verschwand Petrow. Im wesentlichen haben wir uns fast niemals anders als in dieser Art miteinander unterhalten.

Ich stellte Erkundigungen über ihn an. M., der von dieser Bekanntschaft erfahren hatte, warnte mich sogar. Wie er mir sagte, flößten ihm viele der Sträflinge Furcht ein; besonders zu Anfang sei das der Fall gewesen, in den ersten Tagen seines Gefängnisaufenthaltes; doch keiner von ihnen, selbst Gasin nicht, habe einen so schrecklichen Eindruck auf ihn gemacht wie dieser Petrow.

»Das ist der entschlossenste und furchtloseste von allen Sträflingen«, meinte M. »Der ist zu allem fähig; der schreckt vor nichts zurück, wenn ihm gerade danach ist. Auch Sie bringt er um, wenn es ihm in den Sinn kommt; mir nichts, dir nichts bringt er Sie um, ohne mit der Wimper zu zucken und ohne eine Spur von Reue. Ich glaube sogar, er ist nicht ganz bei Verstand.«

Diese Einschätzung erweckte bei mir lebhaftes Interesse. Doch merkwürdigerweise konnte mir M. keine Erklärung dafür geben, weshalb er diesen Eindruck hatte. Und komisch: Ich habe Petrow viele Jahre gekannt und fast jeden Tag mit ihm gesprochen; die ganze Zeit war er mir aufrichtig zugetan (wenn ich auch absolut nicht weiß, warum), und obwohl er während all dieser Jahre ganz vernünftig im Gefängnis lebte und überhaupt nichts Schreckliches anstellte, war ich doch jedesmal, wenn ich ihn ansah und mit ihm sprach, davon überzeugt, daß M. recht hatte und Petrow vielleicht wirklich der Entschlossenste und Furchtloseste war, der keinerlei Zwang ertrug. Was mich zu dieser Meinung bewog, vermag ich auch nicht zu sagen.

Ich muß allerdings hinzufügen, daß dieser Petrow derselbe war, der den Platzmajor hatte ermorden wollen, nachdem er zur Züchtigung geholt worden war, wobei der Major jedoch »durch ein Wunder gerettet wurde«, wie die Sträflinge sagten, weil er kurz vor der Züchtigung wegfuhr. Ein andermal, noch vor der Katorga, hatte ihn sein Oberst beim Exerzieren geschlagen. Wahrscheinlich war er auch davor schon oft geschlagen worden; doch diesmal ging es ihm wider den Strich, und er erstach den Oberst in aller Öffentlichkeit, am hellichten Tag, vor der Front. Übrigens kenne ich seine Lebensgeschichte nicht näher; er hat sie mir nie erzählt. Natürlich waren das nur Ausbrüche, bei denen seine Natur plötzlich nackt zutage trat. Und sie waren auch recht selten. In Wirklichkeit war er vernünftig und sogar friedfertig. Gewiß schlummerten Leidenschaften in ihm, sogar starke und heiße; aber die glühenden Kohlen waren ständig von Asche bedeckt und glommen nur im verborgenen. Nie habe ich an ihm auch nur eine Spur von Prahlerei oder Überheblichkeit bemerkt wie zum Beispiel bei den anderen. Er stritt sich nur selten, war dafür aber auch mit niemandem enger befreundet, es sei denn mit Sirotkin, und auch mit dem nur, wenn er ihn brauchte. Einmal habe ich übrigens erlebt, wie er ernstlich wütend wurde. Jemand wollte etwas nicht herausrücken, ihn übers Ohr hauen. Sein Widerpart war ein großer, kräftiger Sträfling, boshaft, streitsüchtig, spottlustig und beileibe kein Feigling; Wassili Antonow hieß er und gehörte zur zivilen Kategorie. Sie hatten einander schon lange angeschrien, und ich glaubte, die Angelegenheit würde höchstens mit ein paar Fausthieben enden, denn Petrow wurde manchmal, wenn auch sehr selten, sogar handgreiflich und schimpfte wie der letzte Sträfling. Doch diesmal kam es anders: Petrow wurde auf einmal blaß, seine Lippen zitterten und liefen bläulich an, und er atmete schwer. Er stand auf und schritt langsam, ganz langsam und lautlos mit seinen nackten Füßen (im Sommer ging er sehr gern barfuß) auf Antonow zu. Mit einem Schlage verstummten alle in der bis dahin von Lärm und Geschrei erfüllten Unterkunft; man hätte das Summen einer Fliege hören können. Alle warteten, was nun geschehen würde. Antonow sprang auf, ihm entgegen; sein Gesicht war ganz verzerrt. Ich hielt es nicht länger aus und verließ die Unterkunft. Ich erwartete, noch ehe ich am Fuße der Vortreppe angekommen war, einen Todesschrei zu hören. Aber auch diesmal ging es harmlos aus: Noch bevor Petrow Antonow erreicht hatte, warf der ihm hastig und wortlos den strittigen Gegenstand hin. (Es handelte sich um ein paar ganz armselige Lumpen, um irgendwelche Fußlappen.) Natürlich schimpfte Antonow wenige Minuten später trotzdem vorsichtig auf Petrow, zur Beruhigung seines Gewissens und anstandshalber, um zu beweisen, daß er doch nicht ganz so feige war. Das Geschimpfe beachtete Petrow überhaupt nicht, würdigte er nicht einmal einer Antwort – schließlich ging es hier nicht ums Schimpfen, und die Sache war ja zu seinen Gunsten entschieden; höchst zufrieden, nahm er die Lumpen an sich. Eine Viertelstunde später schlenderte er schon wieder wie immer mit der Miene eines absoluten Müßiggängers durchs Gefängnis und schien herumzuhorchen, ob sich nicht irgendwo ein interessantes Gespräch entspann, dem er zuhören und in das er sich einmischen könnte. Ihn interessierte anscheinend alles, aber irgendwie kam es dann doch immer so, daß er fast allem gegenüber gleichgültig blieb und ohne Zweck und Ziel durchs Gefängnis streunte, wohin es ihn gerade trieb. Man könnte ihn auch mit einem Arbeiter vergleichen, einem kräftigen Arbeiter, bei dem die Arbeit nur so flutscht, dem man vorerst jedoch keine Arbeit gibt und der nun wartend dasitzt und mit kleinen Kindern spielt. Unverständlich war mir auch, weshalb er noch im Gefängnis lebte, warum er nicht floh. Er hätte nicht gezögert zu fliehen, wenn er es nur gewollt hätte. Über Menschen wie Petrow hat der Verstand nur so lange Macht, bis sie etwas reizt. Dann aber gibt es auf der ganzen Welt nichts mehr, was ihrem Verlangen Einhalt gebieten könnte. Ich bin überzeugt, er hätte eine Flucht geschickt bewerkstelligt und alle hinters Licht geführt, er wäre imstande gewesen, eine Woche lang ohne Brot irgendwo im Wald oder Flußröhricht zu hocken. Aber offenbar war er auf diesen Gedanken noch nicht verfallen und wollte es auch *überhaupt* nicht. Allzuviel Überlegung und gesunden Menschenverstand habe ich an ihm nie bemerkt. Solchen Menschen wird eine einzige Idee regelrecht in die Wiege gelegt, und diese Idee treibt sie ihr Leben lang unbewußt hierhin und dorthin; und so hasten sie ihr Leben lang hin und her, bis sie eine Beschäftigung ganz nach ihren Wünschen für sich finden; dann aber ist es ihnen auch um ihren Kopf nicht zu schade. Ich habe mich manchmal gewundert, daß jemand, der einen Vorgesetzten einiger Schläge wegen umgebracht hatte, sich bei uns so widerspruchslos zum Auspeitschen hinlegen konnte. Er wurde nämlich zuweilen ausgepeitscht, wenn er mit Branntwein erwischt worden war. Wie alle Sträflinge ohne Handwerk ließ er sich von Zeit zu Zeit darauf ein, Branntwein zu schmuggeln. Aber auch zum Auspeitschen legte er sich gewissermaßen nur mit eigener Zustimmung hin, das heißt so, als halte er das für recht und billig; andernfalls hätte er sich lieber totschlagen lassen, als daß er sich hingelegt hätte. Ich wunderte mich auch über ihn, wenn er mich trotz seiner offensichtlichen Anhänglichkeit bestahl. Das schien ihn hin und wieder zu überkommen. So stahl er mir meine Bibel, die ich ihm gegeben hatte, nur damit er sie an einen anderen Platz bringe. Der Weg betrug bloß wenige Schritte, er aber brachte es fertig, unterwegs einen Käufer zu finden, verkaufte sie und vertrank das Geld sofort. Wahrscheinlich hatte es ihn sehr danach gelüstet zu trinken, und wonach es ihn sehr gelüstete, das *mußte* er sich verschaffen. So einer bringt auch eines Viertelrubels wegen einen Menschen um, nur um für diesen Viertelrubel ein Glas voll trinken zu können, während er ein andermal jemand mit hunderttausend ungeschoren vorüberziehen läßt. Am Abend teilte er mir selber den Diebstahl mit, aber ganz gleichmütig, ohne jede Verlegenheit und Reue, wie das gewöhnlichste Vorkommnis. Ich machte den Versuch, ihn gehörig herunterzuputzen; tat es mir doch um die Bibel sehr leid. Ohne sich zu erregen, ja sogar recht friedfertig hörte er mir zu; er räumte ein, daß die Bibel ein sehr nützliches Buch sei, bedauerte aufrichtig, daß ich sie nun nicht mehr besaß, bereute jedoch den Diebstahl nicht im mindesten. Er schaute so selbstsicher drein, daß ich gleich wieder aufhörte zu schimpfen. Er hatte meine Schelte ertragen, weil er wohl zu der Ansicht gelangt war, es sei nun mal unmöglich, für diese Tat nicht gescholten zu werden; also möge ich mir ruhig das Herz erleichtern, meinen Spaß haben und ihn ausschimpfen; aber im Grunde genommen sei das alles Blödsinn, solch ein Blödsinn, daß ein ernsthafter Mensch sich eigentlich schämen sollte, so etwas von sich zu geben. Ich glaube, er hielt mich überhaupt für ein Kind, ja fast für einen Säugling, der noch nicht einmal die einfachsten Dinge von der Welt begreift. Knüpfte ich zum Beispiel mit ihm ein Gespräch über etwas anderes als über Wissenschaft und Bücher an, so antwortete er mir zwar, aber gewissermaßen nur aus Höflichkeit und beschränkte sich auf das Notwendigste. Ich habe mich oft gefragt, was ihm dieses Bücherwissen, dem seine Fragen gewöhnlich galten, wohl nützen mochte. Es kam vor, daß ich ihn während solcher Gespräche dann und wann prüfend von der Seite ansah, ob er sich auch nicht über mich lustig machte. Aber nein; gewöhnlich hörte er mir ernst und aufmerksam zu, das heißt wiederum nicht allzu aufmerksam, und letzteres verdroß mich zuweilen. Seine Fragen stellte er genau und bestimmt, zeigte sich jedoch von meinen Auskünften nicht allzusehr beeindruckt und nahm sie oft sogar nur unaufmerksam zur Kenntnis. Auch hatte ich das Gefühl, daß er ohne großes Kopfzerbrechen zu dem Schluß gelangt war, mit mir könne man nicht reden wie mit anderen Menschen; von Gesprächen über Bücher abgesehen, verstünde ich nichts und sei auch gar nicht fähig, etwas anderes zu begreifen, so daß es keinen Zweck habe, mich zu behelligen.

Ich bin überzeugt, er hatte mich sogar gern, und das wunderte mich eigentlich sehr. Ob er mich für einen noch nicht erwachsenen und noch unvollkommenen Menschen hielt, ob er jenes besondere Mitleid mit mir empfand, das jedes starke Wesen instinktiv einem anderen, schwächeren gegenüber verspürt, für das er mich hielt – ich weiß es nicht. Und obwohl ihn all das nicht hinderte, mich zu bestehlen, bin ich doch sicher, daß er mich auch dabei bemitleidete. Ach, dachte er vielleicht, während er die Hand nach meinem Gut ausstreckte, was ist das bloß für ein Mensch, der nicht mal seine Habe zu schützen versteht! Aber ebendarum schien er mich gern zu haben. Einmal ließ er ganz beiläufig die Bemerkung fallen, ich sei »allzu gutherzig«, und meinte: »Ganz schön einfältig sind Sie, so einfältig, daß es einem geradezu leid tut. Nehmen Sie's mir aber nicht krumm, Alexander Petrowitsch«, fügte er gleich darauf hinzu. »Ich mein es doch gut mit Ihnen!«

Bei solchen Menschen kommt es zuweilen vor, daß sie im Augenblick einer plötzlichen gemeinsamen Aktion oder Umwälzung jäh stark und machtvoll hervortreten und zeigen, was in ihnen steckt, und so mit einem Schlage ihre volle Aktivität entfalten. Sie sind nicht Männer des Wortes und können nicht Anstifter und Hauptrádelsführer eines Unternehmens sein; aber sie sind die Hauptausführenden und diejenigen, die den Anfang machen. Das geschieht bei ihnen ganz einfach, ohne großes Geschrei, aber dafür nehmen sie als erste das Haupthindernis, ohne zu zaudern und ohne Furcht, die Brust dem Feind offen darbietend – und alle stürzen ihnen nach, stürmen blindlings vorwärts, bis zur letzten Mauer, wo sie gewöhnlich den Tod finden. Ich bezweifle, daß es mit Petrow ein gutes Ende genommen hat; der macht in einem einzigen Augenblick mit allem Schluß, und wenn er bis jetzt noch nicht umgekommen ist, dann nur, weil er noch keine Gelegenheit dazu hatte. Doch wer weiß! Vielleicht lebt er noch, ohne Ziel und Zweck umherwandernd, bis sein Haar ergraut ist, und stirbt ruhig und friedlich an Altersschwäche. Aber ich glaube, M. hatte recht, als er sagte, Petrow sei der Entschlossenste in der ganzen Katorga.

8 *Entschlossene Menschen · Lutschka*

Über entschlossene Menschen läßt sich schwer etwas sagen; in der Katorga gab es wie überall recht wenige von ihnen. Womöglich sieht so einer auch noch zum Fürchten aus; und stellt man sich dann vor, was über manchen erzählt wird, so geht man ihm lieber aus dem Weg. Ein gewisses, instinktives Gefühl bewog mich anfangs sogar, einen großen Bogen um solche Menschen zu machen. Später habe ich dann in vieler Hinsicht meine Meinung selbst über die schrecklichsten Mörder geändert. So mancher, der nicht gemordet hat, ist furchtbarer als einer, der wegen sechs Morden eingeliefert wird. Von einigen Verbrechen aber war es schwer, sich auch nur eine annähernde Vorstellung zu machen, so viel Merkwürdiges wiesen sie auf. Ich sage das vor allem, weil bei uns in den unteren Volksschichten oft Morde aus den erstaunlichsten Beweggründen begangen werden. Da gibt es zum Beispiel, und sogar recht häufig, folgenden Typ eines Mörders: Der Betreffende führt ein stilles und ruhiges Leben. Er hat ein schweres Los, das er geduldig erträgt. Nehmen wir an, er ist ein Bauer, ein Hofknecht, ein Kleinbürger oder ein Soldat. Auf einmal geht etwas schief; er hält es nicht mehr aus und ersticht seinen Feind und Peiniger mit dem Messer. Und nun kommt das Merkwürdige: Eine Zeitlang verliert dieser Mensch unversehens jedes Maß. Der erste, den er umgebracht hat, ist ein Peiniger, ein Feind gewesen; das ist zwar ein Verbrechen, aber noch verständlich; da war noch ein Motiv; dann jedoch bringt er nicht mehr nur Feinde um, sondern den ersten besten, der ihm über den Weg läuft, er mordet zu seinem Vergnügen, mordet eines groben Wortes, eines Blickes, einer

Lappalie wegen oder einfach darum: Aus dem Weg! Komm mir nicht in die Quere! Hier geh ich! Wie im Rausch ist dieser Mensch, wie im Fieberwahn. Als ob er, nachdem er einmal die ihm bisher heilige Grenze übersprungen hat, bereits Gefallen daran findet, daß es nichts Heiliges mehr für ihn gibt; als ob ihn etwas treibt, sich mit einem Mal über Macht und Gesetz hinwegzusetzen, sich der zügellosesten und unbeschränktesten Freiheit zu erfreuen und jene Beklemmung des Herzens über das Grauen zu genießen, das er vor sich selber empfinden muß. Außerdem weiß er, daß ihn eine furchtbare Strafe erwartet. All das ähnelt vielleicht den Empfindungen eines Menschen, den es von einem hohen Turm in die Tiefe zieht, so daß er sich schließlich am liebsten kopfüber in die Tiefe stürzen würde: nur recht schnell, und die Sache hat ein Ende! Und all das widerfährt selbst den friedlichsten, bis dahin ganz unauffälligen Menschen. Manche bilden sich sogar noch etwas ein auf diesen Rausch. Je eingeschüchterter so einer vorher war, desto stärker treibt es ihn nun, sich aufzuspielen und Schrecken zu verbreiten. Er weidet sich an diesem Schrecken und freut sich über den Abscheu, den er bei anderen erweckt. Er täuscht *Tollkühnheit* vor, und solch ein »tollkühner Kerl« sehnt manchmal selber seine Bestrafung herbei, wartet förmlich darauf, daß man *ein Ende mit ihm macht,* weil es ihm schließlich selber zu beschwerlich wird, noch länger den *Tollkühnen* zu spielen. Interessant ist, daß diese Anwandlung, diese Vorspiegelung, meist nur bis zum Schafott währt, dann aber wie abgeschnitten ist – als wäre dieser Zeitpunkt sozusagen verbindlich, gewissermaßen durch vorher dafür aufgestellte Regeln festgelegt. Da wird dieser Mensch auf einmal ganz klein und bedeutungslos, verwandelt er sich in einen Jammerlappen. Auf dem Schafott flennt er und bittet das Volk um Verzeihung. Er kommt ins Gefängnis, und siehe: Da hat er doch Rotz und Wasser geheult und ist so kleinlaut, daß man sich gar über ihn wundert: Ja, ist das denn wirklich derselbe, der fünf, sechs Menschen umgebracht hat?

Manche werden natürlich auch im Gefängnis nicht so schnell kirre. So einer bewahrt immer noch einen gewissen Hochmut, eine Art Geltungssucht. Ich, scheint er zu sagen, bin ein ganz anderer Kerl, als ihr denkt; ich bin »wegen einem halben Dutzend Seelen« hier. Aber am Ende wird er doch klein und still. Nur bisweilen sucht er Trost in der Erinnerung an seinen draufgängerischen Elan, an das tolle Leben, das er einmal geführt hat, als er noch ein »schneidiger Kerl« war, und ist hocherfreut, wenn er einen Einfaltspinsel findet, vor dem er sich mit gebührender Wichtigkeit aufspielen und rühmen, dem er von seinen Taten berichten kann, ohne sich jedoch anmerken zu lassen, daß er selber aufs Erzählen so erpicht ist. Solch ein Kerl war ich! möchte er gleichsam sagen.

Und mit welcher Raffinesse diese der Eigenliebe entspringende Vorsicht angewendet, mit welch müder Lässigkeit so etwas oft erzählt wird! Welch einstudierte Geckenhaftigkeit zeigt sich in der Redeweise, in jedem einzelnen Wort des Erzählers! Wo hat dieses Volk das bloß gelernt?

In diesen ersten Tagen hörte ich einmal an einem langen Abend, an dem ich müßig und schwermütig auf der Pritsche lag, eine solche Erzählung mit an und hielt den Erzähler aus Unerfahrenheit für einen ungeheuren, schrecklichen Verbrecher und beispiellosen, unbeugsamen Charakter, während ich mich gleichzeitig über Petrow beinahe lustig machte. Thema der Erzählung war, wie er, Luka Kusmitsch, einzig und allein zu seinem Vergnügen einen Major *niedergemacht* hatte. Dieser Luka Kusmitsch war jener kleine und schmächtige, spitznasige junge Sträfling aus unserer Unterkunft, jener Ukrainer, den ich schon einmal erwähnt habe. Genaugenommen war er ein Russe und nur im Süden geboren, offenbar ein Hofknecht. Er hatte tatsächlich etwas Scharfes und Anmaßendes an sich: Klein ist der Vogel, aber seine Krallen sind scharf. Doch die Sträflinge durchschauen jeden instinktiv. Sie achteten ihn nicht sehr, oder wie man in der Katorga sagt: »Sie achteten ihm nicht sehr.« Dabei war er furchtbar ehrgeizig. An diesem Abend saß er auf der Pritsche und nähte ein Hemd. Wäschenähen war sein Handwerk. Neben ihm saß ein stumpfsinniger und beschränkter, aber gutmütiger und freundlicher junger Bursche, groß und stämmig, sein Pritschennachbar, der Sträfling Kobylin. Wie es unter Nachbarn vorkommt, stritt sich Lutschka oft mit ihm und behandelte ihn überhaupt von oben herab, spöttisch und tyrannisch, was Kobylin in seiner Einfalt zum Teil gar nicht merkte. Er strickte an einem wollenen Strumpf und hörte Lutschka gleichmütig zu. Der erzählte recht laut und deutlich. Wollte er doch, daß alle ihn hörten, wenngleich er den Anschein zu erwecken suchte, als erzähle er das nur Kobylin.

»Das war so, mein Lieber«, begann er, bedächtig mit der Nadel

Sie bezeichneten
sich selbst als
„Ewige" und kannten
die Dauer ihrer Strafzeit
nicht.

»Sie bezeichneten sich selbst als ›Ewige‹ und kannten die Dauer ihrer Strafzeit nicht.« (Übersetzung nach Scholz) S. 16

hantierend, »sie haben mich aus unserem Ort fortgeschickt nach T., wegen Landstreicherei nämlich.«

»Wann war denn das? Schon vor langer Zeit?« erkundigte sich Kobylin.

»Wenn die Erbsen reifen, werden's zwei Jahre. Nun, als wir nach K. kamen, da haben sie mich dort für kurze Zeit ins Gefängnis gesperrt. Ich gucke: Da sitz ich mit einem Dutzend Mann zusammen, alles Ukrainer, groß, gesund und kräftig wie Stiere. Aber lammfromm. Dabei ist das Essen miserabel, und denen ihr Major springt mit ihnen um, wie's Seiner Gnaden *belustigt*.« (Lutschka wählte dieses Wort absichtlich.) »Ich sitz einen Tag, ich sitz den zweiten; ich seh, das Volk ist feige. ›Warum‹, sag ich, ›laßt ihr euch von so 'nem Idioten alles gefallen?‹ Drauf sie: ›Geh du doch und red mit ihm!‹ und grinsen mich sogar dabei an. Da sag ich nichts mehr. – Und der eine Ukrainer da war ein ganz komischer, Leute«, fügte er, Kobylin plötzlich ignorierend, an alle gewandt, hinzu. »Der erzählte immer, wie sie im Gericht über ihn verhandelt haben und wie er mit dem Gericht geredet hat; dabei sind ihm die Tränen nur so über die Backen gelaufen. Er hätte zu Hause Kinder, hat er gesagt, und eine Frau. Er selbst war ein kräftiger Bursche, grauhaarig und rundlich. ›Nein! sag ich zu ihm‹, hat er erzählt. ›Aber er, dieser Hundesohn, schreibt und schreibt immerfort. Na, so was! denk ich bei mir. Krepieren sollst du, und ich guck noch dabei zu! Der aber schreibt und schreibt, doch auf einmal legt er los! Da mußte ich dran glauben.‹ Wassja, reich mal 'n Ende Faden her; das Katorga-Garn ist Mist.«

»Es ist vom Markt«, antwortete Wassja und gab ihm einen Faden.

»In der Schneiderei haben wir besseres. Neulich haben wir den Nievaliden losgeschickt, bei was für 'nem üblen Weibsstück kauft der bloß ein?« fuhr Lutschka, gegen das Licht einfädelnd, fort.

»Bei einer Gevatterin vermutlich.«

»Ist anzunehmen.«

»Aber was war denn nun mit dem Major?« erkundigte sich der völlig vergessene Kobylin.

Das hatte Lutschka nur gewollt. Er fuhr jedoch nicht sogleich in seiner Erzählung fort, ja er schien Kobylin nicht einmal der Beachtung für wert zu halten. Ruhig brachte er den Faden in Ordnung, ruhig und bedächtig rückte er die untergeschlagenen Beine zurecht, und dann erst hub er wieder an: »Schließlich hab ich meine Ukrainer doch aufgerüttelt, und sie verlangten, den Major zu sprechen. Ich aber hatte schon am Morgen meinen Nachbarn um 'nen Pieker* gebeten, auch einen gekriegt und ihn versteckt, das heißt für alle Fälle. Der Major geriet in Wut. Er kommt angefahren. ›Na‹, sag ich, ›nur keine Bange, Ukrainer!‹ Denen aber ist schon das Herz in die Hosen gerutscht; sie schlottern an allen Gliedern. Der Major kommt reingestürzt; betrunken. ›Wer ist hier? Was ist hier los? Ich bin euer Zar und Gott dazu!‹ Als er sagte: ›Ich bin euer Zar und Gott dazu!‹, da schob ich mich vor«, fuhr Lutschka fort. »Das Messer hatte ich im Ärmel. ›Nein, Euer Hochwohlgeboren‹, sag ich und rück ihm dabei allmählich immer dichter auf den Pelz, ›nein‹, sag ich, ›wie kann denn das angehn, Euer Hochwohlgeboren, daß Ihr bei uns Zar und Gott dazu seid?‹ – ›Ach, du bist das also, du bist das!‹ brüllte der Major. ›Du Aufwiegler!‹ – ›Nein‹, sag ich und komm ihm dabei immer näher. ›Nein, Euer Hochwohlgeboren‹, sag ich, ›wie Euch vielleicht nicht ganz unbekannt ist, ist unser Gott, der Allmächtige und Allgegenwärtige, auch der einzige‹, sag ich. ›Und auch unser Zar ist der einzige, von Gott selbst über uns alle gesetzt. Er, Euer Hochwohlgeboren, ist ein Monarch‹, sag ich. ›Ihr aber, Euer Hochwohlgeboren‹, sag ich, ›seid bloß erst Major – unser Vorgesetzter, Euer Hochwohlgeboren, durch die Gnade des Zaren‹, sag ich, ›und wegen Eurer Verdienste.‹ – ›Wa-wa-wa-was?‹ Er stotterte auf einmal; er konnte nicht sprechen und schnappte nach Luft. Er war einfach baff. ›Ja, so ist das‹, sag ich; und plötzlich stürz ich mich auf ihn und jag ihm buchstäblich das ganze Messer in den Wanst. Der Stich saß. Er purzelte hin und zuckte bloß noch kurz mit den Beinen. Das Messer hab ich weggeworfen. ›Schaut her, Ukrainer‹, sag ich, ›und nun hebt ihn auf.‹«

Schon hier möchte ich eine Zwischenbemerkung einflechten. Leider waren solche Aussprüche wie »Ich bin euer Zar und Gott dazu!« und eine Menge andere dieser Art in früheren Zeiten bei vielen Kommandeuren im Schwange. Ich muß allerdings einräumen, daß es jetzt nur noch wenige solcher Kommandeure gibt, ja daß sie vielleicht sogar ausgestorben sind. Bemerken möchte ich ferner, daß sich mit derartigen Aussprüchen besonders gern vor allem solche Kommandeure großtaten, die sich von unten heraufgedient hatten. Der Offiziersrang krempelt gleichsam ihr Inneres

* Messer (Anm. d. Verf.)

um und zugleich auch ihren Kopf. Nachdem sie selber lange in den Sielen geächzt und alle Stufen der Subordination hinter sich gebracht haben, sehen sie sich auf einmal als Offiziere, als Kommandeure, als Wohlgeborene und machen sich, dessen ungewohnt, in der ersten Begeisterung eine übertriebene Vorstellung von ihrer Macht und Bedeutung: natürlich nur im Hinblick auf ihre Untergebenen. Den Vorgesetzten gegenüber legen sie nach wie vor kriecherische Unterwürfigkeit an den Tag, die sie absolut nicht mehr nötig hätten und die vielen Vorgesetzten sogar zuwider ist. Manche dieser Speichellecker beeilen sich gar, ihren höheren Vorgesetzten mit besonderer Rührung zu versichern, sie seien sich immer bewußt, von unten aufgestiegen zu sein, und würden auch als Offiziere »stets wissen, wo sie hingehörten«. Ihren Untergebenen gegenüber sind sie jedoch zu fast unumschränkten Herrschern geworden. Heutzutage gibt es sie selbstverständlich kaum noch, wird sich kaum noch jemand finden, der »Ich bin euer Zar und Gott dazu!« schreit. Aber trotzdem möchte ich bemerken, daß nichts Sträflinge und überhaupt alle Untergebenen so aufbringt wie derartige Aussprüche von Vorgesetzten. Solch eine dreiste Selbstüberhebung, solch eine Überschätzung ihrer Unantastbarkeit erweckt selbst bei dem Friedfertigsten Haß und bringt das Maß seiner Geduld zum Überlaufen. Zum Glück gehört all das schon fast der Vergangenheit an, und selbst in früheren Zeiten wurde es streng von der Obrigkeit geahndet. Etliche Beispiele dafür sind auch mir bekannt.

Überhaupt reizt den Untergebenen jede hochmütige Geringschätzung und jede Launenhaftigkeit im Umgang mit ihm. Manche glauben zum Beispiel, alles sei in Ordnung, wenn man den Sträfling gut verpflege und man stets nach den gesetzlichen Bestimmungen handele. Doch das ist ein Irrtum. Jeder, wer er auch immer ist und wie tief erniedrigt er auch sein mag, verlangt doch, obgleich nur instinktiv, unbewußt, Achtung vor seiner Menschenwürde. Der Sträfling weiß selber, daß er ein Sträfling, ein Entrechteter ist, er kennt seine Stellung dem Vorgesetzten gegenüber; aber kein Brandmal, keine Fessel kann ihn zwingen, zu vergessen, daß er ein Mensch ist. Und da er wirklich ein Mensch ist, muß man ihn demzufolge auch menschlich behandeln. Mein Gott, *menschliche* Behandlung vermag sogar aus jemand, bei dem das göttliche Ebenbild schon längst verblaßt ist, wieder einen Menschen zu machen. Gerade solche »Unglücklichen« muß man am allermenschlichsten behandeln. Das bedeutet Rettung und Freude für sie. Ich bin solchen guten, edelmütigen Kommandeuren begegnet. Ich habe die Wirkung gesehen, die sie auf diese Erniedrigten ausübten. Ein paar freundliche Worte, und die Sträflinge waren seelisch fast wie neu geboren. Sie freuten sich wie die Kinder und begannen wie Kinder zu lieben. Und noch eine Eigentümlichkeit möchte ich erwähnen: Die Sträflinge haben es selbst nicht gern, wenn Vorgesetzte sie zu vertraulich und *allzu* gutmütig behandeln. Sie möchten den Vorgesetzten achten; in solchem Falle aber verlieren sie die Achtung vor ihm. Dem Sträfling gefällt es zum Beispiel, wenn sein Vorgesetzter Orden hat, eine stattliche Erscheinung ist und bei irgendeinem Ranghöheren in Gunst steht, wenn er sich streng, hoheitsvoll und gerecht gibt und seine Würde zu wahren weiß. Besonders beliebt bei den Sträflingen sind also solche, die sich nichts vergeben, aber ihnen auch nicht zu nahe treten; dann ist alles gut und schön.

»Dann haben sie dich wahrscheinlich tüchtig dafür ausgepeitscht?« erkundigte sich Kobylin ruhig.

»Hm! Das haben sie, mein Lieber; das kann man wohl sagen! Alej, gib doch mal die Schere. Was is, Freunde, heute kein Maidan?«

»Haben grade alles versoffen«, bemerkte Wassja. »Wenn das nicht wär, hätten wir schon einen machen können.«

»Wenn! Für ein Wenn geben sie auch in Moskau hundert Rubel«, meinte Lutschka.

»Wieviel haben sie dir denn alles in allem verpaßt, Lutschka?« fing Kobylin von neuem an.

»Hundertundfünf, teurer Freund, haben sie mir verpaßt. Und was soll ich euch sagen, Freunde – hätten sie mich doch beinahe totgeprügelt«, fuhr Lutschka, Kobylin abermals ignorierend, fort. »So ist es mir mit diesen Hundertundfünf ergangen; sie brachten mich mit allem Tamtam hin. Vorher hatte ich noch nie die Peitsche zu schmecken gekriegt. Eine riesige Menschenmenge war zusammengeströmt; die ganze Stadt war auf den Beinen – sollte doch ein Verbrecher gezüchtigt werden, das heißt ein Mörder. Wie dumm dieses Volk doch ist, ich kann gar nicht sagen, wie! Timoschka* zog mich aus, legte mich hin und schrie: ›Halt dich fest; 's geht los!‹ Ich warte: Was kommt nun? Als er mir den ersten überzieht, will ich schreien, reiß ich den Mund auf, aber ich

* Der Henker. (Anm. d. Verf.)

bring keinen Ton raus. Die Stimme muß mir versagt haben. Als er mir Nummer zwei verpaßt, nun, ob du's glaubst oder nicht, da hab ich nicht mehr gehört, wie sie *zwei* gezählt haben. Als ich wieder zu mir komm, hör ich sie *siebzehn* zählen. Und so, mein Lieber, haben sie mich dann noch an die vier Mal vom Bock genommen, durfte ich mich jedesmal eine halbe Stunde erholen; mit Wasser haben sie mich übergossen. Mit weit aufgerissenen Augen hab ich sie alle angestarrt und bei mir gedacht: Gleich ist's aus mit dir! ...«

»Aber 's war nicht aus?« fragte Kobylin naiv.

Lutschka maß ihn mit höchster Verachtung; Gelächter ertönte.

»Das ist vielleicht ein Quatschkopf!«

»Bei dem ist's im Oberstübchen nicht ganz richtig«, bemerkte Lutschka, als bereute er, sich mit so einem überhaupt in ein Gespräch eingelassen zu haben.

»Er muß den Verstand verloren haben«, bestätigte Wassja.

Wenn Lutschka auch sechs Menschen auf dem Gewissen hatte, im Gefängnis fürchtete ihn dennoch niemand, obwohl er vielleicht sehnlichst wünschte, als furchterregend zu gelten.

9 *Issai Fomitsch · Das Bad · Bakluschins Erzählung*

Das Weihnachtsfest rückte heran. Die Sträflinge sahen ihm mit einer gewissen feierlichen Stimmung entgegen, und als ich das bemerkte, machte auch ich mich auf etwas Außergewöhnliches gefaßt. Vier Tage vor dem Fest führte man uns ins Bad. Zu meiner Zeit, namentlich in den ersten Jahren, wurden wir Sträflinge nur selten ins Bad geführt. Alle freuten sich und trafen ihre Vorbereitungen. Festgesetzt war, daß wir nach dem Mittagessen hingingen, und an diesen Nachmittagen wurde nicht mehr gearbeitet. Die größte Freude und Betriebsamkeit in unserer Unterkunft aber zeigte Issai Fomitsch Bumstein, jener jüdische Sträfling, den ich bereits im vierten Kapitel meines Berichts erwähnt habe. Er liebte es, sich bis zum Stumpfsinn, bis zur Gefühllosigkeit in Schweiß zu peitschen, und jedesmal, wenn mir heute beim Kramen in alten Erinnerungen auch unser Katorga-Bad wieder einfällt (es verdient übrigens, nicht vergessen zu werden), taucht ganz deutlich sofort das Gesicht des allerglückseligsten und unvergeßlichen Issai Fomitsch, meines Katorga-Kameraden und Mitbewohners meiner Unterkunft, vor mir auf. Mein Gott, was war er doch für ein komischer, schrulliger Mensch! Über seine kleine Gestalt habe ich ja schon einiges gesagt: Er war um die Fünfzig, schwachbrüstig, runzlig, mager und schwächlich und hatte schreckliche Brandmale auf Wangen und Stirn und einen weißen Hähnchenkörper. Sein Gesichtsausdruck verriet eine stetige, durch nichts zu erschütternde Selbstzufriedenheit und sogar Seligkeit. Er schien überhaupt nicht zu bedauern, in die Katorga gekommen zu sein. Da er Goldschmied war und es in der Stadt keinen gab, arbeitete er stets und ständig nur für die Herrschaften und die Beamten der Stadt. Immerhin bekam er Geld dafür, wenn auch nur wenig. Deshalb litt er keine Not, ja lebte sogar *üppig*, legte noch Geld zurück und verlieh es in der Katorga gegen Pfänder und Zinsen. Er besaß einen eigenen Samowar, eine gute Matratze, Tassen und ein ganzes Eßservice. Die Juden der Stadt versagten ihm nicht ihre Freundschaft und ihren Beistand. Am Sabbat besuchte er unter Bewachung sein Bethaus in der Stadt (das ist gesetzlich erlaubt), und er lebte völlig ohne Sorgen, sehnte allerdings ungeduldig das Ende seiner zwölfjährigen Strafzeit herbei, um »cheiraten« zu können. Er stellte eine höchst komische Mischung aus Naivität, Dummheit, Verschmitztheit, Dreistigkeit, Vertrauensseligkeit, Schüchternheit, Prahlsucht und Zudringlichkeit dar. Es erschien mir sehr merkwürdig, daß sich die Sträflinge nie über ihn lustig machten, sondern ihn höchstens aus Spaß neckten. Issai Fomitsch diente allen offenbar zur Zerstreuung und zum ständigen Gaudium. »Er ist unser Einziger; laßt Issai Fomitsch in Ruhe«, pflegten die Sträflinge zu sagen, und obgleich Issai Fomitsch merkte, was los war, schmeichelte ihm seine Bedeutung offensichtlich doch, was die Sträflinge wiederum sehr ergötzte. Seine Ankunft in der Katorga (noch vor meiner Zeit, aber ich weiß es vom Hörensagen) hatte sich auf die spaßigste Weise vollzogen. Eines späten Nachmittags, nach Feierabend, verbreitete sich im Gefängnis die Kunde, ein Jude sei eingeliefert worden, in der Wache sei man dabei, ihn zu rasieren, und gleich werde er erscheinen. Damals gab es in der Katorga noch keinen einzigen Juden. Die Sträflinge erwarteten ihn voller Ungeduld und umringten ihn sogleich, als er zum Tor hereinkam. Der Gefängnisunteroffizier führte ihn in die Zivilunterkunft und wies ihm einen Platz auf den

Pritschen zu. Issai Fomitsch hatte einen Sack bei sich mit den an ihn ausgegebenen Anstaltssachen und eigenen Dingen. Den legte er ab, kletterte auf die Pritsche und machte es sich dort mit untergeschlagenen Beinen bequem, wagte jedoch nicht, die Augen zu jemand aufzuheben. Ringsum ertönte Gelächter, wurden Gefängniswitze gerissen, die sich auf seine jüdische Abstammung bezogen. Auf einmal drängte sich ein junger Sträfling durch die Menge, eine uralte schmutzige und zerrissene Sommerpluderhose samt einem Paar Anstaltsfußlappen in den Händen. Er setzte sich neben Issai Fomitsch und schlug ihm auf die Schulter.

»Na, mein lieber Freund, auf dich wart ich schon das sechste Jahr. Hier, guck mal. Wieviel gibst du dafür?«

Und er breitete die mitgebrachten Lumpen vor ihm aus.

Issai Fomitsch, der beim Betreten des Gefängnisses dermaßen ängstlich gewesen war, daß er nicht einmal gewagt hatte, den Blick zu dieser Menge spöttischer, verunstalteter und schrecklicher Gesichter aufzuschlagen, die ihn dicht umgaben, und vor Schüchternheit noch kein Wort herausgebracht hatte, geriet beim Anblick der Pfänder plötzlich in Bewegung und begann flugs die Lumpen zu untersuchen. Er hielt sie sogar gegen das Licht. Alle warteten gespannt, was er sagen würde.

»Nun, einen Rubel in Silber gibst du wohl nicht? Soviel wert wären sie schon«, fuhr der Pfandgeber fort und zwinkerte Issai Fomitsch zu.

»Ein Rubel in Silber ist unmöglich, aber sieben Kopeken ist möglich.«

Das waren die ersten Worte, die Issai Fomitsch im Gefängnis sprach. Alle wollten sich ausschütten vor Lachen.

»Sieben! Na, dann gib meinetwegen sieben. Hast du ein Schwein! Aber paß ja gut auf das Pfand auf; du haftest mir mit dem Kopf dafür.«

»Zinsen drei Kopeken, macht zehn Kopeken«, stieß der Jude abgehackt und mit zitternder Stimme hervor, langte in die Tasche nach dem Geld und sah die Sträflinge furchtsam dabei an. Einerseits hatte er schreckliche Angst, aber andererseits wollte er sich das Geschäft nicht entgehen lassen.

»Im Jahr drei Kopeken Zinsen?«

»Nein, nicht im Jahr; im Monat!«

»Bist ja ein Halsabschneider, Jude! Wie nennst du dich denn?«

»Issai Fomiz.«

»Nun, Issai Fomitsch, wirst es noch weit bei uns bringen. Leb wohl!«

Issai Fomitsch besah sich die Pfänder noch einmal, legte sie zusammen und verstaute sie unter dem anhaltenden Gelächter der Sträflinge behutsam in seinem Sack.

Alle schienen ihn wirklich sehr gern zu haben, und niemand tat ihm etwas zuleide, obwohl sie fast ausnahmslos bei ihm verschuldet waren. Er selbst war so arglos wie ein Huhn und nahm sich angesichts des allgemeinen Wohlwollens ihm gegenüber sogar einiges heraus, jedoch mit einer so treuherzigen Komik, daß man ihm das immer sofort verzieh. Lutschka, der in seinem Leben eine Menge Juden kennengelernt hatte, hänselte ihn oft, nicht etwa aus Bosheit, sondern nur zum Spaß, so wie man sich mit einem kleinen Hund, einem Papagei oder anderen abgerichteten Tieren vergnügt. Issai Fomitsch wußte das auch ganz genau, er war nie beleidigt und parierte immer recht geschickt.

»Wart nur, Jude, ich prügel dich windelweich!«

»Schlägst du mich einmal, schlag ich dich zehnmal«, entgegnet Issai Fomitsch keck.

»Du verdammter Grindkopf!«

»Mag ich sein ein Grindkopf.«

»Du grindiger Jude!«

»Mag ich sein selbiges. Wenn auch grindig, aber reich; Penunzen hab ich.«

»Hast Christus verkauft.«

»Mag wohl sein.«

»Bravo, Issai Fomitsch, bist ein Prachtkerl! Laßt ihn in Ruhe; er ist unser Einziger!« rufen die Sträflinge unter Gelächter.

»Wart nur, Jude, wirst dir noch mal die Knute einhandeln, wirst nach Sibirien wandern.«

»Bin ich doch schon in Sibirien.«

»Noch weiter werden sie dich schicken.«

»Nun, ist auch da der Herrgott?«

»Na, gewiß doch.«

»Nun, dann mag's sein. Ist nur der Herrgott da und Penunzen, es ist überall gut.«

»Bist ein Prachtkerl, Issai Fomitsch; man sieht's, daß du ein Prachtkerl bist«, wird ringsum gerufen, und obwohl Issai Fomitsch merkt, daß man über ihn lacht, gibt er sich unbeschwert; das allgemeine Lob bereitet ihm sichtlich Genugtuung, und mit seinem hohen Diskant fängt er an zu singen, daß es durch die ganze Unterkunft tönt: »La-la-la-la-la!« – eine alberne, lächerliche Melodie, ein Lied ohne Text, das einzige, das er während seiner ganzen Katorga gesungen hat. Später, nachdem er näher mit mir bekannt geworden war, versicherte er mir unter Eid, es sei dasselbe Lied und genau dieselbe Melodie, die alle sechshunderttausend Juden, groß und klein, beim Durchzug durch das Rote Meer gesungen hätten, und jeder Jude sei verpflichtet, diese Melodie im Augenblick des Triumphes und Sieges über die Feinde anzustimmen.

Am Vorabend eines jeden Sabbats, am Freitagabend, kam man aus den anderen Unterkünften eigens in unsere, um zu sehen, wie Issai Fomitsch seinen Sabbat feierte. Issai Fomitsch war von einer so naiven Eitelkeit und Geltungssucht, daß ihm auch diese allgemeine Neugier Genugtuung bereitete. Mit pedantischer, exaltierter Feierlichkeit deckte er in einer Ecke sein winziges Tischchen, schlug ein Buch auf, zündete zwei Kerzen an und legte, geheimnisvolle Worte murmelnd, seinen Gebetsmantel an. Das war ein bunter wollener Überwurf, den er sorgsam in seinem Koffer aufbewahrte. Um beide Arme wickelte er sich Lederriemen, und am Kopf, mitten auf der Stirn, befestigte er mit einer Binde eine Art Holzkästchen, so daß es aussah, als sei ihm ein komisches Horn gewachsen. Hierauf begann das Gebet. Er sprach es in singendem Tonfall, schrie, sprühte Speichel, drehte sich im Kreis herum, gebärdete sich wild und lächerlich. All das war natürlich durch das Ritual vorgeschrieben und demzufolge weder lächerlich noch merkwürdig; lächerlich wirkte jedoch, daß Issai Fomitsch sich wie absichtlich vor uns in Szene setzte und seine Bräuche regelrecht zur Schau stellte. So bedeckte er plötzlich den Kopf mit den Händen und betete schluchzend weiter. Das Schluchzen steigerte sich, und schließlich ließ er, völlig erschöpft und beinahe heulend, die mit dem Kästchen geschmückte Stirn auf das Buch sinken; doch auf einmal, mitten im heftigsten Schluchzen, fing er lauthals an zu lachen und mit inbrünstig-triumphierender, gleichsam von der Überfülle des Glücks erstickter Stimme in singendem Tonfall weiterzubeten. »Seht nur, jetzt überkommt's ihn!« sagten die Sträflinge dann. Ich habe Issai Fomitsch einmal gefragt, was dieses Schluchzen und dann plötzlich dieser triumphierende Übergang zu Glück und Seligkeit zu bedeuten habe. Issai Fomitsch hatte es sehr gern, wenn ich ihn dergleichen fragte.

Ohne Zögern erklärte er mir, das Weinen und Schluchzen bedeute, daß man an den Verlust Jerusalems denke; das Gesetz schreibe vor, bei diesem Gedanken so heftig wie möglich zu schluchzen und sich an die Brust zu schlagen. Doch im Augenblick heftigsten Schluchzens *müsse* er, Issai Fomitsch, sich *plötzlich* (dieses *plötzlich* sei ebenfalls vom Gesetz vorgeschrieben), gleichsam unversehens, erinnern, daß es ja die Prophezeiung von der Rückkehr der Juden nach Jerusalem gebe. Dann müsse er unverzüglich in Freude, Gesänge und Lachen ausbrechen und die Gebete so sprechen, daß er allein schon durch seine Stimme möglichst großes Glück und durch seine Miene möglichst viel Feierlichkeit und Erhabenheit zum Ausdruck bringe. Dieser *plötzliche* Übergang und die unbedingte Verpflichtung dazu gefielen Issai Fomitsch außerordentlich; er sah darin ein besonderes, keineswegs einfaches Kunststück und legte mir diese ausgeklügelte Gesetzesvorschrift mit stolzer Miene dar. Als er einmal mitten im schönsten Beten war, betrat, vom Wachoffizier und etlichen Soldaten begleitet, der Platzmajor den Raum. Alle Sträflinge standen vor ihren Pritschen stramm, nur Issai Fomitsch fing noch ärger an zu schreien und sich zu krümmen. Er wußte, daß sein Gebet erlaubt war und nicht unterbrochen werden durfte, und riskierte natürlich nichts, wenn er in Gegenwart des Majors weiterlamentierte. Aber es bereitete ihm auch riesiges Vergnügen, sich vor dem Major wichtig zu tun und sich vor uns interessant zu machen. Der Major trat bis auf einen Schritt an ihn heran. Issai Fomitsch kehrte seinem Tischchen den Rücken zu, und mit dem Arm fuchtelnd, schmetterte er seine feierliche Prophezeiung dem Major gerade ins Gesicht. Da ihm vorgeschrieben war, in diesem Augenblick recht viel Glück und Erhabenheit zum Ausdruck zu bringen, tat er das auch ohne Zögern, indem er die Augen auf besondere Weise zusammenkniff, lachte und dem Major zunickte. Der war erst verdutzt; doch dann lachte er prustend und sagte ihm unverblümt, er sei ein Narr, darauf entfernte er sich wieder. Issai Fomitsch aber verstärkte sein Geschrei noch mehr. Eine Stunde später, während er sein Abendbrot verzehrte, fragte ich ihn: »Aber wenn nun der Platzmajor in seiner Dummheit wütend auf Sie geworden wäre?«

»Was für ein Platzmajor?«

»Wie? Ja, haben Sie ihn denn gar nicht gesehen?«

»Nein.«

»Aber er hat doch nur einen Arschin von Ihnen entfernt gestanden, direkt vor Ihrer Nase!«

Issai Fomitsch versicherte mir mit dem größten Ernst, er habe ganz bestimmt keinen Major gesehen; in dieser Zeit, während dieser Gebete gerate er in eine Art Ekstase, so daß er von dem, was um ihn herum vorgehe, nichts mehr sehe noch höre.

Als wäre es heute, sehe ich Issai Fomitsch vor mir, wie er sonnabends müßig im Gefängnis herumschlenderte, aus Leibeskräften bemüht, nichts zu tun, so wie es das Gesetz für den Sabbat vorschreibt. Was für unmögliche Anekdoten erzählte er mir jedesmal, wenn er aus seinem Bethaus zurückkam; was für unerhörte Neuigkeiten und Gerüchte aus Petersburg wußte er zu berichten, wobei er mir versicherte, er habe sie von seinen Glaubensgenossen und die wiederum hätten sie aus erster Hand.

Aber nun bin ich über Issai Fomitsch schon allzusehr ins Plaudern geraten.

In der ganzen Stadt gab es nur zwei öffentliche Bäder. Das erste, das von einem Juden unterhalten wurde, hatte Badekabinen, deren Benutzung fünfzig Kopeken kostete, und war höhergestellten Personen vorbehalten. Das andere aber war hauptsächlich für das einfache Volk bestimmt; es war baufällig, schmutzig und eng. In dieses Bad wurde unser Gefängnis geführt. Es war an einem sonnigen Frosttag. Wir Sträflinge freuten uns, aus der Festung herauszukommen und die Stadt zu sehen. Das Scherzen und Lachen unterwegs nahm kein Ende. Eine ganze Korporalschaft Soldaten mit geladenem Gewehren eskortierte uns, zur Verwunderung der gesamten Stadt. Im Bad wurden wir sogleich in zwei Gruppen eingeteilt; die zweite mußte im kalten Vorraum warten, bis die erste sich gewaschen hatte; das war wegen der Enge im Baderaum notwendig. Trotzdem war es dort immer noch so eng, daß man sich kaum vorstellen konnte, wie auch nur die Hälfte von uns darin Platz finden sollte. Doch Petrow ließ mich nicht im Stich; von selbst, ohne daß ich ihn aufgefordert hatte, kam er schnell, mir zu helfen, und erbot sich sogar, mich zu waschen. Nebst Petrow trug mir auch Bakluschin seine Dienste an, ein Sträfling aus der Sonderabteilung, der bei uns »der Pionier« genannt wurde und den ich gelegentlich schon als den vergnügtesten und sympathischsten der Sträflinge erwähnt habe, der er auch wirklich war. Wir waren uns bereits ein wenig nähergekommen. Petrow half mir sogar beim Ausziehen, denn aus Mangel an Übung ging das bei mir nicht so schnell, und im Vorraum war es kalt, fast so kalt wie draußen. Hier muß ich bemerken, daß ein Sträfling große Mühe hat, sich auszuziehen, wenn er darin noch nicht geübt ist. Erstens muß man es verstehen, die Gelenkschützer rasch aufzuschnüren. Sie sind aus Leder, etwa vier Werschok breit und werden über der Leibwäsche und unter dem eisernen Ring getragen, der das Fußgelenk umschließt. Ein Paar Gelenkschützer kostet mindestens sechzig Silberkopeken, aber trotzdem schafft sich jeder Sträfling welche an, auf eigene Kosten natürlich, denn ohne Gelenkschützer kann man nicht laufen. Der Ring der Fessel liegt nicht ganz am Knöchel an, es läßt sich zwischen Ring und Knöchel ein Finger durchstecken. darum schlägt das Eisen an den Knöchel und reibt, und ohne Gelenkschützer würde sich der Sträfling den Knöchel innerhalb eines Tages wundscheuern. Aber die Gelenkschützer zu entfernen ist noch nicht so schwer. Viel schwerer ist, unter den Fesseln die Unterhose geschickt auszuziehen. Das ist das reinste Kunststück. Nachdem man die Unterhose heruntergelassen hat, muß man zuerst das eine Hosenbein, sagen wir das linke, zwischen Fuß und Fesselring nach unten ziehen; dann, nachdem man es vom Fuß gestreift hat, muß man es durch denselben Ring wieder nach oben ziehen; hierauf macht man dasselbe mit dem rechten Bein, zum Schluß zieht man die Unterhose durch den rechten Ring zu sich zurück. Die gleiche Prozedur wiederholt sich beim Anziehen der neuen Unterwäsche. Ein Neuling kommt nicht so schnell darauf, wie das zu machen ist. Der erste, der uns das beibrachte, war der Sträfling Korenew in Tobolsk, ein ehemaliger Bandenanführer, der fünf Jahre lang angekettet gewesen war. Die anderen Sträflinge hatten sich schon daran gewöhnt und kamen ohne die geringsten Schwierigkeiten damit zurecht. Ich gab Petrow ein paar Kopeken, damit er Seife und einen Bastwisch besorgte; an die Sträflinge wurde allerdings auch Anstaltsseife ausgegeben, für jeden ein Stückchen von der Größe einer Zweikopekenmünze und der Dicke eines Käsescheibchens, wie sie abends als Zubiß bei Leuten »mittleren Standes« gereicht werden. Die Seife wurde gleich dort im Vorraum verkauft, desgleichen Sbiten, Kringel und heißes Wasser. An jeden Sträfling wurde gemäß Vereinbarung mit dem Besitzer des Bades nur ein Schöpfkübel heißes Wasser ausgegeben; wer sich etwas gründlicher waschen wollte, konnte für zwei Kopeken noch einen weiteren Kübel bekommen, der durch ein eigens dafür angebrachtes Fenster vom

Das Dampf-Bad

»Ein neuer Aufguß – und der Dampf erfüllt als dichte, heiße Wolke die ganze Backstube; alles johlt und schreit.« S. 162

Vorraum in die Badestube gereicht wurde. Nachdem Petrow mich entkleidet hatte, faßte er mich sogar unter und führte mich, da er bemerkte, daß mir das Gehen in den Fesseln sehr schwerfiel. »Sie müssen sie hochziehen, bis an die Waden«, riet er mir und stützte mich wie ein Erzieher ein Kind. »Und jetzt Vorsicht! Hier ist eine Schwelle.« Das war mir sogar etwas peinlich, und ich wollte ihm schon versichern, ich könne auch allein gehen, aber er hätte es mir doch nicht geglaubt. Er behandelte mich ganz so wie ein minderjähriges, unverständiges Kind, dem jeder zu helfen verpflichtet ist. Petrow war beileibe keine Lakaienseele, das am allerwenigsten; wäre ich ihm je zu nahe getreten, so hätte er mir schon die richtige Antwort zu geben gewußt. Geld hatte ich ihm für seine Dienste nicht versprochen, und er selber hatte auch keines verlangt. Was also veranlaßte ihn, sich meiner so anzunehmen?

Als wir die Tür zur Badestube öffneten, hatte ich das Gefühl, wir kämen in die Hölle. Man stelle sich einen Raum von zwölf Schritt Länge und der gleichen Breite vor, in dem an die hundert Menschen zusammengepfercht sind, mindestens aber achtzig, denn wir Sträflinge waren in nur zwei Gruppen eingeteilt, und zum Baden gekommen waren wir mit rund zweihundert Mann. Dazu Dampf, der einem jede Sicht nimmt, Ruß, Schmutz und eine derartige Enge, daß man nicht weiß, wohin man treten soll. Ich erschrak und wollte schon umkehren, doch Petrow ermutigte mich sogleich. Mit Müh und Not und unter den größten Schwierigkeiten drängten wir uns zu den Bänken durch, über die Köpfe der am Boden Sitzenden hinweg, nachdem wir sie gebeten hatten, sich zu bücken, damit wir durch könnten. Aber auf den Bänken waren alle Plätze besetzt. Petrow erklärte mir, man müsse einen Platz kaufen, und verhandelte denn auch gleich mit einem Sträfling, der bei dem kleinen Fenster saß. Für eine Kopeke trat der mir seinen Platz ab, erhielt auf der Stelle von Petrow das Geld, das dieser vorsorglich in der geschlossenen Faust mit in die Badestube gebracht hatte, und schlüpfte sofort unter die Bank, direkt unter meinen Platz, wo es dunkel und schmutzig war und eine klebrigfeuchte Masse fast einen halben Finger dick den Boden bedeckte. Dennoch waren auch unter den Bänken alle Plätze besetzt; auch dort wimmelte es von Menschen. Auf dem ganzen Fußboden gab es nicht eine Handbreit, wo nicht Sträflinge gekauert und sich aus ihren Schöpfkübeln bespritzt hätten. Andere standen aufrecht zwischen ihnen und wuschen sich, den Schöpfkübel in der Hand haltend; das schmutzige Wasser floß von ihnen geradewegs auf die rasierten Köpfe der unten Sitzenden herab. Auf der Schwitzbank und auf allen Stufen, die zu ihr hinaufführten, saßen, gekrümmt und gebückt, sich Waschende. Sie wuschen sich jedoch nicht sehr eifrig. Das einfache Volk wäscht sich selten mit heißem Wasser und Seife; es bringt sich nur tüchtig zum Schwitzen und übergießt sich dann mit kaltem Wasser – das ist alles. An die fünfzig Badequaste hoben und senkten sich gleichzeitig auf der Schwitzbank; jeder schlug sich fast bis zur Besinnungslosigkeit. Alle Augenblicke wurde neuer Dampf gemacht. Das war schon keine Hitze mehr, das war die Hölle. Alles brüllte und wieherte, und dazu das Geklirr von hundert Ketten, die auf der Erde schleiften. Manche, die sich durchdrängen wollten, verhedderten sich in fremden Ketten oder blieben an den Köpfen der unten Sitzenden hängen, strauchelten, fluchten und rissen die, an denen sie hängengeblieben waren, mit sich. Von allen Seiten ergoß sich Schmutz. Alles war in einem trunkenen, erregten Gemütszustand; Gekreische und Geschrei ertönten. Am Fenster zum Vorraum, durch das das Wasser hereingereicht wurde, herrschte arges Geschimpfe und Gedränge, geriet man sich regelrecht in die Haare. Das empfangene heiße Wasser schwappte den am Boden Sitzenden auf die Köpfe, bevor es an sein Ziel gelangte. Von Zeit zu Zeit blickte durch das Fenster oder die halbgeöffnete Tür das schnauzbärtige Gesicht eines Soldaten herein, der, das Gewehr in der Hand, nachschaute, ob auch kein Unfug getrieben wurde. Die rasierten Köpfe und die rotgeschwitzten Leiber der Sträflinge wirkten noch verunstalteter als sonst. Auf einem vom Dampf aufgeweichten Rücken treten die Narben einst empfangener Peitschen- und Stockhiebe gewöhnlich deutlich hervor, und so sahen all diese Rücken aus, als wären sie gerade erst wundgeschlagen worden. Welch entsetzliche Narben! Bei ihrem Anblick überlief es mich eiskalt. Ein neuer Aufguß – und der Dampf erfüllt als dichte, heiße Wolke die ganze Badestube; alles johlt und schreit. Allmählich tauchen aus der Dampfwolke die zerschundenen Rükken, die rasierten Köpfe, die gekrümmten Arme und Beine wieder auf; und als Krönung des Ganzen jauchzt Issai Fomitsch auf der obersten Stufe aus voller Kehle. Er peitscht sich bis zur Raserei, aber anscheinend ist es immer noch nicht heiß genug; für eine Kopeke mietet er sich einen Badeknecht, doch der hält es schließlich nicht mehr aus, wirft den Badequast hin und eilt, sich mit kaltem

Wasser zu übergießen. Issai Fomitsch verzagt nicht und mietet sich einen zweiten, einen dritten; in solchem Fall ist er entschlossen, nicht aufs Geld zu achten, und wechselt den Badeknecht bis zu fünfmal. »Bist ein Meister im Schwitzen, ein Mordskerl, Issai Fomitsch!« rufen ihm die Sträflinge von unten zu. Issai Fomitsch hat selber das Gefühl, in diesem Augenblick über allen zu stehen und ihnen weit überlegen zu sein; er frohlockt und schmettert mit schriller, irrer Stimme, die alle anderen übertönt, seine Arie: »La-la-la-la-la.« Mir kam der Gedanke, wenn wir alle einst in der Hölle zusammentreffen sollten, würde sie große Ähnlichkeit mit diesem Ort haben. Ich konnte mich nicht enthalten, Petrow diesen Gedanken mitzuteilen; er schaute nur umher und schwieg.

Ich wollte ihm einen Platz neben mir kaufen; er ließ sich jedoch zu meinen Füßen nieder und versicherte, er sitze da sehr bequem. Bakluschin kaufte unterdessen für uns Wasser, soviel wir brauchten, und brachte es uns. Petrow erklärte, er werde mich von Kopf bis Fuß waschen, »danach sind Sie pieksauber«, und redete mir eifrig zu, ein Schwitzbad zu nehmen. Aber dazu konnte ich mich nicht entschließen. Petrow seifte mich von oben bis unten ab. »Und jetzt wasch ich Ihnen die *Füßchen*«, sagte er zum Schluß. Ich wollte schon entgegnen, das könne ich auch allein; aber ich widersprach ihm nicht mehr, sondern fügte mich seinem Willen. Die Verkleinerungsform »Füßchen« klang keineswegs nach Unterwürfigkeit; Petrow brachte es einfach nicht über sich, meine Füße Füße zu nennen, wahrscheinlich, weil die anderen, die richtigen Menschen, Füße haben, ich hingegen für ihn eben noch Füßchen hatte.

Nachdem er mich gewaschen hatte, brachte er mich unter den gleichen Zeremonien, das heißt, indem er mich stützte und bei jedem Schritt zur Vorsicht mahnte, als wäre ich aus Porzellan, wieder in den Vorraum und half mir beim Anziehen der Leibwäsche, und erst, als ich völlig angekleidet war, eilte er in die Badestube zurück, um ein Schwitzbad zu nehmen.

Als wir heimkamen, bot ich ihm ein Glas Tee an. Das lehnte er nicht ab; er leerte es und bedankte sich. Da kam mir die Idee, mich freigebig zu zeigen und ihm einen Achtelschtof Branntwein zu spendieren. Es fand sich auch einer in unserer Unterkunft. Petrow war höchst zufrieden, trank, räusperte sich, und nachdem er mir erklärt hatte, ich hätte ihn wieder völlig aufgemuntert, begab er sich eilig in die Küche, als käme man dort ohne ihn nicht zurecht. An seiner Stelle fand sich ein anderer Gesprächspartner bei mir ein, Bakluschin (der Pionier), den ich schon im Bad ebenfalls zum Tee eingeladen hatte.

Ich kenne keinen liebenswürdigeren Menschen als Bakluschin. Allerdings ließ er sich von anderen nichts gefallen, er stritt sich sogar häufig und liebte es nicht, wenn man sich in seine Angelegenheiten mischte, kurzum, er wußte sich seiner Haut zu wehren. Aber er stritt sich nie lange, und wie es schien, konnte ihn jeder von uns gut leiden. Wohin er auch kam, alle empfingen ihn erfreut. Selbst in der Stadt kannte man ihn als den lustigsten Menschen von der Welt, der nie den Humor verlor. Er war ein hochgewachsener Bursche um die Dreißig mit verwegenem und zugleich gutmütigem Gesicht, das trotz einer Warze recht hübsch war. Manchmal, wenn er diesen oder jenen nachahmte, verzog er es so urkomisch, daß alle um ihn herum lachen mußten. Auch er gehörte zu den Spaßvögeln; aber er wußte sich bei unseren widerwärtigen Fröhlichkeitshassern Achtung zu verschaffen, so daß ihn niemand einen »hohlen, unnützen Menschen« schimpfte. Er war voller Feuer und Leben. Schon in den ersten Tagen hatte er sich mit mir bekannt gemacht und mir erzählt, er sei ein Kantonist, habe später bei den Pionieren gedient und gewisse hohe Persönlichkeiten hätten sogar Notiz von ihm genommen und ihn gern gehabt, worauf er, aus alter Anhänglichkeit, sehr stolz war. Mich hatte er sogleich über Petersburg ausgefragt. Er las sogar Bücher. Als er zu mir zum Tee kam, brachte er erst einmal die ganze Unterkunft zum Lachen, indem er erzählte, wie Oberleutnant S. am Morgen unserem Platzmajor gehörig die Meinung gesagt hatte, dann setzte er sich neben mich und teilte mir mit zufriedener Miene mit, daß die Theateraufführung offenbar zustande kommen werde. Im Gefängnis sei für die Feiertage eine Theateraufführung geplant. Schauspieler hätten sich bereits gefunden, und nach und nach würden auch die Dekorationen beschafft. Etliche aus der Stadt hätten versprochen, Kleidungsstücke für die einzelnen Rollen zu spenden, auch für die weiblichen; man hoffe sogar, durch Vermittlung eines Offiziersburschen eine Offiziersuniform mit Achselschnüren zu bekommen. Wenn es bloß dem Platzmajor nicht einfalle, die Aufführung zu verbieten, so wie im vorigen Jahr! Aber im vorigen Jahr sei der Major zu Weihnachten schlechter Laune gewesen: Er habe hohe Spielverluste gehabt, außerdem sei auch im Gefängnis allerlei Unfug angestellt worden, und da habe er die Aufführung aus Ärger verboten; diesmal aber werde er ihnen wohl keine Steine in den Weg legen. Kurz und gut, Bakluschin war ziemlich aufgeregt. Offensichtlich war er einer der Hauptinitiatoren des Theaters, und ich nahm mir sogleich fest vor, dieser Aufführung unbedingt beizuwohnen. Bakluschins ehrliche Freude über das Zustandekommen der Aufführung gefiel mir. Ein Wort ergab das andere, und zwischen uns entspann sich ein angeregtes Gespräch. Unter anderem erzählte er mir, er habe nicht immer in Petersburg gedient; weil er sich dort etwas habe zuschulden kommen lassen, sei er nach R. zu einem dort in Garnison stehenden Bataillon versetzt worden, allerdings als Unteroffizier.

»Von da haben sie mich dann hierher verschickt«, schloß Bakluschin.

»Und weshalb das?« erkundigte ich mich.

»Weshalb? Ja, was meinen Sie wohl, Alexander Petrowitsch, weshalb? Weil ich mich verliebt hatte!«

»Nun, deshalb schickt man noch keinen hierher«, erwiderte ich lachend.

»Das stimmt«, entgegnete Bakluschin, »das stimmt, doch ich habe dort bei ebendieser Geschichte einen Deutschen mit der Pistole erschossen. Aber sagen Sie selbst: Muß man einen wegen einem Deutschen gleich verschicken?«

»Aber wie ist denn das passiert? Erzählen Sie. Das ist doch interessant!«

»Eine zu komische Geschichte, Alexander Petrowitsch!«

»Um so besser. Erzählen Sie.«

»Erzählen soll ich? Na, dann hören Sie zu.«

Und so bekam ich die zwar nicht gerade komische, aber dafür recht merkwürdige Geschichte eines Mordes zu hören.

»Die Sache war so«, begann Bakluschin. »Als sie mich nach R. versetzt hatten, seh ich: das ist eine große, schöne Stadt, bloß viele Deutsche drin. Na, ich war natürlich noch ein junger Spund, bei den Vorgesetzten gut angeschrieben. Die Mütze keck auf dem Ohr, spazier ich umher und schlag also die Zeit tot. Den deutschen Mädchen machte ich schöne Augen. Eine von diesen Deutschen, Luisa, gefiel mir. Sie waren beide Wäscherinnen, für die allerfeinste Wäsche, sie und ihre Tante. Die Tante war so eine eingebildete Alte, und es ging ihnen nicht schlecht. Zu Anfang bin ich nur am Fenster vorbeipromeniert, aber dann hab ich richtige Freundschaft mit ihr geschlossen. Luisa sprach auch gut Russisch, aber so, als ob sie mit der Zunge anstieß – war das ein süßes Ding, so was war mir vorher noch nie über den Weg gelaufen. Ich wollte zuerst so dies und das, aber da hat sie zu mir gesagt: ›Nein, das geht nicht, Sascha, weil ich meine Unschuld bewahren will, damit ich würdig bin, deine Frau zu werden‹, und schmuste bloß mit mir und lachte so hell; ja, so rein war sie, nie wieder habe ich so eine getroffen. Sie hat mich selber ermuntert, sie zu heiraten. Nun, warum sie nicht heiraten, überlegen Sie selbst! Ich nehm mir also vor, mit dem Gesuch zum Oberstleutnant zu gehen. Auf einmal merk ich: Luisa kommt nicht mehr zum Stelldichein; auch beim nächsten Mal bleibt sie weg, und auch beim dritten ist sie nicht da. Ich schick ihr einen Brief; keine Antwort. Was soll das? denk ich. Wenn sie dich betrügen wollte, wäre sie so schlau gewesen, auf deinen Brief zu antworten und zum Stelldichein zu kommen. Aber lügen kann sie nicht; drum hat sie einfach Schluß gemacht. Da steckt die Tante hinter! denk ich. Zur Tante traute ich mich nicht hin; die wußte zwar Bescheid, aber wir hatten uns trotzdem immer heimlich getroffen, sozusagen auf leisen Sohlen. Wie von Sinnen lief ich umher, dann schrieb ich ihr einen letzten Brief, in dem ich sagte: ›Wenn du nicht kommst, geh ich zur Tante.‹ Da kriegte sie es mit der Angst zu tun und kam. Sie heulte; Schulz, ein Deutscher, erzählte sie, Uhrmacher und ein entfernter Verwandter von ihr, reich und schon bei Jahren, hätte den Wunsch geäußert, sie zu heiraten, ›um mich‹, so sagte sie, ›glücklich zu machen und selbst im Alter nicht ohne Frau zu sein. Und er liebt mich auch‹, sagte sie, ›und hat schon lange diese Absicht gehabt, aber immer noch geschwiegen und hin und her überlegt. Weißt du, Sascha‹, sagte sie, ›er ist reich, und es ist mein Glück. Und du willst mich doch nicht um mein Glück bringen?‹ Ich seh, wie sie heult und mich umarmt. Äh, denk ich, sie hat ja recht! Was bringt's schon ein, einen Soldaten zu heiraten, wenn du auch Unteroffizier bist! ›Na schön, Luisa‹, sag ich, ›leb wohl! Gott mit dir! Um dein Glück will ich dich nicht bringen. Sieht er gut aus?‹ – ›Nein‹, sagt sie. ›Es ist so ein Alter mit einer langen Nase.‹ Dabei mußte sie selber lachen. Ich ging. Nun, dachte ich, es soll eben nicht sein! Am nächsten Morgen geh ich zu seinem Laden – die Straße hatte sie mir genannt. Ich guck durch die Scheibe: Da sitzt der Deutsche und arbeitet an einer Uhr, so um die Fünfundvierzig, Hakennase, Glubschaugen, im Frack und mit hohem Stehkragen, recht würdig. Ausgespuckt hab ich da. Am liebsten hätt ich ihm auf der Stelle die Scheibe eingeschlagen. Was soll's! dacht ich. Es hat ja doch keinen Zweck! Hin ist hin. Erst bei Dunkelwerden kehrte ich in die Kaserne zurück, schmiß mich auf die Pritsche und, ob Sie's wohl glauben, Alexander Petrowitsch, da hab ich geheult wie ein Schloßhund.

Nun, so vergeht ein Tag, ein zweiter, ein dritter. Mit Luisa treff ich mich nicht. Inzwischen aber erfahr ich von einer Gevatterin – sie war schon alt, ebenfalls Wäscherin, und Luisa kam manchmal zu ihr –, daß der Deutsche von unserer Liebe gewußt und sich darum auch entschlossen hat, möglichst bald um sie zu freien. Sonst hätte er wohl noch ein paar Jahre damit gewartet. Luisa hätte ihm das Versprechen geben müssen, mich nicht mehr zu kennen. Zu ihnen, der Tante und Luisa, wäre er bisher noch ziemlich unfreundlich. Vielleicht, so meinte sie, würde er es sich auch noch anders überlegen; so richtig entschlossen wäre er wohl auch jetzt noch nicht. Und dann erzählte sie mir noch, er habe die beiden für den übernächsten Tag, den Sonntagvormittag, zum Kaffee zu sich eingeladen und noch ein Verwandter würde dabeisein, ein Alter, der früher Kaufmann war, jetzt aber, völlig verarmt, irgendwo in einem Keller als Aufseher angestellt sei. Als ich hörte, daß sie am Sonntag die Sache vielleicht endgültig abmachen würden, packte mich eine solche Wut, daß ich mich nicht mehr beherrschen konnte. Diesen und den ganzen folgenden Tag dachte ich an nichts anderes. Auffressen können hätt ich diesen Deutschen, glaub ich.

Am Sonntagmorgen wußte ich noch nicht, was ich tun sollte, doch als die Frühmesse zu Ende war, sprang ich auf, zog den Mantel über und ging zu dem Deutschen. Ich hoffte, sie dort alle anzutreffen. Warum ich zu ihm ging und was ich dort sagen wollte, wußte ich selber nicht. Für alle Fälle hatte ich mir eine Pistole eingesteckt. Dieses Pistölchen, das nicht viel taugte und einen uralten Abzug hatte, besaß ich bloß noch so; schon als Junge hatte ich damit geschossen. Man konnte überhaupt nicht mehr richtig damit schießen. Trotzdem lud ich das Ding. Ich dachte: Wenn sie dich rausschmeißen und unverschämt werden, ziehst du die Pistole und jagst ihnen allen einen Schreck ein. Ich komm also hin. In der Werkstatt ist niemand; alle sitzen im Hinterzimmer. Außer ihnen ist keine Menschenseele da, auch das Dienstmädchen nicht. Er hatte bloß ein deutsches Dienstmädchen, das gleichzeitig

Köchin war. Ich geh durch den Laden und seh, die Tür zum Hinterzimmer ist zu, es war so eine alte Tür mit einem Haken. Mein Herz klopft; ich bleib stehen und horche: Sie sprechen deutsch. Da tret ich mit aller Kraft gegen die Tür, und sie springt auf. Ich gucke: Der Tisch ist gedeckt. Eine große Kaffeekanne steht drauf, und der Kaffee kocht auf Spiritus. Zwieback steht da; auf einem anderen Tablett eine Karaffe mit Branntwein, Hering und Wurst und noch eine Flasche mit Wein. Luisa und die Tante, beide herausgeputzt, sitzen auf dem Sofa. Ihnen gegenüber auf einem Stuhl der Deutsche, der Freier, tipptopp frisiert, im Frack und mit steif vorragenden Kragenecken. An der Seite sitzt auf einem Stuhl noch ein Deutscher, ein dicker, grauhaariger Alter, und schweigt. Als ich reinkam, wurde Luisa totenblaß. Die Tante wollte aufspringen, setzte sich aber wieder. Der Deutsche machte eine finstere Miene. Ganz schön wütend war er, stand auf und kam mir entgegen. ›Was wünschen Sie?‹ sagt er. Einen Moment war ich verwirrt, aber dann packte mich heftige Wut. ›Was heißt hier wünschen!‹ sage ich. ›Begrüß deinen Gast und biet ihm einen Schnaps an! Ich bin zu Besuch zu dir gekommen!‹ Der Deutsche überlegt einen Augenblick und sagt dann: ›Nehmen Sie Platz.‹ Ich setzte mich. ›Nun gib mir schon einen Schnaps‹, sage ich. ›Da steht welcher‹, sagt er. ›Bitte, bedienen Sie sich.‹ – ›Ich möchte aber guten Schnaps‹, sage ich, denn ich hatte schon eine mächtige Wut im Bauch. ›Das ist guter Schnaps!‹ Es wurmte mich, daß er mich so von oben herab behandelte. Um so mehr, als Luisa alles mit ansah. Ich trinke und sage: ›Warum bist du auf einmal so unverschämt zu mir, Deutscher? Solltest Freundschaft mit mir schließen! Ich bin als Freund zu dir gekommen.‹ – ›Ich kann nicht Ihr Freund sein‹, sagt er. ›Sie sind nur ein einfacher Soldat.‹ Na, da fuhr ich aber aus der Haut. ›Ach du Vogelscheuche‹, sage ich, ›du Wurstfresser! Ist dir klar, daß ich von diesem Augenblick an alles mit dir machen kann, was ich will? Soll ich dich mit der Pistole erschießen?‹ Ich zog die Pistole, trat auf ihn zu und drückte ihm die Mündung an die Stirn. Die Frauen saßen mehr tot als lebendig da und wagten keinen Mucks von sich zu geben; und der Alte zitterte wie Espenlaub, war totenblaß und schwieg. Der Deutsche war überrascht, faßte sich jedoch wieder. ›Ich habe keine Angst vor Ihnen‹, sagt er, ›und bitte Sie, als anständiger Mensch sofort mit diesem Spaß aufzuhören; aber Angst hab ich auch nicht die Spur vor Ihnen.‹ – ›Oho, du lügst‹, sage ich. ›Klar hast du Angst.‹ Und ob! Er wagte nicht mal, den Kopf von der Pistole wegzuziehen, saß nur starr da. ›Nein‹, sagt er, ›Sie es nicht werden wagen.‹ – ›Warum‹, sage ich, ›sollt ich's wohl nicht wagen?‹ – ›Weil‹, so sagt er, ›Ihnen das streng verboten ist und man Sie streng dafür bestrafen würde.‹ Der Teufel muß diesen Dummkopf von Deutschen geritten haben. Hätt er mich nicht selber in Rage gebracht, so würd er heute noch leben; nur durch diesen Streit konnte es passieren. ›Du meinst also, ich trau mich nicht?‹ sage ich. – ›Nein‹. – ›Ich trau mich also nicht?‹ – ›Auf keinen Fall Sie werden wagen, das mit mir zu machen ...‹ – ›Nun, da hast du's, du Würstchen!‹ Kaum hatte ich ihm eine verpaßt, sackte er auch schon auf seinem Stuhl zusammen. Die anderen schrien auf. Ich die Pistole eingesteckt und nichts wie weg! Als ich in die Festung kam, warf ich die Pistole vor dem Tor in die Brennesseln.

Heimgekehrt, schmeiß ich mich auf die Pritsche und denk: Jetzt holen sie dich gleich. Eine Stunde vergeht, eine zweite – sie holen mich nicht. In der Dämmerung aber wurd ich ganz schwermütig. Ich wieder raus; ich mußte Luisa sehen. Ich ging am Uhrmacherladen vorüber. Ich gucke: eine Menschenmenge, Polizei. Ich zur Gevatterin: ›Hol mal Luisa raus.‹ Nicht lange, und ich sehe, Luisa kommt angerannt. Sie fiel mir um den Hals und heulte. ›An allem bin ich bloß schuld‹, sagt sie, ›weil ich auf die Tante gehört habe.‹ Sie erzählte mir auch, daß die Tante sich nach dem Vorgefallenen gleich nach Hause begeben und sich so geängstigt hatte, daß sie ganz krank wurde und keinen Mucks mehr sagte. Sie hätte niemand was verraten und auch ihr verboten, darüber zu reden; sie hätte Angst: Sollen die machen, was sie wollen. ›Uns‹, sagt Luisa, ›hat vorhin keiner da gesehen. Er hatte auch sein Dienstmädchen weggeschickt, weil er Angst hatte. Die hätte ihm die Augen ausgekratzt, wenn sie erfahren hätte, daß er heiraten wolle. Auch von den Gesellen war keiner im Haus; er hatte sie alle entfernt. Er hat auch selber den Kaffee gekocht und den Imbiß zubereitet. Und der Verwandte, der ja schon sein Lebtag den Mund nicht mehr aufkriegt, hat nichts gesagt und, als vorhin die Sache passiert ist, seine Mütze genommen und sich als erster davongemacht. Bestimmt wird er ebenfalls den Mund halten‹, meinte Luisa. Und so war's auch. Vierzehn Tage lang blieb ich ungeschoren, hatte mich keiner im Verdacht, und während dieser vierzehn Tage – ob Sie's nun glauben oder nicht, Alexander Petrowitsch – erlebte ich mein höchstes Glück. Jeden Tag war ich mit

Luisa zusammen. Sie hing ja mit solcher Liebe an mir! Weinend sagte sie: ›Wohin sie dich auch verbannen, ich komm mit. Alles laß ich für dich im Stich.‹ Ich dachte schon daran, mein Leben da zu beschließen, so rührte sie mich damals. Nach vierzehn Tagen aber holten sie mich doch. Der Alte und die Tante waren übereingekommen, mich anzuzeigen ...«

»Aber erlauben Sie mal!« unterbrach ich Bakluschin. »Dafür konnte man Sie doch nur auf zehn oder höchstens zwölf Jahre, für die volle Zeit, in die Zvilabteilung schicken; Sie aber sind in der Sonderabteilung. Wie ist das möglich?«

»Nun, da ist noch was anderes passiert«, antwortete Bakluschin. »Als ich der Gerichtskommission vorgeführt wurde, beschimpfte mich mein Hauptmann doch vor dem Gericht mit den gemeinsten Ausdrücken. Da lief mir die Galle über, und ich sagte zu ihm: ›Was schimpfst du so? Siehst du denn nicht, du Halunke, daß du vor dem Gerichtsspiegel sitzt?‹ Na, da ging's aber anders lang! Sie verhandelten neu und verdonnerten mich für alles zusammen zu viertausend und hierher in die Sonderabteilung. Als sie mich zur Züchtigung rausführten, wurde auch der Hauptmann rausgebracht: Ich mußte durch die grüne Gasse, und er wurde degradiert und als Gemeiner in den Kaukasus geschickt. Auf Wiedersehen, Alexander Petrowitsch! Kommen Sie doch zu unserer Aufführung!«

10 *Das Weihnachtsfest*

Endlich war das Fest herangekommen. Schon Heiligabend rückten die Sträflinge kaum noch zur Arbeit aus; nur die von der Schneiderei und von den anderen Werkstätten. Die übrigen erschienen zwar zum Appell, wurden auch irgendwohin beordert, kehrten jedoch fast alle, einzeln oder in Gruppen, gleich wieder ins Gefängnis zurück, und nach dem Mittagessen verließ es niemand mehr. Aber auch am Vormittag waren die meisten nur in eigenen Angelegenheiten unterwegs und nicht in denen der Anstalt: manche, um das Einschmuggeln von Branntwein zu organisieren und neuen zu bestellen, andere, um Gevatter und Gevatterinnen aus ihrem Bekanntenkreis zu besuchen oder zum Fest kleine Schuldbeträge für geleistete Arbeiten einzutreiben; Bakluschin und die übrigen an der Theateraufführung Beteiligten, um etliche

Dostojewski.
Das Tote Haus
zur Theater Vorstellung

Er maskiert sich als Dame zur Theatervorstellung. 3. Weihnachtsfest. S. 205

Bekannte aufzusuchen, vor allem unter den Offiziersburschen, und die benötigten Kostüme zu beschaffen. Manche gingen einzig deshalb mit besorgter und geschäftiger Miene umher, weil auch andere geschäftig und besorgt waren, und obwohl einige zum Beispiel von nirgendwoher Geld zu bekommen hatten, sahen sie doch so aus, als hätten auch sie welches zu gewärtigen; kurz und gut, alle schienen vom folgenden Tag eine gewisse Veränderung, etwas Außergewöhnliches zu erwarten. Gegen Abend brachten die Invaliden, die im Auftrag von Sträflingen zum Markt gegangen waren, in Mengen allerlei Eßbares mit: Rindfleisch, Ferkel, ja sogar Gänse. Viele der Sträflinge, selbst die genügsamsten und sparsamsten, die das ganze Jahr hindurch ihre Kopeken gehortet hatten, hielten es für ihre Pflicht, an einem solchen Tag etwas springen zu lassen und den ersten Fleischtag nach den Fasten würdig zu begehen. Der kommende Tag war für den Sträfling ein echter Feiertag, den ihm niemand wegnehmen konnte, der ihm gesetzlich zustand. An diesem Tag durfte er nicht zur Arbeit geschickt werden, und solche Tage gab es nur drei im Jahr.

Und endlich: Wer weiß, wie viele Erinnerungen bei der Feier eines solchen Tages in den Seelen dieser Ausgestoßenen zwangsläufig wach wurden! Prägen sich die großen Festtage doch tief in das Gedächtnis der einfachen Menschen ein, von Kindheit an. Es sind Tage der Erholung von ihrer schweren Arbeit, Tage, an denen die Familie vollzählig beisammen ist. Im Gefängnis aber mußten sie verständlicherweise voller Qual und Wehmut an sie zurückdenken. Die Achtung vor dem festlichen Tag führte bei den Sträflingen sogar zu einer gewissen Förmlichkeit; nur wenige zechten; alle anderen waren ernst und schienen mit etwas beschäftigt zu sein, obwohl viele so gut wie nichts zu tun hatten. Aber auch die Müßigen und die Zecher bemühten sich, eine gewisse Würde zu wahren. Lachen schien geradezu verboten zu sein. Überhaupt rief die Stimmung eine Art Pedanterie und gereizte Unduldsamkeit hervor, und wer, wenn auch unabsichtlich, gegen das allgemeine Verhalten verstieß, der wurde mit Geschrei und Geschimpfe zurechtgewiesen, und man war so aufgebracht über ihn, als hätte er das Fest selbst mißachtet. Diese Stimmung der Sträflinge war bemerkenswert, ja sogar rührend. Außer der angeborenen Ehrfurcht vor dem großen Tag spürte der Sträfling unbewußt, daß er durch die Beachtung, die er diesem Tag schenkte, mit der ganzen Welt verbunden war, daß er folglich noch nicht völlig ausgestoßen und verloren, kein losgerissenes Blatt war, daß im Gefängnis das gleiche geschah wie bei den anderen Menschen. Das fühlten sie; das war offensichtlich und begreifbar.

Auch Akim Akimytsch bereitete sich gründlich auf das Fest vor. Er besaß keinerlei Familienerinnerungen, denn er war als Waise in einem fremden Haus aufgewachsen und mit knapp fünfzehn Jahren in einen schweren Dienst getreten; auch besondere Freuden hatte es in seinem Dasein nicht gegeben, weil er sein Leben regelmäßig und einförmig verbracht und stets ängstlich vermieden hatte, auch nur um Haaresbreite von den ihm vorgeschriebenen Pflichten abzuweichen. Er war auch nicht sonderlich religiös, da seine Tugendhaftigkeit anscheinend alle anderen menschlichen Gaben und besonderen Eigenschaften, alle Leidenschaften und Wünsche, gute wie schlechte, in ihm verdrängt hatte. Infolgedessen bereitete er sich darauf vor, den Festtag nicht voller Geschäftigkeit und Aufregung, nicht bedrückt durch wehmütige und nutzlose Erinnerungen zu begehen, sondern in stiller, systematischer Tugendhaftigkeit, von der er gerade soviel besaß, wie er zur Erfüllung seiner Pflicht und des ein für allemal festgelegten Ritus brauchte. Überhaupt machte er sich nicht gerne viel Gedanken. Über die Bedeutung eines Faktums schien er sich nie den Kopf zu zerbrechen, und ihm einmal gemachte Vorschriften befolgte er mit peinlichster Genauigkeit. Hätte man ihm eines Morgens befohlen, genau das Gegenteil von dem zu tun, was er tags zuvor getan, er hätte es mit derselben Gefügigkeit und Sorgfalt ausgeführt. Nur einmal, ein einziges Mal in seinem Dasein, hatte er versucht nach eigenem Gutdünken zu handeln – und war in der Katorga gelandet. Daraus hatte er seine Lehren gezogen. Und wenn es ihm vom Schicksal auch nicht vergönnt war, jemals zu begreifen, worin er denn nun eigentlich gefehlt hatte, leitete er aus seinem Abenteuer doch den rettenden Grundsatz ab, niemals und unter keinen Umständen mehr selber zu denken, weil Denken »nicht seine Sache« war, wie sich die Sträflinge ausdrückten. Dem Ritus blind ergeben, betrachtete er sogar sein Festtagsferkel, das er mit Grütze füllte und briet (eigenhändig, auch darauf verstand er sich), schon im voraus mit einer gewissen Achtung, als wäre es kein gewöhnliches Ferkel, wie man es immer kaufen und braten konnte, sondern ein besonderes, festliches. Vielleicht war er bereits von Kindheit an gewohnt, an diesem Tag ein Ferkel auf dem Tisch zu sehen, und zog daraus den Schluß, ein Ferkel sei für diesen Tag unerläßlich, und ich bin überzeugt, hätte er auch nur ein einziges Mal an diesem Tag kein Ferkel gegessen, so hätte er sein Leben lang Gewissensbisse wegen Nichterfüllung einer Pflicht verspürt. Bis zum Fest war er in seiner alten Joppe und seiner alten Hose herumgelaufen, die zwar anständig geflickt, aber doch schon ganz abgetragen waren. Wie sich jetzt herausstellte, hatte er den neuen Anzug, der bereits vier Monate zuvor an ihn ausgegeben worden war, sorgfältig in seinem Koffer aufbewahrt und nicht angerührt, und er lächelte bei dem Gedanken, daß er ihn zum Fest feierlich einweihen würde. So machte er es denn auch. Bereits am Abend vorher holte er seinen neuen Anzug hervor, breitete ihn aus und betrachtete ihn, säuberte ihn hier und da und pustete ihn ab, und nachdem er das alles erledigt hatte, probierte er ihn an. Es zeigte sich, daß der Anzug wie angegossen paßte; er sah anständig aus und ließ sich bis obenhin fest zuknöpfen; der Stehkragen, wie aus Pappe, stützte das Kinn; über den Hüften deutete sich sogar so etwas wie eine Uniformtaille an, und Akim Akimytsch schmunzelte vor Vergnügen und drehte und wendete sich nicht ohne Selbstgefälligkeit vor seinem winzigen Spiegel, den er schon vor längerer Zeit in einer freien Minute eigenhändig mit schmaler Goldborte beklebt hatte. Nur ein Häkchen am Joppenkragen schien nicht an der richtigen Stelle zu sitzen. Als Akim Akimytsch das merkte, beschloß er, das Häkchen zu versetzen; nachdem das geschehen war, probierte er die Joppe wieder an, und nun war alles tipptopp. Hierauf legte er das Ganze wieder zusammen und verwahrte es beruhigt bis zum nächsten Tag in seinem Koffer. Sein Kopf war noch einigermaßen gut rasiert; als er sich jedoch aufmerksam in dem Spiegelchen betrachtete, stellte er fest, daß der Kopf offensichtlich nicht mehr ganz glatt war; kaum sichtbare Haarsprossen zeigten sich, und so begab er sich unverzüglich zum »Major«, um sich völlig einwandfrei und vorschriftsmäßig rasieren zu lassen. Obwohl niemand ihn am nächsten Tag so genau betrachten würde, ließ er sich dennoch, einzig und allein seines Seelenfriedens halber, rasieren, um so für diesen Tag allen seinen Pflichten nachgekommen zu sein. Ehrfurcht vor jedem Knöpfchen, jedem Schnürchen, jeder Tresse hatte sich seinem Verstand schon von Kindheit an als selbstverständliche Pflicht und seinem Herzen als höchstes Maß von Schönheit, das ein ordentlicher Mensch erreichen kann, unauslöschlich eingeprägt. Nachdem er alles in Ordnung gebracht hatte, sorgte er als Ältester dafür, daß Heu herbeigeschafft wurde, und achtete peinlich darauf, wie es auf dem Fußboden verteilt wurde. Das gleiche geschah in den anderen Unterkünften. Ich weiß nicht, weshalb, aber zu Weihnachten wurde bei uns der Raum immer mit Heu ausgelegt. Nachdem Akim Akimytsch all seine Arbeiten erledigt hatte, betete er, legte sich auf seine Pritsche und schlummerte augenblicks friedlich wie ein kleines Kind ein, um am anderen Morgen möglichst früh wieder aufzuwachen. Genauso machten es übrigens auch die anderen Sträflinge. In allen Unterkünften legten sie sich weit früher schlafen als sonst. Die abends üblichen Arbeiten unterblieben; an Maidan dachte niemand auch nur im Traum. Alle sahen dem nächsten Morgen mit gespannter Erwartung entgegen.

Endlich brach er an. In der Frühe, noch vor Sonnenaufgang, wurden gleich nach der Reveille die Türen aufgeschlossen, und der wachhabende Unteroffizier, der hereinkam, um die Sträflinge zu zählen, beglückwünschte sie alle zum Fest. Der Glückwunsch wurde erwidert, und zwar wohlwollend und freundlich. Nach einem kurzen Gebet eilten Akim Akimytsch und viele andere, die ihre Gans oder ihr Ferkel in die Küche gegeben hatten, dorthin, um nachzusehen, was gerade damit geschah, wie sie brieten, wo was stand und so weiter. In der Dunkelheit konnte man durch die mit Schnee und Eis behafteten kleinen Fenster unserer Unterkunft erkennen, daß in beiden Küchen, in allen sechs Öfen helles Feuer brannte; es war bereits vor Tagesanbruch angezündet worden. Auf dem Hof liefen im Dunkeln schon viele Sträflinge hin und her, die Pelzjoppen teils angezogen, teils nur übergeworfen; alles strebte zur Küche. Einige, das heißt nur sehr wenige, hatten bereits einen Branntweinhändler aufgesucht. Das waren die Ungeduldigsten. Im großen und ganzen aber benahmen sich alle recht anständig, friedlich und außergewöhnlich förmlich. Weder das übliche Fluchen noch die gewohnten Streitereien waren zu hören. Alle begriffen, daß es ein bedeutsamer Tag und ein hohes Fest war. Manche gingen auch in andere Unterkünfte, um diesen oder jenen ihrer Bekannten zu beglückwünschen. Hier zeigte sich so etwas wie Freundschaft. Nebenbei bemerkt: Davon war sonst bei den Sträflingen so gut wie nichts zu spüren; ich spreche schon gar nicht von der allgemeinen Freundschaft – die gab es überhaupt nicht –, sondern von der besonderen, von der Freundschaft eines einzelnen Sträflings mit einem anderen. Die gab es bei uns fast nicht, und das ist erstaunlich; ist es in der Freiheit doch anders. Bei uns waren überhaupt alle kalt und rücksichtslos zueinander, mit ganz wenigen Ausnahmen; das war gewissermaßen der formelle, einmal angenommene und festgelegte Umgangston.

Ich ging gleichfalls hinaus. Es fing eben an zu tagen; die Sterne verblaßten; ein feiner, eisiger Dunst stieg auf. Aus den Küchenschornsteinen quollen dicke Rauchwolken. Etliche der Sträflinge, die mir begegneten, beglückwünschten mich freundlich und von Herzen zum Fest. Ich dankte und erwiderte den Glückwunsch. Unter ihnen waren auch solche, die während des ganzen Monats noch kein einziges Wort mit mir gesprochen hatten.

Unmittelbar vor der Küche holte mich ein Sträfling aus der militärischen Abteilung ein, die Pelzjoppe um die Schultern gehängt. Schon über den halben Hof hatte er mich erkannt und gerufen: »Alexander Petrowitsch, Alexander Petrowitsch!« Eilig kam er auf die Küche zugerannt. Ich blieb stehen und wartete auf ihn. Es war ein junger Bursche mit rundlichem Gesicht und sanftem Blick, der immer sehr wortkarg war, bisher keinen Ton mit mir gesprochen und mich seit meiner Einlieferung ins Gefängnis überhaupt nicht beachtet hatte; ich wußte nicht einmal, wie er hieß. Außer Atem kam er an, stellte sich dicht vor mich hin und sah mich mit einem einfältigen, aber zugleich seligen Lächeln an.

»Was ist?« fragte ich etwas verwundert, als er so lächelnd vor mir stand, mich groß ansah, aber kein Wort sagte.

»Nun ja, heut ist doch Feiertag ...«, murmelte er, und da er selber merkte, daß er weiter nichts zu sagen hatte, ließ er mich stehen und eilte in die Küche.

Nebenbei gesagt, wir sind auch danach so gut wie nie zusammengekommen und haben bis zu meiner Entlassung aus der Gefangenschaft fast kein Wort mehr miteinander gewechselt.

In der Küche herrschte bei den glühendheißen Öfen ein Geschiebe und Gedränge, ein wahres Tohuwabohu. Jeder gab auf sein Eigentum acht; die »Küchenfeen« gingen bereits daran, das Anstaltsessen zuzubereiten, da an diesem Tag die Mittagsmahlzeit früher angesetzt war. Übrigens, niemand fing schon an zu essen, obwohl manche es am liebsten getan hätten; doch sie wahrten vor den anderen den Anstand. Man wartete auf den Geistlichen, und erst danach geziemte es sich, die Fasten zu beenden. Unterdessen, es war noch gar nicht ganz hell, ertönte vom Gefängnistor immer wieder der Ruf des Gefreiten: »Die Köche!« Fast jede

Minute war er zu vernehmen, und das beinahe zwei Stunden lang. Die Köche wurden dorthin gerufen, um die von allen Enden der Stadt zum Gefängnis gebrachten milden Gaben in Empfang zu nehmen. Gespendet wurden ungewöhnliche Mengen, Kringel, Brot, Quarkkuchen, Pfannkuchen, Fladen, Plinsen und anderes Feingebäck. Ich glaube, in der ganzen Stadt gab es keine einzige Hausfrau in den Häusern der Kaufleute und Kleinbürger, die nicht etwas von ihrem Selbstgebackenen geschickt hätte, um den »Unglücklichen«, den Sträflingen, zum hohen Festtag zu gratulieren. Reiche Gaben waren darunter: massenweise Backwerk aus feinstem Mehl, aber auch recht ärmliche: ein billiger Kringel und vielleicht noch zwei dunkle Fladen, hauchdünn mit saurer Sahne bestrichen – die Gabe eines Armen für einen Armen, vom Letzten. Alles wurde mit der gleichen Dankbarkeit entgegengenommen, ohne Unterschied. Die Sträflinge, die die Spenden in Empfang nahmen, zogen die Mütze, verbeugten sich, gratulierten zum Fest und brachten das Almosen zur Küche. Nachdem sich bereits Berge gespendeten Backwerks angesammelt hatten, wurden die Ältesten jeder Unterkunft gerufen, und sie verteilten dann das Ganze gleichmäßig auf die Unterkünfte. Dabei gab es weder Zank noch Streit; sie lösten ihre Aufgabe ehrlich und gerecht. Das, was auf unsere Unterkunft entfallen war, wurde dann bei uns weiterverteilt; das machten Akim Akimytsch und noch ein anderer Sträfling; sie teilten alles eigenhändig, und eigenhändig überreichten sie es auch jedem einzelnen. Es gab nicht den geringsten Einwand, nicht eine Spur von Neid; alle waren zufrieden; selbst der Verdacht, ein Almosen könnte unterschlagen oder nicht gerecht verteilt worden sein, kam nicht auf. Nachdem Akim Akimytsch seine Geschäfte in der Küche erledigt hatte, kleidete er sich an, er tat es mit allem Anstand und aller Feierlichkeit, ohne auch nur ein einziges Häkchen zu vergessen. Anschließend begann er mit dem eigentlichen Gebet; er betete ziemlich lange. Auch viele andere Sträflinge waren bereits beim Beten, meistens ältere. Die Jüngeren beteten nicht oft, dieser oder jener bekreuzigte sich höchstens beim Aufstehen, selbst an einem Festtag. Nach dem Gebet trat Akim Akimytsch zu mir und beglückwünschte mich feierlich zum Fest. Ich lud ihn gleich zum Tee ein und er mich zu seinem Ferkel. Wenig später kam auch Petrow angerannt, um mich zu beglückwünschen. Er schien schon getrunken zu haben, und obwohl er außer Atem bei mir anlangte, sagte er doch nicht viel, sondern stand nur ein Weilchen vor mir, als erwarte er etwas, und eilte dann zur Küche. Unterdessen wurden in der Unterkunft der militärischen Abteilung die Vorbereitungen zum Empfang des Geistlichen getroffen. Diese Unterkunft war anders eingerichtet als die übrigen: In ihr standen die Pritschen an den Wänden und nicht mitten im Raum, und so war sie die einzige Unterkunft im Gefängnis, die in der Mitte nicht vollgestellt war. Vermutlich hatte man sie absichtlich so eingerichtet, um, falls erforderlich, alle Sträflinge darin versammeln zu können. Mitten in den Raum wurde ein Tischchen gestellt und mit einem sauberen Handtuch bedeckt; darauf kam ein Heiligenbild, und dann wurde ein Öllämpchen angezündet. Endlich erschien der Geistliche mit Kreuz und Weihwasser. Nachdem er vor dem Heiligenbild gebetet und gesungen hatte, wandte er sich den Sträflingen zu, und alle traten voll echter Andacht heran, um das Kreuz zu küssen. Herauf ging der Geistliche durch alle Unterkünfte und besprengte sie mit Weihwasser. In der Küche lobte er unser Gefängnisbrot, das in der Stadt wegen seines Geschmacks gerühmt werde, und sogleich äußerten die Sträflinge den Wunsch, ihm zwei frische, eben erst ausgebackene Brote schicken zu dürfen; mit der Überbringung betraute man unverzüglich einen Invaliden. Dem Kreuz gaben sie mit der gleichen Ehrfurcht das Geleit, mit der sie es empfangen hatten, und fast unmittelbar darauf stellten sich der Platzmajor und der Kommandant ein. Der Kommandant war bei uns beliebt und sogar geachtet. In Begleitung des Platzmajors machte er einen Rundgang durch alle Unterkünfte, beglückwünschte alle zum Fest, schaute auch in die Küche und kostete von der Gefängniskohlsuppe. Die war sehr gut geraten; war doch für diesen Tag fast ein Pfund Rindfleisch je Sträfling bewilligt worden. Außerdem hatte man noch Hirsegrütze gekocht und reichlich Butter dazu ausgegeben. Nachdem der Platzmajor den Kommandanten wieder hinausbegleitet hatte, befahl er, mit dem Mittagessen zu beginnen. Die Sträflinge bemühten sich, ihm ja nicht aufzufallen. Man fürchtete bei uns seinen grimmigen Blick über die Brille hinweg, mit dem er auch jetzt nach rechts und links äugte, ob er nicht Ordnungswidrigkeiten entdecken, nicht irgendeinen Übeltäter ertappen könnte.

Wir begannen zu essen. Akim Akimytschs Ferkel war sehr gut durchgebraten. Dann aber – ich vermag nicht zu sagen, wie es zugegangen war –, kurz nach dem Fortgang des Platzmajors, knapp fünf Minuten später, gab es bereits ungewöhnlich viel betrunkenes Volk; dabei waren noch fünf Minuten vorher alle fast völlig nüchtern gewesen. Viele gerötete und glänzende Gesichter tauchten auf, Balalaikas kamen zum Vorschein. Der kleine Pole mit der Geige folgte bereits einem Zecher, der ihn für den ganzen Tag gemietet hatte, und fiedelte muntere Tänze für ihn. Die Unterhaltung wurde immer trunkener und lauter. Doch ging das Mittagessen noch ohne größere Störungen vorüber. Alle waren satt. Viele von den Alten und Soliden legten sich gleich schlafen, darunter auch Akim Akimytsch, sicherlich weil er meinte, an einem so hohen Festtag müsse man nach dem Mittagessen unbedingt schlafen. Der altgläubige Alte aus dem Starodubje kletterte, nachdem er ein kurzes Schläfchen gemacht hatte, auf den Ofen, schlug sein Buch auf und betete fast ohne Unterbrechung bis tief in die Nacht hinein. Es bedrückte ihn, die »Schande« mit anzusehen, wie er das allgemeine Gelage der Sträflinge nannte. Die Tscherkessen hatten sich auf die kleine Vortreppe gesetzt und schauten voller Neugier, aber auch mit einem gewissen Abscheu auf das betrunkene Volk. Nurra begegnete mir. »Jaman, jaman!« sagte er und schüttelte in frommer Entrüstung den Kopf. »Üch, jaman! Allah wird sein böse!« Issai Fomitsch hatte sich trotzig und hochmütig in seiner Ecke eine Kerze angezündet und angefangen zu arbeiten, offenbar wollte er zeigen, daß er sich nicht das geringste aus dem Festtag machte. Hier und da wurden in den Ecken die Maidane eröffnet. Vor den Invaliden hatte man keine Angst, und für den Fall, daß der Unteroffizier kam, der übrigens beide Augen zudrückte, waren Wachen aufgestellt. Der wachhabende Offizier warf den ganzen Tag nur zwei-, dreimal einen flüchtigen Blick ins Gefängnis. Doch bei seinem Erscheinen waren die Betrunkenen versteckt und die Maidane verschwunden, und er schien auch absichtlich über kleinere Ordnungswidrigkeiten hinwegzusehen. Trunkenheit aber galt an diesem Tag nur als kleine Ordnungswidrigkeit. Allmählich wurde das Volk immer ausgelassener. Auch zu Streitigkeiten kam es. Trotzdem blieben die Nüchternen immer noch weit in der Überzahl, so daß sie auf die Betrunkenen aufpassen konnten. Dafür tranken die Prasser nun maßlos. Gasin rieb sich die Hände. Mit selbstzufriedener Miene spazierte er in der Nähe seines Pritschenplatzes auf und ab, unter dem dreist der Branntwein lagerte, den er bis dahin irgendwo im Schnee hinter den Unterkünften an einer verborgenen Stelle aufbewahrt hatte, und beim Anblick nahender Kunden lachte er verschmitzt in sich hinein. Er selbst war nüchtern, hatte noch nicht einen Tropfen getrunken. Wollte er doch erst am Ende des Feiertages prassen, nachdem er den Sträflingen alles Geld aus der Tasche gezogen hatte. In den Unterkünften ertönte Gesang. Aber die Trunkenheit ging bereits in Katzenjammer über, und vom Gesang war es nicht mehr weit bis zu den Tränen. Viele stolzierten, die Pelzjoppe um die Schultern geworfen, mit eigener Balalaika umher und zupften mit kecker Miene die Saiten. In der Sonderabteilung hatte sich sogar ein Chor gebildet, etwa acht Mann stark. Sie sangen prächtig, von Balalaikas und Gitarren begleitet. Echte Volkslieder sang man wenig. Nur an eines erinnere ich mich, das flott vorgetragen wurde:

Zu 'nem Schmause ging
einst ich junges Ding.

Hier hörte ich eine neue Variante dieses Liedes, die mir bis dahin noch nicht begegnet war. Dem Lied waren noch einige Verse angefügt:

Und im ganzen Haus
reingemacht ich hab:
Löffel wusch ich ab,
in die Suppe ich's gab;
Pfosten scheuert ich ab,
drauf gebacken ich ab.

Meistens aber wurden die sogenannten Sträflingslieder gesungen, übrigens lauter bekannte. Eins davon, »Früher ...«, schildert humorvoll, wie jemand als freier Mann herrlich und in Freuden gelebt hat, dann aber ins Gefängnis gekommen ist. Da wird erzählt, wie er früher »Mandelpudding mit Schampanjer« gewürzt hatte, jetzt aber:

Nur Kohl mit Wasser krieg ich hier,
doch freß ich wie ein Scheunendrescher.

Sehr beliebt war auch das recht bekannte:

Einst als Jüngling lebt ich toll und lacht ich,
und ich hatt mein Kapital.
Doch das hatte bald schon durchgebracht ich,
saß im Kerker auf einmal ...

Und so weiter. Nur sagte man bei uns nicht Kapital, sondern Kopital, weil man es von dem Wort kopit ableitete. Auch schwermütige Lieder wurden gesungen. Eins, ein echtes Katorga-Lied, ist, glaub ich, ebenfalls bekannt:

Schlägt die Trommel, uns zu wecken,
und am Himmel wird es hell,
schließet auf man unsre Türen,
ruft der Schreiber zum Appell.

Wie wir hinter Mauern leben,
niemand kann es draußen sehn.
Bist du mit uns, Gott im Himmel,
werden wir nicht untergehn ...

Und so weiter.

Ein anderes klang noch schwermütiger, hatte jedoch eine schöne Melodie; der Text, wahrscheinlich von einem Verbannten verfaßt, war süßlich und ziemlich unbeholfen. Nur wenige Verse sind mir im Gedächtnis geblieben:

Nie sieht mein Aug mehr jenes Land,
wo ich geboren ward.
Für alle Zeit bin ich verdammt,
schuldlos zu leiden hart.

Hoch auf dem Dach der Uhu schreit,
weit tönt es durch den Hain.
Mir wird so weh vor Herzeleid.
Ich werd dort nimmer sein.

Dieses Lied wurde oft bei uns gesungen, aber nicht im Chor, sondern von einzelnen. Zuweilen ging einer in der Freizeit hinaus auf die Vortreppe der Unterkunft, setzte sich hin, hing, die Wange in die Hand gestützt, seinen Gedanken nach und stimmte es dann mit hohem Falsett an. Wenn man es hörte, wollte es einem das Herz zerreißen. Es gab beachtliche Stimmen bei uns.

Unterdessen senkte sich die Dunkelheit herab. Inmitten von Trunkenheit und Amüsement breiteten sich Schwermut, Trostlosigkeit und Katzenjammer aus. Wer noch eine Stunde zuvor gelacht hatte, weinte nun irgendwo, maßlos betrunken. Andere hatten sich bereits mehrmals geprügelt. Wieder andere torkelten, bleich und sich kaum noch auf den Beinen haltend, durch die

Unterkünfte und suchten Streit. Und diejenigen, die der Rausch nicht streitsüchtig machte, suchten vergebens Freunde, um ihr Herz auszuschütten und ihren Säuferkummer bei ihnen auszuweinen. Dieses arme Volk hatte sich ein bißchen vergnügen, den hohen Festtag freudig begehen wollen; aber bei Gott – wie schwer und traurig war dieser Tag für fast jeden von ihnen! Jeder verbrachte ihn, als sei er in einer Hoffnung getäuscht worden. Petrow kam noch ein paarmal zu mir gelaufen. Er hatte den ganzen Tag nur sehr wenig getrunken und war beinahe völlig nüchtern. Aber bis zur letzten Stunde wartete er immer noch auf etwas, das sich bestimmt ereignen mußte, auf etwas Außergewöhnliches, Festliches, höchst Erfreuliches. Wenn er auch nicht davon sprach, man sah es seinen Augen an. Unermüdlich rannte er von einer Unterkunft in die andere. Doch nichts Besonderes geschah, und nichts anderes begegnete ihm als Trunkenheit, trunkenes, wirres Geschimpfe und vom Rausch benebelte Köpfe. Auch Sirotkin, in einem neuen roten Hemd, sauber und adrett, streunte durch alle Unterkünfte und schien im stillen naiv auf etwas zu warten. Allmählich wurde es in den Unterkünften unerträglich und widerlich. Natürlich gab es auch eine Menge Komisches, aber ich war traurig, sie taten mir alle leid, mir war schwer und beklommen ums Herz. Da stritten sich zwei Sträflinge, wer wen freizuhalten habe. Offensichtlich ging der Streit schon lange, und sie waren sogar vorher schon verkracht gewesen. Vor allem der eine hatte seit langem einen Rochus auf den anderen. Er machte ihm Vorwürfe und bemühte sich mit schwerer Zunge zu beweisen, daß der andere ihm Unrecht getan habe: Da war eine Pelzjoppe verkauft und Geld unterschlagen worden, in der Fastnachtswoche des Vorjahrs. Außerdem gab es da noch etwas. Der diese Beschuldigungen erhob, war ein großer, muskulöser Bursche, sonst recht gescheit und friedfertig; wenn er aber betrunken war, hatte er das Bedürfnis, Freundschaft zu schließen und sein Herz auszuschütten. Er schien nur deshalb zu schimpfen und Vorwürfe zu erheben, um sich hinterher desto inniger mit seinem Widersacher versöhnen zu können. Der andere war klein, stämmig und untersetzt und hatte ein rundliches Gesicht, pfiffig und durchtrieben. Vielleicht hatte er mehr getrunken als sein Kamerad, war jedoch nur leicht bezecht. Er besaß Charakter und galt als reich; dennoch hielt er es für besser, seinen unbeherrschten Freund jetzt nicht zu reizen, und so ging er mit ihm zum Branntweinhändler. Der

Freund wiederholte fortwährend, es sei seine verdammte Pflicht und Schuldigkeit, ihn freizuhalten, »wenn du ein ehrlicher Mensch bist«.

Mit einer gewissen Achtung vor dem Bestellenden und einem Anflug von Geringschätzung dessen unbeherrschtem Freund gegenüber, der nicht auf eigene Kosten trank, sondern sich freihalten ließ, holte der Händler seinen Branntwein hervor und schenkte eine Tasse voll.

»Nee, Stjopka, das bist du mir schuldig«, sagte der Unbeherrschte, als er sah, daß er seinen Willen bekam, »alldieweil das deine Pflicht ist.«

»Wir wollen hier doch kein leeres Stroh dreschen!« erwiderte Stjopka.

»Nee, Stjopka, das ist nicht wahr«, sagte ersterer mit Nachdruck, während er die Tasse von dem Branntweinhändler entgegennahm, »weil du mir nämlich Geld schuldest. Du hast kein Gewissen und guckst nicht mit eigenen Augen, sondern mit falschen. Ein Schuft bist du, Stjopka, daß du's weißt! Nichts weiter als ein Schuft!«

»Was quengelst du! Nun hast du den Schnaps verschüttet! Tut man dir schon die Ehre und spendiert dir welchen, dann trink auch!« schrie der Händler den Unbeherrschten an. »Ich will nicht bis morgen mit dir hier rumstehen!«

»Was schreist du! Ich trink ja gleich. – Frohes Fest, Stepan Dorofejitsch!« sagte er, die Tasse in der Hand, höflich und mit einer leichten Verbeugung zu Stjopka, den er eine halbe Minute zuvor noch einen Schuft genannt hatte. »Hundert Jahre sollst du leben, was du schon gelebt hast, nicht mitgerechnet!« Er trank, räusperte sich und wischte sich den Mund ab. »Früher, Jungs, hab ich eine Menge vertragen«, bemerkte er ernst und wichtigtuerisch, gleichsam an alle gewandt, »aber jetzt komm ich anscheinend doch schon in die Jahre. Ich dank dir, Stepan Dorofejitsch!«

»Keine Ursache!«

»So werd ich immer mit dir darüber reden, Stjopka. Und abgesehen davon, daß du als ein großer Schuft vor mir dastehst, will ich dir noch sagen ...«

»Und ich will dir auch mal was sagen, du Saufbold«, unterbrach ihn Stjopka, dem nun doch der Geduldsfaden riß. »Hör zu und merk dir jedes Wort: Die Welt hat zwei Hälften; die eine Hälfte ist für dich und die andere für mich. Verschwinde und komm mir nicht wieder unter die Augen. Hab die Schnauze voll von dir!«

»Also rückst du das Geld nicht raus?«

»Was willst du denn noch für Geld, du besoffener Kerl?«

»Wart nur, im Jenseits wirst du von selber kommen, um es zurückzugeben; aber dann nehm ich's nicht! Unser mit Arbeit, Schweiß und Schwielen verdientes Geld. Wirst dich mit meinem Fünfer im Jenseits ganz schön abschinden müssen.«

»Ach, scher dich zum Teufel!«

»Wieso scheren? Bin doch kein Schaf!«

»Mach, daß du wegkommst!«

»Du Schuft!«

»Du Verbrecher!«

Und wieder beschimpften sie sich, noch schlimmer als vorher.

Oder da saßen zwei Freunde für sich auf einer Pritsche: der eine groß, vierschrötig und massig, mit rotem Gesicht, ein richtiger Fleischer. Er war dem Weinen nahe, etwas hatte ihn zutiefst gerührt. Der andere war schwächlich, schmal und schmächtig, hatte eine lange Nase, die zu tropfen schien, und kleine Schweinsäuglein, die zu Boden schauten. Er war ein schlauer, gebildeter Kopf; ehemals Schreiber, behandelte er seinen Freund etwas von oben herab, was den insgeheim sehr wurmte. Sie hatten schon den ganzen Tag zusammen getrunken.

»Er hat sich mir erdreistet!« schrie der Massige und bewegte mit der Linken, die auf der Schulter des Freundes ruhte, dessen Kopf kräftig hin und her. »Hat sich mir erdreistet«, bedeutete »hat mich geschlagen«. Der Massige, der selber einmal Unteroffizier gewesen war, beneidete seinen schmächtigen Freund im stillen, und darum protzten beide voreinander mit ihrer gestelzten Ausdrucksweise.

»Aber ich sage dir, daß auch du nicht im Recht bist ...«, begann kategorisch der Schreiber, der es tunlichst vermied, ihn anzusehen, und weiter tiefsinnig auf den Fußboden starrte.

»Er hat sich mir erdreistet, hörst du?« fiel ihm der Massige ins Wort und beutelte seinen lieben Freund noch heftiger. »Du bist jetzt der einzige auf der ganzen Welt, der mir geblieben ist, hörst du das? Darum sage ich es dir allein: Er hat sich mir erdreistet!«

»Und ich sage dir noch einmal: Solch eine kümmerliche Rechtfertigung, teurer Freund, macht deinem Haupt nur Schande!« entgegnete der Schreiber höflich und mit ziemlich hoher Stimme.

»Du solltest lieber zugeben, teurer Freund, daß es zu dieser Sauferei bloß durch deine Unbeständigkeit gekommen ist ...«

Der Massige torkelte etwas zurück, stierte das selbstgefällige Schreiberlein mit seinen trunkenen Augen an und schlug ihm plötzlich, ganz unerwartet, aus voller Kraft mit der riesigen Faust in das kleine Gesicht. Damit endete die Freundschaft für diesen Tag. Bewußtlos flog der teure Freund unter die Pritsche.

Oder da kam einer meiner Bekannten aus der Sonderabteilung in unsere Unterkunft, ein unendlich gutmütiger und fröhlicher Bursche, nicht dumm, ein harmloser Spötter und ungewöhnlich einfältig von Angesicht. Es war derselbe, der an meinem ersten Gefängnistag in der Küche beim Mittagessen gefragt hatte, wo der reiche Kumpel denn zu finden sei, dann versichert hatte, er habe »auch seinen Stolz«, und schließlich mit mir Tee getrunken hatte. Er war um die Vierzig und hatte eine ungewöhnlich dicke Lippe und eine große, fleischige Nase, die mit Pickeln übersät war. In der Hand hielt er eine Balalaika, auf deren Saiten er lässig herumzupfte. Ihm folgte, wie ein Verehrer, ein sehr kleiner Sträfling mit großen Kopf, von dem ich bisher recht wenig wußte. Übrigens schenkte ihm niemand auch nur die geringste Beachtung. Er war sonderbar, mißtrauisch, stets schweigsam und ernst; er arbeitete in der Schneiderei und lebte sichtlich wie ein Einzelgänger, mochte sich mit niemand näher abgeben. Jetzt aber, da er betrunken war, heftete er sich wie ein Schatten an Warlamows Fersen. Schrecklich erregt, lief er hinter ihm her, fuchtelte mit den Armen, hieb mit der Faust gegen die Wand, auf die Pritschen und war sogar den Tränen nahe. Warlamow schien ihn überhaupt nicht zu beachten, so als existierte er nicht. Eigenartigerweise hatten diese beiden vorher kaum etwas miteinander zu tun gehabt; sie hatten weder beruflich noch charakterlich etwas miteinander gemein. Sie gehörten auch unterschiedlichen Kategorien an und waren in verschiedenen Unterkünften untergebracht. Der kleine Sträfling hieß Bulkin.

Als Warlamow mich erblickte, grinste er. Ich saß auf meiner Pritsche am Ofen. In einiger Entfernung blieb er vor mir stehen, überlegte, geriet leicht ins Schwanken, kam mit unsicheren Schritten auf mich zu, beugte sich verwegen mit dem ganzen Oberkörper zur Seite und hob, leicht die Saiten zupfend und sacht mit dem Stiefel aufstampfend, im Sprechgesang an:

»Sirotkin, als Mädchen verkleidet, wirkte recht anmutig.« S. 205

»Das Gesicht ganz rund und zart,
zwitschert sie nach Meisenart,
sie, die Liebste mein
In dem reichgeschmückten Kleide
aus der schönsten Atlasseide
wirkt sie hübsch und fein.«

Dieses Lied schien Bulkin ganz aus der Fassung zu bringen; er fuchtelte mit den Armen und schrie, an alle gewandt: »Das ist alles gelogen, Freunde, alles gelogen! Nicht ein Wort, das er sagt, ist wahr; alles ist gelogen!«

»Dem alten Alexander Petrowitsch!« sagte Warlamow, mich verschmitzt anlächelnd; es fehlte nicht viel, und er hätte mich geküßt. Er war leicht angetrunken. Die Formel »Dem alten Soundso ...«, wobei »meine Verehrung!« zu ergänzen ist, wird in ganz Sibirien vom einfachen Volk gebraucht, selbst wenn sie sich auf einen Zwanzigjährigen bezieht. Das Wort »alt« drückt hier Respekt und Achtung aus, hat sogar eine schmeichelhafte Bedeutung.

»Na, Warlamow, wie geht's Ihnen?«

»Nun, man lebt so von einem Tag zum anderen. Aber wer das Fest so richtig feiert, der ist von früh an blau. Nehmen Sie's nicht krumm.« Warlamow sprach in einem etwas singenden Tonfall.

»Alles gelogen, wieder alles gelogen!« schrie Bulkin und schlug in einer Art Verzweiflung mit der Hand auf die Pritsche. Doch der andere schien sich fest vorgenommen zu haben, ihm nicht die geringste Beachtung zu schenken, und darin lag eine außerordentliche Komik, denn Bulkin war ihm seit dem frühen Morgen nicht mehr von den Fersen gewichen, einzig und allein, weil er meinte, daß »alles gelogen« sei, was Warlamow sagte. Wie ein Schatten folgte er ihm, er hatte an jedem Wort von ihm etwas auszusetzen, rang die Hände, schlug sie sich an Wänden und Pritschen fast blutig und litt, litt sichtlich unter der Überzeugung, daß alles, was Warlamow sagte, »gelogen« sei. Hätte er noch Haare auf dem Kopf gehabt, ich glaube, er hätte sie sich vor Verdruß ausgerauft. Es war, als hätte er die Verpflichtung übernommen, für Warlamows Verhalten geradezustehen, als belasteten Warlamows Mängel sein Gewissen. Doch komischerweise war er ja für den Luft.

»Alles gelogen, alles gelogen, alles gelogen! Kein einziges Wort, das er sagt, trifft zu!« schrie Bulkin.

»Was geht's dich an?« entgegneten die anderen Sträflinge lachend.

»Ich kann Ihnen versichern, Alexander Petrowitsch, daß ich mal ein recht schmucker Bursche war und mir die Mädels nur so nachgerannt sind ...«, begann Warlamow auf einmal ganz unvermittelt.

»Er lügt! Schon wieder lügt er!« fiel ihm Bulkin fast kreischend ins Wort.

Die Sträflinge lachten schallend.

»Hab mächtig vor ihnen angegeben: Ein rotes Hemd hab ich getragen und Pluderhosen aus Plüsch. Dagelegen hab ich wie Graf Schluckspecht, das heißt blau wie ein Schwede, mit einem Wort – was will man mehr!«

»Er lügt!« behauptete Bulkin mit Entschiedenheit.

»Zu der Zeit besaß ich von meinem Papa her ein zweigeschossiges Steinhaus. Nun, in knapp zwei Jahren hatt ich die beiden Geschosse verjubelt, und mir blieb bloß noch das Tor ohne Pfosten. Na ja, das Geld ist wie eine Taube: Es kommt geflogen und fliegt wieder davon.«

»Er lügt!« bekräftigte Bulkin noch entschiedener.

»Da hab ich mich neulich mal besonnen und Verwandten von mir einen Rührbrief geschrieben; vielleicht würden sie mir ein paar Scheinchen schicken. Das käm davon, meinten sie, weil ich gegen meine Alten aufgemuckt hab. Hätt keinen Respekt gezeigt! Über sechs Jahre ist's schon her, daß ich ihn abgeschickt hab.«

»Und keine Antwort?« fragte ich lachend.

»Nee«, antwortete er, plötzlich selber lachend, und näherte seine Nase immer mehr meinem Gesicht. »Aber eine Liebste hab ich hier, Alexander Petrowitsch.«

»Sie? Eine Geliebte?«

»Sagt doch neulich Onufrijew: ›Wenn meine auch pockennarbig und häßlich ist, dafür hat sie 'ne Menge Kleider; deine ist zwar hübsch, doch 'ne Bettlerin, läuft mit dem Bettelsack rum.‹«

»Und stimmt das?«

»Ja, sie ist wirklich 'ne Bettlerin«, antwortete er und lachte lautlos; in der Unterkunft wurde gleichfalls gelacht. Und tatsächlich, jedermann wußte, daß er mit einer Bettlerin ein Verhältnis hatte und ihr im halben Jahr nur zehn Kopeken gab.

»Na, wo brennt's denn nun?« fragte ich, um ihn endlich wieder loszuwerden.

Er schwieg eine Weile, sah mich schmeichlerisch an und sagte sanft: »Wenn Sie vielleicht die Güte hätten, mir aus diesem Anlaß ein Gläschen zu spendieren? Ich hab doch heute immerzu Tee getrunken, Alexander Petrowitsch«, fügte er, das Geld nehmend, gerührt hinzu, »und mich mit diesem Tee so vollgepumpt, daß ich Atembeschwerden gekriegt habe und es in meinem Bauch hin und her schwappt wie in einer Flasche ...«

Als Warlamow das Geld entgegennahm, schien Bulkins moralische Entrüstung ihren Höhepunkt erreicht zu haben. Er gestikulierte wie ein Irrer und heulte beinahe los.

»Leute!« schrie er, sich in seiner Raserei an die ganze Unterkunft wendend. »Seht euch den mal an! Der lügt nur. Was der auch sagt, alles, alles, alles ist gelogen.«

»Was kümmert's dich?« schrien die anderen Sträflinge, über seine Wut verwundert. »Bist du ein blöder Kerl!«

»Ich laß nicht zu, daß er lügt!« brüllte Bulkin mit funkelnden Augen und hieb aus Leibeskräften mit der Faust auf die Pritsche. »Ich will nicht, daß er lügt!«

Alle lachten schallend. Warlamow steckte das Geld ein, verabschiedete sich von mir und eilte, Grimassen schneidend, zur Unterkunft hinaus, natürlich zum Branntweinhändler. In diesem Augenblick schien er Bulkin zum erstenmal zu bemerken.

»Na, komm mit!« sagte er, auf der Schwelle stehenbleibend, zu ihm, als brauchte er ihn tatsächlich zu etwas. »Du Holzkopf!« fügte er verächtlich hinzu und ließ, erneut auf der Balalaika klimpernd, den verdrossenen Bulkin an sich vorbei.

Doch wozu diese Säuferszenen weiter schildern! Endlich ging dieser beklemmende Tag zu Ende. Die Sträflinge versanken auf ihren Pritschen in einen quälenden Schlummer. Diesmal redeten und phantasierten sie im Schlaf noch mehr als in den anderen Nächten. Hier und da saßen noch welche beim Maidan. Der so lang erwartete Feiertag war vorüber. Morgen war wieder ein Werktag, ging es wieder zur Arbeit.

11 *Die Aufführung*

Am dritten Feiertag abends fand die erste Vorstellung in unserem Theater statt. Die Vorbereitungen hatten wahrscheinlich viel Mühe erfordert, aber die Schauspieler hatten alles auf sich genommen, so daß wir übrigen nicht einmal wußten, in welchem Stadium sich die Angelegenheit befand und was eigentlich vorging; ja, wir wußten nicht einmal genau, was aufgeführt werden sollte. In diesen drei Tagen hatten sich die Darsteller, wenn sie zur Arbeit gingen, bemüht, möglichst viel Kostüme zu besorgen. Bakluschin schnipste, sooft er mir begegnete, vor Vergnügen mit den Fingern. Auch der Platzmajor schien gute Miene zu dem Spiel zu machen. Wir hatten allerdings keine Ahnung, ob er überhaupt von dem Theater wußte, und wenn ja, ob er es offiziell erlaubte oder nur zu schweigen beschlossen hatte, um dem Vorhaben keine Steine in den Weg zu legen, natürlich unter der Bedingung, daß alles möglichst ordentlich ablief. Ich nehme an, er wußte von dem Theater, es konnte ihm nicht verborgen geblieben sein; aber er wollte sich wohl nicht einmischen; ihm war klar, daß ein Verbot schlimme Folgen haben könnte, denn die Sträflinge würden Unfug anstellen und sich sinnlos betrinken, und so war es weit besser, wenn sie sich beschäftigten. Übrigens mutmaßte ich diese Überlegung bei dem Platzmajor nur, weil sie die natürlichste, richtigste und vernünftigste war. Ja, man kann sogar sagen: Hätten die Sträflinge während der Feiertage nicht das Theater oder eine andere Beschäftigung dieser Art gehabt, so hätte sich die Verwaltung selber etwas einfallen lassen müssen. Doch da sich unser Platzmajor durch eine Denkweise auszeichnete, die der der übrigen Menschheit diametral entgegengesetzt war, wäre es absolut kein Wunder, wenn ich ihm mit meiner Vermutung, er habe von dem Theater gewußt und es erlaubt, sehr Unrecht täte. Ein Mensch wie der Platzmajor mußte immer jemanden ducken, jemandem etwas entziehen, jemanden eines Rechts berauben, kurz, irgendwo Ordnung schaffen. Hierfür war er in der ganzen Stadt bekannt. Was kümmerte es ihn, daß es gerade als Folge solcher Beschränkungen im Gefängnis zu Ausschreitungen kommen konnte! Für Ausschreitungen gibt es Strafen (denken Menschen wie unser Platzmajor), und den Spitzbuben von Sträflingen gegenüber bedarf es allein der Strenge und ständigen buchstäblichen Einhaltung des Gesetzes, das ist alles, was erforderlich ist. Diese talentlosen Vollstrecker des Gesetzes begreifen einfach nicht und sind auch gar nicht imstande, zu begreifen, daß seine bloße, buchstabengetreue Einhaltung, ohne Sinn, ohne Verständnis für seinen Geist, geradewegs zu Ordnungswidrigkeiten führt und noch nie zu etwas anderem geführt hat. »So steht es in den gesetzlichen Bestimmungen. Was sonst noch?« sagen sie und sind ehrlich erstaunt, daß man über die Einhaltung der Gesetze hinaus auch noch gesunden Menschenverstand und Vernunft verlangt. Besonders letztere erscheint vielen als ein überflüssiger und empörender Luxus, als eine Beschränkung, als etwas Unzulässiges.

Doch wie dem auch gewesen sein mag, der rangälteste Unteroffizier jedenfalls legte den Sträflingen keine Steine in den Weg, und mehr brauchten sie auch gar nicht. Ich möchte behaupten, das Theater und die Dankbarkeit dafür, daß es ihnen erlaubt wurde, waren die Ursache, daß es während der Feiertage keine einzige ernsthafte Ordnungswidrigkeit im Gefängnis gab, weder einen bösartigen Streit noch einen Diebstahl. Ich war selber Zeuge, wie manche Zecher oder Streithähne von ihren Kameraden einzig und allein durch das Argument, sonst werde das Theater verboten, zur Vernunft gebracht wurden. Der Unteroffizier ließ sich von den Sträflingen ihr Wort darauf geben, daß alles ruhig verlaufen und sie sich anständig betragen würden. Freudig stimmten sie zu und hielten ihr Versprechen getreulich; schmeichelte es ihnen doch sehr, daß man ihrem Wort vertraute. Zu bemerken wäre übrigens noch, daß die Erlaubnis zu der Theateraufführung die Verwaltung absolut nichts kostete, keinerlei Opfer. Der Platz dafür brauchte vorher nicht abgegrenzt zu werden; die Bühne war in einer knappen Viertelstunde auf- und auch wieder abgebaut. Die Vorstellung dauerte anderthalb Stunden, und wäre von oben plötzlich der Befehl gekommen, sie abzubrechen, so wäre das im nächsten Augenblick geschehen. Die Kostüme wurden in den Koffern der Sträflinge verwahrt. Doch bevor ich erzähle, wie das Theater eingerichtet war und was es für Kostüme gab, will ich von dem Theaterprogramm sprechen, das heißt davon, was gespielt werden sollte.

Ein geschriebenes Programm existierte eigentlich nicht. Zur zweiten und dritten Vorstellung erschien dann allerdings eines, das Bakluschin für die Herren Offiziere und überhaupt alle vornehmen Zuschauer geschrieben hatte, die unser Theater – auch schon bei der ersten Vorstellung – mit ihrem Besuch beehrten. So kam von den Herrschaften gewöhnlich der wachhabende Offizier, und einmal schaute sogar der Offizier vom Wachdienst herein. Auch der Pionieroffizier kam einmal. Und eben dieser Besucher wegen wurde also der Programmzettel geschrieben. Man nahm an, das Sträflingstheater werde in der Festung und selbst in der

Stadt bald in aller Munde sein, um so mehr, als es in der Stadt kein Theater gab. Wie verlautete, hatte es nur einmal eine Liebhaberaufführung gegeben, das war alles. Wie die Kinder freuten sich die Sträflinge selbst über den kleinsten Erfolg und prahlten sogar damit. »Wer weiß«, dachten sie bei sich und sagten sie zueinander, »womöglich wird es sogar die höchste Obrigkeit erfahren! Sie werden herkommen und zuschauen und dann sehen, was in uns Sträflingen steckt. Schließlich ist dies keine einfache Soldatenaufführung mit irgendwelchen Popanzen, schwimmenden Kähnen und sich bewegenden Bären und Ziegen. Hier spielen Schauspieler, richtige Schauspieler Komödien von feinen Herrschaften; solch ein Theater gibt es nicht mal in der Stadt. Beim General Abrossimow soll mal eine Aufführung stattgefunden haben und auch mal wieder stattfinden. Nun, höchstens bei den Kostümen haben sie uns vielleicht was voraus, aber was das *Reden* betrifft, da macht's wohl kaum einer besser als unsere. Womöglich kommt's gar dem Gouverneur zu Ohren, und – warum nicht? – am Ende kriegt er Lust, sich's selber anzugucken. In der Stadt gibt's ja kein Theater ...« Kurz und gut, die Phantasie der Sträflinge trieb in den Festtagen, besonders nach dem ersten Erfolg, üppige Blüten, bis hin zu Belohnung und Verkürzung der Arbeitszeit, wenn sie auch gleich darauf selber herzhaft über sich lachten. Mit einem Wort, sie waren Kinder, die reinsten Kinder, ungeachtet dessen, daß manche von ihnen schon in den Vierzigern waren. Obwohl es keine Programme gab, kannte ich den Inhalt der vorgesehenen Aufführung in groben Zügen. Das erste Stück hieß »Filatka und Miroschka als Nebenbuhler«. Bereits eine Woche vor der Aufführung brüstete sich Bakluschin vor mir, die Rolle des Filatka, die er übernommen hatte, werde so gespielt, wie man es auch im Sankt-Petersburger Theater nicht zu sehen bekomme. Er wanderte durch die Unterkünfte und prahlte schrecklich und schamlos, aber dabei ganz treuherzig, und manchmal gab er plötzlich etwas »Thiatralisches« zum besten, das heißt etwas von seiner Rolle; dann lachten alle schallend, ganz gleich ob das, was er vortrug, nun komisch war oder nicht. Man muß übrigens zugeben, daß die Sträflinge sich auch hier zu beherrschen und ihre Würde zu wahren verstanden: Begeistert von Bakluschins Solovorstellungen und Berichten über die bevorstehende Aufführung waren zum einen nur die Jüngsten, die Grünschnäbel, denen es noch an Selbstbeherrschung mangelte, und zum anderen die Angesehensten der Sträflinge, deren Autorität nicht mehr zu erschüttern war, so daß sie sich nicht zu scheuen brauchten, ihre Gefühle offen zu zeigen, wie immer sie geartet waren, und mochten sie auch noch so naiv sein (das heißt, nach Gefängnisbegriffen, unschicklich). Die übrigen jedoch hörten sich die Andeutungen und das Gerede nur schweigend an; sie tadelten und widersprachen zwar nicht, gaben sich aber alle Mühe, die Theatergerüchte gleichgültig, ja zum Teil hochmütig aufzunehmen. Erst ganz zuletzt, fast am Aufführungstag selbst, erwachte bei allen die Neugier: »Was wird's geben? Wie werden sich Unsere machen? Was sagt der Platzmajor? Wird's genauso klappen wie im vorvorigen Jahr?« Und dergleichen mehr. Bakluschin versicherte mir, alle Darsteller seien sehr gut ausgewählt, jeder stehe »auf dem richtigen Platz«. Sogar ein Vorhang sei da. Filatkas Braut werde Sirotkin spielen. »Sie werden selber sehen, wie er sich in Frauenkleidern macht!« sagte er, die Augen zusammenkneifend, und schnalzte mit der Zunge. Die mildtätige Gutsbesitzerin habe ein Kleid mit Falbeln und eine Pelerine an und halte einen Sonnenschirm in der Hand, und der wohltätige Gutsbesitzer trete in einem Offiziersrock mit Achselschnüren und mit einem Spazierstock auf. Dann werde ein zweites Stück folgen, das Drama »Kedril der Vielfraß«. Der Titel interessierte mich; doch wie sehr ich mich auch nach diesem Stück erkundigte, ich konnte vorläufig nichts in Erfahrung bringen. Nur soviel bekam ich heraus, daß es nicht einem Buch entnommen war, sondern einer »Abschrift«; man hatte das Stück von einem ausgedienten Unteroffizier in der Vorstadt erhalten, der wahrscheinlich selber einmal bei dessen Aufführung auf einer Soldatenbühne mitgewirkt hatte. In abgelegenen Städten und Gouvernements gibt es bei uns tatsächlich solche Theaterstücke, die sonst niemand kennt und die möglicherweise niemals veröffentlicht wurden, sondern irgendwo aufgetaucht sind und einen notwendigen Bestandteil jedes Volkstheaters in einer bestimmten Zone Rußlands bilden. Apropos »Volkstheater«: Es wäre überaus wünschenswert und gut, würde sich von unseren Forschern jemand damit befassen, neue und sorgfältigere Untersuchungen als bisher über das Volkstheater anzustellen, das ja existiert und vielleicht sogar nicht ganz unbedeutend ist. Ich möchte nicht annehmen, daß alles, was ich nachher bei uns im Gefängnistheater gesehen habe, von unseren Sträflingen erdacht worden ist. Das setzt eine fortlaufende Überlieferung voraus, einmal festgelegte Verfahren und Begriffe, die von Geschlecht zu Geschlecht aus dem Gedächtnis weitergegeben werden. Man muß sie bei Soldaten und Fabrikarbeitern suchen, in den Fabrikstädten und in manchen unbekannten, armen Orten sogar bei den Kleinbürgern. Auch auf dem Lande und in den Gouvernementsstädten unter dem Gesinde der großen Gutsbesitzerhäuser haben sie sich erhalten. Ich glaube sogar, daß viele alte Stücke ausschließlich durch Gutsgesinde handschriftlich in Rußland verbreitet wurden. Die Gutsbesitzer und Moskauer Adligen früherer Zeiten besaßen eigene Theater, die sich aus leibeigenen Schauspielern zusammensetzten. Und an ebendiesen Theatern hat unsere volktümliche dramatische Kunst ihren Anfang genommen, wofür es unbestreitbare Anzeichen gibt. Was aber das Stück »Kedril der Vielfraß« betrifft, so konnte ich, wie sehr ich auch darauf erpicht war, einstweilen nichts weiter darüber in Erfahrung bringen, als daß böse Geister auf der Bühne erscheinen und Kedril in die Hölle entführen würden. Doch was bedeutete »Kedril«, und warum eigentlich Kedril und nicht Kyrill? Ob es sich um eine russische oder ausländische Begebenheit handelte, konnte ich nicht herausbekommen. Zum Schluß, hieß es, werde eine »Pantomine mit Musik« aufgeführt werden. All das war natürlich recht interessant. Die Schauspieler, fünfzehn an der Zahl, waren lauter wackere, aufgeweckte Leute. Sie kamen ständig zusammen und probten, mitunter hinter den Unterkünften, taten geheimnisvoll, sonderten sich ab. Kurz und gut, sie wollten uns alle durch etwas Außergewöhnliches und Unerwartetes in Staunen versetzen.

An Werktagen wurde das Gefängnis früh abgeschlossen, sobald die Nacht hereinbrach. Zu Weihnachten machte man jedoch eine Ausnahme und schloß es nicht vor dem Zapfenstreich ab. Diese Vergünstigung wurde eigens des Theaters wegen gewährt. Während des Festes wurde gewöhnlich jeden Tag noch vor dem Abend jemand aus dem Gefängnis zum Wachoffizier geschickt mit der gehorsamsten Bitte, »das Theaterspielen zu erlauben und das Gefängnis noch möglichst lange nicht abzuschließen«, dabei verwies man darauf, daß auch tags zuvor Theater gespielt und erst spät abgeschlossen worden sei, ohne daß Ordnungswidrigkeiten vorgekommen wären. Der Wachoffizier sagte sich: Ordnungswidrigkeiten sind gestern tatsächlich nicht vorgekommen, und wenn sie von sich aus ihr Wort geben, daß auch heute keine vorkommen, werden sie selber auf sich aufpassen, und das ist am allersichersten. Außerdem: Erlaube ich die Aufführung nicht, so stellen sie womöglich (wer kennt sich schon bei diesem Sträflingsvolk aus!) vor Wut absichtlich was an und machen den Wachen Scherereien. Und schließlich kam noch hinzu: Auf Wache war es langweilig; hier aber wurde Theater gespielt, und zwar nicht bloß Soldaten-, sondern Sträflingstheater, und die Sträflinge waren interessante Leute – da würde es lustig sein, zuzusehen. Zum Zusehen aber war der Wachoffizier jederzeit berechtigt.

Kam der Offizier vom Dienst und fragte: »Wo ist der Wachoffizier?«, so hieß es: »Ist ins Gefängnis gegangen, die Sträflinge zählen und die Unterkünfte abschließen« – eine klare Antwort und eine ausreichende Rechtfertigung. Aus diesem Grund erlaubten die Wachoffiziere während des ganzen Festes jeden Abend das Theaterspielen und schlossen die Unterkünfte erst unmittelbar vor dem Zapfenstreich ab. Die Sträflinge wußten schon vorher, daß ihnen die Wache keine Steine in den Weg legen würde, und waren unbesorgt.

Zwischen sechs und sieben kam Petrow mich abholen, und gemeinsam begaben wir uns zur Vorstellung. Aus unserer Unterkunft gingen fast alle hin, außer dem Altgläubigen aus Tschernigow und den Polen. Erst zur allerletzten Vorstellung, am vierten Januar, entschlossen sich die Polen hinzugehen, nachdem ihnen von vielen zuvor versichert worden war, dort sei es schön, lustig und ungefährlich. Die Sträflinge stießen sich nicht im geringsten an dem Hochmut der Polen und empfingen sie am vierten Januar sehr zuvorkommend. Sie überließen ihnen sogar die besten Plätze. Was aber die Tscherkessen und vor allem Issai Fomitsch betrifft, so war unser Theater für sie eine wahre Wonne. Issai Fomitsch gab jedesmal drei Kopeken, das letzte Mal legte er sogar zehn Kopeken auf den Teller, und sein Gesicht strahlte vor Glückseligkeit. Die Schauspieler hatten beschlossen, wegen der Theaterunkosten und zu ihrer eigenen *Stärkung* unter den Besuchern zu sammeln, von denen jeder nach Belieben spendete. Petrow versicherte mir, man werde mir, wie überfüllt das Theater auch sein möge, einen der besten Plätze überlassen, in der Annahme, ich würde als der Reichste von allen wahrscheinlich auch mehr geben und verstünde außerdem wohl auch mehr als sie davon. So geschah es auch. Doch zunächst möchte ich den Saal und die Einrichtung des Theaters beschreiben.

Unsere Militärunterkunft, in der man die Bühne aufgeschlagen hatte, war etwa fünfzehn Schritt lang. Vom Hof gelangte man über eine Vortreppe in den Flur und von dort in die Unterkunft. Dieser lange Raum war, wie bereits gesagt, besonders eingerichtet: Die Pritschen standen darin an den Wänden, so daß die Mitte frei blieb. Die eine Hälfte des Raumes, die der zur Vortreppe führenden Tür zunächst lag, war den Zuschauern vorbehalten; die andere Hälfte, die eine Verbindung zur nächsten Unterkunft hatte, war für die Bühne bestimmt. Vor allem beeindruckte mich der Vorhang. Er zog sich an die zehn Schritt quer durch den ganzen Raum und war so prächtig, daß man tatsächlich allen Grund zum Staunen hatte. Er war zusätzlich mit Ölfarbe bemalt, und es waren Bäume, Pavillons, Teiche und Sterne darauf dargestellt. Er bestand aus Leinwand, alter und neuer, je nachdem, was einer gespendet oder geopfert hatte, aus alten Fußlappen und Hemden der Sträflinge, die schlecht und recht zu einem großen Stück zusammengenäht worden waren, und schließlich dort, wo die Leinwand nicht mehr gereicht hatte, einfach aus Papier, das ebenfalls blattweise in verschiedenen Kanzleien und Ämtern zusammengebettelt worden war. Unsere Maler aber, unter denen sich auch unser Brüllow, A., hervortat, hatten sich alle Mühe gegeben, ihn bunt anzustreichen und zu bemalen. Die Wirkung war erstaunlich. Die Pracht erfreute selbst die mürrischsten und pedantischsten der Sträflinge, die sich, sobald die Vorstellung heran war, ohne Ausnahme als ebensolche Kinder erwiesen wie die leidenschaftlichsten und ungeduldigsten unter ihnen. Alle waren höchst zufrieden, ja sogar prahlerisch zufrieden. Als Beleuchtung dienten etliche in Stücke geschnittene Talglichte. Vor dem Vorhang standen zwei Bänke aus der Küche und vor den Bänken drei, vier Stühle aus dem Unteroffiziersraum. Die Stühle waren für den Fall bestimmt, daß allerhöchste Personen im Offiziersrang kamen. Die Bänke hingegen waren für Unteroffiziere, Pionierschreiber, Ingenieure und andere Vorgesetzte, die aber nicht im Offiziersrang standen, für den Fall, daß sie dem Gefängnis einen Besuch abstatteten. Und das geschah auch: Das ganze Fest über fehlte es bei uns nie an fremden Besuchern; an einem Abend kamen mehr, an einem anderen weniger, bei der letzten Vorstellung jedoch blieb auch nicht ein Platz auf den Bänken leer. Hinter den Bänken endlich war der Platz für die Sträflinge, die aus Respekt vor den Besuchern ohne Mütze und trotz der schwülen, stickigen Luft in Jacken oder Pelzjoppen dastanden. Natürlich reichte der für die

Sträflinge vorgesehene Raum nicht aus. Und so waren denn, abgesehen davon, daß vor allem in den hinteren Reihen einer buchstäblich auf dem anderen hockte, auch noch die Pritschen und die Kulissen besetzt, und schließlich fanden sich sogar Enthusiasten, die sich hinter die Bühne in die andere Unterkunft begaben und sich von dort, von der hinteren Kulisse aus die Vorstellung ansahen. Die Enge in der einen Hälfte der Unterkunft war außergewöhnlich und glich in etwa der Enge und dem Gedränge, die ich erst kürzlich im Bad erlebt hatte. Die Tür zum Flur stand offen; auf dem Flur, wo zwanzig Grad Kälte herrschten, drängte sich ebenfalls eine dichte Menge. Uns, mich und Petrow, ließ man gleich nach vorne durch, fast bis zu den Bänken, wo man viel besser sehen konnte als in den hinteren Reihen. Man sah in mir zum Teil den Kenner, der schon in ganz anderen Theatern gewesen war und das Spiel zu schätzen wußte; man hatte bemerkt, daß Bakluschin mich die ganze Zeit um Rat gefragt und mit Achtung behandelt hatte; daher räumte man mir jetzt einen Ehrenplatz ein. Gewiß, die Sträflinge waren ein höchst eitles und leichtfertiges Volk, aber all das war nur Schein. Sie konnten über mich lachen, wenn sie merkten, daß ich ihnen ein schlechter Helfer bei der Arbeit war. Almasow konnte mit Verachtung auf uns Adlige herabsehen und mit seiner Geschicklichkeit im Alabasterbrennen vor uns prahlen. Aber hinter ihren Nachstellungen und Spöttereien steckte auch noch etwas anderes: Wir waren einst Adlige gewesen; wir hatten demselben Stand angehört wie ihre ehemaligen Herren, die sie wohl kaum in guter Erinnerung behalten hatten. Jetzt jedoch, im Theater, machten sie mir Platz. Sie erkannten an, daß ich auf diesem Gebiet besser urteilen konnte als sie, daß ich mehr als sie gesehen hatte und davon verstand. Selbst die mir am wenigstens gewogen waren (ich weiß das), wünschten jetzt, daß ich ihr Theater lobte, und ließen mich, ohne sich etwas zu vergeben, auf den besten Platz. So beurteile ich das heute, gestützt auf meinen damaligen Eindruck. Mir schien schon damals – ich erinnere mich dessen sehr wohl –, daß in ihrer gerechten Selbstbeurteilung keineswegs etwas Erniedrigendes lag, sondern daß sie vielmehr von Gefühl für den eigenen Wert zeugte. Der beste und markanteste Charakter unseres Volkes ist sein Sinn für Gerechtigkeit und sein heißes Verlangen danach. Die Hahnenmanier, überall und *um jeden Preis* der Erste sein zu wollen, ob man es nun wert ist oder nicht, gibt es beim einfachen Volk nicht. Man braucht nur die äußere Kruste, die sich angesetzt hat, zu entfernen und sich den Kern etwas aufmerksamer, ohne Vorurteile aus der Nähe anzusehen, und man entdeckt beim Volk Dinge, von denen man bis dahin keine Ahnung hatte. Es ist nicht viel, was unsere Weisen das Volk lehren können. Ja, ich behaupte sogar, sie selber müßten noch bei ihm in die Lehre gehen.

Petrow hatte mir, als wir uns für das Theater fertigmachten, ganz naiv erklärt, man werde mich auch deshalb nach vorne lassen, weil ich mehr Geld geben würde. Einen festen Preis hatte man nicht – jeder gab, was er konnte und wollte. Fast alle legten etwas auf den Teller, wenn jemand herumging und sammelte, und seien es zwei Kopeken. Aber wenn man mich zum Teil auch des Geldes wegen nach vorne ließ, weil man annahm, ich würde mehr geben als die anderen, wieviel Gefühl für den eigenen Wert sprach wiederum daraus! Du bist reicher als ich, also geh nach vorne. Wenn wir hier auch alle gleich sind, so zahlst du doch mehr; folglich ist ein Besucher wie du den Schauspielern lieber. Dir gebührt der erste Platz, weil wir alle nicht unseres Geldes wegen hier sind, sondern aus Achtung; folglich müssen wir uns schon selber sortieren. Wieviel echter, edler Stolz zeigt sich darin! Das ist nicht Achtung vor dem Geld, sondern vor sich selbst. Überhaupt hatte man im Gefängnis vor Geld und Reichtum keine sonderliche Achtung, jedenfalls was die Sträflinge als Ganzes, als unterschiedslose Masse, als Gemeinschaft betrifft. Ich kann mich an keinen einzigen unter ihnen erinnern, der sich für Geld ernsthaft erniedrigt hat, selbst wenn ich sie einzeln unter die Lupe nehmen würde. Es gab Bettler, auch mich bettelten sie an. Aber hinter diesem Anbetteln verbarg sich mehr Schabernack und Spitzbüberei als unmittelbare Absicht; es geschah mehr aus Spaß oder Naivität. Ich weiß nicht, ob ich mich verständlich ausdrücke. Aber ich habe darüber das Theater ganz vergessen. Also zur Sache!

Bevor der Vorhang sich hob, bot der Raum ein eigenartiges, bewegtes Bild. Erstens die vielen Zuschauer, die gedrängt, zusammengepreßt und von allen Seiten eingezwängt, geduldig und mit verklärten Mienen den Beginn der Vorstellung erwarteten. In den hinteren Reihen ein Gewimmel von Männern, immer einer über dem anderen. Viele von ihnen hatten sich dicke Holzkloben aus der Küche mitgebracht. Nachdem jeder seinen Kloben, so gut es ging, an die Wand gestellt hatte, kletterte er hinauf, stützte sich mit beiden Händen auf die Schultern seines Vordermannes und stand so gute zwei Stunden, ohne seine Stellung zu verändern, völlig zufrieden mit sich und seinem Platz. Andere fanden auf dem unteren Absatz des Ofens einen Halt für ihre Füße und standen ebenfalls die ganze Zeit, auf ihre Vordermänner gestützt. So sah es in den hintersten Reihen aus, an der Wand. An der Seite drängten sich ebenfalls Zuschauer, sie waren auf die Pritschen gestiegen, hinter die dort sitzenden Musiker. Das waren gute Plätze. Rund ein halbes Dutzend Männer hatte den Ofen erklommen, sich bequem hingelegt und schaute von dort herab. Sie schätzten sich glücklich! Auf den Fensterbrettern längs der anderen Wand hockte gleichfalls eine Menge, das waren diejenigen, die sich verspätet oder keinen guten Platz mehr gefunden hatten. Alle verhielten sich ruhig und anständig. Jeder wollte sich vor den feinen Herren und den sonstigen Besuchern von der besten Seite zeigen. In allen Mienen spiegelte sich naivste Erwartung. Die Gesichter waren vor Hitze und stickiger Luft gerötet und schweißnaß. Welch ein ungewöhnlicher Abglanz kindlicher Freude, reinen, köstlichen Vergnügens lag auf diesen zerfurchten und gebrandmarkten Stirnen und Wangen, in diesen Blicken bisher so mürrischer und finsterer Männer, in diesen Augen, in denen zuweilen ein furchtbares Feuer glühte! Alle waren sie ohne Mütze, so daß sich mir von rechts alle Köpfe rasiert darboten. Doch jetzt vernahm man auf der Bühne Hin- und Herlaufen und geschäftiges Treiben. Gleich mußte sich der Vorhang heben. Da begann auch schon das Orchester zu spielen. Dieses Orchester verdient Erwähnung. An der Seite hatten acht Musiker auf den Pritschen Platz genommen: zwei Geigen (die eine war schon im Gefängnis vorhanden gewesen, und die andere hatte man von jemandem in der Festung ausgeliehen, der Künstler jedoch war von uns), drei Balalaikas, sämtlich selbstgefertigt, zwei Gitarren und statt des Kontrabasses ein Tamburin. Die Geigen kratzten und quietschten nur, und die Gitarren taugten nichts; dafür waren die Balalaikas beispiellos. Die Gewandtheit, mit der die Finger über die Saiten fuhren, glich aufs Haar der bei einem raffinierten Taschenspielertrick. Gespielt wurden ausschließlich Tanzweisen. An den rhythmischsten Stellen klopften die Balalaikaspieler mit den Fingerknöcheln auf die Resonanzdecke ihres Instruments. Die Klangfarbe, der Stil, die Interpretation, die Handhabung der Instrumente, die Wiedergabe einer Melodie, all das war eigenständig und originell, war allein Werk der Sträflinge. Einer der Gitarristen wußte ebenfalls ausgezeichnet mit seinem Instrument umzugehen. Es war ebenjener Adlige, der seinen Vater umgebracht hatte. Und was das Tamburin betraf, so vollbrachte es wahre Wunder: Bald drehte es sich auf einem Finger, bald glitt der Spieler mit dem Daumen über das Fell, bald waren schnelle, laute, monotone Schläge zu hören, bald wieder lösten sich diese kräftigen, deutlich gegeneinander abgesetzten Töne plötzlich in unzählige kurze, prasselnde und raschelnde Töne auf, so als würden Erbsen ausgeschüttet. Schließlich tauchten noch zwei Ziehharmonikas auf. Ehrenwort, bis dahin hatte ich keine Ahnung, was sich mit solchen einfachen Volksinstrumenten alles machen läßt; die Harmonie, das Zusammenspiel und vor allem der Geist, die Auffassung und die Wiedergabe des Wesentlichen der Melodie waren geradezu erstaunlich. Damals habe ich zum erstenmal so richtig begriffen, wie unendlich flott und keck die flotten und kecken russischen Tanzlieder eigentlich sind. Endlich ging der Vorhang in die Höhe. Bewegung kam in die Menge, jeder trat von einem Fuß auf den anderen, und die Hinteren stellten sich auf die Zehenspitzen; jemand fiel von seinem Holzkloben; ausnahmslos alle standen mit aufgesperrtem Mund und starren Augen da und waren mucksmäuschenstill. Die Vorstellung begann.

In meiner Nähe stand Alej, zusammen mit seinen Brüdern und den übrigen Tscherkessen. Sie waren alle leidenschaftliche Anhänger des Theaters und gingen auch jeden Abend hin. Alle Mohammedaner, Tataren und so weiter sind, wie ich wiederholt bemerkt habe, leidenschaftliche Freunde von Schaustellungen. Bei ihnen hockte auch Issai Fomitsch, er schien mit dem Aufgehen des Vorhangs ganz Auge und Ohr und naivste, gespannteste Erwartung von Wundern und Genüssen zu sein. Es hätte einem regelrecht leid getan, wäre er in seinen Erwartungen getäuscht worden. Alejs liebes Gesicht strahlte von einer so kindlichen, schönen Freude, daß es mir, muß ich gestehen, größtes Vergnügen bereitete, ihn anzuschauen, und ich weiß noch, ich wandte mich jedesmal, wenn ein Schauspieler etwas Komisches oder Pfiffiges gesagt oder getan hatte und allgemeines Gelächter ertönte, unwillkürlich sofort Alej zu und beobachtete sein Gesicht. Er sah mich gar nicht; ich interessierte ihn jetzt nicht. Linker Hand, nicht weit von mir, stand ein bejahrter Sträfling, der sonst immer finster, unzufrieden und griesgrämig dreinschaute. Auch ihm war Alej aufgefallen, und er blickte, wie ich bemerkte, wiederholt mit leisem Lächeln zu ihm hinüber, so sympathisch wirkte er. »Alej Semjonytsch« nannte er ihn – weshalb, weiß ich nicht.

Man begann mit »Filatka und Miroschka«. Filatka (Bakluschin) war wirklich großartig. Er spielte seine Rolle mit bewunderswerter Sorgfalt. Man spürte, daß er sich jeden Satz und jede Bewegung genau überlegt hatte. Jedem noch so nichtssagenden Wort, jeder Geste wußte er einen Sinn und eine Bedeutung zu verleihen, die dem Charakter seiner Rolle voll entsprach. Wenn Sie neben diesem Bemühen, diesem Studium noch seine erstaunliche, echte Heiterkeit, Schlichtheit und Natürlichkeit berücksichtigen, würden Sie, hätten Sie Bakluschin gesehen, mir unbedingt beipflichten, daß er ein wirklicher, ein geborener Schauspieler war mit großer Begabung. Den »Filatka« habe ich mehrmals in Moskau und Petersburg auf der Bühne gesehen und behaupte, die hauptstädtischen Darsteller des Filatka haben beide schlechter gespielt als Bakluschin. Im Vergleich zu ihm waren sie Landwirte, aber keine echten Bauern. Bei ihnen war der Bauer zu sehr gespielt. Was Bakluschin darüber hinaus anspornte, war Rivalität: Jedermann wußte, daß die Rolle des Kedril in dem zweiten Stück der Sträfling Pozejkin spielen würde, ein Schauspieler, den alle aus unerfindlichen Gründen für begabter und besser als Bakluschin hielten, und daß Bakluschin darunter litt wie ein Kind. Wie oft war er in den letzten Tagen zu mit gekommen und hatte mir sein Herz ausgeschüttet. Bereits zwei Stunden vor der Vorstellung hatte er Lampenfieber. Wenn schallend gelacht und ihm aus der Menge zugerufen wurde: »Prima, Bakluschin! Einfach toll!«, strahlte er vor Glück, und echte Begeisterung leuchtete in seinen Augen. Die Kußszene mit Miroschka, in der Filatka ihm vorher zuruft: »Wisch dir das Gesicht ab!« und es sich selber abwischt, war umwerfend komisch. Alle wälzten sich förmlich vor Lachen. Doch am meisten interessierten mich die Zuschauer; hier waren sie alle ganz aufgeschlossen. Rückhaltlos gaben sie sich ihrem Vergnügen hin. Immer häufiger erschollen Rufe der Ermunterung. Da stieß einer seinen Nachbarn an und teilte ihm hastig seine Eindrücke mit, ohne sich auch nur darum zu kümmern, ja vielleicht ohne überhaupt zu sehen, wer neben ihm stand. Ein anderer drehte sich bei einer komischen Szene plötzlich begeistert zu der Menge um, ließ seinen Blick rasch über sie hingleiten, als wollte er sie alle zum Lachen auffordern, machte dann eine wegwerfende Handbewegung und wandte sich gleich wieder begierig der Bühne zu. Ein dritter schnalzte einfach mit der Zunge und den Fingern und vermochte nicht ruhig auf der Stelle zu stehen; da er aber nirgendwohin konnte, trat er nur immer von einem Fuß auf den anderen. Gegen Ende des Stücks erreichte die allgemeine Vergnügtheit ihren Höhepunkt. Ich übertreibe nicht. Man vergegenwärtige sich das Gefängnis, die Fesseln, die Unfreiheit, die langen, tristen Jahre, die noch vor uns lagen, das Leben dort, eintönig wie das Rieseln des Regens an einem trüben Herbsttag, und auf einmal wird all diesen Bedrückten und Eingesperrten gestattet, ein Stündchen aus sich herauszugehen, sich zu amüsieren, den Alptraum zu vergessen, ein Theater mit allem Drum und Dran zu schaffen, und was für eines! Der Stolz und die Bewunderung der ganzen Stadt waren ihm sicher: Sieh einer unsere Sträflinge an! würde es heißen. Was in denen steckt! Sie interessierte natürlich alles, die Kostüme zum Beispiel. Es war ein Ereignis für sie, zum Beispiel einen gewissen Wanka Otpety oder Nezwetajew oder Bakluschin in ganz anderer Kleidung zu sehen als der, in der man sie so viele Jahre lang Tag für Tag gesehen hatte. »Er ist doch ein Sträfling, ein richtiger Sträfling, an dem die Fesseln klirren, und da tritt er nun in einem Gehrock auf, mit Zylinder und im Mantel – ganz wie ein feiner Herr! Einen Schnurrbart hat er sich angeklebt und falsches Haar. Nun zieht er ein rotes Schnupftuch aus der Tasche und wedelt sich damit Luft zu, spielt einen großen Herrn, haargenau als wär er einer!« Und alle waren begeistert. Der wohltätige Gutsbesitzer trat in einer Adjutantenuniform auf, die allerdings schon sehr alt war, mit Epauletten und einer kleinen Kokarde an der Mütze, und machte einen außergewöhnlichen Eindruck. Für diese Rolle hatte es zwei Anwärter gegeben, und – man sollte es nicht glauben – beide hatten sich wie kleine Kinder schrecklich darum gestritten, wer sie spielen sollte; waren sie doch beide darauf erpicht, sich in der Offiziersuniform mit den Achselschnüren zu zeigen! Die anderen Schauspieler hatten den Streit schlichten müssen und mit Stimmenmehrheit entschieden, Nezwetajew die Rolle zu geben, nicht weil er etwa stattlicher und ansehnlicher gewesen wäre als der andere und deshalb einem Herrn ähnlicher, sondern weil Nezwetajew allen versicherte, er werde mit einem Spazierstock auftreten und ihn so schwenken und damit im Sand zeichnen wie ein richtiger Herr und vollendeter Stutzer, was Wanka Otpety sich nicht einmal vorstellen könne, weil er noch nie richtige Herrn gesehen habe. Und wirklich, als Nezwetajew mit seiner Gemahlin vor dem Publikum erschien, tat er nichts weiter, als mit einem dünnen Spazierstöckchen aus spanischem Rohr, das er sich irgendwo beschafft hatte, schnell und flüchtig auf der Erde zu zeichnen, wahrscheinlich weil er das für ein Zeichen äußerster Vornehmheit, für höchst stutzerhaft und fesch hielt. Wahrscheinlich hatte er irgendwann in seiner Kindheit, als er noch ein barfüßiger Gutsjunge war, einmal einen gutgekleideten Herrn mit Spazierstock gesehen und dessen Art, ihn zu schwenken, sehr bewundert, und dieser Eindruck hatte sich ihm für immer unauslöschlich eingeprägt, so daß er sich jetzt noch, im Alter von dreißig Jahren, an alles so deutlich erinnerte, zum größten Ergötzen und Entzücken des ganzen Gefängnisses. Nezwetajew war dermaßen in seine Beschäftigung vertieft, daß er niemand und nichts sonst sah und selbst beim Sprechen nicht aufblickte, sondern immer nur seinen Spazierstock und dessen Spitze beobachtete. Die mildtätige Gutsbesitzerin war ebenfalls höchst bemerkenswert: Sie erschien in einem alten, abgetragenen Musselinkleid, das schon wie ein richtiger Lumpen aussah, an Hals und Armen bloß, das Gesicht übertrieben weiß und rot geschminkt, mit einem Nachthäubchen aus Kaliko, das unterm Kinn zugebunden war, in der einen Hand einen Sonnenschirm und in der anderen einen Fächer aus bemaltem Papier, mit dem sie sich unaufhörlich Luft zufächelte. Eine Lachsalve empfing die Gutsherrin; aber auch sie selbst konnte sich kaum beherrschen und mußte wiederholt lachen. Sie wurde von dem Sträfling Iwanow gespielt. Sirotkin, als Mädchen verkleidet, wirkte recht anmutig. Auch die Couplets gelangen gut. Kurzum, das Stück endete zur allgemeinen und höchsten Zufriedenheit. Kritik gab es nicht und konnte es auch gar nicht geben.

Man spielte noch einmal die Ouvertüre »Heim, mein Heim«, und der Vorhang hob sich von neuem. Es folgte der »Kedril«. Das Stück hat eine gewisse Ähnlichkeit mit dem Don Juan; zumindest befördern am Ende des Stücks die Teufel Herrn und Diener in die Hölle. Ein ganzer Akt wurde gegeben, aber das war offensichtlich nur ein Fragment; Anfang und Ende waren verlorengegangen. Von Sinn und Verstand auch nicht eine Spur. Die Handlung spielt in Rußland, irgendwo in einer Herberge. Der Wirt führt einen Herrn in Mantel und verbeultem Zylinder ins Zimmer. Ihm folgt Kedril, sein Diener, mit einem Koffer und einem in blaues Papier eingewickelten Huhn. Kedril hat eine Pelzjoppe an und trägt eine Dienermütze. Er ist besagter Vielfraß. Gespielt wurde er vom Sträfling Pozejkin, Bakluschins Rivalen; den Herrn spielte derselbe Iwanow, der im ersten Stück die Mildtätige Gutsbesitzerin dargestellt hatte. Der Wirt – Nezwetajew – verkündet, in diesem Zimmer trieben Teufel ihr Unwesen, und geht ab. Der Herr murmelt, besorgt und mit finsterer Miene, das wisse er schon lange, und befiehlt Kedril, die Sachen auszupacken und Abendbrot zu machen. Der ist ein Feigling und ein Vielfraß. Als er von den Teufeln hört, wird er blaß und zittert wie Espenlaub. Er würde gern weglaufen, aber er fürchtet seinen Herrn. Außerdem hat er auch Hunger. Er ist lüstern und dumm, aber auf seine Art pfiffig, und ein Feigling, der seinen Herrn auf Schritt und Tritt betrügt und dabei Angst vor ihm hat. Dies ist ein bemerkenswerter Dienertyp, in dem ganz vage und verschwommen Züge von Leporello zu erkennen sind, und er wurde auch wirklich bemerkenswert dargestellt. Pozejkin besaß entschieden Talent und war meiner Ansicht nach ein noch besserer Schauspieler als Bakluschin. Als ich am nächsten Tag mit Bakluschin zusammentraf, hielt ich mit meiner Meinung natürlich etwas hinter dem Berg; sonst hätte ich ihn zu sehr gekränkt. Der Sträfling, der den Herrn darstellte, spielte gleichfalls nicht übel. Er gab den schrecklichsten Unsinn von sich, einfach ganz unmöglich; aber seine Sprache war einwandfrei und lebendig, und seine Gesten standen damit in Einklang. Während Kedril mit den Koffern beschäftigt ist, geht sein Herr nachdenklich auf der Bühne auf und ab und verkündet laut und vernehmlich, an diesem Abend werde seine Wanderschaft ein Ende finden. Kedril hört neugierig zu, schneidet Grimassen, macht Seitenbemerkungen und bringt die Zuschauer mit jedem Wort zum Lachen. Um seinen Herrn tut es ihm nicht leid; aber er hat etwas von Teufeln gehört und möchte nun gerne wissen, was es damit auf sich hat, und so fängt er an, seinen Herrn auszuhorchen. Der verrät ihm schließlich, daß er einst in der Not die Hölle um Hilfe angerufen hat; die Teufel hätten ihm auch geholfen und ihn aus der Klemme befreit. Heute aber sei die Frist um, und vielleicht würden sie heute noch kommen, um, dem Pakt gemäß, seine Seele zu holen. Da befällt Kedril eine schreckliche Angst. Doch sein Herr bewahrt Gleichmut und befiehlt ihm, das Abendbrot herzurichten. Als Kedril etwas von Abendbrot hört, lebt er wieder auf, holt das Huhn hervor und den Wein, dabei rupft er sich hier und da

»Die mildtätige Gutsbesitzerin war ebenfalls höchst bemerkenswert: Sie erschien in einem alten, abgetragenen Musselinkleid, das schon wie ein richtiger Lumpen aussah, an Hals und Armen bloß, das Gesicht übertrieben weiß und rot geschminkt, mit einem Nachthäubchen aus Kaliko, das unterm Kinn zugebunden war, in der einen Hand einen Sonnenschirm und in der anderen einen Fächer aus bemaltem Papier, mit dem sie sich unaufhörlich Luft zufächelte.« S. 205

etwas von dem Huhn ab und kostet. Das Publikum lacht schallend. Plötzlich knarrt eine Tür, und der Wind rüttelt an den Fensterläden. Kedril fängt an zu schlottern und stopft sich hastig, fast unbewußt ein riesiges Stück Huhn in den Mund, das er kaum bewältigen kann. Erneut Gelächter. »Fertig?« ruft der Herr, der im Zimmer auf und ab geht. »Gleich, Herr ... Ich ... mach's Euch noch zurecht«, antwortet Kedril, setzt sich an den Tisch und beginnt seelenruhig die Mahlzeit seines Herrn zu verschlingen. Dem Publikum gefiel offensichtlich die Geschicklichkeit und Schlauheit des Dieners und daß sein Herr das Nachsehen hatte. Ich muß gestehen, auch Pozejkin verdiente wahrhaftig Lob. Die Worte »Gleich, Herr ... Ich ... mach's Euch noch zurecht!« brachte er großartig hervor. Nachdem er sich an den Tisch gesetzt hat, fängt er gierig an zu essen, fährt jedoch bei jedem Schritt seines Herrn zusammen, aus Furcht, der könnte seinen Streich entdecken. Kaum dreht sich jener um, versteckt er sich unter dem Tisch und nimmt das Huhn mit. Endlich hat er seinen ersten Hunger gestillt; es wird Zeit für ihn, an seinen Herrn zu denken. »Kedril, bist du bald soweit?« ruft sein Herr. »Fertig, Herr!« antwortet Kedril forsch und wird plötzlich inne, daß für seinen Herrn kaum noch etwas übriggeblieben ist. Auf dem Teller liegt tatsächlich nur noch ein Hühnerbein. Der Herr, düster und sorgenvoll, setzt sich, ohne etwas zu merken, an den Tisch, und Kedril stellt sich mit einer Serviette hinter seinen Stuhl. Jedes Wort, jede Gebärde, jede Grimasse Kedrils, wenn er, zum Publikum gewandt, mit dem Kopf auf seinen einfältigen Herrn deutet, wird von den Zuschauern mit unbändigem Gelächter quittiert. Doch da, kaum daß sein Herr zu essen angefangen hat, erscheinen die Teufel. Hier nun versteht man nichts mehr, und auch die Teufel weichen allzusehr von der landläufigen Vorstellung ab: In einer Seitenkulisse öffnet sich eine Tür und etwas in Weiß Gehülltes erscheint, das eine Laterne mit Kerze an Stelle des Kopfes hat. Ein anderes Phantom, gleichfalls mit einer Laterne als Kopf, hält eine Sense in der Hand. Was die Laternen und die Sense sollen und warum die Teufel in Weiß sind, das kann sich niemand erklären. Übrigens macht sich auch keiner Gedanken darüber. Wahrscheinlich muß es so sein. Ziemlich furchtlos dreht sich der Herr nach den Teufeln um und ruft ihnen zu, er sei bereit, von ihnen geholt zu werden. Kedril hingegen ist furchtsam wie ein Hase; er kriecht unter den Tisch, vergißt jedoch trotz all seiner Angst nicht, die Flasche vom Tisch mitzunehmen. Die Teufel verschwinden für einen Augenblick, und Kedril kommt wieder unter dem Tisch hervor. Doch kaum macht sich sein Herr erneut über das Huhn her, stürzen drei Teufel ins Zimmer, packen ihn von hinten und fahren mit ihm zur Hölle. »Kedril! Rette mich!« schreit der Herr. Aber Kedril hat keine Lust dazu. Diesmal hat er neben der Flasche auch den Teller und sogar das Brot mit unter den Tisch genommen. Doch nun ist er allein; die Teufel sind nicht mehr da und sein Herr auch nicht. Kedril kommt wieder hervorgekrochen, schaut sich um, und ein Lächeln erhellt sein Gesicht. Er zwinkert verschmitzt, setzt sich an den Tisch seines Herrn und sagt, dem Publikum zunickend, halblaut: »Jetzt bin ich allein; herrenlos!«

Alle lachen darüber, daß er herrenlos ist. Aber dann fügt er, vertraulich ans Publikum gewandt und immer vergnügter mit einem Auge zwinkernd, im Flüsterton hinzu: »Den Herrn haben die Teufel geholt!«

Die Begeisterung der Zuschauer war grenzenlos. Abgesehen davon, daß den Herrn die Teufel geholt hatten, wurde das so gesagt, mit solcher Verschmitztheit, mit solch einer spöttisch-triumphierenden Grimasse, daß man gar nicht anders konnte, als Beifall zu spenden. Doch Kedrils Glück währt nicht lange. Eben hat er sich aus der Flasche bedient, sich ein Glas eingegossen und will trinken, als plötzlich die Teufel zurückkehren, sich auf Zehenspitzen von hinten anschleichen und ihn unter den Armen packen. Kedril schreit aus vollem Halse; vor Angst wagt er nicht, sich umzudrehen. Wehren kann er sich auch nicht; hält er doch die Flasche und das Glas in den Händen, von denen er sich nicht zu trennen vermag. Den Mund vor Entsetzen weit aufgesperrt, sitzt er wohl eine halbe Minute da und starrt mit einem so komischen Ausdruck jämmerlicher Furcht ins Publikum, daß man ihn förmlich malen könnte. Schließlich nehmen sie ihn und schleppen ihn hinaus; die Flasche behält er in der Hand. Er strampelt mit den Beinen und schreit und schreit. Selbst hinter den Kulissen ist sein Geschrei noch zu hören. Doch der Vorhang fällt, und alles lacht, alles ist begeistert. Das Orchester spielt ein Tanzlied, einen Kamarinsker.

Er beginnt ganz leise, kaum hörbar, doch dann wird die Melodie immer lauter gespielt, und das Tempo wird immer schneller, Finger schnipsen verwegen gegen die Resonanzdecke der Balalaikas ... Das ist ein mit aller Leidenschaft gespielter Kamarinsker, und wahrlich, es wäre schön, hätte Glinka ihn zufällig bei uns im Gefängnis hören können. Dann beginnt eine Pantomime mit Musik. Der Kamarinsker verstummt während der ganzen Pantomime nicht. Dargestellt ist das Innere einer Kate. Ein Müller und seine Frau sind auf der Bühne. Der Müller bessert in einer Ecke Zaumzeug aus, und in einer anderen Ecke spinnt seine Frau Flachs. Die Frau wird von Sirotkin gespielt und der Müller von Nezwetajew.

Ich muß hinzufügen, daß unsere Dekorationen recht armselig waren. In diesem, im vorhergehenden und auch in den übrigen Stücken mußte die Phantasie ergänzen, was die Augen nicht sahen. An Stelle der hinteren Wand war eine Art Teppich oder Pferdedecke gespannt, und auf der rechten Seite stand eine schäbige spanische Wand, während die linke offen war, so daß man die Pritschen sehen konnte. Doch die Zuschauer waren nicht anspruchsvoll und ergänzten in ihrer Phantasie bereitwillig die Wirklichkeit, um so mehr als Sträflinge eine besondere Fähigkeit dafür besitzen: Ist von einem Garten die Rede, dann halt es auch für einen Garten, von einem Zimmer, dann für ein Zimmer, von einer Kate, dann für eine Kate – ist doch ganz egal, davon macht man doch nicht viel Aufhebens! Sirotkin wirkte im Kostüm einer jungen Bäuerin recht anziehend. Von den Zuschauern wurden halblaut Komplimente gemacht. Der Müller ist mit seiner Arbeit fertig, er nimmt die Mütze, nimmt eine Knute, geht zu seiner Frau hin und erklärt ihr durch Zeichen, daß er weggehen muß; doch wenn sie während seiner Abwesenheit jemand empfange, dann ... und er zeigt auf die Knute. Seine Frau hört zu und nickt. Diese Knute ist ihr wahrscheinlich nur allzu gut bekannt – das Weib nimmt es mit der Treue nicht so genau. Der Mann geht. Kaum ist er aus der Tür, droht sie mit der Faust hinter ihm her. Da klopft es; die Tür öffnet sich, und es erscheint ein bärtiger Mann im Kaftan, der Nachbar, ebenfalls ein Müller. Er hat ein Geschenk in der Hand, ein rotes Tuch. Das Weib lacht. Aber gerade als der Nachbar sie umarmen will, klopft es wieder an der Tür. Wohin mit ihm? Rasch versteckt sie ihn unter dem Tisch und fährt fort zu spinnen. Es erscheint ein zweiter Verehrer: ein Schreiber in Militäruniform. Bis hierher ist die Pantomime untadelig gespielt worden, waren Gesten und Bewegungen absolut richtig. Ja, einen konnte sogar das Staunen ankommen beim Anblick dieser Laienschauspieler, und man dachte unwillkürlich: Wieviel Kraft und

Begabung geht bei uns in Rußland zuweilen fast ungenutzt in Unfreiheit oder durch ein schweres Schicksal zugrunde! Doch der Sträfling, der den Schreiber spielte, war offenbar einmal an einem Provinz- oder Haustheater gewesen und meinte wohl, unsere Schauspieler verstünden allesamt nichts von der Sache und gingen nicht so, wie man auf der Bühne gehen müsse. Und so trat er denn auf, wie in alten Zeiten die klassischen Helden dem Vernehmen nach auf dem Theater aufgetreten sind: Er machte einen langen Schritt und blieb, noch bevor er den anderen Fuß nachgezogen hatte, plötzlich stehen, bog den ganzen Rumpf und den Kopf zurück, blickte stolz um sich und tat dann den zweiten Schritt. Wenn ein solcher Gang schon bei den klassischen Helden lächerlich war, wirkte er bei einem Militärschreiber in einer komischen Szene noch lächerlicher. Doch unser Publikum dachte, das müsse wohl so sein, und nahm die langen Schritte des hochaufgeschossenen Schreibers als vollendete Tatsache ohne sonderliche Kritik hin. Kaum ist der Schreiber bis zur Bühnenmitte gelangt, da klopft es abermals. Die Hausfrau gerät erneut in große Aufregung. Wohin mit dem Schreiber? In die Truhe, zumal sie nicht abgeschlossen ist. Der Schreiber klettert hinein, und das Weib klappt den Deckel zu. Diesmal erscheint ein besonderer Gast, gleichfalls ein Verliebter, aber ein nicht alltäglicher. Es ist ein Brahmane, und sogar in Tracht. Unbändiges Gelächter bei den Zuschauern. Den Brahmanen spielt der Sträfling Koschkin, und er spielt ihn ausgezeichnet. Er hat eine Brahmanenfigur. Durch Gesten bringt er das ganze Ausmaß seiner Liebe zum Ausdruck. Er hebt die Hände gen Himmel und preßt sie dann an seine Brust, ans Herz; doch kaum beginnt er zärtlich zu werden, bumst es heftig gegen die Tür. An dem Schlag hört man, daß es der Hausherr ist. Die erschrockene Frau ist außer sich, und der Brahmane rennt wie besessen hin und her und fleht sie an, ihn zu verstecken. In aller Eile stellt sie ihn hinter den Schrank, stürzt dann, das Öffnen der Tür vergessend, zu ihrem Garn und spinnt und spinnt, ohne das Klopfen ihres Mannes zu beachten; in der Aufregung zwirnt sie einen Faden, den sie gar nicht in der Hand hält, und dreht die Spindel, die sie vom Fußboden aufzuheben vergessen hat. Sirotkin spielt diese Angst sehr gut und überzeugend. Der Hausherr aber tritt die Tür mit dem Fuß ein und geht mit der Knute in der Hand auf seine Frau zu. Er hat auf der Lauer gestanden und alles bemerkt, und nun sagt er ihr mit Hilfe seiner Finger auf den Kopf zu, daß sie drei Männer bei sich verborgen hat. Dann sucht er die Versteckten. Als ersten findet er den Nachbarn und geleitet ihn mit Püffen aus dem Zimmer. Der Schreiber, der sich in seiner Angst aus dem Staube machen will, hebt mit dem Kopf den Dekkel ein wenig an und verrät sich dadurch selber. Der Hausherr treibt ihn mit der Knute an, und diesmal kommt der verliebte Schreiber ganz und gar unklassisch dahergesprungen. Bleibt noch der Brahmane; der Hausherr sucht lange nach ihm; endlich entdeckt er ihn in der Ecke hinter dem Schrank, verbeugt sich höflich vor ihm und zerrt ihn dann am Bart in die Mitte der Bühne. Der Brahmane versucht sich zu wehren und schreit: »Du Verfluchter, du!« (die einzigen Worte, die in der Pantomime gesprochen werden), doch der Ehemann läßt sich nicht beeindrucken und rechnet auf seine Weise ab. Als seine Frau merkt, daß die Reihe nun an sie kommt, wirft sie Garn und Spindel hin und läuft aus dem Zimmer; die Spinnbank fällt um, und die Sträflinge lachen. Ohne mich dabei anzusehen, zupft mich Alej am Ärmel und ruft: »Sieh doch nur! Der Brahmane, der Brahmane!« und kann sich vor Lachen kaum halten. Der Vorhang fällt. Eine neue Szene beginnt.

Doch ich kann es mir wohl ersparen, alle Szenen zu schildern. Es folgten noch zwei oder drei. Sie waren sämtlich komisch und bereiteten echtes Vergnügen. Wenn die Sträflinge sie auch nicht selber verfaßt hatten, so legten sie zumindest in jede von ihnen etwas Eigenes hinein. Fast jeder Schauspieler improvisierte, so daß an den folgenden Abenden ein und derselbe Darsteller ein und dieselbe Rolle immer etwas anders spielte. Die letzte Pantomime war von phantastischer Art und endete mit einem Ballett. Ein Toter wird bestattet. Ein Brahmane mit zahlreicher Dienerschaft nimmt über dem Sarg allerlei Beschwörungen vor, doch nichts hilft. Schließlich erklingt »Die Sonne gehet unter«, der Tote wird wieder lebendig, und vor Freude fangen alle an zu tanzen. Der Brahmane tanzt mit dem Toten, und zwar auf ganz besondere, auf Brahmanenweise. Damit schließt das Theater, bis zum nächsten Abend. Vergnügt und zufrieden gehen die Unsrigen auseinander, loben die Darsteller und bedanken sich bei dem Unteroffizier. Es gibt keinerlei Streit. Alle sind ungewöhnlich zufrieden, ja, wie's scheint, sogar glücklich und schlafen, verglichen mit sonst, fast ruhigen Gemüts ein – und warum wohl? Aber das ist nicht bloß Einbildung von mir. Es ist wirklich und wahrhaftig so. Da hat man diesen armen Menschen für kurze Zeit gestattet, auf ihre Weise zu leben, sich zu vergnügen wie die anderen, wenigstens eine Stunde nicht wie im Gefängnis zu verbringen, und schon ändern sie sich moralisch, und sei es auch nur für wenige Minuten.

Doch nun ist bereits tiefe Nacht. Ich zucke zusammen und werde unversehens wach. Der Alte auf dem Ofen betet immer noch und wird dort auch bis zum Morgengrauen beten. Alej schläft still neben mir. Ich entsinne mich, daß er selbst beim Einschlafen noch gelacht und sich mit seinen Brüdern über das Theater unterhalten hat, und vertiefe mich unwillkürlich in den Anblick seines friedlichen Kindergesichts. Nach und nach fällt mir alles wieder ein: der letzte Tag, das Weihnachtsfest, dieser ganze Monat ... Erschrocken hebe ich den Kopf und mustere beim zitternden, trüben Schein der Anstaltskerze meine schlafenden Kameraden. Ich betrachte ihre Gesichter, ihre armseligen Lager, diese ganze hoffnungslose Not und Armut, mein Blick saugt sich förmlich daran fest, als wollte ich mich vergewissern, ob das nur die Fortsetzung eines häßlichen Traums oder handfeste Wirklichkeit ist. Aber es ist Wirklichkeit: Da höre ich jemand stöhnen; jemand macht eine heftige Armbewegung, und seine Fesseln klirren. Ein anderer fährt im Schlaf zusammen und fängt an zu sprechen; der Opa auf dem Ofen betet für alle »rechtgläubigen Christen«, und ich höre sein leises, eintöniges und langgezogenes »Herr Jesus Christus, erbarme dich unser!«

Ich bin ja nicht für immer hier, sondern bloß für einige Jahre! denke ich bei mir und lasse meinen Kopf wieder auf das Kissen sinken.

Ende des ersten Teils

ZWEITER TEIL

1 *Das Lazarett*

Kurz nach den Feiertagen wurde ich krank und kam in unser Lazarett, das, eine halbe Werst von der Festung entfernt, ganz für sich lag. Es war ein langgestrecktes, eingeschossiges gelbes Gebäude. Im Sommer, wenn renoviert wurde, verwendete man für den Anstrich Unmengen von Ocker. Auf dem riesigen Lazaretthof standen die Wirtschaftsgebäude, die Häuser für die medizinische Verwaltung und sonstige notwendige Baulichkeiten. Im Hauptgebäude aber befanden sich ausschließlich Krankensäle. Es gab sehr viele Krankensäle, doch für die Sträflinge nur zwei, die waren immer stark belegt, vor allem im Sommer, so daß häufig die

Betten zusammengerückt werden mußten. Unsere Krankensäle bevölkerten »Ungückliche« aller Art. Außer Leuten von uns kamen dorthin auch angeklagte Soldaten, die in verschiedenen Hauptwachen saßen, gezüchtigte Sträflinge, noch nicht gezüchtigte und solche, die sich auf dem Transport befanden; es kamen auch Angehörige von Strafkompanien, einer merkwürdigen Einrichtung, in welche die Bataillone Soldaten, die sich etwas hatten zuschulden kommen lassen oder wenig zuverlässig waren, zwecks Besserung steckten und von wo sie nach zwei oder mehr Jahren gewöhnlich als solche Schurken entlassen wurden, wie man sie nur selten findet. Erkrankte Sträflinge meldeten sich bei uns meist morgens bei ihrem Unteroffizier. Sie wurden dann sofort in ein Buch eingetragen und mit diesem Buch unter Bewachung ins Bataillonslazarett geschickt. Dort untersuchte ein Arzt oberflächlich alle Kranken von sämtlichen in der Festung liegenden Truppenteilen, und wen er für tatsächlich krank befand, den überwies er ins Lazarett. Ich war ins Buch eingetragen worden, und zwischen eins und zwei, als bereits alle von uns zur Nachmittagsarbeit ausgerückt waren, begab ich mich ins Lazarett. Ein kranker Sträfling nahm gewöhnlich soviel Geld und Brot mit, wie er konnte, weil er für diesen Tag im Lazarett nicht mehr mit Verpflegung rechnen konnte, außerdem Pfeifchen und Tabaksbeutel, Feuerstein und Stahl. Die letzteren Gegenstände wurden sorgfältig in den Stiefeln versteckt. Beim Betreten des Lazaretthofs sah ich dieser neuen, mir noch unbekannten Variante unseres Sträflingsdaseins mit einer gewissen Spannung entgegen.

Es war ein warmer, aber trüber und melancholischer Tag – einer von jenen, an denen solche Anstalten wie ein Lazarett besonders nüchtern, trist und bedrückend wirken. Mit meinem Begleitsoldaten betrat ich den Empfangsraum, in dem zwei kupferne Wannen standen und bereits zwei kranke Sträflinge, die ihre Züchtigung noch vor sich hatten, mit ihren Begleitsoldaten warteten. Ein Feldscher kam herein, musterte uns träge und von oben herab und ging dann noch träger, dem diensthabenden Arzt Meldung zu machen. Der erschien bald darauf; er untersuchte uns, behandelte uns recht freundlich und gab »Krankenblätter« an uns aus, in die unsere Namen eingetragen waren. Die weitere Diagnose der Krankheit, das Verordnen von Medikamenten, das Festlegen des Verpflegungssatzes und dergleichen mehr blieben dem Arzt vorbehalten, der die Sträflingsstation leitete. Ich hatte bereits vorher gehört, daß die Sträflinge über ihre Ärzte des Lobes voll waren. »Wie leibliche Väter sind sie!« antworteten sie, als ich mich erkundigte, bevor ich ins Lazarett ging. Inzwischen zogen wir uns um. Die Kleidung und die Wäsche, in denen wir gekommen waren, mußten wir abgeben und statt dessen Lazarettwäsche anziehen; außerdem teilte man lange Strümpfe, Pantoffeln, Nachtmützen und Schlafröcke aus dickem dunkelbraunem Tuch an uns aus, die mit Leinen oder einer Art Pflaster gefüttert waren. Kurz gesagt: Der Schlafrock war bis zum äußersten verdreckt; aber ich habe ihn gleich so recht schätzengelernt. Hierauf brachte man uns in den Gefangenentrakt, der am Ende eines ungewöhnlich langen, hohen und sauberen Korridors lag. Äußerlich herrschte überall befriedigende Sauberkeit; alles, was gleich ins Auge fiel, glänzte nur so. Aber mag sein, daß es mir nach unserem Gefängnis auch nur so vorkam. Die beiden noch nicht gezüchtigten Sträflinge kamen in den linken Saal, ich in den rechten. Vor der mit einem Eisenbolzen zugesperrten Tür stand ein Posten mit Gewehr, in seiner Nähe ein zweiter, ihm untergebener. Nachdem ein Unteroffizier von der Lazarettwache befohlen hatte, mich hineinzulassen, befand ich mich in einem langen, schmalen Raum, an dessen beiden Längswänden Betten standen, zweiundzwanzig an der Zahl, davon drei bis vier noch nicht belegt. Die Betten waren aus Holz und grün angestrichen; jeder in Rußland kennt sie nur allzu gut, da sie, gleichsam schicksalhaft bedingt, einfach nicht wanzenfrei sein können. Ich suchte mir eines in der Ecke auf der Fensterseite aus.

Wie bereits gesagt, lagen hier auch Sträflinge von uns, aus dem Gefängnis. Einige von ihnen kannten mich bereits oder hatten mich zumindest schon vorher gesehen. Die meisten hier aber waren noch nicht gezüchtigte Sträflinge oder stammten aus einer Strafkompanie. Schwerkranke, das heißt solche, die nicht aufstehen konnten, gab es nicht allzu viele. Die übrigen, die leichten Fälle und die Genesenden, saßen auf den Betten oder wanderten im Saal auf und ab, wo zwischen den beiden Bettenreihen noch genügend Platz zum Spazierengehen war. In dem Raum herrschte ein stickiger Krankenhausgeruch. Die Luft war geschwängert von allerlei unangenehmen Ausdünstungen und dem Geruch von Medikamenten, obwohl fast den ganzen Tag der Ofen in der Ecke geheizt wurde. Über mein Bett war ein gestreifter Überzug gebreitet. Ich nahm ihn ab. Darunter lagen eine mit Leinen gefütterte Tuchdecke und dicke Wäsche von recht zweifelhafter Sauberkeit. Neben dem Bett stand ein Tischchen und darauf ein Krug und ein Zinnbecher. Das alles war anstandshalber mit dem mir zugeteilten kleinen Handtuch bedeckt. Weiter unten hatten die Tischchen noch eine Platte, auf der die Teekannen der Teetrinker, die Dekkelkrüge mit Kwas und dergleichen mehr Platz fanden; es gab jedoch nur ganz wenige Teetrinker unter den Kranken. Die Pfeife hingegen und der Tabaksbeutel, die fast jeder besaß, die Schwindsüchtigen nicht ausgenommen, wurden unter dem Bett versteckt. Der Arzt und das übrige Personal untersuchten die Betten so gut wie nie, und wenn sie mal jemand mit einer Pfeife antrafen, taten sie so, als bemerkten sie es nicht. Im übrigen waren die Kranken fast immer vorsichtig und rauchten am Ofen. Höchstens nachts rauchten sie im Bett; aber dann kam auch niemand durch die Säle, höchstens hin und wieder der Offizier der Lazarettwache.

Bisher hatte ich noch niemals in einem Krankenhaus gelegen; deshalb war alles ringsum absolut neu für mich. Ich merkte, daß ich einige Neugier erregte. Man hatte schon von mir gehört und musterte mich ganz ungeniert, sogar mit einem Anflug von Überlegenheit, so wie man in der Schule einen Neuling mustert oder bei Behörden einen Bittsteller. Rechts neben mir lag ein noch nicht gezüchtigter Sträfling, ein Schreiber, unehelicher Sohn eines Hauptmanns a.D. Er war wegen Falschmünzerei verurteilt worden und lag bereits ein Jahr im Lazarett; allem Anschein nach war er überhaupt nicht krank, aber er hatte den Ärzten eingeredet, er leide an Arterienerweiterung. Er erreichte damit, was er wollte: Die Katorga und die körperliche Züchtigung blieben ihm erspart, und ein Jahr später wurde er nach T. verschickt, um dort im Lazarett gefangengehalten zu werden. Er war untersetzt und kräftig, ungefähr achtundzwanzig Jahre alt, mit allen Wassern gewaschen und kannte sich in den Gesetzen aus; er hatte es faustdick hinter den Ohren, war ein rotzfrecher, sehr von sich eingenommener, krankhaft eitler Kerl und allen Ernstes davon überzeugt, der ehrenhafteste, redlichste Mensch von der Welt und völlig unschuldig zu sein, und er blieb auch bei dieser Überzeugung. Er sprach mich als erster an, fragte mich neugierig aus und berichtete mir ziemlich ausführlich von den äußeren Regeln des Lazaretts. Zunächst klärte er mich natürlich darüber auf, daß er der Sohn eines Hauptmanns sei. Er wollte gar zu gern als Adliger oder zumindest als »Wohlgeborener« gelten. Nach ihm trat ein Kranker aus der Strafkompanie auf mich zu und behauptete, er habe viele der früher verbannten Adligen gekannt, nannte auch ihre Vor- und Vatersnamen. Er war ein schon grauhaariger Soldat, und ihm stand im Gesicht geschrieben, daß er sich das alles nur aus den Fingern sog. Tschekunow hieß er. Offensichtlich wollte er sich bei mir einschmeicheln, wahrscheinlich vermutete er Geld. Als er ein Päckchen mit Tee und Zucker bei mir entdeckte, erbot er sich sofort, einen Teekessel zu besorgen und mir Tee aufzubrühen. Einen Teekessel hatte mir bereits M. aus dem Gefängnis zu schicken versprochen; er wollte ihn am nächsten Tag einem der Sträflinge mitgeben, die im Lazarett arbeiteten. Doch Tschekunow erledigte das alles. Er besorgte einen kleinen gußeisernen Kessel und sogar eine Tasse, kochte Wasser und brühte Tee auf; kurz und gut, er erwies mir mit außerordentlichem Eifer alle möglichen Dienste, was sogleich einen der anderen Kranken dazu bewog, boshafte Bemerkungen über ihn zu machen. Dieser Kranke, ein Schwindsüchtiger, lag mir gegenüber, hieß Ustjanzew und war ein noch nicht gezüchtigter Soldat, ebenjener, der aus Angst vor der körperlichen Strafe einen Viertelschtof Branntwein, mit Tabak angesetzt, getrunken und sich dadurch die Schwindsucht geholt hatte; von ihm war schon einmal die Rede. Bis dahin hatte er stumm und schwer atmend dagelegen, mich ernst und unverwandt angestarrt, entrüstet ob Tschekunows Geschäftigkeit. Der außergewöhnliche, bittere Ernst verlieh seiner Entrüstung eine besonders komische Färbung. Schließlich konnte er nicht mehr an sich halten.

»Sieh einer an, diese Knechtsseele! Hat einen Herrn gefunden!« sagte er mit vor Anstrengung keuchender Stimme und Pausen dazwischen. Seine Tage waren bereits gezählt.

Empört wandte sich ihm Tschekunow zu.

»Wer ist eine Knechtsseele?« fragte er, ihn verächtlich anblikkend.

»Du!« erwiderte Ustjanzew so selbstsicher, als wäre es sein gutes Recht, Tschekunow abzukanzeln, und er ihm eigens dazu beigegeben.

»Ich eine Knechtsseele?«

»Jawohl du! Hört euch das an, liebe Leute, er glaubt es nicht! Er staunt noch!«

»Was kümmert's dich! Siehst doch: Allein sind sie wie ohne

Hände. Ohne Diener kommen sie nicht klar, das weiß doch jeder! Warum soll ich ihm da nicht zur Hand gehen, du fransenmäulige Witzfigur!«

»Wer ist fransenmäulig?«

»Du!«

»Ich fransenmäulig?«

»Jawohl, du!«

»Bist du vielleicht 'ne Schönheit? Hast selber ein Gesicht wie 'n Krähenei, wenn ich fransenmäulig bin.«

»Das bist du auch! Dich hat der liebe Gott ja schon gestraft. Solltest lieber still liegen und sterben! Aber nein, woher denn, muß noch quatschen! Na, wozu denn bloß?«

»Wozu! Nee, dann bück ich mich schon lieber vor einem Stiefel als vor einem Bastschuh. Mein Vater hat nie gekatzbuckelt und es auch mir nicht beigebracht. Ich ... Ich ...«

Er wollte noch weitersprechen, bekam jedoch einen heftigen Hustenanfall, der ein paar Minuten dauerte und bei dem er Blut spuckte. Bald trat ihm vor Schwäche der kalte Schweiß auf die schmale Stirn. Der Husten hinderte ihn immer noch, weiterzureden; es war ihm von den Augen abzulesen, wie gerne er weitergegeifert hätte, aber erschöpft machte er nur noch eine wegwerfende Handbewegung. Und so hatte Tschekunow ihn auch bald vergessen.

Ich spürte, daß sich der Groll des Schwindsüchtigen eigentlich mehr gegen mich als gegen Tschekunow richtete. Niemand hätte ihm den Wunsch, sich durch Dienstfertigkeit einzuschmeicheln und sich so ein paar Kopeken zu verdienen, verübelt oder ihn deshalb mit besonderer Geringschätzung betrachtet. War doch jedem klar, daß er das nur des Geldes wegen tat. In dieser Hinsicht ist das einfache Volk ganz und gar nicht kleinlich und weiß die Dinge sehr fein zu unterscheiden. Ich war es, den Ustjanzew nicht leiden konnte; mein Tee mißfiel ihm und daß ich auch in Fesseln wie ein Herr nicht ohne Bedienung auszukommen schien, obwohl ich nicht darum gebeten hatte und auch gar keine wünschte. Tatsächlich wollte ich immer alles selber machen und um keinen Preis den Anschein erwecken, ich sei ein verwöhnter Weichling, der den feinen Herrn spielt und sich nicht gern die Hände beschmutzt. Ich setzte zum Teil sogar meinen ganzen Ehrgeiz daran, wenn ich das hier einmal sagen darf. Dennoch – und es ist mir völlig rätselhaft, wie das kam – konnte ich mich nie vor all den

Dienern und Helfern retten, die sich mir förmlich aufdrängten und mich zu guter Letzt völlig in der Hand hatten, so daß in Wirklichkeit sie meine Herren waren und ich ihr Diener; nach außen hin aber sah es dann so aus, daß ich tatsächlich ein Herr war, der ohne Bedienung nicht auskommen konnte. Das wurmte mich natürlich sehr. Doch Ustjanzew war schwindsüchtig und reizbar. Die übrigen Kranken hingegen gaben sich gleichgültig, ja ließen sogar einen gewissen Hochmut erkennen. Ich erinnere mich noch, daß sie gerade ein besonderes Ereignis beschäftigte: Wie ich aus ihren Gesprächen erfuhr, sollte an diesem Abend einer zu uns gebracht werden, der zu dieser Zeit Spießruten lief. Die Sträflinge waren auf den Neuzugang ziemlich gespannt. Sie meinten übrigens, die Strafe sei leicht: nur fünfhundert.

Allmählich gewann ich einen Überblick. Soviel ich ersehen konnte, litten die wirklich Kranken hier überwiegend an Skorbut und an Augenkrankheiten, die in jener Gegend häufig vorkommen. Von solchen Kranken gab es im Saal etliche. Die restlichen wirklich Kranken hatten Fieber, allerlei Geschwüre und Wunden oder ein Brustleiden. Anders als in den übrigen Sälen waren hier alle möglichen Kranken zusammengelegt, selbst Geschlechtskranke. Ich spreche von den *wirklich Kranken*, weil es auch einige gab, die *einfach so*, ohne überhaupt krank zu sein, »nur zur Erholung« da waren. Die Ärzte nahmen sie bereitwillig auf, aus Mitleid, besonders wenn viele Betten frei waren. Die Verhältnisse in den Hauptwachen und Gefängnissen erschienen im Vergleich zu denen im Lazarett dermaßen schlecht, daß viele Sträflinge mit Vergnügen hierherkamen, ungeachtet der stickigen Luft und des zugesperrten Saals. Es gab sogar ausgesprochene Liebhaber des Liegens und des Lazarettlebens; die meisten kamen übrigens aus der Strafkompanie. Neugierig musterte ich meine neuen Gefährten; mein besonderes Interesse aber, das weiß ich noch, erregte damals einer aus unserem Gefängnis, dessen Tage bereits gezählt waren; gleichfalls schwindsüchtig und dem Ende nahe, lag er zwei Betten weiter als Ustjanzew und somit auch mir fast gegenüber. Er hieß Michailow; noch vierzehn Tage zuvor hatte ich ihn im Gefängnis gesehen. Er war schon seit langem krank und hätte sich längst in Behandlung begeben müssen; doch mit hartnäckiger, völlig unangebrachter Geduld hatte er sich zusammengerissen, durchgehalten und war erst zum Fest ins Lazarett gegangen, wo er drei Wochen später an der schrecklichen Schwindsucht starb; es war, als verglühte er. Jetzt machte mich sein furchtbar verändertes Gesicht betroffen, ein Gesicht, das mir bei meiner Einlieferung ins Gefängnis als eines der ersten aufgefallen war; damals hatte es mich stark beeindruckt. Neben ihm lag ein Soldat aus der Strafkompanie, schon ziemlich alt und ein entsetzlicher, widerwärtiger Schmutzfink. Aber ich kann hier unmöglich alle Kranken aufführen. Dieser alte Knaster fiel mir jetzt nur deshalb ein, weil er auch damals einen gewissen Eindruck auf mich gemacht und es in kürzester Zeit fertiggebracht hat, mir einen ziemlich vollständigen Begriff von gewissen Besonderheiten des Sträflingssaals zu geben. Dieser alte Graukopf, erinnere ich mich, hatte damals einen heftigen Schnupfen. Er nieste fortwährend, eine ganze Woche lang sogar im Schlaf, in regelrechten Salven, fünf-, sechsmal hintereinander, und sagte dann jedesmal prompt: »Mein Gott, ist das eine Strafe!« In jenem Augenblick saß er auf seinem Bett und stopfte sich aus einem Papiertütchen gierig Schnupftabak in die Nase, um sich durch stärkeres und regelmäßigeres Niesen Erleichterung zu verschaffen. Er nieste in ein ihm gehörendes kariertes Taschentuch, das wohl schon hundertmal gewaschen und völlig verschossen war; dabei krauste er seine kleine Nase ganz eigenartig, so daß sich unzählige Fältchen bildeten, und entblößte seine alten schwarzen Zahnstummel samt dem sabberigen roten Zahnfleisch. Hinterher schlug er das Taschentuch sogleich auseinander, betrachtete aufmerksam den reichlich darin angesammelten Schleim und schmierte ihn unverzüglich an seinen braunen Anstaltsschlafrock, so daß nur noch wenig Feuchtigkeit im Taschentuch blieb. Das machte er die ganze Woche so. Dieses sorgsame, geizige Schonen des eigenen Taschentuchs zum Nachteil des Schlafrocks stieß bei den übrigen Kranken nicht auf den geringsten Protest, obwohl doch einer von ihnen eben diesen Schlafrock womöglich nach ihm würde tragen müssen. Doch unser einfaches Volk ist nicht wählerisch und empfindet so gut wie keinen Ekel. Mich hingegen berührte das in jenem Augenblick höchst unangenehm, und unwillkürlich sah ich mir meinen gerade erst angezogenen Schlafrock sogleich voller Abscheu und Neugier näher an. Nun erst wurde mir bewußt, daß ich schon lange einen starken Geruch an ihm verspürte; er hatte sich bereits an mir erwärmt und roch immer mehr nach Medikamenten, Pflastern und, wie mir schien, auch nach Eiter, was einen nicht wunderte, denn seit unvordenklichen Zeiten war er nicht mehr von den

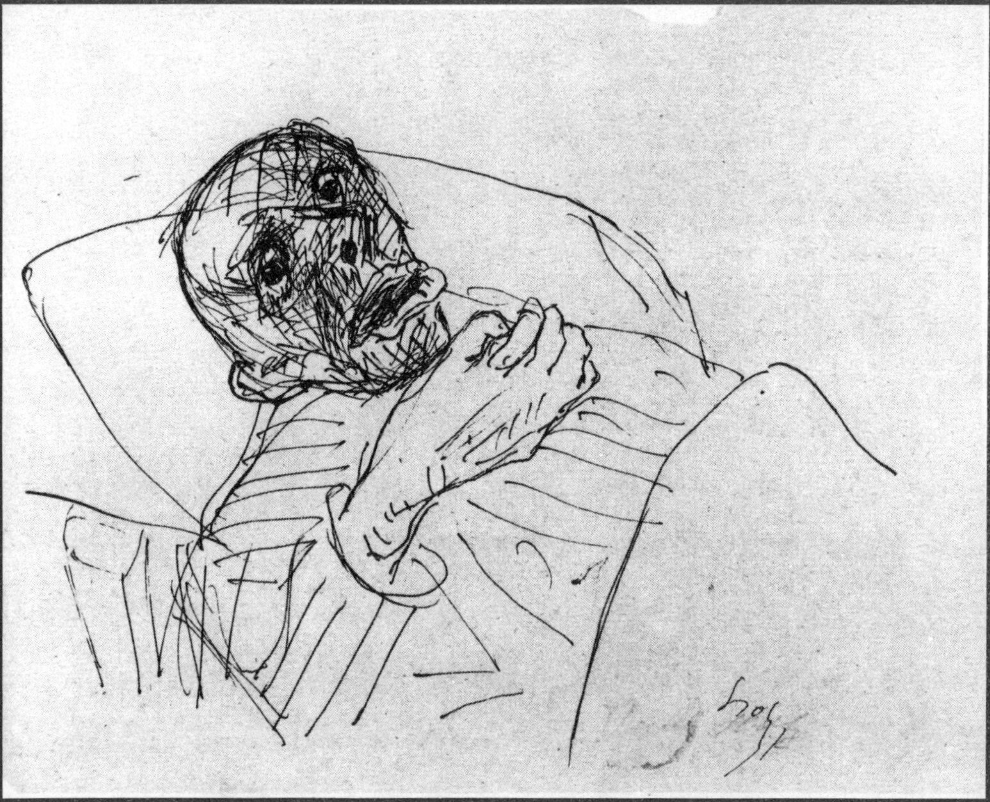

»Dieser Kranke, ein Schwindsüchtiger, lag mir gegenüber, hieß Ustjanzew und war ein noch nicht gezüchtigter Soldat, eben jener, der aus Angst vor der körperlichen Strafe einen Viertelschtof Branntwein, mit Tabak angesetzt, getrunken und sich dadurch die Schwindsucht geholt hatte.« S. 219

Schultern Kranker heruntergekommen. Vielleicht hatte man das Leinenfutter der Rückenpartie auch irgendwann einmal gewaschen, aber sicher bin ich mir da nicht. Dafür war das Futter jetzt mit allen möglichen unangenehmen Flüssigkeiten durchtränkt, wie Wundwasser, aus aufgeschnittenen Kantharidenpflastern ausgelaufenen Absonderungen und ähnlichem mehr. Außerdem kamen in den Sträflingstrakt recht häufig solche, die gerade Spießruten gelaufen waren und einen mit Wunden bedeckten Rücken hatten. Sie wurden mit Wundwasser behandelt, und so mußte der Schlafrock, den man unmittelbar über das nasse Hemd streifte, dabei zwangsläufig in Mitleidenschaft gezogen werden; all das blieb dann auch im Stoff. Und während meiner ganzen Gefängniszeit, während all dieser Jahre, zog ich jedesmal, wenn ich ins Lazarett kam (ich war ziemlich oft dort), den Schlafrock mit ängstlichem Mißtrauen an. Besonders aber widerstrebten mir die großen, auffallend fetten Läuse, die bisweilen in diesen Schlafröcken zu finden waren. Die Sträflinge richteten sie mit wahrer Wonne hin, und wenn dann so eine hinzurichtende Bestie unter dem dicken, klobigen Fingernagel eines Sträflings knackte, konnte man vom Gesicht des Jägers sogar ablesen, welche Genugtuung ihm das bereitete. Recht unbeliebt waren bei uns auch die Wanzen, und es kam vor, daß an einem langen, öden Winterabend manchmal der ganze Krankensaal daranging, sie zu vernichten. Und obwohl in dem Saal, von dem unangenehmen Geruch einmal abgesehen, äußerlich alles so sauber wie eben möglich war, konnte man sich mit der peinlichen Sauberkeit, sozusagen mit der unter der Oberfläche, bei uns wahrhaftig nicht großtun. Die Kranken hatten sich daran gewöhnt und dachten sogar, es müsse so sein; aber auch die Vorschriften selbst ermunterten nicht gerade zu besonderer Reinlichkeit. Doch auf die Vorschriften komme ich später noch einmal zu sprechen.

Kaum hatte mir Tschekunow den Tee gebracht (nebenbei gesagt, er war aus dem Krankensaalwasser bereitet, das man nur alle vierundzwanzig Stunden einmal erneuerte und das in unserer Luft ziemlich schnell verdarb), wurde die Tür recht geräuschvoll geöffnet und unter verstärkter Eskorte der Soldat hereingeführt, der soeben Spießruten gelaufen war. Zum erstenmal bekam ich einen so Bestraften zu sehen. In der Folge wurden noch oft welche hereingeführt, manche sogar hereingetragen (allzu schwer Bestrafte), und jedesmal war das für die Kranken eine interessante

Abwechslung. Sie empfingen den Betreffenden gewöhnlich mit besonders ernster Miene, die sogar etwas unnatürlich wirkte. Übrigens hing der Empfang zum Teil auch von der Schwere des Verbrechens und demzufolge auch vom Strafmaß ab. Einem halbtot Geprügelten, der noch dazu in dem Ruf stand, ein großer Verbrecher zu sein, wurde größere Achtung und mehr Aufmerksamkeit entgegengebracht als irgend so einem desertierten Rekruten, wie zum Beispiel dem, der jetzt hereingeführt wurde. Aber weder in dem einen noch in dem anderen Fall äußerte man besonderes Bedauern oder ließ irgendwelche besonders gereizte Bemerkungen fallen. Schweigend half man dem Unglücklichen und pflegte ihn, zumal wenn er sich nicht selber helfen konnte. Die Feldschere wußten bereits, daß sie den Geprügelten geschickten und erfahrenen Händen überließen. Die Hilfe bestand gewöhnlich darin, daß man ihm ein mit kaltem Wasser angefeuchtetes Laken oder Hemd, das häufig gewechselt werden mußte, auf den zerfleischten Rücken legte, namentlich wenn der Geprügelte nicht mehr imstande war, selber für sich zu sorgen, und außerdem darin, daß man ihm geschickt die Splitter aus den Wunden zog, die häufig von den auf dem Rücken zerbrechenden Stöcken darin steckenblieben. Diese Operation war für den Patienten gewöhnlich recht unangenehm. Doch im allgemeinen staunte ich immer über die außerordentliche Standhaftigkeit der Gezüchtigten im Ertragen von Schmerzen. Ich habe viele gesehen, darunter einige, die übel zugerichtet waren, aber kaum einer von ihnen hat gestöhnt. Nur das Gesicht ist ganz verändert und bleich, die Augen glühen, der Blick ist leer und unstet, die Lippen zittern, so daß der arme Kerl sie sich manchmal beinahe blutig beißt. Der hereingeführte Soldat war ein Bursche von etwa dreiundzwanzig Jahren, muskulös und kräftig von Statur, gutaussehend, groß, wohlgestalt und braunhäutig. Sein Rücken war indessen gehörig zerschlagen. Der Oberkörper war bis zum Gürtel entblößt, und um die Schultern hing ihm ein nasses Laken, weshalb er am ganzen Körper zitterte wie im Fieber; etwa anderthalb Stunden ging er im Saal auf und ab. Ich betrachtete sein Gesicht: Er schien in diesem Moment an nichts zu denken und schaute sonderbar und wild um sich, mit einem unruhigen Blick, dem es offenbar schwerfiel, längere Zeit auf einem Punkt zu verweilen. Dann hatte ich das Gefühl, er starre unverwandt auf meinen Tee. Der war heiß, Dampf stieg aus der Tasse auf; der Ärmste aber war durchgefroren, zitterte und klapperte mit den Zähnen. Ich bot ihm welchen an. Stumm und brüsk wandte er sich mir zu, nahm die Tasse und trank sie ohne Zucker im Stehen aus, wobei er sich beeilte und sich anscheinend große Mühe gab, mich nicht anzusehen. Nachdem er die Tasse geleert hatte, stellte er sie schweigend wieder hin und setzte, ohne mir auch nur zuzunicken, seine ruhelose Wanderung im Saal fort. Ihm war weder nach Sprechen noch nach Zunicken zumute. Und was die anderen Gefangenen betraf, so vermieden sie anfangs jedes Gespräch mit dem gezüchtigten Rekruten; nach dem sie ihm zunächst geholfen hatten, schienen sie nun von sich aus bemüht, ihm keinerlei Beachtung mehr zu schenken, vielleicht aus dem Wunsch heraus, ihm möglichst viel Ruhe zu gönnen und ihm nicht mit Ausfragen und »Mitleidsbekundungen« lästig zu fallen, was ihm ganz recht zu sein schien.

Unterdessen war es dunkel geworden, und eine kleine Nachtlampe wurde angezündet. Manche der Gefangenen besaßen sogar einen eigenen Leuchter, allerdings nur sehr wenige. Schließlich, nach der Abendvisite des Arztes, kam der wachhabende Unteroffizier herein und zählte alle Kranken; dann wurde der Saal abgeschlossen, nachdem man noch einen Nachtkübel hereingestellt hatte. Zu meiner Verwunderung erfuhr ich, daß dieser Kübel die ganze Nacht über drin bleiben würde, obwohl doch der richtige Abort gleich auf dem Korridor war, nur zwei Schritt von der Tür entfernt. Aber das war nun mal so Vorschrift. Bei Tage ließ man den Sträfling ja noch aus dem Saal hinaus, wenn auch nicht länger als eine Minute, während der Nacht jedoch unter gar keinen Umständen. Die Krankensäle für Sträflinge hatten nichts mit den üblichen gemein; selbst ein kranker Sträfling kam nicht um seine Strafe herum. Von wem diese Vorschrift stammte, ist mir nicht bekannt; ich weiß nur, daß kein vernünftiger Sinn darin steckte und daß sich die ganze Sinnlosigkeit formaler Maßnahmen nirgends deutlicher offenbarte als zum Beispiel in diesem Punkt. Diese Vorschrift ging selbstverständlich nicht auf die Ärzte zurück. Ich wiederhole: Über ihre Ärzte waren die Sträflinge des Lobes voll; sie sahen in ihnen so etwas wie leibliche Väter und achteten sie sehr. Jeder fühlte sich von ihnen freundlich behandelt, hörte von ihnen manch gutes Wort; der von allen anderen verstoßene Sträfling aber wußte das zu schätzen, weil er merkte, daß diese guten Worte und diese Freundlichkeit nicht geheuchelt, sondern aufrichtig waren. Es hätte ja auch anders sein können; niemand hätte den Ärzten einen Vorwurf gemacht, wenn sie anders mit den Sträflingen umgesprungen wären, das heißt gröber und unmenschlicher. Folglich waren sie aus wahrer Menschenliebe gut. Zweifellos wußten sie, daß ein Kranker, wer er auch immer war, ob Sträfling oder nicht, zum Beispiel frische Luft braucht, und zwar nicht weniger als selbst ein Kranker höchsten Ranges. Die Genesenden aus den anderen Sälen konnten zum Beispiel frei auf den Korridoren umhergehen, sich tüchtig Bewegung verschaffen und eine Luft atmen, die nicht so schlecht war wie die stickige, unvermeidlich stets mit atembeklemmenden Dünsten geschwängerte der Krankensäle. Schrecklich und ekelerregend ist es, sich nun vorzustellen, wie diese ohnehin schon sehr schlechte Luft bei uns nachts verpestet werden mußte, wenn dieser Kübel hereingestellt wurde, und das bei der Wärme im Saal und wo doch bei gewissen Krankheiten häufiger Stuhlgang nun mal nicht zu vermeiden ist. Wenn ich nun gesagt habe, daß der Sträfling auch während einer Krankheit nicht um seine Strafe herumkommt, so habe ich selbstverständlich nicht angenommen und nehme ich auch nicht an, daß diese Vorschrift einzig und allein zum Zwecke der Bestrafung erlassen wurde. Das wäre natürlich eine unsinnige Verleumdung meinerseits. Kranke noch zu bestrafen ist sinnlos. Aber wenn dem so ist, muß wohl eine ernste, harte Notwendigkeit die Verwaltung zu einer so schädlichen Maßnahme gezwungen haben. Nur welche? Doch das ist ja gerade das Leidige, daß sich die Notwendigkeit dieser Maßnahme und darüber hinaus auch die vieler anderer Maßnahmen nicht annähernd erklären läßt, sie sind so unbegreiflich, daß man sie weder erklären noch erahnen kann. Womit sollte man solch eine zwecklose Grausamkeit wohl erklären? Etwa damit, meinen Sie, daß der Gefangene sich absichtlich krank stellen könnte, um ins Lazarett zu kommen, daß er die Ärzte täuschen, in der Nacht auf den Abort gehen und unter Ausnutzung der Dunkelheit fliehen könnte? Es ist schier unmöglich, ernsthaft zu beweisen, wie ungereimt diese Überlegung ist. Wohin sollte er wohl fliehen? Und wie? Und in welcher Kleidung? Am Tage ließ man die Gefangenen nur einzeln hinaus; genauso hätte man es auch nachts machen können. An der Tür stand ein Posten mit geladenem Gewehr. Der Abort befand sich buchstäblich nur zwei Schritt von dem Posten entfernt; aber trotzdem begleitete der zweite Posten den Kranken dorthin und ließ ihn die ganze Zeit nicht aus den Augen. Drinnen war nur ein einziges Fenster – im

Winter ein Doppelfenster – mit einem Eisengitter davor. Draußen auf dem Hof, unmittelbar unter den Fenstern der Sträflingssäle, ging die ganze Nacht ebenfalls ein Posten auf und ab. Um durch das Fenster hinauszugelangen, hätte man die Scheiben einschlagen und das Gitter herausbrechen müssen. Wer würde das schon zulassen! Doch nehmen wir an, der Sträfling tötet vorher den zweiten Posten so, daß er keinen Mucks von sich gibt und niemand etwas hört. Aber selbst wenn wir diese Absurdität unterstellen, müßte er ja immer noch Fenster und Gitter beseitigen. Wohlgemerkt, ganz in der Nähe des Postens schlafen die Krankenwärter, und nur zehn Schritt entfernt, vor dem nächsten Sträflingssaal, steht ein anderer Posten mit Gewehr, und in seiner Nähe befinden sich ein anderer zweiter Posten und andere Krankenwärter. Und wohin hätte er im Winter in Strümpfen, Pantoffeln, Lazarettschlafrock und Nachtmütze wohl fliehen können? Wenn dem aber so ist, wenn so wenig Gefahr besteht (das heißt, in Wirklichkeit besteht überhaupt keine Gefahr), wozu dann diese harte Belastung der Kranken, vielleicht sogar in den letzten Tagen oder Stunden ihres Lebens, wo doch Kranke frische Luft noch nötiger haben als Gesunde? Wozu? Das habe ich nie begreifen können.

Aber wenn ich schon einmal gefragt habe: »Wozu?« und da nun mal die Rede davon ist, kann ich nicht umhin, jetzt auch noch eine andere Ungereimtheit zu erwähnen, vor der ich so viele Jahre hindurch wie vor einem Rätsel gestanden habe, für das ich gleichfalls absolut keine Lösung finden konnte. Ich muß einfach wenigstens etwas darüber sagen, bevor ich in meiner Schilderung fortfahre. Ich spreche von den Fesseln, von denen keine Krankheit den Sträfling befreit. Selbst Schwindsüchtige sind vor meinen Augen in Fesseln gestorben. Und doch hatten sich alle daran gewöhnt, hielten es alle für etwas nun einmal Bestehendes, Unabänderliches. Kaum jemand machte sich auch nur Gedanken darüber, selbst den Ärzten kam es in all diesen Jahren kein einziges Mal in den Sinn, sich bei der Verwaltung dafür zu verwenden, daß einem schwerkranken Sträfling, vor allem bei Schwindsucht, die Fesseln abgenommen würden. Zugegeben, an und für sich sind die Fesseln nicht Gott weiß was für eine Last. Sie wiegen zwischen acht und zwölf Pfund. Zehn Pfund zu tragen ist für einen gesunden Menschen nicht beschwerlich. Wie man mir allerdings erzählt hat, sollen nach einigen Jahren durch die Fesseln die Füße anfangen zu verdorren. Ich weiß nicht, ob das stimmt, denkbar wäre es schon. Eine Last, die für immer am Bein befestigt ist, und sei sie auch klein, nur zehn Pfund schwer, erhöht dennoch unnormal das Gewicht dieses Gliedes und führt nach längerer Zeit zu gewissen Schäden. Doch angenommen, einem Gesunden macht das alles nichts aus. Wie ist das aber bei einem Kranken? Nehmen wir an, es macht einem gewöhnlichen Kranken ebenfalls nichts aus. Aber trifft das, wiederhole ich, auch für Schwerkranke zu, trifft das, wiederhole ich, auch für Schwindsüchtige zu, deren Arme und Beine ohnehin schon verdorren, so daß ihnen selbst ein Strohhalm schwer erscheint? Wahrhaftig, wenn die medizinische Verwaltung wenigstens für die Schwindsüchtigen eine Erleichterung erwirken könnte, wäre allein das schon eine echte, große Wohltat. Angenommen, jemand wendet ein, der Sträfling sei ein Verbrecher und einer Wohltat nicht würdig. Aber darf man denn jemandes Strafe noch vergrößern, den ohnehin schon der Finger Gottes gestreift hat? Und es ist auch kaum zu glauben, daß es nur der Strafe wegen geschah. Bleibt doch ein Schwindsüchtiger laut Gerichtsbeschluß auch von Körperstrafe verschont. Folglich handelt es sich wieder um eine geheimnisvolle, angeblich wichtige Maßnahme unter dem Aspekt der Vorbeugung. Aber in welcher Hinsicht, bleibt rätselhaft. Es ist wahrhaftig nicht zu befürchten, daß ein Schwindsüchtiger flieht. Wem würde das schon einfallen, zumal wenn man dabei an ein bestimmtes Krankheitsstadium denkt! Und sich schwindsüchtig zu stellen und die Ärzte zu täuschen, um fliehen zu können, ist unmöglich. Von der Art ist die Krankheit nicht; sie ist auf den ersten Blick zu erkennen. Und nebenbei gesagt: Schmiedet man denn jemand nur deshalb in Fußfesseln, damit er nicht flieht oder damit ihn das bei der Flucht behindert? Ganz und gar nicht. Die Fesseln sind eine Entehrung, eine Schmach, eine körperliche und seelische Bürde. So ist es zumindest beabsichtigt. An der Flucht jedoch vermögen sie niemand zu hindern. Selbst der ungeschickteste, unbeholfenste Sträfling kann sie ohne große Mühe sehr schnell durchfeilen oder die Niete mit einem Stein zerschlagen. Die Fußfesseln verhüten absolut nichts. Wenn dem aber so ist, wenn sie ausschließlich zur Bestrafung des Sträflings bestimmt sind, dann frage ich erneut: Darf man einen Sterbenden bestrafen?

Jetzt, da ich dies schreibe, steht mir deutlich das Bild eines sterbenden Schwindsüchtigen vor Augen, eben jenes Michailow, der mir schräg gegenüberlag, nicht weit von Ustjanzew, und, wie ich mich erinnere, am vierten Tag nach meiner Ankunft im Lazarett starb. Vielleicht habe ich auch, als ich jetzt über die Schwindsüchtigen sprach, unwillkürlich jene Eindrücke und Gedanken wiederholt, die mich damals anläßlich seines Todes bewegten. Ich habe Michailow übrigens nur flüchtig gekannt. Er war noch sehr jung, höchstens fünfundzwanzig, groß, schlank und sah ungewöhnlich gut aus. Er gehörte zur Sonderabteilung, war merkwürdig schweigsam und stets ein wenig still und traurig. Er »verwelkte« gleichsam im Gefängnis. So jedenfalls äußerten sich die Sträflinge hinterher über ihn, die ihm ein gutes Andenken bewahrten. Ich erinnere mich, daß er schöne Augen hatte, weiß aber wahrhaftig nicht mehr, weshalb er mir so deutlich im Gedächtnis geblieben ist. Er starb gegen drei Uhr nachmittags, an einem frostklaren Tag. Ich weiß noch, daß die Sonne mit kräftigen, schrägen Strahlen durch die leicht überfrorenen grünlichen Fensterscheiben in unseren Krankensaal hereinschien. Eine wahre Strahlenflut ergoß sich über den Bedauernswerten. Als er starb, war er ohne Bewußtsein; sein Todeskampf war schwer und währte lange, etliche Stunden. Bereits am Morgen erkannten seine Augen die zu ihm Tretenden nicht mehr. Man wollte ihm Erleichterung verschaffen, da man sah, daß ihm das Sterben so schwer wurde; er atmete mühsam, tief und röchelnd; seine Brust hob sich, als bekäme er nicht genügend Luft. Er warf die Bettdecke ab, dann die Kleidung, und schließlich suchte er sich sogar das Hemd vom Leibe zu reißen – selbst das empfand er noch als zu schwer. Man kam ihm zu Hilfe und zog ihm auch noch das Hemd aus. Es war schrecklich, diesen ellenlangen Körper zu sehen mit den bis auf die Knochen abgezehrten Beinen und Armen, dem eingefallenen Bauch, der hochragenden Brust und den sich deutlich, wie bei einem Skelett abzeichnenden Rippen. Am ganzen Leib hatte er nun nichts weiter als ein hölzernes Kreuz mit einem Amulett und die Fesseln, aus denen er jetzt, wie es schien, die abgezehrten Füße hätte herausziehen können. Eine halbe Stunde vor seinem Tode wurden alle bei uns still und unterhielten sich fast nur noch flüsternd. Wer herumlaufen mußte, trat ganz leise auf. Man sprach wenig miteinander und über unwesentliche Dinge; nur selten warf man einen Blick auf den Sterbenden, der immer stärker röchelte. Schließlich tastete er mit irrender, unsicherer Hand auf der Brust nach seinem Amulett und suchte es sich abzureißen, als wäre ihm auch das noch eine Last, als störte und würgte es ihn.

So nahm man ihm auch das Amulett noch ab. Kaum zehn Minuten später starb er. Man klopfte an die Tür und meldete es der Wache. Ein Wärter kam herein, sah sich den Toten gleichgültig an und begab sich dann zum Feldscher. Der, ein gutmütiger junger Bursche, der sich nur ein wenig zuviel mit seinem – übrigens recht gelungenen – Äußeren beschäftigte, erschien bald darauf. Mit raschen Schritten, die laut durch den stillgewordenen Saal hallten, ging er zu dem Verstorbenen und ergriff mit besonders ungezwungener Miene, die eigens für einen solchen Fall erdacht zu sein schien, dessen Hand, fühlte den Puls, machte eine bedauernde Handbewegung und entfernte sich wieder. Sogleich ging man die Wache benachrichtigen; da es sich um einen Schwerverbrecher aus der Sonderabteilung handelte, waren auch besondere Formalitäten notwendig, um ihn für tot zu erklären. Während des Wartens auf die Wache äußerte einer der Gefangenen leise den Gedanken, es wäre nicht schlecht, wenn man dem Verstorbenen die Augen zudrückte. Ein anderer, der ihm aufmerksam zugehört hatte, trat schweigend an den Toten heran und drückte ihm die Augen zu. Als er dabei das auf dem Kopfkissen liegende Kreuz erblickte, nahm er es, schaute es sich an und hängte es dann stumm Michailow wieder um den Hals; danach bekreuzigte er sich. Unterdessen wurde das Gesicht des Toten starr; ein Lichtstrahl spielte auf ihm; der Mund war halb geöffnet, und zwei Reihen junger weißer Zähne schimmerten zwischen den schmalen, fest am Zahnfleisch haftenden Lippen hervor. Endlich kam der wachhabende Unteroffizier mit Helm und Seitengewehr herein, hinter ihm zwei Wärter. Mit immer langsamer werdenden Schritten näherte er sich und musterte dabei verwundert die Sträflinge, die verstummt waren und ihn von allen Seiten düster anblickten. Einen Schritt vor dem Toten blieb er wie angewurzelt stehen, als traute er sich nicht weiter. Der splitternackte, abgezehrte, nur noch in den Fesseln steckende Leichnam machte ihn betroffen, und auf einmal löste er den Kinnriemen, nahm den Helm ab, was gar nicht in der Vorschrift stand, und bekreuzigte sich feierlich. Er war ein mürrischer, im Dienst ergrauter Soldat. Ich weiß noch, daß in eben diesem Moment auch Tschekunow dabeistand, gleichfalls ein grauhaariger Alter. Die ganze Zeit hatte er den Unteroffizier stumm und durchdringend angesehen und jede seiner Bewegungen mit ungewöhnlicher Aufmerksamkeit verfolgt. Als sich ihre Blicke begegneten, zuckte Tschekunows Unterlippe plötzlich. Er verzog sie auf merkwürdige Weise, bleckte die Zähne, sagte rasch, wie von ungefähr zu dem Toten hin nickend: »Er hat doch auch eine Mutter gehabt!«, und entfernte sich.

Ich weiß noch, daß es mir bei diesen Worten einen Stich ins Herz versetzte. Warum hatte er das gesagt, und wie war er darauf gekommen? Nun aber wurde die Leiche hochgehoben, und zwar mitsamt ihrer Liegestatt. Das Stroh raschelte, und die Fesseln klirrten in der allgemeinen Stille besonders geräuschvoll gegen den Fußboden. Man zog sie hoch. Der Leichnam wurde hinausgetragen. Und plötzlich begannen alle wieder laut zu sprechen. Man hörte, wie der Unteroffizier, bereits auf dem Korridor, jemand nach dem Schmied schickte. Dem Toten mußten die Fesseln abgenommen werden.

Aber ich bin vom Thema abgekommen.

2 *Fortsetzung*

Morgens machten die Ärzte in den Krankensälen Visite; zwischen zehn und elf erschienen sie allesamt bei uns, mit dem Oberarzt an der Spitze, etwa anderthalb Stunden zuvor jedoch hatte unser Stationsarzt bereits im Saal Visite gemacht. Zu jener Zeit hatten wir einen blutjungen Stationsarzt, der seine Sache verstand, freundlich, höflich und bei den Gefangenen sehr beliebt war; nur eines bemängelten sie an ihm: Er sei »zu still«. In der Tat war er etwas wortkarg, schien sich vor uns sogar zu genieren, errötete beinahe, er änderte die Rationen meist auf die erste Bitte der Kranken hin, und ich glaube, er wäre auch bereit gewesen, ihnen die Arzneien nach ihren Wünschen zu verordnen. Dessenungeachtet war er ein prächtiger junger Mann. Es ist nicht zu bestreiten, viele Ärzte in Rußland genießen die Liebe und Achtung des einfachen Volkes, und das entspricht, soviel ich feststellen konnte, der vollen Wahrheit. Ich weiß, daß meine Behauptung paradox klingt, namentlich wenn man das allgemeine Mißtrauen des einfachen russischen Volkes gegenüber der Medizin und den ausländischen Arzneien in Betracht zieht. In der Tat wird der einfache Mann, selbst wenn er an einer schweren Krankheit leidet, sich lieber jahrelang von einer Kurpfuscherin behandeln lassen oder seine volkstümlichen Hausmittel anwenden (die übrigens durchaus nicht zu verachten sind), als daß er zum Arzt geht oder sich ins Krankenhaus begibt. Doch abgesehen davon, daß hier ein recht wesentlicher Umstand mitwirkt, der mit der Medizin gar nichts zu tun hat, nämlich das allgemeine Mißtrauen des einfachen Volkes gegenüber allem, was den Stempel des Administrativen, des Vorschriftsmäßigen trägt, abgesehen davon, ist das Volk durch allerlei Schauergeschichten, die häufig absurd sind, manchmal aber auch ihre Ursache haben, verängstigt und gegen die Krankenhäuser voreingenommen. Vor allem aber schrecken es die deutsche Krankenhausordnung, die fremden Menschen rundum während der gesamten Krankheitsdauer, die strenge Diät sowie die Geschichten von der ständigen Barschheit der Krankenpfleger und Ärzte, vom Aufschneiden und Ausweiden der Leichen und dergleichen mehr ab. Außerdem ist das Volk der Meinung, es werde dort von Herrschaften behandelt, weil die Ärzte doch nun mal zu den Herrschaften gehören. Aber bei näherer Bekanntschaft mit den Ärzten schwinden – wenn auch nicht ausnahmslos, so doch größtenteils – sehr bald alle diese Befürchtungen, was meiner Ansicht nach unseren Ärzten, besonders den jüngeren wirklich zur Ehre gereicht. Ein großer Teil von ihnen versteht es, sich die Achtung und sogar die Liebe des einfachen Volkes zu erwerben. Zumindest schreibe ich das auf Grund dessen, was ich selber wiederholt und an verschiedenen Orten gesehen und erlebt habe, und ich habe keinen Anlaß zu glauben, daß es andernorts allzu häufig anders zugeht. Gewiß gibt es hier und da Ärzte, die sich bestechen lassen, große Vorteile aus ihren Krankenhäusern ziehen, sich kaum um ihre Patienten kümmern und die Medizin sogar ganz vergessen. So etwas kommt noch vor; aber ich spreche von der Mehrzahl der Ärzte oder, besser gesagt, von dem Geist, von der Richtung, die heute, in unseren Tagen, in der Medizin herrschen. Jene hingegen, Abtrünnige ihres Berufs, Wölfe in einer Schafherde, setzen sich, was sie auch immer zu ihrer Entschuldigung vorbringen, wie sie sich auch immer rechtfertigen mögen – zum Beispiel mit dem *Milieu,* das auch sie verdorben habe –, stets ins Unrecht, namentlich wenn sie obendrein ihre Nächstenliebe eingebüßt haben. Denn Nächstenliebe, Freundlichkeit und brüderliches Mitgefühl braucht der Kranke manchmal nötiger als jede Arznei. Wir sollten wirklich aufhören, apathisch darüber zu klagen, daß uns das Milieu verderbe. Zugegeben, es stimmt, es verdirbt vieles in uns, aber doch nicht alles, und oft bemäntelt und rechtfertigt ein schlauer, gerissener

Gauner mit dem Einfluß des Milieus sehr geschickt nicht bloß seine Schwäche, sondern ganz einfach seine Gemeinheit, vor allem wenn er schön zu reden oder zu schreiben versteht. Übrigens bin ich schon wieder vom Thema abgekommen; ich wollte nur sagen, daß sich das Mißtrauen und die Feindseligkeit des einfachen Volkes mehr gegen die medizinische Verwaltung als gegen die Ärzte richten. Hat es erst erfahren, wie diese wirklich sind, so legt es rasch viele seiner Vorurteile ab. Das übrige Drum und Dran unserer Krankenhäuser aber entspricht bis auf den heutigen Tag in vieler Hinsicht nicht dem Geist des Volkes, steht mit seinen Vorschriften immer noch im Widerspruch zu den Gewohnheiten des einfachen Mannes und ist nicht dazu angetan, das volle Vertrauen und die Achtung des Volkes zu erwerben. So erscheint es mir wenigstens auf Grund persönlicher Eindrücke.

Unser Stationsarzt blieb gewöhnlich bei jedem Kranken stehen, untersuchte und befragte ihn überaus gründlich und legte seine Arznei und seine Ration fest. Manchmal merkte er, daß der Patient gar nicht krank war; doch da der Betreffende gekommen war, um sich von der Arbeit zu erholen oder eine Weile auf einer Matratze statt auf nackten Brettern und schließlich immerhin in einem warmen Raum und nicht in der feuchten Wache zu liegen, wo Haufen von blassen, abgezehrten Sträflingen zusammengepfercht sind, die ihre Züchtigung noch vor sich haben (diese Sträflinge sind bei uns, in ganz Rußland, fast immer blaß und abgezehrt, ein Zeichen, daß ihre Haftbedingungen und ihr seelischer Zustand schlechter sind als bei den schon Gezüchtigten), so trug unser Stationsarzt, ohne mit der Wimper zu zucken, *febris catarrhalis* bei ihnen ein und behielt sie oft sogar eine ganze Woche im Krankensaal. Über dieses *febris catarrhalis* lachten alle. Wußte man doch genau, daß dies die durch ein stillschweigendes Übereinkommen zwischen Arzt und Patient festgelegte Formel zur Bezeichnung einer vorgetäuschten Krankheit war; mit »Lazarettfieber« übersetzten die Sträflinge *febris catarrhalis.* Zuweilen nutzte ein Kranker auch die Gutherzigkeit des Arztes aus und blieb so lange liegen, bis er mit Gewalt hinausgejagt wurde. Dann mußte man unseren Stationsarzt mal sehen: Er wurde ganz verlegen, als genierte er sich, dem Kranken geradeheraus zu sagen, er müsse nun wieder gesund werden und schleunigst um seine Entlassung bitten; und das, obwohl er durchaus berechtigt war, ihn ohne viel Worte und gutes Zureden ganz einfach zu entlassen, indem er ihm *sanatus est* ins Krankenblatt schrieb. Zunächst machte er nur Anspielungen, dann sagte er, ihn gleichsam bittend: »Wär's nicht an der Zeit, sozusagen? Du bist doch schon fast gesund, und im Saal ist der Platz knapp!«, und so weiter und so fort, bis es dem Kranken selber peinlich wurde und er endlich um seine Entlassung bat. Der Oberarzt, obwohl gleichfalls menschenfreundlich und anständig (auch ihn liebten die Kranken sehr), war unvergleichlich rauhbeiniger und energischer als der Stationsarzt, er legte manchmal sogar eine unnachsichtige Strenge an den Tag und wurde deshalb von uns besonders geachtet. In Begleitung aller Ärzte des Lazaretts erschien er nach dem Stationsarzt, untersuchte ebenfalls jeden einzelnen, verweilte besonders bei den schweren Fällen, wußte ihnen stets etwas Wohltuendes, Aufmunterndes und oft sogar Herzliches zu sagen und machte überhaupt einen guten Eindruck. Niemals wies er die mit »Lazarettfieber« Gekommenen ab und schickte sie zurück; aber wenn der Patient allzu beharrlich war, entließ er ihn einfach mit den Worten: »Na, mein Lieber, hast nun genug gelegen und dich ausgeruht. Marschier ab! Man darf auch nicht ausverschämt sein.« Allzu beharrlich waren gewöhnlich die Arbeitsscheuen, besonders während der Arbeitssaison, im Sommer, und die Sträflinge, die ihre Züchtigung noch vor sich hatten. Ich erinnere mich, daß bei einem der letzteren besonders hart, ja grausam verfahren wurde, damit er seine Entlassung beantragte. Er war mit einem Augenleiden gekommen: Seine Augen waren gerötet, und er klagte über stechende Schmerzen darin. Man behandelte ihn mit Kantharidenpflastern, Blutegeln, beträufelte die Augen mit einer ätzenden Flüssigkeit und dergleichen mehr, doch das Leiden besserte sich nicht, die Augen wurden nicht wieder klar. Langsam merkten die Ärzte, daß die Krankheit vorgetäuscht war, denn die Entzündung war nur mäßig stark, wurde nicht schlimmer, ging aber auch nicht zurück, sondern blieb immer gleich – ein verdächtiger Fall. Seine Mitgefangenen wußten schon lange, daß er simulierte und die Leute hinters Licht führte, obwohl er es nie eingestand. Es war ein junger, sogar recht gut aussehender Bursche, der jedoch einen unangenehmen Eindruck auf uns machte. Er war verschlossen, argwöhnisch, mürrisch, sprach mit niemandem, blickte finster und ging allen aus dem Weg, als mißtraute er jedem. Ich weiß noch, daß manchen sogar der Verdacht kam, er könnte etwas anstellen. Er war Soldat gewesen, hatte schwere

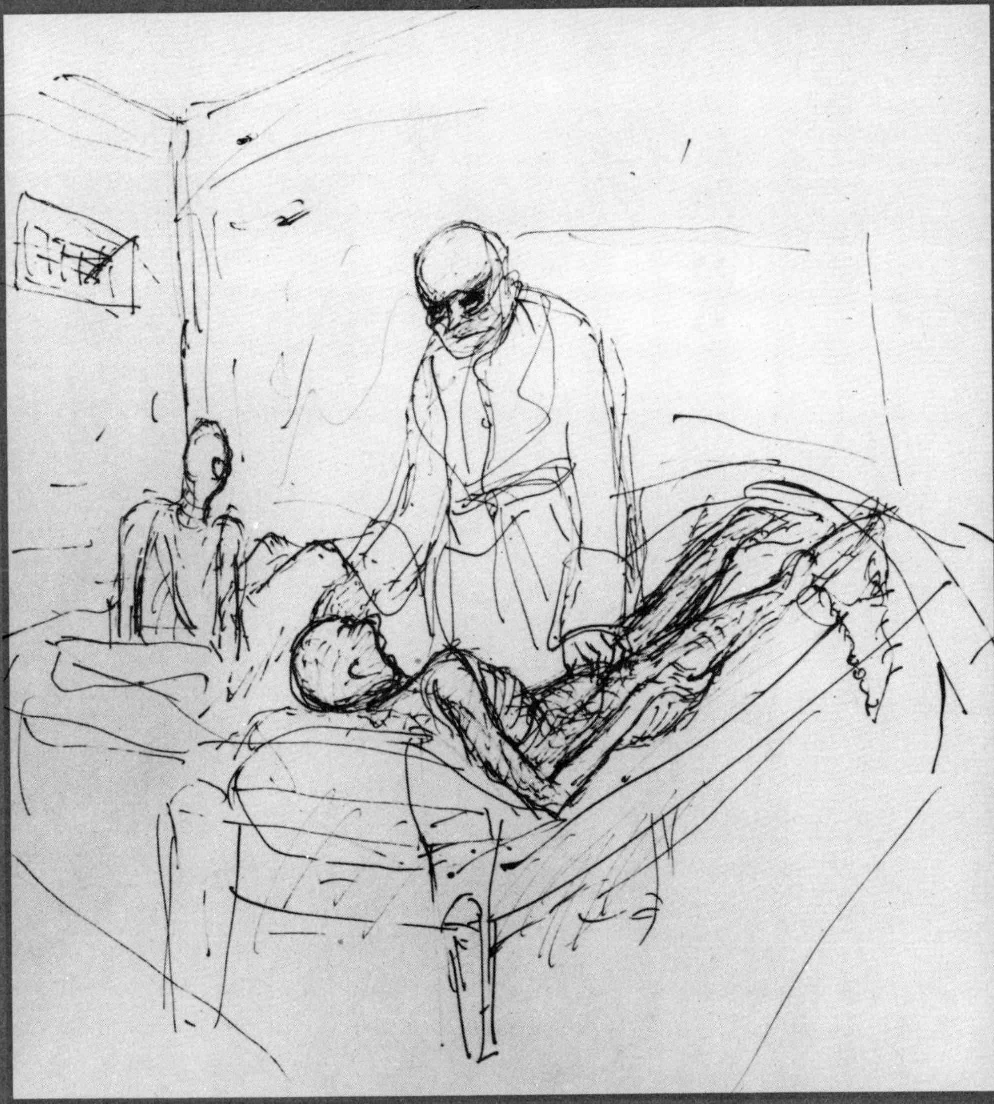

»Es war schrecklich, diesen ellenlangen Körper zu sehen mit den bis auf die Knochen abgezehrten Beinen und Armen, dem eingefallenen Bauch, der hochragenden Brust und den sich deutlich, wie bei einem Skelett, abzeichnenden Rippen. Am ganzen Leib hatte er nun nichts weiter als ein hölzernes Kreuz mit einem Amulett und die Fesseln ...« S. 231

Diebstähle begangen, wurde überführt und zu tausend Stockhieben und Strafkompanie verurteilt. Um den Augenblick der Züchtigung hinauszuschieben, entschließen sich die Sträflinge, wie ich bereits erwähnt habe, oft zu den schrecklichsten Handlungen: Da rennt so einer am Tag vor der Vollstreckung irgendeinem von der Gefängnisverwaltung oder einem Mitgefangenen ein Messer in den Leib, wird erneut vor Gericht gestellt, seine Züchtigung dadurch noch um einige Monate hinausgschoben, und er hat sein Ziel erreicht. Es kümmert ihn nicht, daß er nach diesen Monaten doppelt oder dreimal so hart bestraft wird; wenn er nur jetzt den schrecklichen Augenblick hinausschieben kann, und sei es auch bloß um einige Tage, nachher mag kommen, was will – so groß ist bei diesen Unglücklichen manchmal die Angst. Bei uns flüsterten bereits einige untereinander, man müsse sich vor ihm in acht nehmen; womöglich werde er nachts jemand umbringen. Allerdings redeten sie nur so, trafen jedoch keine besonderen Vorsichtsmaßregeln, selbst jene nicht, deren Betten neben dem seinen standen. Diese beobachteten übrigens, wie er sich nachts die Augen mit Kalk vom Putz und noch etwas anderem einrieb, damit sie am Morgen wieder rot aussahen. Schließlich drohte ihm der Oberarzt mit dem Haarseil. Bei so einem hartnäckigen, langwierigen Augenleiden greifen die Ärzte, nachdem sie bereits alle medizinischen Mittel ausprobiert haben, um die Sehkraft zu retten, zu einem rigorosen, qualvollen Mittel: Sie legen dem Kranken ein Haarseil an, wie einem Pferd. Aber auch da wollte der Ärmste noch nicht gesund werden. Was für einen halsstarrigen Charakter mußte er haben, oder was für einen feigen; war doch das Haarseil ebenfalls sehr schmerzhaft, wenn auch nicht so wie die Stockhiebe. Man preßt mit der Hand hinten am Hals des Kranken so viel Fleisch zusammen, wie man fassen kann, durchsticht es mit einem Messer, wobei eine lange, breite Wunde übers ganze Genick entsteht, und zieht ein ziemlich breites Leinenband, fast einen Finger breit, durch diese Wunde. Dann fährt man täglich zu einer bestimmten Zeit mit diesem Band in der Wunde hin und her, so daß sie wieder aufgerissen wird, damit sie ständig eitert und nicht zuheilt. Tagelang ertrug der Ärmste standhaft, jedoch unter entsetzlichen Qualen, diese Tortur, bis er schließlich in seine Entlassung einwilligte. Innerhalb eines Tages wurden seine Augen wieder gesund, und sobald sein Hals zugeheilt war, begab er sich zur Hauptwache, um gleich am nächsten Tag tausend Stockhiebe hinter sich zu bringen.

Natürlich ist der Augenblick vor der Vollstreckung schwer, so schwer, daß ich mich vielleicht versündige, wenn ich die Angst davor Kleinmut und Feigheit nenne. Er muß wohl so schwer sein, wenn die Betreffenden die doppelte oder gar dreifache Strafe in Kauf nehmen, nur damit sie nicht sofort vollstreckt wird. Ich kann mich allerdings auch an einige erinnern, die selber darum baten, möglichst bald, noch ehe ihr Rücken von den ersten Stockhieben geheilt war, entlassen zu werden, um die restlichen Hiebe hinter sich zu bringen und endgültig aus der Zuständigkeit des Gerichts herauszukommen; denn die Haft auf der Hauptwache ist für alle weit schlimmer als die Katorga. Doch außer Verschiedenheit des Temperaments spielt für die Entschlossenheit und Furchtlosigkeit eines jeden langjährige Gewöhnung an Schläge und Strafen eine große Rolle. Ein Vielgeprügelter ist abgehärtet an Seele und Rücken, er betrachtet die Züchtigung letzten Endes mit einem gewissen Gleichmut, fast als eine kleine Unannehmlichkeit, und hat keine Angst mehr davor. Im allgemeinen ist das richtig. Einer unserer Sträflinge aus der Sonderabteilung, ein getaufter Kalmücke namens Alexander – oder Alexandra, wie er bei uns genannt wurde –, ein eigenartiger Bursche, gerissen und furchtlos, aber zugleich sehr gutmütig, erzählte mir einmal, wie er seine Viertausend abgemacht hatte, und er erzählte das lachend und scherzend, doch gleich darauf versicherte er mir ganz ernsthaft, wenn er nicht von klein auf, seit seiner zartesten, frühesten Kindheit, mit der Peitsche aufgewachsen wäre, so daß buchstäblich während seines ganzen Lebens in seiner Horde der Rücken nie ohne Striemen gewesen sei, hätte er diese viertausend auf keinen Fall ausgehalten. Indem er das erzählte, segnete er gleichsam diese Erziehung mit der Peitsche. »Für alles kriegte ich Hiebe, Alexander Petrowitsch«, erklärte er mir einmal, als er gegen Abend, bevor Licht angezündet wurde, bei mir auf dem Bett saß, »für alles und jedes, was auch passierte, fünfzehn Jahre lang, vom ersten Tage an, solange ich denken kann, jeden Tag mehrere Male. Wer immer Lust dazu hatte, schlug mich, so daß ich am Ende daran gewöhnt war.« Wie er zu den Soldaten gekommen war, weiß ich nicht; jedenfalls erinnere ich mich nicht; es ist aber durchaus möglich, daß er es mir erzählt hat; er war ein ewiger Ausreißer und Herumtreiber. Ich erinnere mich nur noch, wie er schilderte, welch furchtbare Angst ihn befiel, als er wegen der Ermordung eines Vorgesetzten zu viertausend verurteilt wurde.

»Ich hab gewußt, daß sie mich streng bestrafen und womöglich nicht lebend davonkommen lassen würden; wenn ich auch an die Peitsche gewöhnt bin – viertausend Hiebe sind schließlich kein Pappenstiel; noch dazu, wo alle Vorgesetzten gegen mich aufgebracht waren! Ich wußte ganz genau, daß es schlimm werden, daß ich es nicht durchstehen würde; sie würden mich nicht lebend davonkommen lassen. Zuerst wollte ich's damit probieren, daß ich mich taufen ließ; vielleicht erlassen sie dir die Strafe, dachte ich bei mir. Obwohl die Meinigen mir damals sagten, es würde nichts dabei rauskommen, man würde mir die Strafe nicht erlassen, dachte ich: Probierst es trotzdem; mit einem Getauften haben sie doch eher Mitleid. Ich wurde auch wirklich getauft und bekam bei der heiligen Taufe den Namen Alexander; aber an den Stockhieben änderte das nichts. Wenn sie mir wenigstens einen einzigen erlassen hätten! Das hat mich mächtig gewurmt. Wartet nur, dachte ich im stillen, ich werd euch alle gehörig an der Nase rumführen! Und was meinen Sie, Alexander Petrowitsch: Ich hab sie an der Nase rumgeführt! Ich konnte mich ganz echt totstellen, das heißt nicht ganz tot, aber so, als würde meine Seele jeden Augenblick aus dem Leib fahren. Sie führen mich also raus. Sie verpassen mir das erste Tausend; es brennt, und ich schreie. Sie verpassen mir das zweite – da denk ich, mein letztes Stündlein hat geschlagen; allen Verstand haben sie aus mir rausgeprügelt, die Beine knicken mir ein, und ich plumpse lang hin; meine Augen sind wie tot, das Gesicht ist blau, kein Atem mehr, Schaum vor dem Mund. Da tritt der Arzt zu mir. ›Gleich ist's aus mit ihm‹, sagt er. Ich wurde ins Lazarett geschafft, und da lebte ich gleich wieder auf. So wurde ich dann noch zweimal rausgeführt, und sie wurden schon ganz wütend, eine Stinkwut hatten sie auf mich, ich aber hab sie noch zweimal an der Nase rumgeführt. Beim dritten Tausend hab ich's genug sein lassen und bin in Ohnmacht gefallen, aber als ich das vierte abmachte, ging's mir bei jedem Hieb wie ein Messerstich durchs Herz, jeder Hieb war wie sonst drei, so kräftig haben sie zugeschlagen. Hatten sie doch eine große Wut auf mich. Dieses abscheuliche letzte Tausend – der Teufel soll es holen! – war so schlimm wie die drei vorhergehenden zusammen, und wär ich nicht kurz vor Schluß gestorben – nur noch knapp zweihundert waren übrig –, so hätten sie mich diesmal totgeprügelt. Aber ich ließ mir das nicht gefallen: Ich führte sie wieder an der Nase rum und wurde erneut ohnmächtig; sie fielen wieder drauf rein, und wie sollten sie auch nicht, glaubte es doch sogar der Arzt. Bei den letzten zweihundert dann schlugen sie zwar voller Wut drein, so sehr, daß sonst zweitausend nicht so schlimm gewesen wären, aber nein, von wegen, sie haben mich nicht totgekriegt. Und warum nicht? Eben weil ich von Kind auf mit der Peitsche groß geworden bin. Darum bin ich heute noch am Leben. Ach, was hab ich Hiebe gekriegt, mein Leben lang!« fügte er am Schluß gleichsam in trauriger Nachdenklichkeit hinzu, als suchte er sich zu erinnern und nachzuzählen, wie oft er geschlagen worden war. »Nee«, fuhr er nach längerem Schweigen fort, »das läßt sich nicht zählen, wie oft ich Hiebe gekriegt habe; und wie denn auch! Dazu reichen die Zahlen gar nicht aus.« Er sah mich an und lachte, aber so treuherzig, daß ich selber lächeln mußte. »Wissen Sie, Alexander Petrowitsch, mir geht's auch jetzt noch so: wenn ich nachts träume, dann ganz bestimmt, daß ich geschlagen werde; andere Träume hab ich gar nicht.« Tatsächlich schrie er nachts oft auf, mitunter so laut, daß ihn die anderen Sträflinge sogleich mit Püffen weckten: »Was schreist du denn so, du Teufel?« Er war ein kräftiger, untersetzter Bursche so um die fünfundvierzig, quirlig und immer guter Dinge, lebte mit allen in bestem Einvernehmen, obwohl er auch gern mal lange Finger machte und von uns sehr oft Prügel dafür bezog – aber wer erwies sich bei uns nicht als Dieb, und wer bezog keine Prügel dafür?

Eines möchte ich noch hinzufügen: Ich habe mich immer über die außerordentliche Gutmütigkeit und Arglosigkeit gewundert, mit der alle diese Geprügelten erzählten, wie sie geschlagen worden waren und von wem. Oft war nicht einmal die leiseste Spur von Groll oder Haß in solch einem Bericht zu spüren, während sich mir dabei manchmal das Herz im Leibe umdrehte und stark und unbändig pochte. Sie aber erzählten und lachten dabei wie die Kinder. Anders zum Beispiel berichtete mir M. von seiner Züchtigung; er war nicht von Adel und hatte fünfhundert bekommen. Ich hatte es von anderen erfahren und fragte ihn, ob es stimme und wie es gewesen sei. Er antwortete nur kurz, als schmerze es ihn innerlich; dabei bemühte er sich, mich nicht anzusehen, und sein Gesicht lief rot an; als er mich gleich darauf dann doch anblickte, brannte in seinen Augen das Feuer des Hasses, und seine Lippen zuckten vor Empörung. Ich spürte, daß er diese Seite aus seiner Vergangenheit niemals vergessen würde. Fast alle übrigen von uns (ich kann mich nicht dafür verbürgen, ob es nicht auch Ausnahmen gab) sahen das ganz anders. Es ist doch unmöglich, dachte ich manchmal, daß sie fest davon überzeugt sind, schuldig zu sein und solch eine harte Strafe verdient zu haben, zumal wenn sie sich nicht gegen ihresgleichen, sondern gegen die Obrigkeit vergangen haben. Die Mehrzahl von ihnen hielt sich auch keineswegs für schuldig. Ich sagte ja schon, daß ich von Gewissensbissen bei ihnen nichts gemerkt habe, nicht einmal dann, wenn das Verbrechen sich gegen ihre eigene Gesellschaftsschicht gerichtet hatte; von Verbrechen gegen die Obrigkeit ganz zu schweigen. Mir schien manchmal, im letzteren Falle hatten sie ihre eigene, besondere, sozusagen praktische oder besser faktische Auffassung von der Angelegenheit. Das Schicksal wurde dabei in Betracht gezogen, die Unabänderlichkeit der Tatsache, aber nicht etwa mit Überlegung, sondern einfach so, unbewußt, als eine Art religiöser Überzeugung. Zum Beispiel war der Sträfling, obwohl stets geneigt, sich bei Verbrechen gegen die Obrigkeit im Recht zu fühlen, und zwar so sehr, daß er überhaupt nicht auf die Idee kam, daran zu zweifeln, sich praktisch dennoch bewußt, daß die Obrigkeit sein Verbrechen mit ganz anderen Augen sah und er folglich bestraft werden mußte, so daß sie miteinander quitt wurden. Es war ein Kampf beider gegeneinander. Der Verbrecher weiß außerdem und zweifelt auch nicht daran, daß ihn das Urteil seiner vertrauten Umwelt, des einfachen Volkes, freispricht; es wird niemals – auch das wiederum weiß er – endgültig den Stab über ihn brechen, ja ihn zum größten Teil sogar völlig freisprechen, sofern er sich nicht gegen seinesgleichen, gegen seine Brüder, gegen das einfache Volk, dem er ja selber angehört, vergangen hat. Sein Gewissen ist rein, und dadurch ist er auch stark und moralisch nicht in Verlegenheit zu bringen, und das ist die Hauptsache. Er spürt, daß etwas da ist, auf das er sich stützen kann, und darum empfindet er keinen Haß, sondern nimmt das, was ihm widerfahren ist, als unausweichliche Tatsache hin, mit der er weder als erster noch als letzter Bekanntschaft gemacht hat und die sich noch lange, lange immer wieder ergeben wird in diesem nun einmal stattfindenden passiven, aber hartnäckigen Kampf. Welcher Soldat empfindet persönlichen Haß gegen einen Türken, wenn er mit ihm kämpft? Und dabei schlägt, sticht oder schießt er doch nach ihm. Übrigens, nicht alle Berichte waren völlig gelassen und gleichmütig. Von dem Oberleutnant Sherebjatnikow zum Beispiel erzählte man sogar mit einem Anflug von Entrüstung, die indessen nicht sehr groß war. Diesen Oberleutnant Sherebjatnikow lernte ich bereits in der ersten Zeit meines Lazarettaufenthalts kennen, natürlich nur aus den Erzählungen der Sträflinge. Irgendwann später habe ich ihn auch persönlich gesehen, als er bei uns Wache hatte. Er war ein Mann von knapp dreißig Jahren, groß, dick und fett, mit feisten roten Wangen, weißen Zähnen und einem Lachen, so dröhnend wie das Nosdrjows. Man sah es ihm am Gesicht an, daß er der größte Hohlkopf von der Welt war. Er legte, wenn er gelegentlich zum Vollstrecker bestimmt wurde, eine wahre Leidenschaft für das Auspeitschen und die Bestrafung durch Stockhiebe an den Tag. Ich beeile mich hinzuzufügen, daß ich den Oberleutnant Sherebjatnikow schon damals für ein Scheusal unter seinesgleichen hielt, und die übrigen Sträflinge waren ebenfalls dieser Ansicht. Zwar hat es auch außer ihm noch Vollstrecker gegeben – in früheren Zeiten selbstverständlich, in jener noch nicht weit zurückliegenden Vergangenheit, von der es heißt: »Nicht lang ist's her, und doch ist's schwer zu glauben« –, die es liebten, diese ihre Aufgabe sorgfältig und mit Eifer zu erfüllen. Doch größtenteils geschah das auf eine naive Weise und ohne sonderliche Begeisterung. Der Oberleutnant hingegen genoß den Akt des Vollstreckens wie ein Gourmand. Er liebte die Kunst des Vollstreckens, liebte sie leidenschaftlich, und zwar einzig und allein um der Kunst willen. Er genoß sie, und wie ein vom ständigen Genießen verbrauchter und verlebter Patrizier aus der Zeit des römischen Imperiums erfand er allerlei Verfeinerungen, allerlei Widernatürlichkeiten, um seine feist gewordene Seele ein bißchen aufzurütteln und angenehm zu kitzeln. Da wird ein Sträfling zur Züchtigung geführt; Sherebjatnikow leitet die Vollstreckung. Allein schon der Blick auf die angetretenen langen Reihen von Soldaten mit dicken Stöcken begeistert ihn. Selbstgefällig geht er die Reihen entlang und weist noch einmal nachdrücklich darauf hin, daß jeder seine Aufgabe eifrig und gewissenhaft zu erfüllen habe, andernfalls ... Aber die Soldaten wissen schon, was dieses »andernfalls« bedeutet. Doch nun wird der Delinquent gebracht, und wenn er Sherebjatnikow noch nicht kennt, wenn er noch nichts von dessen geheimen Regungen gehört hat, macht der sich zum Beispiel folgenden Spaß mit ihm. (Natürlich war das nur einer von Hunderten dieser Art; der Oberleutnant war in solchen Erfindungen unerschöpflich.) Jeder Sträfling bittet in der Zeit, in der man ihn entkleidet und ihm die Hände an die Gewehrkolben bindet, mit denen ihn dann die Unteroffiziere durch die grüne Gasse ziehen, einem allgemeinen Brauch folgend, den Exekutor mit kläglicher, weinerlicher Stimme, ihn doch milde zu behandeln und die Strafe nicht durch übermäßige Härte zu verschärfen.

»Euer Wohlgeboren«, ruft der Unglückliche, »erbarmt Euch, seid wie ein leiblicher Vater zu mir und gebt mir Anlaß, ewig für Euch zu beten, richtet mich nicht zugrunde, seid barmherzig!«

Darauf hat Sherebjatnikow nur gewartet; sofort läßt er die Vorbereitungen unterbrechen und verwickelt den Sträfling, ebenfalls recht gefühlvoll, in ein Gespräch.

»Mein Freund«, sagt er, »was soll ich denn mit dir machen? Nicht ich strafe, sondern das Gesetz!«

»Euer Wohlgeboren, Ihr habt es doch in der Hand. Seid barmherzig!«

»Glaubst du denn, du tust mir nicht leid? Meinst du vielleicht, es macht mir Spaß, zuzusehen, wie sie dich schlagen? Ich bin doch auch ein Mensch! Bin ich deiner Meinung nach einer oder nicht?«

»Gewiß doch, Euer Wohlgeboren, das weiß jeder; Ihr seid wie Väter, und wir sind wie Kinder. Seid wie ein leiblicher Vater zu mir!« ruft der Sträfling, bereits Hoffnung schöpfend.

»Überleg doch mal, mein Freund – den Verstand dazu hast du ja: Ich weiß selber, daß ich mich von wegen der Menschlichkeit auch dir Sünder gegenüber nachsichtig und gnädig verhalten sollte.«

»Ihr beliebt die reine Wahrheit zu sagen, Euer Wohlgeboren!«

»Jawohl, gnädig verhalten, wie groß deine Sünde auch sein mag. Aber hier geht's ja nicht um mich, sondern um das Gesetz. Überleg doch mal! Ich diene Gott und dem Vaterland; ich lade doch eine schwere Sünde auf mich, wenn ich das Gesetz abschwäche. Überleg das mal!«

»Euer Wohlgeboren!«

»Na, meinetwegen! Sei's drum, dir zuliebe! Ich weiß, daß ich unrecht tue, aber sei's drum. Diesmal will ich Mitleid mit dir haben und dich nur leicht züchtigen. Aber wenn ich dir damit nun gar keinen Gefallen tue? Da hab ich jetzt Mitleid mit dir und züchtige dich nur leicht, du aber hoffst dann, daß es beim nächstenmal genauso sein wird, und begehst ein neues Verbrechen – was dann? Dann hab ich es doch auf dem Gewissen ...«

»Euer Wohlgeboren! Freund und Feind werd ich's verkünden! Wie vor dem Thron des himmlischen Schöpfers ...«

»Na, schon gut, schon gut! Aber schwörst du mir, daß du dich fortan gut führen wirst?«

»Der Herrgott soll mich zerschmettern, und ich will im Jenseits ...«

»Schwöre nicht; das ist sündhaft. Ich glaub auch deinem Wort. Gibst du mir dein Wort drauf?«

»Euer Wohlgeboren!!!«

»Nun, so hör denn: Nur wegen deiner Waisentränen will ich dich schonen. Du bist doch eine Waise?«

»Jawohl, Euer Wohlgeboren, mutterseelenallein bin ich, weder Vater noch Mutter ...«

»Nun, also wegen deiner Waisentränen; aber hüte dich, es ist das letzte Mal. – Führt ihn hin«, fügt er mit so gütiger Stimme hinzu, daß der Sträfling gar nicht mehr weiß, wie inbrünstig er für diesen Wohltäter beten soll. Doch da hat sich die schreckliche Prozession auch schon in Bewegung gesetzt, und er wird hingeführt; die Trommel wirbelt, die ersten Stöcke holen aus ... »Gib's ihm!« brüllt Sherebjatnikow da aus vollem Halse. »Brenn ihm eins über! Drisch drauflos, immer drauflos! Heiz ihm ein! Und noch mal und noch mal. Immer feste drauf auf die Waise, immer feste drauf auf den Halunken! Hau ihn, daß die Fetzen fliegen!« Und die Soldaten dreschen mit aller Kraft drauflos, daß dem armen Kerl Hören und Sehen vergeht; er fängt an zu schreien, doch Sherebjatnikow läuft hinter ihm durch die Gasse und lacht und lacht, will sich ausschütten vor Lachen, hält sich die Seiten vor Lachen, kann sich gar nicht wieder fassen, so daß er einem am Ende gar leid tut, der Ärmste. Er ist ja so vergnügt, ihm ist ja so nach Lachen zumute, nur hin und wieder unterbricht er sein sonores, kräftiges, dröhnendes Lachen, und man vernimmt erneut: »Drisch drauflos, immer drauflos! Heiz ihm ein, dem Halunken, heiz ihm ein, dem Waisenkind! ...«

Und hier noch eine der Varianten, die er sich ausgedacht hat: Ein Sträfling wird zur Züchtigung herausgeführt; auch er fängt an zu bitten. Diesmal ziert sich Sherebjatnikow nicht, spielt er keine Komödie, sondern greift zur Offenheit.

»Weiß du, mein Lieber, ich werde dich züchtigen, wie sich's gehört, weil du's auch so verdienst. Aber eines könnte ich für dich tun: dich nicht an die Gewehrkolben binden lassen. Dann läufst du allein, auf neue Weise: Du rennst, was das Zeug hält, durch die ganze Gasse. Selbst wenn jeder Stock trifft, ist die Geschichte doch schneller abgemacht. Was meinst du? Willst du's probieren?«

Ungläubig und voller Mißtrauen vernimmt es der Sträfling, und er überlegt. Ach was, denkt er bei sich, vielleicht ist es wirklich leichter! Ich renn, so schnell ich kann, dann ist die Tortur fünfmal kürzer, und vielleicht trifft auch nicht jeder Stock.

»Gut, Euer Wohlgeboren, einverstanden.«

»Nun, ich bin auch einverstanden. Los geht's! – Paßt auf und schlaft nicht!« ruft er den Soldaten zu, wobei er aber schon im voraus weiß, daß kein einziger Stock den schuldbeladenen Rükken verfehlen wird; weiß doch der Soldat, der vorbeischlägt, ebenfalls recht gut, was ihm blüht. Der Sträfling beginnt, so schnell er nur kann, durch die grüne Gasse zu laufen, aber kommt natürlich noch nicht einmal an den ersten fünfzehn Paaren vorbei. Wie ein Trommelwirbel, blitzschnell, alle auf einmal sausen die Stöcke auf seinen Rücken nieder, und mit einem Aufschrei stürzt der Ärmste wie hingemäht, wie von einer Kugel getroffen zu Boden.

»Nein, Euer Wohlgeboren, es ist doch besser nach Vorschrift«, sagt er blaß und erschrocken und erhebt sich langsam wieder. Sherebjatnikow aber, der schon vorher gewußt hat, was bei diesem Streich herauskommen wird, will sich ausschütten vor Lachen. Doch man kann unmöglich alle seine Späße und all das, was bei uns über ihn erzählt wurde, schildern.

In etwas anderer Weise, in anderem Ton und Sinn, erzählte man bei uns von einem Oberleutnant Smekalow, der in unserem Gefängnis die Funktion eines Kommandanten ausgeübt hatte, bevor unser Platzmajor für diesen Posten ausersehen wurde. Wenn von Sherebjatnikow auch ziemlich gleichmütig und ohne sonderlichen Groll erzählt wurde, so war man doch von seinen Taten auch nicht gerade entzückt und pries ihn nicht, sondern verabscheute ihn offensichtlich. Ja, man sah sogar ein wenig von oben auf ihn herab. An den Oberleutnant Smekalow hingegen erinnerte man sich bei uns mit Vergnügen und Ergötzen. Das lag daran, daß er keine besondere Vorliebe für körperliche Züchtigung hatte; dieser spezifisch Sherebjatnikowsche Charakterzug fehlte ihm völlig. Andererseits hatte er auch absolut nichts gegen das Prügeln. Die Sache war die, daß man sich selbst an seine Rutenhiebe bei uns mit einer Art sentimentaler Liebe erinnerte – so sehr hatte es dieser Mann verstanden, die Sträflinge für sich einzunehmen! Und wodurch? Womit hatte er sich diese Popularität erworben? Es ist eine Wahrheit, daß unser einfaches Volk, wie vielleicht auch das ganze russische Volk, bereit ist, für ein einziges freundliches Wort die schlimmsten Qualen zu vergessen; ich spreche davon als von einer Tatsache, ohne es diesmal nach der einen oder anderen Seite hin zu untersuchen. Es war also nicht schwer, dieses Volk für sich einzunehmen und sich bei ihm Popularität zu erwerben. Doch Oberleutnant Smekalow hatte sich eine *besondere* Popularität erworben, so daß man sich selbst daran, wie er gezüchtigt hatte, fast mit Rührung erinnerte. »Wie ein Vater war er!« pflegten die Sträflinge zu sagen und seufzten sogar, wenn sie ihren früheren zeitweiligen Kommandanten, Smekalow, mit dem jetzigen Platzmajor verglichen. »Eine Seele von Mensch!« Er war einfach und auf seine Weise vielleicht sogar gut. Es kommt jedoch vor, daß unter den Vorgesetzten einer nicht nur gut, sondern sogar großherzig ist. Und was geschieht? Trotzdem liebt man ihn nicht, ja über manchen macht man sich – sieh mal an – sogar noch lustig. Es lag einfach daran, daß Smekalow es so einzurichten verstand, daß ihn bei uns alle als *ihresgleichen* anerkannten, und das ist eine große Kunst oder, richtiger gesagt, eine angeborene Fähigkeit, über die sich jene, die sie besitzen, noch nicht einmal Gedanken machen. Komisch: Es gibt unter ihnen sogar solche, die durchaus nicht gut sind und dennoch zuweilen große Popularität genießen. Sie empfinden keinen Ekel und keinen Widerwillen vor dem ihnen untergebenen Volk – das scheint mir der Grund zu sein! Sie haben nichts von einem verwöhnten Herrensöhnchen an sich, von Vornehmheit ist bei ihnen nichts zu spüren, vielmehr besitzen sie so eine Art Plebejergeruch, der ihnen angeboren ist, und, mein Gott, was für eine feine Nase hat unser einfaches Volk für diesen Geruch! Was gibt es nicht dafür her! Den gutherzigsten Menschen würde es bereitwillig selbst gegen den strengsten eintauschen, wenn der nur ihren eigenen Geruch nach Hausgewebtem an sich hat. Was aber, wenn der ebenfalls mit diesem Geruch Behaftete nun obendrein auch tatsächlich gutmütig ist, wenn auch auf seine Weise? Dann kann man ihn nicht genug rühmen. Oberleutnant Smekalow züchtigte, wie bereits gesagt, mitunter auch recht hart, machte es jedoch so, daß man ihm nicht nur nicht gram war, sondern sich noch zu meiner Zeit, als das alles längst Vergangenheit war, seiner *Scherze* beim Auspeitschen sogar lachend, mit Vergnügen erinnerte. Übrigens waren es nur wenige

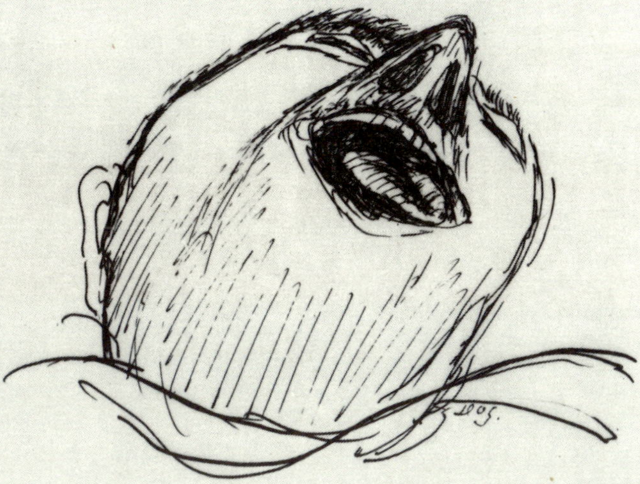

»Unterdessen wurde das Gesicht des Toten starr; ein Lichtstrahl spielte auf ihm: der Mund war halb geöffnet, und zwei Reihen junger weißer Zähne schimmerten zwischen den schmalen, fest am Zahnfleisch haftenden Lippen hervor.« S. 232

Scherze – es mangelte ihm an künstlerischer Phantasie. Um die Wahrheit zu sagen: es war nur ein Scherz, ein einziger, mit dem er sich fast ein Jahr lang bei uns begnügt hatte; aber vielleicht war er ihm gerade deshalb so lieb, weil er sein einziger war. Er zeichnete sich durch große Naivität aus. Da wird zum Beispiel ein Delinquent herbeigebracht. Smekalow findet sich selber zu der Züchtigung ein, er erscheint mit einem Lächeln, scherzt, fragt den Delinquenten sogleich nach etwas, nach irgend etwas Nebensächlichem, nach seinen persönlichen und familiären Verhältnissen, nach seinem Sträflingsdasein, und nicht etwa mit Hintergedanken oder um sich anzubiedern, sondern einfach so, *weil ihn diese Dinge tatsächlich interessieren.* Man bringt die Ruten und einen Stuhl für Smekalow. Er setzt sich und zündet sich sogar eine Pfeife an. Er besaß so eine lange Pfeife. Der Sträfling fängt an zu bitten. »Nein, mein Lieber, leg dich nur hin; wozu das noch!« sagt Smekalow. Der Sträfling seufzt und legt sich hin. »Nun, mein Bester, kannst du den und den Vers auswendig?« – »Wie sollte ich nicht, Euer Wohlgeboren! Unsereins ist doch getauft und hat's von Kind auf gelernt.« – »Na, dann sag ihn mal auf.« Der Sträfling hat schon gewußt, was aufzusagen ist, und er weiß auch, was dabei geschehen wird, weil dieser Scherz vorher bereits an die dreißigmal mit anderen gemacht worden ist. Und auch Smekalow weiß, daß der Sträfling das weiß, und selbst die Soldaten, die mit erhobenen Ruten neben dem liegenden Opfer stehen, kennen diesen Scherz längst, und trotzdem wiederholt er ihn – so sehr hat er ihm ein für allemal gefallen, vielleicht gerade deshalb, weil er ihn sich selber ausgedacht hat, aus Verfasserstolz. Der Sträfling fängt an aufzusagen, die Soldaten mit den Ruten warten, und Smekalow beugt sich sogar ein wenig vor, hebt die Hand, hört auf zu rauchen, wartet auf ein bestimmtes Wort. Nach der ersten Zeile des bekannten Verses kommt der Sträfling schließlich zu den Worten »im Himmel«. Das ist das Stichwort. »Halt!« schreit der erregte Oberleutnant, und gleich darauf ruft er dem Soldaten mit der erhobenen Rute mit enthusiastischer Gebärde zu: »Traktier den Lümmel!«

Und er bricht in schallendes Gelächter aus. Auch die ringsum stehenden Soldaten grinsen; es grinst der Auspeitscher, und beinahe grinst sogar der Auszupeitschende, obwohl die Rute auf das Kommando »Traktier den Lümmel!« bereits durch die Luft pfeift, um im nächsten Augenblick wie ein Rasiermesser in seinen sündigen Leib einzuschneiden. Und Smekalow freut sich, freut sich vor allem darüber, daß er es war, der sich das so schön ausgedacht und *selber* gedichtet hat: »im Himmel« und »den Lümmel«, und daß es überdies auf einen Reim ausgeht. Restlos mit sich zufrieden, verläßt Smekalow die Vollstreckung, und auch der Ausgepeitschte geht, fast zufrieden mit sich und Smekalow, und sieh da, eine halbe Stunde später erzählt er schon im Gefängnis, wie der bereits vorher dreißigmal wiederholte Scherz nun auch zum einunddreißigsten Mal wiederholt worden ist. »Kurz und gut, eine Seele von Mensch! Ein Spaßvogel!«

Zuweilen rochen die Erinnerungen an den herzensguten Oberleutnant geradezu nach Manilowtum.

»Da kam man manchmal so vorbei, Jungs«, erzählt irgend so ein schmächtiger Sträfling und strahlt bei der Erinnerung übers ganze Gesicht. »man kam vorbei, und er sitzt gemütlich im Schlafrock am Fenster, trinkt Tee und raucht sein Pfeifchen. Du nimmst die Mütze ab. ›Wohin gehst du, Axjonow?‹ – ›Zur Arbeit, Michail Wassiljitsch; zu allererst muß ich in die Werkstatt.‹ Da lacht er. Das ist eine Seele von Mensch. Wirklich, eine Seele!«

»So einen kriegen wir nicht wieder«, fügt einer der Zuhörer hinzu.

3 *Fortsetzung**

Auf die körperlichen Züchtigungen sowie auf verschiedene Vollstrecker dieser interessanten Pflicht bin ich jetzt deshalb zu sprechen gekommen, weil ich erst nach meiner Übersiedlung ins Lazarett eine anschauliche Vorstellung von diesen Dingen bekam. Bis dahin hatte ich nur vom Hörensagen davon gewußt. In unsere beiden Säle wurden alle mit Spießrutenlaufen Bestraften eingeliefert, und zwar aus allen Bataillonen, Sträflingsabteilungen und sonstigen militärischen Einheiten, die in unserer Stadt und im ganzen Kreis lagen. In dieser ersten Zeit, in der ich alles, was um mich herum geschah, noch so wißbegierig beobachtete, machten diese für mich unverständlichen Vorschriften, diese Gezüchtigten und sich auf ihre Züchtigung Vorbereitenden naturgemäß einen

* Alles, was ich hier von körperlichen Züchtigungen und Vollstreckungen schreibe, war zu meiner Zeit so. Jetzt ist das, wie ich gehört habe, alles geändert worden und wird noch geändert. (Anm. d. Verf.)

sehr starken Eindruck auf mich. Ich war aufgewühlt, verwirrt und erschrocken. Wie ich mich erinnere, versuchte ich nun auf einmal ungeduldig all diesen neuen Erscheinungen auf den Grund zu gehen, hörte ich den Gesprächen und Erzählungen der anderen Sträflinge über dieses Thema zu, stellte ihnen selber Fragen und versuchte Schlußfolgerungen zu ziehen. Unter anderem wollte ich unbedingt alle Kategorien von Urteilen und ihrer Vollstreckung, alle Nuancen der Vollstreckung sowie die Ansicht der Gefangenen darüber kennenlernen; ich bemühte mich, mir eine Vorstellung von dem Gemütszustand der zur Vollstreckung Gehenden zu verschaffen. Wie ich schon gesagt habe, bleibt vor der Züchtigung selten jemand kaltblütig, selbst jene nicht, die bereits mehrfach und viel gezüchtigt worden sind. Gewöhnlich befällt den Verurteilten dann unwillkürlich eine heftige, unwiderstehliche, aber rein physische Angst, die seine ganze Psyche niederdrückt. Auch später, während all dieser Jahre meines Gefängnisdaseins, habe ich unwillkürlich jene Sträflinge beobachtet, die, als sie nach der ersten Hälfte ihrer Züchtigung im Lazarett lagen und ihr Rücken wieder verheilt war, sich gesund meldeten, um schon am nächsten Tag die restliche Hälfte der laut Gerichtsbeschluß zudiktierten Stockhiebe zu empfangen. Die Teilung der Strafe in zwei Hälften erfolgt stets auf Grund einer Entscheidung des bei der Züchtigung anwesenden Arztes. Ist die Anzahl der für das Verbrechen zudiktierten Hiebe so groß, daß der Gefangene sie nicht alle hintereinander aushalten würde, so teilt man sie in zwei oder gar drei Teile, je nachdem, wie der Arzt während der Vollstreckung entscheidet, das heißt, ob der zu Züchtigende weiter Spießruten laufen kann oder ob das mit Gefahr für sein Leben verbunden ist. Für gewöhnlich werden fünfhundert, tausend, ja anderthalbtausend auf einmal verabfolgt; lautet das Urteil jedoch auf zwei- oder dreitausend, wird die Vollstreckung in zwei oder sogar drei Teilen vorgenommen. Diejenigen, die nach der ersten Hälfte ihren Rücken ausgeheilt hatten und das Lazarett verließen, um die zweite Hälfte über sich ergehen zu lassen, waren am Tag der Entlassung und auch schon am Tag vorher gewöhnlich finster, mürrisch und schweigsam. Ihnen war eine gewisse Abgestumpftheit, eine unnatürliche Zerstreutheit anzumerken. In Gespräche ließ sich solch ein Mensch nicht ein, er schwieg meist; das merkwürdigste aber war, daß auch die übrigen Gefangenen nie mit so einem sprachen und nie bestrebt waren, die Rede auf das zu bringen, was ihn erwartete. Kein überflüssiges Wort, kein Tröstungsversuch; sie bemühten sich sogar, ihn überhaupt wenig zu beachten. Das ist für den, der die Züchtigung noch vor sich hat, natürlich das beste. Es gibt allerdings Ausnahmen, wie zum Beispiel jener Orlow, von dem ich bereits gesprochen habe. Nach der ersten Hälfte seiner Strafe ärgerte ihn nur, daß sein Rücken so lange nicht verheilen wollte und er sich nicht so schnell gesund melden konnte, um alsbald die restlichen Hiebe zu empfangen, mit einem Trupp den Marsch nach seinem Verbannungsort anzutreten und unterwegs zu fliehen. Aber er hatte ein Ziel vor Augen, und wer weiß, was er sonst noch im Schilde führte. Er war eine leidenschaftliche und vitale Natur. Er war sehr zuversichtlich und außerordentlich erregt, obschon er seine Empfindungen zu unterdrücken suchte. Vor der ersten Hälfte seiner Züchtigung hatte er nämlich geglaubt, man werde ihn nicht lebend davonkommen lassen und er müsse sterben. Schon als er noch in Untersuchungshaft saß, waren ihm allerlei Gerüchte über Schritte seiner Vorgesetzten zu Ohren gekommen; bereits damals machte er sich auf den Tod gefaßt. Nachdem er jedoch die erste Hälfte überstanden hatte, kehrte seine Zuversicht zurück. Halbtot geprügelt, wurde er ins Lazarett eingeliefert; solche Wunden hatte ich noch nie gesehen; er aber kam mit Freude im Herzen und voller Hoffnung, daß er am Leben bleiben würde, daß die Gerüchte falsch seien, da man ihn ja jetzt beim Spießrutenlaufen am Leben gelassen habe, und so träumte er nun, nach der langen Untersuchungshaft, bereits von Marsch, Flucht und Freiheit, von Feldern und Wäldern ... Zwei Tage nach seiner Entlassung aus dem Lazarett starb er in demselben Lazarett und in demselben Bett, nachdem er die zweite Hälfte nicht durchgehalten hatte. Aber das habe ich ja bereits erwähnt.

Und doch ertrugen dieselben Sträflinge, die kurz vor der Züchtigung so schwere Tage und Nächte durchlebten, die Vollstrekkung mannhaft, sogar die kleinmütigsten. Selbst in der ersten Nacht nach ihrer Einlieferung habe ich nur selten ein Stöhnen gehört, auch von besonders schlimm Zugerichteten kaum; das einfache Volk vermag durchweg Schmerzen zu ertragen. Was diese betrifft, habe ich mich häufig danach erkundigt. Ich wollte gern genau wissen, wie groß sie waren und womit man sie wohl vergleichen könnte. Freilich weiß ich nicht, weshalb ich das zu ergründen suchte. Ich erinnere mich nur, daß es nicht aus purer Neugier geschah. Ich wiederhole: Ich war aufgewühlt und erschüttert. Doch wen ich auch fragte, ich erhielt keine Antwort, die mich befriedigt hätte. »Es brennt, wie Feuer brennt es«, das war alles, was ich herausbekam, so lautete bei allen die einzige Antwort. »Es brennt unaufhörlich.« In ebendieser ersten Zeit, in der ich mich etwas näher mit M. anfreundete, fragte ich auch ihn danach. »Es tut sehr weh«, antwortete er, »und man hat das Gefühl, es brennt wie Feuer; als würde der Rücken auf stärkstem Feuer geröstet.« Kurzum, alle bedienten sich desselben Wortes. Dabei fällt mir übrigens ein, daß ich damals noch eine merkwürdige Feststellung machte, für deren Richtigkeit ich mich allerdings nicht verbürgen kann; doch die einhellige Aussage der Sträflinge selbst spricht stark dafür: Und zwar, daß Rutenhiebe, wenn sie in großer Anzahl verabfolgt werden, die schwerste von allen bei uns angewendeten Strafen sind. Auf den ersten Blick erscheint das unsinnig und unmöglich. Und doch kann man mit fünfhundert, ja sogar schon mit vierhundert Rutenhieben einen Menschen zu Tode prügeln, mit über fünfhundert aber so gut wie sicher. Tausend Rutenhiebe auf einmal hält selbst der stärkste Mann nicht aus. Fünfhundert Stockhiebe hingegen kann man ohne jede Gefahr für das Leben ertragen. Tausend Stockschläge hält sogar ein Mann von nicht so starker Konstitution noch ohne Gefahr für das Leben aus. Selbst mit zweitausend Stockschlägen kann man einen Mann mittlerer Stärke und gesunder Konstitution noch nicht töten. Alle Sträflinge sagten aus, Rutenhiebe seien schlimmer als Stockschläge. »Rutenhiebe sind kräftiger«, erklärten sie, »der Schmerz ist größer.« Natürlich sind Rutenhiebe schmerzhafter als Stockschläge. Sie reizen heftiger, wirken stärker auf die Nerven, erregen sie über die Maßen, wühlen einen über den Grad des Erträglichen hinaus auf. Ich weiß nicht, wie es heutzutage damit steht, aber vor noch nicht allzu langer Zeit gab es Gentlemen, denen die Möglichkeit, ein Opfer auszupeitschen, etwas verschaffte, das an den Marquis de Sade und die Brinvilliers erinnert. Ich glaube, dieses Gefühl beinhaltet etwas, das diesen Gentlemen das Herz beklommen macht, süß und schmerzlich zugleich. Es gibt Menschen, die wie Tiger danach dürsten, Blut zu lecken. Wer diese Macht einmal verspürt hat, diese unbeschränkte Gewalt über Körper, Blut und Geist eines ebensolchen Menschen, wie er selber einer ist, eines ebensolchen Geschöpfes, eines Bruders nach christlichem Glauben, wer die Macht und die absolute Möglichkeit verspürt hat, ein anderes Wesen, das nach dem Ebenbild Gottes gestaltet ist, auf das tiefste zu demütigen, der verliert notgedrungen die Herrschaft über seine Gefühle. Das Tyrannisieren ist eine Gewohnheit; es ist entwicklungsfähig und wird schließlich zu einer Krankheit. Ich behaupte, selbst der beste Mensch kann durch Gewöhnung verrohen und abstumpfen und auf die Stufe eines Tieres herabsinken. Blut und Macht berauschen; es entwikkeln sich Roheit und Laster; die abnormsten Dinge werden dem Denken und Empfinden verständlich und am Ende angenehm. Der Mensch und der Bürger gehen in dem Tyrannen für immer verloren, und eine Rückkehr zu menschlichem Anstand, Reue und Erneuerung wird für ihn so gut wie unmöglich. Außerdem wirken das Beispiel und die Möglichkeit einer solchen Willkür auch auf die ganze Gesellschaft ansteckend; ist diese Macht doch verführerisch. Eine Gesellschaft, die solch eine Erscheinung gleichgültig mit ansieht, ist bereits selbst von Grund auf verseucht. Kurzum, das Recht der körperlichen Züchtigung, das dem einen über einen anderen verliehen wurde, ist ein Krebsgeschwür der Gesellschaft, eines der stärksten Mittel zur Vernichtung jedes Keims, jedes Ansatzes von Bürgersinn und die eigentliche Ursache für ihren unausbleiblichen und unabänderlichen Verfall.

Der Henker wird von der Gesellschaft verabscheut, der Gentleman-Henker hingegen durchaus nicht. Erst unlängst ist die entgegengesetzte Meinung geäußert worden, aber bisher nur in Büchern, rein theoretisch. Selbst von jenen, die sie äußern, haben es noch nicht alle vermocht, diesen Drang nach Alleinherrschaft in sich zu unterdrücken. Selbst jeder Fabrikant, jeder Unternehmer empfindet zweifellos eine erregende Befriedigung bei dem Gedanken, daß sein Arbeiter, mitunter ganz mit seiner gesamten Familie, von ihm abhängig ist, einzig und allein von ihm. Sicherlich verhält sich das so: Eine Generation löst sich nicht so schnell von dem, was sie als Erbe in sich trägt; der Mensch läßt nicht so bald von etwas ab, das ihm in Fleisch und Blut übergegangen, das ihm sozusagen mit der Muttermilch eingeflößt worden ist. So rasche Wandlungen gibt es nicht. Seine Schuld und Erbsünde einzugestehen ist noch zuwenig, viel zuwenig; man muß sie sich völlig abgewöhnen. Das aber geht nicht so schnell.

Ich bin auf den Henker zu sprechen gekommen. Die Eigenschaften eines Henkers finden sich im Keim bei fast jedem Menschen unserer Zeit. Aber die tierischen Eigenschaften des Menschen entwickeln sich nicht gleichermaßen. Wenn sie in jemandem alle anderen Eigenschaften überwuchern, wird der Betreffende allerdings furchtbar und abscheuerregend. Es gibt zwei Arten von Henkern: die einen sind es freiwillig, die anderen unfreiwillig, gezwungen. Der freiwillige Henker steht natürlich in jeder Hinsicht unter dem unfreiwilligen, vor dem das Volk doch einen solchen Abscheu empfindet, einen Abscheu, der bis zum Grauen, bis zum Ekel, bis zu instinktiver, fast mystischer Furcht geht. Woher aber diese beinahe abergläubische Furcht vor dem einen Henker und jene Gleichgültigkeit, ja fast Anerkennung dem anderen gegenüber? Es gibt äußerst merkwürdige Beispiele: Ich habe gutherzige, ehrenhafte und sogar von der Gesellschaft geachtete Menschen gekannt, die es zum Beispiel nicht ruhig ertragen konnten, wenn der Gezüchtigte unter den Rutenhieben nicht schrie, nicht flehte, nicht um Gnade bat. Die Gezüchtigten haben unbedingt zu schreien und um Gnade zu bitten; das ist nun einmal so üblich, das gilt als geziemend und erforderlich. Und als einmal das Opfer nicht schreien wollte, fühlte sich der Vollstrecker, den ich kannte und der in anderer Hinsicht wohl auch als ein guter Mensch gelten konnte, durch dieses Verhalten sogar persönlich beleidigt. Ursprünglich hatte er die Züchtigung nur leicht ausfallen lassen wollen, doch als er nicht das übliche »Euer Wohlgeboren, mein Vater, habt Erbarmen, macht, daß ich mein Leben lang für Euch bete« und so weiter hörte, geriet er in Wut und fügte noch fünfzig Rutenhiebe hinzu mit der Absicht, Schreien und Bitten zu erzwingen – und er erreichte sein Ziel. »Es geht nicht anders; das ist eine Ungehörigkeit«, antwortete er mir ganz ernsthaft. Was jedoch den wirklichen Henker, den unfreiwilligen, gezwungenen, angeht, so ist das bekanntlich ein bereits rechtskräftig zu Verbannung verurteilter Sträfling, den man zum Henker gemacht hat. Er geht zunächst bei einem anderen Henker in die Lehre und bleibt dann, nachdem er ausgelernt hat, für immer im Gefängnis, wo er für sich allein in einem besonderen Zimmer wohnt und sogar seinen eigenen Haushalt hat, jedoch fast ständig unter Bewachung steht. Ein lebender Mensch ist natürlich keine Maschine; wenn der Henker auch prügelt, weil es seine Pflicht ist, so gerät er doch manchmal in Eifer, aber selbst wenn ihm das Prügeln Spaß bereitet, verspürt er fast nie einen persönlichen Haß gegen sein Opfer. Geschicklichkeit im Schlagen, die Beherrschung seiner Wissenschaft und der Wunsch, den Kameraden und dem

Publikum sein Können zu zeigen, wecken seinen Ehrgeiz. Der Meisterschaft wegen gibt er sich Mühe. Außerdem weiß er genau, daß er ein Ausgestoßener ist, den überall abergläubische Furcht empfängt und begleitet, und niemand kann sich dafür verbürgen, daß ihn das nicht beeinflußt und seinen Ingrimm und seine tierischen Neigungen nicht noch verstärkt. Selbst die Kinder wissen, daß er »sich von Vater und Mutter losgesagt hat«. Merkwürdig: So viele Henker ich auch zu sehen Gelegenheit hatte, sie alle waren kultivierte Leute mit Verstand, Vernunft und außerordentlichem Ehrgefühl, ja sogar Stolz. Ob sich dieser Stolz als Reaktion auf die allgemeine Verachtung ihnen gegenüber herausgebildet hat, ob er durch das Bewußtsein der Furcht, die sie ihren Opfern einflößten, und das Gefühl der Macht über sie verstärkt wurde, weiß ich nicht. Vielleicht trägt sogar das pompöse und theatralische Drum und Dran, mit dem sie vor dem Publikum auf dem Schafott erscheinen, dazu bei, einen gewissen Hochmut zu entwickeln. Wie ich mich entsinne, hatte ich einmal eine Zeitlang Gelegenheit, häufiger mit einem Henker zusammenzutreffen und ihn aus der Nähe zu beobachten. Er war ein mittelgroßer, muskulöser und sehniger Bursche von etwa vierzig Jahren mit einem recht angenehmen, klugen Gesicht und lockigem Haar. Immer ungewöhnlich ernst und ruhig, benahm er sich äußerlich wie ein Gentleman, antwortete stets kurz, verständig und sogar freundlich, aber mit einer Art hochmütiger Freundlichkeit, als sei er etwas Besseres als ich. Die Wachoffiziere unterhielten sich in meiner Gegenwart häufig mit ihm und tatsächlich sogar mit einer Art Respekt. Er war sich dessen auch bewußt und verdoppelte im Verkehr mit einem Vorgesetzten absichtlich seine Höflichkeit, Reserviertheit und Würde. Je freundlicher ein Vorgesetzter mit ihm sprach, um so zurückhaltender zeigte er sich, und obwohl er es nicht im mindesten an ausgesuchtester Höflichkeit fehlen ließ, bin ich überzeugt, daß er sich in solchem Augenblick dem mit ihm redenden Vorgesetzten turmhoch überlegen dünkte. Das stand ihm im Gesicht geschrieben. Zuweilen, an sehr heißen Sommertagen, wurde er in Begleitung eines Soldaten mit einer langen, dünnen Stange losgeschickt, um in der Stadt Hunde totzuschlagen. Es gab eine Unmenge von Hunden in diesem Städtchen, die herrenlos waren und sich außerordentlich schnell vermehrten. In der Ferienzeit wurden sie gefährlich, und um sie zu beseitigen, schickte man auf Anordnung der Obrigkeit den Henker aus. Doch selbst diese erniedrigende Pflicht demütigte ihn offensichtlich nicht im mindesten. Es war sehenswert, mit welcher Würde er in Begleitung des müden Soldaten durch die Straßen schritt, allein schon durch seinen Anblick die ihm begegnenden Weiber und Kinder in Schrecken versetzend, und wie ruhig und sogar von oben herab er alle ihm Entgegenkommenden ansah. Im übrigen führen die Henker ein uneingeschränktes Leben. Sie haben Geld, sie essen sehr gut, und sie trinken Branntwein. Das Geld rührt von Bestechungsgeschenken her. Ein Zivilist, der von einem Gericht zu einer Körperstrafe verurteilt worden ist, macht vorher dem Henker ein Geschenk, und müßte er auch sein Letztes hergeben. Von manchen aber, von reichen Verurteilten fordern sie selber eine bestimmte Summe, entsprechend den wahrscheinlichen Mitteln des Sträflings, selbst dreißig Rubel nehmen sie und oft noch mehr. Mit sehr reichen feilschen sie sogar tüchtig. Allzu gelinde zuschlagen darf der Henker natürlich nicht; müßte er doch den eigenen Rücken dafür hinhalten. Wohl aber verspricht er dem Opfer gegen ein gewisses Entgelt, nicht sehr schmerzhaft zu prügeln. Fast immer geht man auf seinen Vorschlag ein; wenn nicht, so prügelt er wirklich barbarisch; das steht ganz in seiner Macht. Es kommt vor, daß er sogar einem sehr armen Verurteilten eine beträchtliche Summe auferlegt; dann kommen die Verwandten und feilschen und bitten demütig, und wehe, sie stellen ihn nicht zufrieden! In solchen Fällen hilft ihm die abergläubische Furcht sehr, die er den Leuten einflößt. Was erzählt man sich nicht alles für Schauergeschichten über die Henker! Allerdings haben mir Sträflinge selber versichert, der Henker könne jemand mit einem einzigen Schlag töten. Doch erstens: Wann ist das je geprüft worden? Möglich kann es aber sein. Es wurde gar zu bestimmt behauptet. Auch hat mir der Henker selber sein Wort gegeben, daß er dazu imstande sei. Ferner erzählten sie, er könne mit aller Kraft auf den Rücken des Delinquenten einschlagen, ohne daß dabei der kleinste Striemen entstehe und ohne daß der Geschlagene den geringsten Schmerz verspüre. Im übrigen sind über all diese Tricks und Finessen schon mehr als genug Geschichten in Umlauf. Aber selbst wenn der Henker sich bestechen läßt, damit er nur leicht zuschlägt, versetzt er den ersten Hieb trotzdem mit aller Kraft und voller Wucht. Das ist bei ihnen geradezu ein fester Brauch geworden. Die folgenden Hiebe schwächt er dann ab, besonders wenn er vorher Geld dafür bekommen hat. Der erste Hieb jedoch, ob gezahlt wurde oder nicht, gehört ihm. Warum sie das so machen, weiß ich freilich nicht. Ob sie das Opfer gleich zu Anfang an die weiteren Hiebe gewöhnen wollen, aus der Erwägung heraus, daß nach einem sehr kräftigen Hieb die leichteren nicht mehr als so schmerzhaft empfunden werden, oder ob hier einfach der Wunsch vorliegt, vor dem Delinquenten anzugeben, ihm Angst einzujagen, ihn zuerst einmal aus der Fassung zu bringen, damit er begreift, mit wem er es zu tun hat, kurz, um Eindruck zu machen. Jedenfalls befindet sich der Henker vor Beginn der Züchtigung in erregter Stimmung, er spürt seine Macht, fühlt sich als Herrscher. In diesem Augenblick ist er Schauspieler; mit Bewunderung und Schaudern blickt das Publikum auf ihn, und da ruft er seinem Opfer, natürlich nicht ohne das zu genießen, vor dem ersten Schlag die in diesem Falle üblichen folgenschweren Worte zu: »Reiß dich zusammen; ich brenn dir eins über!« Es läßt sich kaum vorstellen, bis zu welchem Grade die menschliche Natur verzerrt werden kann.

Während meiner ersten Zeit im Lazarett lauschte ich interessiert den Geschichten der Sträflinge. Es war für uns schrecklich langweilig, so dazuliegen. Ein Tag glich dem anderen. Vormittags brachte noch die Visite der Ärzte etwas Abwechslung und bald darauf das Mittagessen. In dieser Eintönigkeit bot das Essen natürlich eine beachtliche Zerstreuung. Die Verpflegung war unterschiedlich und richtete sich nach den Leiden der Patienten. Manche bekamen nur eine Suppe mit Grütze; andere nur einen dünnen Brei; wieder andere nur Grießbrei, den sehr viele gern mochten. Durch das lange Liegen waren die Sträflinge verweichlicht und aßen gern, was ihnen schmeckte. Die Genesenden und fast schon Gesunden erhielten ein Stück gekochtes Rindfleisch, »einen Ochsen«, wie man bei uns sagte. Am besten war die Skorbutverpflegung: Rindfleisch mit Zwiebeln, mit Meerrettich und dergleichen mehr, hin und wieder auch mit einem Viertelschtof Branntwein. Das Brot war, ebenfalls je nach der Krankheit, gut durchgebackenes Schwarz- oder Mischbrot. Diese vorschriftsmäßige und peinlich genaue Festsetzung der Kost erregte bei den Kranken nur Heiterkeit. Natürlich aß bei manchen Krankheiten der Patient schon von sich aus nichts. Dafür aßen diejenigen Kranken, die Appetit hatten, was sie wollten. einige tauschten die Portionen, so daß sich das für die eine Krankheit geeignete Essen einer einverleibte, der an etwas ganz anderem litt. Patienten, die auf leichte

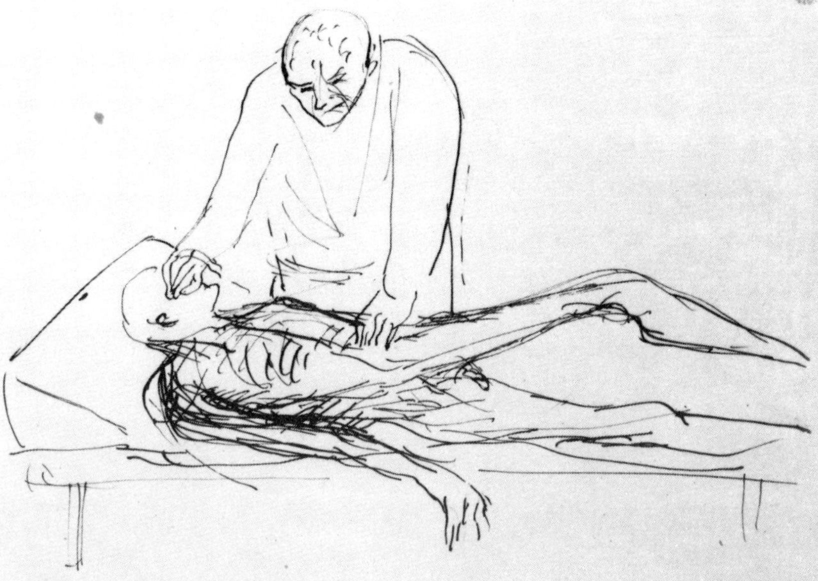

»Ein anderer, der ihm aufmerksam zugehört hatte, trat schweigend an den Toten heran und drückte ihm die Augen zu.« S. 232

Diät gesetzt waren, kauften sich Rindfleisch oder Skorbutkost und tranken Kwaß oder Lazarettbier, das sie denen abkauften, denen es verordnet worden war. Manche aßen sogar zwei Portionen. Diese Portionen wurden für Geld gekauft oder weiterverkauft. Eine Rindfleischportion stand ziemlich hoch im Kurs; sie kostete fünf Kopeken in Scheinen. War in unserem Saal niemand, von dem man kaufen konnte, so schickte man einen Krankenwärter in den anderen Sträflingssaal oder nötigenfalls auch in einen der Militärkrankensäle, der »freien«, wie sie bei uns genannt wurden. Es fanden sich immer welche, die gern verkauften. Sie begnügten sich dann mit Brot; dafür hatten sie ja Geld eingeheimst. Die Armut war freilich allgemein, doch wer etwas Geld besaß, der ließ sich sogar Kringel, Süßigkeiten und dergleichen mehr vom Markt mitbringen. Unsere Krankenwärter führten all diese Aufträge ganz uneigennützig aus. Nach dem Mittagessen kam die langweiligste Zeit; die einen schliefen, weil sie nichts Besseres zu tun wußten, andere schwatzten oder zankten sich, und wieder andere erzählten laut etwas. Wenn keine neuen Kranken gebracht wurden, war es noch langweiliger. Die Ankunft eines Neuen war fast immer ein Ereignis, vor allem wenn niemand ihn kannte. Man musterte ihn und versuchte zu erfahren, was und wie er war, woher er kam und weswegen. Besonders interessierte man sich in diesem Fall für die auf dem Transport Befindlichen; hatten sie doch immer etwas zu erzählen, allerdings nicht über ihre rein persönlichen Angelegenheiten; danach wurde, wenn der Betreffende nicht selber davon anfing, niemals gefragt, sondern woher sie kämen und mit wem, wie der Weg gewesen sei, wohin es weitergehe und dergleichen mehr. So manchem fiel, während er einem Neuen beim Erzählen zuhörte, ganz beiläufig etwas aus der eigenen Vergangenheit wieder ein: von allerlei Märschen zum Verbannungsort und von Sträflingskolonnen, von Vollstreckern und Kolonnenkommandeuren. Die mit Spießrutenlaufen Bestraften wurden ebenfalls um diese Zeit, gegen Abend, gebracht. Sie erregten immer großes Aufsehen, wie übrigens ja schon erwähnt. Aber nicht jeden Tag wurden welche eingeliefert, und an den Tagen, an denen keine kamen, herrschte bei uns eine flaue Stimmung; es war, als könnte einer den anderen nicht mehr sehen; sogar zu Streitigkeiten kam es. Selbst über die Wahnsinnigen, die zur Beobachtung gebracht wurden, freute man sich. Zu dem Trick, sich wahnsinnig zu stellen, um der Züchtigung zu entgehen, griffen nicht selten die Sträflinge, die sie noch vor sich hatten. Manche wurden bald überführt, oder richtiger gesagt, sie beschlossen von sich aus, ihre Taktik zu ändern; nachdem solch ein Sträfling sich zwei, drei Tage lang wie toll gebärdet hatte, wurde er auf einmal ohne ersichtlichen Grund wieder vernünftig und ruhig und bat mit finsterer Miene um Entlassung. Weder die anderen Sträflinge noch die Ärzte machten ihm Vorwürfe oder beschämten ihn, indem sie ihm sein bisheriges Verhalten vorhielten; schweigend entließen ihn die Ärzte, schweigend wurde er hinausgeführt, und nach zwei, drei Tagen kehrte er als Gezüchtigter zu uns zurück. Allerdings waren solche Fälle im allgemeinen selten. Die wirklich Wahnsinnigen jedoch, die zur Beobachtung eingeliefert wurden, stellten für den ganzen Krankensaal eine wahre Strafe Gottes dar. Manche Wahnsinnigen, jene, die lustig und lebhaft waren, die schrien, tanzten und sangen, wurden von den Sträflingen anfangs fast mit Begeisterung empfangen. »Das ist mal wieder ein Spaß!« pflegten sie beim Anblick so eines eben eingelieferten Grimassenschneiders zu sagen. Ich hingegen empfand es als recht bedrückend und qualvoll, diese Unglücklichen zu sehen. Habe ich doch den Anblick von Wahnsinnigen nie kaltblütig ertragen können.

Indessen gingen das ununterbrochene Grimassenschneiden und das unruhige Gehabe so eines bei seiner Einlieferung noch mit Gelächter empfangenen Wahnsinnigen bald ausnahmslos allen auf die Nerven, und nach kaum zwei Tagen waren alle mit ihrer Geduld am Ende. Einen dieser Kranken behielt man rund drei Wochen bei uns; es war zum Davonlaufen. Ausgerechnet während dieser Zeit wurde noch ein Wahnsinniger bei uns eingeliefert. Er machte einen besonderen Eindruck auf mich. Das geschah erst im dritten Jahr meiner Katorga. Im ersten Jahr, oder genauer gesagt, gleich in den ersten Monaten meines Gefängnisdaseins, im Frühjahr, mußte ich mit einem Trupp zur Arbeit in einer zwei Werst entfernten Ziegelei ausrücken, zusammen mit Ofensetzern, als Handlanger. Für das Ziegelbrennen im Sommer waren die Öfen zu überholen. An diesem Morgen machten mich M. und B. mit dem dort wohnenden Aufseher, dem Unteroffizier Ostrózski, bekannt. Er war Pole, ein Mann in den Sechzigern, groß, hager und von recht würdigem, ja majestätischem Aussehen. In Sibirien diente er bereits seit vielen Jahren, und obwohl er aus dem einfachen Volk stammte – er war als Soldat des Heeres von Anno dreißig hergekommen –, konnten ihn M. und B. gut leiden und schätzten ihn. Er las immer in einer katholischen Bibel. Ich unterhielt mich mit ihm, und er sprach so freundlich und vernünftig, wußte so interessant zu erzählen und schaute so gutmütig und treuherzig drein. Seither hatte ich ihn etwa zwei Jahre nicht mehr gesehen und nur gehört, er habe sich etwas zuschulden kommen lassen und sei in Untersuchungshaft, und nun wurde er auf einmal als Wahnsinniger zu uns in den Krankensaal gebracht. Kreischend und lachend kam er herein und tanzte mit den unanständigsten, mit Kamarinsker-Gebärden durch den Saal. Die anderen Sträflinge waren begeistert, mir aber wurde recht traurig zumute. Nach drei Tagen wußten wir alle uns nicht mehr vor ihm zu retten. Er brach Streit vom Zaun, prügelte sich, kreischte, sang Lieder, selbst nachts, und stellte fortwährend so abscheuliche Dinge an, daß es alle geradezu anwiderte. Angst hatte er vor niemandem. Man steckte ihn in eine Zwangsjacke, aber dadurch wurde es für uns nur noch schlimmer, obwohl er ohne Jacke beinahe mit jedem Streit angefangen und sich geprügelt hatte. Während dieser drei Wochen erhob manchmal der ganze Saal wie ein Mann seine Stimme und bat den Oberarzt, unser »Goldstück« in einen anderen Saal zu verlegen. Dort wiederum bat man ein paar Tage darauf, ihn wieder zu uns zu schaffen. Doch da sich gleich zwei Wahnsinnige auf einmal bei uns befanden, die unruhig und streitsüchtig waren, wechselten die Säle miteinander ab und tauschten die Wahnsinnigen aus. Einer erwies sich jedoch als so schlimm wie der andere. Alle atmeten befreit auf, als die beiden endlich weggebracht wurden.

Auch noch an einen anderen merkwürdigen Wahnsinnigen erinnere ich mich. Eines Tages im Sommer wurde ein Sträfling, der die Züchtigung noch vor sich hatte, zu uns gebracht, ein kräftiger, aber ziemlich ungelenk wirkender Mann von etwa fünfundvierzig Jahren mit einem von Blatternarben entstellten Gesicht, in Fettwülsten versinkenden, kleinen roten Augen und ungewöhnlich finsterer, mürrischer Miene. Er bekam den Platz neben mir und erwies sich als ein recht stiller Geselle, der mit niemandem sprach und dasaß, als denke er über etwas nach. Es begann zu dunkeln, und plötzlich wandte er sich an mich. Unvermittelt, ohne jede Einleitung, aber mit einer Miene, als teile er mir ein großes Geheimnis mit, erzählte er mir, in den nächsten Tagen solle er zweitausend kriegen, doch das werde nicht geschehen, weil sich die Tochter des Obersten G. für ihn verwende. Ich sah ihn ungläubig an und erwiderte, in solchem Falle vermöge meiner Ansicht nach die Tochter eines Obersten nichts auszurichten. Noch ahnte ich nichts; hatte man ihn doch nicht als Wahnsinnigen, sondern als gewöhnlichen Kranken eingeliefert. Ich fragte ihn, was ihm fehle. Das wisse er nicht, antwortete er; man habe ihn aus irgendeinem Grunde hergeschickt, aber er sei völlig gesund und die Tochter des Obersten sei in ihn verliebt. Vor vierzehn Tagen sei sie einmal an der Hauptwache vorübergefahren, und er habe zu der Zeit gerade zum vergitterten kleinen Fenster hinausgesehen. Bei seinem Anblick habe sie sich auf der Stelle in ihn verliebt. Seither sei sie schon dreimal unter den verschiedensten Vorwänden in der Hauptwache gewesen. Das erste Mal habe sie mit dem Vater zusammen ihren Bruder besucht, einen Offizier, der zu der Zeit bei ihnen Wache gehabt habe; ein andermal sei sie mit der Mutter gekommen, um Almosen zu verteilen, und habe ihm im Vorbeigehen zugeflüstert, daß sie ihn liebe und ihm helfen werde. Merkwürdig war, mit was für feinen Einzelheiten er mir diesen ganzen Unsinn erzählte, der selbstverständlich von Anfang bis Ende eine Ausgeburt seines verwirrten, armen Kopfes war. Daß er vor der Züchtigung gerettet werden würde, glaubte er felsenfest. Von der leidenschaftlichen Liebe dieser jungen Dame zu ihm sprach er ruhig und bestimmt, aber abgesehen von der Ungereimtheit dessen, was er erzählte, war es höchst sonderbar, eine so romantische Geschichte von einem verliebten jungen Mädchen aus dem Munde eines fast fünfzigjährigen Mannes mit einer so grämlichen, verbitterten und abstoßenden Physiognomie zu hören. Merkwürdig, was die Angst vor der Züchtigung aus dieser scheuen Seele gemacht hatte! Vielleicht hatte er tatsächlich jemand durch das kleine Fenster gesehen, und der Wahnsinn, der infolge der Angst von ihm Besitz ergriff und mit jeder Stunde zunahm, hatte nun auf einmal einen Weg nach draußen, seinen Ausdruck gefunden. Dieser unglückselige Soldat, dem vielleicht in seinem ganzen Leben kein einziges Mal auch nur der Gedanke an junge Damen gekommen war, hatte sich, instinktiv nach diesem Strohhalm greifend, plötzlich einen Roman zurechtgesponnen. Ich hörte ihm schweigend zu und klärte dann die anderen Sträflinge über ihn auf. Doch als die nun anfingen ihm neugierig Fragen zu stellen, hüllte er sich verschämt in Schweigen. Am nächsten Tag fragte ihn der Arzt lange aus, und da er ihm erklärte, ihm fehle nichts, und dies durch die Untersuchung bestätigt wurde, entließ man ihn. Doch daß in sein Krankenblatt »sanatus« eingetragen worden war, erfuhren wir erst, nachdem die Ärzte unseren Saal schon wieder verlassen hatten, so daß wir ihnen nicht mehr sagen konnten, was mit ihm los war. Auch waren wir uns damals selber noch nicht recht klar darüber, worum es sich handelte. Indes war an der ganzen Sache die Behörde schuld, die ihn zu uns geschickt hatte, ohne anzugeben, weshalb. Man hatte einfach fahrlässig gehandelt. Aber vielleicht hatten jene, die ihn schickten, selber noch im dunkeln getappt und waren von seinem Wahnsinn nicht sehr überzeugt gewesen, sondern hatten nur auf zweifelhafte Aussagen hin gehandelt und ihn deshalb zur Beobachtung geschickt. Wie dem auch sei, der Unglückliche wurde zwei Tage später zur Züchtigung hinausgeführt. Das scheint ihn sehr schockiert zu haben, weil es so überraschend kam; bis zum letzten Augenblick glaubte er nicht, daß man ihn züchtigen würde, und als er durch die Gasse geführt wurde, schrie er: »Hilfe!« Im Lazarett brachte man ihn diesmal in den anderen Krankensaal, weil in unserem keine Betten mehr frei waren. Ich erkundigte mich jedoch nach ihm und erfuhr, er habe die ganzen acht Tage lang mit niemand ein Wort gesprochen und sei verstört und ungemein traurig gewesen. Nachdem sein Rücken wieder verheilt war, wurde er dann woanders hingeschickt. Ich zumindest habe danach nichts mehr von ihm gehört.

Was nun die Behandlung und die Heilmittel allgemein angeht, so hielten sich die Leichtkranken, soweit ich feststellen konnte, fast überhaupt nicht an die ärztlichen Vorschriften und nahmen auch die Arzneien nicht ein, die wirklich Kranken und die Schwerkranken hingegen ließen sich gern behandeln und schluckten ihre Mixturen und Pülverchen gewissenhaft; besonders beliebt aber waren die äußerlichen Mittel. Schröpfköpfe, Blutegel, heiße Umschläge und Aderlässe, die bei unserem Mann aus dem Volke so beliebt sind und an die er so fest glaubt, wurden bereitwillig, ja mit Vergnügen erduldet. Dabei erregte ein merkwürdiger Umstand mein Interesse. Dieselben Menschen, die bei Stock- und Rutenhieben die qualvollsten Schmerzen so geduldig ertrugen, jammerten nicht selten bei ein paar Schröpfköpfen, verzerrten das Gesicht und stöhnten sogar. Ob sie schon so empfindlich geworden waren oder ob sie nur angaben – ich weiß es nicht zu erklären. Unsere Schröpfköpfe waren allerdings von besonderer Art. Den Apparat, mit dem die Haut blitzschnell eingeschnitten wird, hatte der Feldscher irgendwann, vor undenklichen Zeiten verbummelt oder kaputt gemacht, oder vielleicht war er auch von allein entzweigegangen, so daß der Feldscher die erforderlichen Einschnitte in den Körper nun mit der Lanzette machen mußte. Für jeden Schröpfkopf werden rund ein Dutzend Einschnitte gemacht. Mit dem Apparat tut das nicht weh. Blitzartig schlagen die zwölf kleinen Messer alle auf einmal zu, und man spürt keinen Schmerz. Beim Einschneiden mit der Lanzette ist das jedoch anders; sie schneidet vergleichsweise langsam, und man spürt den Schmerz. Und da bei zehn Schröpfköpfen zum Beispiel einhundertundzwanzig solcher Einschnitte gemacht werden müssen, ist das insgesamt natürlich ganz schön zu spüren. Ich habe es am eigenen Leib erfahren, doch wenn es auch weh tat und unangenehm war, schmerzte es wiederum nicht so sehr, daß man sich nicht hätte beherrschen und das Stöhnen unterdrücken können. Es war manchmal sogar komisch, wie so ein kerngesunder Lulatsch sich krümmte und greinte. Annähernd ließe sich das mit folgender Erscheinung vergleichen: mancher Mensch ist in ernsten Situationen unerschütterlich und sogar völlig ruhig, zu Hause aber, wenn er nichts zu tun hat, läßt er sich gehen, bläst Trübsal, hat Launen, ißt nicht, was man ihm vorsetzt, streitet sich und schimpft; nichts ist ihm recht, alle ärgern ihn, alle sind unverschämt zu ihm, alle quälen ihn, kurz, er schnappt über, wie man von solchen Herrschaften sagt, die übrigens auch unter dem einfachen Volk anzutreffen sind, in unserem Gefängnis, bei dem schwierigen Zusammenleben, sogar recht häufig. Im Krankensaal zogen die eigenen Kameraden solch einen Weichling auf, und mancher putzte ihn auch herunter; dann verstummte der Betreffende, als hätte er nur darauf gewartet, um den Mund zu halten. Vor allem Ustjanzew konnte das nicht leiden und ließ keine Gelegenheit aus, solch einen Weichling zu beschimpfen. Überhaupt legte er sich mit jedem an. Das war ihm ein Genuß, ein Bedürfnis, natürlich infolge seiner Krankheit, zum Teil aber auch infolge seiner geistigen Beschränktheit. Er sah den Betreffenden zuerst ernst und eindringlich an und las ihm dann in ruhigem, überzeugtem Ton die Leviten. Um alles kümmerte er sich, als wäre er bei uns angestellt, für Ordnung zu sorgen oder über die allgemeine Sittlichkeit zu wachen.

»Schert sich um jeden Dreck«, sagten die übrigen Sträflinge lachend. Allerdings nahmen sie Rücksicht auf ihn und vermieden es, sich mit ihm zu zanken, lachten nur zuweilen über ihn.

»Sieh an, was der zusammenquasselt! Auf drei Fuhren fährt man das nicht weg.«

»Was heißt hier: zusammenquasseln! Vor einem Dummkopf zieht man bekanntlich nicht die Mütze. Was schreit er auch so wegen der Lanzette! Liebst du den Honig, dulde auch die Bienen, das heißt, nimm was in Kauf.«

»Aber was kümmert's dich?«

»Nee, Jungs«, mischte sich ein andrer Sträfling ein, »die Schröpfköpfe sind gar nichts, hab's selber genossen. Aber es gibt keinen schlimmeren Schmerz, als wenn man lange am Ohr gezogen wird.«

Alles lachte.

»Haben sie dich etwa am Ohr gezogen?«

»Und ob! Klar haben sie.«

»Darum stehen deine Ohren auch so ab.«

Dieser Sträfling, Schapkin mit Namen, hatte tatsächlich sehr lange und abstehende Ohren. Er war ein Landstreicher, ein noch junger, ruhiger und vernünftiger Bursche, der stets mit ernstem, hintergründigem Humor sprach, was manche seiner Geschichten urkomisch machte.

»Wie hätte ich denn drauf kommen sollen, daß sie dich am Ohr gezogen haben? Ja, wie sollte mir das wohl einfallen, du begriffsstutziger Mensch?« mischte sich Ustjanzew erneut ein, entrüstet an Schapkin gewandt, obwohl der gar nicht mit ihm gesprochen hatte, sondern mit allen. Aber Schapkin beachtete ihn nicht.

»Wer hat dich denn am Ohr gezogen?« fragte jemand.

»Wer? Ein Kreispolizeichef, wer denn sonst! Das war wegen Landstreicherei, Jungs. Wir waren damals nach K. gekommen, zu zweit waren wir, ich und noch ein anderer, auch ein Tippelbruder, Jefim Namenlos. Unterwegs hatten wir uns bei einem Bauern in Tolmina ein bißchen die Taschen gefüllt. Tolmina, das ist so ein Dorf. Na, wir also gekommen und baldowert, ob's da nicht auch was zu holen gibt, und dann nichts wie weg. Auf freiem Feld gibt man leicht Fersengeld, aber in der Stadt ist das bekanntlich schwer. Na, zuallererst sind wir mal in eine Kaschemme gegangen. Haben uns umgesehen. Da tritt einer zu uns, so ein ganz Runtergekommener, die Ellbogen durchgescheuert, in einem deutschen Rock. Ein Wort gibt das andere. ›Wie sieht's bei euch‹, sagt er, ›wenn man fragen darf, mit dem Dokument* aus?‹ – ›Nee‹, antworten wir, ›haben wir nicht.‹ – ›So. Wir auch nicht. Ich hab da noch zwei gute Kumpane‹, sagt er, ›die dienen auch unter General Kukuschkin**. Und da erlaub ich mir die Frage: Wir haben ein bißchen Fettlebe gemacht und sind noch nicht wieder an Zaster rangekommen. Spendiert uns doch einen Halben.‹ – ›Mit dem größten Vergnügen‹, antworten wir. Na, wir haben also was getrunken. Und da haben sie uns ein Ding vorgeschlagen, einen Bruch, also unsere Spezialität. Da war ein Haus, am Stadtrand, in dem wohnte ein reicher Kleinbürger, bei dem eine Unmenge zu holen war; dem wollten wir nachts einen Besuch abstatten. Nur daß sie uns bei diesem reichen Kleinbürger alle fünf in ebendieser Nacht geschnappt haben. Sie brachten uns auf die Polizeiwache und dann zum Kreispolizeichef persönlich. ›Ich‹, so hat er gesagt, ›will sie selber verhören.‹ Mit der Pfeife in der Hand kommt er rein, und eine Tasse Tee wird ihm nachgebracht; so ein großer Kerl mit Backenbart. Er setzt sich. Da werden außer uns noch drei reingeführt, ebenfalls Tippelbrüder. Ein komischer Mensch ist das doch, Jungs, so ein Tippelbruder: An nichts erinnert er sich, und wenn man sonst was mit ihm anstellt, alles hat er vergessen, nichts weiß er. Der Kreispolizeichef nimmt mich gleich zuerst vor: ›Wer bist du?‹ Er brüllt, daß es dröhnt wie aus einem Faß. Na, ich sag natürlich dasselbe wie alle: ›Ich kann mich an nichts erinnern, Euer Hochwohlgeboren. Hab alles vergessen.‹ – ›Wart nur‹, sagt er, ›mit dir red ich noch! Deine Visage kenn ich.‹ Dabei stiert er mich immerfort an. Ich aber hatte ihn bis dahin nie gesehen. Zu einem andern: ›Wer bist du?‹ – ›Hauab-Reißaus, Euer Hochwohlgeboren.‹ – ›Wirst du etwa so genannt: Hauab-Reißaus?‹ – ›Ja, so werd ich genannt, Euer Hochwohlgeboren.‹ – ›Na schön! Du also Hauab-Reißaus. Und du?‹ fragt er einen dritten. ›Ich-nach-ihm, Euer Hochwohlgeboren.‹ – ›Wie heißt du?‹ – ›Ich-nach-ihm, heiß ich, Euer Hochwohlgeboren.‹ – ›Wer hat dich Halunken denn so genannt?‹ – ›Gute Menschen, Euer Hochwohlgeboren. Ohne die geht's nun mal nicht auf der Welt, Euer Hochwohlgeboren, das ist doch bekannt.‹ – ›Wer sind denn diese guten Menschen?‹ – ›Das hab ich ein bißchen vergessen, Euer Hochwohlgeboren. Wollt mir großmütig verzeihen!‹ – ›Hast du alle

* Mit Papieren. (Anm. d. Verf.) ** Das heißt im Wald, wo der Kuckuck ruft. Er will damit sagen, daß sie ebenfalls Landstreicher sind. (Anm. d. Verf.)

vergessen?‹ – ›Alle, Euer Hochwohlgeboren.‹ – ›Aber du hast Eltern gehabt. An die wirst du dich doch wenigstens erinnern?‹ – ›Ist anzunehmen, daß ich welche gehabt habe, Euer Hochwohlgeboren; allerdings hab ich's auch ein bißchen vergessen. Vielleicht hab ich wirklich welche gehabt, Euer Hochwohlgeboren.‹ – ›Wo hast du denn bis jetzt gelebt?‹ – ›Im Wald, Euer Hochwohlgeboren.‹ – ›Immer im Wald?‹ – ›Ja, immer.‹ – ›Na, und im Winter?‹ – ›Den Winter hab ich nicht gespürt, Euer Hochwohlgeboren.‹ – ›Na, und du, wie wirst du genannt?‹ – ›Beil, Euer Hochwohlgeboren.‹ – ›Und du?‹ – ›Wetz-und-gähn-nicht, Euer Hochwohlgeboren.‹ – ›Und du?‹ – ›Schleif-ein-bißchen, Euer Hochwohlgeboren.‹ – ›Und ihr erinnert euch alle an nichts?‹ – ›An nichts erinnern wir uns, Euer Hochwohlgeboren.‹ Er steht da und lacht, und sie sehen ihn an und grinsen. Na, manchmal gibt's auch was in die Fresse, wie du's gerade triffst. Und das sind alles kräftige Kerle und wohlgenährt. ›Schafft sie ins Gefängnis‹, sagt er. ›Ich nehm sie mir später noch mal vor. Aber du bleibst hier.‹ Das sagt er nämlich zu mir. ›Komm her und setz dich!‹ Ich gucke: ein Tisch, Papier und Feder. Was mag er damit vorhaben? denk ich bei mir. ›Setz dich auf den Stuhl‹, sagt er, ›nimm die Feder und schreib.‹ Dabei packt er mich am Ohr und zieht dran. Ich seh ihn an wie der Teufel den Popen. ›Ich kann nicht, Euer Hochwohlgeboren‹, sag ich. ›Schreib!‹ – ›Habt Erbarmen, Euer Hochwohlgeboren!‹ – ›Los, schreib so, wie du kannst!‹ Dabei zieht er mich immerzu am Ohr, immerzu, und auf einmal dreht er es. Na, Jungs, ich sag euch: Lieber hätt er mir dreihundert Hiebe verpassen sollen; Funken tanzten mir vor den Augen. ›Schreib, und damit basta!‹«

»Der war wohl übergeschnappt, was?«

»Nein, gar nicht. In T. hatte kurz vorher ein Schreiberlein ein Ding gedreht: hatte sich Staatsgelder untern Nagel gerissen und war damit verduftet; der hatte auch abstehende Ohren. Nun, das war überall bekanntgemacht worden. Und auf mich schien die Beschreibung zu passen; so stellte er mich auf die Probe, ob ich schreiben konnte und wie ich schrieb.«

»Das is 'n Ding, Junge, Junge! Und hat es sehr weh getan?«

»Ich sag doch: ja!«

Allgemeines Gelächter ertönte.

»Na, und hast du geschrieben?«

»Wie sollt ich denn! Ich bin mit der Feder wie wild übers Papier gefahren, und da hat er's aufgegeben. Nun ja, ein Dutzend Ohrfeigen hat er mir natürlich noch runtergehauen, aber damit war ich entlassen, ebenfalls ins Gefängnis, selbstverständlich.«

»Kannst du schreiben?«

»Früher hab ich's mal gekonnt, aber als sie dann anfingen mit Federn zu schreiben, hab ich's gleich wieder verlernt ...«

Mit solchen Gesprächen, oder besser gesagt, mit solchem Geschwätz vertrieben wir uns manchmal die Zeit. Herrgott, war das eine Langeweile! Endlose, schwüle Tage, einer haargenau wie der andere. Hätte man wenigstens ein Buch gehabt! Und trotzdem bin ich, besonders zu Anfang, oft ins Lazarett gegangen, manchmal, weil ich krank war, aber manchmal auch nur, um zu liegen; ich wollte raus aus dem Gefängnis. Dort hatte ich es schwer, noch schwerer als hier, seelisch schwerer. Bosheit, Feindschaft, Zänkereien, Neid, unaufhörliche Schikanen gegen uns Adlige, böse, drohende Mienen! Hier im Lazarett standen alle mehr auf gleichem Fuß, verhielten sich freundschaftlicher zueinander. Die trübseligste Zeit des ganzen Tages war am Abend, beim Kerzenschein, und bei Anbruch der Nacht. Man legt sich früh schlafen. Die trübe Nachtlampe leuchtet vorn an der Tür als heller Fleck, an unserem Ende aber herrscht Halbdunkel. Die Luft wird schlecht und stickig. So mancher kann nicht einschlafen, steht auf und sitzt fast anderthalb Stunden auf seinem Bett, den Kopf mit der Nachtmütze gesenkt, als denke er über etwas nach. Man selber starrt eine ganze Stunde lang zu ihm hin und versucht zu erraten, worüber er wohl nachdenkt, gleichfalls, um die Zeit totzuschlagen. Oder aber man fängt an zu träumen und sich der Vergangenheit zu erinnern, und in der Phantasie erstehen große, helle Bilder; Einzelheiten fallen einem dabei ein, an die man sich sonst nie erinnern und die man nicht so lebhaft empfinden würde wie jetzt. Oder aber man stellt Vermutungen über die Zukunft an: Wie wirst du wohl aus dem Gefängnis kommen? Und wohin? Wann wird das sein? Ob du wohl jemals in die Heimat zurückkehrst? Man grübelt und grübelt, und in der Seele regt sich Hoffnung. Oder man fängt einfach an zu zählen: eins, zwei, drei und so weiter, um über dem Zählen einzuschlafen. Ich habe manchmal bis dreitausend gezählt, ohne einzuschlafen. Da dreht sich jemand um. Ustjanzew hustet hohl und schwindsüchtig, stöhnt dann leise und sagt jedesmal: »O Herr, ich habe gesündigt!« Diese kranke, brüchige, klagende Stimme klingt merkwürdig in der allgemeinen Stille. Irgendwo in der Ecke können ebenfalls welche nicht schlafen und unterhalten sich von Bett zu Bett. Der eine erzählt etwas aus seiner Vergangenheit, etwas, das weit zurückliegt und längst vorbei ist, von seiner Landstreicherei, seinen Kindern und seiner Frau, von früheren Zuständen. Allein schon am Klang des fernen Geflüsters hört man, daß alles, wovon er erzählt, für ihn niemals wiederkehrt und daß er, der Erzähler, von alldem abgeschnitten ist; der andere hört zu. Nur das leise, gleichmäßige Flüstern ist zu vernehmen, als murmele irgendwo in der Ferne Wasser. Einmal, in einer langen Winternacht, kann ich mich erinnern, habe ich eine Geschichte mit angehört. Anfangs kam sie mir wie ein Fiebertraum vor, als läge ich im Fieber und das alles wäre nur eine Ausgeburt meiner erregten Phantasie.

4 *Akulkas Mann*

Die Geschichte

Es war schon spät in der Nacht, so um die zwölfte Stunde. Ich war gerade eingeschlafen, doch plötzlich wachte ich wieder auf. Das trübe, schwache Licht der fernen Nachtlampe erhellte den Krankensaal nur spärlich. Fast alle schliefen bereits. Sogar Ustjanzew, und in der Stille war deutlich zu hören, wie schwer er atmete und wie bei jedem Atemzug der Schleim in seiner Kehle rasselte. Draußen, auf dem Flur, ertönten plötzlich die schweren Tritte der nahenden Wachablösung. Ein Gewehr stieß dumpf mit dem Kolben auf den Fußboden auf. Die Tür wurde geöffnet, und ein Gefreiter zählte, vorsichtig auftretend, die Kranken. Gleich darauf wurde der Saal abgeschlossen und ein neuer Posten aufgestellt, die Wache entfernte sich, und es herrschte wieder Stille. Jetzt erst bemerkte ich, daß unweit von mir auf der linken Seite zwei nicht schliefen und miteinander zu flüstern schienen. In den Krankensälen kam es vor, daß Leute tage-, ja monatelang nebeneinander lagen, ohne ein Wort miteinander zu reden, und auf einmal, in einer dazu einladenden Nachtstunde, entspann sich dann ein Gespräch, und einer breitete seine ganze Vergangenheit vor dem anderen aus.

Sie unterhielten sich offenbar schon lange. Den Anfang hatte ich verpaßt, und auch jetzt konnte ich nicht alles deutlich hören; doch nach und nach gewöhnte sich mein Ohr daran, und ich begann alles zu verstehen. Schlafen konnte ich nicht – was hätte ich also andres tun sollen als zuhören? Der eine erzählte voller Eifer; er lag halb aufgerichtet auf dem Bett, den Kopf ein wenig erhoben und in Richtung seines Kameraden vorgereckt. Er war offensichtlich erregt; es drängte ihn zu erzählen. Sein Zuhörer saß, die Beine von sich gestreckt, verdrießlich und völlig gleichgültig auf seinem Bett, brummte ab und zu etwas als Antwort oder zum Zeichen des Mitempfindens mit dem Erzähler, aber anscheinend auch mehr anstandshalber als ehrlich, und stopfte sich alle Augenblicke aus einem Schnupftabakshorn die Nase voll Tabak. Es war der Soldat Tscherewin aus der Strafkompanie, ein Mann um die Fünfzig, ein mürrischer Pedant, trockener Moralprediger und Dummkopf mit empfindlichem Ehrgefühl. Der Erzähler, Schischkow, war ein noch junger Bursche von knapp dreißig Jahren, ein Sträfling aus unserer Zivilabteilung, der in der Schneiderei arbeitete. Bisher hatte ich ihm wenig Beachtung geschenkt; und auch später, während meines ganzen Gefängnisaufenthaltes, verspürte ich keine Lust, mich mit ihm abzugeben. Er war ein fader, verschrobener Mensch. Zeitweilig hüllte er sich in Schweigen, war mürrisch und grob, sprach wochenlang kein einziges Wort. Dann wieder mischte er sich plötzlich in einen Krawall ein, klatschte, regte sich über Nichtigkeiten auf, eilte von einer Unterkunft in die andere, trug Neuigkeiten weiter, verleumdete andere, geriet außer sich. Wenn er dann Prügel bezog, wurde er wieder still. Er war feige und haltlos. Alle behandelten ihn mehr oder weniger geringschätzig. Er war klein und schmächtig und hatte einen ziemlich unsteten, mitunter etwas geistesabwesenden Blick. Erzählte er gelegentlich etwas, so begann er lebhaft und voll Eifer, gestikulierte sogar mit den Händen, aber auf einmal brach er ab oder ging zu etwas anderem über, ließ sich von neuen Einzelheiten fortreißen und vergaß darüber, womit er angefangen hatte. Er schimpfte oft, und wenn er das tat, wenn er jemandem Vorwürfe machte, ihn einer Schuld ihm gegenüber zieh, so sprach er unweigerlich mit viel Gefühl und brach fast in Tränen aus. Er spielte nicht schlecht und auch gern Balalaika, und an Festtagen tanzte er sogar, und zwar recht gut, wenn man ihn dazu veranlaßte. Man konnte ihn sehr leicht zu etwas veranlassen. Nicht daß er besonders willfährig gewesen wäre, aber er drängte anderen gern seine Freundschaft auf und bemühte sich dann aus Freundschaft, ihnen gefällig zu sein.

Ich konnte lange nicht dahinterkommen, wovon er eigentlich

»Nun aber wurde die Leiche hochgehoben, und zwar mitsamt ihrer Liegestatt.«
S. 233

erzählte. Auch schien es mir anfangs, daß er fortwährend vom Thema abschweifte und sich in Nebensächlichkeiten verlor. Vielleicht merkte er auch, daß sich Tscherewin so gut wie überhaupt nicht für seine Geschichte interessierte, versuchte sich jedoch einzureden, sein Zuhörer sei ganz Ohr, und vielleicht hätte es ihm sehr weh getan, hätte er sich vom Gegenteil überzeugen müssen.

»Kam er mal auf den Markt«, fuhr er in seiner Geschichte fort, »so grüßten ihn alle und erwiesen ihm Ehre, kurz: er war einer von den Reichen.«

»Einen Handel, sagst du, hatte er?«

»Na ja. – Den Kleinbürgern bei uns geht's ziemlich dreckig. Bettelarm sind sie. Die Weiber schleppen das Wasser wer weiß wie weit vom Fluß den steilen Abhang rauf, um ihren Gemüsegarten zu gießen; sie rackern und rackern, aber im Herbst holen sie nicht mal so viel raus, daß es für die Kohlsuppe reicht. Ein Elend ist das. Nun, er hatte ein großes Stück Land, das ließ er durch Arbeiter bestellen, drei hielt er sich; außerdem besaß er noch eine Imkerei, mit Honig handelte er und auch mit Vieh, stand also in unserem Ort in hohem Ansehen. Mächtig alt war er bereits, siebzig Jahre, die Knochen wurden ihm schon steif; so ein großer Weißhaariger. Wenn er in seinem Fuchspelz auf den Markt kam, erwiesen ihm alle Ehre. Sie hatten nämlich ein Gefühl dafür. ›Seid gegrüßt, Väterchen Ankudim Trofimytsch!‹ – ›Sei auch du gegrüßt!‹ antwortete er. Er behandelte nämlich keinen geringschätzig. ›Wünsche ein langes Leben, Ankudim Trofimytsch!‹ – ›Wie geht's dir denn?‹ erkundigte er sich. ›Sehr schlecht geht's uns. Und wie Euch, Väterchen?‹ – ›Wir leben auch so in unseren Sünden dahin und stehlen dem Herrgott den Tag‹, antwortete er. ›Wünsche ein langes Leben, Ankudim Trofimytsch!‹ Er verachtete also keinen, und wenn er das sagte, dann so, als kostete jedes Wort einen Rubel. Vorleser war er, konnte lesen und schreiben und las dauernd fromme Sachen. Seine Alte mußte sich vor ihn hinsetzen. ›Nun hör zu, Frau, und versuch's zu verstehen.‹ Und er fing an, es ihr zu erklären. Das heißt, alt war seine Alte eigentlich noch nicht; er hatte ein zweites Mal geheiratet, wegen Kindern nämlich; von der ersten hatte er keine. Na, und von der zweiten, von Marja Stepanowna, hatte er zwei halbwüchsige Söhne – den jüngeren, den Wassja, hat er mit sechzig gemacht; und Akulka, seine Tochter also, die älteste von den dreien, war achtzehn.«

»War das die Deinige, deine Frau?«

»Wart ab. Erst mal hat Filka Morosow eine Lügengeschichte aufgetischt. ›Du‹, hat der Filka zu dem Ankudim gesagt, ›jetzt wird geteilt. Rück die vierhundert Rubel raus, oder bin ich vielleicht dein Tagelöhner? Hab keine Lust, mit dir zusammen Handel zu treiben, und deine Akulka‹, sagt er, ›will ich auch nicht haben. Ich hab jetzt angefangen zu saufen‹, sagt er. ›Meine Eltern sind jetzt tot, drum versauf ich mein Geld und geh dann als Ersatzmann, zu den Soldaten also, und in zehn Jahren komm ich als Feldmarschall wieder hierher zu euch.‹ Ankudim hat ihm das Geld auch gegeben, hat bis auf die Kopeke genau mit ihm abgerechnet, denn Filkas Vater und der Alte hatten noch auf gemeinsame Rechnung Handel getrieben. ›Ein verlorener Mensch bist du!‹ sagt er. Drauf der andere zu ihm: ›Nun, ob ich ein verlorener Mensch bin oder nicht, aber bei dir, Graubart, lernt man bloß die Milch mit der Ahle löffeln. Bei dir‹, sagt er, ›fängt die Sparsamkeit schon bei einer Kopeke an; jeden Dreck kratzt du zusammen – er könnte ja noch für die Grütze gut sein. Ich pfeif darauf‹, sagt er. ›Du sparst noch und noch, und am Ende verlierst du's doch. Ich hab Charakter‹, sagt er. ›Aber deine Akulka nehm ich trotzdem nicht; hab auch ohne das schon mit ihr geschlafen ...‹ – ›Was?‹ sagt da Ankudim. ›Du wagst es, einen ehrbaren Vater und seine ehrbare Tochter zu beschimpfen? Wann hast du denn mit ihr geschlafen, du Schlangenfett, du Hechtblut?‹ Dabei zitterte er am ganzen Leibe. Filka hat's mir selber erzählt. ›Und nicht nur, daß deine Akulka mich nicht zum Mann kriegt‹, sagt er, ›ich sorg auch dafür, daß sie überhaupt keinen Mann kriegt, keiner wird sie nehmen, auch Mikita Grigorjitsch nimmt sie nun nicht mehr, weil sie jetzt entehrt ist. Schon seit dem Herbst haben wir's miteinander getrieben. Aber jetzt willige ich auch für hundert Krebse nicht mehr ein. Kannst mir ja gleich mal zur Probe hundert Krebse geben – ich willige nicht ein.‹ Und nun fing er an zu saufen, der Kerl! Dermaßen, daß die Erde stöhnte und es in der Stadt widerhallte. Er scharte Freunde um sich, einen Haufen Geld hatte er, und so praßte er ein Vierteljahr lang und verjubelte alles. ›Wenn das Geld alle ist‹, pflegte er zu sagen, ›verpraß ich das Haus, hau ich alles auf den Kopf, und dann geh ich unter die Ersatzleute oder werd Landstreicher.‹ Oft war er von morgens bis abends betrunken und fuhr mit Schellengeläut in einem Zweispänner. Und die Mädels waren alle schrecklich in ihn verknallt. Er konnte gut auf der Torba spielen.«

»Er hat also schon vorher was mit der Akulka gehabt?«

»Halt, wart ab. Ich hatte damals ebenfalls meinen Vater zu Grabe getragen, und meine Mutter hatte also Pfefferkuchen gebacken; für Ankudim arbeiteten wir und verdienten damit unseren Lebensunterhalt. Es ging uns ziemlich dreckig. Nun, wir hatten zwar auch ein Stück Acker hinter dem Wald, wo wir ein bißchen Korn anbauten, aber nach Vaters Tod war's damit bald aus und vorbei, weil ich ebenfalls zu saufen anfing, mein Bester. Aus der Mutter hab ich das Geld rausgeprügelt ...«

»Das ist nicht gut, daß du sie geprügelt hast; das ist eine schwere Sünde.«

»Manchmal, mein Bester, war ich vom Morgen bis in die Nacht betrunken. Unser Haus war noch so einigermaßen, ganz leidlich, wenn auch schon ziemlich baufällig; aber es hat uns gehört; doch in der Stube hättest du einen Hasen herumhetzen können. Manchmal hatten wir nichts zu beißen und nagten eine Woche lang am Hungertuch. Die Mutter hat mir oft die Hölle heiß gemacht; aber ich hab mich nicht drum geschert! Filka Morosow und ich, mein Lieber, waren damals unzertrennlich. Von früh bis spät war ich mit ihm zusammen. ›Spiel mir was auf der Gitarre und tanze‹, hat er oft gesagt, ›derweil ich lieg und dich mit Geld überschütte; denn ich bin der Reichste.‹ Was hat er nicht alles angestellt! Nur geklaut hat er nicht. ›Ich bin kein Dieb‹, hat er gesagt, ›sondern ein ehrlicher Mensch. – Aber komm‹, hat er gesagt, ›laß uns Akulkas Tor mit Teer beschmieren; denn ich will nicht, daß Akulka die Frau von Mikita Grigorjitsch wird. Daran liegt mir jetzt sehr viel‹, hat er gesagt. Dem Mikita Grigorjitsch nämlich hatte der Alte das Mädel schon vorher zur Frau geben wollen. Mikita war auch schon ein alter Knacker und Witwer, trug eine Brille und trieb Handel. Wie der nun hörte, daß Akulka ins Gerede gekommen war, machte er einen Rückzieher. ›Das, Ankudim Trofimytsch‹, so hat er gesagt, ›würde große Schande über mich bringen, und auf meine alten Tage will ich auch gar nicht mehr heiraten.‹ Wir haben also Akulka das Tor vollgeschmiert. Da haben sie sie vielleicht verdroschen deswegen, zu Hause! ›Ins Grab bring ich sie!‹ hat Marja Stepanowna geschrien. Und der Alte: ›In früheren Zeiten‹, hat er gesagt, ›bei den ehrwürdigen Patriarchen, hätte ich sie‹, hat er gesagt, ›auf dem Scheiterhaufen in Stücke zerhackt, aber heutzutage‹, hat er gesagt, ›ist in der Welt nur Finsternis und Fäulnis.‹ Manchmal hörten die Nachbarn in der ganzen Straße Akulka schreien wie am Spieß; von früh bis spät kriegte sie Dresche. Filka aber brüllte über den ganzen Markt: ›Eine Prachtdirne ist Akulka, eine Saufkumpanin. Du gehst so weiß, du gehst so rein – sag, wer ist der Liebste dein? Denen hab ich's aber gegeben‹, hat er gesagt. ›Daran werden sie ewig denken.‹ Zu der Zeit bin ich Akulka auch mal begegnet, mit Eimern ging sie, und hab geschrien: ›Guten Tag, Akulina Kudimowna! Seid gegrüßt, Euer Gnaden! Woher bist du so adrett? Sag, mit wem gehst du ins Bett?‹ Und weiter nichts. Da hat sie mich vielleicht angesehen! Ganz große Augen hatte sie, und dürr geworden war sie wie ein Span. Wie sie mich so ansah, dachte ihre Mutter, daß sie mich anlacht, und schrie durchs Tor: ›Was bleckst du die Zähne, du Schamlose!‹ So kriegte sie an dem Tag wieder Prügel. Eine geschlagene Stunde hat sie manchmal auf sie eingedroschen. ›Zu Tode prügele ich sie‹, hat sie gesagt, ›denn sie ist nicht mehr meine Tochter.‹«

»Sie war also eine von den Liederlichen?«

»Hör doch erst mal zu, Onkelchen. Als ich nun damals immer so mit Filka gesoffen habe, kommt meine Mutter mal zu mir, wie ich so daliege. ›Was liegst du hier rum‹, sagt sie, ›du Halunke! Ein Strauchdieb‹, sagt sie, ›bist du.‹ Und sie keift. ›Heiraten solltest du‹, sagt sie, ›Akulka heiraten. Jetzt werden sie sie auch dir mit Freuden geben; dreihundert Rubel allein an Geld werden sie geben.‹ Ich aber zu ihr: ›Aber sie ist doch jetzt‹, sag ich, ›vor aller Welt entehrt.‹ – ›Du bist ein Dummkopf‹, sagt sie. ›Die Brautkrone deckt alles zu; und für dich ist es sogar besser, wenn sie ihr Leben lang als Schuldige vor dir dasteht. Mit denen ihrem Geld könnten wir wieder auf die Beine kommen; ich hab schon‹, sagt sie, ›mit Marja Stepanowna gesprochen. Sie ist recht angetan davon.‹ Drauf ich: ›Zwanzig Silberrubel bar auf den Tisch‹, sag ich, ›und ich heirate sie.‹ Und dann, ob du's glaubst oder nicht, war ich bis zur Hochzeit nie mehr nüchtern. Dann hat mir auch noch Filka Morosow gedroht: ›Ich werd dir‹, sagt er, ›Akulkas Mann, alle Rippen im Leib zerbrechen, und mit deiner Frau schlaf ich, wenn ich Lust hab, jede Nacht.‹ Drauf ich zu ihm: ›Du lügst, du Hundefleisch!‹ Na, da hat er mich vor der ganzen Straße beschimpft. Ich rannte nach Hause. ›Ich heirate nicht‹, hab ich gesagt, ›wenn sie mir nicht auf der Stelle noch fünfzig Silberrubel rausrücken!‹«

»Und haben sie sie dir denn zur Frau gegeben?«

»Ob sie sie mir gegeben haben? Warum denn nicht? Wir waren

doch nicht ehrlos! Mein Vater war erst kurz vor seinem Ende durch ein Feuer ruiniert worden; vorher haben wir besser gelebt als die. Der Ankudim hat zwar gesagt: ›Obdachloses Bettelvolk seid ihr!‹ Aber da hab ich ihm geantwortet: ›Und euch haben sie das Tor ganz schön mit Teer beschmiert.‹ Drauf er zu mir: ›Was‹, sagt er, ›du willst uns noch Vorhaltungen machen? Beweis doch erst mal, daß sie ehrlos ist! Stopfen kannst du nicht das Maul von jedem Wicht. Da ist die Tür!‹ sagt er. ›Dann nimm sie eben nicht. Aber das Geld, das du gekriegt hast, gibst du zurück.‹ Da hab ich mit Filka Schluß gemacht; durch Mitri Bykow hab ich ihm sagen lassen, daß ich ihn jetzt vor der ganzen Welt lächerlich machen würde. Und bis zur Hochzeit, mein Bester, war ich nur betrunken. Erst zur Trauung wurde ich nüchtern. Als sie uns von der Trauung heimgefahren hatten, mußten wir Platz nehmen, und Mitrofan Stepanytsch, was ihr Onkel ist, sagte: ›Wenn's auch nicht gerade ehrbar zugegangen ist, so ist's doch von Dauer‹, sagt er; ›die Sache ist erledigt und ausgestanden.‹ Der Alte, der Ankudim, war ebenfalls betrunken und fing an zu flennen, saß da, und die Tränen flossen ihm den Bart lang. Na, und dann, mein Lieber, hab ich folgendes gemacht: Ich hab mir in der Tasche eine Peitsche mitgenommen, die ich mir noch vor der Trauung besorgt hatte, in der Absicht, nunmehr mein Mütchen an Akulka zu kühlen, damit sie wüßte, was es heißt, durch schändlichen Betrug einen Mann zu ergattern, und damit auch die Leute erführen, daß ich sie nicht aus Dummheit heiratete ...«

»Recht so! Also, damit sie von vornherein merkt ...«

»Nicht doch, Onkelchen, du solltest lieber still sein. In unserer Gegend da führen sie einen gleich nach der Trauung in die Kammer, und die anderen trinken derweil. So ließen sie auch mich mit Akulka in der Kammer allein. Ganz bleich hat sie dagesessen, kein Blutströpfchen im Gesicht. Sie hatte nämlich Angst. Auch ihr Haar war bleich wie Flachs. Und die Augen blickten ganz groß. Die ganze Zeit sagte sie keinen Ton, man hörte überhaupt nichts von ihr, als lebte da eine Stumme im Haus. Ein ganz merkwürdiges Wesen! Tja, mein Lieber, kannst du dir das vorstellen: Ich hatte die Peitsche rausgeholt und dicht neben das Bett gelegt, sie aber war, mein Bester, wie ich dann feststellte, noch völlig unschuldig!«

»Was du nicht sagst!«

»Absolut: ein völlig ehrbares Mädchen aus ehrbarem Haus.

Wofür also, du mein Bester, hatte sie denn nun all diese Qualen erduldet? Warum nur hatte Filka Morosow sie vor aller Welt in Schande gestürzt?«

»Jawohl.«

»Da bin ich denn, gleich vom Bett aus, mit gefalteten Händen vor ihr auf die Knie gefallen. ›Liebste, beste Akulina Kudimowna‹, hab ich gesagt, ›verzeih mir Dummkopf, daß ich dich auch für so eine gehalten habe. Verzeih mir Dreckskerl!‹ sag ich. Sie aber sitzt vor mir auf dem Bett und sieht mich an, legt mir beide Hände auf die Schultern und lacht, aber dabei kullern die Tränen; sie weint und lacht zugleich. Als ich dann zu den anderen rauskomme, sag ich: ›Na, wenn mir Filka Morosow jetzt über den Weg läuft, hat er die längste Zeit gelebt!‹ Die Alten aber wissen gar nicht, wie sie Gott danken sollen; die Mutter fällt ihr beinah zu Füßen und heult. Und der Alte sagt: ›Hätten wir das gewußt, so hätten wir dir, geliebte Tochter, einen anderen Mann ausgesucht.‹ Als ich am nächsten Sonntag mit ihr in die Kirche ging, trug ich eine Lammfellmütze, einen Kaftan aus feinem Tuch und Pluderhosen aus Plüsch und sie einen nagelneuen Hasenfellmantel und ein seidenes Tuch – das heißt, wir waren einander wert, so wie wir da gingen. Die Leute betrachteten uns mit Wohlgefallen. Ich sah recht stattlich aus, und auch an Akulinuschka war nichts auszusetzen, wenn man auch nicht behaupten konnte, daß sie schöner war als andere, aber sie konnte sich allemal sehen lassen ...«

»Na, das war ja schön.«

»Hör nur weiter zu. Gleich am Tag nach der Trauung bin ich, obwohl ich betrunken war, den Gästen ausgebüxt; ich hab mich losgerissen und bin davongerannt. ›Her mit dem Taugenichts Filka Morosow‹, hab ich gebrüllt. ›Her mit ihm, diesem Schuft!‹ Über den ganzen Markt hab ich's gebrüllt. Na, ich war ja auch blau. So haben sie mich denn auch nahe bei den Wlassows erwischt und drei Mann hoch mit Gewalt nach Hause geschafft. Aber in der ganzen Stadt hat es die Runde gemacht. Die Mädels auf dem Markt redeten untereinander: ›Wißt ihr schon, Mädels, ihr Neunmalklugen? Akulka war noch unschuldig, hat sich rausgestellt!‹ Filka aber sagte kurz darauf vor anderen zu mir: ›Verkauf deine Frau, dann kannst du dich immer betrinken. Jaschka, ein Soldat von uns‹, sagte er, ›hat bloß darum geheiratet, hat nicht mit seiner Frau geschlafen und war drei Jahre lang immer blau.‹ – ›Du bist ein Schuft!‹ hab ich zu ihm gesagt. ›Und du ein Blödian!‹ hat er geantwortet. ›Als sie dich getraut haben, warst du doch schon nicht mehr nüchtern. Was konntest du denn danach noch von der Geschichte merken!‹ Da bin ich nach Haus gerannt und hab gebrüllt: ›Ihr habt mich getraut, als ich betrunken war!‹ Meine Mutter wollte sich gleich einmischen. ›Dir haben sie ja die Ohren mit Gold verstopft, Mutter‹, sagte ich da. ›Her mit Akulka!‹ Na, und dann hab ich sie verdroschen. Nach Strich und Faden hab ich sie verdroschen, mein Lieber, wohl zwei Stunden lang, bis ich mich selber nicht mehr auf den Beinen halten konnte. Drei Wochen lang mußte sie das Bett hüten.«

»Klar«, bemerkte Tscherewin phlegmatisch, »wenn man sie nicht prügelt, dann ... Aber hast du sie denn mal mit 'nem Liebhaber erwischt?«

»Nee, erwischt hab ich sie nicht«, antwortete Schischkow nach einer Pause, wie es schien, mit einer gewissen Überwindung. »Aber das Ganze hat mich mächtig gewurmt; die Leute hänselten mich zu sehr, und der Anstifter von alldem war Filka. ›Du hast ein Muster von 'ner Frau‹, sagte er, ›auf daß ein jeder sie anschau.‹ Er hat uns mal mit anderen zu Besuch eingeladen; zu so einem Saufgelage. ›Sein Ehegespons‹, hat er gesagt, ›ist eine barmherzige Seele, anständig, höflich, umgänglich und zu allen gut; so ist sie jetzt! Aber hast du vergessen, Kerl, wie du ihr selber das Tor mit Teer beschmiert hast?‹ Ich hab betrunken dagesessen, und da hat er mich bei den Haaren gepackt, hat mich gepackt und mit dem Kopf runtergedrückt. ›Los, tanz, Akulkas Mann‹, hat er gesagt. ›Ich werd dich so bei den Haaren halten, und du tanzt zu meinem Vergnügen.‹ – ›Du Schuft!‹ hab ich da geschrien. Drauf er zu mir: ›Ich werd mit meinen Kumpanen zu dir kommen und Akulka, deine Frau, vor deinen Augen mit Ruten peitschen, soviel ich Lust habe.‹ Danach hab ich mich, ob du's glaubst oder nicht, einen ganzen Monat nicht aus dem Haus getraut; er kommt, hab ich gedacht, und tut ihr Schimpf an. Und eben darum hab ich auch angefangen, sie zu prügeln ...«

»Aber wozu denn? Hände kann man binden, aber die Zungen nicht. Prügeln nützt da auch nicht viel. Strafe und belehre, aber liebkose sie auch; dazu ist sie deine Frau.«

Schischkow schwieg eine Weile.

»Es hat mich zu sehr gewurmt«, begann er dann von neuem. »Da hab ich denn wieder diese Gewohnheit angenommen. Manchen Tag hab ich sie von früh bis spät geprügelt: Sie stand mir nicht fix genug auf, sie rannte mir nicht flink genug. Wenn ich sie nicht schlug, langweilte ich mich. Oft hat sie stumm dagesessen, durchs Fenster geschaut und geweint. Manchmal weinte sie ununterbrochen, und sie tat mir leid, aber ich prügelte sie. Meine Mutter hat ihretwegen oft wer weiß wie mit mir geschimpft. ›Ein gemeiner Kerl bist du‹, hat sie gesagt. ›In dir steckt ein Zuchthäusler.‹ – ›Ich schlag sie tot‹, hab ich geschrien, ›und keiner hat mir mehr da reinzureden, denn sie haben mich durch Betrug verheiratet.‹ Anfangs suchte der alte Ankudim für sie einzutreten und kam selber zu mir. ›Du bist doch noch nicht Gott weiß was für 'ne Persönlichkeit‹, hat er gesagt. ›Dir komm ich schon noch bei.‹ Dann hat er es aber doch aufgegeben. Marja Stepanowna aber wurde ganz unterwürfig. Einmal ist sie gekommen und hat unter Tränen gebeten: ›Verzeih, daß ich dich belästige, Iwan Semjonytsch. Das Anliegen ist nur klein, aber die Bitte groß. Laß sie am Leben, mein Bester.‹ Sie verneigte sich. ›Laß dich besänftigen und verzeih ihr. Böse Menschen haben unsere Tochter verleumdet. Du weißt doch selber, daß du eine Ehrbare genommen hast.‹ Sie fiel vor mir auf die Knie und weinte. Ich aber kehrte noch den Hochmütigen heraus: ›Ich will nichts mehr von euch hören. Ich mach jetzt mit euch allen, was ich will, denn mit meiner Beherrschung ist's aus. Und Filka Morosow‹, sagte ich, ›ist mein Freund und bester Kamerad ...‹«

»Also habt ihr wieder zusammen getrunken?«

»I wo! An den war nicht mehr ranzukommen. Er hatte sich fast zu Tode gesoffen. All sein Hab und Gut hatte er verjubelt und sich als Ersatzmann an einen Kleinbürger verkauft; für dessen Ältesten sollte er gehen. Wenn aber bei uns im Ort einer Ersatzmann ist, so muß bis zu dem Tag, wo sie ihn fortschaffen, alles im Haus ihm zur Verfügung stehen, und er ist da uneingeschränkter Herr über alles. Das Geld kriegt er erst bei der Gestellung vollständig; bis dahin lebt er im Haus des Betreffenden, mancher ein halbes Jahr lang, und was sie da mit den Wirtsleuten anstellen, das hält selbst ein Heiliger nicht aus. ›Ich‹, sagt so einer, ›werde für deinen Sohn Soldat, bin also euer Wohltäter, und ihr müßt alle Respekt vor mir haben, sonst mach ich das Ganze rückgängig.‹ So hat es denn auch Filka bei dem Kleinbürger ganz toll getrieben, hat mit der Tochter geschlafen und den Hausherrn alle Tage nach dem Mittagessen am Bart gezaust, kurz, alles getan, was ihm Spaß machte. Alle Tage mußten sie ihm ein Bad bereiten, und der

»Ganz bleich hat sie dagesessen, kein Blutströpfchen im Gesicht. Sie hatte nämlich Angst. Auch ihr Haar war bleich wie Flachs. Und die Augen blickten ganz groß.« S. 281

Dampf mußte von Branntwein sein, und in die Badestube mußten ihn die Weiber auf den Armen tragen. Einmal kommt er von einer Sauferei nach Hause und bleibt auf der Straße stehen. ›Ich will nicht durchs Tor rein; reiß den Zaun auf!‹ Da mußten sie an einer anderen Stelle, neben dem Tor, den Zaun einreißen, und er spazierte da durch. Schließlich hatte das doch ein Ende; sie fuhren ihn zum Gestellungsort und machten ihn wieder nüchtern. Menschen über Menschen waren auf der Straße zusammengeströmt. ›Sie bringen Filka Morosow zu den Soldaten!‹ Er verneigte sich nach allen Seiten. Akulka aber kam gerade vom Gemüsegarten. Als Filka sie erblickte, direkt vor unserem Tor, schrie er: ›Halt!‹, sprang vom Wagen und verneigte sich tief vor ihr. ›Du meine Liebe‹, sagte er, ›meine Beere, zwei Jahre lang hab ich dich geliebt, und nun bringen sie mich mit Musik zu den Soldaten. Verzeih mir‹, sagte er, ›ehrbare Tochter eines ehrbaren Vaters, daß ich wie ein Halunke an dir gehandelt habe; ich bin an allem schuld!‹ Und er verneigte sich ein zweites Mal tief vor ihr. Akulka war stehengeblieben und schien zuerst erschrocken zu sein, aber dann verbeugte sie sich ebenfalls tief vor ihm und sagte: ›Verzeih auch du mir, guter Junge. Ich bin dir nicht böse.‹ Ich ihr nach ins Haus. ›Was hast du da zu ihm gesagt, du Hündin?‹ rief ich. Sie aber, ob du's nun glaubst oder nicht, sah mich an und antwortete: ›Jawohl, jetzt lieb ich ihn mehr als alles auf der Welt!‹«

»Sieh einer an!«

»An dem Tag hab ich kein Wort mehr mit ihr geredet. Erst am Abend hab ich gesagt: ›Akulka! Jetzt bring ich dich um.‹ In dieser Nacht konnt ich nicht schlafen; ich ging raus in die Diele, Kwaß trinken. Und da rötete sich auch schon der Himmel. Ich ging wieder in die Stube. ›Akulka‹, sagte ich, ›mach dich fertig, aufs Feld zu fahren.‹ Ich hatte schon vorher Vorbereitungen dazu getroffen, und meine Mutter wußte, daß wir fahren wollten. ›Das ist recht‹, hatte sie gesagt. ›Es ist Erntezeit, aber der Knecht da liegt, wie ich gehört habe, schon seit Tagen auf der faulen Haut.‹ Ohne ein Wort hab ich den Wagen angespannt. Wenn du aus unserer Stadt rausfährst, kommst du da gleich in einen Nadelwald von fünfzehn Werst, und hinter dem Wald liegt unser Feld. So an die drei Werst waren wir durch den Wald gefahren, da hielt ich das Pferd an. ›Steig ab, Akulina‹, sagte ich. ›Dein Ende ist gekommen.‹ Erschrocken sah sie mich an, stieg ab und stand stumm vor mir. ›Ich hab dich satt‹, sagte ich. ›Bete!‹ Dann packte ich sie bei den

Haaren; sie hatte so lange, dicke Zöpfe, die wickelte ich mir um die Hand, und von hinten preßte ich sie von beiden Seiten mit den Knien zusammen, zog das Messer, bog ihr den Kopf zurück und säbelte ihr mit dem Messer die Kehle durch. Als sie aufschrie und das Blut spritzte, hab ich das Messer weggeworfen, sie mit beiden Armen von vorn gepackt, auf die Erde gelegt, sie umschlungen und auf ihr geheult und gebrüllt wie am Spieß. Sie schreit, und ich schreie; sie zuckt mit allen Gliedern, befreit sich aus meinen Armen, und das Blut spritzt auf mich, das Blut – ins Gesicht und auf die Arme spritzt es und spritzt es. Da ließ ich sie liegen, die Angst packte mich, auch das Pferd ließ ich im Stich und rannte und rannte, lief hintenrum zu mir nach Haus und ins Badehäuschen – wir hatten da so ein altes, nicht mehr benutztes Badehäuschen stehen. Ich verkroch mich unter die Schwitzbank und blieb da hocken. Bis zur Nacht hielt ich mich da auf.«

»Und Akulka?«

»Die muß danach wieder aufgestanden sein und ebenfalls die Richtung nach Hause eingeschlagen haben. Hundert Schritt von der Stelle entfernt haben sie sie dann später gefunden.«

»Also hast du ihr nicht ganz den Garaus gemacht.«

»Nein.« Schischkow schwieg eine Weile.

»Da gibt's so eine Ader«, bemerkte Tscherewin, »wenn man die, eben diese Ader, nicht gleich beim erstenmal durchschneidet, dann strampelt sich der Mensch noch lange ab, ohne zu sterben, wieviel Blut er auch schon verloren hat.«

»Aber sie ist ja gestorben. Gegen Abend haben sie sie tot vorgefunden. Sie haben Lärm geschlagen, man hat nach mir gesucht und mich erst zur Nacht in dem Badehäuschen gefunden. – Nun bin ich schon fast vier Jahre hier«, fügte er nach einer Weile hinzu.

»Hm. Gewiß, wenn man sie nicht prügelt, wird sie nicht gut«, bemerkte Tscherewin kaltschnäuzig, in lehrhaftem Ton und holte sein Schnupftabakshorn hervor. Er schnupfte lange und mit Unterbrechung. »Andererseits, mein Junge«, fuhr er fort, »hast du dich selber aber auch mächtig dumm angestellt. Ich hab meine Frau auch mal mit 'nem Liebhaber erwischt. Da hab ich sie in den Schuppen gebeten; die Zügel hab ich doppelt zusammengelegt. ›Wem schwörst du Treue?‹ hab ich gesagt. ›Wem schwörst du Treue?‹ Und dann hab ich sie verdroschen, mit dem Zügel verdroschen, noch und noch, wohl anderthalb Stunden hab ich sie verdroschen, da hat sie geschrien: ›Die Füße werd ich dir waschen und das Wasser trinken!‹ Owdotja hieß sie.«

5 *Zur Sommerzeit*

Aber schon ist es Anfang April, schon naht die Osterwoche. Allmählich beginnen auch die Sommerarbeiten. Die Sonne wird mit jedem Tag wärmer und heller; die Luft riecht nach Frühling und wirkt aufreizend auf den Organismus. Auch den in Fesseln Geschmiedeten versetzen die anbrechenden schönen Tage in Erregung, auch in ihm wecken sie bestimmte Wünsche, Bestrebungen und Sehnsüchte. Bei strahlendem Sonnenlicht scheint er der Freiheit noch stärker nachzutrauern als an einem unwirtlichen Winter- oder Herbsttag, und das ist bei allen Sträflingen zu beobachten. Allem Anschein nach freuen sie sich über die hellen Tage, aber zugleich zeigt sich bei ihnen auch verstärkt eine gewisse Ungeduld und Heftigkeit. Ich habe tatsächlich festgestellt, daß es im Frühling unter uns Sträflingen häufiger zu Streitigkeiten kam als sonst; öfter als sonst waren Lärm, Geschrei und Gezänk zu hören, spielten sich häßliche Szenen ab. Andererseits aber geschah es, daß man mitten bei der Arbeit plötzlich jemand gedankenverloren in die bläuliche Ferne starren sah, irgendwohin jenseits des Irtysch, wo sich, einem riesigen Tischtuch gleich, auf anderthalbtausend Werst die freie Kirgisensteppe erstreckte; daß man jemand aus tiefster Brust seufzen hörte, als sehnte er sich danach, diese ferne, freie Luft zu atmen und dadurch seine bedrückte und in Fesseln geschlagene Seele zu erleichtern. »Ach ja!« sagt der Sträfling schließlich und greift unvermittelt, als wollte er die Träume und die Nachdenklichkeit abschütteln, hastig und mürrisch wieder zum Spaten oder nach den Ziegeln, die er von einer Stelle zur anderen schleppen soll. Gleich darauf hat er seine plötzliche Anwandlung vergessen und lacht oder schimpft, je nach Charakter; oder aber er geht mit außergewöhnlichem, unangemessenem Eifer an die Erledigung seines Arbeitspensums, sofern er eines bekommen hat, und fängt an zu arbeiten, mit aller Kraft, als wollte er durch die Schwere der Arbeit etwas in sich ersticken, das ihn selber bedrängt und bedrückt. Es sind ja alles kräftige Männer, größtenteils in der Blüte ihrer Jahre und ihrer Kraft. Eine

Last sind die Fesseln in dieser Zeit! Ich poetisiere in diesem Augenblick nicht, sondern bin von der Richtigkeit meiner Bemerkung überzeugt. Abgesehen davon, daß es einem bei der Wärme, mitten im hellen Sonnenschein, wenn man mit ganzer Seele, mit seinem ganzen Wesen die ringsum mit unermeßlicher Macht wiederauflebende Natur wahrnimmt und spürt, noch schwerer fällt, das verschlossene Gefängnis, die Eskorte und den fremden Willen zu ertragen, abgesehen davon, beginnt in dieser Frühlingszeit in Sibirien und in ganz Rußland mit der ersten Lerche auch wieder die Landstreicherei: Die Gotteskinder brechen aus den Gefängnissen aus und suchen in den Wäldern Zuflucht. Nach dem dumpfen Kerker, nach Gerichtsverhandlungen, Fesseln und Stockhieben stromern sie nach eigenem Belieben umher, wo es ihnen Spaß macht, wo es am schönsten und freiesten ist; sie trinken und essen, wo sie etwas ergattern und was ihnen der liebe Gott beschert, nachts aber schlafen sie friedlich irgendwo im Wald oder auf einem Feld, ohne große Sorgen und ohne Gefängnisschwermut, wie die Waldvögel, unter Gottes Auge, nur den Sternen am Himmel gute Nacht sagend. Gewiß! Manchmal ist es auch schwer, kräftezehrend und mit Hunger verbunden, »unter General Kukuschkin zu dienen«. Mitunter bekommt man tagelang kein Brot zu Gesicht; vor jedem muß man sich verstecken und verkriechen; man muß stehlen und rauben und manchmal sogar morden. »Die Verbannten sind wie kleine Kinder: Was ihr Aug entdeckt, das ihr Begehren weckt«, sagt man in Sibirien den Strafansiedlern nach. Dieser Spruch trifft in vollem Maße, ja sogar mit noch größerer Berechtigung auch auf den Landstreicher zu. Der Landstreicher ist nur selten kein Räuber und fast immer ein Dieb, natürlich mehr aus Not als aus Neigung. Es gibt ganz eingefleischte Landstreicher. Manche fliehen sogar noch nach Beendigung ihrer Katorga, bereits aus der Strafansiedlung. Man sollte meinen, er wäre als Strafansiedler zufrieden und fühlte sich gesichert; aber nein – es zieht, es ruft ihn immer woandershin. Das Leben in den Wäldern, ein armseliges und schreckliches, aber freies und an Abenteuern reiches Leben, hat etwas Verführerisches, einen geheimnisvollen Reiz für jene, die es schon einmal ausprobiert haben, und ehe man sich's versieht, ist so einer auf und davon, zuweilen sogar ein bescheidener, ordentlicher Mensch, der bereits ein guter Strafansiedler und tüchtiger Landwirt zu werden versprach. Mancher heiratet sogar, schafft sich Kinder an, lebt fünf, sechs Jahre an einem Fleck, und plötzlich, eines schönen Morgens, verschwindet er, irgendwohin, und läßt Frau, Kinder und den ganzen Amtsbezirk, dem er zugeschrieben ist, fassungslos zurück. Bei uns im Gefängnis zeigte man mir solch einen Ausreißer. Er hatte keine besonderen Verbrechen begangen, jedenfalls war mir nichts Derartiges über ihn zu Ohren gekommen, aber er floh immer wieder, war sein Leben lang auf der Walze. An der russischen Südgrenze jenseits der Donau und in der kirgisischen Steppe, in Ostsibirien und im Kaukasus – überall war er gewesen. Wer weiß, vielleicht wäre bei seiner Reiselust unter anderen Umständen ein Robinson Crusoe aus ihm geworden. Übrigens haben mir andere das alles über ihn erzählt; er selbst redete im Gefängnis nur wenig, und dann auch nur das Notwendigste. Er war ein sehr kleines Bäuerlein, schon an die Fünfzig, außergewöhnlich friedlich und mit überaus ruhigem, stumpfem, ja fast idiotischem Gesichtsausdruck. Im Sommer saß er gern in der Sonne und summte ein Liedchen vor sich hin, aber so leise, daß man es schon fünf Schritt weiter nicht mehr hörte. Seine Gesichtszüge waren gleichsam erstarrt. Er aß wenig, überwiegend Brot; niemals kaufte er sich einen Kringel oder auch nur einen Achtelschtof Branntwein; aber er besaß auch wohl kaum jemals Geld, ja er konnte wohl nicht einmal rechnen. Nichts vermochte ihn aus der Ruhe zu bringen. Den Gefängnishunden gab er manchmal aus seiner Hand zu fressen, während sie sonst niemand bei uns fütterte. Der Russe füttert Hunde nicht gern. Wie man sich erzählte, war er verheiratet gewesen, sogar zweimal; auch Kinder sollte er irgendwo haben. Weshalb er in die Katorga gekommen war, weiß ich nicht. Wir alle erwarteten, daß er auch bei uns ausreißen würde; aber entweder war seine Zeit noch nicht heran, oder er war schon in die Jahre gekommen, jedenfalls lebte er so dahin und nahm seiner sonderbaren Umgebung gegenüber eine beschauliche Haltung ein. Verlassen konnte man sich indessen nicht darauf; obwohl, so mochte es scheinen, warum sollte er denn fliehen, was hätte er davon? Allerdings war das unstete Leben im Wald im großen und ganzen trotzdem noch paradiesisch gegenüber dem im Gefängnis. Das ist so begreiflich; und ein Vergleich ist auch nicht möglich. Ist auch schwer das Los, ist die Freiheit doch groß. Deshalb wird jeder Sträfling in Rußland, wo er auch immer sitzen mag, im Frühjahr bei den ersten freundlichen Strahlen der Frühlingssonne unruhig. Obwohl längst nicht jeder zu fliehen beabsichtigt – man kann mit

Fug und Recht behaupten, daß sich der Schwierigkeiten und der möglichen Folgen wegen von hundert nur einer dazu entschließt, so träumen doch die übrigen neunundneunzig zumindest davon, wie man wohl fliehen könnte und wohin; allein durch den bloßen Wunsch, durch die bloße Vorstellung von der Möglichkeit wird ihnen leichter ums Herz. Manch einer denkt wohl auch daran zurück, wie er früher einmal geflohen ist. Ich spreche jetzt von denen, die ihre Züchtigung bereits hinter sich haben. Doch weit häufiger entschließen sich natürlich diejenigen zur Flucht, die ihre Züchtigung noch vor sich haben. Auf Zeit Verurteilte fliehen höchstens am Anfang ihres Gefängnisaufenthaltes. Hat ein Sträfling bereits zwei, drei Jahre Katorga hinter sich, so beginnt er diese Jahre zu schätzen und ist insgeheim allmählich immer mehr bereit, die Zeit der Zwangsarbeit lieber auf gesetzliche Weise abzuleisten und Strafansiedler zu werden, als sich auf solch ein Wagnis einzulassen und im Falle eines Mißerfolgs das Leben zu riskieren. Und ein Mißerfolg ist sehr leicht möglich. Höchstens jedem zehnten gelingt es, *sein Schicksal zu verändern.* Von denen, die bereits die Züchtigung hinter sich haben, wagen wiederum häufiger jene zu fliehen, die zu ziemlich langer Strafdauer verurteilt sind. Fünfzehn bis zwanzig Jahre scheinen eine Ewigkeit zu sein, und der zu einer solchen Zeit Verurteilte wird immer dazu neigen, von einer Veränderung seines Schicksals zu träumen, selbst wenn er schon zehn Jahre Katorga abgebüßt hat. Schließlich sind auch die Brandmale zum Teil Hinderungsgrund für eine Flucht. *Sein Schicksal verändern* ist ein Terminus technicus. So antwortet auch der Sträfling, wenn man ihn auf der Flucht erwischt hat, beim Verhör, er habe sein Schicksal verändern wollen. Dieser etwas literarisch klingende Ausdruck trifft hier buchstäblich zu. Beabsichtigt doch jeder Flüchtling nicht so sehr, die volle Freiheit zurückzugewinnen – er weiß, das ist so gut wie unmöglich –, als vielmehr entweder in eine andere Anstalt zu kommen oder Strafansiedler zu werden oder aber wegen eines neuen, erst beim Vagabundieren begangenen Verbrechens abermals verurteilt zu werden, kurz, ganz gleich wohin, nur nicht wieder an den alten, ihm zuwider gewordenen Ort, nicht in den bisherigen Gewahrsam. Alle diese Flüchtlinge – sofern sie nicht im Laufe des Sommers zufällig einen ungewöhnlichen Platz gefunden haben, wo sie überwintern können, zum Beispiel nicht auf jemand gestoßen sind, der Entflohenen zu seinem eigenen Vorteil Unterschlupf gewährt, und sofern sie sich schließlich nicht, eventuell durch Mord, einen Paß verschafft haben, mit dem sie überall leben können –, alle diese Flüchtlinge finden sich im Herbst, wenn man sie nicht schon vorher wieder eingefangen hat, größtenteils von selber in hellen Scharen als Landstreicher in den Städten und Gefängnissen ein, um dort den Winter über einzusitzen, natürlich nicht ohne die Hoffnung, im Sommer wieder fliehen zu können.

Der Frühling übte auch auf mich seinen Einfluß aus. Ich weiß noch, daß ich manchmal voller Verlangen durch einen Spalt in der Palisade starrte und zuweilen, die Stirn an unseren Zaun gepreßt, lange dastand und unentwegt und unersättlich beobachtete, wie das Gras auf unserem Festungswall grün und der Himmel in der Ferne immer blauer wurde. Die Unruhe und das Sehnen in mir wuchsen mit jedem Tag, und das Gefängnis wurde mir immer verhaßter. Die Gehässigkeit, der ich als Adliger während der ersten Jahre von seiten meiner Mitgefangenen ständig ausgesetzt war, wurde für mich unerträglich und vergällte mir das Leben. In diesen ersten Jahren ließ ich mich oft, ohne krank zu sein, ins Lazarett einweisen, einzig und allein um nicht im Gefängnis sein zu müssen, um mich diesem ständigen, durch nichts zu besänftigenden allgemeinen Haß zu entziehen. »Ihr seid Eisenschnäbel; ihr habt uns zerhackt!« sagten die anderen Sträflinge zu uns, und wie beneidete ich manchmal das einfache Volk, das ins Gefängnis eingeliefert wurde! Waren diese Menschen doch mit allen gleich auf du und du. Und deshalb versetzten mich der Frühling, die Vision der Freiheit und die allgemeine Heiterkeit in der Natur auch in eine traurige und gereizte Stimmung. Gegen Ende der Fastenzeit, ich glaube in der sechsten Woche, hatte ich mich durch Fasten und Kirchenbesuche auf das Abendmahl vorzubereiten. Das ganze Gefängnis war bereits in der ersten Fastenwoche vom dienstältesten Unteroffizier zwecks Vorbereitung auf das Abendmahl der Anzahl der Fastenwochen entsprechend in sieben Gruppen eingeteilt worden. Jede Gruppe zählte demnach rund dreißig Mann. Die Vorbereitungswoche gefiel mir sehr gut. Die sich Vorbereitenden waren von der Arbeit befreit. Zwei- bis dreimal täglich gingen wir in die Kirche, die nicht weit vom Gefängnis lag. Ich war schon lange nicht mehr in der Kirche gewesen. Der Fastengottesdienst, der mir aus meiner fernen, im Elternhaus verlebten Kindheit noch so vertraut war, die feierlichen Gebete, die tiefen Verbeugungen, all das rührte in meiner Seele an längst Vergangenes, rief mir Eindrücke aus meinen Kinderjahren ins Gedächtnis zurück, und ich weiß noch, daß mir sehr wohl zumute war, wenn man uns morgens auf dem in der Nacht leicht überfrorenen Boden unter Eskorte mit geladenem Gewehr zum Gotteshaus führte. Die Eskorte kam übrigens nicht mit in die Kirche. Drinnen standen wir auf einem Haufen unmittelbar an der Tür, auf dem hintersten Platz, so daß wir höchstens den stimmgewaltigen Diakon hören und nur hin und wieder hinter der Volksmenge das schwarze Meßgewand und die Glatze des Geistlichen sehen konnten. Ich mußte daran denken, wie ich als Kind, wenn ich in der Kirche stand, manchmal zum einfachen Volk hingeschaut hatte, das sich am Eingang drängte und unterwürfig jemand mit dicken Epauletten, einem beleibten vornehmen Herrn oder einer aufgedonnerten, aber überaus frommen Dame Platz machte, die selbstverständlich zu den vordersten Plätzen gingen und jeden Augenblick bereit waren, sich um den ersten Platz zu streiten. Dort am Eingang, so schien mir damals, wurde auch anders gebetet als bei uns, nämlich demütig, eifrig, inbrünstig und im vollen Bewußtsein der eigenen Nichtigkeit.

Jetzt mußte auch ich auf diesen Plätzen stehen, und noch nicht einmal auf denen. Wir waren gefesselt und entehrt, uns wichen alle aus, ja, vor uns schienen sich alle zu fürchten, und wir bekamen jedesmal Almosen. Ich weiß noch, daß mir das sogar Genugtuung bereitete; so etwas wie ein raffiniertes, besonderes Gefühl lag in diesem merkwürdigen Vergnügen. Sei's drum! dachte ich bei mir. Die Sträflinge beteten sehr eifrig, und jeder von ihnen brachte jedesmal seine armselige Kopeke für eine Kerze in die Kirche mit oder legte sie in den Opferstock. Ich bin ja doch auch ein Mensch! dachte er vielleicht, oder er hatte beim Geben das Gefühl: Vor Gott sind alle gleich. Das Abendmahl empfingen wir während der Frühmesse. Als der Geistliche mit dem Kelch in der Hand die Worte sprach: »... aber nimm mich an wie den Schächer«, warfen sich fast alle kettenklirrend zu Boden, schienen sie diese Worte doch buchstäblich auf sich zu beziehen.

Aber dann war auch schon der Ostersonntag heran. Von der Verwaltung bekamen wir jeder ein Ei und ein Stück Kuchenbrot. Aus der Stadt wurde das Gefängnis wieder mit milden Gaben überschüttet. Und wieder der Besuch eines Geistlichen samt Kreuz, wieder der Besuch der Gefängnisverwaltung, wieder fette Kohlsuppe, wieder Zecherei und müßiges Umherschlendern –

»Die Geigen kratzten und quietschten nur, und die Gitarren taugten nichts; dafür waren die Balalaikas beispiellos. Die Gewandtheit, mit der die Finger über die Saiten fuhren, glich aufs Haar der bei einem raffinierten Taschenspielertrick.« S. 201

alles ganz genauso wie zu Weihnachten, nur mit dem Unterschied, daß man jetzt schon auf dem Gefängnishof spazierengehen und sich in der Sonne wärmen konnte. Es war bereits etwas heller und nicht mehr so beengt wie im Winter, aber auch irgendwie trostloser. So ein endlos langer Sommertag war an Festen besonders unerträglich. Werktags wurde er wenigstens durch die Arbeit verkürzt.

Die Arbeit im Sommer war tatsächlich weit schwerer als im Winter. Es handelte sich meist um Arbeiten auf Baustellen. Die Sträflinge bauten, hoben Erde aus, legten Ziegel; andere wurden bei der Reparatur staatlicher Gebäude zu Schlosser-, Tischler- oder Malerarbeiten eingesetzt; wieder andere waren in der Ziegelei beschäftigt. Das galt bei uns als die schwerste Arbeit. Die Ziegelei lag drei bis vier Werst von der Festung entfernt. Den ganzen Sommer hindurch brach jeden Morgen gegen sechs Uhr ein großer Trupp Sträflinge, rund fünfzig Mann, dorthin auf, um Ziegel herzustellen. Dazu wurden ungelernte Arbeiter ausgewählt, das heißt weder Fabrikarbeiter noch Handwerker. Sie nahmen Brot mit, weil es wegen der großen Entfernung unvorteilhaft gewesen wäre, zum Mittagessen heimzukehren und auf diese Weise noch acht Werst zusätzlich zurückzulegen, und aßen erst am Abend, nach der Rückkehr ins Gefängnis, ihr Mittagbrot. Sie hatten ein volles Pensum zu leisten, so daß der Sträfling schon den ganzen Arbeitstag brauchte, um es zu schaffen. Zuerst mußte er den Lehm losstechen und hinausbefördern, dann selber Wasser holen, selber den Lehm in der Grube stampfen und schließlich daraus eine große Menge Ziegel herstellen, ich glaube zweihundert, wenn nicht gar zweihundertfünfzig. Ich selbst habe nur zweimal in der Ziegelei gearbeitet. Die Ziegelei-Arbeiter kehrten erst abends müde und zerschlagen zurück und hielten den ganzen Sommer über den anderen ständig vor, daß sie die schwerste Arbeit zu verrichten hätten. Das war anscheinend ein Trost für sie. Trotzdem gingen manche sogar ganz gern dorthin. Erstens war es außerhalb der Stadt, und der Arbeitsplatz lag offen und frei am Ufer des Irtysch. Immerhin war der Anblick ringsum erfreulicher, ohne das Festungsgetriebe! Auch konnte man ungestört rauchen und sogar ein halbes Stündchen mit großem Behagen still daliegen. Ich aber ging nach wie vor in die Werkstatt oder zum Alabasterbrennen, und schließlich wurde ich als Ziegelträger bei Bauarbeiten eingesetzt. Hierbei mußte ich die Ziegel einmal ungefähr siebzig

Sashen weit vom Ufer des Irtysch zu einer im Bau befindlichen Kaserne schleppen, quer über den Festungswall, und diese Arbeit dauerte etwa zwei Monate. Sie gefiel mir sogar, obwohl der Strick, mit dem ich die Ziegel tragen mußte, mir ständig die Schultern wundscheuerte. Mir gefiel daran, daß durch die Arbeit meine Kraft sichtlich zunahm. Anfangs vermochte ich immer nur acht Ziegel zu schleppen; jeder Ziegel wog zehn Pfund. Dann aber brachte ich es bis auf zwölf und schließlich sogar auf fünfzehn Ziegel, und darüber freute ich mich sehr. Körperliche Stärke ist in der Katorga nicht weniger vonnöten als moralische, um all die materiellen Schwierigkeiten dieses fluchwürdigen Daseins ertragen zu können.

Und ich wollte doch auch noch nach der Katorga leben.

Übrigens hatte ich das Ziegeltragen nicht nur deswegen gern, weil sich durch diese Arbeit mein Körper kräftigte, sondern auch, weil dann am Ufer des Irtysch gearbeitet wurde. Ich rede deshalb so oft von diesem Ufer, weil nur von dort aus Gottes freie Natur zu sehen war, die reine, klare Ferne, die menschenleere, freie Steppe, die durch ihre Verlassenheit einen eigenartigen Reiz auf mich ausübte. Nur am Ufer war es möglich, der Festung den Rücken zuzukehren und sie nicht mehr zu sehen. All unsere sonstigen Arbeitsstätten befanden sich innerhalb der Festung oder in ihrer unmittelbaren Nähe. Gleich vom ersten Tage an haßte ich diese Festung und vor allem manche Gebäude. Das Haus unseres Platzmajors dünkte mich fast so etwas wie ein verfluchter, verabscheuungswürdiger Ort, und jedesmal, wenn ich daran vorüberkam, blickte ich es voller Haß an. Am Ufer jedoch konnte man das alles vergessen; da schaute man in diese unermeßliche, menschenleere Weite wie ein Gefangener durch sein Kerkerfenster in die Freiheit. Alles war mir dort lieb und teuer: die grelle, glühende Sonne am unergründlichen blauen Himmel und das ferne Lied eines Kirgisen, das vom kirgisischen Ufer herübertönte. Man späht lange hinüber und entdeckt schließlich die armselige, verräucherte Jurte eines Baigusch, eines Armen; man gewahrt neben der Jurte eine dünne Rauchsäule und eine Kirgisin samt ihren beiden Hammeln, die sich dort mit etwas abmüht. All das ist ärmlich und primitiv, aber unbeschwert. Man entdeckt einen Vogel in der klaren blauen Luft und verfolgt lange und beharrlich seinen Flug: Eben flatterte er noch über dem Wasser, nun ist er im Blau verschwunden, und jetzt erscheint er wieder als kaum wahrnehmbarer Punkt. Selbst die armselige, welke Blume, die ich im zeitigen Frühjahr in einer Spalte des felsigen Ufers fand, erregte irgendwie unnatürlich meine Aufmerksamkeit. Die Trostlosigkeit dieses ersten Katorgajahres war unerträglich und machte mich reizbar und verbittert. In diesem ersten Jahr bemerkte ich wegen dieser Trostlosigkeit vieles um mich herum gar nicht. Ich verschloß die Augen und wollte nicht sehen. Unter meinen boshaften, gehässigen Mitsträflingen bemerkte ich die guten nicht, Menschen, die trotz ihrer rauhen, abstoßenden Schale zu denken und zu fühlen fähig waren. Unter den haßerfüllten Worten bemerkte ich oft ein freundliches und gütiges nicht, das um so wertvoller war, als es ohne besondere Absicht gesprochen wurde und nicht selten von Herzen kam, einem Herzen, das vielleicht mehr gelitten und ertragen hatte als das meine. Doch wozu viel Worte verlieren! Ich war immer recht froh, wenn ich bei meiner Rückkehr todmüde war, und dachte: Vielleicht kannst du gleich einschlafen! Denn das Schlafen war bei uns im Sommer eine Qual, fast noch schlimmer als im Winter. Die Abende allerdings waren manchmal sehr schön. Die Sonne, die den ganzen Tag über auf den Gefängnishof geschienen hatte, ging endlich unter. Angenehme Kühle trat ein, und ihr folgte die (im Vergleich dazu) beinahe kalte Steppennacht. Die Sträflinge gingen, während sie darauf warteten, eingeschlossen zu werden, in Scharen auf dem Hof spazieren. Die Hauptmasse drängte sich allerdings in die Küche. Dort wurde immer eine für das Gefängnis wichtige Frage aufgeworfen, über dieses und jenes debattiert oder manchmal auch ein Gerücht erörtert, das oft unsinnig war, aber doch außergewöhnlich stark das Interesse dieser von der Welt abgschnittenen Menschen erregte. So kam zum Beispiel die Nachricht, unser Platzmajor würde zum Teufel gejagt. Die Sträflinge sind leichtgläubig wie die Kinder. Sie wissen selber, daß die Nachricht Unsinn ist, daß sie ein bekannter Schwätzer und »Blödian«, der Sträfling Kwassow, aufgebracht hat, dem sie schon längst nicht mehr zu glauben beschlossen haben und bei dem jedes Wort, das er sagt, gelogen ist. Trotzdem greifen alle gierig die Nachricht auf, sagen ihre Meinung dazu, schmücken sie aus, amüsieren sich darüber, aber das Ende vom Lied ist, daß sie sich über sich selbst ärgern und sich schämen, Kwassow geglaubt zu haben.

»Wer soll den wohl zum Teufel jagen!« schreit einer.

»Keine Angst, der hat einen feisten Nacken, der übersteht das!«

»Aber er hat doch wohl auch Vorgesetzte über sich!« hält ihm ein anderer entgegen, ein temperamentvoller und pfiffiger Bursche, der schon allerhand erlebt hat, aber ein Streithammel, wie es in der Welt keinen zweiten gibt.

»Eine Krähe hackt der anderen kein Auge aus!« bemerkt finster und gleichsam für sich ein dritter, ein Graukopf, der allein in einer Ecke seine Kohlsuppe ißt.

»Die Vorgesetzten werden auch gerade herkommen und dich fragen, ob sie ihn ablösen sollen oder nicht!« meint gleichmütig ein vierter, der leise auf der Balalaika klimpert.

»Und warum nicht?« entgegnet hitzig der zweite. »Also die ganze Armut bittet darum, und dann müßt ihr alles melden, wenn sie euch befragen. Aber bei uns wird immer erst geschrien, nicht wahr, und wenn's dann soweit ist, machen alle einen Rückzieher!«

»Wie stellst du dir das vor!« sagt der Balalaikaspieler. »Dafür ist das nun mal die Katorga.«

»Neulich«, fährt der Hitzkopf, ohne den Einwand zu beachten, erregt fort, »ist Mehl übriggeblieben. Wir haben die Reste zusammengekratzt, selbst die kleinsten Fitzelchen also; wollten sie verkaufen. Aber nein, er hat Wind davon gekriegt – der Markthelfer hat's gemeldet –, und sie haben es beschlagnahmt. Sparsamkeit nennt sich so was. Ist das vielleicht gerecht?«

»Und bei wem willst du dich beschweren?«

»Bei wem? Bei dem Levisor, der herkommt, persönlich.«

»Was denn für ein Levisor?«

»Das stimmt, Jungs, daß ein Levisor kommt«, bestätigt ein forscher junger Bursche, der etwas Schulbildung besitzt, Schreiber gewesen ist und »Die Herzogin de Lavallière« oder so etwas Ähnliches gelesen hat. Er ist immer vergnügt und ein Spaßvogel, wird jedoch gewisser Sachkenntnisse und seiner Geriebenheit halber geachtet. Ohne von der allgemein geweckten Neugier wegen des angekündigten Revisors Notiz zu nehmen, begibt er sich schnurstracks zur Küchenfee, das heißt zum Koch, und bestellt sich bei ihm Leber. Unsere Küchenfeen handelten oft mit derartigem. Sie kauften zum Beispiel auf eigene Rechnung ein großes Stück Leber, brieten es und verkauften es dann in kleinen Portionen an die Sträflinge.

»Für zwei oder für vier Kopeken?« fragt die Küchenfee.

»Schneid für vier ab; sollen die anderen ruhig neidisch sein!«

antwortet der Sträfling. »Ein General kommt, Jungs, so ein General aus Petersburg, der wird ganz Sibirien inspizieren. Das ist wahr. Die beim Kommandanten haben's erzählt.«

Die Nachricht versetzt alles in helle Aufregung. Eine Viertelstunde lang hagelt es Fragen: Wer denn, was für ein General, in welchem Rang und ob in einem höheren als die hiesigen Generäle? Über Ränge und Vorgesetzte, wer von ihnen mehr zu sagen habe, wer wen ducken könne und wer von ihnen sich selber ducken müsse, darüber unterhalten sich die Sträflinge furchtbar gern, ja wegen der Generäle streiten und beschimpfen sie sich sogar und geraten sich darüber fast in die Haare. Was haben sie davon, könnte man sich fragen. Aber daran, wie genau jemand über die Generäle und die ganze Obrigkeit Bescheid weiß, werden dort auch der Grad seines Wissens und seines Verstandes sowie die Rolle gemessen, die er früher, vor seiner Katorga in der Gesellschaft gespielt hat. Überhaupt gilt in der Katorga ein Gespräch über die höchste Obrigkeit als vornehm und bedeutend.

»Also stimmt's tatsächlich, Jungs, daß sie den Major absetzen kommen«, bemerkt Kwassow, ein hitziges und recht einfältiges Kerlchen mit rotem Gesicht. Es ist derjenige, der die Nachricht über den Major aufgebracht hat.

»Er wird ihn bestechen!« wendet der mürrische Graukopf, der unterdessen mit seiner Kohlsuppe fertig geworden ist, abrupt ein.

»Der und bestechen!« sagt ein anderer. »Der hat nicht viel Geld zusammengescharrt! Vor uns war er bloß Bataillonschef. Kürzlich wollte er 'ne Protopopentochter heiraten.«

»Aber er hat sie ja nicht gekriegt; die Tür haben sie ihm gewiesen; er ist also arm. Was ist er auch schon für ein Freier! Er hat nicht mehr, als was er am Leib trägt. Zu Ostern hat er alles im Kartenspiel verjubelt. Fedka hat's erzählt.«

»Ja, ja. Der Junge schmeißt's Geld nicht zum Fenster raus, es rollt von ganz allein aus dem Haus.«

»Ach, mein Lieber, ich war auch verheiratet. Für einen Armen ist Heiraten von Übel: Heirate, und die Nacht ist kurz«, bemerkt Skuratow, der sich eben eingefunden hat.

»Klar! Von dir ist hier auch grade die Rede«, versetzt der kecke ehemalige Schreiber. »Und du, Kwassow, will ich dir mal sagen, bist ein großer Esel. Du glaubst doch nicht im Ernst, daß der Major solch einen General besticht und daß solch ein General extra aus Petersburg herkommt, um den Major zu überprüfen!? Du bist nicht ganz bei Trost, mein Junge, das sag ich dir.«

»Wieso denn? Wenn er auch ein General ist, wird er darum etwa nichts nehmen?« meint einer aus der Menge zweifelnd. »Klar nimmt er nichts, aber wenn er nimmt, dann happig.«

»Versteht sich, happig. Seinem Rang entsprechend.«

»Ein General nimmt immer«, bemerkt Kwassow mit Entschiedenheit.

»Hast du vielleicht schon mal einem was gegeben?« sagt verächtlich Bakluschin, der soeben hereingekommen ist. »Hast ja wohl kaum jemals einen General gesehen!«

»Und ob ich welche gesehen habe!«

»Das lügst du!«

»Du lügst!«

»Kinder, wenn er welche gesehen hat, soll er mal gleich vor allen sagen, welchen General er kennt. Los, sag's schon; ich kenn nämlich alle Generäle.«

»Den General Siebert hab ich gesehn«, antwortet Kwassow etwas unsicher.

»Siebert? Solch einen General gibt's gar nicht. Der hat sich wohl mal kurz deinen Rücken angesehen, der Siebert, als er vielleicht erst Oberstleutnant war, und dir ist es vor Angst so vorgekommen, als wär er General.«

»Aber nein, so hört doch auf mich«, schreit Skuratow. »Schließlich bin ich ein verheirateter Mann. Solch ein General war tatsächlich in Moskau, Siebert, ein Deutscher, aber ein russischer. Bei einem russischen Popen hat er jedes Jahr zu Mariä Himmelfahrt gebeichtet, und immerzu hat er Wasser gesoffen, Jungs, wie eine Ente. Jeden Tag hat er vierzig Glas Moskwawasser getrunken. Er soll sich durch das Wasser von einer Krankheit kuriert haben; sein Kammerdiener hat es mir selbst erzählt.«

»Von dem Wasser haben sich bestimmt Karauschen in seinem Bauch angesiedelt!« meint der Sträfling mit der Balalaika.

»Na, nun hört aber mal auf! Hier geht's um ernste Dinge, und die ... Was ist das denn für ein Levisor, Jungs?« erkundigt sich besorgt ein unruhiger Sträfling, Martynow mit Namen, ein alter Soldat und ehemaliger Husar.

»Was das Volk sich doch so aus den Fingern saugt!« bemerkt einer der Skeptiker. »Wo sie das alles bloß hernehmen und wo sie das anbringen! Dabei ist das alles Unsinn!«

»Nein, es ist kein Unsinn«, erklärt kategorisch Kulikow, der bis dahin hochmütig geschwiegen hat. Er ist ein Mann mit Einfluß, Ende der Vierzig, sieht im Gesicht ungewöhnlich gut aus und legt ein verächtlich-hochfahrendes Wesen an den Tag. Er ist sich dessen bewußt und stolz darauf. Ein halber Zigeuner und Tierarzt, verdient er sich in der Stadt mit dem Kurieren von Pferden Geld und handelt bei uns im Gefängnis mit Branntwein. Er ist ein gescheiter Bursche, der schon eine Menge erlebt hat. Jedes Wort spricht er aus, als verschenke er dabei einen Rubel. »Es ist wahr, Jungs«, fährt er ruhig fort. »Ich hab es schon vorige Woche gehört. Ein General kommt her, ein ganz hoher, der wird ganz Sibirien inspizieren. Todsicher bestechen sie auch ihn, aber nicht unser Achtäugiger; der wagt gar nicht erst, sich an ihn ranzumachen. Ein General ist nicht wie der andere, Jungs. Es gibt alle möglichen. Aber das eine sag ich euch: Unser Major wird auf jeden Fall in seiner jetzigen Stellung bleiben. Soviel ist sicher. Wir sind ein Volk ohne Zunge, und die von der Obrigkeit schwärzen doch nicht einen von ihren eigenen Leuten an. Der Revisor wird einen Blick ins Gefängnis werfen und dann wieder abreisen und melden, daß er alles gut vorgefunden hat ...«

»So ist's, Jungs. Aber der Major hat doch Schiß; er ist von früh an blau.«

»Und abends verleibt er sich die nächste Fuhre ein. Fedka hat's erzählt.«

»Einen schwarzen Hund wäscht man nicht weiß. Er ist doch nicht zum erstenmal blau.«

»Nein, aber was wär denn das, wenn auch der General nichts tut! Nein, Schluß jetzt damit, ihre Possen weiter mitzumachen!« reden die Sträflinge aufgeregt untereinander.

Die Kunde von dem Revisor verbreitet sich wie ein Lauffeuer im Gefängnis. Auf dem Hof schlendern Sträflinge umher und teilen einander hastig die Neuigkeit mit. Andere schweigen absichtlich, bewahren ihren Gleichmut und suchen sich dadurch offenbar mehr Würde zu verleihen. Wieder andere läßt das wirklich kalt. Auf die Vortreppen der Unterkünfte setzen sich Sträflinge mit Balalaikas. Manche fahren in ihrer Unterhaltung fort, andere stimmen Lieder an, aber durchweg alle sind an diesem Abend ungewöhnlich erregt.

Zwischen neun und zehn wurden wir alle gezählt, in die Unterkünfte getrieben und zur Nacht eingeschlossen. Die Nächte waren kurz: Geweckt wurden wir morgens zwischen vier und fünf, aber einschlafen konnten wir alle nicht vor elf. Bis dahin herrschte immer noch Unruhe, unterhielt man sich, wurde manchmal auch wie im Winter gespielt. Nachts waren die Hitze und die schlechte Luft unerträglich. Obwohl nächtliche Kühle zum geöffneten Fenster hereindrang, warfen sich die Sträflinge wie im Fieber auf ihren Pritschen hin und her. Myriaden von Flöhen trieben ihr Unwesen. Sie waren auch im Winter bei uns anzutreffen und zwar in recht beachtlicher Menge, aber mit Frühjahrsbeginn vermehrten sie sich in einem Maße, von dem ich zwar vorher schon gehört, das ich jedoch mangels praktischer Erfahrung angezweifelt hatte. Je weiter es auf den Sommer zuging, um so schlimmer wurde es mit ihnen. Gewiß, an Flöhe kann man sich gewöhnen – ich habe das am eigenen Leibe erfahren –, aber trotzdem fällt es einem schwer. Sie peinigten einen manchmal dermaßen, daß man schließlich wie im Fieber dalag und selber spürte, daß man nicht schlief, sondern nur halbwach träumte. Und wenn dann endlich, kurz vor Morgengrauen, auch die Flöhe ruhig wurden, als erstarrten sie, und man in der Morgenkühle tatsächlich sanft einschlummerte, ertönte plötzlich am Gefängnistor erbarmungsloser Trommelwirbel, begann die Reveille. Fluchend und sich in seine Pelzjoppe wickelnd. hörte man sich die lauten und deutlichen Töne an, als zählte man sie, und dabei drängte sich einem, noch im Halbschlaf, der unerträgliche Gedanke ins Bewußtsein, daß es morgen wieder so sein würde und übermorgen und noch etliche Jahre lang, bis zum Tag der Freiheit. Wann wird sie wohl kommen, dachte man bei sich, diese Freiheit, und wo ist sie? Indessen galt es wach zu werden; das übliche Gerenne und Gedränge begann. Die Männer zogen sich an und eilten zur Arbeit. Um die Mittagszeit konnte man allerdings auch noch eine Stunde schlafen.

Das von dem Revisor war nicht aus den Fingern gesogen. Die Gerüchte bestätigten sich von Tag zu Tag mehr, und schließlich wußten alle bereits ganz sicher, daß ein hoher General aus Petersburg auf dem Wege sei, um ganz Sibirien zu inspizieren, er sei schon gekommen, sei bereits in Tobolsk. Jeden Tag gelangten neue Gerüchte ins Gefängnis. Auch aus der Stadt kamen Neuigkeiten: So war zu hören, daß alle Angst hatten, eine eifrige Geschäftigkeit entfalteten und sich von der besten Seite zeigen wollten. Wie man sich erzählte, wurden bei der höchsten Obrigkeit Empfänge, Bälle und Feste vorbereitet. Die Sträflinge wurden in hellen Scharen ausgeschickt, um in der Festung die Straßen zu ebnen, Erdhügel abzutragen, Zäune und Pfosten zu streichen, Stuck und Putz auszubessern und Fenster neu zu verkitten – kurz und gut, man wollte in kürzester Frist alles in Ordnung bringen, was nötig war, um einen guten Eindruck zu machen. Unsere Leute durchschauten das alles genau und debattierten immer heftiger und leidenschaftlicher miteinander. Ihre Phantasie ging mit ihnen durch. Sie nahmen sich sogar vor, »Beschwerde zu führen«, wenn der General sich nach ihrem Wohlergehen erkundigen würde. Derweil aber stritten sie sich und beschimpften einander. Der Platzmajor war in heller Aufregung. Er fand sich häufiger im Gefängnis ein, brüllte häufiger, fuhr häufiger auf die Leute los, nahm häufiger welche auf die Wache mit und achtete verstärkt auf Sauberkeit und Ordnung. Ausgerechnet in dieser Zeit ereignete sich im Gefängnis ein kleiner Zwischenfall, über den sich der Major jedoch nicht im mindesten aufregte, wie zu erwarten gewesen wäre, sondern der ihm im Gegenteil sogar Freude bereitete. Ein Sträfling stieß einem anderen bei einer Schlägerei eine Ahle in die Brust, dicht neben dem Herzen.

Der Sträfling, der das Verbrechen begangen hatte, hieß Lomow. Der Verwundete wurde bei uns Gawrilka genannt; er gehörte zu den gewohnheitsmäßigen Landstreichern. Ich weiß nicht mehr, ob er noch einen anderen Namen hatte; jedenfalls wurde er bei uns immer nur Gawrilka genannt.

Lomow war ein wohlhabender Bauer in T. im Kreis K. gewesen. Alle Lomows hatten als eine Familie zusammen gelebt: der alte Vater, seine drei Söhne und deren Onkel, auch ein Lomow. Sie waren reiche Bauern gewesen. Im ganzen Gouvernement erzählte man sich damals, sie besäßen ein Vermögen von fast dreihunderttausend Papierrubeln. Sie trieben Ackerbau, Gerberei und Handel, doch vorwiegend befaßten sie sich mit Wuchergeschäften, dem Verbergen von Landstreichern, Hehlerei und dergleichen Künsten mehr. Die Bauern des halben Kreises waren an sie verschuldet und völlig von ihnen abhängig. Die Lomows galten als schlaue und gewitzte Kerle, doch schließlich wurden sie hochnäsig, besonders seit eine recht bedeutende Persönlichkeit der dortigen Gegend auf Reisen bei ihnen abstieg; er hatte die persönliche Bekanntschaft des Alten gemacht und an dessen Scharfsinn und Geschäftstüchtigkeit Gefallen gefunden. Sie glaubten auf einmal, nun könne ihnen niemand mehr etwas anhaben, und ließen sich auf immer gewagtere gesetzwidrige Unternehmungen ein. Alle schimpften auf sie und wünschten ihnen die Pest an den Hals; aber sie trugen die Nase nur immer höher. Auf die Kreispolizeichefs und die Beisitzer sahen sie bereits von oben herab. Schließlich kamen sie aber doch zu Fall und gerieten ins Verderben, doch nicht wegen einer Missetat oder wegen ihrer heimlichen Verbrechen, sondern auf Grund einer falschen Anschuldigung. Rund zehn Werst vom Dorf entfernt besaßen sie ein großes Vorwerk, eine Saimka auf sibirisch. Dort brachten sie einmal, es war Herbst, sechs kirgisische Landarbeiter unter, die sich seit langem bei ihnen verdingt hatten. Eines Nachts wurden diese kirgisischen Arbeiter allesamt ermordet. Es kam zum Prozeß. Er dauerte sehr lange. In diesem Verlauf förderte man eine Menge anderer schlimmer Dinge zutage. Die Lomows wurden beschuldigt, ihre Arbeiter umgebracht zu haben. Sie erzählten es selber, und das ganze Gefängnis wußte es: Man verdächtigte sie, den Arbeitern sehr viel Lohn schuldig gewesen zu sein und, da sie trotz ihres großen Vermögens geizig und habgierig waren, die Kirgisen getötet zu haben, um ihnen den schuldigen Lohn nicht auszahlen zu müssen. Im Laufe der Untersuchung und der Gerichtsverhandlungen büßten sie ihr ganzes Vermögen ein. Der Alte starb. Die anderen wurden verbannt. Einer der Söhne und sein Onkel kamen für zwölf Jahre in unsere Katorga. Und was stellte sich heraus? Sie waren völlig unschuldig am Tod der Kirgisen. Hier in diesem Gefängnis war später Gawrilka aufgetaucht, ein berüchtigter Ganove und Landstreicher, ansonsten ein lustiger und fixer Bursche, der sich zu dieser Tat bekannte. Ich habe übrigens nie erfahren, ob er es selber eingestanden hat, jedenfalls war das ganze Gefängnis fest davon überzeugt, daß die Kirgisen durch seine Hand umgekommen waren. Gawrilka hatte mit den Lomows bereits als Landstreicher zu tun gehabt. Er war nur für eine kurze Zeit in der Katorga, als Deserteur und Landstreicher. Die Kirgisen hatte er gemeinsam mit drei anderen Landstreichern umgebracht, sie hatten gehofft, bei ihrem Raubzug in dem Vorwerk reiche Beute zu machen.

Die Lomows waren bei uns nicht beliebt, ich weiß auch nicht, warum. Der eine von ihnen, der Neffe, war ein kräftiger und gescheiter junger Bursche mit verträglichem Charakter. Doch sein Onkel, der Gawrilka mit der Ahle gestochen hatte, war ein dummer, zänkischer Kerl. Er hatte auch schon vorher mit vielen Streit

»Um ein Uhr mittags kam der General endlich angefahren. Es war ein hohes Tier, ein so hohes, daß, wie es schien, alle obrigkeitlichen Herzen in ganz Westsibirien bei seiner Ankunft erzittern mußten.« S. 310

gehabt und jedesmal gehörig Prügel bezogen. Gawrilka hingegen war wegen seines heiteren und harmonischen Wesens allgemein beliebt. Obschon die Lomows wußten, daß er ein Verbrecher war und sie hier für seine Tat büßen mußten, legten sie sich doch nicht mit ihm an; übrigens kamen sie auch niemals mit ihm zusammen, und auch er schenkte ihnen nicht die geringste Beachtung. Auf einmal aber entbrannte zwischen ihm und dem Onkel ein Streit wegen einer höchst widerwärtigen Dirne. Gawrilka hatte sich ihrer Gunst gerühmt, der Bauer wurde eifersüchtig und stach eines Mittags mit der Ahle nach ihm.

Obwohl die Lomows während des Prozesses ihr Vermögen eingebüßt hatten, lebten sie im Gefängnis wie reiche Leute. Offensichtlich verfügten sie über Geld. Sie besaßen einen Samowar und tranken Tee. Unser Major wußte davon und haßte die beiden Lomows wie die Pest. Er schikanierte sie ganz offenkundig und hatte überhaupt ein scharfes Auge auf sie. Die Lomows meinten, der Major wolle sie damit nur zwingen, ihm Geld zu geben. Aber sie gaben ihm nichts.

Gewiß, hätte Lomow die Ahle auch nur ein bißchen tiefer hineingebohrt, er hätte Gawrilka getötet. So aber hatte die Angelegenheit mit einer unbedeutenden Stichwunde ihr Bewenden. Sie wurde dem Major gemeldet. Ich weiß noch, wie er atemlos und sichtlich zufrieden herbeigeprescht kam. Gawrilka behandelte er erstaunlich freundlich, als wäre es sein eigener Sohn.

»Na, mein Bester, wirst du so ins Lazarett gehen können oder nicht? Ach nein, es ist doch besser, wenn wir ein Pferd für ihn anspannen. Sofort ein Pferd anspannen!« rief er hastig einem Unteroffizier zu.

»Aber, Euer Hochwohlgeboren, ich spür doch gar nichts. Er hat bloß ganz leicht zugestochen, Euer Hochwohlgeboren.«

»Du hast keine Ahnung, mein Lieber, keine Ahnung. Wirst's schon merken! Eine gefährliche Stelle. Auf die Stelle kommt's an. Genau in die Herzgegend hat er getroffen, der Bandit. Aber dir, du«, brüllte er Lomow an, »dir werd ich's jetzt aber zeigen! Auf die Wache!«

Und er zeigte es ihm wirklich. Lomow wurde vor Gericht gestellt, und obwohl es sich nur um eine leichte Stichwunde handelte, lag die Absicht klar auf der Hand. Der Verbrecher erhielt zusätzliche Strafzeit sowie tausend Spießrutenhiebe. Der Major aber war höchst befriedigt.

Endlich traf auch der Revisor ein.

Gleich am zweiten Tag nach seiner Ankunft in der Stadt kam er auch zu uns ins Gefängnis. Es war an einem Feiertag. Schon Tage vorher war bei uns alles gewaschen, gebügelt und blankgeputzt worden. Die Sträflinge wurden frisch geschoren. Sie trugen einen sauberen weißen Anzug. Im Sommer gingen alle laut Vorschrift in weißen Drillichjacken und -hosen. Jedem war ein schwarzer Kreis von etwa zehn Zentimeter Durchmesser auf den Rücken genäht. Eine ganze Stunde lang wurden die Sträflinge darin unterwiesen, wie sie zu antworten hätten, wenn die hohe Persönlichkeit zufällig das Wort an sie richten sollte. Proben wurden veranstaltet. Der Major rannte wie ein Verrückter umher. Eine Stunde vor Erscheinen des Generals standen alle auf ihrem Posten, regungslos und die Hände an der Hosenaht. Um ein Uhr mittags kam der General endlich angefahren. Es war ein hohes Tier, ein so hohes, daß, wie es schien, alle obrigkeitlichen Herzen in ganz Westsibirien bei seiner Ankunft erzittern mußten. Ernst und würdevoll trat er ein; hinter ihm wälzte sich die große Suite der ihn begleitenden örtlichen Obrigkeit herein, darunter etliche Generäle und Oberste. Auch ein Zivilist war dabei, ein hochgewachsener, gutaussehender Herr in Frack und in Halbschuhen, der ebenfalls aus Petersburg gekommen war und recht ungezwungen und selbstbewußt auftrat. Der General wandte sich oft und sehr höflich an ihn. Das interessierte die Sträflinge außerordentlich: ein Zivilist, und solch ein Respekt, noch dazu von solch einem General! Hinterher erfuhren sie seinen Namen und was er war, aber es gab auch eine Menge Gerüchte. Unser Major, fest geschnürt, mit orangefarbenem Kragen, blutunterlaufenen Augen und hochrotem, pickeligem Gesicht, schien keinen sonderlich angenehmen Eindruck auf den General zu machen. Aus besonderer Achtung vor dem hohen Besucher trug er keine Brille. Er stand etwas abseits, in strammer Haltung, und fieberte mit seinem ganzen Wesen dem Augenblick entgegen, da man seiner bedürfen würde, um herbeizustürzen und den Wunsch Seiner Exzellenz zu erfüllen. Doch man bedurfte seiner gar nicht. Schweigend besichtigte der General die Unterkünfte, warf auch einen Blick in die Küche und kostete wohl auch von der Kohlsuppe. Man machte ihn auf mich aufmerksam: So und so, sagte man, und daß ich ein Adliger sei.

»Aha!« erwiderte der General. »Und wie führt er sich jetzt?«

»Bisher zur Zufriedenheit, Exzellenz«, lautete die Antwort.

Der General nickte, und wenige Minuten später verließ er das Gefängnis. Die Sträflinge waren natürlich geblendet und verwirrt gewesen, aber hinterher bemächtigte sich ihrer doch eine gewisse Verlegenheit. An eine Beschwerde über den Major war selbstverständlich überhaupt nicht zu denken gewesen. Und damit hatte der Major auch schon von vornherein fest gerechnet.

6 *Die Tiere des Gefängnisses*

Der Kauf Gnedkos, der bald darauf im Gefängnis erfolgte, beschäftigte und zerstreute die Sträflinge auf weit angenehmere Weise als der hohe Besuch. Bei uns im Gefängnis war zum Heranfahren des Wassers, zum Wegfahren der Abfälle und dergleichen mehr ein Pferd vorgeschrieben. Zu seiner Wartung war ein Sträfling abgestellt. Er fuhr auch mit ihm hinaus, selbstverständlich unter Eskorte. Arbeit hatte unser Pferd mehr als genug, morgens wie abends. Der alte Gnedko hatte bereits sehr lange bei uns gedient. Es war ein gutmütiges, aber schon recht klappriges Tier. Eines schönen Morgens, unmittelbar vor dem Peter-und-Pauls-Tag, brach Gnedko beim Bringen der abendlichen Wassertonne zusammen und verendete wenige Augenblicke später. Er tat allen Sträflingen leid, sie versammelten sich um ihn, äußerten Vermutungen und stritten sich. Die ehemaligen Kavalleristen unter uns, die Zigeuner, Tierärzte und dergleichen mehr bewiesen dabei sogar eine Menge außergewöhnlicher Kenntnisse in bezug auf Pferde und gerieten sich darüber fast in die Haare, aber Gnedko konnten sie nicht wieder zum Leben erwecken. Regungslos lag er da, mit aufgetriebenem Bauch, den mit dem Finger anzutippen ein jeder für seine Pflicht hielt. Man meldete dem Major, was nach göttlichem Ratschluß geschehen war, und er ordnete an, unverzüglich ein neues Pferd zu kaufen. Noch am Vormittag des Peter-und-Pauls-Tages, nach der Messe, als wir alle vollzählig versammelt waren, wurden die zum Kauf angebotenen Pferde vorgeführt. Es versteht sich von selbst, daß der Kauf den Sträflingen anvertraut wurde. Wir hatten echte Kenner unter uns, und zweihundertundfünfzig Männer, die sich vorher ausschließlich damit beschäftigt hatten, waren schwerlich übers Ohr zu hauen. Es fanden sich Kirgisen, Pferdehändler, Zigeuner und Kleinbürger ein. Voller Ungeduld erwarteten die Sträflinge das Erscheinen jedes neuen Pferdes. Sie waren ausgelassen wie die Kinder. Am meisten schmeichelte es ihnen, daß auch sie, wie freie Menschen, wie für sich selbst und als bezahlten sie es aus der *eigenen* Tasche, ein Pferd kaufen durften, dazu sogar berechtigt waren. Drei Pferde wurden vor- und wieder weggeführt, erst beim vierten kam das Geschäft zum Abschluß. Die hereingekommenen Pferdehändler sahen sich mit einiger Verwunderung und einer gewissen Scheu um und blickten sogar bisweilen zu den Soldaten hin, die sie hereingeführt hatten. Eine Schar von zweihundert solcher Kerle, gebrandmarkt, mit rasierten Köpfen, in Fesseln und bei sich daheim, in ihrem Katorga-Horst, dessen Schwelle sonst niemand überschreiten durfte, flößte ihnen besonderen Respekt ein. Unsere Leute aber verfielen bei der Prüfung jedes vorgeführten Pferdes auf immer neue Kniffe. Wohin schauten sie ihm nicht überall, was befühlten sie bei ihm nicht alles, noch dazu mit einer so sachkundigen, so ernsten und geschäftigen Miene, als hinge davon das Wohlergehen des ganzen Gefängnisses ab. Die Tscherkessen sprangen sogar auf jedes Pferd; ihre Augen glühten, und sie schnatterten in ihrer unverständlichen Sprache, wobei sie ihre weißen Zähne bleckten und mit ihren hakennasigen braunen Köpfen nickten. Mancher Russe verfolgte ihren Meinungsstreit mit so gespannter Aufmerksamkeit, als wollte er sie mit den Blikken verschlingen. Wenn er auch nichts verstand, so wollte er ihnen doch wenigstens von den Augen ablesen, zu welchem Urteil sie gelangt waren: ob das Pferd etwas taugte oder nicht. Einem unbeteiligten Beobachter wäre dieses krampfhafte Interesse sogar seltsam erschienen. Was nur, so könnte man meinen, brachte diesen oder jenen Sträfling dazu, sich derart ins Zeug zu legen, darunter so manchen, der sonst still und abgestumpft dahinlebte und vor etlichen seiner Mitsträflinge nicht einmal einen Mucks von sich zu geben wagte? Als kaufte er das Pferd für sich selbst, als wäre es nicht wirklich ganz egal für ihn, was für eines gekauft wurde. Außer den Tscherkessen taten sich dabei vor allem die Zigeuner und die ehemaligen Pferdehändler hervor; ihnen überließ man auch den Vortritt und das erste Wort. Hierbei kam es sogar zu einer Art edlem Wettstreit, insbesondere zwischen zweien: dem Sträfling Kulikow, einem Zigeuner und ehemaligen Pferdedieb und -händler, und einem autodidaktischem Tierarzt, einem pfiffigen sibirischen Bäuerlein, das erst unlängst ins Gefängnis eingeliefert worden war und es bereits fertiggebracht hatte, Kulikow seine gesamte Stadtkundschaft abspenstig zu machen. War es doch so, daß unsere autodidaktischen Tierärzte im Gefängnis in der ganzen Stadt sehr geschätzt wurden, und nicht nur Kleinbürger und Kaufleute, sondern sogar höchste Beamte wandten sich ans Gefängnis, wenn eines ihrer Pferde krank wurde, obschon es in der Stadt etliche richtige Tierärzte gab. Bevor Jolkin, das sibirische Bäuerlein, gekommen war, hatte Kulikow keinen Konkurrenten und einen großen Kundenkreis gehabt, und der hatte sich ihm natürlich mit Geld erkenntlich gezeigt. Bei ihm war viel Zigeunerei und Scharlatanerie dabei und weit weniger Wissen, als er vorgaukelte. Seinen Einkünften nach war er ein Aristokrat unter uns. Durch seine Erfahrung, seinen Verstand, seine Kühnheit und Entschlossenheit nötigte er allen Sträflingen im Gefängnis schon seit langem unwillkürlich Respekt ab. Sie hörten auf ihn, und sie gehorchten ihm. Er redete jedoch nur wenig, so als verschenkte er dabei Rubel, und äußerte sich auch nur bei ganz wichtigen Anlässen. Er war ein ausgesprochener Geck, besaß jedoch viel echte, natürliche Energie. Obwohl nicht mehr jung, sah er noch recht gut aus und war geistig sehr beweglich. Im Umgang mit uns Adligen legte er eine ausgesuchte Höflichkeit und zugleich eine außergewöhnliche Würde an den Tag. Ich glaube, hätte man ihn verkleidet und als Grafen in einen der hauptstädtischen Klubs eingeführt, so hätte er sich auch da schnell zurechtgefunden, hätte Whist gespielt und vorzüglich Konversation gemacht, nicht wortreich, aber eindrucksvoll, und den ganzen Abend über hätte vielleicht niemand gemerkt, daß er kein Graf, sondern ein Landstreicher war. Das ist mein voller Ernst – so klug und scharfsinnig und von so schneller Auffassungsgabe war er. Außerdem verfügte er über vollendete, elegante Manieren. Offenbar hatte er in seinem Leben schon viel gesehen. Seine Vergangenheit war jedoch in Dunkel gehüllt. Er gehörte zur Sonderabteilung. Seit der Ankunft von Jolkin aber, einem etwa fünfzig Jahre alten Raskolnik, der zwar nur ein Bauer war, doch dafür ein recht pfiffiger, schwand Kulikows tierärztlicher Ruhm. Innerhalb von knapp zwei Monaten hatte jener ihm fast die ganze Stadtkundschaft abspenstig gemacht. Kurierte Jolkin doch, und das mit großer Leichtigkeit, auch Pferde, die Kulikow längst aufgegeben hatte. Selbst solche, die von den städtischen Tierärzten bereits aufgegeben waren, hatte er schon geheilt. Dieses Bäuerlein war mit anderen zusammen wegen Falschmünzerei hierhergekommen. Hatte er sich denn aber auf seine alten Tage noch auf so etwas einlassen müssen? Über sich selbst lachend, erzählte er uns, sie hätten aus drei echten Goldstücken nur ein einziges falsches zustande gebracht. Kulikow wurmten Jolkins tierärztliche Erfolge ein bißchen, zumal selbst unter den Sträflingen sein Ruhm zu verblassen begann. Er hielt sich in der Vorstadt eine Geliebte, ging in einem Plüschwams und trug einen silbernen Ring, einen Ohrring und eigene Stiefel mit Besatz, und da er nun auf einmal keine Einnahmen mehr hatte, sah er sich gezwungen, Branntweinhändler zu werden. Deshalb warteten jetzt alle darauf, daß sich die beiden Widersacher beim Kauf des neuen Gnedko am Ende noch in die Haare geraten würden. Sie warteten ganz gespannt darauf. Jeder der beiden hatte seine Partei. Die Wortführer der beiden Parteien gerieten bereits in Wallung und begannen sich Schimpfworte an den Kopf zu werfen. Jolkin selbst verzog sein pfiffiges Gesicht schon zu einem höchst sarkastischen Lächeln. Doch es kam anders: Kulikow dachte gar nicht daran, sich in eine Zänkerei einzulassen, machte aber auch so keine schlechte Figur. Anfangs zeigte er sich zu Zugeständnissen bereit und hörte sich die kritischen Äußerungen seines Konkurrenten sogar mit einer gewissen Achtung an, doch als er ihn dann bei einem falschen Ausdruck etappte, machte er ihn bescheiden, aber nachdrücklich darauf aufmerksam, daß er sich geirrt habe, und noch ehe Jolkin sich besinnen und rechtfertigen konnte, bewies er ihm, worin exakt er sich geirrt habe. Kurz und gut, Jolkin war völlig überraschend und recht geschickt aus der Fassung gebracht, und obwohl er trotzdem die Oberhand behielt, war auch Kulikows Partei zufrieden.

»Neenee, Kinder, der läßt sich nicht so schnell kleinkriegen, der weiß sich seiner Haut zu wehren; und ob!« sagten die einen.

»Jolkin hat mehr Ahnung«, meinten die anderen, jedoch irgendwie versöhnlich. Beide Parteien schlugen auf einmal einen recht versöhnlichen Ton an.

»Mehr Ahnung hat er auch nicht, er hat bloß eine leichtere Hand. Aber was das Vieh betrifft, braucht auch Kulikow sein Licht nicht unter den Scheffel zu stellen.«

»Nee, das braucht der Junge nicht!«

»Nee, wahrhaftig nicht!«

Endlich hatten sie einen neuen Gnedko ausgewählt, und er wurde gekauft. Es war ein prächtiges Tier, jung, schön und kräftig, und sah recht brav und munter aus. Es versteht sich von selbst, daß es auch in jeder anderen Hinsicht makellos war. Erst einmal wurde gefeilscht: Gefordert wurden dreißig Rubel, die Unsrigen boten fünfundzwanzig. Man feilschte lange und leidenschaftlich, legte drauf und ließ ab. Schließlich kam es ihnen selber lächerlich vor.

»Mußt du das Geld vielleicht aus deiner eigenen Tasche bezahlen?« sagten die einen. »Wozu also feilschen?«

»Wollen wir das Staatssäckel etwa schonen?« schrien andere.

»Aber trotzdem, Jungs, trotzdem ist es doch Geld – gemeinschaftliches ...«

»Gemeinschaftliches! Da sieht man's mal wieder: Dummköpfe wie unsereins braucht man nicht auszusäen, die wachsen von selber.«

Endlich wurde man sich bei achtundzwanzig Rubel handelseinig. Sie meldeten es dem Major, und der Kauf wurde verfügt. Selbstverständlich brachten die Sträflinge sogleich Salz und Brot hinaus und führten den neuen Gnedko mit allen Ehren ins Gefängnis. Ich glaube, es gab keinen unter ihnen, der ihm bei dieser Gelegenheit nicht den Hals getätschelt oder das Maul gestreichelt hätte. Noch am selben Tag wurde Gnedko zum Wasserholen angespannt, und voller Neugier paßten alle auf, wie der Neue seine Tonne fuhr. Roman, unser Wasserfahrer, betrachtete das neue Pferd höchst selbstgefällig. Er war ein Bauer um die Fünfzig, schweigsam und von gesetztem Wesen. Überhaupt sind alle russischen Kutscher recht gesetzt und obendrein schweigsam, und so scheint es tatsächlich zu stimmen, daß der ständige Umgang mit Pferden dem Menschen eine besondere Gesetztheit, ja Würde verleiht. Roman war ruhig, wortkarg und zu jedermann freundlich, er schnupfte aus einem Tabakshorn und wartete schon seit unvordenklichen Zeiten die Gnedkos des Gefängnisses. Der neugekaufte war bereits der dritte. Alle bei uns waren überzeugt, daß zum Gefängnis nur ein Brauner passe, daß dies gleichsam unsere »Hausfarbe« sei. Der Ansicht war auch Roman. Einen Schecken zum Beispiel hätten sie um keinen Preis gekauft. Der Posten des Wasserfahrers blieb gewissermaßen von Rechts wegen für ständig Roman vorbehalten, und niemand bei uns wäre je auf den Gedanken verfallen, ihm dieses Recht streitig zu machen. Als der alte Gnedko krepiert war, wäre es niemandem in den Sinn gekommen, selbst dem Major nicht, Roman die Schuld daran zu geben – es war Gottes Wille, und damit basta, und Roman war ein guter

Kutscher. Bald wurde Gnedko der Liebling des Gefängnisses. Die Sträflinge, obwohl ein rauhes Volk, traten oft zu ihm, um ihn zu tätscheln. Wenn Roman vom Fluß zurückkehrte und das Tor wieder zusperrte, das ihm der Unteroffizier geöffnet hatte, pflegte Gnedko, nachdem er in den Gefängnishof gefahren war, mit der Tonne dazustehen und, zu ihm hinschielend, auf ihn zu warten. »Fahr schon allein weiter!« rief ihm Roman zu, und prompt fuhr Gnedko auch weiter bis zur Küche, wo er stehenblieb und auf die Küchenfeen und die Paraschniks wartete, die mit ihren Eimern Wasser holen kamen.

»Bist ein kluger Kerl, Gnedko!« riefen sie ihm zu. »Ganz allein kommt er angefahren! Hört aufs Wort.«

»Sieh einer an: ein Tier und begreift doch wahrhaftig!«

»Bist ein Prachtkerl, Gnedko!«

Gnedko schüttelte den Kopf und schnaubte, als verstünde er tatsächlich und freute sich über das Lob. Und ganz bestimmt brachte ihm sogleich jemand Brot und Salz. Gnedko fraß es und nickte wieder, als wollte er sagen: Ich kenne dich, jawohl! Ich bin ein liebes Tier, und du bist ein guter Mensch!

Auch ich brachte Gnedko gerne Brot. Es tat wohl, sein schönes Maul zu betrachten und seine weichen, warmen Lefzen in der Hand zu spüren, wenn sie den Bissen geschickt packten.

Überhaupt wären unsere Sträflinge fähig gewesen, Tiere zu lieben, und hätte man es ihnen erlaubt, so hätten sie sich mit Freuden eine Menge von Haustieren und Vögeln im Gefängnis gehalten. Und was könnte wohl das rauhe, tierische Wesen der Sträflinge mehr mildern und veredeln als eine solche Beschäftigung? Es war jedoch nicht gestattet. Weder unsere Vorschriften noch der Platz erlaubten das.

Dennoch gab es zu meiner Zeit im Gefängnis durch Zufall einige Tiere. Außer Gnedko hatten wir Hunde, Gänse und den Ziegenbock Waska; auch ein Adler lebte eine Zeitlang bei uns.

Als ständiger Gefängnishund lebte bei uns, wie bereits früher von mir erwähnt, Scharik, ein kluges, gutmütiges Tier, mit dem ich immer gut Freund war. Doch da der Hund beim einfachen Volk im allgemeinen als unreines Tier gilt, das keinerlei Beachtung verdient, so kümmerte sich auch bei uns fast niemand um Scharik. Der Hund lebte für sich, schlief auf dem Hof, fraß Küchenabfälle und erregte bei niemandem besonderes Interesse, obwohl er alle kannte und auch alle im Gefängnis als seine Herren ansah. Wenn

Die Fischersessen sprangen
auf die Pferde und sie
ritten

»Die Tscherkessen sprangen sogar auf jedes Pferd; ihre Augen glühten, und sie schnatterten in ihrer unverständlichen Sprache, wobei sie ihre weißen Zähne bleckten und mit ihren hakennasigen braunen Köpfen nickten.« S. 312

die Sträflinge von der Arbeit heimkehrten, lief er schon, sobald an der Wache »Gefreiter!« gerufen wurde, zum Tor, begrüßte freundlich jeden Trupp, wedelte mit dem Schwanz und sah jeden Hereinkommenden freudig an, als erwarte er wenigstens eine kleine Liebkosung. Doch während all der Jahre ließ sich niemand dazu herab, ich ausgenommen. Dafür liebte er mich auch mehr als alle anderen. Ich erinnere mich nicht mehr, auf welche Weise später ein anderer Hund, Belka, zu uns ins Gefängnis kam. Einen dritten jedoch, Kultjapka, habe ich selber einmal, noch als Welpen, von der Arbeit mitgebracht. Belka war ein merkwürdiges Geschöpf. Er war einmal von einem Wagen überfahren worden, und sein Rücken war nach innen gekrümmt, so daß es, wenn er rannte, von weitem manchmal so aussah, als liefen da zwei zusammengewachsene weiße Hunde. Außerdem war er triefäugig und am ganzen Leibe räudig; den kahlen, fast haarlosen Schwanz trug er ständig eingeklemmt. Vom Schicksal stiefmütterlich behandelt, hatte er sich offenbar dafür entschieden, unterwürfig zu sein. Niemals bellte oder knurrte er jemanden an, als wagte er es nicht. Er hielt sich meist, der Nahrung halber, hinter den Unterkünften auf; erblickte er aber gelegentlich einen von uns, so wälzte er sich sofort, noch mehrere Schritt entfernt, zum Zeichen der Unterwerfung auf den Rücken, was soviel hieß wie: Mach mit mir, was du willst; wie du siehst, denke ich gar nicht daran, mich zu wehren. Und jeder Sträfling, vor dem er sich herumwälzte, versetzte ihm einen Fußtritt, als halte er das unbedingt für seine Pflicht. »Da, du Aas!« sagten die Sträflinge gewöhnlich. Doch Belka wagte nicht einmal aufzujaulen; nur wenn es ihm gar zu weh tat, winselte er unterdrückt und kläglich. Genauso wälzte er sich auch vor Scharik und vor jedem anderen Hund auf den Rücken, wenn er mal in seinen Angelegenheiten das Gefängnis verlassen hatte. Kam ein großer, schlappohriger Hund unter drohendem Gebell auf ihn zugestürzt, so pflegte er sich auf den Rücken zu werfen und unterwürfig dazuliegen. Die Hunde aber lieben Unterwürfigkeit und Ergebung bei ihresgleichen. Das wütende Tier wurde sogleich still, blieb gleichsam nachdenklich über dem rücklings vor ihm liegenden unterwürfigen Hund stehen und beschnüffelte ihn langsam und mit großer Neugier. Was mochte derweil der am ganzen Leibe zitternde Belka denken? Ob er mich zerreißt, der Raufbold? schoß es ihm wahrscheinlich durch den Sinn. Aber nachdem der andere Hund ihn aufmerksam beschnüffelt und nichts besonders Interessantes an ihm entdeckt hatte, ließ er schließlich von Belka ab. Der sprang sogleich auf und schloß sich womöglich hinkend einer langen Reihe von Hunden an, die irgendeiner Shutschka, einer Hündin, hinterherliefen. Und obschon er sehr wohl wußte, daß er niemals Shutschkas nähere Bekanntschaft machen würde, war auch das schon ein Trost für ihn in seinem Unglück, wenn er in gehörigem Abstand hinterherhinken durfte. Auf seine Ehre war er offenbar überhaupt nicht mehr bedacht. Da er jegliche Zukunftschancen eingebüßt hatte, lebte er nur noch für das Fressen und war sich dessen auch völlig bewußt. Ich versuchte einmal, ihn zu streicheln; das war für ihn so neu und überraschend, daß er sich plötzlich, mit allen vier Läufen, an den Boden schmiegte, am ganzen Leibe zitterte und vor Dankbarkeit laut winselte. Aus Mitleid streichelte ich ihn nun häufiger. Dafür konnte er mir nicht mehr begegnen, ohne zu winseln. Kaum erblickte er mich von ferne, winselte er auch schon; es war ein unnatürliches, klägliches Winseln. Er endete, indem ihn andere Hunde außerhalb des Gefängnisses auf dem Wall zerrissen.

Von ganz anderer Art war Kultjapka. Weshalb ich ihn als noch blinden Welpen aus der Werkstatt ins Gefängnis mitbrachte, weiß ich nicht mehr. Es machte mir Spaß, ihn zu füttern und großzuziehen. Scharik nahm ihn sogleich unter seine Obhut und schlief mit ihm zusammen. Als Kultjapka heranwuchs, ließ Scharik es sich gefallen, von ihm in die Ohren gebissen und am Fell gezaust zu werden, und spielte mit ihm, wie erwachsene Hunde gewöhnlich mit Welpen spielen. Merkwürdig war, daß Kultjapka fast überhaupt nicht in die Höhe wuchs, sondern nur in die Länge und Breite. Sein Fell war zottig und von einem hellen Mausgrau. Das eine Ohr wuchs nach unten und das andere nach oben. Er war temperamentvoll und enthusiastisch wie jeder junge Hund, der vor Freude, seinen Herrn wiederzusehen, gewöhnlich zu winseln anfängt, ihn anbellt, an ihm hochspringt, um ihm das Gesicht zu lecken, und gleich, vor seinen Augen bereit ist, auch all seinen anderen Gefühlen freien Lauf zu lassen: Wenn nur die Freude erkennbar wird; auf die Schicklichkeit kommt's nicht an! Ich mochte sein, wo ich wollte, auf den Ruf »Kultjapka!« tauchte er plötzlich, wie aus dem Boden gestampft, aus irgendeinem Winkel auf und raste mit Freudengejaul auf mich zu, sich unterwegs überschlagend und wie eine Kugel rollend. Ich gewann dieses kleine Ungetüm schrecklich lieb. Das Schicksal schien Zufriedenheit im Leben und nichts als Freuden für ihn bereitzuhalten. Eines schönen Tages jedoch schenkte ihm der Sträfling Neustrojew, der sich mit der Anfertigung von Damenschuhen und dem Zurichten von Fellen befaßte, besondere Aufmerksamkeit. Ihm war plötzlich etwas aufgefallen. Er rief Kultjapka heran, befühlte sein Fell und wälzte ihn freundschaftlich mit dem Rücken auf der Erde umher. Kultjapka, der nichts Böses ahnte, winselte vor Wonne. Doch schon am nächsten Morgen war er verschwunden. Ich suchte lange nach ihm; er war wie vom Erdboden verschluckt. Erst vierzehn Tage später klärte sich alles auf: Kultjapkas Fell hatte Neustrojew in die Augen gestochen. Er hatte es ihm abgezogen, es gegerbt und ein Paar samtene Winterstiefeletten damit gefüttert, die die Frau des Auditors bei ihm bestellt hatte. Er zeigte mir auch die Stiefeletten, als sie fertig waren. Das Fell nahm sich wunderschön darin aus. Armer Kultjapka!

Bei uns im Gefängnis befaßten sich viele mit dem Zurichten von Fellen und brachten oft Hunde mit einem schönen Fell mit, die dann sofort verschwanden. Manche hatten sie gestohlen, aber manche auch gekauft. Ich weiß noch, wie ich einmal hinter den Küchen zwei Sträflinge beobachtete. Sie beratschlagten über etwas und ereiferten sich dabei sehr. Der eine von ihnen hielt einen prächtigen großen Hund an der Leine, der augenscheinlich von wertvoller Rasse war. Irgend so ein Taugenichts von Lakai hatte ihn seinem Herrn entführt und für dreißig Kopeken in Silber an unsere Schuhmacher verkauft. Die Sträflinge schickten sich an, ihn aufzuhängen. Dann ging alles sehr einfach: Das Fell wurde abgezogen und der Kadaver in die große tiefe Senkgrube geworfen, die sich im hintersten Winkel unseres Gefängnisses befand und im Sommer bei starker Hitze entsetzlich stank. Sie wurde nur selten ausgeräumt. Der arme Hund schien das Schicksal, das ihm bereitet werden sollte, zu begreifen. Forschend und voller Unruhe blickte er uns drei abwechselnd an und wagte nur hin und wieder, mit dem leicht eingeklemmten buschigen Schwanz zu wedeln, als wollte er uns durch dieses Zeichen seiner Zutraulichkeit erweichen. Ich entfernte mich rasch, und die beiden brachten ihr Geschäft natürlich erfolgreich zum Abschluß.

Auch Gänse legten wir uns zeitweilig zu. Wer sie aufzog und wem sie eigentlich gehörten, weiß ich nicht; aber eine Zeitlang hatten die Sträflinge viel Spaß durch sie, und sie wurden sogar stadtbekannt. Sie waren im Gefängnis ausgebrütet worden und wurden in der Küche gehalten. Als die Brut herangewachsen war, gewöhnte sie sich an, als schnatternde Schar die Sträflinge zur Arbeit zu begleiten. Sobald man die Trommel rührte und die Katorga sich zum Ausgang bewegte, liefen unsere Gänse schreiend und mit ausgebreiteten Flügeln hinterdrein, setzten eine nach der anderen über die hohe Schwelle an der Pforte und begaben sich schnurstracks an den rechten Flügel, wo sie sich aufstellten und das Ende des Appells abwarteten. Sie schlossen sich stets dem größten Trupp an und weideten während der Arbeitszeit irgendwo in der Nähe. Sowie der Trupp nach der Arbeit aufbrach, um ins Gefängnis zurückzukehren, setzten auch sie sich wieder in Bewegung. In der Festung verbreitete sich die Kunde, daß die Gänse mit den Sträflingen zur Arbeit gingen. »Seht mal, da kommen die Sträflinge mit den Gänsen!« pflegten die Straßenpassanten zu sagen. »Wie habt ihr ihnen das bloß beigebracht?« – »Da habt ihr was für die Gänse«, fügte ein anderer hinzu und gab ein Almosen. Doch ungeachtet all ihrer Anhänglichkeit wurden sie samt und sonders zum ersten Fleischessen nach den Fasten geschlachtet.

Unseren Ziegenbock Waska hingegen hätten die Sträflinge um keinen Preis geschlachtet, wäre nicht ein besonderer Umstand eingetreten. Auch hier weiß ich nicht, woher er stammte und wer ihn mitgebracht hatte; jedenfalls befand sich plötzlich ein allerliebstes weißes Ziegenböckchen im Gefängnis. Schon nach wenigen Tagen hatten es alle bei uns liebgewonnen, wurde es zum Gegenstand allgemeinen Gaudiums und sogar Trostes. Auch einen Grund fand man, weshalb es gehalten werden müsse: Da das Gefängnis einen Pferdestall habe, sei auch ein Ziegenbock notwendig. Doch nicht der Pferdestall war sein Reich, sondern anfangs die Küche und später dann das ganze Gefängnis. Es war ein höchst graziöses und übermütiges Tier, das herbeigelaufen kam, wenn man es rief, auf Tische und Bänke sprang, sich mit den Sträflingen stieß und immer lustig und guter Dinge war. Als ihm schon richtige kleine Hörner zu wachsen begannen, kam es eines Abends dem Lesginer Babai, während er mit einer Menge anderer Sträflinge auf der Vortreppe seiner Unterkunft saß, in den Sinn, sich mit ihm zu balgen. Nachdem sie schon eine ganze Weile mit den Stirnen gegeneinander geprallt waren – das war das Lieblingsvergnügen der Sträflinge mit dem Ziegenbock –, sprang Waska plötzlich auf die oberste Stufe der Vortreppe, und kaum daß sich Babai von ihm abgewandt hatte, erhob er sich auf die Hinterbeine, preßte die Vorderhufe an den Leib und versetzte Babai mit voller Wucht einen Stoß in den Rücken, daß er kopfüber die Treppe hinabflog, zum Gaudium aller Anwesenden und vor allem Babais selbst. Kurz und gut, alle hatten Waska schrecklich gern. Als er herangewachsen war, wurde nach einer gemeinsamen ernsten Beratung eine gewisse Operation bei ihm durchgeführt, auf die sich unsere Veterinäre ausgezeichnet verstanden. »Sonst würde er bald nach Bock stinken«, sagten die Sträflinge. Danach setzte Waska immer mehr Fett an. Er wurde aber auch regelrecht gemästet. Schließlich war er zu einem prächtigen großen Ziegenbock mit sehr langen Hörnern und von außergewöhnlicher Dicke herangewachsen. Wenn er ging, schwankte sein Leib hin und her. Auch er gewöhnte sich an, mit uns zur Arbeit zu gehen, zum Gaudium der Sträflinge und der Straßenpassanten. Jedermann kannte Waska, den Gefängnisziegenbock. Manchmal, wenn die Sträflinge zum Beispiel am Ufer arbeiteten, rissen sie biegsame Weidenzweige ab, sammelten noch Laub dazu, pflückten auf dem Wall Blumen und schmückten Waska damit: Die Hörner umwanden sie mit Zweigen und Blumen, und den ganzen Leib behängten sie mit Girlanden. Auf dem Heimweg pflegte Waska immer, prächtig herausgeputzt, vor den Sträflingen herzugehen, und sie folgten ihm mit einem gewissen Stolz den Passanten gegenüber. Diese Zuneigung zu dem Bock ging sogar so weit, daß einige von ihnen, wie Kinder, auf den Einfall kamen: »Wie wär's, wenn wir dem Waska die Hörner vergoldeten?« Aber es wurde nur davon geredet; verwirklicht wurde es nicht. Ich erinnere mich übrigens, daß ich Akim Akimytsch, unseren besten Goldschmied nach Issai Fomitsch, mal gefragt habe, ob man die Hörner wirklich vergolden könne. Zuerst sah er sich den Bock aufmerksam an, überlegte ernsthaft und antwortete dann, sicherlich könne man das, aber »es würde nicht lange vorhalten und wäre außerdem völlig sinnlos«. Damit war die Sache denn auch erledigt. Und so hätte Waska noch lange im Gefängnis gelebt und wäre vielleicht an Atemnot gestorben. Doch eines Tages, als er wieder einmal prächtig herausgeputzt an der Spitze der Sträflinge von der Arbeit zurückkehrte, lief er dem in der Kutsche ausfahrenden Major über den Weg. »Halt!« brüllte der. »Wem gehört der Ziegenbock?« Man erklärte es ihm. »Was? Ein Ziegenbock im Gefängnis und ohne meine Erlaubnis? Den Unteroffizier!« Der erschien, und der

Major gab Befehl, den Bock unverzüglich zu schlachten, ihm das Fell abzuziehen, es auf dem Markt zu verkaufen, den Erlös in die Anstaltskasse für die Sträflinge zu tun und das Fleisch für die Kohlsuppe zu nehmen. Im Gefängnis wurde darüber diskutiert und der Befehl bedauert, man wagte jedoch nicht, sich über ihn hinwegzusetzen. Waska wurde über unserer Senkgrube geschlachtet. Das Fleisch erwarb einer der Sträflinge im ganzen und zahlte dafür anderthalb Silberrubel an das Gefängnis. Für dieses Geld wurden Kringel gekauft; Waskas Fleisch aber verhökerte sein Käufer stückweise zum Braten an seine Kameraden weiter. Es erwies sich als ungewöhnlich schmackhaft.

Eine Zeitlang lebte bei uns im Gefängnis auch ein Adler (ein Karagusch) aus der Unterart der kleinen Steppenadler. Jemand hatte ihn verletzt und ermattet ins Gefängnis gebracht. Die ganze Katorga drängte sich um ihn. Er konnte nicht mehr fliegen; der rechte Flügel hing herab, und das eine Bein war ausgerenkt. Ich weiß noch, wie er grimmig um sich blickte und die neugierige Menge beobachtete, den Krummschnabel aufgesperrt, bereit, sein Leben teuer zu verkaufen. Als man sich an ihm satt gesehen hatte und auseinanderging, hüpfte er auf einem Bein und mit dem gesunden Flügel schlagend, ans äußerste Ende des Gefängnishofes und verkroch sich dort, dicht an die Pfähle gepreßt, in einer Ecke. Er lebte etwa ein Vierteljahr bei uns und kam die ganze Zeit kein einziges Mal aus seiner Ecke heraus. Anfangs gingen die Sträflinge oft hin, um ihn sich anzusehen, und hetzten wohl auch den Hund auf ihn. Scharik fuhr wütend auf ihn los, hatte jedoch offenbar Angst, ihm zu nahe zu kommen, was die Sträflinge sehr amüsierte. »Ein Raubtier!« sagten sie. »Das will sich nicht ergeben!« Doch bald wußte ihm Scharik beizukommen; er hatte seine Angst überwunden und verstand es, wenn er auf den Adler gehetzt wurde, ihn geschickt am versehrten Flügel zu packen. Der Adler verteidigte sich nach Kräften mit Schnabel und Krallen und blickte die Neugierigen, die ihn sich ansehen gekommen waren, aus seiner Ecke heraus stolz und wild, wie ein verwundeter König, an. Schließlich wurde es allen langweilig; sie kümmerten sich nicht mehr um ihn und vergaßen ihn, und doch konnte man jeden Tag frische Fleischstückchen und ein Schälchen mit Wasser vor ihm stehen sehen. Es sorgte also doch jemand für ihn. Anfangs wollte er auch nichts fressen und hungerte tagelang; schließlich nahm er dann doch Nahrung an, aber niemals aus der Hand oder in Gegenwart von Menschen. Es gelang mir mehrmals, ihn aus der Ferne zu beobachten. Wenn er niemand sah und allein zu sein glaubte, entschloß er sich manchmal, ein kleines Stück aus seiner Ecke hervorzukommen, und hinkte an den Pfählen entlang, rund ein Dutzend Schritt von seinem Platz weg; dann kehrte er dorthin zurück; hierauf unternahm er erneut einen Ausflug, als wollte er sich Bewegung verschaffen. Wenn er mich erblickte, hinkte und hüpfte er eilig an seinen Platz zurück und machte sich zum Kampf bereit; legte den Kopf in den Nacken, sperrte den Schnabel auf und sträubte das Gefieder. Durch keinerlei Freundlichkeiten vermochte ich ihn zu beruhigen; er hackte zu und schlug mit dem Flügel, nahm kein Fleisch von mir und schaute mir die ganze Zeit, in der ich vor ihm stand, mit seinem bösen, durchdringenden Blick unverwandt in die Augen. Einsam und grimmig erwartete er den Tod, keinem trauend und sich mit niemand anfreundend. Endlich erinnerten sich die Sträflinge wieder an ihn, und obwohl sich zwei Monate lang keiner um ihn gekümmert, niemand ihn auch nur erwähnt hatte, schien bei allen auf einmal Mitleid mit ihm erwacht zu sein. Sie meinten, man müsse den Adler hinausbringen.

»Mag er krepieren, aber nicht im Gefängnis«, sagten die einen.

»Klar, er ist ja ein freier Vogel, ein grimmiger, den kannst du nicht ans Gefängnis gewöhnen«, pflichteten ihnen andere bei.

»Er ist wahrscheinlich anders als wir«, fügte jemand hinzu.

»So ein Blödsinn! Er ist ja auch ein Vogel, und wir sind Menschen.«

»Der Adler, Freunde, ist der König der Wälder ...«, begann Skuratow, aber diesmal hörte ihm keiner zu.

Einmal, nach dem Mittagessen, als die Trommel wieder zur Arbeit rief, nahmen sie den Adler, hielten ihm mit der Hand den Schnabel zu, weil er sich wütend wehrte, und trugen ihn aus dem Gefängnis, bis auf den Wall. Das Dutzend Männer, das zu diesem Trupp gehörte, war neugierig, zu sehen, wohin der Adler sich wenden würde. Merkwürdig: Sie alle waren irgendwie befriedigt, als sollten sie selber die Freiheit erhalten.

»Nun sieh einer das Hundeaas an! Da tut man ihm Gutes, und er hackt immerzu um sich!« sagte der, der ihn hielt, und blickte den wütenden Vogel fast liebevoll an.

»Laß ihn los. Mikitka!«

»Das Eingesperrtsein ist ganz bestimmt nichts für ihn. Gib ihm die Freiheit, die volle, teure Freiheit.«

Sie warfen den Adler vom Wall in die Steppe hinunter. Es war im Spätherbst, an einem kalten und trüben Tag. Der Wind pfiff über die kahle Steppe und raschelte in den vergilbten und verdorrten Steppengrasbüscheln. Mit dem versehrten Flügel schlagend und gleichsam bemüht, schnell von uns wegzukommen, eilte der Adler geradewegs davon, wohin ihn die Beine trugen. Die Sträflinge beobachteten neugierig, wie sein Kopf durchs Gras huschte.

»Sieh einer den an!« sagte jemand nachdenklich.

»Nicht mal umsehen tut er sich!« fügte ein anderer hinzu. »Kein einziges Mal hat er sich umgesehen, Jungs. Er rennt nur und rennt.«

»Hast du vielleicht gedacht, er kommt noch mal zurück, um sich zu bedanken?« bemerkte ein dritter.

»Klar, das macht die Freiheit. Er hat die Freiheit gewittert.«

»Die Freiheit, das ist's.«

»Jetzt ist er nicht mehr zu sehen, Jungs ...«

»Was steht ihr noch da? Marsch!« schrien die Begleitsoldaten, und schweigend trotteten sie alle zur Arbeit.

7 *Die Beschwerde*

Zu Beginn dieses Kapitels hält es der Herausgeber der Aufzeichnungen des verstorbenen Alexander Petrowitsch Gorjantschikow für seine Pflicht, den Lesern folgende Mitteilung zu machen.

Im ersten Kapitel der »Aufzeichnungen aus einem Totenhaus« ist einiges über einen Vatermörder aus dem Adelsstand gesagt worden. Unter anderem wird er dort als ein Beispiel dafür hingestellt, mit welcher Gefühllosigkeit die Sträflinge manchmal über die von ihnen begangenen Verbrechen reden. Ferner heißt es dort, der Mörder habe zwar vor Gericht seine Untat nicht eingestanden, aber auf Grund der Berichte von Menschen, die alle Einzelheiten seiner Lebensgeschichte kannten, hätten die Tatsachen so klar auf der Hand gelegen, daß man zwangsläufig an ein Verbrechen seinerseits habe glauben müssen. Diese Menschen hatten dem Verfasser der »Aufzeichnungen« erzählt, der Verbrecher habe ein ausschweifendes Leben geführt, sich in Schulden gestürzt und seinen Vater, auf die Erbschaft erpicht, umgebracht. Übrigens erzählte die ganze Stadt, in der dieser Vatermörder vorher gedient hatte, diese Geschichte auf die gleiche Art. Über letzteres besitzt der Herausgeber der »Aufzeichnungen« ziemlich verläßliche Kunde. Schließlich heißt es noch in den »Aufzeichnungen«, in der Katorga habe sich der Mörder stets in der vorzüglichsten, heitersten Gemütsverfassung befunden; er sei ein in höchstem Grade verdrehter, leichtsinniger und unvernünftiger Mensch gewesen, obschon keineswegs ein Dummkopf, und er, der Verfasser der »Aufzeichnungen«, habe niemals eine Neigung zu besonderer Grausamkeit an ihm bemerkt. Und dann sind noch die Worte hinzugefügt: »Ich glaubte nicht an dieses Verbrechen.«

Unlängst nun erhielt der Herausgeber der »Aufzeichnungen aus einem Totenhaus« aus Sibirien die Nachricht, der vermeintliche Verbrecher sei tatsächlich unschuldig und habe zehn Jahre lang umsonst in der Katorga gelitten; seine Schuldlosigkeit sei ganz offiziell von einem Gericht festgestellt worden. Man habe die wirklichen Täter entdeckt, und sie hätten gestanden, und der Unglückliche sei bereits aus der Katorga entlassen. Der Herausgeber hegt nicht den geringsten Zweifel an der Glaubwürdigkeit dieser Nachricht.

Dem ist weiter nichts hinzuzufügen. Es erübrigt sich, viele Worte über die tiefe Tragik dieses Falles, über das bereits in jungen Jahren durch diese ungeheuerliche Beschuldigung ruinierte Leben zu verlieren. Die Tatsachen sind mehr als klar, sprechen von sich aus eine beredte Sprache.

Wir glauben auch, wenn so etwas geschehen konnte, trägt allein schon diese Möglichkeit ein weiteres Mal und recht eindrucksvoll zur Charakterisierung und Vervollständigung des Bildes vom Totenhaus bei.

Doch fahren wir fort.

Wie ich bereits an anderer Stelle gesagt habe, fand ich mich schließlich mit meiner Lage in der Katorga ab. Doch dieses »schließlich« bahnte sich nur sehr mühsam und qualvoll an, nur allmählich. Genaugenommen brauchte ich fast ein Jahr dazu, und das war das schwerste Jahr meines Lebens. Deshalb hat es sich auch so als Ganzes meinem Gedächtnis eingeprägt. Ich glaube, ich kann mich der Reihe nach jeder einzelnen Stunde dieses Jahres erinnern. Wie ich ferner gesagt habe, konnten sich auch andere Sträflinge nicht an dieses Leben *gewöhnen*. Ich entsinne mich, daß ich während dieses ersten Jahres oft im stillen dachte: Wie mag es um sie stehen? Haben sie sich wirklich eingewöhnen können? Sind sie wirklich innerlich ruhig? Diese Fragen haben mich sehr beschäftigt. Wie ich bereits erwähnt habe, lebten alle Sträflinge im Gefängnis, nicht als wären sie dort zu Hause, sondern wie in einer Herberge, wie auf dem Marsch, wie in einem Etappengewahrsam. Selbst lebenslänglich Verschickte waren voller Unrast oder Melancholie, und jeder von ihnen träumte insgeheim ganz gewiß von etwas schier Unmöglichem. Diese ewige Unruhe, die, wenn auch ohne Worte, so doch deutlich sichtbar zum Ausdruck kam, und die merkwürdige Heftigkeit und Ungeduld, womit die Sträflinge manchmal unwillkürlich ihre Hoffnungen aussprachen, die oft dermaßen unbegründet waren, daß sie Fieberphantasien glichen, und, was das erstaunlichste war, nicht selten in den anscheinend praktischsten Köpfen herumspukten, all das verlieh diesem Ort einen ungewöhnlichen Aspekt und Charakter, und zwar in einem Maße, daß eben diese Eigenheiten vielleicht auch seine bezeichnendste Eigenschaft ausmachten. Man spürte gewissermaßen, fast auf den ersten Blick, daß es so etwas außerhalb des Gefängnisses nicht gab. Hier waren alle Träumer, das fiel einem sofort auf. Man empfand es als schmerzlich, weil dieses Träumen den meisten im Gefängnis ein finsteres und mürrisches, ein irgendwie kränkliches Aussehen verlieh. Die überwiegende Mehrheit war schweigsam und böse bis zum Haß und liebte es nicht, ihre Hoffnungen zur Schau zu stellen. Arglosigkeit und Offenherzigkeit wurden verachtet. Je verstiegener die Hoffnungen waren und je mehr der Träumer selbst diese Verstiegenheit empfand, um so hartnäckiger und verschämter verbarg er sie in seinem Innern, doch ihnen zu entsagen vermochte er nicht. Wer weiß, vielleicht schämte sich so mancher ihrer vor sich selbst. Der russische Charakter beinhaltet ja so viel Objektivität und Nüchternheit der Ansichten, so viel Ironie vor allem sich selbst gegenüber. Vielleicht rührte von dieser dauernden heimlichen Unzufriedenheit mit sich selbst auch die große Unduldsamkeit dieser Menschen in ihren Alltagsbeziehungen, ihre Unversöhnlichkeit und das häufige gegenseitige Verspotten her. Wenn zum Beispiel einer von ihnen, der etwas naiver und ungeduldiger war, plötzlich aufsprang, das laut aussprach, was alle im stillen dachten, und sich in Träumereien und Hoffnungen erging, fuhr man ihm sofort brüsk in die Parade, hieß ihn schweigen und machte sich über ihn lustig; aber ich hatte den Eindruck, daß die eifrigsten seiner Kritiker gerade jene waren, die in ihren Träumen und Hoffnungen vielleicht noch weiter gingen als er. Die Naiven und Einfältigen, das habe ich bereits gesagt, wurden bei uns durchweg von allen als die elendsten Dummköpfe angesehen und verächtlich behandelt. Jeder war dermaßen mürrisch und egoistisch, daß er für einen guten und selbstlosen Menschen nur Verachtung übrig hatte. Abgesehen von diesen naiven und einfältigen Schwätzern teilten sich alle anderen, das heißt die Schweigsamen, streng in Gute und Böse, Mürrische und Heitere. Die Mürrischen und Bösen waren weit in der Überzahl; wenn es unter ihnen auch einige gab, die von Natur aus Schwätzer waren, handelte es sich dabei doch samt und sonders um unruhige Klatschmäuler und gehässige Neidhammel. In alle fremden Angelegenheiten steckten sie ihre Nase, in die eigene Seele, in die eigenen geheimen Angelegenheiten aber gewährten sie niemandem Einblick. Das war nicht Mode, nicht üblich. Die Guten, ein ganz kleines Häuflein nur, waren still, verbargen ihre Sehnsüchte stumm in ihrer Brust und neigten natürlich noch mehr als die Mißmutigen dazu, sich Hoffnungen zu machen und an sie zu glauben. Übrigens hatte ich den Eindruck, daß es im Gefängnis noch eine Kategorie gab: die der völlig Verzweifelten. Dazu gehörte zum Beispiel der Alte aus dem Starodubje. Auf jeden Fall gab es nur sehr wenige davon. Äußerlich war der Alte ruhig (ich habe ja bereits von ihm berichtet), aber aus gewissen Anzeichen folgere ich, daß sein seelischer Zustand schrecklich war. Allerdings verfügte er über einen rettenden Ausweg; das Gebet und die Idee des Märtyrertums. Der von mir bereits erwähnte verrückt gewordene, ständig in der Bibel lesende Sträfling, der sich mit einem Ziegelstein auf den Major stürzte, gehörte wahrscheinlich ebenfalls zu den Verzweifelten, zu denen, die die letzte Hoffnung verloren hatten; aber da man ganz ohne Hoffnung nicht leben kann, fand er für sich einen Ausweg in freiwilligem, beinahe unnatürlichem Märtyrertum. Er erklärte, er habe sich ohne jeden Groll auf den Major gestürzt, einzig und allein in dem Wunsch, Leiden auf sich zu nehmen. Wer weiß, was für ein psychischer Prozeß sich damals in seiner Seele abspielte! Ohne ein Ziel und ohne ein Streben danach vermag kein Mensch zu leben. Hat er sein Ziel und seine Hoffnung verloren, so verwandelt er sich vor Gram nicht selten in ein Ungeheuer. Unser aller Ziel war die Freiheit und die Entlassung aus der Katorga.

Da bemühe ich mich nun, unser ganzes Gefängnis in Kategorien einzuteilen; aber ist das überhaupt möglich? Die Wirklichkeit ist unendlich mannigfaltig im Vergleich zu allen, selbst den ausgeklügeltsten Ergebnissen abstrakten Denkens und verträgt keine scharfen und groben Unterscheidungen. Sie strebt nach Detailliertheit. Auch bei uns gab es ein besonderes, ein eigenes Leben, wie es auch immer war, aber es gab es, und nicht nur ein offizielles, sondern auch ein inneres, ganz persönliches Leben.

Doch wie ich zum Teil bereits erwähnt habe, mochte, ja konnte ich zu Beginn meiner Katorga nicht einmal die innere Tiefe dieses Lebens erfassen, und deshalb verursachten mir damals all seine äußeren Erscheinungen auch unaussprechliche Qual und Pein. Manchmal haßte ich meine Leidensgenossen geradezu. Ich beneidete sie und klagte das Schicksal an. Ich beneidete sie, weil sie trotz allem unter ihresgleichen, unter Kameraden waren und einander verstanden, obschon in Wirklichkeit ihnen allen diese Kameradschaft unter Peitsche und Stock, diese erzwungene Gemeinschaft ebenso verhaßt und zuwider war wie mir, und ein jeder sich bemühte, über alle anderen hinwegzusehen. Ich wiederhole noch einmal: Dieser Neid, der mich in Augenblicken der Erbitterung befiel, hatte seinen guten Grund. Tatsächlich haben jene absolut nicht recht, die behaupten, der Adlige, der Gebildete und so weiter habe es in unseren Katorgas und Gefängnissen genauso schwer wie der einfache Mann aus dem Volk. Ich kenne diese Hypothese, und ich habe in der letzten Zeit viel darüber gehört und gelesen. Die Grundlage dieser Idee ist richtig und human. Wir alle sind Menschen. Aber diese Idee ist zu abstrakt. Sehr viele praktische Umstände sind dabei außer acht gelassen worden, die man nirgend anders als in der rauhen Wirklichkeit begreifen kann. Ich behaupte das nicht, weil der Adlige und der Gebildete angeblich feiner und schmerzlicher empfinden, weil sie kultivierter sind. Es fällt schwer, für die Seele und ihre Entwicklung ein Niveau anzugeben. Selbst die Bildung ist in diesem Falle kein Maßstab. Ich bin als erster bereit, zu bezeugen, daß ich auch in der ungebildetsten und bedrückendsten Umgebung unter diesen Duldern Züge feinster seelischer Entwicklung angetroffen habe. Im Gefängnis kam es vor, daß man jemand schon jahrelang kannte und von ihm glaubte, er sei kein Mensch, sondern eine Bestie, und ihn verachtete. Aber plötzlich kam ein Augenblick, in dem sich seine Seele in einer unwillkürlichen Regung offenbarte und man in ihr so viel Reichtum, Gefühl und Herz, ein so auffallendes

Verständnis für eigenes und fremdes Leid entdeckte, daß einem gleichsam die Augen aufgingen und man im ersten Moment nicht glauben wollte, was man doch selber hörte und sah. Doch auch das Gegenteil kam vor: Bildung war zuweilen mit solcher Barbarei und solchem Zynismus gepaart, daß es einen ekelte, und man mochte auch noch so gutmütig oder voreingenommen sein, man fand dafür in seinem Herzen weder eine Entschuldigung noch eine Rechtfertigung.

Ich will auch nicht von der Veränderung der Gewohnheiten, der Lebensweise, der Kost und dergleichen mehr reden, die für jemand aus der Oberschicht der Gesellschaft natürlich schwerer zu ertragen ist als für den einfachen Mann aus dem Volk, der in der Freiheit nicht selten gehungert hat und sich nun in der Gefangenschaft zumindest satt essen kann. Auch darüber will ich nicht streiten. Nehmen wir an, für jemand mit einigermaßen starkem Willen sei das alles ein Schmarren im Vergleich zu anderen Unannehmlichkeiten, wiewohl im Grunde genommen die Veränderung der Gewohnheiten durchaus keine Kleinigkeit ist und keineswegs an letzter Stelle steht. Es gibt jedoch Unannehmlichkeiten, denen gegenüber all dies dermaßen verblaßt, daß man weder dem Schmutz ringsum noch der Enge, noch der mageren, unappetitlichen Kost Beachtung schenkt. Selbst der verwöhnteste, verzärteltste Mensch wird, nachdem er den ganzen Tag im Schweiße seines Angesichts gearbeitet hat, so gearbeitet hat wie nie zuvor in der Freiheit, auch Schwarzbrot und Kohlsuppe mit Schaben darin essen. Daran kann man sich noch gewöhnen, wie es auch in einem humorvollen Sträflingslied von einem früheren Zärtling heißt, der in die Katorga gekommen ist:

> Nur Kohl mit Wasser krieg ich hier,
> und trotzdem eß ich's voller Gier.

Nein, viel wichtiger als all das ist, daß an sich jeder Neuankömmling im Gefängnis schon nach zwei Stunden genauso einer geworden ist wie alle anderen, *sich zu Hause fühlt* und als Mitglied der Sträflingsgemeinschaft die gleichen Rechte genießt wie jeder andere. Er wird von allen verstanden und versteht selber jeden, alle kennen ihn und halten ihn für ihresgleichen. Etwas anderes ist es jedoch mit einem *Vornehmen*, einem Adligen. Er kann noch so gerecht, gut und gescheit sein – alle, die große Masse, werden ihn jahrelang hassen und verachten; sie verstehen ihn nicht und vor allem, sie trauen ihm nicht. Er ist nicht ihr Freund und nicht ihr Kamerad, und wenn er auch schließlich nach Jahren erreicht, daß sie ihn nicht mehr kränken, wird er doch nie einer der ihren und ist sich stets qualvoll seines Fremdseins, seiner Einsamkeit bewußt. Dieses Abstandhalten seitens der Sträflinge geschieht oft ganz ohne böse Absicht, einfach so, unbewußt. Er ist eben keiner von ihnen, und damit basta. Es gibt nichts Schrecklicheres, als in einer Umgebung zu leben, die einem fremd ist. Ein Bauer, der aus Taganrog in die Hafenstadt Petropawlowsk verschickt wird, findet dort sofort genauso einen russischen Bauern, ist gleich ein Herz und eine Seele mit ihm, und zwei Stunden später wohnen sie vielleicht schon höchst einträchtig zusammen in einer Hütte oder einem Zelt. Anders ist es mit den Adligen. Sie sind vom einfachen Volk durch eine abgrundtiefe Kluft getrennt, und das wird erst dann ganz spürbar, wenn so ein Adliger auf einmal durch die Gewalt äußerer Umstände wirklich und wahrhaftig seiner bisherigen Vorrechte beraubt und zum einfachen Mann gemacht wird. Da können Sie Ihr Leben lang mit dem Volk auf vertraulichem Fuß gestanden, können vierzig Jahre hintereinander Tag für Tag mit ihm verkehrt haben, dienstlich zum Beispiel, in den konventionell-administrativen Formen oder einfach leutselig, als Wohltäter und gewissermaßen als Vater, Sie werden niemals die ganze Wirklichkeit erkennen. Alles ist nur optische Täuschung, nichts weiter. Ich weiß, daß alle, absolut alle, die meine Bemerkung lesen, sagen werden, ich übertreibe. Aber ich bin überzeugt, daß sie stimmt. Nicht aus Büchern stammt meine Überzeugung, nicht auf Spekulation beruht sie, ich habe sie in der Wirklichkeit gewonnen, und ich hatte reichlich Zeit, sie auf ihre Richtigkeit hin zu prüfen. Vielleicht werden später einmal alle erkennen, wie recht ich habe.

Als sei es Absicht, bestätigten die Ereignisse vom ersten Augenblick an meine Beobachtungen und wirkten sich schmerzlich auf mich und meine Nerven aus. Während dieses ersten Sommers wanderte ich beinahe mutterseelenallein im Gefängnis umher. Wie bereits gesagt, befand ich mich in einer derartigen seelischen Verfassung, daß ich nicht einmal diejenigen Sträflinge richtig einzuschätzen und herauszufinden wußte, die eine gewisse Zuneigung zu mir hätten fassen können und sie später auch faßten, wenn sie auch nie auf gleichem Fuße mit mir verkehrten. Gewiß, auch ich hatte Kameraden, unter den Adligen, aber diese Ka-

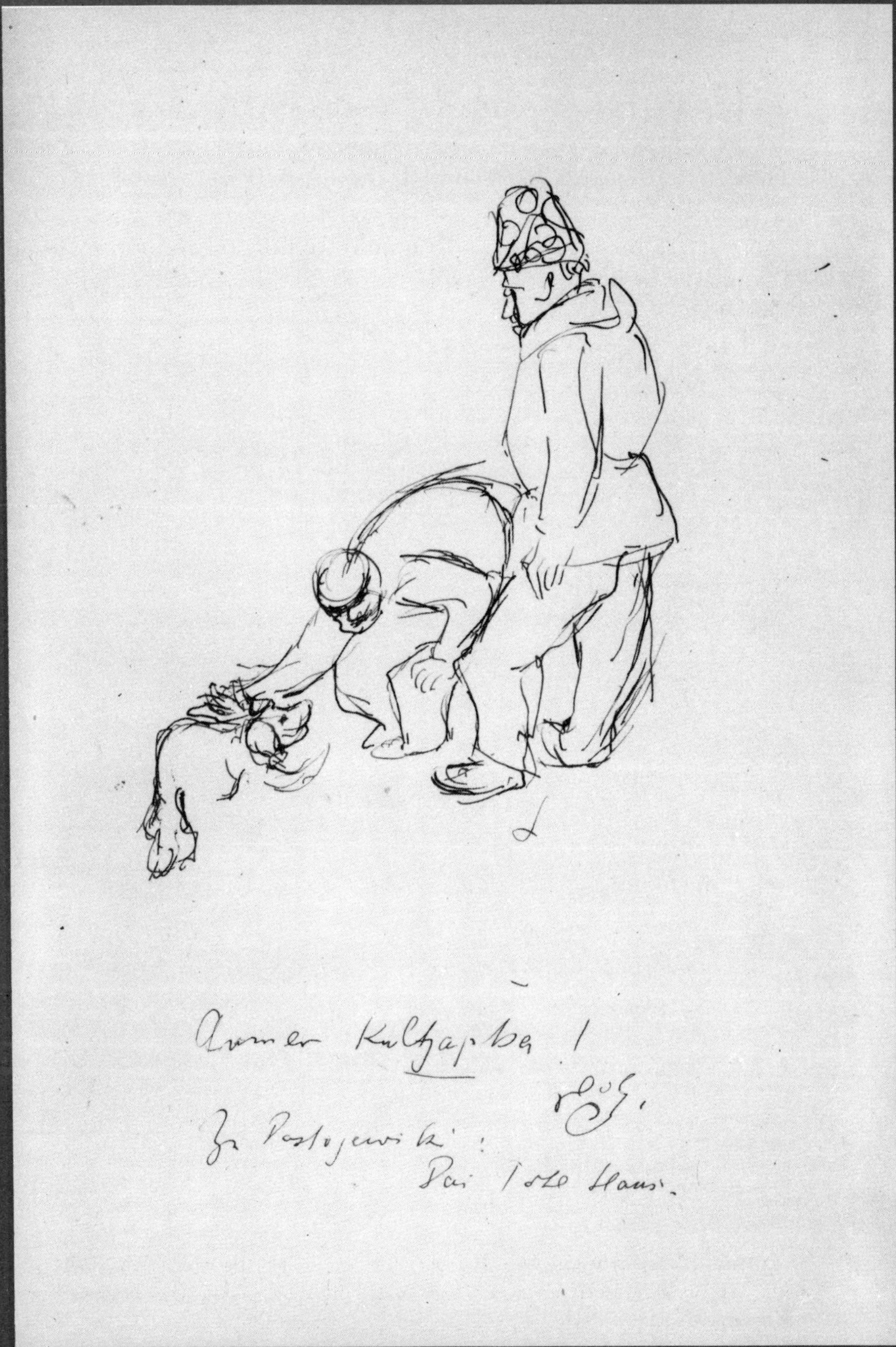
Zu Dostojewski:
Das tote Haus.

»Er rief Kultjapka heran, befühlte sein Fell und wälzte ihn freundschaftlich mit dem Rücken auf der Erde umher. Kultjapka, der nichts Böses ahnte, winselte vor Wonne.« S. 321

meradschaft konnte nicht die schwere Last von meiner Seele nehmen. Ich glaube, am liebsten hätte ich vor alldem die Augen verschlossen, doch ich konnte ihm nicht entfliehen. Als Beispiel möchte ich hier einen jener Fälle anführen, die mich von Anfang an recht deutlich meine Vereinsamung und das Besondere meiner Lage im Gefängnis erkennen ließen. In ebendiesem Sommer, es war bereits August, an einem klaren, heißen Werktag zwischen zwölf und eins, wo sich für gewöhnlich alle vor der Nachmittagsarbeit ausruhten, erhob sich überraschend die gesamte Katorga wie ein Mann und stellte sich auf dem Gefängnishof auf. Bis zu diesem Augenblick hatte ich von nichts gewußt. Während dieser Zeit war ich zuweilen dermaßen in mich gekehrt, daß ich fast nichts von dem bemerkte, was um mich herum vorging. Dabei befand sich die Katorga bereits seit Tagen in dumpfer Erregung. Aber vielleicht hatte diese Erregung auch schon viel früher begonnen, wie ich mir hinterher überlegte, als ich mich unwillkürlich an manche Reden der Sträflinge erinnerte und außerdem an ihre gesteigerte Streitsucht und Verdrossenheit, besonders jedoch an die Erbitterung, die ihnen in der letzten Zeit anzumerken gewesen war. Ich hatte das der schweren Arbeit, den langweiligen langen Sommertagen, dem unwillkürlichen Träumen von Wald und Freiheit und den kurzen Nächten zugeschrieben, in denen man sich nicht ordentlich ausschlafen konnte. Vielleicht kam das jetzt alles zusammen, gipfelte in diesem einen Ausbruch, doch Anlaß dazu war die Verpflegung. Schon seit Tagen hatten sie sich laut beklagt, hatten in den Unterkünften und vor allem beim Mittag- und Abendessen in der Küche gemurrt, waren mit ihren »Küchenfeen« unzufrieden gewesen und hatten sogar versucht, einen davon durch einen anderen zu ersetzen, dann aber sogleich den neuen Koch wieder zum Teufel gejagt und den alten zurückgeholt. Kurz und gut, alle befanden sich in einer gewissen Erregung.

»Wir müssen schwer schuften, und dabei füttern sie uns mit Gekröse«, knurrte einer in der Küche.

»Wenn's dir nicht paßt, bestell dir doch Mandelpudding«, meinte ein anderer.

»Kohlsuppe mit Gekröse, Jungs, eß ich sehr gern«, sagte ein dritter. »Das schmeckt doch gut.«

»Aber wenn sie dich die ganze Zeit immer bloß mit Gekröse füttern, schmeckt's dir dann auch noch?«

»Na, und jetzt ist doch Fleischzeit«, meinte ein vierter. »Wir in der Ziegelei rackern und rackern; da hat man nach dem Pensum richtigen Kohldampf. Aber Gekröse, was ist das schon für ein Fraß!«

»Und gibt's nicht Gekröse, dann gibt's Verschling.«

»Wenn sie wenigstens noch richtiges Verschling nehmen würden! Gekröse und Verschling, das ist doch ein und dasselbe. Was ist das schon für ein Fraß! Hab ich recht oder nicht?«

»Ja, die Verpflegung ist schlecht.«

»Der füllt sich bestimmt ganz schön die Taschen.«

»Das ist nicht deine Sache.«

»Wem seine denn? Der Bauch ist schließlich meiner. Wir müßten allesamt eine Beschwerde loslassen – das wäre unsere Sache!«

»Eine Beschwerde?«

»Ja.«

»Hast wohl für so 'ne Beschwerde noch nicht genug Prügel gekriegt, du Klotz!«

»Das ist wahr«, brummte ein anderer, der bisher geschwiegen hatte. »Eile mit Weile. Was willst du denn bei der Beschwerde sagen, das verrat uns erst mal, du Schlauberger?«

»Nun, ich werd schon reden. Wenn alle mitgehen, mach ich auch mit allen zusammen den Mund auf. Alle Armen, mein ich. Bei uns gibt's ja solche, die ihr eignes Essen haben, und solche, die mit der Anstaltskost vorliebnehmen müssen.«

»Sieh einer an, du luchsäugiger Neidhammel! Bist auf fremdes Gut erpicht.«

»Hör auf zu schnappen nach fremden Happen. Erheb dich früh und gib dir selber Müh!«

»Gib dir selber Müh! Darüber feilsch ich mit dir, bis ich alt und grau bin. Gehörst also zu den Reichen, wenn du mit gefalteten Händen dahocken willst?«

»Reich, du Ratz, sind Hund und Katz.«

»Wirklich, Jungs, warum dahocken! Also Schluß mit ihren Launen. Das Fell ziehen sie uns über die Ohren. Warum nicht hingehen?«

»Warum nicht? Dir muß man wohl alles vorkauen und in den Mund stopfen, schluckst es nur, wenn's vorgekaut ist, von wegen Katorga – darum nicht.«

»Was kommt dabei raus: Zankt sich das Volk, bei Gott – feist wird der Wojewod.«

»Genau! Der Achtäugige ist dick und fett geworden. Ein Paar Grauschimmel hat er sich gekauft.«

»Na, und saufen tut er auch ganz gern.«

»Neulich hat er sich mit dem Veterinär über den Karten in die Wolle gekriegt.«

»Die ganze Nacht durch haben sie gespielt. Zwei Stunden lang hat der unsrige die Fäuste zu spüren gekriegt. Fedka hat's erzählt.«

»Drum auch Kohlsuppe mit Verschling.«

»Ach, ihr Dummköpfe! Wir in unserer Lage richten doch da nichts aus.«

»Alle müssen wir raus, dann werden wir ja hören, was er zu seiner Rechtfertigung vorbringt. Darauf müssen wir bestehen.«

»Rechtfertigung! Eins in die Visage gibt er dir, und weg ist er.«

»Und vors Gericht kommst du auch noch.«

Kurzum, alle waren erregt. Zu dieser Zeit war unser Essen tatsächlich schlecht. Und so kam eins zum anderen. In der Hauptsache aber waren es der allgemeine Mißmut, die ewigen verborgenen Qualen. Die Katorga-Sträflinge sind zwar von Natur aus streitsüchtig und rebellisch, aber daß sie sich alle gemeinsam oder doch in großer Menge empören, kommt selten vor. Das liegt an ihrer Uneinigkeit. Jeder von ihnen spürte das; und darum wurde bei uns auch mehr geschimpft als gehandelt. Diesmal jedoch blieb die Erregung nicht ohne Folgen. Es bildeten sich Grüppchen, in den Unterkünften wurde diskutiert und geschimpft, und man rief sich voller Erbitterung die ganze Verwaltung unseres Majors ins Gedächtnis, enthüllte sein wahres Gesicht. Einige regten sich ganz besonders auf. Bei derartigen Gelegenheiten finden sich stets Anstifter und Wortführer. Die Wortführer sind in solchen Fällen, das heißt bei Beschwerden, im allgemeinen recht bemerkenswerte Menschen, nicht nur im Gefängnis, sondern auch in den Artels, Truppenteilen und dergleichen mehr. Es handelt sich um einen besonderen Typ, der überall gleich ist. Es sind leidenschaftliche Menschen, die nach Gerechtigkeit dürsten und höchst naiv und ehrlich davon überzeugt sind, daß sie unbedingt, um jeden Preis und vor allem sofort zu erlangen sei. Diese Leute sind nicht dümmer als andere, es gibt sogar recht kluge unter ihnen, aber sie sind zu hitzig, um schlau und berechnend vorzugehen. Finden sich in solchen Fällen manchmal auch Menschen, die es verstehen, die Masse geschickt zu lenken und der Sache zum Erfolg zu verhelfen, so sind sie schon ein anderer Typ von Volkstribunen und echten Anführern, ein Typ, den es bei uns überaus selten gibt. Die hingegen, von denen ich jetzt spreche, die Anstifter und Wortführer bei Beschwerden, verderben fast immer alles und bevölkern dafür dann die Gefängnisse und Katorgas. Durch ihre Hitzigkeit schaden sie der Sache, aber sie ist es auch, die ihnen Einfluß auf die Masse verschafft. Ihnen folgt man schließlich bereitwillig. Ihr Eifer und ihre ehrliche Empörung wirken auf alle, und am Ende schließen sich ihnen sogar die Unentschlossensten an. Ihr blinder Glaube an einen Erfolg verleitet selbst die eingefleischtesten Skeptiker, obwohl dieser Glaube manchmal auf so unsicheren, so naiven Grundlagen beruht, daß man sich wundert, wieso sie ihnen gefolgt sind. Das Wesentliche aber ist, daß sie stets vorangehen und sich vor nichts fürchten. Wie die Stiere stürmen sie mit gesenkten Hörnern geradewegs los, oft ohne alle Sachkenntnis, ohne jede Vorsicht, ohne jenen praktischen Jesuitismus, mit dem selbst der gemeinste und schlechteste Mensch eine Sache nicht selten erfolgreich durchführt, sein Ziel erreicht und mit heiler Haut davonkommt. Sie aber brechen sich dabei unweigerlich die Hörner ab. Im gewöhnlichen Leben sind diese Menschen giftig, mürrisch, reizbar und unduldsam. Meistens sind sie recht beschränkt, was allerdings zum Teil auch ihre Stärke ausmacht. Das mißlichste an ihnen ist jedoch, daß sie häufig Umwege machen, statt gerade auf ihr Ziel loszugehen, und sich statt mit der Hauptsache mit Nichtigkeiten beschäftigen. Und das wird ihnen zum Verhängnis. Aber die Massen verstehen sie; das ist ihre Stärke ... Ich muß indessen noch ein paar Worte darüber sagen, was solch eine *Beschwerde* bedeutet ...

In unserem Gefängnis gab es etliche, die wegen einer Beschwerde eingeliefert worden waren. Sie waren es auch, die sich jetzt am meisten aufregten, vor allem ein gewisser Martynow, der vorher bei den Husaren gedient hatte, ein hitziger, unruhiger und argwöhnischer, aber ehrlicher und wahrheitsliebender Mensch. Ganz anders war Wassili Antonow, ein Mann von sozusagen kaltblütiger Reizbarkeit, mit dreistem Blick, einem hochmütigen, sarkastischen Lächeln und ungewöhnlicher Bildung, indes auch er ehrlich und wahrheitsliebend. Doch alle lassen sich hier nicht aufzählen; es waren zu viele. Übrigens flitzte auch Petrow hin und her, hörte bei allen Grüppchen zu, sagte selber aber wenig, war jedoch sichtlich aufgeregt und eilte als erster aus der Unterkunft, als sich die Sträflinge auf dem Hof aufstellten.

Unser Gefängnisunteroffizier, der bei uns den Dienst eines

Feldwebels versah, kam sofort erschrocken heraus. Nachdem die Männer angetreten waren, baten sie ihn höflich, dem Major zu melden, die Katorga wünsche mit ihm zu sprechen und ihm persönlich bezüglich einiger Punkte Bitten vorzutragen. Nach dem Unteroffizier kamen auch alle Invaliden heraus und traten auf der anderen Seite, den Sträflingen gegenüber, an. Der dem Unteroffizier erteilte Auftrag war ungewöhnlich und versetzte ihn in Angst und Schrecken. Aber die Meldung an den Major zu unterlassen oder aufzuschieben, wagte er nicht. Denn erstens konnte, wenn sich die Katorga schon einmal erhoben hatte, leicht Schlimmeres daraus entstehen. Alle unsere Vorgesetzten hegten hinsichtlich der Katorga-Sträflinge die übertriebensten Befürchtungen. Und zweitens hatte der Unteroffizier, selbst wenn nichts weiter passierte, sondern alle sich sogleich eines Besseren besannen und wieder auseinander gingen, seinen Vorgesetzten von allem Vorgefallenen unverzüglich Meldung zu machen. Bleich und zitternd vor Angst, begab er sich eilends zum Major, ohne auch nur versucht zu haben, selber die Sträflinge zu befragen und zu ermahnen. Hatte er doch gemerkt, daß sie jetzt ohnehin nicht mit ihm reden würden.

Völlig ahnungslos ging auch ich hinaus antreten. Alle Einzelheiten des Vorfalls erfuhr ich erst hinterher. Jetzt dachte ich nur, es handele sich um einen Appell; als ich dann aber keine Wachen sah, die ihn hätten durchführen können, wunderte ich mich und blickte mich um. Die Gesichter sahen erregt und gereizt aus. Manche waren sogar bleich. Durchweg alle Sträflinge waren besorgt und schweigsam in Erwartung des Augenblicks, da es vor dem Major zu reden galt. Mir fiel auf, daß mich viele höchst erstaunt ansahen, sich dann jedoch stumm abwandten. Sie schienen es eigenartig zu finden, daß ich mit ihnen antrat. Offenbar glaubten sie nicht, daß auch ich mich beschweren wollte. Doch schon bald wandten sich die meisten um mich herum mir wieder zu. Alle sahen sie mich fragend an.

»Warum bist du hier?« fragte mich laut und grob Wassili Antonow, der etwas weiter von mir weg stand als die anderen und mich bisher immer mit Sie angeredet und höflich mit mir verkehrt hatte.

Ich sah ihn verständnislos an, immer noch bemüht zu begreifen, was das alles zu bedeuten hatte, ahnte jedoch schon, daß da etwas Ungewöhnliches vorging.

»Ja wirklich, was hast du hier zu suchen? Geh in die Unterkunft zurück«, sagte ein junger Bursche zu mir, ein ehemaliger Soldat, den ich bisher nur vom Sehen kannte, ein stiller und gutmütiger Mensch. »Die Sache hier geht dich nichts an.«

»Aber es wird doch angetreten!« erwiderte ich. »Ein Appell, hab ich gedacht.«

»Sieh mal an, der ist auch rausgekrochen!« rief einer.

»Eisenschnabel!« sagte ein anderer.

»Fliegentöter!« versetzte ein dritter mit unsäglicher Verachtung. Dieser neue Spitzname rief allgemeines Gelächter hervor.

»Der ist in der Küche gut angeschrieben«, bemerkte ein vierter.

»Die leben überall wie im Paradies. Hier in der Katorga essen sie Kringel und kaufen sich Ferkel. Du hast doch dein eigenes Essen – was mußt du dich da einmischen!«

»Hier haben Sie nichts verloren«, sagte Kulikow, ungeniert an mich herantretend; er faßte mich am Arm und führte mich aus der Reihe hinaus.

Er sah bleich aus, seine schwarzen Augen funkelten, und die Unterlippe war zerbissen. Er konnte den Major nicht ruhigen Blutes erwarten. Nebenbei bemerkt, beobachtete ich Kulikow bei derartigen Gelegenheiten besonders gern, das heißt immer dann, wenn er gezwungenermaßen aus sich herausging. Er gab schrecklich an, tat aber auch wirklich etwas. Ich glaube, auch zur Exekution würde er sich mit einer gewissen Nonchalance und Stutzerhaftigkeit begeben. Jetzt, da alle mich duzten und beschimpften, war er absichtlich doppelt höflich zu mir, doch zugleich waren seine Worte von besonderer, ja geradezu hochmütiger Bestimmtheit, die keinerlei Widerspruch duldete.

»Wir vertreten hier unsere eigene Sache, Alexander Petrowitsch; Sie haben hier nichts zu suchen. Gehen Sie woandershin, und warten Sie ab. Ihresgleichen sind alle in der Küche; gehen Sie dorthin.«

»Unter den neunten Pfahl, wo der Leibhaftige wohnt!« fügte jemand hinzu.

Durch das halbgeöffnete Küchenfenster erblickte ich tatsächlich unsere Polen; allerdings schienen mir auch außer ihnen noch eine Menge Leute dort zu sein. Betroffen begab ich mich zur Küche. Gelächter, Beschimpfungen und Klopfen (das bei den Sträflingen das Pfeifen ersetzte) tönten hinter mir her.

»Es hat ihm bei uns nicht gefallen! O jemine! Und so einen sollen wir nehmen!«

Nie zuvor war ich im Gefängnis dermaßen beleidigt worden, und diesmal empfand ich es recht schmerzlich. Aber ich hatte eben einen unpassenden Augenblick erwischt. Im Flur zur Küche stieß ich auf T-ski, einen Adligen, einen resoluten und hochherzigen jungen Menschen ohne große Bildung, der sehr an seinem Landsmann B-ski hing. Ihm gaben die Sträflinge vor allen anderen den Vorzug, und zum Teil konnten sie ihn sogar gut leiden. Er war mutig, männlich und stark, und das kam auch in jeder seiner Gesten zum Ausdruck.

»Wie konnten Sie nur, Gorjantschikow!« rief er mir entgegen. »Kommen Sie zu uns!«

»Was ist denn da eigentlich los?«

»Sie bringen eine Beschwerde vor. Haben Sie das denn nicht gewußt? Natürlich kommen sie nicht damit durch; wer wird Sträflingen schon glauben! Man wird die Rädelsführer heraussuchen, und machten wir dort mit, würde man selbstverständlich in erster Linie uns die Schuld an der Rebellion geben. Denken Sie daran, weswegen wir hier sind. Die kriegen einfach Prügel, wir aber würden vor Gericht gestellt. Der Major haßt uns alle und freut sich, wenn er uns zugrunde richten kann. Wir würden ihm dann die beste Handhabe bieten.«

»Und auch die Sträflinge da würden uns ans Messer liefern«, fügte M-cki hinzu, als wir in die Küche kamen.

»Da könnt ihr Gift drauf nehmen, die hätten kein Erbarmen mit uns!« pflichtete ihm T-ski bei.

Außer den Adligen waren noch eine Menge Leute in der Küche, an die dreißig Personen insgesamt. Sie alle blieben dort, weil sie sich nicht an der Beschwerde beteiligen wollten – die einen aus Feigheit, die anderen, weil sie von der völligen Nutzlosigkeit jeder Beschwerde fest überzeugt waren. Auch Akim Akimytsch war darunter, dieser eingefleischte, natürliche Gegner aller derartigen Beschwerden, die den normalen Dienstablauf störten und gegen Sitte und Anstand verstießen. Schweigend und in aller Seelenruhe erwartete er das Ende der Angelegenheit, ohne sich auch nur im geringsten wegen ihres Ausgangs Sorgen zu machen, im Gegenteil, er war ganz sicher, daß die Ordnung und der Willen der Obrigkeit unvermeidlich triumphieren würden. Auch Issai Fomitsch war darunter; völlig fassungslos stand er da, ließ den Kopf hängen und lauschte begierig und ängstlich unserem Gespräch. Er befand sich in großer Aufregung. Ferner waren dort alle polnischen Sträflinge niederen Standes, die sich gleichfalls den Adligen angeschlossen hatten. Außerdem etliche verängstigte Russen, Leute, die schon immer wortkarg und verschüchtert gewesen waren. Sie hatten nicht gewagt, mit den übrigen hinauszugehen, und warteten nun bekümmert ab, wie die Sache enden würde. Schließlich waren da noch einige finstere und ewig mürrische, aber keineswegs ängstliche Sträflinge. Sie waren geblieben in der trotzigen, von Widerwillen diktierten Überzeugung, daß das alles Blödsinn sei und nur Schlimmes dabei herauskommen werde. Aber ich glaube, sie fühlten sich in diesem Augenblick doch etwas unbehaglich, denn sie schauten nicht gerade sehr selbstbewußt drein. Obwohl sie wußten, daß sie hinsichtlich der Beschwerde durchaus recht hatten, was sich in der Folge auch bestätigte, kamen sie sich doch wie Abtrünnige vor, die die Gemeinschaft im Stich ließen und ihre Kameraden dem Platzmajor auslieferten. Auch Jolkin befand sich dort, jener höchst pfiffige sibirische Bauer, der wegen Falschmünzerei eingeliefert worden war und Kulikow seine tierärztliche Kundschaft abspenstig gemacht hatte. Der Alte aus dem Starodubje war ebenfalls da. Die »Küchenfeen« waren allesamt in der Küche geblieben, wohl aus der Überzeugung heraus, daß sie gleichfalls einen Teil der Verwaltung bildeten und folglich nicht gut etwas gegen diese unternehmen könnten.

»Aber außer diesen hier«, sagte ich unsicher zu M-cki, »sind doch fast alle rausgegangen!«

»Was geht das uns an!« brummte B-ski.

»Wir würden hundertmal mehr riskieren als die, wenn wir rausgingen. Und wofür? Je hais ces brigands. Können Sie denn auch nur einen Augenblick lang glauben, daß ihre Beschwerde Erfolg hat? Wer hat schon Lust, sich auf etwas Unsinniges einzulassen!«

»Nichts kommt dabei raus«, haute einer der Sträflinge, ein verbissener und verbitterter Alter, in dieselbe Kerbe. Almasow, der ebenfalls da war, beeilte sich, ihm beizupflichten.

»Außer daß ein halbes Hundert ausgepeitscht wird, kommt nichts weiter dabei raus.«

»Der Major ist da!« rief jemand, und alle stürzten neugierig an die Fenster.

Außer sich vor Wut und puterrot, die Brille auf der Nase, kam der Major auf den Hof gestürmt. Schweigend, aber entschlossen ging er auf die Front zu. In solchen Fällen war er tatsächlich

»... der rechte Flügel hing herab, und das eine Bein war ausgerenkt... Der Adler verteidigte sich nach Kräften mit Schnabel und Krallen und blickte die Neugierigen, die ihn sich ansehen gekommen waren, aus seiner Ecke heraus stolz und wild, wie ein verwundeter König, an.« S. 324

furchtlos und verlor nicht die Geistesgegenwart. Allerdings war er fast immer halb betrunken. Selbst seine speckige Mütze mit dem orangefarbenen Rand und die schmutzigen silbernen Epauletten hatten in diesem Augenblick etwas Unheilverkündendes. Ihm auf dem Fuße folgte der Schreiber Djatlow, eine außerordentlich wichtige Persönlichkeit in unserem Gefängnis, der im Grunde genommen die gesamte Verwaltung unter sich hatte und sogar Einfluß auf den Major besaß, ein schlauer und recht eigenwilliger Kopf, aber kein schlechter Kerl. Die Sträflinge waren mit ihm zufrieden. Ihm wiederum folgte unser Unteroffizier, der offenbar schon ein schreckliches Donnerwetter über sich hatte ergehen lassen müssen und auf ein weiteres, noch zehnmal schlimmeres gefaßt war. Hinter ihm kam die Eskorte, drei oder vier Mann, nicht mehr. Die Sträflinge, die wohl schon seit dem Augenblick, da sie nach dem Major geschickt hatten, barhäuptig dastanden, nahmen jetzt alle Haltung an und richteten sich aus; jeder trat noch mal von einem Bein auf das andere, dann aber standen sie alle stramm an ihrem Platz und warteten auf das erste Wort oder, besser gesagt, auf den ersten Schrei ihres obersten Vorgesetzten.

Der erfolgte dann auch unverzüglich; schon vom zweiten Wort an brüllte der Major aus vollem Halse, daß sich seine Stimme sogar überschlug, so wütend war er. Von den Fenstern aus konnten wir sehen, wie er die Front entlanglief, auf diesen und jenen losfuhr und ihn verhörte. Allerdings konnten wir seine Fragen wie auch die Antworten der Sträflinge der Entfernung wegen nicht verstehen. Wir hörten ihn nur kreischen.

»Ihr Aufrührer! ... Spießruten laufen ... Die Rädelsführer! Du bist ein Rädelsführer! Jawohl, das bist du!« fuhr er auf jemand los.

Die Antwort war nicht zu verstehen. Doch gleich darauf sahen wir den Sträfling vortreten und zur Wache begeben. Kurz danach folgte ihm ein zweiter, dann ein dritter.

»Alle kommen vors Gericht! Ich werd's euch zeigen! Wer sind die da in der Küche?« kreischte er, als er uns an den geöffneten Fenstern erblickte. »Alle hierher! Schafft sie sofort hierher!«

Der Schreiber Djatlow begab sich zu uns in die Küche. In der Küche wurde ihm gesagt, wir hätten keine Beschwerde. Da kehrte er sofort zum Major zurück und meldete es ihm.

»Soso, sie haben keine!« erwiderte er, sichtlich erfreut, nicht mehr ganz so laut. »Trotzdem, her mit allen!«

Wir kamen heraus. Ich fühlte, daß wir uns jetzt irgendwie schämten. Alle gingen mit gesenktem Kopf.

»Ah, Prokofjew! Jolkin auch. Und du, Almasow. Stellt euch auf, stellt euch hierher, auf einen Haufen«, sagte der Major hastig, aber in mildem Ton und uns freundlich ansehend. »Du bist auch dabei, M. Wir wollen sie aufschreiben. Djatlow! Sofort alle Zufriedenen für sich aufschreiben und alle Unzufriedenen auch für sich, alle ohne Ausnahme, und dann die Liste zu mir. Ich bring euch alle vors Gericht! Euch werd ich's zeigen, ihr Halunken!«

Das mit der Liste wirkte.

»Wir sind ja zufrieden!« ertönte in der Schar der Unzufriedenen plötzlich eine mürrische Stimme, doch es klang nicht sehr entschieden.

»Ah, ihr seid zufrieden! Wer ist zufrieden? Wer zufrieden ist, vortreten!«

»Wir sind zufrieden! Wir sind zufrieden!« schlossen sich etliche Stimmen an.

»Ihr seid zufrieden? Also hat man euch aufgewiegelt? Also gibt es Rädelsführer, Aufrührer? Um so schlimmer für sie!«

»Mein Gott, was ist denn das bloß!« hörte man jemand in der Menge sagen.

»Wer war das? Wer hat das gerufen? Wer?« brüllte der Major und stürzte in die Richtung, aus der der Ausruf gekommen war. »Warst du das, Rastorgujew, hast du das gerufen? Auf die Wache!«

Rastorgujew, ein hochgewachsener junger Bursche mit aufgedunsenem Gesicht, trat vor und begab sich langsam zur Wache. Er hatte gar nicht gerufen, aber da der Major auf ihn gezeigt hatte, widersprach er nicht.

»Euch sticht wohl der Hafer!« schrie ihm der Major nach. »Wart nur, du dicke Visage, drei Tage lang wirst du nicht ... Ich find euch schon alle raus! Vortreten, wer zufrieden ist!«

»Wir sind zufrieden, Euer Hochwohlgeboren!« riefen mißmutig einige Dutzend Stimmen, die übrigen schwiegen hartnäckig. Aber mehr hatte der Major auch gar nicht gewollt. Offenbar war ihm selber daran gelegen, die Angelegenheit möglichst schnell zu beenden, und zwar auf einigermaßen gütlichem Wege.

»Aha, jetzt sind wir alle wieder zufrieden!« stellte er eilig fest. »Das hab ich doch gleich gesehen, das hab ich gewußt. Es stecken Rädelsführer dahinter! Offenbar gibt's Rädelsführer unter ihnen«, fuhr er, an Djatlow gewandt, fort. »Das muß näher untersucht werden. Jetzt aber ... jetzt ist es Zeit zur Arbeit. Laß die Trommel rühren.«

Er war selber bei der Einteilung zur Arbeit zugegen. Stumm und traurig rückten die Sträflinge zur Arbeit ab, wenigstens damit zufrieden, daß sie ihm möglichst bald aus den Augen kamen. Gleich nach der Einteilung aber stellte der Major in der Wache eine Untersuchung an und traf hinsichtlich der »Rädelsführer« seine Verfügungen, die jedoch nicht allzu streng waren. Er hatte es sogar recht eilig. Als einer von ihnen, wie man sich hinterher erzählte, um Gnade bat, gewährte er sie ihm sofort. Es war ersichtlich, daß der Major sich nicht so recht wohl in seiner Haut fühlte und vielleicht sogar Angst hatte. So eine Beschwerde war in jedem Falle eine heikle Angelegenheit, und obwohl die Klage im Grunde genommen gar nicht als Beschwerde bezeichnet werden konnte, weil die Sträflinge sie nicht höheren Orts, sondern nur ihm, dem Major selbst, vorgetragen hatten, beschlich ihn dennoch ein unbehagliches, ungutes Gefühl. Besonders bedenklich stimmte ihn, daß alle einmütig aufbegehrt hatten. Die Angelegenheit mußte um jeden Preis vertuscht werden. Die »Rädelsführer« wurden bald wieder entlassen. Schon am nächsten Tag besserte sich die Verpflegung, allerdings nicht für lange. In den ersten Tagen besuchte der Major auch häufiger das Gefängnis und entdeckte öfter Ordnungswidrigkeiten. Unser Unteroffizier ging sorgenvoll und völlig verwirrt umher, als hätte er sich noch immer nicht von seinem Erstaunen erholt. Was aber die Sträflinge betrifft, so konnten sie sich noch lange hinterher nicht beruhigen, sie waren jedoch nicht mehr wie vorher erregt, sondern ließen eine schweigende Unruhe, eine Art Verstörtheit erkennen. Manche ließen sogar den Kopf hängen. Andere äußerten sich mürrisch, wenn auch nur wortkarg über die ganze Angelegenheit. Viele spotteten laut und grimmig über sich selbst, als wollten sie sich wegen ihrer Beschwerde bestrafen.

»Da hast du's, mein Lieber, nimm's und schluck's!« sagte wohl der eine.

»Was man sich eingebrockt hat, das muß man auch auslöffeln«, fügte ein anderer hinzu.

»Wo ist die Maus, die der Katze die Glocke umhängt?« bemerkte ein dritter.

»Unsereins überzeugt man bekanntlich nur durch den Knüppel. Nur gut, daß er nicht alle hat auspeitschen lassen!«

»Solltest vorher schlauer sein, dafür aber wen'ger schrein – das wär besser!« meinte jemand ärgerlich.

»Willst du uns hier belehren, bist du unser Lehrer?«

»Klar will ich euch belehren!«

»Wer bist du denn schon!«

»Ich bin vorerst noch ein Mensch, aber du?«

»Ein Hundeknochen bist du, daß du's weißt!«

»Bist selber einer.«

»Na, na, nun hört mal auf! Was soll das Geschimpfe!« rief man den Streitenden von allen Seiten zu.

An jenem Abend, das heißt noch am Tag der Beschwerde, traf ich, von der Arbeit zurückgekehrt, hinter den Unterkünften Petrow. Er hatte mich bereits gesucht. Auf mich zutretend, brummte er etwas, das wie zwei, drei unterdrückte Ausrufe klang, doch gleich darauf verstummte er gedankenverloren und ging mechanisch neben mir her. Die ganze Angelegenheit lag mir noch schwer auf der Seele, und ich hatte das Gefühl, Petrow könne mir einiges erklären.

»Sagen Sie, Petrow«, fragte ich ihn, »sind Ihre Kameraden uns nicht böse?«

»Wer soll böse sein?« fragte er, wie aus einem Traum erwachend, zurück.

»Die Sträflinge uns, den Adligen.«

»Warum sollten sie Ihnen denn böse sein?«

»Nun, weil wir zu der Beschwerde nicht mit rausgekommen sind.«

»Aber warum sollten Sie sich denn beschweren?« fragte er, anscheinend bemüht, mich zu begreifen. »Sie haben doch Ihr eigenes Essen.«

»Mein Gott! Unter Ihnen gibt's doch auch welche, die ihr eigenes Essen haben, und trotzdem sind sie mit rausgegangen. Das hätten wir auch tun müssen, aus Kameradschaft.«

»Aber ... aber wieso sind Sie denn unser Kamerad?« fragte er verständnislos.

Ich warf einen raschen Blick auf ihn. Er hatte mich überhaupt nicht verstanden, hatte nicht begriffen, worauf ich eigentlich hinauswollte. Aber dafür verstand ich ihn in diesem Augenblick voll und ganz. Zum erstenmal wurde mir jetzt ein Gedanke endgültig klar, der sich schon lange vage in mir geregt und mich verfolgt hatte, und plötzlich verstand ich, was ich bis dahin nur undeutlich geahnt hatte. Ich begriff, daß sie mich niemals in ihre Gemeinschaft aufnehmen würden, und wäre ich zehnmal ein Sträfling, selbst nicht, wenn ich ein Lebenslänglicher, und nicht einmal, wenn ich in der Sonderabteilung wäre. Ganz besonders aber ist mir Petrows Gesicht, das er in diesem Augenblick zog, in Erinnerung geblieben. Aus seiner Frage: »Wieso sind Sie denn unser Kamerad?« klang so viel ungeheuchelte Naivität, eine so ehrliche Verständnislosigkeit heraus, daß ich bei mir dachte: Steckt nicht am Ende eine gewisse Ironie oder Boshaftigkeit oder Spott hinter diesen Worten? Doch nichts dergleichen: Ich war eben nicht ihr Kamerad, und damit basta! Geh du deinen Weg, wir gehen unseren; du hast deine Angelegenheiten und wir unsere.

Anfangs glaubte ich wirklich, nach der Beschwerde würden sie uns bis aufs Blut quälen und uns das Leben zur Hölle machen. Aber nichts dergleichen geschah; nicht den leisesten Vorwurf, nicht die Spur eines leisesten Vorwurfs bekamen wir zu hören, kein besonderer Groll uns gegenüber war zu bemerken. Sie schikanierten uns gelegentlich ein bißchen, wie sie es auch vorher schon getan hatten, aber weiter nichts. Übrigens trugen sie auch all denen nicht das geringste nach, die sich nicht an der Beschwerde beteiligt hatten und in der Küche geblieben waren, wie denen, die als erste gerufen hatten, sie seien mit allem zufrieden. Nicht einmal erwähnt wurde es. Vor allem letzteres konnte ich nicht begreifen.

8 *Die Kameraden*

Mich zog es natürlich mehr zu meinesgleichen hin, das heißt zu den Adligen, namentlich in der ersten Zeit. Doch von den drei ehemaligen russischen Adligen, die sich bei uns im Gefängnis befanden (Akim Akimytsch, der Spion A. und der, der für einen Vatermörder gehalten wurde), war Akim Akimytsch der einzige, mit dem ich verkehrte und sprach. Ich muß gestehen, zu Akim Akimytsch gesellte ich mich sozusagen nur aus Verzweiflung, in Augenblicken stärkster Langeweile und als sich noch nicht voraussehen ließ, daß ich außer ihm noch jemand anders nähertreten könnte. Im vorigen Kapitel habe ich versucht, alle unsere Menschen in Kategorien einzuteilen, aber jetzt, da ich Akim Akimytsch erwähnt habe, glaube ich, kann man noch eine Kategorie hinzufügen. Allerdings war er ihr einziger Vertreter. Es ist die Kategorie der völlig gleichgültigen Sträflinge. Völlig Gleichgültige, das heißt solche, denen es ganz egal ist, ob sie in der Freiheit leben oder in der Katorga. gab es bei uns selbstverständlich nicht und konnte es auch nicht geben. Akim Akimytsch schien da eine Ausnahme zu bilden. Im Gefängnis hatte er sich sogar so eingerichtet, als wollte er sein ganzes Leben darin zubringen; alles, womit er sich umgab, angefangen mit der Matratze, den Kopfkissen und dem Geschirr, war von fester, solider und dauerhafter Beschaffenheit. Von Feldlagermäßigem, Provisorischem war nicht das geringste zu bemerken. Obwohl er noch viele Jahre in der Katorga vor sich hatte, dachte er wohl kaum jemals an Flucht. Aber wenn er sich auch mit der Wirklichkeit abgefunden hatte, so natürlich nicht gefühlsmäßig, sondern höchstens aus Subordination, was für ihn übrigens ein und dasselbe bedeutete. Er war ein guter Mensch und half mir anfangs sogar durch Ratschläge und einige Dienste; doch manchmal, muß ich gestehen, versetzte er mich, vor allem in der ersten Zeit, unwillkürlich in eine beispiellose Schwermut, die meine ohnehin schon melancholische Stimmung noch verstärkte. Dabei knüpfte ich ja gerade meiner Melancholie wegen Gespräche mit ihm an. Man gierte oft geradezu nach einem lebendigen Wort, mochte es auch giftig, ungeduldig oder zornig sein; zumindest hätten wir dann doch gemeinsam unserem Schicksal grollen können. Er aber schwieg und klebte seine Laternchen oder erzählte, wie in dem und dem Jahr bei ihnen eine Parade stattgefunden hatte, wer ihr Divisionskommandeur gewesen war, wie er mit Vor- und Vatersnamen geheißen hatte, ob er mit der Parade zufrieden gewesen war oder nicht, wie man die Signale für die Scharfschützen verändert hatte und dergleichen mehr. Und das alles mit so gleichförmiger, gemessener Stimme, wie wenn Wasser herabtröpfelt. Selbst als er mir erzählte, er sei für seine Teilnahme an dem und dem Gefecht im Kaukasus mit der »Heiligen Anna« am Degen ausgezeichnet worden, wurde er kaum lebhafter. Nur daß seine Stimme in diesem Augenblick ungewöhnlich ernst und würdevoll klang; er senkte sie ein wenig, daß es sogar ziemlich geheimnisvoll anmutete, als er von der »Heiligen Anna« sprach, danach war er minutenlang besonders schweigsam und ernst. Während dieses ersten Jahres hatte ich zuweilen unvernünftige Augenblicke, in denen ich (das kam immer ganz plötzlich) Akim Akimytsch beinahe haßte, ohne zu wissen, warum, und im stillen mein Schicksal verfluchte, das mich auf der Pritsche Kopf an Kopf mit ihm plaziert hatte. Gewöhnlich machte ich mir bereits eine Stunde später deswegen Vorwürfe. Aber das war nur im ersten Jahr; danach söhnte ich mich innerlich völlig mit Akim Akimytsch aus und schämte mich meiner früheren Unvernunft. Wirklich gestritten aber, das weiß ich genau, habe ich mich niemals mit ihm.

Außer diesen drei Russen waren zu meiner Zeit noch acht andere Adlige bei uns. Mit einigen von ihnen verkehrte ich recht freundlich und sogar mit Vergnügen, aber nicht mit allen. Selbst die Besten von ihnen waren kränklich, ungewöhnlich und in höchstem Grade intolerant. Mit zweien von ihnen wechselte ich nach einer Weile kein Wort mehr. Bildung besaßen nur drei von ihnen: B-ski, M-cki und der alte Z-ski, der früher irgendwo Mathematikprofessor gewesen war, ein guter, braver Alter und großer Sonderling, aber trotz seiner Bildung offenbar äußerst beschränkt. Von ganz anderer Art waren M-cki und B-ski. Mit M-cki stand ich mich von Anfang an gut; ich stritt mich nie mit ihm und schätzte ihn, aber ihn liebzugewinnen, Zuneigung für ihn zu empfinden vermochte ich nicht. Er war ein zutiefst mißtrauischer und verbitterter Mensch, der sich jedoch erstaunlich gut zu beherrschen wußte. Ebendiese allzu große Selbstbeherrschung war es auch, die einem an ihm mißfiel; man spürte, daß er nie jemandem Einblick in sein Inneres gewähren würde. Aber vielleicht irre ich mich auch. Er war eine starke und höchst edle Natur. In seiner außerordentlichen, geradezu jesuitischen Gewandtheit und Vorsicht im Umgang mit anderen kam sein verborgener tiefer Skeptizismus zum Ausdruck. Indessen litt seine Seele unter dem Zwiespalt zwischen diesem Skeptizismus und einem festen, durch nichts zu erschütternden Glauben an gewisse besondere Überzeugungen und Hoffnungen. Doch trotz all seiner Lebensgewandtheit hegte er eine unversöhnliche Feindschaft gegen B-ski und dessen Freund T-ski. B-ski war krank – er neigte etwas zur Schwindsucht –, leicht reizbar und nervös, aber im Grunde genommen ein herzensguter und großmütiger Mensch. Seine Reizbarkeit ging manchmal sogar bis zu äußerster Intoleranz und Launenhaftigkeit. Einen solchen Charakter ertrug ich auf die Dauer nicht, und so brach ich nach einer Weile den Verkehr mit ihm ab, hörte jedoch nie auf, ihn gern zu haben; mit M-cki hingegen stritt ich mich zwar nicht, hatte ihn aber auch niemals gern.

Als ich den Verkehr mit B-ski abbrach, ergab es sich, daß ich ihn zugleich auch mit T-ski abbrechen mußte, jenem jungen Mann, den ich im vorigen Kapitel erwähnt habe, als ich von unserer Beschwerde erzählte. Das tat mir sehr leid. Wenn auch ungebildet, war T-ski doch ein gutherziger und unerschrockener, mit einem Wort ein sympathischer junger Mann. Der einzige Grund war, er hing so sehr an B-ski und verehrte ihn dermaßen, daß er jeden, der sich auch nur ein wenig von B-ski zurückzog, auf der Stelle fast als seinen persönlichen Feind betrachtete. Auch mit M-cki kam er später, glaube ich, B-skis wegen auseinander, obschon er sich lange dagegen sträubte. Übrigens waren sie allesamt seelisch krank, gallig, leicht reizbar und mißtrauisch. Das war auch verständlich; hatten sie es doch sehr schwer, weit schwerer als wir. Denn sie lebten fern von ihrer Heimat. Manche von ihnen waren für lange Zeit verbannt, für zehn, zwölf Jahre; vor allem aber blickten sie mit großer Voreingenommenheit auf ihre Umgebung, sahen an den Sträflingen nur das Animalische und konnten und wollten auch gar nicht einen guten Zug, etwas Menschliches an ihnen erkennen; und was ebenfalls sehr verständlich ist: zu dieser unseligen Ansicht gelangten sie durch die Macht der Verhältnisse, durch ihr Schicksal. Da ist es klar, daß die Trostlosigkeit der Katorga ihnen arg zu schaffen machte. Zu den Tscherkessen, den Tataren und Issai Fomitsch verhielten sie sich freundlich und zuvorkommend, allen anderen Sträflingen jedoch gingen sie voller Abscheu aus dem Weg. Einzig der Altgläubige aus dem Starodubje hatte sich ihre volle Achtung erworben. Bemerkenswert ist übrigens, daß ihnen während meines ganzen Aufenthaltes in der Katorga keiner der Sträflinge ihre Herkunft, ihren Glauben oder ihre Denkweise vorhielt, wie das bei unserem einfachen Volk mitunter, wenn auch nur selten, Ausländern, vornehmlich Deutschen, gegenüber geschieht. Über die Deutschen lacht man allerdings höchstens; der Deutsche ist für den einfachen Russen eine recht komische Figur. Unseren polnischen Adligen aber brachten die Sträflinge sogar Respekt entgegen, weit mehr als uns russischen, und sie nahmen sich ihnen gegenüber nicht das mindeste heraus. Die aber wollten, wie es schien, das gar nicht zur Kenntnis nehmen und würdigen. Ich war auf T-ski zu sprechen gekommen. Er hatte, als sie von ihrem ersten Verbannungsort in unsere Festung verlegt wurden, B-ski beinahe den ganzen Weg über auf den Armen getragen, wenn der seiner schwachen Gesundheit und Konstitution wegen schon fast nach einer halben Etappe nicht weiterkonnte. Sie waren vorher nach U-gorsk verbannt gewesen. Dort, so berichteten sie, hatten sie es gut gehabt, das heißt weit besser als in unserer Festung. Aber sie hatten einen übrigens völlig harmlosen Briefwechsel mit Verbannten in einer anderen Stadt angeknüpft, worauf man es für nötig erachtete, diese drei in unsere Festung zu verlegen, dichter unter die Augen unserer höchsten Obrigkeit. Der Dritte in ihrer Runde war Z-ski. Vor ihrer Ankunft war M-cki allein im Gefängnis gewesen. Wie einsam muß er sich im ersten Jahr seiner Verbannung gefühlt haben!

Dieser Z-ski war jener ewig betende Alte, den ich bereits erwähnt habe. Alle unsere politischen Verbrecher waren jung, einige sogar sehr jung; nur Z-ski war schon über fünfzig. Er war ein rechtschaffener, aber etwas sonderbarer Mensch. Seine Kameraden B-ski und T-ski konnten ihn nicht ausstehen, sie redeten nicht einmal mit ihm und behaupteten, er sei starrsinnig und zänkisch. Ich weiß nicht, wieweit sie in diesem Falle recht hatten. In einem Gefängnis wie an jedem anderen Ort, wo Menschen nicht freiwillig, sondern zwangsweise auf einem Haufen zusammen leben, kann man sich, so scheint mir, leichter entzweien und sogar hassen als in der Freiheit. Dazu tragen viele Umstände bei. Allerdings war Z-ski tatsächlich ein ziemlich sturer und vielleicht auch unangenehmer Mensch. Seine übrigen Kameraden vertrugen sich ebenfalls nicht mit ihm. Auch ich stand ihm nie sonderlich nahe, obwohl ich mich nie mit ihm stritt. Sein Fach, die Mathematik, schien er zu beherrschen. Ich weiß noch, wie er sich oft bemühte, mir in seinem gebrochenen Russisch ein besonderes, von ihm selbst erdachtes astronomisches System zu erklären. Wie man mir erzählte, hatte er es einst drucken lassen, war jedoch von der gelehrten Welt nur ausgelacht worden. Ich glaube, sein Verstand hatte ein wenig gelitten. Tagelang betete er auf den Knien zu Gott, wodurch er sich die allgemeine Achtung der Katorga erwarb und sich ihrer bis zu seinem Tode erfreute. Er starb nach schwerer Krankheit in unserem Lazarett, vor meinen Augen. Die Achtung der anderen Sträflinge hatte er sich übrigens gleich bei seiner Einlieferung in die Katorga durch seine Affäre mit unserem Major erworben. Auf dem Marsch von U-gorsk bis zu unserer Festung hatte man sie nicht rasiert, so daß ihnen Bärte gewachsen waren. Als sie nun geradewegs zum Platzmajor geführt wurden, geriet der ob solcher Insubordination, an der sie doch gänzlich unschuldig waren, in heftigen Zorn.

»Wie sehen die denn aus!« brüllte er. »Das sind ja Landstreicher und Räuber!«

Z-ski, der damals erst wenig Russisch verstand und glaubte, sie würden gefragt, wer sie seien, ob Landstreicher oder Räuber, antwortete: »Wir sind keine Landstreicher, sondern politische Verbrecher.«

»Waaas? Du willst auch noch frech werden? Er wird auch noch frech!« brüllte der Major. »Auf die Wache! Hundert Rutenhiebe, aber sofort, unverzüglich!«

Der alte Mann wurde gezüchtigt. Widerspruchslos legte er sich auf den Bock, preßte die Zähne in seinen Arm und ertrug die Züchtigung ohne den leisesten Schrei und ohne Stöhnen, ja ohne sich auch nur zu rühren. B-ski und T-ski rückten unterdessen bereits ins Gefängnis ein, wo M-cki sie schon am Tor erwartete und ihnen sofort um den Hals fiel, obwohl er sie bis dahin noch nie gesehen hatte. Vom Empfang durch den Major noch erregt, berichteten sie ihm, was Z-ski widerfahren war. Ich weiß noch, wie M-cki mir davon erzählte. »Ich war außer mir«, so sagte er. »Ich wußte nicht, was mit mir geschah, und zitterte wie im Fieber. Am Tor wartete ich auf Z-ski. Er mußte ja geradewegs von der Wache kommen, wo er gezüchtigt wurde. Auf einmal ging die Pforte auf, und ohne jemand anzusehen, schritt Z-ski mit bleichem Gesicht und zitternden blassen Lippen zwischen den auf dem Hof versammelten Sträflingen hindurch, die bereits erfahren hatten, daß ein Adliger gezüchtigt wurde, begab sich in die Unterkunft und schnurstracks auf seinen Platz, kniete, ohne ein Wort zu sagen, nieder und begann zu beten. Die übrigen Sträflinge waren stark beeindruckt und sogar gerührt. Als ich diesen grauhaarigen alten Mann sah«, fuhr M-cki fort, »der Frau und Kinder in der Heimat zurückgelassen hatte, als ich ihn auf den Knien liegen sah, schmählich gezüchtigt und betend, da stürzte ich hinter die Unterkünfte und war zwei Stunden lang wie von Sinnen; ich war wie rasend.« Seitdem stand Z-ski bei den Sträflingen in hohem Ansehen, und sie behandelten ihn mit Respekt. Besonders imponiert hatte ihnen, daß er bei der Züchtigung nicht geschrien hatte.

Um jedoch die ganze Wahrheit zu sagen: Man darf aus diesem einen Beispiel nicht auf die Art und Weise schließen, in der die Obrigkeit in Sibirien die verbannten Adligen behandelte, mochten sie nun Russen oder Polen sein. Dieses Beispiel zeigt nur, daß man an einen bösen Menschen geraten konnte und daß, amtierte

»Schließlich tauchten noch zwei Ziehharmonikas auf. Ehrenwort, bis dahin hatte ich keine Ahnung, was sich mit solchen einfachen Volksinstrumenten alles machen läßt; die Harmonie, das Zusammenspiel und vor allem der Geist, die Auffassung und die Wiedergabe des Wesentlichen der Melodie waren geradezu erstaunlich.« S. 202

dieser böse Mensch irgendwo als selbständiger Befehlshaber, das Schicksal eines Verbannten, gegen den dieser böse Befehlshaber einen besonderen Groll hegte, so gut wie besiegelt war. Es muß jedoch auch gesagt werden, daß das oberste Kommando in Sibirien, von dem Verhalten und der Stimmung aller übrigen Befehlshaber abhingen, den verbannten Adligen gegenüber recht rücksichtsvoll war, in manchen Fällen sogar bestrebt, ihnen im Vergleich zu den anderen Sträflingen, denen aus den niederen Volksschichten, Vergünstigungen zu gewähren. Die Ursachen dafür liegen auf der Hand: Erstens waren diese höheren Vorgesetzten selber Adlige; zweitens war es früher schon vorgekommen, daß sich manche der Adligen nicht züchtigen lassen wollten und sich auf die Exekutoren stürzten, was dann zu schrecklichen Szenen führte; und drittens, und das scheint mir der Hauptbeweggrund zu sein, war schon vor geraumer Zeit, vor rund fünfunddreißig Jahren, plötzlich eine große Menge verbannter Adliger auf einmal nach Sibirien gekommen, und diese Verbannten hatten es im Laufe von dreißig Jahren fertiggebracht, sich in ganz Sibirien eine solche Stellung und ein solches Ansehen zu verschaffen, daß die Obrigkeit zu meiner Zeit die adligen Verbrecher einer bestimmten Kategorie schon aus althergebrachter Gewohnheit unwillkürlich mit anderen Augen sah als die übrigen Verbannten. Dem Beispiel ihrer übergeordneten Kommandostellen folgend, hatten sich auch die unteren Befehlshaber, die diese Einstellung und dieses Verhalten selbstverständlich von oben übernahmen, sich ihnen fügten und unterordneten, angewöhnt, die Dinge mit den gleichen Augen zu sehen. Allerdings waren viele dieser unteren Befehlshaber in ihren Ansichten recht borniert, kritisierten im stillen die Weisungen von oben und wären mehr als froh gewesen, hätte man sie nach eigenem Belieben schalten und walten lassen. Aber das gestattete man ihnen doch nicht so ganz. Das anzunehmen, habe ich gute Gründe, und zwar folgende. Die zweite Kategorie der Katorga, in der ich mich befand und die aus Festungssträflingen unter militärischem Kommando bestand, war unvergleichlich schwerer als die beiden anderen Kategorien, das heißt die dritte – die in den Fabriken – und die erste – die in den Bergwerken. Und nicht nur die Adligen, sondern auch für alle anderen Sträflinge, vor allem deshalb, weil Leitung und Organisation dieser Kategorie rein militärisch waren, ganz ähnlich wie bei den Strafkompanien in Rußland. Die militärische Leitung war strenger, die Vorschriften waren rigoroser, und die Sträflinge trugen ständig Ketten, wurden stets von einer Eskorte begleitet und immer hinter Schloß und Riegel gehalten, während das in den beiden anderen Kategorien nicht in diesem Maße der Fall war. Zumindest behaupteten das alle unsere Sträflinge, und es gab welche unter ihnen, die sich da auskannten. Mit Freuden wären sie alle in die erste Kategorie gegangen, die doch in der Gesetzgebung als die schwerste gilt, und träumten sogar oft davon. Von den Strafkompanien in Rußland aber sprachen alle, die dort gewesen waren, nur mit Schrecken und versicherten, in ganz Rußland gebe es nichts Schlimmeres als die Strafkompanien in den Festungen, und im Vergleich mit dem dortigen Leben sei das in Sibirien geradezu paradiesisch. Wenn man also trotz so strenger Bedingungen wie in unserem Gefängnis, trotz der militärischen Leitung, unter den Augen des Generalgouverneurs selbst, und obwohl es gelegentlich vorkam, daß außenstehende, aber offiziöse Personen aus Schikane oder dienstlicher Rivalität höheren Orts hinterbrachten, der und der pflichtvergessene Befehlshaber gewähre Verbrechern der und der Kategorie Vergünstigungen – wenn man sogar an einem solchen Ort, so behaupte ich, die adligen Verbrecher mit etwas anderen Augen sah als die übrigen Sträflinge, so war das in der ersten und dritten Kategorie noch weit mehr der Fall. Folglich glaube ich von dem Ort, an dem ich mich befunden habe, in dieser Hinsicht auf ganz Sibirien schließen zu können. Alle Gerüchte und Erzählungen, die mir darüber von Verbannten der ersten und dritten Kategorie zu Ohren gekommen sind, haben meine Schlußfolgerungen bestätigt. In der Tat behandelte in unserem Gefängnis die Verwaltung uns Adlige allesamt rücksichtsvoller und behutsamer. Vergünstigungen hinsichtlich der Arbeit und der Haftbedingungen gab es für uns allerdings keine. Die gleiche Arbeit, die gleichen Ketten, die gleichen Schlösser – kurz, alles war genauso wie bei den übrigen Sträflingen. Und es war ja auch unmöglich, uns Erleichterungen zu gewähren. Wie mir bekannt ist, gab es in dieser Stadt in jener *noch nicht lange vergangenen und doch so weit zurückliegenden Zeit* so viele Denunzianten, so viele Intrigen, so viele Leute, die anderen eine Grube gruben, daß jeder Verantwortliche natürlich eine Denunziation fürchtete. Und was konnte zu jener Zeit schrecklicher sein als die Denunziation, Verbrechern einer gewissen Kategorie würden Vergünstigungen gewährt! Infolgedessen schwebte jeder in Angst, und wir lebten genauso wie alle anderen Katorga-Sträflinge, nur hinsichtlich der Körperstrafe machte man bis zu einem gewissen Grade eine Ausnahme mit uns. Gewiß, man hätte uns ganz bedenkenlos ausgepeitscht, wenn wir es verdient hätten, das heißt, wenn wir uns etwas hätten zuschulden kommen lassen. Das verlangten die dienstliche Pflicht und die Gleichheit aller in bezug auf körperliche Züchtigung. Aber einfach so, ohne Grund, leichtfertig peitschte man uns doch nicht aus, während bei den einfachen Sträflingen eine derartige leichtfertige Behandlung natürlich vorkam, namentlich durch einige subalterne Befehlshaber, die gerne herumkommandierten und bei jeder geeigneten Gelegenheit zu beeindrucken suchten. Wie uns zu Ohren kam, war der Kommandant, als er von der Geschichte mit dem alten Z-ski erfuhr, sehr ungehalten über den Major und gab ihm zu verstehen, er solle sich in Zukunft gefälligst etwas zurückhalten. So wurde es mir von allen erzählt. Auch wußte man bei uns, daß selbst der Generalgouverneur, der unserem Major doch Vertrauen entgegenbrachte und ihn bis zu einem gewissen Grade als einen zuverlässigen Menschen mit einigen Fähigkeiten schätzte, ihn, als er von dieser Geschichte erfuhr, ebenfalls gerügt hatte. Unser Major hatte dann auch seine Lehren daraus gezogen. Wie große Lust er zum Beispiel auch hatte, M-cki, den er nach A.s Verleumdungen haßte, eins auszuwischen, er konnte ihn nicht auspeitschen lassen, obwohl er nach einem Vorwand suchte, ihn schikanierte und belauerte. Von der Geschichte mit Z-ski erfuhr bald die ganze Stadt, und die öffentliche Meinung war gegen den Major; viele machten ihm Vorwürfe, manche bereiteten ihm sogar Unannehmlichkeiten. Hier muß ich auch an meine erste Begegnung mit dem Platzmajor denken. Uns, das heißt mir und einem anderen adligen Verbannten, mit dem zusammen ich in die Katorga eingeliefert wurde, hatte man bereits in Tobolsk durch Berichte über den unangenehmen Charakter dieses Mannes Angst gemacht. Die adligen Verbannten, die schon seit fünfundzwanzig Jahren dort lebten, uns mit großer Sympathie begrüßten und während der ganzen Zeit, die wir in diesem Etappengefängnis zubrachten, mit uns in Verbindung standen, warnten uns vor unserem künftigen Kommandeur und versprachen uns, alles in ihrer Macht Stehende zu tun, um uns durch gute Bekannte vor seinen Verfolgungen zu schützen. In der Tat erhielten die drei Töchter des Generalgouverneurs, die damals aus Rußland gekommen waren, um ihren Vater zu besuchen, von ihnen Briefe, und sie scheinen sich bei ihm auch für uns verwendet zu haben. Aber was konnte er schon tun! Er sagte dem Major lediglich, er möge uns etwas rücksichtsvoller behandeln. Zwischen zwei und drei Uhr nachmittags waren wir, das heißt mein Kamerad und ich, in dieser Stadt angekommen, und die Eskorte hatte uns geradewegs zu unserem Gebieter gebracht. Wir standen im Vorzimmer und warteten auf ihn. Unterdessen war bereits nach dem Gefängnisunteroffizier geschickt worden. Sobald er erschien, kam auch der Platzmajor zu uns heraus. Sein pickeliges, grimmiges dunkelrotes Gesicht wirkte recht niederdrückend auf uns – es war, als stürzte sich eine böse Spinne auf eine arme Fliege, die in ihr Netz geraten ist.

»Wie heißt du?« fragte er meinen Kameraden. Er sprach schnell, schneidend und abgehackt; offensichtlich wollte er uns einschüchtern.

Soundso.

»Und du?« fuhr er, seine Brillengläser auf mich richtend, fort.

Soundso.

»Unteroffizier! Sofort ins Gefängnis mit ihnen, auf der Wache vorschriftsmäßig rasieren, unverzüglich, den halben Kopf. Gleich morgen andere Fesseln anschmieden. Was sind denn das für Mäntel? Wo habt ihr die gekriegt?« fragte er auf einmal, da ihm die grauen Mäntel mit den gelben Kreisen auf dem Rücken auffielen, die wir in Tobolsk bekommen hatten und in denen wir uns seinen scharfen Augen darboten. »Das ist eine neue Uniform! Das ist bestimmt so eine neue Uniform. Eine, die noch ausprobiert wird. Aus Petersburg«, sagte er und drehte uns dabei nacheinander herum. »Haben sie nichts bei sich?« fragte er plötzlich den uns begleitenden Gendarmen.

»Sie haben eigene Kleidung, Euer Hochwohlgeboren«, antwortete, leicht zusammenfahrend und augenblicklich Haltung annehmend, der Gendarm. Jeder kannte den Major, jeder hatte schon von ihm gehört, jedem flößte er Furcht ein.

»Alles wegnehmen. Nur die Wäsche kriegen sie zurück, und auch nur die weiße; die bunte, wenn sie welche haben, ebenfalls wegnehmen. Alles übrige versteigern und das Geld als Einnahme buchen. Ein Sträfling besitzt kein Eigentum«, fügte er, uns streng anblickend, hinzu. »Seht zu, daß ihr euch gut führt; daß mir nichts zu Ohren kommt. Sonst: körper-liche Züch-tigung! Für das geringste Vergehen: Rrrutenhiebe!«

An einen solchen Empfang nicht gewöhnt, war ich den ganzen Abend fast krank. Im übrigen wurde der Eindruck auch noch durch das verstärkt, was ich im Gefängnis zu sehen bekam. Aber von meiner Einlieferung ins Gefängnis habe ich ja schon früher berichtet.

Wie ich soeben erwähnt habe, gewährte man uns keinerlei Vergünstigungen, keinerlei Erleichterungen bei der Arbeit, wagte es einfach den anderen Sträflingen gegenüber nicht. Einmal aber versuchte man es doch: B-ski und ich arbeiteten ein Vierteljahr lang als Schreiber im Ingenieurbüro. Doch geschah das in aller Heimlichkeit, und zwar auf Anordnung der Bauverwaltung. Das heißt, alle anderen, die es anging, wußten sicherlich auch Bescheid, taten aber, als wüßten sie nichts davon. Das war, als G. noch das Kommando über diesen Truppenteil hatte. Oberstleutnant G. war zu uns gekommen, wie vom Himmel gesandt, blieb jedoch nicht sehr lange bei uns – nicht länger als ein halbes Jahr, wenn ich mich nicht irre, eher sogar noch weniger –; er ging dann nach Rußland und hinterließ einen ungewöhnlichen Eindruck bei allen Sträflingen. Sie liebten ihn nicht nur, sie vergötterten ihn geradezu, soweit man diesen Ausdruck hier gebrauchen kann. Wie er es fertiggebracht hat, weiß ich nicht, aber er hat ihre Herzen im Sturm erobert. »Wie ein Vater ist er zu uns! Wir brauchen gar keinen anderen«, sagten die Sträflinge immer wieder während der ganzen Zeit, in der er den Ingenieurbereich leitete. Er war offenbar ein großer Zecher vor dem Herrn, klein von Wuchs und hatte einen dreisten, anmaßenden Blick. Dessenungeachtet war er freundlich zu den Sträflingen, fast schon zärtlich und liebte sie tatsächlich wie ein Vater. Weshalb er sie so liebte, kann ich nicht sagen, aber er konnte keinen Sträfling sehen, ohne ihm ein freundliches, aufmunterndes Wort zu sagen, ohne mit ihm zu lachen und zu scherzen, und was die Hauptsache ist, da war keine Spur von Herablassung oder auch nur etwas, was auf ihre Ungleichheit oder auf reine Leutseligkeit hingewiesen hätte. Er war ihr Kamerad, war im höchsten Grade ihresgleichen. Doch trotz seines instinktiv demokratischen Verhaltens nahmen sich die Sträflinge kein einziges Mal eine Respektlosigkeit oder Vertraulichkeit ihm gegenüber heraus. Im Gegenteil. Das Gesicht des Sträflings strahlte, wenn er diesem Offizier begegnete, er nahm die Mütze ab und sah dem auf ihn Zukommenden lächelnd entgegen. Und wenn der ihn ansprach, war das, als schenkte er ihm einen Rubel. Es gibt solche volkstümlichen Persönlichkeiten. Er sah drahtig aus und hatte einen aufrechten, forschen Gang. »Ein stolzer Adler!« pflegten die Sträflinge von ihm zu sagen. Erleichterungen konnte er ihnen natürlich nicht verschaffen; er leitete nur die technischen Arbeiten, die auch unter allen anderen Kommandeuren stets in der ein für allemal festgelegten gesetzmäßigen Ordnung vor sich gingen. Es sei denn, er traf zufällig eine Kolonne bei der Arbeit und sah, daß sie ihr Pensum bereits geschafft hatte; dann hielt er sie nicht länger fest, sondern entließ sie noch vor dem Trommelwirbel. Den Sträflingen gefiel jedoch, daß er Vertrauen zu ihnen hatte, daß er nicht kleinlich und nicht reizbar war und völlig auf so manche kränkenden Formen in seinem Auftreten als ihr Vorgesetzter verzichtete. Hätte er tausend Rubel verloren, ich glaube, selbst der ärgste unter unseren Dieben hätte sie ihm zurückgebracht, wenn er sie gefunden hätte. Ja, ich bin überzeugt davon. Wie groß war die Anteilnahme, als die Sträflinge erfuhren, daß ihr stolzer Adler von Kommandeur sich mit unserem verhaßten Major tödlich entzweit hatte. Das geschah gleich im ersten Monat nach seiner Ankunft. Unser Major war einst sein Regimentskamerad gewesen. Nach der langen Trennung begrüßten sie sich als Freunde und zechten miteinander. Doch auf einmal kam es zwischen ihnen zum Streit. Sie überwarfen sich, und G. wurde zum Todfeind des Majors. Es hieß sogar, sie hätten sich bei dieser Gelegenheit geprügelt, was bei unserem Major durchaus möglich war; prügelte er sich doch oft. Als die Sträflinge das hörten, freuten sie sich diebisch. »Mit so einem kann sich der Achtäugige einfach nicht vertragen. Der andere ist ein stolzer Adler, unser aber ist ein ...« Und dann folgte gewöhnlich ein Wort, das sich gedruckt nicht wiedergeben läßt. Man hätte bei uns schrecklich gern gewußt, wer von beiden dem anderen das Fell gegerbt hatte. Hätte sich das Gerücht von ihrer Prügelei als unwahr herausgestellt – was vielleicht auch der Fall war –, so wären unsere Sträflinge, glaube ich, sehr enttäuscht gewesen. »Ne, ganz bestimmt hat der Kommandeur die Oberhand behalten«, sagten sie. »Er ist klein, aber oho; der andere aber ist wahrscheinlich vor ihm unters Bett gekrochen.« Doch bald darauf reiste G. ab, und die Sträflinge versanken wieder in Trübsinn. Die Ingenieuroffiziere bei uns waren allesamt nicht übel – während meiner Zeit folgten drei oder vier aufeinander. »Aber so einen kriegen wir nie wieder«, pflegten die Sträflinge zu sagen. »Ein stolzer Adler war er, ein Adler und unser Beschützer.« Dieser G. also hatte uns Adlige alle sehr gern und befahl gegen Ende seiner Amtszeit B-ski und mir manchmal, ins Büro zu gehen. Nach seinem Fortgang aber wurde uns diese Arbeit noch regelmäßiger zugeteilt. Unter den Ingenieuren gab es etliche – darunter besonders einen –, die große Sympathie für uns hegten. Wir gingen dorthin und schrieben Akten ab, und unsere Handschrift begann sich sogar zu vervollkommnen; da kam auf einmal von höchster Stelle der Befehl, uns unverzüglich wieder zu unseren früheren Arbeiten zu schicken. Jemand hatte also nichts Eiligeres zu tun gehabt, als zu denunzieren! Übrigens war uns das auch ganz recht; hatten wir beide das Büro doch schon gründlich satt. Danach gingen B-ski und ich rund zwei Jahre lang fast unzertrennlich zu ein und denselben Arbeiten, am häufigsten jedoch in die Werkstatt. Wir unterhielten uns dabei, sprachen von unseren Hoffnungen und Ansichten. Er war ein prächtiger Mensch, aber seine Ansichten waren manchmal recht eigenartig und ausgefallen. Nicht selten bilden sich bei einer gewissen Kategorie von Menschen, sehr klugen zumeist, völlig abstruse Anschauungen heraus. Sie haben jedoch in ihrem Leben so viel dafür gelitten, haben sie um einen so teuren Preis erkauft, daß es ihnen gar zu schmerzlich, ja fast unmöglich ist, sich wieder von ihnen zu trennen. B-ski fühlte sich bei jedem Einwand schmerzhaft getroffen und antwortete mir jedesmal mit großer Schärfe. In vielem kam er der Wahrheit vielleicht näher als ich, das weiß ich nicht. Schließlich aber entzweiten wir uns, und das tat mir sehr leid; hatten wir doch schon vieles miteinander geteilt.

Unterdessen wurde M-cki mit den Jahren immer melancholischer und düsterer. Schwermut überkam ihn. Früher, während der ersten Zeit meines Gefängnisaufenthaltes, war er noch mitteilsamer gewesen, hatte er mir sein Herz trotz allem noch häufiger und gründlicher ausgeschüttet. Er lebte bereits das dritte Jahr in der Katorga, als ich dort eingeliefert wurde. Anfangs interessierte er sich noch für vieles von dem, was während dieser beiden Jahre in der Welt geschehen war und wovon er durch seinen Katorga-Aufenthalt keine Ahnung hatte; er fragte mich darüber aus, hörte zu und regte sich darüber auf. Doch mit den Jahren zog er sich immer mehr in sich zurück. Die Glut bedeckte sich mit Asche. Seine Verbitterung nahm immer mehr zu. »Je hais ces brigands«, sagte er oft zu mir und blickte dabei voller Haß auf die Sträflinge, die ich bereits näher kennengelernt hatte, und keines meiner

Argumente zu ihren Gunsten vermochte ihn umzustimmen. Er verstand mich einfach nicht; manchmal allerdings gab er mir zerstreut recht. Aber schon am nächsten Tag sagte er wieder: »Je hais ces brigands.« Wir sprachen übrigens oft französisch miteinander, und einer unserer Arbeitsaufseher, der Pionier Dranischnikow, nannte uns deswegen aus unerfindlichen Gründen »Fellschere«. Lebhafter wurde M-cki nur, wenn er an seine Mutter dachte. »Sie ist alt und krank«, sagte er zu mir. »Sie liebt mich über alles in der Welt. Ich aber weiß hier nicht einmal, ob sie noch am Leben ist oder nicht. Es wird schon schwer genug für sie gewesen sein, zu erfahren, daß ich Spießruten laufen mußte.« M-cki war kein Adliger und wurde vor seiner Verbannung körperlich gestraft. Wenn er daran zurückdachte, biß er die Zähne zusammen und bemühte sich, zur Seite zu sehen. In der letzten Zeit suchte er immer häufiger die Einsamkeit. Eines Vormittags zwischen elf und zwölf ließ ihn der Kommandeur zu sich rufen. Mit einem heiteren Lächeln kam er zu ihm heraus.

»Na, M-cki, was hast du heute geträumt?« fragte er ihn.

»Bin ich vielleicht zusammengeschreckt!« erzählte M-cki, nachdem er zu uns zurückgekehrt war. »Mir war, als bekäme ich einen Stich ins Herz.«

»Ich habe geträumt, ich hätte einen Brief von meiner Mutter gekriegt«, antwortete er.

»Noch etwas viel Besseres!« erwiderte der Kommandant. »Du bist frei! Deine Mutter hat für dich gebeten, und ihre Bitte ist erhört worden. Hier ist ihr Brief und hier die Order, dich zu entlassen. Du verläßt sofort das Gefängnis.«

Bleich und noch ganz betäubt von dieser Nachricht, kehrte er zu uns zurück. Wir beglückwünschten ihn. Mit zitternden, ganz kalt gewordenen Händen drückte er die unsrigen. Auch von den übrigen Sträflingen beglückwünschten ihn viele und freuten sich über sein Glück.

Er wurde Strafansiedler und blieb in unserer Stadt. Bald erhielt er auch eine Anstellung. Anfangs kam er noch häufig zu uns ins Gefängnis und teilte uns, wenn er konnte, allerlei Neuigkeiten mit. Namentlich die politischen interessierten ihn sehr.

Von den übrigen vier, das heißt außer M-cki, T-ski, B-ski und Z-ski, waren zwei noch sehr jung und nur für kurze Zeit verbannt; sie besaßen nur geringe Bildung, waren jedoch ehrlich, einfach und aufrichtig. Der dritte, A-czukowski, war recht einfältig und hatte nichts Besonderes an sich, der vierte jedoch, ein gewisser B-m, ein schon bejahrter Mann, machte einen äußerst schlechten Eindruck auf uns alle. Ich weiß nicht, wie er in diese Verbrecherkategorie geraten war, und auch er selbst bestritt seine Zugehörigkeit zu ihr. Er war ein ungehobelter kleinbürgerlicher Geist mit den Gewohnheiten und Grundsätzen eines Krämers, der durch zuwenig herausgegebene Kopeken reich geworden ist. Er besaß keinerlei Bildung und interessierte sich für nichts anderes als sein Metier. Er war Maler, aber ein ausgezeichneter, einer, der sein Handwerk verstand. Bald erfuhr die Obrigkeit von seinen Fähigkeiten, und nach und nach forderte die ganze Stadt B-m zum Tünchen von Wänden und Decken an. Innerhalb von zwei Jahren tünchte er fast alle Dienstwohnungen. Die Wohnungsinhaber bezahlten ihn aus ihrer eigenen Tasche, und so lebte er nicht schlecht. Aber das beste dabei war, daß man auch etliche seiner Kameraden mit ihm zu dieser Arbeit schickte. Von dreien, die ständig mit ihm gingen, erlernten zwei bei ihm das Handwerk, und bald tünchte einer von ihnen, T-ski, nicht schlechter als er. Unser Platzmajor, der ebenfalls eine Dienstwohnung hatte, forderte B-m gleichfalls an und beauftragte ihn, alle Wände und Decken bei ihm zu tünchen. Da gab sich B-m alle Mühe; selbst beim Generalgouverneur waren die Räume nicht so schön getüncht. Es war ein eingeschossiges, schon ziemlich baufälliges Holzhaus, das von außen recht schäbig aussah; innen jedoch war es gestrichen wie ein Palast, und der Major war begeistert. Er rieb sich die Hände und redete dauernd davon, jetzt müsse er unbedingt heiraten. »Bei so einer Wohnung muß man ganz einfach heiraten«, fügte er todernst hinzu. Mit B-m war er immer zufrieden und durch ihn auch mit den anderen, die mit ihm zusammen arbeiteten. Die Arbeit dauerte einen ganzen Monat. Im Laufe dieses Monats änderte der Major seine Meinung über alle unsere Leute von Grund auf und fing an, sie zu begünstigen. Das ging so weit, daß er eines Tages ganz überraschend Z-ski zu sich kommen ließ.

»Z-ski!« sagte er. »Ich habe dir großes Unrecht getan. Ohne jeden Grund hab ich dich auspeitschen lassen, ich weiß es. Und ich bereue es. Begreifst du das? Ich, ich, ich bereue!«

Z-ski antwortete, er begreife das.

»Begreifst du, daß ich, ich, dein Gebieter, dich habe rufen lassen, um dich um Verzeihung zu bitten? Hast du ein Gefühl dafür?

Was bist du schon mir gegenüber! Ein Wurm! Weniger als ein Wurm – ein Sträfling bist du! Ich aber bin Major von Gottes Gnaden.* Ein Major! Begreifst du das?«

Z-ski antwortete, auch das begreife er.

»Nun, dann will ich mich jetzt mit dir versöhnen. Aber kannst du das auch ermessen, kannst du das voll ermessen, in seiner ganzen Tragweite? Bist du imstande, das zu begreifen und zu ermessen? Stell dir vor: Ich, ich, ein Major ...« Und so weiter.

Z-ski hat mir die ganze Szene selber geschildert. Folglich besaß auch dieser trunksüchtige, zänkische und zügellose Mann menschliches Empfinden. Zieht man seine Anschauungen und seine Entwicklung in Betracht, so könnte man sein Verhalten beinahe als edelmütig ansehen. Allerdings hat seine Trunkenheit sicherlich viel dazu beigetragen.

Sein Traum ging nicht in Erfüllung – er heiratete nicht, obwohl er es sich bereits fest vorgenommen hatte, nachdem seine Wohnung vollständig hergerichtet war. Statt zu heiraten, mußte er sich vor Gericht verantworten, und man veranlaßte ihn, seinen Abschied zu nehmen. All seine alten Sünden hielt man ihm dabei vor. Soviel ich mich erinnere, war er vorher in diesem Ort Stadthauptmann gewesen. Dieser Schlag kam für ihn völlig unerwartet. Im Gefängnis rief diese Nachricht eine unbändige Freude hervor. Ein Festtag war das, ein Triumph! Der Major, erzählte man sich, heule wie ein altes Weib und vergieße Ströme von Tränen. Doch es war nichts zu machen. Er nahm also seinen Abschied, verkaufte seine beiden Grauschimmel, dann seine ganze Habe und geriet sogar in Armut. Wir trafen ihn danach wiederholt in einem abgetragenen Zivilrock, auf dem Kopf eine Uniformmütze mit Kokarde. Er sah uns Sträflinge grimmig an. Aber mit seiner Zaubermacht war es aus und vorbei, seit er die Uniform abgelegt hatte. In der Uniform war er ein Schrecken, ein Gott gewesen. Im Zivilrock aber war er auf einmal ein absolutes Nichts und sah wie ein Lakai aus. Es ist doch erstaunlich, wieviel die Uniform bei solchen Leuten ausmacht.

* Buchstäblich so. Übrigens wurde diese Formulierung zu meiner Zeit nicht nur von unserem Major verwendet, sondern auch von vielen anderen niederen Vorgesetzten, vornehmlich von solchen, die aus unteren Rängen aufgestiegen waren. (Anm. d. Verf.)

9 *Die Flucht*

Bald nach der Ablösung unseres Platzmajors kam es in unserem Gefängnis zu grundlegenden Veränderungen. Die Katorga wurde abgeschafft und an ihrer Stelle eine Strafkompanie der Militärverwaltung nach dem Muster der russischen Strafkompanien aufgestellt. Das bedeutete, daß verbannte Sträflinge der zweiten Kategorie nicht mehr in unser Gefängnis eingeliefert wurden. Von nun an wurde es nur noch mit Sträflingen der Militärverwaltung belegt, also mit Männern, die nicht ihrer Standesrechte verlustig gegangen waren, mithin Soldaten wie alle anderen, nur eben bestrafte, die nur kurze Strafzeiten abzubüßen hatten (höchstens zehn Jahre) und nach ihrer Entlassung aus dem Gefängnis wieder als Gemeine, die sie ja auch vorher gewesen waren, in ihre Bataillone zurückkehrten. Diejenigen allerdings, die wegen neuerlicher Verbrechen wieder ins Gefängnis kamen, wurden nach wie vor mit zwanzig Jahren bestraft. Übrigens hatten wir auch vor dieser Veränderung eine Abteilung für Sträflinge der militärischen Kategorie, aber sie waren mit uns zusammen untergebracht, weil kein anderer Platz für sie da war. Nun wurde das ganze Gefängnis zu dieser militärischen Kategorie. Selbstverständlich blieben die bisherigen Sträflinge, die richtigen Zivilsträflinge, die aller ihrer Rechte beraubt, gebrandmarkt und an einem Teil des Kopfes rasiert waren, bis zur Verbüßung ihrer vollen Strafe im Gefängnis; neue kamen nicht mehr hinzu, die verbleibenden saßen ihre Zeit ab und wurden entlassen, so daß es nach etwa zehn Jahren keinen einzigen Zivilsträfling mehr in unserem Gefängnis geben würde. Die Sonderabteilung verblieb ebenfalls beim Gefängnis, und von Zeit zu Zeit wurden dort immer noch Schwerverbrecher der Militärverwaltung eingeliefert, bis zur Einführung schwerster Katorga-Arbeiten in Sibirien. Auf diese Weise ging das Leben für uns im wesentlichen wie bisher weiter: dieselben Haftbedingungen, dieselbe Arbeit und fast dieselben Vorschriften, nur die Verwaltung war verändert worden und nun komplizierter. Neu eingesetzt wurden ein Stabsoffizier, ein Kompanieführer und vier Offiziere, die abwechselnd im Gefängnis Dienst taten. Abgeschafft wurden unter anderem auch die Invaliden; an ihre Stelle traten zwölf Unteroffiziere und ein Kammerverwalter. Neu eingeführt wurden Abteilungen zu je zehn Mann, ferner Gefreite aus den

Reihen der Sträflinge, natürlich nur dem Namen nach, und selbstverständlich wurde Akim Akimytsch gleich so ein Gefreiter. Diese neue Einrichtung und das ganze Gefängnis samt all seinen Chargen und Sträflingen blieben nach wie vor das Ressort des Kommandanten als des obersten Vorgesetzten. Das war alles, was geschah. Natürlich waren die Sträflinge anfangs sehr aufgeregt, sie erörterten alles, äußerten Vermutungen und suchten die neuen Vorgesetzten einzuschätzen; als sie jedoch erkannten, daß im Grunde alles beim alten blieb, beruhigten sie sich sogleich, und unser Leben verlief wie früher. Hauptsache aber, wir waren den bisherigen Major los; alle atmeten auf und faßten neuen Mut. Die ängstlichen Mienen verschwanden; ein jeder wußte jetzt, daß er sich im Notfall mit einem Vorgesetzten aussprechen konnte und man höchstens noch irrtümlicherweise einen Unschuldigen statt des Schuldigen bestrafte. Selbst der Branntwein wurde bei uns unter den gleichen Bedingungen verkauft wie vorher, obwohl an die Stelle der Invaliden Unteroffiziere getreten waren. Diese Unteroffiziere erwiesen sich größtenteils als anständige und gescheite Leute, die ihre Situation richtig beurteilten. Einige von ihnen ließen allerdings in der ersten Zeit die Neigung erkennen, sich aufzuspielen, und glaubten, natürlich aus Unerfahrenheit, mit den Sträflingen wie mit Soldaten umspringen zu können. Doch schon bald begriffen auch sie, wie der Hase lief. Denjenigen aber, denen es allzulange an Einsicht mangelte, brachten die Sträflinge bei, worauf es ankam. Dabei gab es manchmal ziemlich scharfe Auseinandersetzungen; so verführten sie zum Beispiel einen Unteroffizier zum Trinken und machten ihm dann hinterher klar, auf ihre Weise natürlich, daß er mit ihnen zusammen getrunken habe und folglich ... Das Ende vom Lied war, daß die Unteroffiziere gleichgültig zusahen oder, besser gesagt, sich bemühten, nicht zu sehen, wie die Sträflinge die Därme hereinschmuggelten und den Branntwein verkauften. Ja mehr noch: Wie vorher die Invaliden gingen auch sie zum Markt und holten für die Sträflinge Kringel, Rindfleisch und alles mögliche andere, das heißt solche Dinge, die sie besorgen konnten, ohne eventuell streng dafür gerügt zu werden. Weshalb das alles so verändert, weshalb die Strafkompanie eingeführt wurde, weiß ich nicht. Es geschah erst in den letzten Jahren meiner Katorga. Aber zwei Jahre lang war es mir noch beschieden, unter diesen neuen Verhältnissen zu leben.

Soll ich dieses ganze Leben, all meine Jahre im Gefängnis auf-

wirst die arme
Waise

»Gib's ihm!« brüllt Sherebjatnikow da aus vollem Halse. »Brenn ihm eins über! Drisch drauflos, immer drauflos! Heiz ihm ein! und noch mal! Immer feste drauf auf die Waise, immer feste drauf auf den Halunken! Hau ihn, daß die Fetzen fliegen!« S. 246

zeichnen? Ich denke nicht. Wollte ich der Reihe nach ausnahmslos alles aufschreiben, was in dieser Zeit geschehen ist und was ich mitangesehen und selbst erlitten habe, ich könnte natürlich noch drei-, viermal mehr Kapitel schreiben als bisher. Aber eine solche Schilderung würde am Ende zwangsläufig zu eintönig werden. Alle Ereignisse würden zu sehr ein und dasselbe Gepräge tragen, namentlich wenn der Leser sich schon anhand der bereits geschriebenen Kapitel hat ein einigermaßen befriedigendes Bild vom Katorga-Dasein der zweiten Kategorie machen können. Mein Anliegen war es, von unserem Gefängnis und allem, was ich während dieser Jahre erlebt habe, eine anschauliche, klare Vorstellung zu vermitteln. Ob ich dieses Ziel erreicht habe, weiß ich nicht. Zum Teil steht es mir auch nicht zu, darüber zu urteilen. Ich bin jedoch überzeugt, daß ich damit schließen kann. Außerdem überkommt mich bei diesen Erinnerungen zuweilen selber eine tiefe Schwermut. Auch kann ich mich kaum noch an alles erinnern. Die weiteren Jahre haben sich in meinem Gedächtnis gleichsam verwischt. Viele Umstände – davon bin ich fest überzeugt – habe ich bereits völlig vergessen. Zum Beispiel weiß ich noch, daß alle diese einander so ähnlichen Jahre sich träge und trostlos dahinschleppten. Ich weiß noch, daß diese langen, langweiligen Tage so einförmig waren wie das Herabtropfen des Wassers vom Dach nach dem Regen. Ich weiß noch, daß allein der leidenschaftliche Wunsch nach einer Auferstehung, einer Erneuerung, einem neuen Leben mir die Kraft verlieh, zu warten und zu hoffen. Und schließlich gewann ich wieder innere Festigkeit: Ich sehnte das Ende herbei, ich zählte die Tage, und obwohl es noch tausend waren, zog ich genießerisch einen nach dem anderen ab, trug ihn zu Grabe, bestattete ihn und freute mich bei Anbruch des nächsten Tages, daß nun nicht mehr tausend Tage übrigblieben, sondern nur noch neunhundertneunundneunzig. Ich weiß noch, daß ich während dieser ganzen Zeit trotz der vielen hundert Kameraden schrecklich einsam war und daß ich diese Einsamkeit schließlich liebgewann. In dieser seelischen Vereinsamung unterzog ich mein ganzes bisheriges Leben einer Revision, durchmusterte ich alles bis auf die letzte Kleinigkeit, vertiefte ich mich in meine Vergangenheit, saß unerbittlich und streng über mich zu Gericht und segnete so manches Mal das Schicksal sogar dafür, daß es mir diese Einsamkeit gesandt hatte, ohne die weder dieses Gericht über mich selbst noch diese strenge Revision meines früheren Lebens zustande gekommen wären. Und welche Hoffnungen erfüllten damals mein Herz! Ich nahm mir vor, ich beschloß, ich schwor mir, daß es in meinem künftigen Dasein weder solche Fehler noch einen derartigen sittlichen Verfall mehr geben würde wie in meinem früheren. Ich entwarf mir ein Programm für meine Zukunft und faßte den festen Entschluß, es zu befolgen. In mir hatte sich der blinde Glaube herausgebildet, daß ich das alles verwirklichen könne. Ich wartete auf die Freiheit, ich flehte sie herbei; ich wollte mich nochmals in neuem Kampf prüfen. Zeitweilig packte mich eine krampfhafte Ungeduld. Doch es schmerzt mich heute, mich an meine damalige seelische Verfassung zu erinnern. Gewiß, all das geht nur mich allein an. Aber ich habe es auch deshalb aufgezeichnet, weil ich glaube, daß es ein jeder verstehen wird, denn jedem muß es ebenso ergehen, wenn er in der Blüte seiner Jahre auf lange Zeit ins Gefängnis kommt.

Doch wozu davon reden! Ich erzähle lieber noch etwas, um nicht allzu plötzlich zu schließen.

Da fällt mir ein, jemand könnte fragen, ob denn niemand aus der Katorga habe fliehen können und ob in all diesen Jahren keiner bei uns geflohen sei. Wie ich bereits geschrieben habe, beginnt ein Sträfling, der schon zwei, drei Jahre Katorga hinter sich hat, diese Jahre zu schätzen und kommt allmählich zu dem Schluß, daß es besser ist, auch noch den Rest ohne Scherereien und Gefahren hinter sich zu bringen und am Ende legal zwecks Strafansiedlung entlassen zu werden. Diese Erwägungen finden jedoch nur im Kopf eines Sträflings Platz, der zu einer kürzeren Strafzeit verurteilt ist. Ein Langjähriger wäre sicherlich auch bereit, etwas zu wagen. Aber bei uns kam das aus irgendwelchen Gründen nicht vor. Ich weiß nicht, ob unsere Sträflinge zu feige waren, ob die Aufsicht besonders streng und militärisch oder ob die Lage unserer Stadt in vieler Hinsicht ungünstig war (sie lag in der offenen Steppe); es ist schwer zu sagen. Ich glaube, alle diese Gründe waren dafür ausschlaggebend. Es war tatsächlich ziemlich schwierig, zu fliehen. Indessen ereignete sich auch zu meiner Zeit ein solcher Fall: Zwei wagten es, sogar zwei der schwersten Verbrecher.

Nach der Ablösung des Majors war A. – jener Sträfling, der für ihn im Gefängnis Spitzeldienste geleistet hatte – auf einmal ganz allein und ohne Protektion. Er war noch sehr jung, aber sein Charakter hatte sich mit den Jahren gefestigt und war gereift. Überhaupt war er ein verwegener, entschlossener und sogar recht gewitzter Mensch. Hätte man ihm jetzt die Freiheit gegeben, so hätte er sich zwar weiter als Spitzel betätigt und wäre allerlei dunklen Geschäften nachgegangen, nur nicht mehr so dumm und unüberlegt hereingefallen wie einst, als er für seine Dummheit mit Verbannung bezahlen mußte. Gelegentlich befaßte er sich bei uns auch mit dem Fälschen von Pässen. Mit Bestimmtheit kann ich das allerdings nicht sagen; ich habe es nur von unseren Sträflingen gehört. Sie behaupteten, er habe in dieser Sparte bereits gearbeitet, als er noch beim Platzmajor in der Küche ein und aus ging, und natürlich beträchtlichen Gewinn daraus gezogen. Kurzum, er war, glaube ich, zu allem fähig, um sein Schicksal zu verändern. Ich hatte Gelegenheit, seinen Charakter bis zu einem gewissen Grade kennenzulernen; sein Zynismus reichte bis zu empörender Unverschämtheit und eiskaltem Hohn und erweckte unüberwindlichen Abscheu. Ich glaube, hätte es ihn sehr nach einem Becher Branntwein gelüstet und er den nicht anders als durch einen Mord bekommen, er hätte unweigerlich einen Mord begangen, vorausgesetzt, der wäre heimlich, ohne daß es jemand merkte, zu bewerkstelligen gewesen. Im Gefängnis lernte er, berechnend zu sein. Auf diesen Mann nun richtete der Sträfling Kulikow von der Sonderabteilung sein Augenmerk.

Von Kulikow habe ich bereits gesprochen. Er war nicht mehr jung, aber leidenschaftlich, vital und robust und mit außergewöhnlichen, mannigfaltigen Fähigkeiten ausgestattet. Er strotzte vor Kraft und wollte noch etwas vom Leben haben; solche Menschen bewahren bis ins hohe Alter hinein einen starken Lebenswillen. Und hätte ich mich darüber gewundert, weshalb bei uns niemand floh, so natürlich in erster Linie bei Kulikow. Doch der hatte sich dazu entschlossen. Wer von den beiden mehr Einfluß auf den anderen hatte, A. auf Kulikow oder Kulikow auf A., weiß ich nicht, aber einer war des anderen wert, und für diese Sache paßten sie zueinander. Sie schlossen Freundschaft. Ich glaube, Kulikow rechnete darauf, daß A. Pässe beschaffen würde. A. war von Adel und gehörte zur guten Gesellschaft – das versprach eine gewisse Mannigfaltigkeit in ihren zukünftigen Erlebnissen, wenn sie Rußland erst einmal erreicht hatten. Wer weiß, was sie untereinander ausmachten und welche Hoffnungen sie hegten; sicherlich aber gingen ihre Hoffnungen über das gewöhnliche Schema der sibirischen Landstreicher hinaus. Kulikow war von Natur aus ein Schauspieler und vermochte im Leben viele recht unterschiedliche Rollen zu spielen; er konnte auf vieles hoffen, zumindest aber auf Abwechslung. Solche Menschen muß die Gefangenschaft niederdrücken. Sie verabredeten, zu fliehen.

Doch ohne den Begleitsoldaten zu fliehen war unmöglich. Sie mußten ihn also überreden, gemeinsame Sache mit ihnen zu machen. In einem der Bataillone, die in der Festung lagen, diente ein Pole, ein energischer Mann, der vielleicht ein besseres Schicksal verdient hätte; er war schon bejahrt und ernst, aber ein Draufgänger. Noch in jungen Jahren, kaum zum Militärdienst nach Sibirien gekommen, desertierte er vor tiefem Heimweh. Er wurde gefaßt, gezüchtigt und für einige Jahre in Strafkompanien gesteckt. Nachdem man ihn zu seiner Truppe zurückgeschickt hatte, überlegte er es sich anders und diente von da an eifrig und nach besten Kräften. Als Auszeichnung machte man ihn zum Gefreiten. Er war ein Mann voller Ehrgeiz und großem Selbstbewußtsein, der sich seines Wertes bewußt war. Er blickte und sprach auch wie jemand, der sich seines Wertes bewußt ist. Ich habe ihn während dieser Jahre wiederholt unter unseren Begleitsoldaten angetroffen. Auch die Polen haben mir einiges über ihn erzählt. Ich hatte das Gefühl, sein früheres Heimweh habe sich in einen verborgenen, dumpfen, immerwährenden Haß verwandelt. Dieser Mann war zu allem fähig, und Kulikow beging keinen Fehler, als er ihn zu ihrem Kumpan wählte. Er hieß Koller. Sie verständigten sich und legten den Tag fest. Es war im Juni, in der heißen Zeit. Das Klima ist in dieser Gegend ziemlich gleichbleibend; im Sommer ist es ständig recht warm, was den Landstreichern sehr zustatten kommt. Selbstverständlich konnten sie nicht geradewegs losziehen, zur Festung hinaus; liegt die Stadt doch wie auf dem Präsentierteller da und ist auf allen Seiten von offenem Gelände umgeben. Ringsum gibt es weit und breit keinen Wald. Sie mußten sich erst Zivilkleidung anziehen und sich zu diesem Zweck in die Vorstadt begeben, wo Kulikow schon seit langem einen Unterschlupf besaß. Ich weiß nicht, ob ihre Helfershelfer in der Vorstadt voll ins Vertrauen gezogen waren. Man muß es wohl annehmen, obzwar es später bei der Verhandlung nicht ganz geklärt wurde. In diesem Jahr hatte in einer Ecke der Vorstadt ein bildhübsches junges Mädchen, Wanka-Tanka mit Spitznamen, seine Tätigkeit aufgenommen, sie berechtigte zu großen Hoffnungen und erfüllte sie in der Folge auch zum Teil. Man nannte sie auch »Flamme«.

Sie scheint ebenfalls bis zu einem gewissen Grade beteiligt gewesen zu sein. Kulikow hatte sich schon das ganze Jahr über für sie ruiniert. Unsere Helden gingen am Morgen zur Arbeitsverteilung hinaus und wußten es so einzurichten, daß man sie dem Sträfling Schilkin zuteilte, einem Ofensetzer und Putzer, der die leeren Bataillonskasernen neu zu verputzen hatte, aus denen die Soldaten schon seit langem in die Lager ausgerückt waren. A. und Kulikow wurden ihm als Handlanger mitgegeben. Koller gesellte sich als Begleitsoldat zu ihnen, und da für drei Sträflinge zwei Mann Eskorte erforderlich waren, vertraute man ihm als Altgedientem und Gefreiten ohne weiteres einen jungen Rekruten zwecks Anleitung und Unterweisung im Eskortieren an. Unsere Flüchtlinge müssen einen überaus starken Einfluß auf Koller gehabt und er muß ihnen sehr vertraut haben, wenn er, ein verständiger, gesetzter und umsichtiger Mann, nach langjährigem und in den letzten Jahren erfolgreichem Dienst sich dazu entschloß, mit ihnen zu gehen.

Sie begaben sich in die Kasernen. Es war gegen sechs Uhr morgens. Außer ihnen befand sich niemand weiter dort. Nachdem sie ungefähr eine Stunde gearbeitet hatten, sagten Kulikow und A. zu Schilkin, sie wollten zur Werkstatt gehen, erstens um dort jemand zu treffen, und zweitens würden sie bei der Gelegenheit auch gleich ein Werkzeug von dort mitbringen, das hier fehle. Bei Schilkin mußten sie die Sache schon schlau einfädeln, das heißt möglichst natürlich. Es war Moskauer, Ofensetzer seines Zeichens, ein Kleinbürger, pfiffig, gewitzt, klug und wortkarg. Dem Aussehen nach war er schwächlich und ausgemergelt. Er hätte sein Leben lang nach Moskauer Art in Weste und Schlafrock herumlaufen können, aber das Schicksal hatte es anders gefügt, und nach langen Wanderungen war er für immer bei uns in der Sonderabteilung gelandet, das heißt in der Kategorie der schlimmsten militärischen Verbrecher. Womit er sich eine solche Karriere verdient hatte, weiß ich nicht; aber eine sonderliche Unzufriedenheit merkte man ihm nicht an. Er war stets ruhig und gelassen; nur manchmal betrank er sich wie ein Schuster, aber auch dann benahm er sich anständig. Ins Vertrauen hatte man ihn selbstverständlich nicht gezogen, aber er beobachtete sehr scharf. Natürlich gab ihm Kulikow mit einem Zwinkern zu verstehen, sie gingen Branntwein holen, der schon seit dem Vortage in der Werkstatt bereitgehalten werde. Das verfehlte bei Schilkin nicht seine

Wirkung; ohne jeden Argwohn ließ er sie gehen und blieb mit dem Rekruten allein zurück. Kulikow, A. und Koller aber begaben sich in die Vorstadt.

Eine halbe Stunde verging; als die Abwesenden nicht zurückkehrten, erwachte auf einmal Schilkins Argwohn, und er machte sich Gedanken. Selber mit allen Wassern gewaschen, fiel ihm nun nachträglich allerlei ein: Kulikow war in einer so sonderbaren Stimmung gewesen, A. hatte, wie er meinte, zweimal mit ihm geflüstert, zumindest hatte Kulikow ihm zweimal zugezwinkert, das hatte er gesehen. Jetzt erinnerte er sich an all das. Auch an Koller war ihm etwas aufgefallen: Der hatte, bevor er mit den beiden wegging, dem Rekruten Anweisungen gegeben, wie er sich während seiner Abwesenheit zu verhalten habe, doch das war nicht ganz natürlich gewesen, zumindest bei Koller. Kurzum, je länger Schilkin nachdachte, desto mehr wuchs sein Mißtrauen. Unterdessen verstrich die Zeit, ohne daß sie zurückkehrten, und seine Unruhe erreichte den höchsten Grad. Er begriff recht gut, wieviel für ihn auf dem Spiel stand; konnte der Verdacht der Obrigkeit doch auch auf ihn fallen. Man konnte annehmen, er habe seine Kameraden wissentlich, im gegenseitigen Einverständnis fortgehen lassen, und wenn er zögerte, Kulikows und A.s Verschwinden zu melden, würde dieser Verdacht sich noch erhärten. Es war keine Zeit zu verlieren. Jetzt erinnerte er sich auch, daß Kulikow und A. in letzter Zeit auf besonders vertrautem Fuße miteinander gestanden, häufig zusammen geflüstert hatten und oft hinter den Unterkünften, fern von allen Blicken, auf und ab gegangen waren. Wie ihm nun einfiel, hatte er sich auch da schon so seine Gedanken über sie gemacht. Prüfend sah er seinen Bewacher an. Der gähnte, auf sein Gewehr gestützt, und bohrte sich auf die unschuldigste Weise mit dem Finger in der Nase, so daß Schilkin es der Mühe nicht für wert hielt, ihm seine Überlegungen mitzuteilen, sondern ihn kurz und bündig aufforderte, sich mit ihm zur Pionierwerkstatt zu begeben. Dort mußte er erst einmal nachfragen, ob die drei sich da hatten blicken lassen. Doch wie sich herausstellte, hatte sie niemand gesehen. Nun bestand für Schilkin kein Zweifel mehr. Daß sie einfach bloß in die Vorstadt gegangen sind, um zu trinken und sich zu amüsieren, wie Kulikow das manchmal tut, dachte Schilkin bei sich, ist auch nicht gut möglich. Das hätten sie dir gesagt, denn das brauchten sie vor dir nicht zu verheimlichen. Schilkin ließ seine Arbeit im Stich und begab sich, ohne noch einmal zur Kaserne zurückzukehren, schnurstracks zum Gefängnis.

Es war schon fast neun Uhr, als er beim Feldwebel erschien und ihm meldete, was geschehen war. Dem fuhr der Schreck in die Glieder, und er wollte es erst gar nicht glauben. Selbstverständlich hatte ihm Schilkin das alles nur als Vermutung, als Verdacht mitgeteilt. Der Feldwebel eilte direkt zum Major. Und der Major wiederum unverzüglich zum Kommandanten. Eine Viertelstunde später waren bereits alle erforderlichen Maßnahmen getroffen. Dem Generalgouverneur höchstselbst wurde Meldung davon gemacht. Es handelte sich um wichtige Verbrecher, und ihretwegen konnte ein strenger Rüffel aus Petersburg kommen. A. galt, ob zu Recht oder nicht, als politischer Verbrecher, und Kulikow war aus der Sonderabteilung, das heißt ein Kapitalverbrecher und noch dazu Militärangehöriger. Das hatte es bisher nie gegeben, daß einer aus der Sonderabteilung geflohen war. Bei dieser Gelegenheit fiel ihnen auch noch ein, daß laut Reglement bei der Arbeit zu jedem Sträfling aus der Sonderabteilung zwei Begleitsoldaten gehörten, zumindest jedoch einer. Diese Vorschrift war nicht eingehalten worden. Das konnte eine unangenehme Geschichte werden. In alle Amtsbezirke und umliegenden Ortschaften wurden Kuriere geschickt, um von der Flucht Mitteilung zu machen und überall eine Beschreibung der Flüchtigen zu hinterlassen. Man sandte Kosaken aus, sie zu verfolgen und wieder einzufangen. Auch an die benachbarten Kreise und Gouvernements wurde geschrieben. Kurzum, man hatte eine Heidenangst.

Unterdessen griff bei uns im Gefängnis eine Erregung ganz anderer Art um sich. Sowie die Sträflinge von der Arbeit zurückgekehrt waren, hatten sie von der Flucht erfahren. Wie ein Lauffeuer verbreitete sich die Kunde. Alle nahmen sie mit ungewöhnlicher, heimlicher Freude auf. Jedermann durchzuckte es. Abgesehen davon, daß dieses Ereignis die Eintönigkeit des Gefängnisdaseins unterbrach und dieses dadurch aufgestört wurde wie ein Ameisenhaufen, fand die Flucht, noch dazu solch eine Flucht, in den Seelen aller eine Art von verwandtschaftlichem Widerhall und rührte darin längst vergessene Saiten an; so etwas wie Hoffnung, Verwegenheit und die Aussicht, sein Schicksal doch verändern zu können, ließ die Herzen aller höher schlagen. Da sind also doch welche abgehauen. Warum eigentlich nicht? Und ein jeder schöpfte bei diesem Gedanken neuen Mut und sah die anderen mit herausfordernder Miene an. Zumindest trugen alle auf einmal einen gewissen Stolz zur Schau und blickten auf die Unteroffiziere herab. Selbstverständlich eilte die Obrigkeit sofort ins Gefängnis. Auch der Kommandant kam höchstpersönlich angefahren. Unsere Leute waren selbstbewußter geworden und schauten furchtlos, ja sogar ein wenig verächtlich und mit stummem, strengem Ernst drein, als wollten sie sagen: So was ist kein Kunststück für uns. Selbstverständlich hatten sie den Besuch der Obrigkeit sofort vorausgesehen. Ebenso sahen sie voraus, daß es unverzüglich Durchsuchungen geben würde, und versteckten vorher alles. Wie sie wußten, wurde die Verwaltung in solchen Fällen immer erst klug, wenn das Kind in den Brunnen gefallen war. So geschah es auch: Es gab einen großen Wirbel; alles wurde durchwühlt und durchsucht, aber natürlich nichts gefunden. Zur Nachmittagsarbeit schickte man die Sträflinge unter verstärkter Eskorte. Am Abend inspizierten die Wachen alle Augenblicke das Gefängnis; sie zählten die Sträflinge einmal mehr als sonst und verzählten sich dabei ein paarmal häufiger als sonst. Das führte dann zu neuem Wirbel: Alle wurden wieder auf den Hof gejagt und abermals gezählt. Dann zählte man noch einmal in den Unterkünften nach. Kurz und gut, es gab viel Scherereien.

Aber die Sträflinge ließ das kalt. Alle schauten überaus selbstbewußt drein und benahmen sich, wie stets in solchen Fällen, den ganzen Abend über ungewöhnlich gesittet. Ihr könnt uns gar nichts anhaben! hieß das. Natürlich fragte sich die Verwaltung, ob es im Gefängnis nicht noch Helfershelfer der Entflohenen gab. Und sie ordnete an, unter den Sträflingen herumzuspionieren und -zuhorchen. Aber die lachten nur darüber. »Als ob das eine Sache wäre, bei der man Helfershelfer zurückläßt!« – »So was wird in aller Stille gemacht und nicht wie sonst!« – »Gehören der Kulikow und auch der A. vielleicht zu denen, die bei so 'ner Geschichte Spuren hinterlassen? Das ist meisterhaft gemacht, klammheimlich. Die Kerle sind mit allen Hunden gehetzt; die gehen durch verschlossene Türen!« Kurz und gut, Kulikow und A. waren sehr im Ansehen gestiegen; alle waren stolz auf sie. Man hatte das Gefühl, ihre Tat werde noch den fernsten Nachkommen der Sträflinge überliefert werden und das Gefängnis überleben.

»Denen macht keiner was vor!« sagten die einen.

»Die haben sich eingebildet, bei uns reißt keiner aus. Nun sind doch welche ausgerissen!« fügten andere hinzu.

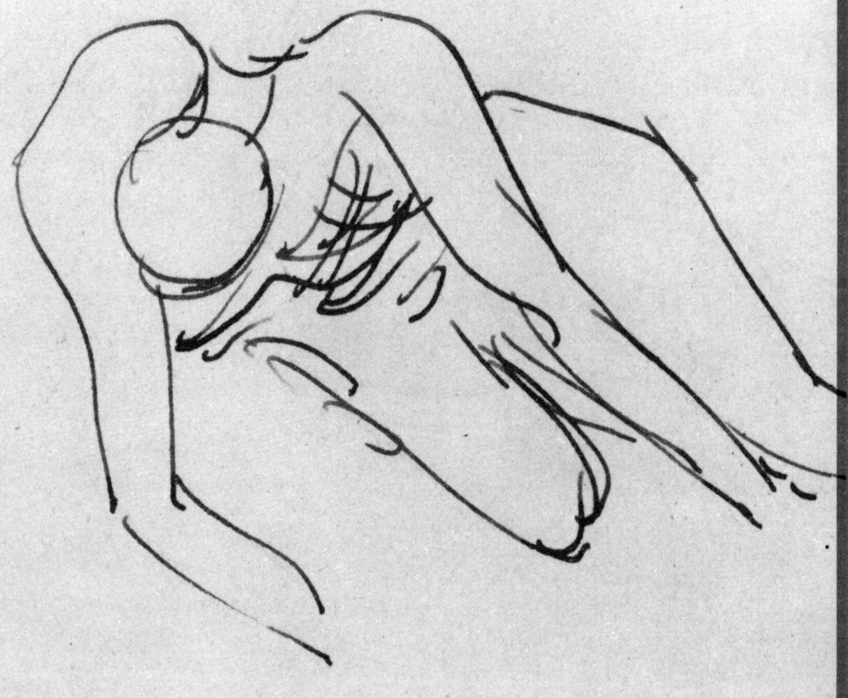

Wie ein Trommelwirbel, blitzschnell, alle auf einmal sausen die Stöcke auf seinen Rücken nieder, und mit einem Aufschrei stürzt der Ärmste wie hingemäht, wie von einer Kugel getroffen zu Boden.« S. 247

»Jawohl, ausgerissen!« meldete sich ein dritter und sah sich ziemlich wichtigtuerisch um. »Aber wer! Solche wie du vielleicht?«

Zu anderer Zeit hätte der Sträfling, auf den sich diese Worte bezogen, unweigerlich auf diese Herausforderung geantwortet und seine Ehre verteidigt. Doch jetzt schwieg er zurückhaltend und dachte: Wahrhaftig, nicht jeder ist so wie Kulikow oder A. Man muß sich erst mal bewähren.

»Wirklich, Jungs, was führen wir hier schon für ein Leben!« brach ein vierter, der bescheiden am Küchenfenster saß, das Schweigen; er sprach aus einem gewissen Gefühl der Ohnmacht heraus, insgeheim aber auch aus Selbstgefälligkeit, in etwas singendem Tonfall und hatte die Wange in die Hand gestützt. »Was sind wir hier denn schon! Im Leben keine Menschen und im Tode keine teuren Verstorbenen. Ach!«

»Das ist nicht wie ein Schuh, den man einfach vom Fuß streifen kann. Was hilft da alles Ach!«

»Aber der Kulikow ...«, wollte sich einer von den Hitzigen einmengen, ein junger Gelbschnabel.

»Kulikow!« hakte, ihm einen verächtlichen Seitenblick zuwerfend, sogleich ein anderer ein. »Kulikow!«

Was heißen sollte: Wieviel Kulikows gibt's denn schon!

»Aber auch A., Jungs, ist ein ganz Ausgekochter, wahrhaftig, ein ganz Ausgekochter!«

»Und ob! Der steckt selbst den Kulikow noch in die Tasche. Kolzow heiß ich, von nichts weiß ich!«

Ob sie wohl schon weit gekommen sind, Jungs? Das hätt ich gern gewußt.«

Und sogleich wurde erörtert, ob sie wohl schon weit gekommen seien, welche Richtung sie eingeschlagen haben mochten, wohin sie am besten gehen würden und welcher Amtsbezirk näher sei. Es fanden sich einige, die die Gegend kannten. Man hörte ihnen interessiert zu. Sie sprachen über die Einwohner der benachbarten Dörfer und meinten, das sei ein nichtsnutziges Volk. Die nahe der Stadt seien ganz gerieben; die würden kein Mitleid mit den Sträflingen haben, sondern sie einfangen und ausliefern.

»Der Bauer hier, Leute, ist ein böses Tier. Huh, der Bauer hier!«

»Unvernünftig ist der Bauer!«

»Ein ›Salzohren-Sibirier‹. Dem darf man nicht unter die Finger geraten; der bringt einen um.«

»Na, aber unsere Leute ...«

»Klar! Kommt bloß drauf an, wer wem über ist. Auch unsere sind nicht ohne.«

»Wenn wir nicht sterben, werden wir's ja erfahren.«

»Was meinst du? Kriegen sie sie?«

»Ich meine, die kriegen sie im Leben nicht!« meldete sich ein anderer von den Hitzigen und hieb mit der Faust auf den Tisch.

»Hm. Das kommt ganz drauf an.«

»Ich meine, Jungs«, versetzte Skuratow, »wär ich ein Landstreicher, mich kriegten sie im Leben nicht!«

»Du wärst grade der Richtige!«

Einige lachten, andere taten, als interessierte sie das Ganze nicht. Doch Skuratow war nicht mehr zu zügeln.

»Im ganzen Leben würden sie mich nicht kriegen!« fuhr er mit Nachdruck fort. »Das denk ich oft von mir, Jungs, und staun über mich selbst. Ich glaub, ich würd durch ein Schlüsselloch kriechen, aber kriegen würden sie mich nicht.«

»Soviel ist sicher: Hast du Kohldampf, gehst du zum Bauern nach Brot.«

Allgemeines Gelächter.

»Nach Brot? Das ist nicht wahr.«

»Was quatschst du da? Du hast doch mit Onkel Wassja zusammen einen Kuhtöter umgebracht;* darum seid ihr ja auch hier.«

Noch lauteres Gelächter ertönte, und die Ernsten blickten mit noch größerer Mißbilligung drein.

»Aber das ist gelogen!« schrie Skuratow. »Das hat Mikitka erfunden, und er meint auch gar nicht mich, sondern den Waska, ich bin da bloß so mit reingezogen worden. Ich bin Moskauer und von Kind auf in der Landstreicherei erfahren. Schon als ich beim Küster Unterricht hatte, zog er mich manchmal am Ohr und sagte: ›Sprich nach: O Herr, erbarm Dich in Deiner großen Güte, und so weiter.‹ Und ich sprach nach: ›O Herr Gendarm, ich bin eine große Niete, und so weiter.‹ So hab ich schon von klein auf angefangen.«

Wieder lachten alle schallend. Aber das hatte Skuratow auch nur gewollt. Er konnte gar nicht anders als den Narren spielen. Doch schon bald wandte man sich von ihm ab und wieder ernsten

* Das heißt, sie haben einen Mann oder eine Frau umgebracht, die sie im Verdacht hatten, den Wind behext und dadurch ein Viehsterben herbeigeführt zu haben. Wir hatten bei uns solch einen Mörder. (Anm. d. Verf.)

Gesprächen zu. Es waren die Alten und die Sachkundigen, die ihr Urteil abgaben. Die Jüngeren und Ruhigeren freuten sich nur, sahen sie an und hörten mit vorgestreckten Köpfen zu. In der Küche hatte sich eine große Menschenmenge angesammelt. Unteroffiziere waren selbstverständlich nicht dabei; in ihrer Gegenwart wäre all das nicht gesagt worden. Unter denen, die sich besonders freuten, bemerkte ich Mametka, einen Tataren, klein von Wuchs und mit breiten Backenknochen, eine überaus komische Gestalt. Russisch sprach er so gut wie gar nicht, und er verstand auch fast nichts von dem, was die anderen sagten, aber von wegen, er streckte den Kopf aus der Menge vor und hörte zu, lauschte mit Behagen.

»Na, Mametka, jakschi?« wandte sich der von allen verschmähte Skuratow aus Langeweile an ihn.

»Jakschi! Uch, jakschi!« sprudelte der auf einmal ganz lebhaft werdende Mametka hervor und nickte Skuratow mit seinem komischen Kopf zu. »Jakschi!«

»Sie kriegen sie nicht, jok?«

»Jok, jok!« Mametka bewegte wieder seinen Kopf und fuchtelte diesmal auch noch mit den Armen.

»Also dein geschwindelt hat und mein falsch verstanden hat, so, ja?«

»Ja, ja, jakschi!« bestätigte Mametka nickend.

»Na also, jakschi!«

Skuratow versetzte der Mütze des Tataren einen Schubs, daß sie ihm über die Augen rutschte, und spazierte, Mametka ziemlich verdutzt zurücklassend, quietschvergnügt zur Küche hinaus.

Eine ganze Woche lang währten die scharfen Maßnahmen im Gefängnis und die eifrigen Nachforschungen und Jagden in der Umgebung. Ich weiß nicht, auf welche Weise, aber jedenfalls erhielten die Sträflinge immer gleich ganz genaue Nachricht über alle Aktionen der Obrigkeit außerhalb des Gefängnisses. In den ersten Tagen gab es für die Flüchtigen günstig lautende Nachrichten: Nichts war von ihnen zu sehen und zu hören, sie waren wie vom Erdboden verschluckt. Unsere Sträflinge lachten sich eins ins Fäustchen. Jegliche Besorgnis um das Schicksal der Geflohenen war geschwunden.

»Nichts werden sie finden, niemand werden sie kriegen!« sagte man bei uns mit Befriedigung.

»Absolut nichts; einen Dreck!«

»Leben Sie wohl keine Angst, ich komm bald wieder!«

Man wußte bei uns, daß alle Bauern der Umgebung auf die Beine gebracht worden waren und daß sie alle verdächtigen Orte, alle Wälder und Schluchten bewachten.

»Blödsinn!« spotteten die Sträflinge. »Die haben bestimmt jemand, bei dem sie sich jetzt aufhalten.«

»Ganz gewiß!« pflichteten ihnen andere bei. »Die sind doch nicht blöd; die haben alles schon vorher organisiert.«

Sie gingen in ihren Vermutungen noch weiter und meinten, die Geflohenen hockten vielleicht immer noch in der Vorstadt und warteten irgendwo in einem Keller, bis der ganze Rummel vorüber und ihnen das Haar wieder nachgewachsen sei. Ein halbes, ja ein ganzes Jahr würden sie da zubringen und sich dann davonmachen.

Kurz und gut, alle befanden sich in einer gewissen romanzenhaften Stimmung. Da verbreitete sich auf einmal, etwa eine Woche nach der Flucht, das Gerücht, man sei ihnen auf die Spur gekommen. Selbstverständlich wurde das dumme Gerücht sogleich mit Verachtung zurückgewiesen. Doch noch am selben Abend bestätigte man es. Die Sträflinge wurden unruhig. Am nächsten Vormittag hieß es in der Stadt, die Geflohenen seien bereits gefaßt und würden gebracht. Am Nachmittag erfuhr man noch mehr Einzelheiten: Sie seien siebzig Werst entfernt in dem und dem Dorf ergriffen worden. Endlich erhielt man genaue Nachricht. Vom Major zurückkommend, erklärte der Feldwebel mit Bestimmtheit, sie würden gegen Abend gebracht und schnurstracks in die Gefängniswache geschafft. Da war kein Zweifel mehr möglich. Es ist schwer zu beschreiben, welchen Eindruck diese Nachricht auf die Sträflinge machte. Zuerst packte sie alle die Wut, dann waren sie niedergeschlagen. Schließlich überkam sie eine Art Spottlust. Sie machten sich lustig, aber nicht mehr über die Fänger, sondern über die Wiedereingefangenen, anfangs nur wenige, dann fast alle, ausgenommen einige Ernste, Beständige, die ihre eigene Meinung hatten und sich nicht durch die Spötteleien beirren ließen. Voller Verachtung blickten sie auf die Wankelmütigkeit der Masse und hüllten sich in Schweigen.

Kurzum, im gleichen Maße wie man Kulikow und A. vorher in den Himmel gehoben hatte, wurden sie jetzt herabgesetzt, und das sogar mit Wonne. Es war, als hätten sie allen etwas Schlimmes angetan. Man erzählte sich mit verächtlicher Miene, sie seien so hungrig gewesen, daß sie es schließlich nicht mehr ausgehalten und in einem Dorf bei Bauern um Brot gebettelt hätten. Das war der Höhepunkt der Erniedrigung für einen Landstreicher. Diese Geschichte stimmte allerdings nicht. Die Flüchtigen waren aufgespürt worden; sie hatten in einem Wald Zuflucht gesucht; und der Wald wurde von allen Seiten umstellt. Da sie sahen, daß ihnen jeder Fluchtweg abgeschnitten war, hatten sie sich freiwillig ergeben. Ihnen war gar nichts weiter übriggeblieben.

Doch als sie gegen Abend wirklich gebracht wurden, an Händen und Füßen gefesselt und von Gendarmen begleitet, strömte die gesamte Katorga zu den Palisaden, um zu sehen, was man mit ihnen anstellen würde. Natürlich sahen sie nichts weiter als die Kutsche des Majors und des Kommandanten vor der Wache. Die Geflohenen wurden in eine Sonderzelle gesperrt, in Ketten gelegt und gleich am folgenden Tag vor Gericht gestellt. Den Spötteleien und der Verachtung der Sträflinge war bald der Nährboden entzogen, als diese Näheres erfuhren und hörten, daß den Geflohenen nichts weiter übriggeblieben war, als sich zu ergeben, und alle verfolgten voller Anteilnahme den Gang der Verhandlung vor Gericht.

»Tausend werden sie ihnen überziehen«, meinten die einen.

»Von wegen tausend!« versetzten andere. »Totprügeln werden sie sie. A. kriegt vielleicht nur tausend, aber den anderen prügeln sie tot, mein Lieber, weil der aus der Sonderabteilung ist.«

Sie hatten jedoch danebengeraten. A. bekam nur fünfhundert; man berücksichtigte, daß er sich bis dahin zur Zufriedenheit geführt hatte und dies sein erstes Vergehen war. Kulikow bekam, glaube ich, anderthalbtausend. Die Strafe fiel also ziemlich milde aus. Sie waren so vernünftig, vor Gericht niemand weiter mit hineinzuziehen, antworteten klar und präzise und behaupteten, schnurstracks aus der Festung geflohen zu sein, ohne noch irgendwo Station zu machen. Am meisten leid tat mir Koller: Er büßte alles ein, auch seine letzten Hoffnungen, bekam mehr Hiebe als die anderen, ich glaube zweitausend, und wurde als Sträfling verschickt, aber nicht in unser Gefängnis. Bei A. wurde die Züchtigung leicht und schonend vorgenommen; die Ärzte trugen das Ihre dazu bei. Aber hinterher spielte er sich auf und verkündete im Lazarett lauthals, jetzt sei er zu allem fähig und bereit und werde noch ganz andere Dinge vollbringen. Kulikow benahm sich wie immer, das heißt anständig und solide, und kehrte nach der

Züchtigung mit einer Miene ins Gefängnis zurück, als hätte er sich niemals daraus entfernt. Die Sträflinge jedoch sahen ihn nicht mehr mit denselben Augen wie früher; obwohl er sich immer und überall zu behaupten wußte, hatten die anderen Sträflinge im Grunde ihres Herzens die Achtung vor ihm verloren und verkehrten auf vertraulicherem Fuß mit ihm. Kurz und gut, seit diesem Fluchtversuch war Kulikows Ruhm stark verblaßt. So viel bedeutet der Erfolg bei den Menschen.

10 *Die Entlassung aus der Katorga*

All dies ereignete sich erst im letzten Jahr meiner Katorga. Dieses letzte Jahr ist mir beinahe ebenso unvergeßlich wie das erste, besonders die allerletzte Zeit im Gefängnis. Doch wozu über Einzelheiten reden! Ich weiß nur noch, daß ich in diesem Jahr trotz der Ungeduld, mit der ich das Ende meiner Strafe herbeisehnte, ein leichteres Leben hatte als in allen vorhergehenden Jahren meiner Verbannung. Erstens besaß ich unter den Sträflingen bereits viele Freunde, die am Ende zu der Überzeugung gelangt waren, daß ich doch ein guter Mensch sei. Viele von ihnen waren mir aufrichtig zugetan und hingen sehr an mir. Der »Pionier« war den Tränen nahe, als er mich und meinen Kameraden zum Gefängnis hinausbegleitete, und als wir dann, nach unserer Entlassung, noch einen ganzen Monat in dieser Stadt in einem staatlichen Gebäude wohnten, kam er beinahe jeden Tag zu uns, nur um uns zu sehen. Es gab jedoch auch Männer, die bis zum Schluß mürrisch und unfreundlich blieben und denen es anscheinend schwerfiel, mit mir ein Wort zu wechseln – weiß der Himmel, warum. Zwischen uns schien eine Art Scheidewand aufgerichtet zu sein.

In der letzten Zeit hatte ich überhaupt mehr Vergünstigungen als während der ganzen übrigen Katorga. Unter den Militärs in jener Stadt fanden sich Bekannte und sogar ehemalige Schulkameraden von mir. Ich erneuerte die Beziehungen zu ihnen. Durch sie konnte ich mir mehr Geld verschaffen, in die Heimat schreiben und sogar zu Büchern kommen. Schon jahrelang hatte ich kein einziges Buch mehr gelesen, und es ist nur schwer wiederzugeben, welch seltsamen und erregenden Eindruck das erste Buch, das ich im Gefängnis las, auf mich machte. Ich weiß noch, daß ich am Abend, nachdem die Unterkunft abgeschlossen worden war, zu

»Ihr (der Gefangenen, A. F.) Gesicht war von Lastern und Ausschweifungen furchtbar zerrüttet.« (Übersetzung nach Scholz) S. 17 – Selbstbildnis Paul Holz lesen anfing und die ganze Nacht hindurch bis zum Morgengrauen las. Es war eine Zeitschrift. Als wäre mir Kunde aus dem Jenseits zugeflogen, so empfand ich es; klar und deutlich erstand mein ganzes früheres Leben vor mir, und ich suchte aus dem Gelesenen zu erraten, ob ich weit hinter dem jetzigen Leben zurückgeblieben, ob dort viel ohne mich geschehen sei, was die Menschen jetzt bewege und mit welchen Problemen sie sich herumschlügen. Ich deutelte an den Worten herum, versuchte zwischen den Zeilen zu lesen, bemühte mich, einen verborgenen Sinn und Anspielungen auf Vergangenes zu entdecken; ich suchte nach Spuren dessen, was die Menschen einst, zu meiner Zeit erregt hatte; aber mit welcher Wehmut mußte ich erkennen, wie fremd ich in Wirklichkeit diesem neuen Leben gegenüberstand und daß ich von der übrigen Welt wie abgeschnitten war. Nun mußte ich mich an das Neue gewöhnen, mich mit der neuen Generation vertraut machen. Mit besonderem Eifer las ich einen Artikel, unter dem ich den Namen eines Bekannten entdeckte, der mir früher einmal ziemlich nahegestanden hatte. Aber auch schon neue Namen hatten einen Klang; neue Literaten waren aufgetaucht, und ich gierte danach, sie kennenzulernen, und ärgerte mich, daß ich nur so wenig Bücher zur Verfügung hatte und so schwer an sie heranzukommen war. Früher, unter dem ehemaligen Platzmajor, war es sogar gefährlich gewesen, Bücher in die Katorga mitzubringen. Im Falle einer Durchsuchung wäre unweigerlich gefragt worden: »Wo sind die Bücher her? Von wem hast du sie gekriegt? Du hast also Verbindungen? ...« Was hätte ich auf solche Fragen antworten sollen! Und deshalb, da ich nun mal ohne Bücher lebte, hatte ich mich zwangsläufig in mich selbst versenkt, mir Fragen gestellt, mich bemüht, eine Antwort darauf zu finden, und mich manchmal redlich damit abgequält. Aber das kann man alles gar nicht so wiedererzählen!

Ich war im Winter in das Gefängnis eingeliefert worden, und deshalb mußte ich auch im Winter wieder freigelassen werden, am gleichen Tag, an dem ich gekommen war. Mit welcher Ungeduld erwartete ich den Winter, mit welcher Wonne sah ich am Ende des Sommers, wie das Laub an den Bäumen welkte und das Gras in der Steppe fahl wurde! Und dann war der Sommer auch schon vorüber, und der Herbstwind heulte; schon taumelten die ersten Schneeflocken herab. Endlich brach der Winter an, der langersehnte! Mein Herz pochte manchmal dumpf und heftig im großartigen Vorgefühl der Freiheit. Doch merkwürdig: je mehr Zeit verstrich und je näher der Termin heranrückte, desto geduldiger wurde ich. In den allerletzten Tagen wunderte ich mich sogar über mich selbst und machte mir Vorwürfe: mir schien, ich wäre kalt und gleichgültig geworden. Viele der Sträflinge, die mir nach Feierabend auf dem Hof begegneten, sprachen mich an und beglückwünschten mich.

»Nun kommen Sie ja schon sehr bald frei, Väterchen Alexander Petrowitsch. Und uns arme Kerle lassen Sie allein zurück.«

»Und Sie, Martynow, nicht auch bald?« erwiderte ich.

»Ich? Ach du meine Güte! An die sieben Jahre muß ich mich noch abquälen.«

Und er seufzte, blieb stehen und blickte ins Leere, als schaute er in die Zukunft.

Ja, viele beglückwünschten mich aufrichtig und freudig. Ich hatte auch das Gefühl, daß alle mich auf einmal freundlicher behandelten. Offenbar war ich für sie nicht mehr einer von ihnen; sie nahmen bereits von mir Abschied. K-czyński, ein adliger Pole, ein stiller, bescheidener junger Mann, ging nach Feierabend ebensogern wie ich auf dem Hof spazieren. Durch die reine Luft und die Bewegung hoffte er sich gesund zu erhalten und die schädliche Wirkung der stickigen Nächte in der Unterkunft auszugleichen. »Ich warte voller Ungeduld auf Ihre Entlassung«, sagte er einmal lächelnd zu mir, als wir uns bei einem dieser Spaziergänge begegneten. »Wenn Sie fortgehen, dann weiß ich, daß mir noch genau ein Jahr bis zu meiner Entlassung bleibt.«

Ganz beiläufig möchte ich hier bemerken, daß uns im Gefängnis die Freiheit durch unsere Wunschträume und die lange Entwöhnung sozusagen freier erschien als die wahre Freiheit, das heißt, als sie tatsächlich, in Wirklichkeit war. Die Sträflinge übersteigerten den Begriff der wirklichen Freiheit, und das ist nur natürlich und für jeden Gefangenen typisch. Ein x-beliebiger zerlumpter Offiziersbursche galt bei uns im Vergleich zu uns Sträflingen beinahe als ein König, als das Idealbild eines freien Menschen, weil ihm der Kopf nicht rasiert war und er ohne Fesseln und ohne Eskorte umherging.

Am Vorabend des letzten Tages wanderte ich in der Dämmerung *zum letztenmal* am Palisadenzaun entlang um unser ganzes Gefängnis herum. Wie viele tausendmal war ich in all diesen Jahren an diesen Palisaden entlanggewandert! Hier, hinter den Unterkünften, war ich im ersten Jahr meiner Katorga allein, einsam und völlig verzweifelt umhergeirrt. Ich weiß noch, wie ich damals ausrechnete, wieviel tausend Tage noch vor mir lagen. Mein Gott, wie lange war das her! Hier, in diesem Winkel, hatte unser Adler in Gefangenschaft gelebt; hier war mir Petrow oft begegnet. Auch jetzt ließ er nicht auf sich warten. Er kam herbeigeeilt, ging, als erriete er meine Gedanken, schweigend neben mir her und schien sich im stillen über etwas zu wundern. Ich nahm in Gedanken von den geschwärzten Balkenwänden unserer Unterkünfte Abschied. Was für einen unfreundlichen Eindruck hatten sie *damals*, in der ersten Zeit, auf mich gemacht! Auch sie mußten gegenüber damals gealtert sein; aber das vermochte ich nicht wahrzunehmen. Wieviel Jugend war in diesen Wänden zu Unrecht begraben, wieviel an großer Kraft verkam hier ungenutzt! Muß es doch einmal ausgesprochen werden: Diese Menschen waren ungewöhnlich. Sie waren vielleicht die begabtesten, kraftvollsten Menschen unseres Volkes. Aber diese mächtige Kraft verkam ungenutzt, ging auf unnormale und ungesetzliche Weise unwiederbringlich verloren. Und wer ist schuld daran?

Jawohl, wer ist schuld daran?

Am nächsten Morgen machte ich früh, als es eben erst hell wurde, und noch vor dem Ausrücken zur Arbeit, die Runde durch die Unterkünfte, um mich von allen Sträflingen zu verabschieden. Viele kräftige, schwielige Hände streckten sich mir freundlich entgegen. Manche drückten mir ganz kameradschaftlich die Hand, aber das waren nur wenige. Den übrigen war bereits klar, daß ich in Kürze wieder ein ganz anderer Mensch sein würde als sie. Sie wußten, daß ich in der Stadt Bekannte hatte und mich stehenden Fußes vom Gefängnis zu den *Herrschaften* begeben und als Gleicher mit ihnen zusammensitzen würde. Das war ihnen klar, und sie verabschiedeten sich daher höflich und freundlich von mir, aber keineswegs wie von einem Kameraden, sondern wie von einem Herrn. Andere drehten mir finster den Rücken zu und beantworteten meinen Abschiedsgruß nicht. Einige sahen mich sogar haßerfüllt an.

Die Trommel ertönte, und alle begaben sich zur Arbeit; nur ich blieb zurück. Suschilow war an diesem Morgen früher als alle anderen aufgestanden und hatte sich sehr beeilt, um mir noch rechtzeitig Tee kochen zu können. Der arme Suschilow! Er brach in Tränen aus, als ich ihm meine abgetragene Sträflingskleidung, meine Hemden und Gelenkschoner sowie etwas Geld schenkte. »Daran liegt mir nichts, daran nicht!« sagte er, nur mit Mühe das Zucken seiner Lippen unterdrückend. »Aber daß ich Sie verlieren muß, Alexander Petrowitsch! Was wird aus mir, wenn Sie weg sind?« murmelte er, mir die Hand drückend. Ich fiel ihm um den Hals, und wir küßten uns.

Etwa zehn Minuten nach dem Ausrücken der Sträflinge verließen auch wir – mein Kamerad, mit dem ich gekommen war, und ich – das Gefängnis, um nie mehr dorthin zurückzukehren. Unser erster Weg führte uns zur Schmiede, damit man uns die Fesseln losschmiedete. Doch keine Eskorte mit Gewehr begleitete uns; ein Unteroffizier kam mit. Das Losschmieden besorgten einige von unseren Sträflingen in der Pionierwerkstatt. Ich wartete, bis sie meinen Kameraden losgeschmiedet hatten, und trat dann selber an den Amboß. Die Schmiede drehten mich so, daß ich ihnen den Rücken zukehrte, hoben meinen Fuß nach hinten hoch und legten ihn auf den Amboß. Sie gaben sich viel Mühe und wollten ihre Sache recht geschickt und gut machen.

»Den Niet, dreh erst mal den Niet rum!« kommandierte der Vorarbeiter. »Leg ihn zurecht. So, ja, gut. Und jetzt schlag mit dem Hammer drauf.«

Die Fesseln fielen ab. Ich hob sie auf. Ich wollte sie noch einmal in der Hand halten und ein letztes Mal anschauen. Jetzt wunderte ich mich darüber, daß sie eben noch an meinen Füßen gesessen hatten.

»Na, dann mit Gott! Mit Gott!« sagten die Sträflinge mit brüchiger, rauher, aber doch zufriedener Stimme.

Jawohl, mit Gott! Freiheit, ein neues Leben, Auferstehung von den Toten ... Welch ein herrlicher Augenblick!

Gedanken beim neuerlichen Lesen der »Aufzeichnungen aus einem Totenhaus«

Alles, was ich hier von körperlichen Züchtigungen und Vollstreckungen schreibe, war zu meiner Zeit so. Jetzt ist das, wie ich gehört habe, alles geändert worden und wird noch geändert.
Dostojewski, 1861

I

Dieses Buch ereignete sich – es war buchstäblich ein historisches Ereignis – in demselben Jahr, in dem die Leibeigenschaft aufgehoben wurde. Als müßte die eine Sklaverei beendet werden, während sich die Tür zur zweiten öffnete. Die Tür – ist dieses Buch. Zum erstenmal erfuhr die russische Öffentlichkeit, *was* sich hinter dieser Tür verbarg.

Die Tragweite dieser Sensation, die Tiefe der Erschütterungen können wir uns heutzutage kaum vorstellen, soviel wir auch darüber gehört und gelesen haben. Kursierten doch in jener aufgeklärten Zeit in Rußland nur vage Gerüchte über die Katorga. – Noch eine einleuchtende Bestätigung der Bedeutung des Buches im menschlichen Leben. Nicht nur, daß das Leben ohne Buch in die Vergangenheit entschwindet wie die Erinnerung, auch die Gegenwart ist ohne künstlerische Darstellung nicht zu erfassen.

Den Film gab es damals noch nicht, seine Massenwirksamkeit, seinen Informationsgehalt (mag er auch noch so weit von der Wahrheit entfernt sein). Die Menschen lebten in den Tag hinein in ihrem kurzen Dasein und ihrer kleinen Welt, und auf einmal wühlte ein Factum, das sich ganz allmählich herausgebildet hatte, die Gemüter auf, und zwar nicht nur, weil es existierte, sondern weil es schon immer existiert hatte. Auch heute geschieht so etwas noch. Wer Alan Parkers Film »Mitternachtsexpress« über das Schicksal eines jungen Amerikaners gesehen hat, der in ein türkisches Gefängnis gesteckt wird, erinnert sich bestimmt an den überraschenden Nachspann, der besagte, daß die schockierte USA-Regierung, nachdem der Streifen erfolgreich gelaufen war, doch noch über gewisse diplomatische Kanäle intervenierte, um die wenigen USA-Bürger, die in der Türkei in Gefangenschaft waren, freizubekommen. Das ist wahrhaftig ein Erfolg, wie er von der Kunst häufiger proklamiert als wirklich erzielt wird. Ist es doch sehr schwer, durch die schöne Literatur, d. h. allein durch sie, irgend etwas in Gang zu setzen und zu verbessern.

Doch unsere Zeit, ein Film, der von sich reden macht und seinerseits nach einem Bestseller gedreht wurde, und das Schicksal einiger weniger Menschen ist das eine; etwas anderes sind die »Aufzeichnungen aus einem Totenhaus«, die dem riesigen Rußland wieder einmal eine »Terra incognita« auf dem eigenen Territorium erschlossen. Dieses Buch hat eine endlose Folge von Aufsätzen und Artikeln über das Problem von Schuld und Strafe ausgelöst und letzten Endes – ohne Übertreibung – zu der Justizreform des Jahres 1864 geführt.

II

Dieses Buch war ein Ereignis, auch als Botschaft vom Menschen – das heißt als neue Idee seines Wesens, und nicht nur als gesellschaftskritische Darstellung. Andernfalls wäre es kein Kunstwerk, andernfalls hätte es auch nicht so einen Widerhall in der Gesellschaft gefunden. Es ist jene Botschaft vom Menschen, die Dostojewski in diese Welt hineingetragen und dann in seinen Romanen belletristisch vertieft hat und die in unserem Jahrhundert, wenn auch nur teilweise, die Existentialisten aufgegriffen haben.

Diese Botschaft wurde zu jener Zeit natürlich mehr mit dem Gefühl als mit dem Verstand erfaßt. Die Kritik fühlte sich weit mehr durch die im Buch aufgeworfenen gesellschaftlichen Probleme angesprochen als durch das Neue der Psychologie. Übrigens sind im Buch beide als etwas Neues auf das engste miteinander verknüpft. Die Konkretheit der Erfahrung und das Dokumentarische des Stoffes lassen den Künstler, der seine literarische Absicht und seine Kunstauffassung das ganze Buch hindurch realisiert, in den Hintergrund treten.

Hier einige Beispiele für das Neuartige seiner Denkweise:

»Die Gefängnisse und das System der Zwangsarbeit bessern den Verbrecher natürlich nicht; sie bestrafen ihn nur und sichern die Gesellschaft vor seinen weiteren Anschlägen auf ihren Frieden. Bei dem Verbrecher aber entwickeln Gefängnis und verschärfte Zwangsarbeit nur Haß, Begierde nach verbotenen Genüssen und einen schrecklichen Leichtsinn.«

»Ohne Arbeit und ohne normales rechtmäßiges Eigentum kann der Mensch nicht leben, verkommt er, wird er zum Tier.«

»Geld ist geprägte Freiheit ...«

»... und zuweilen wurden Gegenstände verkauft, bei denen jemand außerhalb der Gefängnismauern nie auf die Idee gekommen wäre, sie zu kaufen oder zu verkaufen, ja sie überhaupt für Gegenstände zu halten. Aber die Katorga war sehr arm und überaus geschäftstüchtig.«

»Die Arbeit selbst kam mir zum Beispiel gar nicht so schwer, so *katorgamäßig* vor, und erst eine ganze Weile später ging mir auf, daß das Bedrückende, Katorgamäßige dieser Arbeit nicht so sehr in ihrer Schwere und Endlosigkeit liegt als vielmehr darin, daß sie *aufgenötigt*, unfreiwillig, mit dem Knüppel erzwungen ist. Der Bauer arbeitet in der Freiheit möglicherweise unvergleichlich mehr ... aber er arbeitet für sich, für einen vernünftigen Zweck ... Ich habe mir einmal überlegt: Wollte man jemand völlig zermalmen und vernichten, ihn auf das schrecklichste bestrafen ... so brauchte man seiner Arbeit nur den Charakter absoluter, vollkommener Nutz- und Sinnlosigkeit zu geben.«

»Diese Menschen arbeiteten nur unter Zwang; infolgedessen waren sie faul, und infolgedessen verkamen sie.«

»Aber dennoch bin ich fest davon überzeugt, daß kein Grund besteht, sich vor Sträflingen zu fürchten. Man fällt nicht so leicht und so schnell mit dem Messer über einen anderen her ... Bei einem Sträfling, der seine Züchtigung noch vor sich hat, sieht das allerdings anders aus ... Hier ist ein Motiv, ein Ziel für einen Überfall gegeben, nämlich ›sein Schicksal zu verändern‹, und zwar so schnell wie möglich und um jeden Preis ... Nicht umsonst bezeichnet das einfache russische Volk ein Verbrechen als Unglück und die Verbrecher als Unglückliche.«

»Jeder, wer er auch immer ist und wie tief erniedrigt er auch sein mag, verlangt doch, obgleich nur instinktiv, unbewußt, Achtung vor seiner Menschenwürde. Der Sträfling weiß selber, daß er ein Sträfling, ein Entrechteter ist ... aber kein Brandmal, keine Fessel kann ihn zwingen, zu vergessen, daß er ein Mensch ist.«

»Hier zeigte sich so etwas wie Freundschaft. Nebenbei bemerkt: Davon war sonst bei den Sträflingen so gut wie nichts zu spüren; ich spreche nicht von der allgemeinen Freundschaft – die gab es überhaupt nicht –, sondern von der speziellen, von der Freundschaft eines einzelnen Sträflings mit einem anderen. Die gab es bei uns fast gar nicht, und das ist erstaunlich; ist es in der Freiheit doch anders.«

»Zugegeben, an und für sich sind die Fesseln nicht Gott weiß was für eine Last ... Zehn Pfund zu tragen ist für einen gesunden Menschen nicht beschwerlich.«

»Die Mehrzahl von ihnen hielt sich auch keineswegs für schuldig. Ich sagte ja schon, daß ich von Gewissensbissen bei ihnen nichts gemerkt habe, nicht einmal dann, wenn das Verbrechen sich gegen ihre eigene Gesellschaftsschicht gerichtet hatte; von Verbrechen gegen die Obrigkeit ganz zu schweigen ... Der Verbrecher weiß außerdem und zweifelt auch nicht daran, daß ihn das Urteil seiner vertrauten Umwelt, des einfachen Volkes, freispricht ... Sein Gewissen ist rein, und dadurch ist er auch stark und moralisch nicht in Verlegenheit zu bringen, und das ist die Hauptsache.«

»Natürlich sind Rutenhiebe schmerzhafter als Stockschläge ... Ich weiß nicht, wie es heutzutage damit steht, aber vor noch nicht allzu langer Zeit gab es Gentlemen, denen die Möglichkeit, ein Opfer auszupeitschen, etwas verschaffte, das an den Marquis de Sade erinnert ... Es gibt Menschen, die wie Tiger danach dürsten, Blut zu lecken. Wer diese Macht einmal verspürt hat, diese unbeschränkte Gewalt über Körper, Blut und Geist eines ebensolchen Menschen, wie er selber einer ist ... wer die Macht und die absolute Möglichkeit verspürt hat, ein anderes Wesen ... auf das tiefste zu demütigen, der verliert notgedrungen die Herrschaft über seine Gefühle. Das Tyrannisieren ist eine Gewohnheit; es ist entwicklungsfähig und wird schließlich zu einer Krankheit. Ich behaupte, selbst der beste Mensch kann durch Gewöhnung verrohen und abstumpfen und auf die Stufe eines Tieres herabsinken. Blut und Macht berauschen ... Der Mensch und der Bürger gehen in dem Tyrannen für immer verloren, und eine Rückkehr zu menschlichem Anstand, Reue und Erneuerung wird für ihn so gut wie unmöglich.«

»Die Eigenschaften eines Henkers finden sich im Keim bei fast jedem Menschen unserer Zeit.«

»Überhaupt gilt in der Katorga ein Gespräch über die höchste Obrigkeit als vornehm und bedeutend.«

»Wie man sich erzählte, wurden bei der höchsten Obrigkeit

Empfänge, Bälle und Feste vorbereitet. Die Sträflinge wurden in hellen Scharen ausgeschickt, um in der Festung die Straßen zu ebnen, Erdhügel abzutragen, Zäune und Pfosten zu streichen, Stuck und Putz auszubessern und Fenster neu zu verkitten – kurz und gut, man wollte in kürzester Frist alles in Ordnung bringen, was nötig war, um einen guten Eindruck zu machen.«

»Ganz beiläufig möchte ich hier bemerken, daß uns im Gefängnis die Freiheit durch unsere Wunschträume und die lange Entwöhnung sozusagen freier erschien als die wahre Freiheit, das heißt, als sie tatsächlich, in Wirklichkeit war.«

»Wieviel Jugend war an diesen Wänden zu Unrecht begraben, wieviel an großer Kraft verkam hier ungenutzt! Muß es doch einmal ausgesprochen werden: Diese Menschen waren ungewöhnlich. Sie waren vielleicht die begabtesten, kraftvollsten Menschen unseres Volkes. Aber diese mächtige Kraft verkam ungenutzt, ging auf normale und ungesetzliche Weise unwiederbringlich verloren. Und wer ist schuld daran?

Jawohl, wer ist schuld daran?«

Indem ich so umfassend zitiere, blättere ich gemeinsam mit dem Leser das Buch noch einmal durch und enthebe mich (und ihn) damit der Notwendigkeit darzulegen, was man nur schlechter wiedergeben kann. (Übrigens galt umfassendes Zitieren zu Dostojewskis Zeiten durchaus als legitim, und man machte dem Kritiker nicht den Vorwurf, er müsse mit eigenen Worten schreiben.) Mit eigenen Worten hat jedoch Dostojewski geschrieben.

Und wie sehr mit eigenen! Davon zeugt diese ganze Collage. Man beachte doch nur einmal, wie jeder seiner Gedanken eine Beschreibung des zu Erfassenden in sich birgt und wie alles, was er beschreibt, einen Gedanken gebiert. Das Phänomenale seines Stils liegt für mich eben darin, in seiner neuen Denkweise. Davon geht eine so widersprüchliche Wirkung aus wie der Vorwurf eines schlechten Stils, der für seine Zeitgenossen so typisch ist und uns auch heute noch begegnet, und zugleich eine erstaunliche Wortgewalt. Die berüchtigte Weitschweifigkeit führt merkwürdigerweise zu einer Steigerung des Erzähltempos, das heißt, gerade die Länge führt zur Kürze. Sein Wortschwall heftet Beschreibung und Bericht mit erhöhter Stichfrequenz mit Gedanken und Idee zusammen – er braucht nicht erst vom einen und dann vom anderen zu sprechen, bei ihm geschieht das gleichzeitig.

Im »Totenhaus«, einer Prosa, die mit vollem Recht der Reportage, der Dokumentalistik und Publizistik zuzurechnen ist, einer Prosa, in der (angeblich) nichts fiktiv ist, zeigt sich dieses »Denken gleich Stil« und »Stil gleich Denken« bei ihm mit besonderer und endgültiger Deutlichkeit. In jeder der weiter oben angeführten Passagen wird man feststellen, daß Dostojewski, während er konkret von der konkreten Katorga erzählt, nicht aufhört, auch ein philosophisches Buch über den Menschen an sich in der Gefangenschaft an sich zu schreiben, und dahinter tritt wiederum ein Buch über das Leben an sich zutage. Ein Buch im Buch und das wiederum in einem Buch. Eines steckt jeweils im anderen, wie Sphären. Sie stehen in Beziehung zueinander und sind doch eigenständig. Und wenn man mir entgegenhält, daß das bei jeder großen Kunst so sei, dann stimme ich dem einesteils zu, bleibe aber dennoch bei meiner Meinung: Ja, es ist so und auch wiederum nicht. Bei Dostojewski gibt es so etwas wie eine Entdeckung im Denken, ähnlich einer großen wissenschaftlichen; sie hat etwas Nichteuklidisches an sich. Darin ist übrigens in vieler Hinsicht der bereits klassische Erfolg M. Bachtins* begründet: Er schreibt nicht so sehr Philosophisches über Dostojewski als vielmehr über Dostojewski als Philosophen.

Der Mensch selbst ist nicht neu. Das Neue am Menschen ist die neue Art und Weise, sich zu begreifen. In eben diesem Sinne ist das »Totenhaus« nicht nur das erste Buch über die Katorga, sondern auch ein neues Buch über den Menschen.

III

Dieses Buch war ein Ereignis als literarisches Denkmal, das heißt als neue literarische Form, die indessen erst weit nach dem sensationellen gesellschaftlichen Erfolg sichtbar wurde. Als Literaturdenkmal im akademischen Sinne ist es vielleicht bis auf den heutigen Tag nicht ganz bis ins Bewußtsein des Forschers vorgedrungen; wirkt es doch heute noch allzu lebendig, allzu erschütternd und schrecklich, als daß man zu beurteilen vermag, wie es gemacht ist.

Das Buch hat durch seinen Inhalt erschüttert, nicht durch seine

* Michail Michailowitsch Bachtin (1895–1975), bedeutender Literaturwissenschaftler und -theoretiker. 1929 und 1963 (überarbeitet) erschien sein Buch »Probleme der Poetik Dostojewskis«.

Form. Das Privileg der Form blieb Turgenjew und L. Tolstoi vorbehalten. »Ich bin Ihnen sehr dankbar für die Übersendung der ›Wremja‹ (Zeit), die ich mit großem Vergnügen lese. Vor allem Ihre ›Aufzeichnungen aus einem Totenhaus‹«, schreibt Turgenjew aus Paris. »Die Schilderung des *Bades* ist geradezu dantesk, und auch Ihre Charakteristiken verschiedener Personen (z.B. Petrows) enthalten eine Menge scharfsinnige und richtige Psychologie.« Jovialität eines Meisters.

Was das »Bad« und Dante betrifft, so stimmen viele Verehrer mit dieser Meinung überein. Aber gerade das »Bad« ist auch die nach Stil und Denkweise traditionellste Stelle in dem Buch: Dostojewski wollte schockieren und erschüttern – und er hat schokkiert und erschüttert. An Dante hat er teilweise auch selber gedacht. Von den »Armen Leuten« an hat ihn dieser leidenschaftliche und zum Teil einem Gekränktsein entspringende Drang, »alle aufwühlen zu wollen«, nie mehr verlassen; er hat ihn, sich wandelnd, bis ans Ende seiner Tage, bis zu der berühmten Puschkinrede begleitet, die sich schließlich als ein Triumph erwies. Doch diese seine kleine Schwäche, die von Anbeginn seines Weges (von eben jenen »Armen Leuten« an: das berühmte Verlangen nach einem gewissen goldenen Saum eigens für sich ...) zu Spötteleien Anlaß gab, ist von geringer Bedeutung, weil Dostojewski jedesmal viel stärker sich selber erregt, und zwar nicht dadurch, wie er es geschrieben hat, sondern durch die Welt, die er schildert. Dieses Erschüttertsein seiner Seele hat sich als dauerhafter erwiesen als die literarischen Ambitionen oder die Ruhmesträume des Autors.

Dostojewski hat als erster in Rußland ein Buch über die Katorga geschrieben und mochte sich als Vergil fühlen, der sein Leserpublikum durch die Kreise des Danteschen Infernos führt. Er betrachtete sich als den ersten Augenzeugen und den ersten Chronisten – den Entdecker des Stoffes wie der Form. Auch für den Leser war dieses Buch das erste seiner Art. Es war bahnbrechend für eine ganze »Poenitentiarliteratur«. Auch Doktor Tschechow unternahm seine einzige Reise auf die Sträflingsinsel Sachalin nicht mehr in völliger Unkenntnis. Auch in späteren Schilderungen von Kerkern und Konzentrationslagern – der Ankunft in der Baracke, der Strafen und der Arbeitsvorgänge – erkennen wir immer wieder Dostojewski als Wegbereiter, wie eigenständig und spät die Erfahrungen des Autors auch sein mögen. Dostojewski war der erste.

Man kann die Tradition dieser Art von Literatur (nennen wir sie Kerkerliteratur) natürlich bis weit in die russische Vergangenheit, bis ins 11. Jahrhundert hinein, zurückverfolgen, als die *Martyria* (Märtyrerakten), die Märtyrerviten entstanden, die mit Boris und Gleb, den um das Jahr 1015 umgebrachten Söhnen unseres Ersttäufers Wladimir*, beginnen, und diese Linie dann, mit gewissen Unterbrechungen, über Daniil den Verbannten (13. Jh.) weiterführen bis zu dem fanatischen Protopopen Awwakum**, »dem ersten russischen Schriftsteller«, Schriftsteller im heutigen Sinne des Wortes, der in seiner »Vita« ein konkretes Kerkerdasein symbolisch darstellt und zum erstenmal über sich selbst als literarischen Helden dieses Daseins schreibt. Doch diese ganze Linie berührt trotz aller Fülle und Genauigkeit nur spezielle Schicksale. Über die Katorga haben wir erstmals bei Dostojewski etwas erfahren.

Es ist jedoch schwer, mit Bestimmtheit zu sagen, was der Verfasser von der durch die Literaturwissenschaft abgeleiteten Reihe von Vorläufern gewußt hat und was nicht; vielleicht hat er nichts davon gekannt oder dem keine Bedeutung beigemessen. Man kann jedoch mit Fug und Recht von einer Vitentradition in der russischen Literatur (von Tschernyschewski konstatiert) und von der ständigen Präsenz dieser Literatur im russischen Leben sprechen, von einer Befrachtung der Literatur Rußlands damit (»All unser Tun ist bereits Literatur«, so lautet eine bekannte Sentenz Belinskis). Und diese alten Traditionen, die tiefer national verwurzelt sind als allgemein bekannt, fanden ihren modernen Ausdruck im »Totenhaus«.

Wenn solch ein Künstler wie Dostojewski an Dante (»Totenhaus«) oder Cervantes (»Idiot«) denkt, dann hat er dabei nicht die Form im Sinn, sondern den Maßstab. Den hat er von ihnen übernommen. Aber kaum jemand, auch er selbst nicht, ist auf den Gedanken gekommen, daß es sich bei der Struktur des »Toten-

* Wladimir Swjatoslawitsch (gest. 1015), Großfürst von Kiew, vergrößerte das Gebiet der Kiewer Rus und führte dort um 988 das griechisch-orthodoxe Christentum ein. Seine jüngeren Söhne Boris und Gleb wurden bald nach dem Tode des Vaters von ihrem älteren Bruder Swjatopolk ermordet. ** Awwakum Petrowitsch (geb. 1620), russischer Geistlicher (Protopope), bekämpfte als Altgläubiger die Kirchenreform des Patriarchen Nikon, die zur Spaltung der russischen Kirche (Raskol) führte. Wurde 1653 nach Sibirien verbannt und 1682 verbrannt.

hauses« weit eher um eine Abwandlung des Defoeschen Romans als der »Göttlichen Komödie« handelt.

Hier kann man mit fast noch größerer Berechtigung noch andere – nicht nur literarische – nationale Traditionen heraufbeschwören: gewisse unterbewußte, wenn auch nicht so weit zurückreichende, so doch weit verbreitete.

Unser Festland ist derart, daß es niemand als eine Übertreibung empfinden wird, wenn man es mit einem Ozean vergleicht. Auch läßt sich in Rußland ein gewisser Hang zum Inselbewußtsein feststellen. Es gibt so einen alten russischen Traum: Nikitas Erbgut, wo alle Zuflucht finden ...; die Kosaken und ihre Fluchtsiedlungen ...; die Klöster ...; die Insel Walaam* und die Solowezker Inselwelt** – das sind uns altvertraute Orte ... Dort wird der Boden genutzt, dort herrschen Wohlstand und Ordnung, dort sind die unsrigen.

Um eine Gegend als sein Eigen zu betrachten, muß man sie abgrenzen. »Ostrow« und »ostrog« haben fast den gleichen Wortkern. »Ostrow« – ein von Wasser umgebener Teil des Festlands (Insel); »ostrog« – »Jede Siedlung war entweder ein ›ostrog‹ oder ein Städtchen« (nach W. Dahl). Das heißt, ein ›ostrog‹ war eine mit einem Palisadenzaun umfriedete Fläche, war Festung und Gefängnis zugleich. Das Gefängnis, in das der Held des »Totenhauses« gerät, erscheint ihm als eine unzugängliche kleine Insel im Ozean der Freiheit. Man kann sie genausowenig verlassen, wie Robinson die seine verlassen konnte. Der Held wird genauso ins Gefängnis geworfen wie Robinson ans Ufer. Dies sind die ersten Empfindungen:

»Während der ganzen ersten drei Tage war ich sehr niedergeschlagen. Dies ist nun das Ende meiner Wanderschaft – ich bin im Gefängnis! wiederholte ich unaufhörlich. Dies ist nun mein Hafen für viele lange Jahre, mein Obdach, das ich mit solchem Mißtrauen, mit einem so schmerzlichen Gefühl betrete! Doch wer weiß: Vielleicht werde ich es noch bedauern, wenn ich es nach vielen Jahren wieder verlassen muß! fügte ich ... hinzu ... Der Gedanke, ich könnte einst mit Bedauern von diesem Obdach scheiden, ließ mich schaudern; spürte ich doch damals schon, wie

* Insel in Ladogasee mit einem im 13. Jahrhundert gegründeten Kloster.
**Auf dem Solowezker Archipel befindet sich ein berühmtes Kloster aus dem 14. Jahrhundert, später Verbannungsort.

ungeheuer anpassungsfähig der Mensch ist. Aber das lag noch in weiter Ferne; einstweilen war alles um mich herum feindselig und – schrecklich ...«

Welche Ähnlichkeit zu Robinson! Nur daß den Helden nicht eine Baumwildnis umgibt, sondern die unverhüllte Neugier der Sträflinge, die für ihn, den Adligen, schlimmer ist als ein Urwald. Das Thema der Einsamkeit des adligen Sträflings – des Abgesondertseins im Abgesondertsein – ist ein weiterer Faden, der sich durch das ganze »Totenhaus« zieht. »Dieses Abstandhalten seitens der Sträflinge geschieht oft ganz ohne böse Absicht, einfach so, unbewußt. Er ist eben keiner von ihnen, und damit basta. Es gibt nichts Schrecklicheres, als in einer Umgebung zu leben, die einem fremd ist.«

Der Adlige ist nicht nur deshalb ein Robinson, weil er in die Katorga geraten, sondern auch, weil sie für ihn unbewohnt ist, unbewohnt wie eine Insel, und er für sich allein bleibt. Obwohl sich fast vom ersten Tag an auch bei ihm Freitags einfinden, die ihn mit merkwürdiger Anhänglichkeit bestehlen.

Die einzige Erwähnung Robinsons auf den Seiten des »Totenhauses« kann für diese These allerdings nicht als Beweis dienen, da sie sich auf einen Flüchtling aus der Katorga bezieht: »Wer weiß, vielleicht wäre bei seiner Reiselust unter anderen Umständen ein Robinson Crusoe aus ihm geworden.« Aber welche Allgemeingültigkeit besitzen die Worte ganz am Ende des Buches: »Jawohl, mit Gott! Freiheit, ein neues Leben, Auferstehung von den Toten ... Welch ein herrlicher Augenblick!«

IV

Dieses Buch war ein Ereignis in Dostojewskis Leben, die Bewältigung seines persönlichen Schicksals, die endgültige Bestätigung seiner Berufung als Schriftsteller.

Man könnte seinen Lebenslauf genauso schildern wie den Robinsons, nur würde er sich etwas schrecklicher lesen. Geburt ... die Eltern ... von Kindheit an der Drang zu etwas ... die Flucht ... der gute Onkel ... der böse Onkel ... wird reich ... gerät in Not ... gelangt auf die Insel ... wird gerettet ... beginnt ein neues Leben ...

Wenn Dostojewski auch auf Drängen seines Vaters die Militäringenieurschule absolvierte, so quittierte er doch schon nach einem Jahr um der Literatur willen den Dienst, ging auf seine große Fahrt.

Die erste war außergewöhnlich erfolgreich. Da erblickte fast ein neuer Gogol das Licht der Welt. Belinski selbst verkündete es; Dostojewski durchschritt sogleich das Tor zum Ruhm. Das entsprach in hohem Maße seinen charakterlichen Ansprüchen. Dafür spiegelte seine zweite Fahrt, die denselben Ansprüchen gemäß bereits unerhörten Ruhm verheißen hatte, den Doppelcharakter seines Schicksals wider:

»Ich habe viele neue Ideen, die ... meinen literarischen Ruf festigen werden.« – 4. Mai 1845, nach Beendigung der »Armen Leute«. Dostojewski nimmt den »Doppelgänger« in Angriff: »Belinski treibt mich an, weiterzuschreiben ... Er hat schon in der ganzen literarischen Welt alles Mögliche darüber ausposaunt und ihn schon fast verkauft ...« (8. Oktober 1845). Am 28. Januar 1846 über das Erscheinen des »Doppelgängers«: »... er steht zehnmal über den ›Armen Leuten‹. Die Unsrigen sagen, seit den ›Toten Seelen‹ habe es in Rußland nichts Derartiges mehr gegeben, es sei ein geniales Werk, und was sie nicht noch alles sagen!« Am 1. April 1846 indessen: »Was jedoch abscheulich und schmerzlich ist: Die eigenen Leute, die Unsrigen, Belinski und alle sind unzufrieden mit mir ...«

Wie man auch zum »Doppelgänger« stehen mag, als Schriftsteller tritt Dostojewski, so wie wir ihn heute sehen, darin weit stärker in Erscheinung als in den »Armen Leuten«. Das heißt, Dostojewski hat sich, was speziell seinen künstlerischen Weg betrifft, darin weiterentwickelt, auch wenn der »Doppelgänger« kein voller Erfolg war. Wer weiß, wie seine Entwicklung verlaufen wäre, wenn nicht dieser Bruch mit »den eigenen Leuten und den Unsrigen« gewesen wäre; der Künstler hätte zweifellos eine höchst eigenständige Entwicklung genommen, und auch sein Schicksal hätte etwas weniger aufregend sein können. Doch wegen des »Doppelgängers« wurde er von der Öffentlichkeit aufgespalten in den zu großen Hoffnungen berechtigenden Verfasser der »Armen Leute« und in den diese öffentlichen Erwartungen nicht gerechtfertigt habenden Verfasser des »Doppelgängers«. Der Charakter des jungen Autors kommt in seinen weiter oben zitierten Briefen zum Ausdruck; er hat sehr unter diesem Mißerfolg gelitten. In jedem Falle blieb dies seine Position in der Literatur bis zum Jahre

1849 – die Position eines Autors, der so viel zu versprechen schien und so wenig davon gehalten hatte. Wenn man dann noch seinen unverträglichen, empfindlichen und verschlossenen Charakter berücksichtigt sowie sein grenzenloses Selbstbewußtsein, so mußte das weitgehende Folgen haben. Doch hier nun, welche Folgen es hatte und weshalb:

»Das Militärgericht befindet den Angeklagten Dostojewski insoweit für schuldig, als er nach Erhalt der Kopie eines verderblichen Briefes, geschrieben von dem Literaten Belinski, übermittelt durch den Adligen Plestschejew (Angeklagter) im März dieses Jahres aus Moskau, diesen Brief in Versammlungen vorgelesen hat ... Das Militärgericht hat deshalb den Ingenieur-Leutnant a. D. Dostojewski wegen Unterlassung einer Berichterstattung über die Verbreitung des religions- und regierungsfeindlichen Briefes des Literaten Belinski und des verbrecherischen Werkes des Leutnants Grigorjew gemäß dem militärischen Verfügungskodex ... unter Aberkennung des militärischen Ranges und aller Vermögensrechte zum Tode durch Erschießen verurteilt.«

Wegen Unterlassung einer Berichterstattung über die Verbreitung – zum Tode durch Erschießen! Und das wegen jenes Briefes Belinskis an Gogol, den man sowjetische Schüler heute auswendig lernen läßt.

Das Urteil wurde zwar abgemildert, doch verkündete man das erst im allerletzten Moment, unmittelbar vor der Erschießung. Der siebenundzwanzigjährige Literat Dostojewski, der erst den ersten Band seiner gesammelten Werke geschrieben hatte, machte eine schwere Erschütterung durch und trat den Marsch in sein »Totenhaus« an, das nicht nur keiner bisher geschildert hatte, sondern das auch ihm noch unbekannt war. Erst zehn Jahre später kehrte Dostojewski zu seiner literarischen Tätigkeit zurück.

Er hatte es nicht leicht. Nicht nur finanziell. Die Schwierigkeiten hatte er bereits in der Katorga vorausgesehen. Im letzten Kapitel des »Totenhauses« spricht aus den Worten des Erzählers er selbst, verrät er, was er in beruflicher Hinsicht empfindet. Kurz vor seiner Entlassung in die Freiheit bekommt er dank gewisser Vergünstigungen das erste Buch in all der Zeit wieder in die Hand. »Es war eine Zeitschrift. Als wäre mir Kunde aus dem Jenseits zugeflogen, so empfand ich es; klar und deutlich erstand mein ganzes früheres Leben vor mir, und ich suchte aus dem Gelesenen zu erraten, ob ich weit hinter dem jetzigen Leben zurückgeblieben, ob dort viel ohne mich geschehen sei, was die Menschen jetzt bewege und mit welchen Problemen sie sich herumschlügen. Ich deutelte an den Worten herum, versuchte zwischen den Zeilen zu lesen, bemühte mich, einen verborgenen Sinn und Anspielungen auf Vergangenes zu entdecken; ich suchte nach Spuren dessen, was die Menschen einst, zu meiner Zeit, erregt hatte; aber mit welcher Wehmut mußte ich erkennen, wie fremd ich in Wirklichkeit diesem neuen Leben gegenüberstand und daß ich von der übrigen Welt wie abgeschnitten war. Nun mußte ich mich an das Neue gewöhnen, mich mit der neuen Generation vertraut machen.«

Sich etwas vornehmen ist eines, etwas anderes aber, es verwirklichen. Es gelang ihm einfach nicht, die Zeit einzuholen, er wandelte immer noch in seinen früheren Spuren. Im Jahre 1861 kam er mit zwei bedeutenden Werken heraus. So erschien der Roman »Erniedrigte und Beleidigte«, den man in gewissem Sinne als Anknüpfung und Wiederholung der »Armen Leute« verstehen kann. Folgende interessante Episode spricht für unsere Theorie: Der Schriftsteller Iwan Petrowitsch (gleichzeitig Erzähler und handelnde Person in dem Roman), wählt als Vorbild für seine erste Novelle die »Armen Leute«. Beim Vorlesen der Novelle empfindet die Familie Ichmanew das gleiche wie Makar Dewuschkin bei der Lektüre des Puschkinschen »Postmeisters« in eben jenen »Armen Leuten«. Wieder der belastende Schritt! Das Verurteiltsein zum Erfolg.

Aber auch der »Doppelgänger« beschäftigt ihn. Bereits im Jahre 1846, gleich nach Einsetzen der Kritik, nahm sich Dostojewski vor, ihn umzuschreiben, kam jedoch bis zu seiner Verhaftung anläßlich des Petraschewzen-Prozesses im Jahre 1849 nicht mehr dazu. Zehn Jahre später spielte er erneut mit dem Gedanken, ihn umzuarbeiten, und kam abermals davon ab: »Den ›Doppelgänger‹ ausgenommen; ihn werde ich später, *nachdem ich Erfolg gehabt habe*, gesondert, völlig umgearbeitet und mit Vorwort herausgeben.«

Die Notizen für die Umarbeitung des »Doppelgängers« sind unter seinen übrigen Aufzeichnungen zu den Werken der beginnenden sechziger Jahre verstreut. Ob derartige Notizen auch in den Manuskripten des »Totenhauses« zu finden waren, läßt sich nicht genau sagen, da das Urmanuskript nicht erhalten geblieben ist. Interessant ist jedoch folgendes: In einer Szene für die Neufassung des »Doppelgängers« wird dessen Held Goljadkin zum »Fortschrittler« und besucht eine Zusammenkunft bei Petraschewski. Dort hält sein Doppelgänger, der »jüngere Goljadkin«, der später zum Denunzianten wird, eine Rede über »Das System Fouriers« (ein Steckenpferd Petraschewskis). Danach gesteht der ältere Goljadkin dem jüngeren, er beabsichtige, ein Napoleon und Anführer des russischen Aufstands zu werden. Jener führt seine Denunziation aus, und der Held wird angeklagt, ein zweiter Garibaldi zu sein. – Diese abgewandelte Geschichte der eigenen Beteiligung an dem Fall Petraschewski sollte nachträglich in den erfolglosen »Doppelgänger« eingefügt werden als eine Art Vorhersage künftigen Geschehens.

Aber diese Einfügung erfolgte doch nicht, oder vielmehr, sie war nicht mehr notwendig. Hatte sich doch der erhoffte »Erfolg« eingestellt. Und das war das »Totenhaus«.

Der Teufelskreis des »Doppelgängers« war durchbrochen. Im »Totenhaus« ward jener Dostojewski geboren, der »Schuld und Sühne« schreiben sollte. (Er beabsichtigte dazu auch eine Fortsetzung, aber das entsprang der Trägheit seiner Inspiration; das »Totenhaus« existierte ja bereits, und gerade das stand Raskolnikow bevor.) Ferner erschienen noch »Der Idiot«, »Die Dämonen« und »Die Brüder Karamasow« – Bücher, die bis auf den heutigen Tag der russischen Literatur Weltgeltung verschafft haben.

V

Als dieses Buch zum Ereignis wurde, erkannte einer dessen künstlerische Kraft offensichtlich besser als alle Zeitgenossen: Lew Tolstoi, der ewige Rivale Dostojewskis in unserem Verständnis.

»Neulich war ich unpäßlich, und da habe ich im ›Totenhaus‹ gelesen. Ich hatte eine Menge vergessen und las es nochmals, und ich kenne kein besseres Buch in der gesamten neuen Literatur, Puschkin eingeschlossen. Nicht der Ton, wohl aber der Standpunkt ist erstaunlich: aufrichtig, natürlich, christlich. Ein gutes, ein aufklärendes Buch. Ich habe es gestern den ganzen Tag genossen, wie ich lange nichts mehr genossen habe. Wenn Sie Dostojewski sehen, sagen Sie ihm, daß ich ihn sehr schätze.« Diese Worte wurden Dostojewski übermittelt, und er freute sich darüber.

Aber Dostojewski wäre nicht er selbst gewesen, wenn ihn die »Mißachtung Puschkin gegenüber« nicht gewurmt hätte.

Tolstoi kam noch wiederholt auf dieses Buch zurück; so als er »Krieg und Frieden« schrieb und auch bei »Auferstehung«. In »Auferstehung« ist bekanntlich auch vom Gefängnis die Rede. Offenbar hatte er damit gewisse Schwierigkeiten. Manches muß man aus persönlicher Erfahrung kennen, so wie er den Krieg. Dostojewski kannte das Gefängnis. Es ist merkwürdig, aber Tolstois besonderer Vorliebe gerade für dieses Buch Dostojewskis liegt auch noch folgendes zugrunde: Achtung vor dessen Erfahrung und zugleich Neid darüber. Stellen wir uns doch einmal vor, wie Tolstoi zum Beispiel folgende Stelle aus dem »Totenhaus« über die Adligen gelesen haben mag:

»Sie sind vom einfachen Volk durch eine abgrundtiefe Kluft getrennt, und das wird erst dann ganz spürbar, wenn so ein Adliger auf einmal durch die Gewalt äußerer Umstände wirklich und wahrhaftig seiner bisherigen Vorrechte beraubt und zum einfachen Mann gemacht wird. Da können Sie ihr Leben lang mit dem Volk auf vertraulichem Fuß gestanden, können vierzig Jahre hintereinander Tag für Tag mit ihm verkehrt haben, dienstlich zum Beispiel, in den konventionell-administrativen Formen oder einfach leutselig, als Wohltäter und gewissermaßen als Vater, Sie werden niemals die ganze Wirklichkeit erkennen. Alles ist nur optische Täuschung, nichts weiter ... Nicht aus Büchern stammt meine Überzeugung, nicht auf Spekulation beruht sie, ich habe sie in der Wirklichkeit gewonnen, und ich hatte mehr als genug Zeit, sie auf ihre Richtigkeit hin zu prüfen.«

Wie gewollt diese Anspielung auch immer für Tolstois Ohren geklungen haben mag, er konnte nicht umhin, ihre Berechtigung anzuerkennen, wenn er auch bei den Worten »vierzig Jahre« und »als Vater« ein wenig zusammengezuckt sein mochte. Tolstoi konnte auch die Worte »einfaches Volk« nicht so ohne weiteres hinschreiben. – Wenn also Tolstoi und Dostojewski unbedingt in einem Atemzug genannt werden müssen, dann vielleicht so: Tolstoi war im Krieg, und Dostojewski hat gesessen. Oder anders: Tolstoi hat nicht gesessen, und Dostojewski war nicht im Krieg.

P. S. Das »Totenhaus« ist zu Lebzeiten Dostojewskis nur ins Deutsche übersetzt worden, und zwar schon nach einem Jahr.

Andrej Bitow, Moskau 1986

Zu den Illustrationen von Paul Holz

Blätter zur Literatur nehmen im Werk des Zeichners Paul Holz, der als einer der großen Einzelgänger in der deutschen Kunst des 20. Jahrhunderts zu werten ist, einen gewichtigen Platz ein; umso erstaunlicher, daß sie bislang von keinem Verleger als Illustrationen zu den entsprechenden Texten Beachtung fanden. Die Ursachen dafür sind wohl vornehmlich in der erst lange nach des Künstlers Tod einsetzenden Wertschätzung seines Gesamtwerkes zu suchen, resultieren aber auch aus der Art ihrer Entstehung. Die nach Literaturvorlagen gestalteten Zeichnungen fügen sich seinem Oeuvre ohne Besonderheiten ein; sie unterscheiden sich in formaler Hinsicht gar nicht und im ikonographischen Bereich nur wenig von den übrigen Blättern. Der Zeichner schuf keine »Illustrationen« im eigentlichen Wortsinn, keine in dienender Funktion zum Text stehenden »Bebilderungen« unter Hervorhebung von Schlüsselszenen, wie es, vor allem bei Verlagsaufträgen, früher zumeist erwünscht war. Das hätte Paul Holz, von dem es, mit zwei Ausnahmen, im gesamten Werk keine Auftragsarbeiten gibt, vermutlich auch weder gekonnt noch gewollt. Seine lebenslange hauptberufliche Tätigkeit als Lehrer – als Künstler war er Autodidakt – ermöglichte es ihm, sich auf seine ureigenen Themen zu konzentrieren. »Ich ziehe ... meine täglichen Sielen im Schulehalten, und das gibt mir die Freiheit, zeichnen zu können, wie ich will. Lohn genug«, schreibt er in einem Brief aus dem Jahre 1937.*

Holz war Leser und begegnete den Büchern, deren Inhalt ihn zum Zeichnen anregte, nicht als Suchender, sondern als Findender, denn »die Fülle der eigenen Vorstellungen ist im Grunde nie von der Literatur verdrängt worden«.** Seine Motive entdeckte er vor allem bei Dostojewski, Gogol, Leo Tolstoi, Hamsun, aber auch bei Jessenin, Rilke, Eichendorff, Döblin, Nietzsche. In ihren Werken – oftmals nur in einer Zeile, einem Vers – spürte er Bilder, Szenen, Stimmungen auf, die sich mit eigenen Erlebnissen deckten und ihn oft so unmittelbar trafen und aufwühlten, daß sie eine ganze Flut von Zeichnungen auslösten: Zeichnungen *über* Motive aus Büchern und keine fortlaufenden Illustrationen, wie sie die

* Brief von Paul Holz an Reinhard Piper vom 7.2.1937. ** Werner Schade, Die Wahrheit und der Traum, in: Katalog Paul Holz, Staatliche Museen zu Berlin, Kupferstichkabinett (1984)), Berlin 1983, S. 19.

»klassischen« Illustratoren Doré, Faworski, Kubin, Hegenbarth, Fronius schufen – um nur einige zu nennen –, die um formale Einheitlichkeit und durchgehenden Duktus ihrer Blätter bemüht waren.

1910 war Paul Holz, der 1883 in dem Dörfchen Riesenbrück in der Nähe von Pasewalk als Sohn eines Kleinbauern geboren worden war und eine Lehrerausbildung erhalten hatte, sicherlich noch unbeabsichtigt, aus der Anonymität des Schulalltags herausgetreten, indem er einige Wände der Dorfschule in Jatznick, in der er unterrichtete, mit Zeichnungen bedeckte. In einem Brief aus dem Jahre 1937 bemerkt er dazu: »Sie sind meines Erinnerns die ersten Zeichnungen überhaupt ... ›Fahrendes Volk‹, wie es damals unsere Jatznicker Chaussee belebte. Leute der Landstraße. Der einzige Anlaß, sie auf die Wand zu malen, war der, daß, als der Flur im Jahr 1910 gestrichen wurde, der Maler oben einige leere Felder ließ. Das reizte, die leeren Felder zu füllen ... Ich habe damals nicht im Entferntesten gedacht, ein Künstler zu werden«.*

Diesem ersten Thema – dem fahrenden Volk – blieb er treu. Immer waren es die Außenseiter der Gesellschaft, die Landstreicher oder Stromer, die Bettler und umherziehenden Musikanten, die Zigeuner und die Leute vom Zirkus, aber auch alle anderen Ausgestoßenen, so beispielsweise Geisteskranke und Trinker, denen seine Sympathie gehörte und die er wieder und wieder zeichnete. Eine zweite Quelle für seine Bilderwelt fand Paul Holz in den Anregungen aus der Literatur; und die dritte schließlich, aus der er ein Leben lang Kraft schöpfte, in seinem heimatlichen Ursprung: der flachen uckermärkischen Landschaft, seinem Dorf, dem elterlichen Hof, seiner Familie, den vertrauten Tieren.

»Nichts, nichts kommt in der Welt gegen das ›Zu Hause‹ auf. Man wird es nicht los. Es zieht mit unablässiger Gewalt«**, schrieb er 1934 aus Schleswig, wohin man den politisch Unliebsamen nach seiner 1933 erfolgten Entlassung aus den beiden Breslauer Lehrämtern – dem als Zeichenlehrer am Staatlichen Friedrichsgymnasium und dem als Lehrer für Methodik und Übungsschule im Tafelzeichnen an der Staatlichen Akademie für Kunst-

* Brief von Paul Holz an Emil Hamann vom 20. 4. 1937. ** Briefentwurf von Paul Holz an Erich Pensky vom 19. 8. 1934, zum Teil veröffentlicht von Kurt Speth: Paul Holz, der Zeichner, in: »Pommern«, Hamburg, 1975, XIII. Jg., H. 4, S. 8–17.

gewerbe, die er seit 1925 mit großem Erfolg bekleidet hatte – zwangsversetzte. Der häufig Kranke konnte eine derart abrupte Loslösung aus einem für ihn so produktiven und anregenden künstlerischen Milieu nicht überwinden. In Schleswig ist er, erst 54jährig, 1938 gestorben, nachdem er eine noch ermutigende Resonanz auf zwei Ausstellungen in Berlin hatte erleben dürfen, wobei ihn zugleich jedoch ebenso die gespenstischen Aktionen der Faschisten gegen die sogenannte »entartete Kunst« bedrängten, denen auch viele seiner eigenen Zeichnungen zum Opfer fielen.

Gefördert durch die sprunghaft ansteigende Zahl der Einzel- und Gesamtausgaben der Werke Dostojewskis vom Ende des 19. Jahrhunderts an, erreichte die Begeisterung für diesen Autor in den zwanziger Jahren des 20. Jahrhunderts einen Höhepunkt, »... als der Dichter in Deutschland gelesen wurde wie kein anderer ausländischer Schriftsteller«.* Offenbar traf er den Lebensnerv einer ganzen Generation jüngerer Intellektueller; die Schicksale seiner Helden fanden so enormen Widerhall, daß sich fast von einer Dostojewski-Mode sprechen ließ. So wurde er auch zum frühen Schlüsselerlebnis für den jungen Max Beckmann, der 1912, aufgefordert von Karl Scheffler, für dessen Zeitschrift »Kunst und Künstler« sieben Lithographien zum »Bad der Sträflinge« aus den »Aufzeichnungen aus einem Totenhaus« zeichnete und am 20. August desselben Jahres an den Verleger Reinhard Piper schrieb: »Ich will natürlich keinen Vergleich ziehen, aber was Dante für Michelangelo war, das könnte Dostojewski einmal für mich werden«.**

Als Ausdruck kollektiver Bewunderung kann die 1920 im Kiepenheuer-Verlag Weimar erschienene »Dostojewski-Sondermappe« gelten, der das bis dahin unveröffentlichte Gedicht Johannes R. Bechers »An Dostojewski« vorangestellt war. »Dostojewskis Epik«, heißt es im einführenden Text, »kreist durch die Menschen dieser Zeit. Auseinandersetzung ist die innerste Notwendigkeit. Kaum einer kann sich der Wucht dieser Gesichter, dem Ethos der Allmenschlichkeit entziehen. Ein Voltaire hat schwerlich nachhaltiger auf seine Mitwelt eingewirkt als dieser Russe, der die Kraft hatte, ganz Europa aufzuwühlen«.*** Neben so bekannten Künstlern wie Erich Heckel, Carl Hofer und Alfred Kubin ist in dieser Ausgabe

* Geschichte der klassischen russischen Literatur, Berlin/Weimar, 1965, S. 25. ** Piper, Reinhard, Mein Leben als Verleger, München 1964, S. 316. *** Einführungstext zur »Dostojewski-Mappe«. II. Jg., Mappe der »Schaffenden«, Weimar 1920.

auch Paul Holz mit einer 1919 entstandenen Lithographie vertreten: dem Bildnis des hageren Verteidigers Fetjukowitsch aus dem Roman »Die Brüder Karamasow«.

Sicherlich angeregt durch die mannigfachen literarischen Angebote, begann Holz – der von 1918 bis 1925, nun auch als Zeichenlehrer, in Stettin arbeitete und in einem kleinen Kennerkreis seinen Namen als Künstler festigte – um das Jahr 1919 seine Auseinandersetzung mit Dostojewski, die ganz intensiv bis etwa 1925 andauerte. Unsere Kenntnisse über Paul Holz sind inzwischen so weitgehend gesichert, daß wir sagen können: Hätten ihn die Bücher des russischen Dichters nicht bis auf den Grund seines Wesens erschüttert, er würde sie beiseite gelegt haben, ohne ihnen auch nur ein einziges Blatt zu widmen. »Ich konnte immer nur zeichnen, was mich ergriff, im Innersten ergriff«.* Für Holz gab es keine Unterschiede, woher er seine künstlerischen Impulse bezog; ihm war es gleich, ob sie ihm aus der unmittelbaren Realität oder aus der Literatur zuflossen; es kam ihm nur auf die Stärke des Gefühls an, das sie in ihm zum Schwingen brachten. Er suchte auch in der Literatur stets das Gleichgestimmte, wobei ihm hohe formale Meisterschaft weniger wichtig war als die lebendig und anrührend gestalteten Schicksale von Menschen, die sein Mitgefühl, sein Mitleiden oder sein Mitfreuen herausforderten.

Seine Begegnung mit dem Gesamtschaffen Dostojewskis mündete zuletzt in der ausschließlichen Auseinandersetzung mit den »Aufzeichnungen aus einem Totenhaus«, obgleich er auch alle anderen Hauptwerke des Dichters gelesen hatte. Der Beschäftigung mit dem »Totenhaus« vorausgegangen war die Lektüre der »Brüder Karamasow«, die ihn zu einigen wenigen Zeichnungen und der bereits erwähnten Lithographie inspirierte. Der Anfang des zeichnerischen Dialogs mit den »Aufzeichnungen aus einem Totenhaus«, dem wir, gemessen an sämtlichen von Holz geschaffenen Blättern zur Literatur, die meisten Zeichnungen verdanken, ist nicht mehr präzise festzustellen, da er sie, wie alle seine Arbeiten, nur sehr selten datierte. Die früheste erhaltene und datierte Illustration zum »Totenhaus« stammt von 1922, die späteste von 1925. Wir konnten jedoch feststellen, *welche* der zahlreichen Ausgaben dieses Romans Paul Holz seinerzeit zur Hand hatte, nämlich die 1920 im Berliner Propyläen-Verlag er-

* Holz, Paul, Notizen eines Zeichners, in: Katalog Paul Holz a. a. O., S. 7

schienene mit dem seltenen Titel »Das tote Haus« in der Übersetzung von August Scholz.

Diese Gewißheit stützt sich auf die Eigenheit des Künstlers, die meisten seiner Zeichnungen durch Geschriebenes zu ergänzen. Die Skala seiner Bildunterschriften reicht von einer einfachen kurzen Benennung der dargestellten Szene bis zu poetischen, sehr treffenden Texten, die, liebevoll oder drastisch im Inhalt, dem Bilde zugeordnet wurden, wobei sie zu einer gestalterischen Einheit verschmelzen und sich häufig so durchdringen, daß sich Wortpassage und Zeichnung kaum auseinanderhalten lassen.

Bei den Blättern zum »Totenhaus« erfand Paul Holz einerseits eigene Titel, doch benutzte er andererseits ebenso auch wörtliche Formulierungen des Dichters, die er entweder in die Zeichnung einbezog oder bei einigen Illustrationen, die ihm möglicherweise besonders am Herzen lagen und die er deshalb unter Passepartout legte, mit Bleistift auf dem Karton vermerkte. Da nun die einzelnen Übersetzungen des »Totenhauses« ganz und gar voneinander abweichen, ergibt sich aus den von Holz übernommenen Textzitaten zumeist eine völlige Übereinstimmung mit der Scholzschen Übertragung, wobei eine auf einem Blatt zusätzlich notierte Seitenzahl letzte Zweifel beseitigt.*

Nachdem Paul Holz mehrere Jahre lang Motive aus diesem Roman in Zeichnungen umgesetzt hatte, fiel ihm Ende 1924 der »Almanach des Piper-Verlages 1904–1924« in die Hände, der ihn in mehrfacher Hinsicht gefesselt haben muß. Er las in ihm über die engen Beziehungen des kunstliebenden und -fördernden Verlegers zu bedeutenden, bereits berühmten und auch von Holz verehrten Künstlern wie Alfred Kubin und Max Beckmann, aber auch vom Einsatz Pipers für junge, noch Unbekannte (wie z. B. den frühverstorbenen René Beeh), und gleichzeitig erfuhr er von dessen Verdiensten um Dostojewski (in diesem Almanach u. a. dokumentiert durch einen Aufsatz von Hermann Graf Keyserling über den Dichter.) Piper war auch der Initiator einer Reihe von illustrierten Dostojewski-Ausgaben, unter denen der 1922 erschienene Roman »Der Doppelgänger« mit den Federzeichnungen von Alfred Kubin wohl am bekanntesten wurde. »Ich habe Ihren Jubi-

* Bei diesem Blatt handelt es sich um die Zeichnung »Kranker Gefangener«. Auf dem Passepartout dieser Zeichnung notierte Holz neben dem, bis auf eine Auslassung, wörtlichen Textzitat: »Dieser Kranke war ein Schwindsüchtiger mit Namen Ustanzew«, die Seitenangabe: S. 227.

läumsalmanach gelesen«, schrieb Holz nach der Lektüre am 7. Januar 1925 an Reinhard Piper, »und gesehen, wie gut Sie mit Künstlern umgehen, die Ihrem Verlag nahestehen ... Ich bin Volksschullehrer in Stettin und stamme vom Lande. Ich habe schon 21 Dienstjahre auf dem Nacken. Der Tag gehört der Schule. Der Abend und oft die Nacht gehört mir.« Am Ende des Briefes steht auch die einzige schriftliche Äußerung über den russischen Dichter, die wir bei Holz fanden: »Seit ich Dostojewski kenne, gebe ich mich der schmerzlichen Besessenheit dieses Stromes hin und wünsche wohl, daß ein Ton aus dem Craquelé meiner Zeichnungen an seine Ufer dränge«.*

Mit diesem Brief schickte Paul Holz eine Sendung von 112 Zeichnungen nach München, von denen 53 vom »Totenhaus« angeregt waren. Sicher hoffte er, daß sich der einflußreiche Verleger für seine Werke interessieren und vielleicht sogar eine illustrierte Ausgabe des Romans herausbringen würde, eine Hoffnung, für die das wie eine Titelzeichnung gestaltete Blatt »Der Gefangene« (S. 2) spräche, das, groß in der Zeichnung, einen geschundenen Sträflingskopf zeigt, zusammen mit einer gewichtigen, größer als üblich gehaltenen Unterschrift »Das tote Haus«; allerdings läßt sich heute nicht mehr nachprüfen, ob dieses Blatt tatsächlich dem Konvolut beigefügt war.

Wenn sich die Erwartung des Künstlers auch nicht erfüllte, so war Piper doch von Paul Holz sehr angetan; er erwarb später immer wieder Blätter von ihm, vor allem im Tausch gegen in seinem Verlag erschienene Kunstbücher. Ein 1937 geäußerter Plan des Verlegers, ein Buch über den Zeichner Paul Holz herauszubringen, zerschlug sich kurz danach an den Zwangsmaßnahmen der faschistischen Kulturpolitik.

Alle Blätter des »Totenhaus-Zyklus« sind, wie nahezu das gesamte übrige Werk des Künstlers, mit Stahlfeder und schwarzer Tusche entweder auf Zeichenkarton oder auf Pergament gearbeitet. In dieser fast mönchischen Beschränkung auf ein einziges Zeichenmittel – gelegentlich nur verwendete er die Rohrfeder, seltener noch den Pinsel – ist Paul Holz mit keinem Schwarz-weiß-Künstler Deutschlands im frühen 20. Jahrhundert zu vergleichen. Versuche mit anderen Techniken wie Bleistift, Kreide und Rötel lassen sich an den Fingern einer Hand abzählen; ebenso spielen

* Brief von Paul Holz an Reinhard Piper vom 7. 1. 1925.

Ausflüge in graphische Techniken kaum eine Rolle. Trotzdem ist dies Werk keinesfalls »arm« an zeichnerischen Werten. Paul Holz gelang es vielmehr, die Federzeichnung zu solch hoher Blüte zu treiben – von der sparsamsten kargen Konturzeichnung bis hin zur dichten, fast schwarzen, vollständig durchgearbeiteten Bildzeichnung –, daß ein Fehlen der Farbe oder anderer Techniken niemals als Mangel empfunden wird.

Holz zeichnete fanatisch, zwanghaft, meist in der Stille der Nacht. Er war besessen vom Prozeß des Zeichnens, ohne Rücksicht auf eine etwaige »kunstgeschichtliche Heiligsprechung«. So war er auch nicht wählerisch in der Auswahl der Papiere; er nahm, was erreichbar war, Billiges, bereits Verwendetes, auch Rückseiten von Kalendern und Reproduktionen. Zu Tausenden stapelten sich die Zeichnungen in einer tiefen Bauerntruhe; viele wurden bereitwillig verschenkt. Holz bevorzugte es, ein Thema einzukreisen und es so lange zu variieren, bis er eine gültige Lösung gefunden hatte. So existieren auch etliche »Totenhaus«-Blätter in mehrfachen, einander ähnelnden Versionen, unter anderem der »Platzmajor« (S. 41), der »Hund Kultjapka« (S. 333), das »Mädchen Akulka« (S. 285) oder der »Leutnant Scherebjatnikow« (S. 369), während andere Motive nur in einer Fassung vorhanden sind, wie die »Souffleusen« (S. 81), die »reitenden Tscherkessen« (S. 317) und der »Branntweinhändler Gasin« (S. 65). – So stellt sich der Sachverhalt jedenfalls heute dar, da die im Krieg verlorenen und verschollenen Blätter nicht in die Betrachtung einbezogen werden können.

Wie bereits angedeutet, zeigt ein genauerer Blick auf die von Holz ausgewählten Motive, daß er nicht Szenen oder gar Kapitel interpretierende Zusammenfassungen zu zeichnen suchte, sondern daß er häufig durch einen einzigen Satz inspiriert wurde, eine winzige Begebenheit, die für das Gesamtgeschehen des Buches nebensächlich ist, wie beispielsweise durch die kurze Erzählung vom eingesperrten sibirischen Bauern, den seine inzwischen wiederverheiratete Frau besucht. »Sie sprachen zwei Minuten miteinander, vergossen zusammen etliche Tränen und nahmen für immer voneinander Abschied.«* Der halbe Satz .... »und nahmen für immer voneinander Abschied« löste das ergreifende, liebevoll und zart gezeichnete Blatt (S. 17) aus, in dem die Schrift so wichtig erscheint. Gerade diese Stimmung vermochte Holz nach-

* Dostojewski, Fedor Michailowitsch. Das tote Haus, Berlin 1920. S. 13.

zuvollziehen wie kaum eine andere, denn »Abschied heißt das große Motiv dieses Werkes«.* Genauso fuhr einst der Vater im Wagen zurück, nachdem er den Schüler Paul Holz zur Bahnstation gebracht hatte; und Abschied nehmen mußte später der Dreißigjährige von seiner Braut, als er zum Kriegsdienst einberufen wurde. So sind die Motive aus dem »Totenhaus« also zum großen Teil Ausdruck auch eigenen Erlebens, punktueller Situationen, die Analogien liegen auf der Hand.

Im Gegensatz zu dem stillen Abschieds-Blatt zeichnete Holz die reitenden Tscherkessen (S. 317) als furiosen, fast kreisrunden Wirbel, in dem Pferde und Reiter ineinander verschmelzen. Mit dieser Illustration verhält es sich ähnlich autobiographisch; aus ihr spricht jene überschäumende Freude der gefangenen Tscherkessen, für kurze Zeit mit den geliebten Tieren umgehen zu dürfen, ein Gefühl, das Paul Holz, der mit Pferden aufgewachsen war, vertraut gewesen sein dürfte. Auch sein stetes Mitempfinden mit der gequälten Kreatur, in welcher Gestalt sie ihm im Roman auch immer begegnete, war gewiß ein auslösender Faktor bei der Auswahl der Motive, etwa der Szenen mit dem armen Hund Kultjapka (S. 333) oder dem kranken Adler (S. 343) aus dem Kapitel »Tiere im Gefängnis«. Mit wenigen Federstrichen erzählt Holz die Geschichte des Hundes, den Dostojewski mit besonderer Teilnahme beschreibt, indem er uns vergegenwärtigt, wie der »Pelzspezialist« Neustrojew das zottige Fell Kultjapkas prüft, der sich freundlich geliebkost fühlt und nichts Böses ahnt. Die Komposition des bildenden Künstlers wird zum eindrucksvollen Zeichen, wenn sie in heftiger Schräge vom sich duckenden Hund über den gebückten Neustrojew aufsteigt, um am rechten Bildrand in der leicht geneigten Gestalt des zuschauenden Sträflings wieder Ruhe zu finden. Der beigefügte Text ist der Sockel, über dem sich die Zeichnung frei entfalten kann. Eng an der literarischen Vorlage bleibend, gestaltet Holz den jungen Adler indes ganz »porträthaft«, seinen herabhängenden Flügel, seine unnahbare Haltung, seinen zornigen, unversöhnlichen Blick.

Wie das Tier Kultjapka wurde auch das Mädchen Akulina (S. 285) aus der Erzählung »Akulkas Mann« ermordet, deren Bildnis uns der Zeichner in zahlreichen Variationen überlieferte. Gleich dem Hund ordnete Holz auch dieser Gedemütigten und Verleumdeten das Adjektiv »arm« zu; die für unsere Edition aus-

* Werner Schade, Die Wahrheit und der Traum, a. a. O., S. 14.

gewählte Zeichnung zeigt ihr unhübsches, aber anrührendes Antlitz.

Obwohl die Mehrzahl der Zeichnungen dem Leiden der Sträflinge gewidmet ist, fühlte sich Holz offenbar zu den Abschnitten im Roman, die von den seltenen, deshalb aber um so intensiver und ausschweifender genossenen Freuden und Annehmlichkeiten berichten, besonders hingezogen. Zwei kurze Sätze aus dem Abschnitt des Romans über die Möglichkeit der Gefangenen, sich kurzlebige Lustbarkeiten bei käuflichen Mädchen zu verschaffen, inspirierten Holz zu den beiden Zeichnungen »Endlich kamen zwei Souffleusen« (S. 81) (wie sie im Buch genannt werden) und »Dirne zwischen zwei Soldaten« (S. 99), Illustration des knappen Satzes: »Soldaten lieb ich für mein Leben«*. Das letztgenannte Blatt bildet eine besondere Rarität im Holzschen Werk, das sonst fast keine weiblichen Akt- oder Halbaktdarstellungen kennt. Es lebt ganz vom Kontrast: Das Mädchen, den kecken Federhut tief ins verschattete häßliche Gesicht gezogen und von ihren martialischen Freiern bedrängt, bietet als Attribute der Verlockung die prächtigen Zöpfe und ihre weiße, üppige, entblößte Brust dar, die durch die angrenzenden Grauflächen der Soldatenmäntel und die tiefen Schwärzen in Gesicht und Hut des Mädchens etwas besonders Leuchtendes bekommt. Im Gegensatz zu dieser bis in Details durchgearbeiteten Zeichnung bestimmen lineare, stenographisch hingeschriebene Umrißlinien das von der Groteske lebende Blatt der beiden »Souffleusen«; auch sie werden bereits von zwei Bewerbern umkreist.

Mehrere Arbeiten zum Kapitel »Theateraufführung« verdeutlichen, wie sehr der Künstler dieses einmal im Jahr, nach Weihnachten, stattfindende Vergnügen miterlebt; wie sehr er Anteil nimmt an der Lust des sich verkleidenden Sträflings, der sich beim Aufsetzen der Perücke breit grinsend dem Betrachter zuwendet (S. 171), oder auch an der bäurischen Grazie, mit der der Häftling Iwanow die Attribute der »wohltätigen Gutsbesitzerin« (S. 207) – Kleid, Häubchen, Fächer und Schirm – zur Schau trägt. Die Komposition entwarf er als großen, spannungsvollen Bogen, der, beim rechten Schuh beginnend und beim geneigten Kopf endend – als harmonisierender Ausgleich dient der übertrieben gespreizt gehaltene Fächer –, vielfach geknickt auf der anderen Seite nach unten abfällt. Am Kalikohäubchen und dem gefältelten Sonnen-

* Dostojewski, F. M., Das tote Haus, a. a. O., S. 46.

schirm gibt Holz seiner Lust am Detail nach und schafft dadurch gleichzeitig verdichtende Grauwerte, die für den Gesamteindruck der Zeichnung bedeutsam sind.

Da Paul Holz ein gewandter Akkordeonspieler war und gern sang – »Abends wurden wir auf seinen Schultern mit Ziehharmonikamusik ins Bett gebracht«, erinnert sich die Tochter Christiane* – können wir die brüderlichen Empfindungen für die Musiker bei der Theatervorstellung nachempfinden, besonders natürlich für den singenden »Akkordeonspieler« (S. 355), aber auch für den vor Musikseligkeit mit geschlossenen Augen den eigenen Melodien lauschenden »Balalaikaspieler« (S. 295) und den knieenden »Geiger« (S. 55), der nicht nur das Theaterorchester unterstützt, sondern auch als Begleiter feiernder Sträflinge, etwa des unberechenbaren Gasin, im Roman des öfteren in Erscheinung tritt.

Ein besonderes Ereignis in ihrem freudlosen Dasein war für die Sträflinge, ähnlich wie die Theatervorstellung, das Bad, in das sie einmal im Jahr, vier Tage vor Weihnachten, geführt wurden. Holz stellt den Höhepunkt des Unternehmens als einen Akt animalischer, überschäumender Freude der nackten Gefangenen dar (S.159). Vor Glück reißen sie die Arme hoch, jeder genießt das heiße Wasser bei dieser großen Waschung auf seine Weise, still versunken die einen, laut gröhlend die anderen.

Wenden wir uns abschließend einigen Arbeiten zu, in denen Paul Holz den niederdrückenden Alltag der Sträflinge beschreibt: In Anlage und Ausführung ähneln sich zwei Zeichnungen, die einen erwachenden (S. 125) und einen sich auf die Prügelbank legenden Gefangenen (S. 25) darstellen. Beide Ausführungen befolgen das – von Holz gern benutzte – dem menschlichen Auge eingängige Prinzip, das Blatt in der Diagonale von links unten nach rechts oben sich entwickeln zu lassen, und beiden sind wörtliche Textzitate beigegeben, die nicht nur die jeweilige Szene verdeutlichen, sondern, zusammen mit der Zeichnung, die eindringliche Wirkung der Blätter steigern. Der Sträfling Petrow, der sich »für gewöhnlich schweigsam und entschlossen auf die Prügelbank legte« **, trägt deutlich sichtbar die schweren Fußfesseln, ein Symbol der Gefangenschaft. Dostojewski selbst mußte sie während seiner vierjährigen Haftzeit im Omsker Gefängnis mit sich schleppen. »Genau um 12 Uhr, d.h. gerade zu Weihnachten, war ich

*Christiane Holz, Erinnerungen an meinen Vater, in: Katalog Paul Holz, a.a.O., S. 35. ** Dostojewski, F. M., Das tote Haus, a.a.O., S. 20.

erstmals in Ketten, sie wogen 10 Pfund, und damit zu gehen war äußerst unbequem.«*

Die meisten der Geprügelten oder zum Spießrutenlauf Verurteilten mußten nach ihrer Bestrafung ins Lazarett gebracht werden, viele überlebten die Strafe nicht. Einer der sadistischen Quäler, »ein wahres Scheusal unter seinesgleichen« **, der Leutnant Scherebjatnikow (S. 369), der die »Kunst« der Vollstreckung leidenschaftlich liebte und die unglücklichen Delinquenten voller Lust prügeln ließ, wurde bei Holz zur wahren Karikatur eines Menschen, zu einem hinkenden, mißgestalteten Teufel, der sich mühsam auf seinen Stock stützt.

Das Lazarett war für viele Gefangene die letzte Station ihres Leidensweges, so auch für Ustjanzew (S. 233), der aus Angst vor der Körperstrafe eine Schale Branntwein, mit Tabak aufgegossen, getrunken hatte und daraufhin unheilbar an Schwindsucht erkrankte, oder für den ebenfalls schwindsüchtigen Michailow, dessen qualvolles Sterben Dostojewski so mitfühlend schildert. Szenen dieser Art müssen in Paul Holz eine besondere Saite angerührt haben, zumal der Tod ihm vertraut war. »Ich habe meine Brüder in jungen Jahren sterben sehen ... Nun läßt mich der Tod nicht mehr los. Wenn das, was ich mache, Kunst ist, dann ist meine Kunst nichts weiter als eine immerwährende Auseinandersetzung mit dem Tode.«*** 1925 starb an der Schwindsucht auch der besonders geliebte Bruder Wilhelm, dessen schwere Todesstunden er wiederholt gezeichnet hat. Wie eine Vorahnung auf dieses persönlich miterlebte Sterben erscheint uns die anrührende Darstellung des kranken Ustjanzew, sein abgemagertes, schreckverzerrtes Gesicht mit den übergroßen Augen.

Eine kleine Serie besonders sensibler Blätter entstand über Sterben und Tod des Sträflings Michailow. Der »Arzt am Sterbebett« (S. 237) ist eine der wenigen Zeichnungen innerhalb der gesamten Folge, die durch die Andeutung einer Zimmerecke und eines vergitterten Fensters einen vagen Raumeindruck vermittelt. Obgleich der stehende Arzt, der mit routinemäßigem Verhalten den Tod konstatiert, das Zentrum der Komposition bildet, wird das Auge des Beschauers doch immer wieder auf den liegenden

* Brief an den Bruder M. M. Dostojewski vom 22. 2. 1854, in: Dostojewski, Fjodor M., Briefe in zwei Bänden, Leipzig 1984, 1. Bd., S. 97. ** Dostojewski, F. M., Das tote Haus, a. a. O., S. 252. *** Molzahn, Ilse, Erinnerungen an Paul Holz, in: Katalog Paul Holz, Esslingen und Kiel 1983, S. 22.

ausgemergelten Körper gelenkt, den Paul Holz mit behutsamen Federstrichen verdichtete und intensivierte. In unmittelbarem Zusammenhang damit ist die stille Skizze zu sehen, in der ein Sträfling dem Toten die Augen zudrückt (S. 261), sowie die kleine Zeichnung des von einem Feldscher aufgenommenen leblosen Körpers (S. 275), für die der Künstler neben der Feder den lavierenden Pinsel verwendete, mit dem er über eine fast malerische Weichheit menschliche Wärme erzielte.

Besonders bei den Lazarettblättern mögen Erinnerungen an Erlebnisse eingeflossen sein, die der Künstler um 1920 in einer Stettiner Anstalt für Geisteskranke gehabt und in vielen eindringlichen Zeichnungen festgehalten hat. Auch da finden sich die vergitterten Fenster, die Holzpritschen, die verängstigten Kranken mit ihren schreckgeweiteten Augen. In beiden Fällen, nach der unmittelbaren Anschauung des Elends ebenso wie nach der Lektüre über das Elend, war es das Schicksal der aus der Welt der »Normalen« Ausgestoßenen, war es seine Achtung vor jedem Menschen, sei er nun unheilbar krank oder ein verurteilter Verbrecher, die ihn zur Parteinahme zwang, eine Haltung, die Dostojewski in einem Brief an seinen Bruder sehr ähnlich beschreibt: »Übrigens sind Menschen überall gleich. Selbst im Zuchthaus habe ich während der vier Jahre unter den Gewaltverbrechern schließlich Menschen gefunden. Ob Du es glaubst oder nicht: Es gibt da tiefe, starke, wunderbare Charaktere, und welche Freude war es, unter der verhärteten Kruste das Gold aufzuspüren.«*

Wie stark Holz die Persönlichkeit, das mögliche oder vermeintliche Antlitz des Dichters fesselte, beweisen über ein Dutzend erhaltene Porträtversuche, in denen er Dostojewski zu erfassen bestrebt war, wobei er ihn niemals idealisierte, sondern vielmehr seinem zerquälten Inneren nachspürte. Es gibt Blätter, die sich eng an Fotos halten, andere weichen weit vom Porträthaften ab und scheinen mehr Abbilder von Seelenzuständen zu sein, die Dostojewskis Angst um das tägliche Auskommen und seine Furcht vor Krankheit und Tod verdeutlichen (S. 5).

Von keiner anderen Person hat Holz auch nur annähernd so viele Porträts gezeichnet, ausgenommen sich selbst. Die Befragung des eigenen Gesichts beginnt etwa im Jahre 1924 und reiht Holz ein in die Reihe der Künstler, von Rembrandt über van Gogh und Corinth zu Beckmann, die über ihr Spiegelbild zu ihrem

* Brief an den Bruder M. M. Dostojewski vom 22. 2. 1854, a. a. O., S. 105.

eigentlichen Selbst vorzudringen suchten. Die Selbstbildniszeichnungen von Paul Holz, die gegen Ende seines Lebens immer zahlreicher werden, stellen gleichsam ein persönliches Tagebuch dar; in ihnen werden überstandene oder fortdauernde Krankheiten und kurze Freuden notiert, sie sind Ausdruck seiner Ängste, der Sorgen um die Zustände seiner Zeit, der Unzufriedenheit mit sich und dem Erreichten. In solcher Stimmung mag auch das spröde, sehr ernste Bildnis entstanden sein mit dem fast bohrend auf den Beschauer – also auf sich selbst – gerichteten Blick, auf dem er sich durch den hinzugefügten Text aus dem »Totenhaus« mit den Gemeinsten unter den Sträflingen gleichsetzt: »Ihr Gesicht war von Lastern und Ausschweifungen furchtbar zerrüttet« – eine freie Abwandlung des entsprechenden Satzes der Scholzschen Übertragung: »Die Mehrzahl war von Lastern und Ausschweifungen furchtbar zerrüttet«.* Affinitäten, Probleme und Selbstzweifel so tiefgehender Natur vertraute er allerdings nur seiner Feder an; nach außen, im Verkehr mit der Familie, den Schülern und Kollegen, war davon kaum etwas zu spüren, im Gegenteil: Unter den zahlreichen Äußerungen über ihn gibt es keine, die nicht seine ausgeprägte Menschenliebe, seine aufopferungsvolle Hilfsbereitschaft, seine Fürsorge, Freundlichkeit und Ruhe, seinen mitreißenden Humor preist.

Und so, wie er die gegensätzlichsten Anlagen in sich vereinte, zeigen sich uns seine Zeichnungen keinem verantwortlich als sich selbst, keiner Schule gehorchend, keinem Stil verpflichtet, höchst unterschiedlich in der Form, dem jeweiligen Inhalt und seinen ihn im Augenblick der Arbeit bestimmenden Gefühlen folgend: laut ausbrechend, überschäumend dionysisch, tiefsinnig hintergründig, aber ebenso mitfühlend still und tieftraurig. Allen gemeinsam ist, häufig unter Verzicht auf Gefälliges und Verschönendes, jene kompromißlose Ehrlichkeit, die sie unverwechselbar macht und die aus der Überzeugung des Künstlers resultiert, »daß die Kunst das Naturereignis ... wiederholt, aber in anderer Form, Kunst ist nicht Abklatsch, ... Wiederholung der Natur, sondern hat ihre eigene Totalität, ist etwas, das in sich selbst ruht und in sich selbst seine Gesetze und seine Begründung hat«.**

Angelika Förster

* Dostojewski, F. M., Das tote Haus, a. a. O., S. 17. ** Aus einem nachgelassenen Manuskript von Paul Holz für einen Vortrag über Kunst, 1930.

ANHANG

Anmerkungen

1 *Katorga* – Mit Deportation in entlegene Landesteile – vor allem Sibirien und die Insel Sachalin – verbundene Zwangsarbeit; auch der Ort, an dem man diese Strafe verbüßte, wurde so bezeichnet.

8 *Verbannung der zweiten Kategorie* – Nach dem russischen Strafgesetzbuch von 1822 unterschied man zwei Kategorien der Verbannung: die erste in »weit entfernte Gebiete« (Ostsibirien), die zweite in »nicht so weit entfernte Gebiete« (Westsibirien, Transkaukasien).

11 *Katharinentag* – In der griechisch-orthodoxen Kirche der 25. November.

23 *Zellensystem* – Gemeint ist das System der Einzelhaft. Mit der Frage der Errichtung von Gefängnissen mit Einzelzellen in der Art des Londoner Gefängnisses, das in den vierziger und fünfziger Jahren des 19. Jahrhunderts als Muster dafür galt, befaßte sich Zar Nikolai I. (1796 bis 1855). 1845 wurde ein Komitee zur Ausarbeitung eines solchen Projekts gegründet.

31 *nimm dies Kopekchen* – Diese autobiographische Episode verarbeitete Dostojewski auch im Roman »Schuld und Sühne« (1865/66; Zweiter Teil, Kapitel II).

38 *Pest von Bendery* – Verheerende Pestepidemie, benannt nach der Festung Bendery am Ufer des Dnestr. Sie wütete von 1765 bis 1772 in Moldawien und Bessarabien, erreichte sogar Kiew und Moskau und löste eine Reihe von Pestaufständen aus.

45 *Raskolnik* – Die im 17. Jahrhundert von dem Patriarchen Nikon durchgeführten Kirchenreformen, vor allem in der orthodoxen Liturgie, wurden von einem Teil der Gläubigen und der niederen Geistlichkeit abgelehnt, die von der offiziellen Kirche als Raskolniki (Abtrünnige) bezeichnet wurden, sich selbst aber Altgläubige nannten. Die Raskolniki hielten fanatisch an den alten kirchlichen Gebräuchen fest. Sie wurden von der russischen Staatskirche zu Ketzern erklärt und von den Behörden zeitweise grausam verfolgt.

52 *Starodubje* – Gegend im Gouvernement Tschernigow; war nach der Durchführung der Kirchenreformen im 17. Jahrhundert mit kurzer Unterbrechung das Zentrum der Altgläubigen.

53 *Eingläubige* – Teil der Altgläubigen, der sich wieder mit der orthodoxen Kirche vereinigt und sich 1800 dem Heiligen Synod unterworfen hatte. Die Eingläubigen erkannten die orthodoxen Geistlichen unter der Bedingung an, daß einige alte kirchliche Bräuche und die vor der Kirchenreform geltenden liturgischen Bücher beibehalten wurden.

53 *daß man am Lachen einen Menschen erkennen kann* – Diesen Gedanken führt Dostojewski in seinem Roman »Der Jüngling« (1875; Dritter Teil, Erstes Kapitel, Abschnitt II) weiter aus.

58 *Zelowalnik* – Zur Zeit des Branntweinmonopols staatlich vereidigter Branntweinverkäufer, der durch Küssen des Kreuzes (zelowat = küssen) den Eid ablegte.

63 *Sirotkin ... »Du Waise von Kasan«* – Wortspiel; der Familienname ist ab-

geleitet von sirota = (russ.) Waise. Als »Waise von Kasan« bezeichnet man jemand, der Armut heuchelt.

75 *zur vollen Anzahl von Stockhieben verurteilt* – Nach einer Verordnung von 1839 betrug die Höchststrafe 6000 Rutenhiebe. In Wirklichkeit setzte man ab 1834 die Anzahl heimlich auf 3000 herab und ab 1856 auf 1000.

76 *Viertelschtof* – Altes russisches Flüssigkeitsmaß; ein Schtof = 1,2299 l. Die beschriebene Episode verarbeitete Dostojewski auch in der Erzählung »Onkelchens Traum« (1859; Kapitel XV).

79 *Maidan* – (türk.) Basarplatz; im russischen Gaunerjargon Spielhölle oder einfach Kartenspiel.

88 *Prophet Isa* – Messias Isa, Sohn der Marjam; Bezeichnung für Jesus Christus im Koran.

103 *Mestschanskaja* – In Petersburg gab es drei Straßen dieses Namens: die Große, die Mittlere und die Kleine Mestschanskaja. Alle drei waren wegen ihrer Kneipen berüchtigt.

104 *ein moralischer Quasimodo* – Hauptgestalt aus Victor Hugos Roman »Der Glöckner von Notre Dame« (1831). In Heft 9/1862 der Zeitschrift »Wremja« (Die Zeit) hatte Dostojewski die russische Übersetzung dieses Romans veröffentlicht, zusammen mit seinem »Vorwort der Redaktion«.

112 *Menschen, die ebenfalls in der Verbannung litten* – Anspielung auf die Frauen der Dekabristen (vgl. Anm. zu S. 356) N. M. Murawjow, Annenkow und M. A. Fonwisin, die ihren Männern freiwillig in die Verbannung gefolgt waren. Dostojewski traf auf dem Weg in die Verbannung mit ihnen in Tobolsk zusammen.

118 *das Fell gegerbt* – In Sibirien und auch andernorts Dankesformel nach einem Schwitzbad.

136 *Napoleon* – Gemeint ist Napoleon III. (1808–1873), Neffe Napoleons I., ab 1848 Präsident der Zweiten Französischen Republik, ab 1852 Kaiser der Franzosen.

137 *Gräfin Lavallière* – Louise-Françoise La Vallière, Herzogin (1644 bis 1710), Geliebte Ludwigs XIV.; Alexandre Dumas d. Ä. erwähnt sie in seiem Roman »Vicomte de Bragelonne« (1847). Die französische Schriftstellerin Stéphanie-Félicité Genlis (1747–1830) schrieb über sie den Roman »Die Herzogin de La Vallière« (1804), dessen russische Übersetzung 1805 erschien und danach noch mehrmals aufgelegt wurde.

141 *Sie sind nicht Männer des Wortes ... bis zur letzten Mauer* – Dostojewski greift dieses Motiv wieder in der Erzählung »Aufzeichnungen aus dem Untergrund« (1864) auf, in seinen Ausführungen über die »Männer des unmittelbaren praktischen Handelns« (Erster Teil, Kapitel III).

155 *Lederriemen ... eine Art Holzkästchen* – Gemeint sind die Tefillin, Riemen mit Gebetskapseln für Arme und Stirn, die von strenggläubigen Juden beim Morgengebet getragen werden. Die Gebetskapseln enthalten Pergamentstreifen mit Thora-Texten.

158 *Sbiten* – Heißgetränk mit Honig und Gewürzen.

170 *Gerichtsspiegel* – Wahrzeichen der Gesetzlichkeit im zaristischen Rußland; stand in allen Gerichtssälen. Der Gerichtsspiegel wurde von Peter I. eingeführt, er bestand aus einem von einem doppelköpfigen Adler gekrön-

ten dreieckigen Prisma, an dessen Seiten gedruckte Exemplare von Erlassen Peters I. geklebt waren.

173 *solche Tage gab es nur drei im Jahr* – Außer dem Weihnachtsfeiertag gab es noch zwei Feiertage zu Ostern im Gefängnis.

180 *jaman* – (tatar.) schlimm.

182 *kopit* – (russ.) anhäufen, sammeln.

194 *»Filatka und Miroschka als Nebenbuhler«* – »Filatka und Miroschka als Nebenbuhler oder Vier Bräutigame und eine Braut«; 1830 uraufgeführtes, viel gespieltes Vaudeville von P. G. Grigorjew (1807–1854), Schauspieler am Alexandertheater in Petersburg.

210 *Kamarinsker* – (russ. = Kamarinskaja); eines der populärsten russischen Volkstanzlieder, dessen Text sich recht offen gegen die Leibeigenschaft wendet. Auf den satirischen Charakter des Kamarinsker weist Dostojewski auch in der Erzählung »Das Gut Stepantschikowo und seine Bewohner« (1859) hin. Der russische Komponist Michail Glinka schrieb einen Kamarinsker für Orchester.

211 *während der ganzen Pantomime* – Das zu Dostojewskis Zeit weit verbreitete Sujet dieser Pantomine basiert auf einer Episode aus der Erzählung »Die Nacht vor Weihnachten« aus Nikolai Gogols Prosazyklus »Abende auf dem Weiler bei Dikanka« (1831/32).

213 *Die Sonne geht unter* – Anfangszeile eines Liedes (1799) von S. Mitrofanow. Eine zum Volkslied gewordene Variante dieses Liedes war weit verbreitet.

244 *Nosdrjow* – Gestalt aus Nikolai Gogols Roman »Die toten Seelen« (1842); Typus des Falschspielers, Lügners und Verschwenders.

Nicht lang ist's her ... – Zitat aus der Komödie »Verstand schafft Leiden« (1824) des russischen Dramatikers und Diplomaten Alexander Sergejewitsch Gribojedow (2. Akt, 2. Szene).

252 *Manilowtum* – Der Begriff geht auf die Gestalt des Gutsbesitzers Manilow aus Nikolai Gogols Roman »Die toten Seelen« zurück; er ist der Inbegriff der Faulheit, Sentimentalität und Heuchelei.

255 *Brinvilliers* – Marie-Madeleine Brinvilliers, Marquise de (1651–1675), Giftmörderin; weidete sich an den Qualen ihrer Opfer.

278 *hundert Krebse* – Gemeint sind die auf rotem Papier gedruckten Zehnrubelscheine.

Torba – Eigentlich Torban; an eine Bandura erinnerndes Saiteninstrument.

280 *Du gehst so weiß ...* – Anfang eines weitverbreiteten gefühlvollen Liedes.

Woher bist du so adrett ... – Anfang eines frivolen Tanzliedes.

298 *kirgisisches Ufer* – Die auf dem linken Ufer des Irtysch siedelnden Kasachen wurden im zaristischen Rußland fälschlich als Kirgisen oder kirgisische Kaisaken bezeichnet.

311 *Peter-und-Pauls-Tag* – In der griechisch-orthodoxen Kirche der 29. Juni.

342 *Je hais ces brigands* – (frz.) Ich hasse diese Banditen.

353 *U-gorsk* – Ust-Kamenogorsk.

357 *eine große Menge verbannter Adliger* – Gemeint sind die Dekabristen, Adelsrevolutionäre; sie wollten Rußland von der Leibeigenschaft und von der zaristischen Selbstherrschaft befreien. Ihre revolutionäre Erhebung am

14. Dezember 1825 in Petersburg wurde niedergeschlagen, ihre Führer wurden hingerichtet oder verbannt.

381 *Salzohren-Sibirier* – Spitzname für die Bewohner von Perm wegen ihrer Vorliebe für Pelmeni.

383 *jakschi* – (tatar.) gut.
jok – (tatar.) nein.

Bildnachweis

Wenn nicht anders angegeben, befinden sich die Blätter in dem von Frau Christine Holz, Berlin (West), betreuten Nachlaß.

Danksagung
Der besondere Dank des Verlages gilt Frau Christiane Holz, Berlin (West), die Frau Angelika Förster bei der Auswahl der Illustrationen freundlichst behilflich war und den Verlag bei der Reproduktion der Zeichnungen großzügig unterstützte.

Inhalt